L'HISTOIRE
D'EDGAR SAWTELLE

www.editions-jclattes.fr

David Wroblewski

L'HISTOIRE D'EDGAR SAWTELLE

Roman

*Traduit de l'anglais (États-Unis)
par Hortense de Chabaneix*

JC Lattès

17, rue Jacob 75006 Paris

Titre de l'édition originale :
THE STORY OF EDGAR SAWTELLE
publiée par HarperCollins Publishers.

Ouvrage publié avec la collaboration de Sylvie Schneiter

ISBN : 978-2-7096-2946-1

« N'y a-t-il pas une véritable grandeur dans cette manière d'envisager la vie, avec ses puissances diverses attribuées primitivement par le Créateur à un petit nombre de formes, ou même à une seule? Or, tandis que notre planète, obéissante à la loi fixe de la gravitation, continue à tourner dans son orbite, une quantité infinie de belles et admirables formes, sorties d'un commencement si simple, n'a pas cessé de se développer et se développent encore! »

L'Origine des espèces[1], Charles Darwin.

---

1. Schleicher Frères, Éditeurs (1896), traduit par Ed. Barbier.

PROLOGUE

Pusan, Corée du Sud, 1952

Au crépuscule, la pluie recommença à tomber mais sa décision de sortir était prise, d'autant que cela durait depuis des semaines. Il salua les chauffeurs de rickshaws rassemblés près des quais et quitta la base navale en suivant le peu d'indications qu'on lui avait données. Il fendit la foule de Kweng Li Market, passa devant les marchands ambulants qui vendaient des coqs dans des caisses en rotin, des têtes de cochons et des poissons à l'aspect venimeux, gisant tristes, bouche béante sur les étals, devant des bocaux de poulpes gris, des vieilles femmes mâchonnant un mélange de *kimchi*[1] et de *bulgogi*,[2] jusqu'au Tong Gang qu'il traversa en empruntant le pont des Vœux, son dernier point de repère.

Dans le quartier des bars, les flaques d'eau reflétaient les enseignes rouges et vertes suspendues de toit en toit. Il n'y avait ni garde ni policier; il chercha longtemps un panneau représentant une tortue avec deux serpents dans des rues interminables et tortueuses tandis que la pluie se transformait en lambeaux de brume. Il continua pourtant, tournant méthodiquement deux fois à droite puis deux fois à gauche, persévérant dans sa quête même après s'être perdu

---

1. Plat traditionnel coréen composé de piments et de légumes fermentés, souvent à base de chou. (*Toutes les notes sont de la traductrice.*)
2. Également connu sous le nom de « barbecue coréen ».

à plusieurs reprises. Il était minuit passé quand il renonça. Comme il revenait sur ses pas dans une rue qu'il avait déjà empruntée deux fois, il distingua enfin le petit panneau jaune, accroché très haut au-dessus d'un bar. Conformément à la description de Pak, un des serpents se retournait pour mordre la queue de la tortue.

On lui avait recommandé de chercher une ruelle en face de l'enseigne et elle était bien là – étroite, trempée, à moitié pavée. Éclairée par quelques enseignes lumineuses, elle descendait vers le port. Il s'en éloigna, son ombre lui ouvrant le chemin. À présent, il aurait dû trouver une porte surmontée d'une lanterne rouge : une herboristerie. Il regarda les toits des bâtiments noyés dans les nuages. Un cri de femme et un rire d'homme lui parvinrent par la fenêtre d'un établissement de bains miteux. Le diamant tomba sur le disque et la voix de Doris Day chevrota :

I'm wild again, beguiled again,
A simpering, whimpering child again.
Bewitched, bothered, and bewildered am I.

Plus loin, la ruelle tournait à droite. Après le virage, il aperçut la lanterne en verre rouge entourée de fil de fer noir. La flamme, qui jaillissait d'une rose, léchait le goulot du verre, striant la porte d'ombres obliques. Un auvent étroit coiffait l'entrée. Par l'unique fenêtre, il ne vit qu'un rideau en soie noirci de fumée, brodé d'animaux traversant une rivière dans un esquif. Il lança un coup d'œil derrière lui avant de frapper et attendit. Relevant le col de son caban, il tapa du pied comme s'il était transi, or il ne faisait pas froid, juste humide.

La porte s'ouvrit brusquement. Un vieil homme s'avança, vêtu d'un pantalon de coton et d'une tunique de tissu grossier. Son visage raviné était percé d'yeux sertis dans des sillons de peau qui ressemblaient à des pliages d'origami. Dans la boutique derrière lui, d'innombrables rangées de racines de gingembre laiteuses, suspendues par des bouts de ficelle, oscillaient comme si on venait de les caresser.

L'homme au caban le regarda.

« D'après Pak, vous parlez l'anglais.

— Un peu. Parlez lentement. »

Le vieil homme tira la porte derrière lui. Le brouillard s'était à nouveau changé en pluie sans qu'il le remarque ; le ruissellement faisait tellement partie du quotidien qu'il ne l'entendait plus. On n'était sec que d'une façon éphémère ; l'univers était un lieu où l'eau se déversait.

« Vous avez médicament ? demanda le vieil homme. J'ai argent.

— Je n'en veux pas. Pak vous l'a dit, non ? »

Le vieil homme soupira et secoua la tête avec impatience. « Il aurait pas dû. Vous voulez quoi ? »

Derrière l'homme au caban, un chien errant passa courageusement son chemin sur trois pattes, les yeux rivés sur les deux hommes. Son pelage mouillé luisait comme celui d'un phoque.

« Supposons que nous ayons des rats, lâcha l'homme. Des rats contrariants.

— Votre marine peut éliminer eux. Misérable capitaine de jonque fait tous les jours. Avec arsenic.

— Non. Je... on veut une méthode. Du genre de celle dont Pak vous a parlé. Quelque chose d'instantané. Pas de maux de ventre ni de tête pour le rat. Les autres doivent croire qu'il s'est endormi et ne s'est pas réveillé.

— Comme si Dieu rappelle lui.

— Tout à fait. Comme ça les autres rats croiront que ce qui lui arrive est naturel. »

Le vieil homme secoua la tête. « Vous, pas le premier à chercher ça, si ça existe... alors celui qui possède ça vient juste après Dieu.

— Que voulez-vous dire ?

— Dieu accorde vie et mort, non ? Celui qui rappelle homme à Dieu comme ça, il possède moitié de Son pouvoir.

— Non. Nous avons tous ce pouvoir. Seule la méthode change.

— Quand méthode ressemble au rappel de Dieu, c'est différent, affirma l'herboriste. Plus que méthode. Choses comme ça devraient être brutales. C'est pourquoi nous vivre en paix. »

Le vieillard leva la main et désigna la ruelle.

« Votre chien ?

— Je ne l'ai jamais vu. »

L'herboriste se retira dans sa boutique, laissant la porte ouverte. Au-delà du gingembre, on distinguait un entrelacs de bois de cerfs sous un casier à bouteilles. Il revint portant un petit bol de soupe en terre cuite dans une main et une boîte en bambou encore plus petite dans l'autre. Il posa le bol sur les pavés puis sortit de la boîte une fiole qu'on eût dit conçue pour du parfum ou de l'encre, en verre grossier, au col irrégulier, scellé par de la cire. Elle était remplie d'un liquide aussi limpide que l'eau de pluie malgré son aspect huileux. Après avoir gratté la cire avec son ongle, l'herboriste pinça le bouchon entre le pouce et l'index et fit surgir, d'on ne sait où, un long roseau très fin dont une des extrémités taillée en biseau était aussi pointue qu'une aiguille. Il le plongea dans la fiole et l'en ressortit immédiatement ; une infime quantité de liquide s'était introduite dans le conduit tandis qu'une goutte brillait sur la pointe. L'herboriste se pencha dans la ruelle et siffla sèchement. Comme rien ne se passait, il fit un bruit de baiser qui donna la chair de poule à l'homme. Le chien à trois pattes clopina vers eux sous la pluie en remuant la queue, flaira le bol et commença à laper.

« Ce n'est pas nécessaire, protesta l'homme.

— Sinon comment vous savoir ce que vous avez ? » objecta l'herboriste sur un ton peu amical. Il baissa le bout taillé du roseau, l'immobilisa à une largeur de main du garrot du chien et plia légèrement le poignet. La pointe du roseau s'abaissa, pénétra dans la chair et ressortit.

« Pour l'amour du ciel, j'ai dit que ce n'était pas nécessaire. »

L'herboriste ne répondit rien. Il ne restait plus qu'à attendre et observer sous une pluie presque invisible, sauf quand une rafale de vent la faisait tourbillonner.

Dès que le chien fut couché, inanimé, l'herboriste replaça le bouchon et le vissa fortement. Pour la première fois, l'homme remarqua un petit ruban vert où figurait une ligne noire de lettres hangeul autour du col. Bien qu'il ne sût pas déchiffrer l'alphabet coréen, il devina aisément le sens de l'inscription.

L'herboriste remit la fiole dans la boîte en bambou, jeta le roseau dehors et donna un coup de pied dans le bol qui se fracassa sur les pavés. La pluie en rincerait le contenu.

« Personne manger dans ce bol. Risque faible mais existe. C'est mieux casser que garder. Vous comprenez ?

— Oui.

— Ce soir je me lave les mains. Vous comprenez ? »

L'homme hocha la tête. Il sortit un flacon de sa poche. « Pénicilline, expliqua-t-il. Ce n'est pas un traitement. Rien n'est garanti. »

L'herboriste prit le flacon, le leva dans la lumière rouge de la lanterne et en agita le contenu.

« Tellement petit.

— Un comprimé toutes les quatre heures. Votre petit-fils doit tous les prendre, même s'il se sent mieux avant qu'il n'y en ait plus. Vous comprenez ? Tous. »

Le vieil homme acquiesça.

« Il n'y a aucune garantie.

— Ça marchera. Moi, pas croire à chance. Nous ici, avons échangé une vie contre une autre. »

L'herboriste tendit la boîte en bambou d'une main tremblante. Peut-être était-il à bout de nerfs après le sang-froid dont il avait fait preuve en maniant le roseau.

L'homme au caban glissa avec précaution la boîte en bambou dans la poche de son caban. Sans prendre la peine de saluer l'herboriste, il se retourna et remonta la ruelle à grands pas. Il passa devant l'établissement de bains où la voix de Doris Day se répandait toujours dans la nuit. Par habitude, il plongea la main dans sa poche et, malgré sa conscience du danger, effleura la boîte.

Une fois dans la rue il s'arrêta, ébloui par les enseignes lumineuses, multicolores. Il jeta un dernier coup d'œil par-dessus son épaule. Au loin, sous la pluie, se découpait la silhouette voûtée de l'herboriste qui traînait les pieds dans la boue de la ruelle mal pavée. Il avait attrapé le chien par les pattes de derrière et le tirait. Jusqu'où ? L'homme l'ignorait.

PREMIÈRE PARTIE

Les enfants de Forte

Une poignée de feuilles

En 1919 le grand-père d'Edgar, nettement plus fantaisiste que la plupart des êtres humains, acheta des terres et les bâtiments qui s'y trouvaient à un inconnu nommé Schultz. Cinq ans auparavant, ce dernier avait quitté une équipe de bûcherons après avoir vu se rompre les chaînes d'une remorque pleine de troncs. Vingt tonnes d'érables s'étaient déversées sur un homme qui se tenait à la place qu'avait occupée Schultz l'instant précédent. Alors qu'il aidait à dégager le bois, Schultz s'était souvenu de cette belle parcelle de terrain qui s'étendait au nord et à l'ouest de Mellen. Le matin où il signa les papiers, il rejoignit son nouveau domaine en suivant le chemin de débardage sur le dos d'un de ses poneys. Le soir même, dans une clairière au pied d'une colline, il avait érigé une écurie acceptable. Le lendemain, il alla chercher son autre poney, bourra un chariot de matériel et retourna avec les bêtes dans sa ferme rudimentaire. Schultz ouvrait la marche, les guides à la main, suivi des poneys qui tiraient la carriole au son grinçant des essieux non huilés. Les premiers mois, ils dormirent serrés les uns contre les autres dans la cabane ; le bruit d'une chaîne se rompant sur un chargement d'érables résonnait souvent dans les rêves de Schultz.

Il s'efforça de gagner sa vie en tant que producteur de lait. Pendant les cinq années qui suivirent, il travailla la terre, défricha un champ de sept mille cinq cents mètres carrés, en assécha un autre, se servit du bois des arbres abattus pour construire, dans cet ordre, une remise, un hangar et une maison. Pour éviter d'avoir à sortir chercher de l'eau, il creusa son puits dans le trou qui deviendrait le sous-sol de la maison. Enfin, il participa à l'édification de granges entre Tannery Town et Park Falls afin qu'on lui rende la pareille quand son tour viendrait.

De jour comme de nuit, il dessouchait. La première année, il ratissa et hersa le champ sud une douzaine de fois, si bien que ses poneys s'usèrent à la tâche. Il dressa de longs murets à la lisière des prés et, avec les souches, fit des feux visibles depuis Popcorn Corners – la ville la plus proche, si l'on peut appeler ça une ville –, voire depuis Mellen. Il construisit un petit silo plus haut que la grange, mais n'eut jamais le temps de le couvrir. Avec un mélange de lait, d'huile de lin, de rouille et de sang, il peignit la remise et le hangar en rouge. Il réserva le champ sud aux plantes fourragères. Le maïs pousserait plus vite à l'ouest, où le champ était plus humide. Lors de son dernier été à la ferme, il engagea même deux hommes de la ville. Mais il se passa quelque chose à l'approche de l'automne – quoi ? Personne ne le sut vraiment. Il fit une récolte précoce plutôt maigre, vendit aux enchères bétail et matériel et prit le large. Tout cela en l'espace de quelques semaines.

À l'époque, John Sawtelle se baladait dans le nord sans la moindre intention d'acheter une ferme. En fait, il avait chargé son attirail de pêche dans son Kissel et dit à sa femme Mary qu'il allait livrer un chiot à un homme qu'il avait rencontré au cours de son dernier voyage. C'était vrai, en partie. Il s'était cependant bien gardé de faire allusion au collier caché dans sa poche.

*

Ce printemps-là, leur chienne Violet, aussi adorable que déchaînée, avait creusé un trou sous la barrière au début de ses chaleurs. Résultat, ils s'étaient retrouvés à la tête d'une portée de sept chiots. John Sawtelle aurait pu tous les donner, et se doutait qu'il devrait s'y résoudre, mais il aimait les avoir autour de lui. Il les aimait de façon primitive, obsessionnelle. Violet était son premier chien et ses chiots, les premiers dont il s'occupait. Ils jappaient, mordillaient ses lacets et le regardaient droit dans les yeux. Le soir, assis dans l'herbe derrière la maison, John Sawtelle écoutait des disques tout en leur apprenant des tours qu'ils s'empressaient d'oublier dès que Mary et lui se mettaient à discuter. Jeunes mariés pour ainsi dire, ils restaient assis là des heures durant, et John n'avait jamais été aussi heureux. Au cours de ces soirées, il se sentait lié à une entité immémoriale qu'il ne parvenait pas à nommer.

L'idée qu'un inconnu néglige un des chiots de Vi lui étant insupportable, il estimait que le mieux serait d'arriver à tous les placer aux alentours pour les voir grandir, fût-ce à distance. Nul doute qu'au moins six gamins du coin rêvaient d'avoir un chien. Aussi étrange que cela pourrait leur paraître, les gens ne se formaliseraient sûrement pas qu'il passe vérifier l'état de ses protégés de temps à autre.

Il était parti avec un copain pour Chequamegon. L'équipée valait la peine : on pouvait y pêcher et l'Anti-Saloon League[1] n'y sévissait pas encore. À Mellen, ils s'étaient arrêtés au Hollow pour boire une bière. Ils étaient en train de bavarder lorsqu'un homme était entré suivi d'un gros chien au pelage gris et blanc constellé de taches brunes, une sorte de croisement entre un husky et un berger, au poitrail puissant, à l'allure majestueuse, à l'air joyeux et désinvolte. Tout le monde dans le bar paraissait connaître ce chien qui s'empressait de saluer chaque client.

« Quel bel animal ! » s'exclama John Sawtelle en le regardant passer de table en table en quête de cacahuètes ou de bœuf séché. Il proposa à son propriétaire de lui offrir une bière pour le simple plaisir d'être présenté.

« Il s'appelle Captain », précisa l'homme, faisant signe au barman de prendre leur commande. Une fois sa bière en main, il siffla et le chien trottina vers eux. « Cap, dis bonjour au monsieur. »

L'animal leva les yeux et tendit une patte.

---

1. Association de lutte contre l'alcoolisme fondée dans l'Ohio en 1893.

La première chose qui frappa John Sawtelle fut sa taille massive. La seconde, moins tangible, concernait son regard, la façon dont il croisa le sien. Comme il serrait sa patte, une idée lui traversa l'esprit, ou plutôt une vision. Il avait passé tellement de temps avec les chiots récemment, qu'il imagina Captain à quelques mois. Il pensa ensuite à Vi – le meilleur chien qu'il eût jamais rencontré, puis à la combinaison des deux sous la forme d'un seul chiot, ce qui était insensé vu le nombre d'animaux qu'il avait déjà sur les bras. Il lâcha la patte de Captain, qui en profita pour s'éloigner, et tenta de chasser la vision en s'enquérant des endroits où trouver du brochet.

Le lendemain matin, ils prirent leur petit déjeuner en ville. Le restaurant faisait face à la mairie de Mellen, un immeuble trapu surplombé d'une improbable coupole, devant lequel s'élevait une fontaine blanche à trois bassins – le premier à hauteur d'homme, le second, plus bas, pour les chevaux et le troisième, à ras de terre, dont la fonction n'était pas évidente à première vue. À l'instant où ils s'apprêtaient à entrer dans l'établissement, un chien tourna au coin de la rue et les dépassa avec nonchalance. Captain. Pour un animal aussi costaud, il se déplaçait avec une étrange légèreté : ses pattes semblaient suspendues à des fils invisibles. Immobile au seuil du restaurant, le grand-père d'Edgar observa Captain qui, une fois devant la mairie, vira vers la fontaine et lapa l'eau du bassin le plus bas.

« Allez, je meurs de faim », le pressa son ami qui s'impatientait.

Une chienne suivie par une demi-douzaine de chiots surgit de la ruelle qui longeait la mairie. Aussitôt, Captain et elle se lancèrent dans des salutations élaborées : ils se reniflèrent le derrière et enfouirent leurs museaux dans leurs cous respectifs tandis que les chiots jouaient à leurs pieds. Captain se pencha vers les petits, glissa son nez sous leurs ventres et les fit rouler l'un après l'autre avant de se précipiter dans la rue en aboyant, les chiots à sa suite. Il les ramena près de la fontaine quelques minutes plus tard, tournant sur lui-même, alors qu'ils le pourchassaient sous l'œil attentif de leur mère allongée sur la pelouse, langue pendante.

Une femme en tablier sortit du restaurant et se faufila entre les deux hommes.

« C'est Captain et sa copine, leur annonça-t-elle. Ça fait une semaine qu'ils se retrouvent ici tous les matins avec les bébés de Violet, depuis qu'ils sont en âge de sortir.

— Les bébés de qui ? demanda le grand-père d'Edgar.

— De Violet, voyons. » La femme le dévisagea comme s'il était complètement idiot. « La maman, la chienne qui est juste là.

— La mienne aussi s'appelle Violet, fit-il observer. Et elle a également une portée du même âge.

— Et alors ? maugréa-t-elle, sans le moindre signe d'intérêt.

— C'est une drôle de coïncidence de rencontrer une chienne du même nom que la mienne avec une portée du même âge, vous ne trouvez pas ?

— Je n'en sais rien. Ça arrive tout le temps.

— Voici une coïncidence qui se reproduit tous les matins, intervint son copain. Je me réveille, j'ai faim, je prends mon petit déjeuner. Incroyable.

— Vas-y, l'encouragea John Sawtelle. De toute façon, je n'ai pas très faim. » Sur ces mots, il descendit dans la rue poussiéreuse et traversa pour rejoindre la mairie.

*

Quand il se fut enfin installé pour son petit déjeuner, la serveuse leur apporta du café. « Si ces chiots vous intéressent tant que ça, Billy vous en vendrait peut-être un, suggéra-t-elle. Personne n'en veut, il y a trop de clebs dans le coin.

— Qui est Billy ? »

Elle désigna le bar. Assis sur l'un des tabourets, le propriétaire de Captain buvait un café en lisant le *Sentinel*. Il accepta de se joindre à eux sur l'invitation du grand-père d'Edgar qui lui demanda d'emblée si les chiots lui appartenaient bien.

« Certains, répondit Billy. Cappy a mis cette vieille Violet dans de beaux draps et je dois encore placer la moitié de la portée. Enfin, m'est avis que j'vais finir par les garder parce que Cap en est fou, et je n'ai plus que lui depuis que mon Scout nous a quittés l'été dernier. Il se sent seul. »

John Sawtelle décrivit sa propre portée, vanta les qualités de Vi, puis proposa un échange de chiots. Il précisa qu'il lui laissait le choix, non seulement dans la portée de Vi, mais dans celle de Captain, bien qu'un mâle soit préférable. Après un instant de réflexion, il se ravisa et spécifia qu'il prendrait le plus malin des chiots dont Billy accepterait de se séparer, mâle ou femelle.

« Tu ne voulais pas te débarrasser de tes chiens au lieu d'en adopter d'autres ? intervint son ami.

— Je me charge de trouver un foyer pour les chiots. Ce n'est pas tout à fait pareil.

— Je ne suis pas certain que Mary l'entende de cette oreille, enfin... »

Billy but une gorgée de café avant de répondre. Même s'il était intéressé, la perspective de devoir traverser pratiquement tout le Wisconsin pour récupérer un chiot ne l'emballait pas. De leur table, John Sawtelle regardait Captain et sa progéniture se rouler dans l'herbe. Au bout d'un moment, il se tourna vers Billy et lui promit de choisir le meilleur de la portée de Vi et de le ramener ici – mâle ou femelle. Si le chiot ne plaisait pas à Billy, la transaction serait annulée.

C'est ainsi que John Sawtelle reprit la route de Mellen en ce mois de septembre, sifflotant *Shine on Harvest Moon*, une canne à pêche et un chiot sur la banquette arrière de son véhicule. Le nouveau chien s'appellerait Gus, à condition que ce nom lui aille.

Captain et son maître adoptèrent aussitôt le petit de Vi. Billy et John discutèrent ensuite des mérites de chaque chiot de la portée de Captain jusqu'à ce que l'un d'eux s'approche d'un pas chancelant, gagnant le cœur de John. Ils passèrent l'après-midi sur les bords d'un lac à pêcher ; Gus goûta quelques morceaux de poisson-lune grillés et ils dormirent devant un feu, le collier du chien et la ceinture du maître reliés par un bout de ficelle.

Le lendemain, le grand-père d'Edgar eut envie de rouler un peu avant de rentrer. Le contraste entre les parties déboisées de la région, d'une laideur sans appel, et certains lieux d'une beauté sublime – chutes d'eau, paysages agricoles à l'ouest, collines couvertes de forêts au nord de la ville – était intéressant. En outre, rien ne lui plaisait davantage que de conduire son Kissel sur ces petites routes de campagne.

En fin de matinée, il se retrouva sur un chemin de terre détrempé. Les branches d'arbres s'entrelaçaient au-dessus de lui tandis que d'épais taillis empêchaient de distinguer quoi que ce soit à plus de vingt mètres dans les bois. Il finit par déboucher sur une clairière d'où la vue plongeait sur la chaîne de Penokee qui s'étendait à l'ouest, et la forêt d'émeraude qui s'étirait jusqu'aux bords de granit du lac Supérieur, au nord. Au pied de la colline se profilait une petite ferme blanche près d'une gigantesque grange rouge. La façade de la grange était flanquée d'une laiterie et un silo en pierre sans toit se dressait à l'arrière. Sur un panneau planté au bord de la route des lettres grossières annonçaient : *À vendre.*

Il s'arrêta dans l'allée semée d'ornières avant de jeter un œil par les fenêtres du salon. Personne. L'intérieur semblait à peine terminé. Avec Gus dans les bras, il marcha un moment à travers champs, puis rebroussa chemin et se laissa tomber sur le marchepied du Kissel pour contempler le défilé des nuages d'automne dans le ciel.

Épistolier et lecteur avide, John Sawtelle adorait lire les journaux de villes éloignées. Il était récemment tombé sur article concernant un certain Georges Mendel – un moine tchécoslovaque – qui avait réalisé des expériences très intéressantes sur des petits pois. Il avait démontré, entre autres, qu'il pouvait prédire l'aspect de ses plantes, la couleur des fleurs et ainsi de suite. Cette étude scientifique sur l'hérédité, intitulée mendélisme, ses conséquences prodigieuses sur l'élevage de bétail, avait tellement passionné le grand-père d'Edgar qu'il avait dévoré le livre sur Mendel emprunté à la bibliothèque. Ce qu'il y avait appris lui revenait à l'esprit de temps à autre. Il repensa à la vision qu'il avait eue, dans la mesure où on pouvait l'appeler ainsi, en serrant la patte de Captain au Hollow. Il était en train de vivre une de ces rares journées dans une existence où tout semble cohérent. À vingt-cinq ans seulement, ses cheveux étaient devenus gris fer; comme ceux de son grand-père au même âge. En revanche son père, bientôt septuagénaire, gardait une chevelure de geai et aucun de ses frères n'avait subi le même sort que lui, même si l'un d'eux était chauve comme un œuf. Quoi qu'il en soit, chaque fois que John Sawtelle se regardait dans la glace, il avait l'impression d'être une sorte de petit pois de Mendel.

Assis au soleil, il observait Gus, qui, maladroit sur ses grosses pattes, clouait une sauterelle au sol, la prenait dans sa gueule, secouait la tête avec dégoût puis se léchait les babines. Au moment où le chiot se préparait à se rouler sur l'insecte, il s'aperçut que le grand-père d'Edgar, les talons plantés dans la poussière de l'allée, les pointes tournées vers le ciel, ne le quittait pas des yeux. L'air faussement surpris, il sursauta comme s'il n'avait jamais vu cet homme auparavant, fit deux cabrioles et se précipita vers lui.

Voilà un lieu merveilleux, pensa John Sawtelle.

L'explication qu'il devrait fournir à sa femme pour justifier la présence de Gus devint le cadet de ses soucis.

*

En fait, ce fut un jeu d'enfant d'apaiser les esprits. Quand il le voulait, le grand-père d'Edgar rayonnait d'un enthousiasme charmeur qui avait d'ailleurs séduit Mary sur-le-champ. Il avait l'art de présenter les choses sous un jour enchanteur, sans compter qu'ils vivaient depuis plus d'un an chez les parents de Mary et désiraient autant l'un que l'autre être indépendants. Par courrier, ils firent l'acquisition de la propriété.

Edgar apprit cette partie de l'histoire grâce aux documents que ses parents gardaient dans une boîte à munitions rangée au fond du placard de leur chambre. D'un métal gris militaire, à l'épreuve des souris, elle était fermée par un cadenas sur le côté. En l'absence de ses parents, il la sortait et en lisait le contenu. On y trouvait leurs extraits de naissance ainsi qu'un acte de mariage, le contrat et l'historique de l'achat de leur propriété. Ce qui le fascinait le plus, c'était le télégramme : une feuille de papier épaisse et jaunissante à en-tête de la Western Union. Chacun des six mots qui composaient le message figurait sur une bandelette collée : OFFRE ACCEPTÉE VOIR ADAMSKI POUR PAPIERS. Adamski était le notaire de Schultz, sa signature apparaissait sur plusieurs autres documents. La colle qui fixait ces mots avait séché au fil des années si bien qu'un nouveau mot tombait chaque fois qu'Edgar sortait le télégramme. Le premier à se décoller fut PAPIERS, puis POUR, puis VOIR. Finalement Edgar cessa de sortir le télégramme de crainte qu'ACCEPTÉE ne se détache à son tour et que leurs droits sur la terre soient annulés.

Ne sachant que faire des mots décollés qu'il n'osait jeter, il finit par les remettre dans la boîte en espérant que personne ne remarquerait quoi que ce soit.

*

Le peu que les Sawtelle connaissaient de Schultz venait des bâtiments qu'il avait construits et dans lesquels ils vivaient. En les retapant, ils avaient découvert que Schultz travaillait sans niveau ni équerre, qu'il ignorait la vieille règle des charpentiers du trois-quatre-cinq pour obtenir des angles droits, ou que, lorsqu'il sciait une poutre, c'était une fois pour toutes – si elle était trop courte, il ajoutait des rondelles et des clous supplémentaires, si elle était trop longue, il la faisait rentrer de force dans un angle –, ou qu'il était économe car il comblait les fondations avec des pierres plutôt que du ciment. Ainsi, tous les printemps, l'eau s'infiltrait par des brèches jusqu'à inonder la cave à hauteur des chevilles. Voilà comment, expliquait le père d'Edgar, ils avaient compris que Schultz n'avait jamais appris à couler de fondations.

Il semblait aussi admirer la parcimonie – une règle fondamentale si on voulait vivre dans les bois – parce que la maison était une version miniature de la grange. C'était vraiment flagrant quand on se tenait dans le champ sud, près du bosquet de bouleaux où se dressait une petite croix blanche. Avec un peu d'imagination, en supprimant les changements apportés par les Sawtelle – l'extension de la cuisine, la chambre supplémentaire, la véranda le long du côté ouest – on remarquait que la maison avait la même pente de toit brisée qui se débarrassait si bien de la neige en hiver, et que les fenêtres avaient été percées exactement là où les portes apparaissaient à l'extrémité de la grange. Le toit se terminait en queue de geai au-dessus de l'allée, tel un chapeau de paille, charmant mais inutile. Les bâtiments trapus, accueillants et simples, évoquaient une vache et son veau couchés dans un pré. Edgar aimait regarder la cour, c'était ce que Schultz devait voir lorsqu'il travaillait aux champs, ramassait des pierres ou rassemblait son troupeau pour la nuit.

D'innombrables questions demeuraient sans réponse. Un chien regroupait-il les vaches ? Dans ce cas, il aurait été le premier à élire domicile en ce lieu et Edgar aurait aimé connaître son nom. Que faisait Schultz une fois la nuit tombée, sans télévision ni radio ? Apprenait-il à son chien à souffler les bougies ? Saupoudrait-il ses œufs du matin de poudre à canon, comme les trappeurs ? Élevait-il des poules et des canards ? Restait-il assis la nuit, un fusil sur les genoux, pour tirer les renards ? En plein hiver, se précipitait-il vers la ville en hurlant, saoul, assommé d'ennui, et rendu fou par les accords d'harmonica que le vent jouait à travers les fenêtres à guillotine ? Ce n'était pas la peine d'espérer tomber sur une photo de Schultz mais Edgar, grand rêveur, l'imaginait sortant des bois comme si le temps s'était arrêté, prêt à tenter une dernière fois le métier d'agriculteur – un homme imposant, solennel, avec des sourcils épais, une moustache en guidon de vélo et des yeux marron emplis de tristesse. Ses heures à cheval avaient dû lui donner une élégante démarche chaloupée. Enfin, quand il s'arrêtait pour réfléchir, il devait poser les mains sur les hanches, prendre appui sur les talons et siffloter.

D'autres traces de Schultz étaient apparues quand ils avaient cassé un mur pour remplacer une fenêtre pourrie. Des notes écrites au crayon sur une poutre :

25 ¼ + 3 ¼ = 28 ½

Sur une autre, il avait gribouillé une liste :

— Lard

— Farine
— Goudron 19 L
— Allumettes
— Café
— 2 livres de clous

Ces mots inscrits dans les murs de sa maison par un homme que personne n'avait jamais vu avaient bouleversé Edgar. L'envie le tenaillait de gratter le moindre recoin pour découvrir s'il en existait d'autres le long du faîtage, sous les escaliers ou au-dessus des portes. Au fil du temps, il s'était construit une image de Schultz si précise qu'il n'avait plus besoin de fermer les yeux pour la convoquer. Il comprenait que c'était la solitude qui avait poussé cet homme à abandonner la ferme. Au bout du quatrième hiver, Schultz ne supportait plus de n'avoir d'autre compagnie que ses vaches et ses poneys, de n'avoir personne à qui parler, personne qui s'intéresse à ce qu'il faisait ou pensait, bref aucun témoin de sa vie. À l'époque de Schultz, comme à celle d'Edgar, il n'y avait pas de voisins, les soirées avaient dû être sinistres.

Aussi Schultz était-il parti. Peut-être vers le sud pour Milwaukee ou vers l'ouest pour St. Paul, avec l'espoir de ramener une femme qui l'aiderait à défricher le reste des terres. Avec qui il fonderait une famille. Quelque chose l'en avait cependant empêché. Peut-être sa femme détestait-elle les travaux des champs ? Peut-être quelqu'un était-il tombé malade. Impossible de savoir quoi que ce soit, pourtant, Edgar était persuadé que Schultz avait accepté la proposition de son grand-père avec réticence et que c'était la raison pour laquelle les mots continuaient à se décoller du télégramme.

Évidemment, il n'y avait pas lieu de s'inquiéter, Edgar en était conscient. Tout cela remontait à quarante ans avant sa naissance. Son grand-père et sa grand-mère avaient emménagé à la ferme sans encombre ; à l'époque d'Edgar, elle semblait appartenir aux Sawtelle depuis toujours. John Sawtelle avait trouvé du travail en ville à la fabrique de plaquage et loué les champs défrichés par Schultz. Chaque fois qu'il croisait un chien qu'il admirait, il ne manquait pas d'aller le regarder dans les yeux. Parfois il passait un marché avec le propriétaire. Il avait transformé la grange en chenil, un moyen de développer son don pour l'élevage de chiens. Ses chiens ressemblaient si peu aux bergers, retrievers ou autres chiens de traîneau qu'il avait utilisés comme souche, qu'on les avait simplement baptisés : les chiens Sawtelle.

John et Mary Sawtelle avaient eu deux garçons, le jour et la nuit. L'un était resté sur la propriété après que le grand-père veuf d'Edgar se fut retiré en ville, et l'autre était parti pour de bon, du moins l'avaient-ils cru.

C'était le père d'Edgar, Gar Sawtelle, qui avait pris racine.

*

Ses parents se marièrent tard. Gar avait plus de trente ans, Trudy, quelques années de moins. L'histoire de leur rencontre variait en fonction de celui à qui Edgar posait la question ou qui était à portée de voix.

« Ce fut un coup de foudre, claironnait sa mère. Il ne cessait de me regarder, c'en était très gênant. Je l'ai épousé par pitié.

— N'en crois pas un mot, criait son père depuis une autre pièce, elle m'a couru après comme une folle ! Elle se jetait à mes pieds dès que l'occasion se présentait. Ses médecins m'avaient averti qu'elle risquait de devenir un danger pour elle-même si je ne l'épousais pas. »

La version de leur rencontre variait sans cesse, tantôt c'était dans un bal à Park Falls, tantôt Trudy s'était arrêtée pour l'aider à changer une roue de son camion.

Je vous en prie, les suppliait Edgar.

À la vérité, ils s'écrivaient depuis longtemps. Ils s'étaient rencontrés dans la salle d'attente d'un médecin, alors qu'ils avaient le visage constellé de boutons de rougeole. Ils s'étaient rencontrés dans un grand magasin à Noël, alors qu'ils cherchaient à attraper le dernier jouet du rayon. Ils s'étaient rencontrés alors que Gar plaçait un de ses chiens à Wausaw. Ils ne cessaient de se renvoyer la balle, transformant leur histoire en une aventure fantastique dont ils s'échappaient en cavalant vers la cachette de Dillinger[1] dans les bois du nord. Edgar savait que sa mère avait grandi à la frontière entre le lac Supérieur et le Minnesota, passant d'une famille d'accueil à l'autre. Rien de plus. Elle n'avait ni frère ni sœur. Aucun membre de la moindre famille ne lui rendait visite et elle n'avait jamais hâte d'ouvrir les rares lettres qu'elle recevait.

Sur un mur du salon, on pouvait voir une photo du mariage de ses parents. Gar était vêtu d'un costume gris, Trudy d'une robe blanche qui lui arrivait aux genoux. Chacun, serrant d'une main le même bouquet, arborait une expression si solennelle qu'Edgar les reconnaissait à peine. Son père avait confié ses chiens au Dr Papineau, le vétérinaire, et ils étaient partis en voyage de noces dans le comté de Door. Edgar avait vu des clichés pris avec le Brownie de son père où ils étaient assis sur un ponton, le lac Michigan en arrière-plan. La seule autre preuve officielle de leur union était l'acte de mariage rangé dans la boîte à munitions.

À leur retour, Trudy avait pris en charge une partie du travail du chenil. Gar s'occupait des croisements, des mises bas et du placement, elle, du dressage – un domaine dans lequel elle excellait quelle qu'ait pu être la façon dont ils s'étaient rencontrés. Le père d'Edgar reconnaissait volontiers ses limites en tant que dresseur. Il était trop gentil, trop disposé à laisser les chiens exécuter un ordre à l'à-peu-près plutôt que d'exiger la perfection. Ceux dont il s'occupait n'assimilaient jamais la différence entre *assis, couché* ou *reste* même s'ils la comprenaient. Comme son propre père avant lui, le père d'Edgar s'intéressait davantage au choix que faisait le chien.

Trudy y remit bon ordre. En tant que dresseuse, elle était implacable et précise. Elle avait l'efficacité qu'Edgar avait remarquée chez les enseignants ou les infirmières, et des réflexes surprenants : elle corrigeait un chien en laisse si rapidement qu'on en éclatait de rire. Ses mains s'envolaient

---

1. John (Toland) Dillinger, né le 22 juin 1903, décédé le 22 juillet 1934, était un célèbre gangster et braqueur de banques américain pendant la grande dépression.

puis retombaient en un éclair tandis que le collier du chien se serrait et se détendait avec un léger tintement. Le chien, pantois, n'avait aucune idée de qui avait tiré sur sa laisse. En hiver, ils utilisaient une partie de la grange pour l'entraînement. Ils installaient des ballots de paille en guise de barrière et travaillaient avec les chiens dans un espace clos, limité par la paille éparpillée sous leurs pieds et la charpente brute au-dessus de leurs têtes. Les planches noueuses du toit décrivaient une voûte sombre percée de clous plats et mouchetée de lumière, sous laquelle un enchevêtrement de poutres était suspendu à mi-hauteur. Au fond de la grange, les bottes de paille s'empilaient sur dix, onze, douze rangées. Dans cet espace qui n'en restait pas moins énorme, Trudy donnait la pleine mesure de son charisme et de son autorité. Edgar l'avait vue courir à travers la pièce, attraper le collier d'un chien récalcitrant et le mettre à terre, le tout en un seul mouvement de danse. L'animal, impressionné, avait gambadé, tournoyé autour d'elle en lui léchant le visage comme si elle avait réalisé un miracle en son nom.

Si les parents d'Edgar restaient évasifs sur leur rencontre, ils répondaient franchement à d'autres questions. Parfois, ils se laissaient aller à lui raconter des histoires sur sa naissance, sur leur inquiétude à propos de sa voix, sur la façon dont Almondine et lui jouaient ensemble bien avant qu'il sorte de son berceau. Comme Edgar travaillait quotidiennement au chenil avec ses parents – il était en charge du toilettage, de l'attribution des noms et des chiens qui attendaient leur tour de dressage –, il avait souvent l'occasion de les interroger en langage des signes. À certains moments plus calmes, ses parents évoquaient même des sujets douloureux comme la croix plantée sous les bouleaux du champ sud.

*

À l'automne 1954, ils étaient mariés depuis trois ans et avaient envie d'un enfant. Une des chambres de l'étage fut transformée en nursery et ils achetèrent un fauteuil à bascule, un berceau avec un mobile et une commode. Ils peignirent tout en blanc et s'installèrent à l'étage, de l'autre côté du couloir. Le printemps suivant, Trudy fut enceinte mais elle fit une fausse-couche au bout de trois mois de grossesse. L'hiver venu, elle fut à nouveau enceinte et perdit à nouveau son bébé. Ils consultèrent un médecin à Marshfield qui les interrogea sur leur régime alimentaire, les médicaments qu'ils prenaient, le nombre de cigarettes qu'ils fumaient et ce qu'ils buvaient. Il prescrit des analyses de sang à la mère d'Edgar qu'il déclara en parfaite santé. « Certaines femmes sont sujettes à cela, conclut-il. Laissez passer un an. » Et il lui recommanda de ne pas se fatiguer.

Fin 1957, Trudy tomba une troisième fois enceinte. Elle attendit d'en être sûre, puis un peu plus longtemps, afin d'annoncer la nouvelle le jour de Noël. D'après ses calculs, le bébé naîtrait en juillet.

En raison de l'avertissement du médecin, ils changèrent la routine du chenil. La mère d'Edgar s'occupait toujours des plus jeunes, en revanche son père prit le relais pour les chiens d'un an, têtus et assez costauds pour la renverser. Ce n'était facile ni pour l'un ni pour l'autre. Trudy dressait désormais les chiens par l'intermédiaire de Gar, un bien piètre remplaçant à la laisse. Assise sur un banc de paille, elle hurlait : « Maintenant ! Maintenant ! », frustrée quand il ratait une correction. Au bout d'un moment, les chiens tendaient l'oreille aux ordres de Trudy même si Gar tenait la laisse. Ils apprirent à exercer trois chiens en même temps : deux restaient à côté de Trudy tandis que Gar faisait claquer la laisse sur le troisième et le dirigeait sur les haies, les rapports, les arrêts et le travail d'équilibre. N'ayant rien d'autre à faire, Trudy entraînait les autres à attraper et tenir un objet pour assouplir leur gueule. Certains jours, elle quittait la grange aussi fatiguée que si elle avait travaillé seule. Le père d'Edgar s'attardait pour effectuer les dernières corvées. Cet hiver-là fut si froid qu'ils mettaient parfois plus de temps à s'emmitoufler qu'à traverser la cour.

Lors de la vaisselle du soir, Trudy lavait, Gar séchait. De temps en temps, il jetait le torchon sur son épaule et passait ses bras autour d'elle, appuyant ses mains sur son ventre pour essayer de sentir le bébé.

« Dis donc, protestait-elle, tenant une assiette fumante. Arrête de te défiler. » Mais il voyait son sourire dans le reflet de la fenêtre embuée au-dessus de l'évier. Une nuit de février, Gar perçut un coup sec sous sa main. Ce salut d'un autre monde les décida à choisir un prénom de garçon et un de fille. En comptant silencieusement, ils constatèrent sans oser le formuler à haute voix que la date fatidique des trois mois était passée.

En avril, des rideaux gris de pluie balayèrent les champs. La neige fondit en une journée et l'air fut saturé d'effluves végétaux. Le clapotis de l'eau tombant des gouttières résonnait partout. Une nuit, le père d'Edgar se réveilla et découvrit les couvertures rabattues et le lit trempé à la place de Trudy. À la lumière de la lampe de chevet, il aperçut des traces rouges sur les draps.

Il la trouva dans la salle de bains, blottie dans la baignoire à pieds. Dans ses bras, elle serrait un bébé garçon parfaitement formé, au teint d'un bleu cireux. Tout était arrivé très vite sans trop de souffrance, et bien qu'elle fût secouée de tremblements comme si elle pleurait, elle était silencieuse. Le seul bruit provenait du frottement de sa peau contre la porcelaine blanche. S'agenouillant près de la baignoire, il tenta de l'enlacer mais elle le repoussa en frissonnant. À quelques pas de là, il s'assit pour attendre que ses sanglots se calment ou se déchaînent. Au lieu de quoi, elle se pencha, ouvrit les robinets et garda ses doigts sous l'eau jusqu'à ce que celle-ci lui paraisse suffisamment chaude. Elle lava le bébé, le sang qui maculait sa chemise de nuit colora l'eau. Elle demanda à Gar d'aller chercher une couverture dans la nursery, enveloppa le corps inerte et le lui tendit. Quand il se retourna pour quitter la pièce, elle posa une main sur son épaule. Il attendit, posant les yeux sur elle quand il le jugeait possible ou les détournant. Il la vit se ressaisir, particule par particule, jusqu'à ce qu'elle se tourne enfin vers lui et lui lance un regard signifiant qu'elle avait survécu.

À quel prix ? Malgré une enfance chaotique qui l'avait habituée aux pertes familiales, elle ressentait un besoin viscéral de garder sa famille unie. Dans son esprit, le lieu où le bébé avait vécu et respiré, les espoirs et les rêves qui l'avaient rendu vivant pour elle, ne disparaîtraient pas avec le souffle du nouveau-né. Elle ne pouvait ni laisser la place vide, ni la sceller et tourner les talons comme si rien ne s'était passé. C'est ainsi qu'il resta en elle une ombre minuscule, un point noir, une béance où il était possible de sombrer à jamais. Tel était le prix à payer. Seule Trudy le connaissait, même si elle n'en mesurait pas encore la portée. Le bébé dans les bras, elle ne bougea pas du salon tandis que Gar emmenait Almondine à l'atelier. De chaque côté du couloir, les chiens se tenaient dans leurs boxes. Il tenta d'esquisser un plan sur un morceau de papier, mais ses mains tremblaient et il **ne** parvint pas à tracer des dimensions correctes. En outre, il se coupa avec la scie, arrachant la peau de deux jointures qu'il banda aussitôt. La fabrication d'un cercueil et d'une croix lui prit la moitié de la matinée ; il renonça à les peindre, l'humidité ne le permettait pas. Il traversa le champ sud jusqu'au bosquet de bouleaux dont l'écorce printanière brillait d'un blanc éclatant et creusa une tombe.

Ils tapissèrent le fond du cercueil de deux couvertures avant d'y déposer le bébé emmailloté. C'est alors qu'il se rappela qu'il fallait le sceller. Il regarda sa femme.

« Je dois le rapporter dans la grange pour le clouer, lui expliqua-t-il.

— Non, fais-le ici. »

Il alla chercher le marteau et huit clous et revint vers la maison en réfléchissant à ce qu'il s'apprêtait à faire. Il s'agenouilla devant le cercueil qu'ils avaient installé au milieu du salon et qui, malgré ses efforts, ressemblait à un cageot. Il enfonça un clou à chaque coin et comme il était sur le point d'en planter un au centre de chacun des côtés, il s'écroula. S'excusant de la violence de sa réaction, il posa sa tête sur le cercueil. Sans un mot, Trudy lui effleura le dos.

Il souleva le cercueil qu'il porta jusqu'au bosquet de bouleaux. Puis ils le descendirent dans le trou et le recouvrirent de terre. Almondine, un chiot à l'époque, se tenait à côté d'eux sous la pluie. Gar découpa un croissant de gazon avec la pelle, puis planta la croix dans la terre avec un marteau. Quand il releva la tête, Trudy était étendue inconsciente dans l'herbe fraîchement poussée.

Elle reprit connaissance alors qu'ils roulaient sur la route au nord de Mellen. Le vent fouettait la pluie qui dansait et tournoyait au-dessus des fossés. Incapable de regarder sans être prise de vertiges, elle ferma les yeux. Trudy passa la nuit à l'hôpital d'Ashland. À leur retour le lendemain après-midi, la pluie continuait de danser.

*

La limite arrière de leur propriété longeait un cours d'eau qui traversait la forêt de Chequamegon. D'une largeur de soixante à quatre-vingt-dix centimètres le plus clair de l'année, il était si peu profond qu'on pouvait attraper une pierre au fond sans se mouiller le poignet. Quand Schultz avait érigé sa clôture en fils de fer barbelés, il avait consciencieusement planté ses piquets au milieu du ruisseau.

L'hiver, quand on ne distinguait plus que le haut des piquets et que le ruisseau s'écoulait goutte à goutte, Edgar et son père se promenaient souvent dans les parages. Un jour, Almondine entendit le bruit de l'eau, repéra la source et plongea ses pattes de devant dans la neige jusqu'à l'eau glaciale. Au rire d'Edgar, tout silencieux qu'il fût, les oreilles de la chienne retombèrent. Elle leva ses pattes l'une après l'autre pour qu'il les sèche avec son bonnet et ses gants, puis ils rentrèrent.

Au printemps, pendant quelques semaines, le ruisseau se transformait en une rivière couleur de glaise qui balayait le sol de la forêt sur trois mètres de chaque côté des piquets de clôture et charriait tout et n'importe quoi – boîtes de soupe, cartes de base-ball, crayons. Nul ne savait d'où ils venaient puisqu'il n'y avait rien d'autre que la forêt en amont. Tandis que son père, adossé à un arbre, contemplait la ligne de piquets, Edgar jetait des bâtons ou gros bouts de bois pourri dans l'eau visqueuse, lesquels s'éloignaient en tressautant jusqu'au Mississippi, du moins l'espérait-il.

Un jour, ils aperçurent une loutre qui flottait le ventre en l'air dans les eaux en crue, les pattes dans le sens du courant, lissant sa fourrure abdominale – on aurait dit un petit animal-canot autonome. Comme elle passait devant eux, la loutre se rendit compte qu'on l'observait et leva la tête. Elle avait les yeux ronds, humides et noirs. Ils se fixaient toujours, éberlués, lorsque le courant l'emporta.

*

Après son retour de l'hôpital, Trudy resta couchée à regarder les motifs que la pluie dessinait sur les carreaux. Gar préparait les repas et les lui apportait. Elle parlait juste assez pour le rassurer, puis se retournait pour contempler l'horizon par la fenêtre. La pluie s'arrêta au bout de quatre jours mais des nuages gris recouvrirent la terre. Ni le soleil ni la lune n'étaient apparus depuis l'accouchement de l'enfant mort-né. La nuit, Gar prenait sa femme dans ses bras et lui murmurait des paroles de réconfort jusqu'à ce qu'il sombre dans un sommeil où la déception se mêlait à l'épuisement.

Enfin, un matin, Trudy descendit se laver et petit-déjeuner dans la cuisine. Son visage était très pâle mais elle semblait moins absente. Le temps s'étant radouci, Gar la convainquit de s'installer dans un grand fauteuil capitonné qu'il avait installé sur la véranda. Il lui apporta une couverture et du café, puis, le plus gentiment possible, elle lui demanda de la laisser : elle allait bien, elle avait besoin d'être seule. Il ordonna à Almondine de rester avec elle, puis partit pour le chenil.

Les corvées matinales terminées, il emporta un pinceau et un seau de peinture blanche jusqu'aux bouleaux. Quand il eut fini de peindre la croix, il retourna la terre de ses mains pour effacer les traces de peinture. Si la peinture de la croix avait été supportable, en revanche le contact de la terre l'emplit de désespoir. Comme il n'était pas question que Trudy le voie dans cet état, il longea la clôture à travers bois au lieu de retourner au chenil. Les longues journées de pluie avaient fait déborder le ruisseau jusqu'au deuxième rang de fils barbelés. Il repéra un arbre contre lequel s'adosser et compta distraitement les tourbillons qui se formaient derrière les piquets. Cela le réconforta sans qu'il comprenne pourquoi. Au bout d'un moment, son œil fut attiré par ce qu'il prit tout d'abord pour un tas de feuilles mortes dont la couleur brune se confondait à celle de l'eau. Puis il constata, non sans surprise, qu'il s'agissait d'un animal en train de se noyer. Dans un remous, il disparut, s'agita sous l'eau et refit surface en poussant un petit cri caractéristique.

Lorsque Gar parvint au niveau de la clôture, il avait de l'eau jusqu'aux genoux – plus chaude qu'il ne l'avait imaginé –, mais il fut encore plus étonné par la force du courant qui l'obligea à attraper un piquet pour garder l'équilibre. Quand l'animal passa à proximité, il le sortit de l'eau et l'observa avant de le fourrer dans son manteau. Le réchauffant de ses mains, il traversa d'une traite les bois vers la maison.

*

Trudy, assise sur la véranda, vit Gar sortir de la forêt. Comme il se frayait un chemin à travers un bosquet de jeunes peupliers, on eût dit qu'il miroitait entre leurs troncs tel un fantôme, les mains serrées sur la poitrine. Elle crut d'abord qu'il était blessé mais, n'étant pas assez forte pour marcher à sa rencontre, elle attendit.

Dès qu'il arriva auprès d'elle, Gar s'agenouilla et lui tendit l'animal. Il savait qu'il était encore vivant puisqu'il lui avait mordillé les doigts tout le long du chemin. C'était un genre de chiot – un loup, peut-être, bien que personne n'en ait aperçu dans la région depuis des années. Trempé, grelottant, il était de la couleur des feuilles mortes, à peine plus grand que la paume de Gar et avait repris assez de vigueur pour avoir peur. Il se cambra, gémit, souffla et gratta les mains calleuses de Gar avec ses pattes arrière. Almondine, folle d'impatience de voir de quoi il s'agissait, pressa son museau contre le bras de Gar. Trudy lui ordonna fermement de se coucher, prit le chiot qu'elle examina une minute avant de l'enfouir dans son cou. « Chut, tout doux », murmura-t-elle, en lui donnant son petit doigt à téter.

C'était un mâle. Peut-être de trois semaines. Enfin, ils ne connaissaient pas les loups et ne pouvaient évaluer son âge qu'à l'aune de leur connaissance des chiens. Tandis que Gar commençait à relater ce qui s'était passé, les convulsions du chiot l'interrompirent. Ils le portèrent à l'intérieur où ils l'essuyèrent avec des serviettes, et il resta couché sans les quitter des yeux. Après lui avoir fait un lit dans un carton, ils l'installèrent près de la chaudière. Almondine passa un museau inquisiteur : n'ayant pas encore un an, elle était pataude, souvent bêtasse. De crainte qu'elle ne lui marche dessus ou le terrorise en le reniflant, ils posèrent le carton sur la table de la cuisine.

Trudy tenta le lait maternisé. À peine le chiot l'eut-il goûté qu'il repoussa la tétine de ses pattes guère plus grosses qu'un pouce. Alors elle essaya le lait de vache puis du miel dilué dans de l'eau, laissant les gouttes couler du bout de ses doigts. Ayant déniché un tablier pourvu d'une grande poche de devant, elle le trimbala ainsi dans l'espoir qu'il s'assiérait pour regarder mais, couché sur le dos, il la dévisageait gravement, ce qui la faisait sourire. Quand elle effleurait la fourrure de son ventre, le chiot se tortillait pour ne pas la quitter des yeux.

Pendant le dîner, Gar et Trudy envisagèrent différentes solutions. Ils avaient déjà vu des chiennes rejeter leurs petits même si rien ne paraissait anormal, et Gar rappela à sa femme que ça marchait parfois de placer des orphelins avec une autre mère. Aussitôt dit, ils laissèrent le dîner en plan et emmenèrent le chiot au chenil ; son odeur arracha un grognement à une des mères, une autre le repoussa et le recouvrit de paille avec son nez. Le chiot resta immobile. En proie à une fureur stérile, Trudy fila vers la maison, le chiot niché dans ses mains. Là, elle roula un morceau de fromage entre ses doigts jusqu'à ce qu'il soit chaud et mou, l'accompagna d'un minuscule bout de rôti dans son assiette – le chiot refusa les deux.

Vers minuit, épuisés, ils le couchèrent dans le berceau avec une soucoupe de lait. Almondine glissa le museau entre les barreaux pour flairer le chiot qui rampa vers elle. Les pattes arrière étirées, coussinets en l'air, il ne bougea plus tandis que les cloches du mobile carillonnaient.

Trudy se réveilla cette nuit-là et trouva Almondine en train d'arpenter la chambre. Dans le berceau, les yeux vitreux, le chiot n'avait pas la force de lever la tête. Elle tira le fauteuil à bascule près de la fenêtre, puis l'installa sur ses

genoux. Les nuages avaient disparu, la lueur du croissant de
lune tachetait sa fourrure d'argent. Almondine colla sa truffe
sur la cuisse de Trudy, renifla le chiot un long moment, puis
se coucha. L'ombre du fauteuil oscilla au-dessus d'elle.

Au cours de la dernière heure du chiot, Trudy lui parla
tout bas du point noir au tréfonds de son être comme s'il
pouvait comprendre. Elle caressa le duvet de son poitrail et,
lorsqu'il se tourna pour la regarder, ils conclurent un marché : l'un d'eux partirait, l'autre resterait.

À son réveil, Gar sut où était Trudy. Cette fois, ce fut lui
qui pleura. Ils enterrèrent le chiot sous les bouleaux près de
la tombe du bébé – si aucune des deux n'avait de nom, la nouvelle n'avait pas de croix. Le soleil et son maigre lot de conso-
lations avaient remplacé la pluie. À peine eurent-ils terminé
que les parents d'Edgar s'attelèrent à la tâche, un travail sans
fin : les chiens avaient faim, il fallait nourrir à la main des
petits dont la mère était malade, tandis que les jeunes, désobéissants et têtus, étaient en mal de dressage.

*

Edgar n'apprit pas cette histoire en une fois. Il la reconsti-
tua peu à peu au fil des questions qu'il posait en langue des
signes, chaque réponse lui permettant d'ajouter une nouvelle
pièce au puzzle. Parfois ses parents refusaient d'en parler ou
changeaient de sujet, peut-être par souci de le protéger, étant
donné sa fin tragique. Dans le même temps, ils ne voulaient
pas lui mentir.

Puis vint le jour – atroce – où l'histoire fut presque entièrement révélée. Sa mère lui raconta tout, du début à la fin,
répétant même ce qu'il savait déjà et ne laissant de côté que
ce qu'elle avait oublié. C'était tellement injuste qu'Edgar en
fut révolté, il se garda bien de le montrer de crainte que sa
mère n'édulcore la vérité. Jusque-là, il avait l'impression de
comprendre un peu ces événements, le monde en général –
il devait y avoir un certain équilibre, d'une façon ou d'une
autre il y aurait une compensation à la perte du bébé. Aussi,
quand sa mère lui raconta la mort du chiot dès la première
nuit, crut-il avoir mal compris et fit-il répéter. Plus tard, il

conclut que la compensation avait existé, si cruelle et fugace qu'elle parût.

Sa mère tomba à nouveau enceinte et, cette fois, le bébé arriva à terme. C'était lui. Il naquit le 13 mai 1958, à 6 heures du matin. Ils le nommèrent Edgar, d'après son père. Et bien que la grossesse se soit déroulée sans encombre, une complication survint au moment où il prit sa respiration pour pousser son premier cri.

Il resta cinq jours à l'hôpital avant que ses parents puissent enfin le ramener à la maison.

Almondine

Enfin, elle comprit que la maison lui cachait un secret.

Durant tout l'hiver et une partie du printemps, Almondine sut qu'il allait se passer quelque chose, mais, où qu'elle cherchât, elle ne trouvait rien. Parfois, lorsqu'elle entrait dans une pièce, il lui semblait que ce qui allait se produire était là quelques instants plus tôt. Elle s'arrêtait, flairait, scrutait, puis la sensation disparaissait aussi mystérieusement qu'elle était apparue. Des semaines s'écoulaient sans un signe jusqu'au soir où, pelotonnée sous la fenêtre à écouter le murmure d'une conversation et les bruits de vaisselle, la chose se faisait à nouveau sentir. Pensive, elle battait alors de la queue contre les plinthes et repliait ses pattes sous elle. Quand rien ne se produisait au bout d'une demi-heure, elle grognait, soupirait, roulait sur le dos et attendait de voir si la chose ne s'était pas tapie quelque part dans son sommeil.

Elle commença à chercher dans les recoins inhabituels : derrière le réfrigérateur, où des années de poussière accumulée tourbillonnaient sous son souffle ; dans l'enchevêtrement de pieds de chaise et de pieds humains sous la table de la cuisine ; dans les bottes et les chaussures avachies, alignées près de la porte de service. En dehors de nouveaux pièges à souris derrière les appareils électroménagers, elle ne découvrit rien.

Un jour que les parents d'Edgar avaient laissé leur porte de placard ouverte, elle passa la matinée dans la chambre, certaine de pouvoir enfin coincer la chose dans ce fouillis de chaussures et de tissus. Elle finit par perdre patience et s'avança jusqu'au seuil, humant l'obscurité moisie quand l'appel impérieux de Trudy la força à renoncer. Lorsqu'elle se souvint du placard plus tard dans la journée, la chose avait disparu sans laisser de traces.

Parfois, après avoir cherché en vain, elle se collait à la mère ou au père d'Edgar et attendait qu'ils convoquent la chose. Mais ils devaient avoir oublié, à moins qu'ils ne soient pas au courant : elle avait en effet appris qu'ils ignoraient certaines choses pourtant évidentes. Ils avaient beau lui caresser les flancs ou lui gratter le dos, ce qu'elle voulait, c'était une responsabilité. Depuis presque un an, elle vivait dans la maison, éloignée de ses frères et sœurs, des sons et des odeurs du chenil, avec le dressage quotidien pour seule occupation. Or elle n'était pas le genre de chien que l'oisiveté rendait heureux. S'ils ne savaient rien de cette chose, il était d'autant plus important qu'elle la trouve.

En avril, elle commença à se réveiller la nuit, à rôder dans la maison, s'arrêtant pour interroger le canapé vide ou la chaudière qui ne répondaient jamais. Peut-être ne savaient-ils rien, à moins qu'ils ne se refusent à lui révéler quoi que ce soit. À la fin de ces rondes nocturnes, elle se retrouvait toujours dans la chambre au berceau où elle surprenait Trudy occupée à ranger la commode ou à effleurer le mobile. De la porte, son regard était attiré par le fauteuil à bascule baigné dans la pâle lueur nocturne qui filtrait à travers les rideaux de la fenêtre. Elle se souvenait d'un temps où elle avait dormi à côté de ce fauteuil alors que Trudy se balançait dans le noir. Elle s'approchait, glissait son nez sous l'assise, la soulevait légèrement afin de l'encourager aux confidences. Peine perdue, il se contentait d'osciller en silence.

De toute évidence, le lit connaissait le secret mais il ne dévoilait rien, quel que fût le nombre de fois où elle l'interrogeait. Une nuit, les parents d'Edgar se réveillèrent et la trouvèrent en train de tirer sur la couverture, par dépit. Le matin, elle allait systématiquement renifler le camion – pour elle, c'était « le voyageur » – qui, pétrifié dans l'allée, ne lui livrait pas davantage ses secrets.

Ainsi, au terme de cette période, Almondine ne put que s'apitoyer sur le sort de Trudy, car elle désirait manifestement autant dénicher la chose qu'elle. Pour une raison inconnue elle restait couchée dans son lit plutôt que d'aller au chenil. Mieux valait donc cesser de chercher et laisser la maison dévoiler son secret en toute liberté.

Puis, un matin, ils se levèrent alors qu'il faisait encore nuit. Le père d'Edgar se mit à courir dans toute la maison, ne s'arrêtant que pour passer deux coups de fil rapides. Il jeta quelques affaires dans une valise qu'il porta dans le camion, puis il la rapporta et y ajouta d'autres affaires. Pendant ce temps, Almondine regarda Trudy enfiler lentement ses vêtements. Quand elle fut habillée, elle s'assit au bord du lit : « Détends-toi, Gar, nous avons tout le temps. » Ensemble, ils descendirent l'escalier, Almondine sur leurs talons. Lorsque Trudy fut assise dans le camion, la chienne fit le tour et attendit qu'on lui ouvre le hayon, mais Gar la conduisit au chenil où il lui désigna un box vide.

Elle s'immobilisa et le regarda, incrédule.

« Entre », ordonna-t-il.

Tentée, elle regarda la porte ouverte de la grange. La lumière matinale se déversait dans le dos de Gar, projetant son ombre jusqu'à elle, sur le ciment sec et poussiéreux. Tout compte fait, elle se laissa saisir par le collier, elle n'avait pas le choix. Elle entendit le camion démarrer, puis les pneus crisser sur le gravier, tandis que les chiens aboyaient. Almondine, dévastée, n'eut d'autre idée que de guetter le retour de Gar, qui se précipiterait pour la chercher. De guerre lasse, elle finit par se coucher contre la porte, ses touffes de poils passant à travers le grillage.

Le Dr Papineau arriva ce soir-là pour distribuer eau et nourriture ainsi que pour examiner les chiots. Le lendemain matin, le père d'Edgar revint pour expédier ses corvées à toute allure, sans s'occuper d'Almondine plantée dans le couloir du chenil. Pour couronner le tout, ce fut encore le Dr Papineau qui passa le soir. À la tombée de la nuit, elle sortit dans l'enclos extérieur et écouta les rainettes entonner leur cacophonie et le battement d'ailes des chauves-souris, tout en contemplant la lune qui, tel un œil immobile, s'élevait au-dessus des arbres et projetait son éclat bleuté sur le champ. Il faisait juste assez frais pour que son souffle soit visible ; elle resta là longtemps à essayer de deviner ce qui était en train de se passer. D'autres chiens poussèrent leur porte et la rejoignirent. Le vieux silo en pierre les dominait de toute sa hauteur. Au bout d'un moment, elle renonça, rentra et se roula en boule dans un coin sans quitter des yeux les portes closes de la grange.

Un jour s'écoula. Puis deux autres. Un matin, Almondine entendit le camion entrer dans la cour, suivi d'une voiture. Lorsque la voix de la mère d'Edgar lui parvint, elle appuya ses pattes sur la porte et, pour la première fois depuis qu'elle était enfermée là, joignit ses aboiements à ceux des autres chiens. Le père d'Edgar vint lui ouvrir. Après quelques cabrioles dans le couloir, elle bondit vers l'escalier de la véranda à l'arrière de la maison et l'attendit.

Assise dans son fauteuil du salon, Trudy tenait une couverture blanche dans les bras, tandis que le Dr Papineau était installé sur le canapé, son chapeau sur les genoux. Tremblante de curiosité, Almondine s'approcha. Elle promena prudemment son museau sur l'épaule de Trudy, s'arrêta à quelques centimètres de la couverture, plissa les yeux en haletant doucement. D'infimes souffles émanèrent du tissu d'où jaillit une menotte rose. Cinq doigts s'écartèrent et se détendirent, comme pour bâiller – en un sens, ce fut la première fois qu'elle le vit s'exprimer en langage des signes.

La menotte était tellement moite, rose et intéressante que la tentation fut irrésistible. Elle avança son nez de quelques millimètres supplémentaires.

« Pas de coups de langue », murmura la mère d'Edgar à son oreille.

Almondine remua la queue de plus en plus vite comme pour se libérer de quelque chose ancré en elle depuis longtemps. Les battements de sa queue secouaient avec régularité son poitrail et ses épaules. Décollant son museau de l'épaule de Trudy, elle lécha l'air, une petite farce qui la délivra de toute retenue ; elle fit mine de saluer et aboya doucement. Du coup, on l'obligea à se coucher sans bouger – peu lui importait, du moment qu'on ne l'empêchait pas de regarder.

Le Dr Papineau resta avec eux près d'une heure. À en juger par leur conversation, grave et sérieuse, Almondine comprit qu'ils s'inquiétaient pour le bébé : quelque chose n'allait pas. Pourtant, il lui semblait se porter comme un charme : il gigotait, respirait, dormait.

Le vétérinaire prit congé et le père d'Edgar se rendit dans la grange où il s'acquitta correctement de ses tâches quotidiennes pour la première fois depuis quatre jours. Quant à Trudy, épuisée, elle regarda par la fenêtre tandis que l'enfant dormait au cœur de cet après-midi de printemps, lumineux, vert et frais, dans la maison qui les entourait de quiétude. La mère d'Edgar finit par s'assoupir dans son fauteuil.

Couchée par terre, Almondine s'efforçait de résoudre une énigme : au retour de Gar, elle avait été certaine que la maison livrerait enfin son secret. Lorsqu'elle avait vu la couverture et senti le bébé, elle avait cru que c'était peut-être ça. À présent, elle avait l'impression de s'être trompée ; quoi que ce fût, c'était lié au bébé, mais il y avait autre chose.

Alors qu'elle était perdue dans ses pensées, un bruit lui parvint aux oreilles – un grincement sourd, à peine audible, même pour elle. Tout d'abord elle ne réussit pas à l'identifier. Lorsqu'elle était entrée dans la pièce, elle avait entendu la respiration émanant de la couverture, celle qui concordait presque au souffle de la mère. Aussi mit-elle un certain temps à percevoir que ce nouveau son trahissait de la détresse, à comprendre que ce quasi-silence était un vagissement. En vain, elle attendit qu'il s'arrête mais le bruit continua aussi discret que le frémissement des jeunes feuilles sur les pommiers.

Voilà le sujet de leur inquiétude, conclut-elle.

Le bébé n'avait pas de voix. Il ne pouvait émettre aucun son.

Almondine haleta. Elle se balança sur ses pattes sans cesser de les observer – Trudy dormait toujours – et devina enfin ce qui allait se passer : son temps de dressage était terminé, elle avait un travail.

Elle traversa la pièce et s'arrêta près du fauteuil, devenant à cet instant et pour toujours un chien gardien. Soudain, elle comprenait l'importance de son rôle ; comme elle regardait ces deux êtres, l'un hurlant en silence, l'autre écroulé dans un épuisement gracieux, une certitude l'envahit comme la lumière du matin inonde une pièce orientée au nord. Consciencieusement, elle donna un seul coup de langue sur le visage de Trudy, puis recula. Réveillée en sursaut, la mère déplaça la couverture ainsi que son contenu, ajusta sa chemise et d'autres bruits se firent entendre, aussi discrets que les précédents, mais sans aucune note de détresse.

Almondine retourna à l'endroit où on lui avait ordonné de rester. Cela n'avait duré que l'espace de quelques minutes, elle sentait encore la chaleur de son corps sur le tapis. Après les avoir longuement observés, elle se coucha, enfouit son nez sous sa queue et s'endormit.

Signes

Comment ne pas s'inquiéter avec un enfant pareil? Gar et Trudy craignaient qu'il n'ait jamais de voix. Ses médecins s'alarmaient parce qu'il ne toussait pas. Almondine s'affolait dès que le garçon sortait de son champ de vision, même si cela ne durait jamais très longtemps.

Ils découvrirent assez vite que personne ne comprenait le cas d'Edgar. De tels enfants n'existaient que dans les manuels, et encore ils se distinguaient de mille et une manières de leur bébé, qui remuait les lèvres quand il avait envie de téter, agitait les mains quand on le changeait, sentait la farine fraîche, dormait dans les bras de ses parents, s'étonnait à son réveil de la différence de leurs visages par rapport à l'éther d'un autre monde et restait aussi muet lorsqu'il était apaisé que lorsqu'il était malheureux.

Les médecins émirent leurs hypothèses après avoir minutieusement examiné sa gorge. Mais qui vivait avec lui du matin au soir? Qui faisait sonner son réveil au milieu de la nuit pour s'assurer qu'il allait bien? Qui se faufilait tous les matins pour trouver un nourrisson aux yeux grand ouverts, fixant le plafond d'un air interrogateur, la peau aussi fine qu'une pelure d'oignon? Quels que fussent les diagnostics hasardeux des médecins, Trudy et Gar, constatant chaque jour des preuves de sa normalité ou de son étrangeté, tiraient leurs propres conclusions. Les petits avaient tous les mêmes besoins élémentaires – chiots ou bébés, braillards ou mutiques. Une certitude à laquelle ils se cramponnèrent, pour un temps du moins. Peu importait qu'il fût spécial ou normal, il était vivant. L'essentiel était qu'il ouvre les yeux chaque matin. Comparé à cela, le silence n'était rien.

*

En septembre, Trudy en eut assez des salles d'attente, des graphiques, des examens, sans parler du coût et du temps passé loin du chenil. L'été durant, elle s'était sommée d'être patiente, convaincue que son fils finirait par pleurer et babiller comme les autres. Or, la situation semblait s'aggraver ; certaines nuits, elle dormait à peine tant elle se posait de questions. Si la médecine ne pouvait fournir de réponse, peut-être existait-il d'autres moyens de savoir. Un soir, elle raconta à Gar qu'il leur fallait du lait maternisé, emmitoufla Edgar, le mit dans le camion et partit pour Popcorn Corners. Les feuilles des arbres étaient de toutes les nuances de rouge et de jaune tandis que celles qui jonchaient la terre battue de la Town Line Road, brunes et fripées, tourbillonnaient au passage du pick-up.

Après s'être garée devant la vieille épicerie branlante, elle fixa le néon orange du panneau OUVERT qui se reflétait dans la vitrine. À l'intérieur brillamment éclairé, il n'y avait qu'une vieille femme aux cheveux gris, au visage très marqué et à l'allure d'échassier, assise derrière le comptoir : Ida Paine, la propriétaire. Une radio diffusait un air de violon qui dominait le bruissement des feuilles agitées par la brise du soir. Trudy avait arrêté le camion devant la vitrine du magasin et Ida Paine, qui se doutait sûrement de sa présence, n'en restait pas moins immobile, les mains croisées sur ses genoux, une cigarette invisible se consumant quelque part. Sans sa peur de voir surgir un client, Trudy aurait sans doute attendu longtemps, mais elle respira un grand coup, cala Edgar dans ses bras et entra. Un peu désemparée, elle s'aperçut que la radio s'était tue et perdit l'usage de la parole. De son perchoir, Ida Paine la regardait fixement derrière ses énormes lunettes. En regardant Edgar blotti au creux de ses bras, Trudy songea que c'était une erreur d'être venue. Comme elle tournait les talons, prête à partir, Ida Paine brisa le silence :

« Montrez-le-moi. »

Ida n'avait pas tendu les bras ni fait le tour du comptoir, et sa voix, loin d'être affectueuse, trahissait plutôt une lassitude indifférente empreinte, certes, de bienveillance. Trudy s'avança et déposa Edgar sur le comptoir, là où le bois s'était patiné au contact des boîtes de conserve ou des bocaux de cornichons. Edgar se mit aussitôt à gigoter et empoigna l'air comme s'il s'agissait d'une matière élastique qu'aucune des deux femmes n'avait la faculté de sentir. Ida se pencha et l'examina avec ses grands yeux, deux volutes de fumée grise s'échappant de ses narines. Puis elle leva une main marbrée de veines bleues, étira un petit doigt que Trudy compara à un bout d'aile de poulet déplumé et l'enfonça dans la cuisse d'Edgar qui écarquilla ses yeux aussitôt pleins de larmes. Un infime vagissement sortit de sa bouche.

Trudy avait vu une douzaine de médecins ausculter son fils sans un frisson, là, elle ne put le supporter. Elle tendit les bras pour reprendre son bébé.

« Attendez. » Inclinant la tête, Ida appuya son petit doigt aviaire sur la paume de l'enfant qui referma aussitôt ses doigts minuscules. Ida Paine resta ainsi une éternité, du moins fût-ce l'impression de Trudy qui avait cessé de respirer. Dès qu'elle réussit à exhaler, elle s'empara d'Edgar et s'écarta du comptoir.

Dehors, au carrefour, des phares apparurent. Ni Trudy ni Ida ne bougèrent. L'enseigne lumineuse OUVERT s'éteignit puis, quelques secondes plus tard, les néons du plafond aussi. Dans le noir, Trudy distingua la silhouette de sorcière d'Ida, sa main levée, dont elle examinait le petit doigt. La vieille femme ne prêta aucune attention à la fourgonnette qui roula sur le parking en terre battue avant d'accélérer en arrivant sur l'asphalte.

« Non, grommela Ida Paine d'un ton sans appel.

— Jamais, vous croyez ?

— Il peut utiliser ses mains. »

Le crissement des pneus s'était évanoui dans la nuit. Un flux de tortillons de plasma orange rampa dans les tubes du panneau OUVERT. Les ballasts du plafond bourdonnèrent. Les néons s'allumèrent. Trudy attendit qu'Ida développe, mais elle comprit rapidement que l'oracle était des plus laconiques.

« C'est tout, ou avez-vous besoin d'autre chose ? » se contenta d'ajouter Ida.

*

Un mois s'était écoulé lorsqu'une femme leur rendit visite. Trudy préparait un déjeuner tardif dans la cuisine, Gar prenait soin d'une nouvelle portée au chenil. On frappa. Trudy sortit sur la véranda où attendait une femme robuste aux cheveux frisottés d'un gris métallique, vêtue d'une jupe à fleurs et d'un chemisier blanc. Agrippée à son sac, elle jetait des coups d'œil par-dessus son épaule vers le chenil où les chiens donnaient l'alarme.

« Bonjour, lança la femme, un sourire hésitant aux lèvres. Je crains que vous ne trouviez ma démarche déplacée, c'est en tout cas l'avis de vos chiens, dit-elle en lissant sa jupe. « Je m'appelle Louisa Wilkes, et je… enfin, je ne sais pas très bien pourquoi je suis ici. »

Trudy lui proposa d'entrer si Almondine ne la dérangeait pas. « Non, les chiens ne me dérangent pas s'il n'y en a qu'un ou deux », répondit la jeune femme en s'installant dans le canapé. Almondine se coucha en boule devant le couffin d'Edgar. À sa démarche guindée, sa façon de croiser les mains une fois assise, Trudy en conclut qu'elle venait du Sud.

« Que puis-je faire pour vous ? demanda Trudy.

— Eh bien, comme je vous l'ai dit, je n'en sais encore trop rien. Je suis venue rendre visite à John et Eleanor Wilkes, mon neveu et son épouse, vous les connaissez ?

— Ah oui, bien sûr, acquiesça Trudy à qui le nom de Wilkes avait paru familier. Nous croisons Eleanor en ville de temps en temps. John et elle s'occupent d'un de nos chiens.

— Oui, c'est la première chose que j'ai remarquée. Leur Ben est un animal remarquable. Il a des yeux très intelligents comme le vôtre. Le même regard. Quoi qu'il en soit, je leur ai demandé de me prêter leur voiture pour découvrir la région. Cela peut paraître singulier, mais j'aime rouler seule, en silence. Sur le chemin du retour je me suis retrouvée devant une petite boutique perdue au milieu de nulle part. J'espérais y trouver des sandwiches. Peine perdue, j'ai dû me contenter de biscuits et d'un soda. La femme qui tient le magasin est plutôt bizarre.

— Il s'agit sûrement du Popcorn Corners. Il appartient à Ida Paine – il est vrai qu'elle peut donner la chair de poule.

— En effet. Au moment de payer, elle m'a conseillé de continuer sur la nationale puis de prendre cette petite route et chercher les chiens. C'était étonnant puisque je n'avais rien demandé, d'autant qu'elle m'a indiqué tout cela comme si c'était le cas. Elle m'a hélée alors que je me dirigeais vers ma voiture. Lorsque j'ai cherché à en savoir plus, elle s'est tue. Ma curiosité l'a emporté et, au lieu de rebrousser chemin, j'ai roulé et suis tombée sur la route à l'endroit précis qu'elle avait décrit. Quand j'ai vu vos chiens, je... je me suis garée sur le bas-côté et me voilà. Il faut reconnaître que c'était un peu fou. »

Louisa Wilkes parcourut la pièce du regard : « J'ai pourtant l'impression que nous avons des choses à nous dire. Vous venez d'avoir un bébé », constata-t-elle, s'approchant du couffin. Trudy la rejoignit.

« Il s'appelle Edgar. »

Bien réveillé, le bébé fronça les sourcils, mécontent qu'une autre femme que sa mère se penche sur lui, et ouvrit grand la bouche pour produire un silence. Les sourcils froncés, la femme regarda Trudy.

« Oui. Il ne se sert pas de sa voix – l'équipement a beau être là, il n'y a aucun bruit quand il pleure. Nous ne comprenons pas pourquoi. »

À ces mots, Louisa Wilkes se redressa. « Quel âge a-t-il ?

— Presque six mois.

— Est-il possible qu'il soit sourd ? C'est très facile à vérifier, même chez les enfants, vous...

— ... claquez des mains et observez leur réaction. Depuis le début nous savons qu'il entend bien. Dès que je parle, il me cherche des yeux. Pourquoi cette question ? Vous connaissez un cas du même genre ?

— Absolument pas, madame Sawtelle. Je n'en ai jamais entendu parler, en revanche... D'abord, je tiens à préciser que je ne suis pas infirmière et encore moins médecin.

— Tant mieux, je ne peux plus les supporter. Les docteurs se sont évertués à nous détailler ce qui allait bien chez Edgar, c'est-à-dire tout, sauf sa voix. Ils ont vérifié la vitesse de dilatation de ses pupilles. Ils ont testé sa salive. Ils lui ont prélevé du sang. Ils lui ont même fait des électrocardiogrammes. C'est incroyable ce qu'on peut faire subir à un nourrisson, mais j'ai fini par mettre le holà... il n'est pas question qu'on torture mon fils pendant toute son enfance, surtout qu'il suffit de passer quelques minutes avec lui pour se rendre compte qu'il est parfaitement normal. »

Almondine, qui s'était levée, reniflait le couffin et Mme Wilkes avec la même inquiétude. Celle-ci baissa les yeux sur elle : « On dirait Benny. C'est un animal extraordinaire, je n'ai jamais vu un chien aussi intelligent. Je jurerais qu'il se tourne vers moi quand il croit que c'est à mon tour de parler.

— Oui. Ils comprennent davantage de choses qu'on ne veut le reconnaître.

— Oh, c'est plus que cela. J'ai côtoyé beaucoup de chiens – ceux qui se couchent sur vos genoux et s'endorment, ceux qui aboient à l'apparition d'un inconnu, ceux qui vous couvent du regard comme un amant, mais des comme lui, jamais. »

Louisa Wilkes regarda Edgar dans son couffin. Puis elle se retourna, leva les mains et les agita en fixant Trudy intensément. Ses gestes, fluides et expressifs, n'étaient accompagnés d'aucune parole.

« Je viens de dire : je suis l'enfant de deux parents complètement sourds », expliqua-t-elle au bout d'un moment.

Une nouvelle envolée de mains.

« Je ne suis pas sourde moi-même mais j'enseigne le langage des signes dans une école pour malentendants. Madame Sawtelle, je me demande ce qui arrivera si l'usage de la parole est la seule chose qui manque à votre fils. »

Trudy fut frappée par l'habilité avec laquelle Louisa Wilkes formulait ses questions ainsi que par la fermeté qui apparaissait lorsqu'elle utilisait le langage des signes, empreinte d'une sorte de violence qui lui plut : Louisa Wilkes ne tournait pas autour du pot. En outre, Trudy ne parvenait pas à oublier la prédiction d'Ida Paine : « Il peut utiliser ses mains. » Sur le moment, Trudy avait cru qu'Ida Paine avait voulu dire qu'Edgar pourrait uniquement utiliser ses mains, qu'il était destiné à un travail médiocre, ce qu'elle savait être faux. Vexée, elle n'avait jamais parlé de l'épisode à Gar. À présent, elle comprenait avoir mal interprété les propos d'Ida Paine.

« Il se débrouillera, madame Wilkes. Je crois que nous découvrirons qu'il n'y a aucun autre problème. Peut-être qu'en grandissant sa voix reviendra. Dès l'instant où nous ignorons pourquoi elle est partie, il est impossible de savoir si c'est provisoire ou non.

— Il n'a jamais émis le moindre son ? Ne serait-ce qu'une fois ?

— Non, jamais.

— Et les médecins, que vous ont-ils conseillé de faire en attendant de découvrir si votre fils a une voix ou pas ?

— Ils m'ont démoralisée avec des évidences. Ils m'ont dit de lui parler, ce dont je ne me prive pas, afin qu'il imite sa mère s'il en a un jour l'occasion.

— Vous ont-ils suggéré des exercices que vous seriez susceptible de faire avec lui ?

— Rien, vraiment. Ils ont spéculé sur les mesures que nous pourrions prendre dans quelques années au cas où son état resterait stationnaire ; pour l'heure, nous devons nous borner à l'observer. Tout commencera si – quand – un changement se produira. »

À ces mots, la réserve de Mme Wilkes, qui fondait rapidement depuis qu'elles abordaient le sujet de la surdité, disparut.

« Écoutez, madame Sawtelle. Je ne veux présumer de rien et je ne doute pas que vous ayez déjà lu ou entendu parler de ce que je m'apprête à vous dire – même s'il semble que les médecins que vous avez rencontrés ont péché par ignorance, ce qui ne m'étonne guère. Il n'est jamais trop tôt pour inculquer le potentiel du langage aux enfants dont la compré-

hension risque d'être précaire. Personne ne sait quand les
enfants en commencent l'apprentissage – à quel moment
précis ils comprennent qu'ils peuvent et doivent parler,
que leur épanouissement passe par la parole. En revanche,
il est démontré que, faute d'être cultivé, le don du langage
s'atrophie au bout d'un an. C'est arrivé à de nombreux petits
sourds au cours de l'histoire : on a laissé des enfants soi-
disant attardés livrés à eux-mêmes, alors qu'ils étaient intelligents et doués, on les a abandonnés parce qu'ils ignoraient
que le son existait. Comment le pouvaient-ils ? Le temps que
quelqu'un s'aperçoive qu'il ne leur manquait que l'ouïe, ils
étaient handicapés à vie.

— Mais tout cela concerne des enfants sourds, pas ceux
qui sont incapables d'émettre des sons. Edgar entend, c'est
incontestable.

— Et la parole alors ? L'échange avec autrui consiste
autant à donner qu'à recevoir, à exprimer ce que l'on ressent. Les bébés l'apprennent en pleurant – ils apprennent
qu'attirer l'attention sur eux, même de la façon la plus primitive, leur apporte chaleur, nourriture et confort. Je suis
inquiète pour votre enfant, madame Sawtelle, comment
va-t-il apprendre ça ? Permettez-moi de vous parler un peu
de moi. À ma naissance, mes propres parents ont été confron-
tés à un dilemme : comment m'enseigner à parler ? Pour leur
part, ils avaient appris bien trop tard – à leur adolescence –,
si bien qu'ils maîtrisaient tout sauf la production d'un discours intelligible. Or ils désiraient plus que tout au monde
que leur fille s'exprime normalement.

— Qu'ont-ils fait ?

— Ils sont partis du principe que j'apprenais, même
si je n'en donnais pas l'impression. Ils m'ont fait écouter
des disques de conversations. Ils ont acheté une radio et
demandé à leurs amis entendants sur quelles stations ils
devaient la régler et les horaires de diffusion. Ils observaient
ma bouche pour savoir si j'émettais des sons. Ils se sont orga-
nisés pour que je passe du temps avec des gens désireux de
me parler et jouer avec moi. Bref, ils ont imaginé toutes les
situations possibles pour s'assurer que le langage me soit
accessible.

— Il y a sûrement eu plus que ça. Comment vous ont-ils répondu quand vous avez prononcé vos premiers mots ? Comment vous encourageaient-ils sans vous entendre ? »

Mme Wilkes évoqua alors l'empressement des bébés à apprendre un langage et l'impossibilité de les en empêcher dès lors qu'il y avait un exemple. Elle rappela comment des jumeaux isolés s'inventaient parfois une langue bien à eux. Elle était intarissable, elle avait travaillé aussi bien avec des enfants sourds qu'avec des enfants entendants mais issus de parents sourds. En réalité, le principe était simple : les bébés voulaient communiquer, ils assimilaient tout ce qu'on leur proposait, anglais, français, allemand, chinois ou langue des signes. En tant qu'enfant, elle avait appris à signer aussi bien qu'à parler, presque sans effort – un point essentiel dans le cas du bébé Sawtelle.

« Mais comment puis-je lui enseigner la langue des signes puisque je ne la connais pas ? objecta Trudy.

— Vous apprendrez ensemble. En premier lieu, il vous suffira de maîtriser quelques signes de base pour transmettre à Edgar les choses simples.

— Lesquelles ?

— Eh bien, lui dire que vous l'aimez, lui décrire sa nourriture, nommer les choses : chien, oiseau, papa, maman, ciel, nuage. Comme avec n'importe quel enfant. Montrez-lui la façon de réclamer ce dont il a envie en bougeant ses mains pour former ce signe. Montrez-lui la façon d'obtenir davantage de ce dont il a envie. » En guise de démonstration, elle fit rebondir le bout des doigts d'une main sur la paume de l'autre. « Plus tard, quand il sera temps de construire des phrases, vous saurez déjà ça. »

Leur conversation se poursuivit longtemps. Quand Gar rentra du chenil, Mme Wilkes commença à leur enseigner les bases ; affirmant qu'elle pourrait leur expliquer quelques signes et de la syntaxe facile en un soir. Elle leur montra des phrases simples comme *Trudy aime Gar*. Elle expliqua l'usage miraculeux des pronoms. Elle démontra un adjectif.

Fascinée, Trudy refaisait les signes, suivant à la lettre les corrections de Mme Wilkes. Gar essaya aussi, bien qu'il lui manquât la coordination et la grâce de sa femme.

Mme Wilkes les quitta peu avant minuit, bien plus tard que l'heure à laquelle ils se couchaient d'ordinaire. Edgar s'était réveillé plusieurs fois et, lorsqu'ils le montèrent, Mme Wilkes leur montra le signe *nourriture*, puis bougea les mains d'Edgar. C'était plus compliqué parce qu'il fallait exécuter les signes à l'envers, mais réalisable. Trudy comprit alors que l'entraînement procure au formateur déterminé un très grand pouvoir.

Edgar

Son premier souvenir.

La lumière rouge, celle du matin. Le plafond mansardé au-dessus de lui. Le cliquetis nonchalant de griffes sur le parquet. Un museau poilu entre les barreaux du lit. Des babines qui se retroussent en un sourire ridicule, révélant une rangée de dents délicates.

Le nez tremble. La truffe veloutée se fronce.

La maison est plongée dans le silence. Sois tranquille. Reste tranquille.

La fourrure douce et sombre du museau. La truffe noire, la peau comme un ouvrage de dentelle, les virgules des narines qui se dilatent à chaque inspiration. Une brise muselle les bruits du champ et rabat les rideaux vers l'intérieur. Le pommier près de la fenêtre de la cuisine caresse la maison. Il a beau exhaler le plus lentement possible pour feindre le sommeil, sa respiration est saccadée. Instantanément, le museau sait qu'il est réveillé. Il renifle. Il cherche à droite, à gauche. Il se retire. Le poitrail d'Almondine, tête en arrière, oreilles pointées en avant, apparaît derrière les barreaux.

Un œil fileté de rouge le fixe.

Des coups de queue.

Sois tranquille. Reste tranquille.

Le museau repart à la chasse, s'enfouit sous la couverture, sous les fermiers, les cochons, les poules et les vaches imprimés dans l'univers de coton. Il fait avancer sa main

sur ses doigts, imitant l'araignée, elle passe devant les rési-
dents de la ferme stupéfaits pour défier l'intrus. Elle devient
un oiseau voltigeant sous leurs yeux. Le pouce et l'index
pincent le nez ridé. La langue rose d'Almondine surgit mais
l'oiseau prend son envol avant qu'elle ne puisse le lécher.
Sa queue remue de plus en plus fort, son corps oscille, son
souffle l'enveloppe. Il tire sur le plus noir des poils du menton de la chienne qui, cette fois, lèche sa paume avec une
infinie délicatesse. Il se tourne sur le côté, frotte sa main sur
la couverture, souffle sur la tête d'Almondine. Elle baisse les
oreilles. Elle tape du pied. Il souffle à nouveau. Elle recule,
se baisse, aboie, tandis que d'irrépressibles battements de
cœur cognent dans son poitrail. Dès qu'il les entend, il oublie
son jeu et appuie son visage contre les barreaux pour la voir
tout entière, la dévorer des yeux. Avant qu'il n'ait le temps de
bouger, elle lui lèche le nez et le front ! Il se donne une claque
sur le visage, trop tard : elle est partie, elle virevolte, elle se
mord la queue, elle danse dans les particules lumineuses qui
filtrent par la vitre.

*

Il est ballotté sur la hanche de sa mère qui marche dans
l'allée centrale du chenil. Les chiens se précipitent à travers
les rideaux de toile accrochés aux murs de la grange, le
regardent, captent son odeur. La voix de sa mère est mélo-
dieuse lorsqu'elle les appelle.

*

Son père est assis à la table de la cuisine, des papiers
éparpillés devant lui. Des photos de chiens. D'une voix douce
à son oreille, son père parle d'un croisement. Il tient un pedigree entre ses doigts.

*

Il traverse la cour en courant, passe devant la laiterie,
ferme la porte de la barrière avant qu'Almondine ne l'attrape.

Il se tapit sous les herbes folles et l'observe. Elle adore sauter. Elle prend son élan, puis s'envole au-dessus de la clôture. En un instant elle est à côté de lui, haletante. Il serre les poings et feint de se fâcher. Dès qu'elle détourne le regard, il décampe à nouveau. Les herbes se referment derrière lui. Il est dans le verger, accroché à une branche, le seul endroit où elle ne peut le suivre. Il laisse pendre une main pour la narguer. Tout à coup, le monde bascule. Quand il heurte la terre, un bruit sourd résonne dans sa poitrine. Il fond en larmes, mais on n'entend que l'aboiement d'Almondine et, peu après, ceux des chiens du chenil.

*

Un pneu est suspendu au pommier le plus éloigné par une corde usée et marronnasse. Il a oublié pourquoi il n'a pas le droit de s'en approcher. Il glisse ses épaules dans le cercle en caoutchouc, balance les jambes. Les pommiers qui l'entourent dansent à en donner le vertige. Sorties de l'ombre à la lumière, les abeilles se rassemblent en une minute et le piquent alors qu'il est coincé dans le pneu, une fois dans le cou, une fois sur le bras. Points de lumière brûlants. Almondine gobe l'air, jappe, frotte une patte sur sa gueule. Puis ils se précipitent dans la maison. La porte claque derrière eux. Ils attendent de voir si les abeilles les suivent, si l'essaim grossit sur la porte grillagée. L'espace d'un instant Edgar croit presque que les abeilles n'ont jamais existé. Puis les piqûres le brûlent.

*

Il traînasse dans le chenil, un livre à la main : *Winnie l'Ourson*. Il ouvre un box de maternité, s'assied. Les chiots sortent de sous la paille et s'approchent de lui en soulevant de la poussière blanche. Il les prend entre ses jambes et leur lit, les mains virevoltant devant leurs museaux. Leur mère arrive. Ils piaillent comme des poussins dès qu'ils l'aperçoivent. Un par un, elle les ramène dans la niche – petites formes noires en haricot qui pendent dans sa gueule – puis lui lance un regard de reproche.

Ils avaient envie d'écouter, signe-t-il, mais la mère refuse de s'installer avec ses chiots tant qu'il reste là.
Winnie l'Ourson est une belle histoire pour les petits.
Si seulement elle lui permettait de la leur raconter.

*

À l'heure du coucher, son père lui lit une histoire d'une voix douce, à la lueur de la lampe de chevet qui se reflète dans les carreaux de ses lunettes. *Le Livre de la Jungle*. Edgar veut s'endormir en gardant Mowgli et Bagheera dans sa tête. Alors que la voix de son père s'arrête, il se redresse.
Encore, réclame-t-il en tapant le bout de ses doigts contre la paume de son autre main.
Son père commence la page suivante. Edgar s'étend à nouveau et bouge ses mains au son de la voix de son père. Il pense aux mots. À la forme des mots.

*

Il est assis sur le coussin en skaï gris du banc du médecin, la bouche grande ouverte. Le visage du docteur, qui regarde à l'intérieur de lui, est tout près.
Le médecin pose des lettres sur une table. Il lui demande d'épeler « pomme », mais il n'y arrive pas parce qu'il n'y a qu'un « m ». Comme le docteur inscrit quelque chose sur un bloc-notes, il essaie de retourner le « w » pour que le mot soit correct.
« Je souhaiterais qu'il reste quelques jours », déclare le médecin. La mère d'Edgar secoue la tête en fronçant les sourcils.
Le médecin appuie un truc bourdonnant en forme de lampe de poche sur sa gorge.
« Expire. Retrousse tes lèvres. Touche ton palais avec ta langue. Fais un rond avec tes lèvres. »
Edgar obéit, un mot s'envole de sa bouche : « Ellooooo. » Le son est horrible, des mouches contre une vitre.
Pas ça.
Le médecin ne comprend pas tout de suite. Edgar utilise le tableau et prend le temps de lui expliquer. Sur le chemin

du retour, ils s'arrêtent boire un sundae au Dog'N'Suds. Une expression sur le visage de sa mère : chagrin ? Colère ?

*

Assis dans le box de maternité, il observe une nouvelle portée de chiots qui se tortillent. À cinq jours, ils sont encore trop petits pour qu'il leur attribue un nom. C'est son travail désormais.

Un des chiots tente de grimper sur les autres, les poussant pour téter. Une petite brute. Il s'appellera Hector, décide Edgar. Le choix des noms est une entreprise délicate. Le soir, il en discute avec ses parents. Il est très jeune et commence seulement à utiliser son dictionnaire pour en trouver. Il les note dans les marges.

*

Le médecin arrive accompagné d'un barbu aux longs cheveux noirs. Le barbu signe bonjour, un mouvement rapide de sa main partant du front, puis pose une question à Edgar, qui n'a jamais vu signer aussi vite ; les signes se fondent l'un dans l'autre.

Trop vite, indique-t-il.

Attrapant les poignets de l'homme, il lui demande de recommencer.

Le barbu s'adresse alors au médecin, qui acquiesce.

Tu as une drôle de voix, signe Edgar. L'homme éclate d'un rire qui lui paraît aussi très bizarre.

Vraiment ? Je suis sourd. Je n'ai jamais entendu ma voix, explique l'homme.

Edgar l'observe comme s'il ne savait pas qu'un sourd pouvait avoir l'air normal. Derrière l'homme, sa mère fronce les sourcils.

Quel âge as-tu ? demande le barbu.

Presque quatre ans. Il montre quatre doigts avec le pouce replié et frappe la main du « je » deux fois sur sa poitrine.

Tu es très doué. Je ne savais pas me servir du langage des signes comme toi quand j'avais quatre ans.

Contrairement à vous, j'entends.

Oui. C'est bien que nous arrivions à communiquer tous les deux.

Pouvez-vous utiliser les signes avec vos chiens ? Les miens ne comprennent pas toujours.

Les miens ne comprennent jamais rien, signa l'homme, un sourire aux lèvres.

Quand je dis ça, Almondine me comprend, dit Edgar en faisant des signes qu'Almondine et lui sont seuls à reconnaître. Ils la regardent s'approcher.

L'homme se tourne vers le médecin.

*

Il est debout dans le couloir du chenil. Assis dans l'un des boxes, son père caresse les oreilles d'une chienne. Elle est si vieille que même sa queue a des poils gris. Étendue sur le côté, elle respire péniblement. Son père lui désigne les poutres du plafond qui se croisent au-dessus du couloir et lui explique qu'elles viennent des arbres que Schultz a abattus dans les bois derrière la grange.

« Le premier printemps, des feuilles ont poussé sur ces poutres », ajoute son père. Pour la première fois Edgar remarque les nœuds et les cicatrices des arbres cachés dans chacune des poutres. Il voit Schultz et ses poneys les traînant à travers champs. Une guirlande d'ampoules court le long du couloir, une toutes les deux poutres.

« Attends ma belle », lance son père revenant vers la chienne.

Quand le Dr Papineau arrive, Edgar le conduit dans la grange.

« Par ici, Page », dit son père.

Dans le box, le vétérinaire s'agenouille. Il fait courir sa main sur le ventre de la chienne et appuie le bout plat du stéthoscope sur sa poitrine. Il retourne chercher une sacoche dans sa voiture.

« Rentre à la maison maintenant », ordonne Gar à son fils.

Le Dr Papineau sort une bouteille et une seringue.

*

Deux collines ondulent dans le champ sud, l'une près de leur cour, l'autre plus loin. Au milieu, il y a un tas de pierres, un bosquet de bouleaux et une croix. Des vagues de hautes herbes frémissent sous la brise d'août. Edgar fonce dans le champ pour tenter de semer Almondine. Toujours le même jeu. Il contourne les pierres, plonge sous un bouleau et s'allonge en faisant le moins de bruit possible. Il jette un coup d'œil à la croix blanche dressée entre la cour et lui, se demande pour la énième fois ce qu'elle représente. Toute droite, elle est d'une grande simplicité et vient d'être enduite d'une couche de peinture d'un blanc brillant.

L'herbe s'écarte, Almondine trotte vers lui, langue pendante. Elle s'écroule et pose une patte sur sa poitrine comme pour dire : ne joue plus à ça, il fait trop chaud pour ce genre de jeux. Mais il bondit et s'éloigne en courant, et la voilà à côté de lui, gueule ouverte en un sourire.

Très souvent, elle court devant.

Très souvent, il la trouve en train de l'attendre.

*

Une fin d'après-midi de printemps. Edgar et sa mère sont assis dans le canapé du salon. L'écran de télévision affiche des parasites gris tandis que le présentateur siffle. Tous les stores sont levés. De gros nuages bleus filent dans le ciel au-dessus des champs. Dehors, un éclair. Un claquement résonne dans la cuisine, des étincelles jaillissent des prises de courant. Il compte un, deux, trois jusqu'à ce que le tonnerre gronde dans les collines.

C'est le fer de la terre qui attire les éclairs, lui a expliqué son père. Tu vois comme la terre est rouge ? C'est ici que l'Iron Range[1] commence.

Les pins agitent leurs branches sous les rafales, on dirait des nageurs luttant contre le vent. Il s'approche de la fenêtre pour voir si les cimes transpercent les nuages. Un lambeau de vapeur blanche passe au-dessus des arbres martyrisés, glissant en sens inverse de l'orage.

---

1. L'Iron Range est une chaîne de montagnes au nord-ouest du Minnesota caractérisée par de multiples strates de minerai de fer.

« Éloigne-toi de la fenêtre », lui ordonne sa mère.

Des paquets de pluie fouettent les carreaux. Dehors, un éclair intense, des étincelles qui jaillissent à nouveau des prises de la cuisine. Le tonnerre n'éclate pas. Le silence prolongé est sinistre.

C'était un éclair froid ?

« Sans doute. »

Il y a des éclairs chauds et des éclairs froids, lui a-t-elle précisé. Seuls les premiers déclenchent le tonnerre. La différence est importante : une personne frappée par un éclair chaud est foudroyée sur-le-champ, une personne frappée par un éclair froid repart tranquillement, indemne.

Assise sur une chaise, sa mère contemple les nuages.

« J'aimerais que ton père rentre. »

Je vais le chercher.

« Certainement pas. Tu restes ici avec moi. »

Elle lui lance un regard impérieux.

Je suis plus grand que toi maintenant, signe-t-il, pour essayer de la détendre.

Depuis peu, il a pris l'habitude de la taquiner sur sa petite taille. Elle lui adresse un sourire pincé avant de se tourner vers la télévision. Il ne sait pas très bien ce qu'ils doivent regarder, simplement que ça paraîtra évident. Elle a lu un article dans le *Reader's Digest* à propos de la méthode Weller[1] qui se pratique en ce moment. La télévision réglée sur la deuxième chaîne s'obscurcit au point que les parasites deviennent presque noirs.

« On continue à regarder, a-t-elle expliqué. Si une tornade s'approche, l'écran deviendra blanc à cause du champ magnétique. »

Ils partagent leur attention entre les scintillements du poste et la masse de nuages qui avancent. Sa mère a une réserve inépuisable d'anecdotes météorologiques : foudre globulaire, tornades, ouragans. Aujourd'hui cependant, l'expression égarée peinte sur son visage est celle des pires

---

1. Méthode populaire aux États-Unis à une époque pour détecter l'approche d'une tornade. L'idée était d'utiliser son poste de télévision comme détecteur d'ondes radio émises par un éclair.

orages, et il devine que ces histoires la perturbent comme les nuages perturbent le ciel. La télévision crépite. Elle garde son calme jusqu'à ce qu'Almondine vienne s'appuyer contre elle :

« Ça suffit, on descend. »

L'escalier de la cave part de la véranda située à l'arrière de la maison. Au seuil de la grange, ils aperçoivent Gar les cheveux ébouriffés par le vent. Appuyé presque avec nonchalance au chambranle, il a le visage tourné vers le ciel.

« Gar ! s'écrie sa mère. Rentre. Nous descendons au sous-sol.

— Je vais rester ici, réplique-t-il d'une voix que le vent rend métallique et lointaine. Ça va être violent. Allez-y ! »

Secouant la tête, Trudy les entraîne dans l'escalier. « Allez ouste ! On y va. »

Almondine dévale en premier. En bas, elle attend devant une porte verrouillée, le nez dans l'embrasure, reniflant. Une fois entrés, ils observent les nuages par le vasistas poussiéreux. Il ne pleut pas – seules quelques grosses gouttes sont soufflées à l'oblique.

« Qu'est-ce qu'il fabrique là-bas ? fulmine Trudy. Tout ce qui l'intéresse, c'est d'admirer l'orage. »

Tu as raison. Il reste sur le seuil sans rien faire.

« Les chiens peuvent se débrouiller seuls, ce qui les énerve, c'est de le voir dehors comme s'il pouvait protéger la grange. C'est ridicule. »

Un éclair tombe dans le champ d'à côté. Le tonnerre fait trembler la maison.

« Mon dieu ! » s'exclame sa mère.

Edgar sent son cœur bondir et se rue dans l'escalier de béton. Au moment où il arrive en haut, un éclair bleu blanc d'une clarté éblouissante zèbre le ciel, suivi d'une déflagration. Il se précipite à nouveau dans l'escalier non sans avoir vu son père, toujours debout, une main sur la porte de la grange, arc-bouté comme s'il défiait l'orage.

Il devient évident qu'il ne s'agissait que d'un prélude. Le vent ne souffle plus en bourrasques ou rafales, il hurle au point qu'Edgar se demande quand la fenêtre volera en éclats sous cette pression. Almondine gémit. Il lui caresse le dos et la croupe. Trudy les a réunis dans le coin sud-ouest de la cave, le plus abrité si la tornade soulève la maison de ses fondations comme dans *Le Magicien d'Oz*. Le vent souffle longtemps, si longtemps que c'en devient risible. Puis, étrangement, tandis que la tempête bat son plein, un rayon de soleil entre par le vasistas. C'est le premier signe de la fin de l'orage. Il faudra attendre encore pour que le rugissement de l'air se relâche en octaves décroissantes et que seule subsiste une brise estivale, ironique.

« Ne bouge pas », ordonne sa mère. Edgar devine qu'elle pense à l'œil du cyclone, mais la voix de son père retentit dans la cour : « Il était costaud celui-là ! » Dehors, il ne peut s'empêcher de regarder immédiatement le ciel où un cortège de cumulus d'été, inoffensifs et blancs, s'étire vers l'ouest. Les nuages orageux menacent encore au-dessus des arbres, de l'autre côté de la route. La maison comme la grange semblent intactes. Tranquilles et droits, les sapins se dressent, les pommiers paraissent ne pas avoir été touchés, puis il s'aperçoit qu'ils n'ont plus la moindre fleur. Il est à peine tombé une goutte d'eau. Saturé de poussière, l'air est irrespirable. Edgar et Almondine parcourent la maison, rebranchent le four, le grille-pain, le sèche-linge, le climatiseur du salon. Le facteur arrête sa voiture devant la boîte aux lettres et repart en saluant d'une main. Edgar remonte l'allée en courant pour chercher le courrier : une seule lettre, destinée à son père, l'adresse est manuscrite. Le cachet de la poste indique Portsmouth, Virginie.

Au moment où il tend la main vers la poignée de la porte, le cri de son père jaillit de derrière la grange.

*

Ils se tiennent tous les quatre dans les mauvaises herbes derrière la grange, le regard rivé sur la toiture. Un pan de bardeaux déchiquetés pend de l'avant-toit à la manière d'un lambeau de peau percée de clous. Un tiers du toit est découvert, gris et nu. La grange ressemble à la coque rongée d'un bateau renversé.

Ce qui les sidère à les laisser pantois, c'est la douzaine de planches de couverture détachées des chevrons qui se sont recourbées en d'étranges anneaux, manquant de peu la formation d'un cercle parfait ; les plus spectaculaires sont tirebouchonnées comme si une main de géant les avait arrachées et roulées entre ses doigts. La structure de la grange que Schultz avait grossièrement assemblée et mortaisée si longtemps auparavant apparaît aux endroits où elles se sont descellées. Des brins de paille jaune s'échappent du grenier et volent au-dessus de la longue colonne vertébrale de la grange.

Au bout d'un certain temps, Edgar se rappelle la lettre.

Il la lève distraitement.

Il la tend à son père.

Coins et recoins

Un matin tôt, une semaine après l'orage, Edgar et Almondine, plantés en haut de l'escalier, inspectaient les douze marches lézardées de fentes assez larges pour y glisser une pièce. Schultz les avait tellement vernies qu'à part leur milieu patiné, elles brillaient d'un éclat acajou : pièges pour les êtres humains en chaussettes, déroutantes pour les quadrupèdes. Ce n'était pas tant leur aspect qui impressionnait Edgar que leur don pour les vocalises – une gamme complète allant du craquement au grincement, en passant par une multitude de sons étranges en fonction du jour de la semaine, du taux d'humidité ou du livre qu'on portait. Ce matin-là, le défi consistait à descendre en silence – pas seulement pour Edgar, mais pour Edgar et Almondine ensemble.

Il connaissait par cœur les endroits silencieux. À l'extrême droite sur la douzième et la onzième marche ; à peu près partout sur la dixième et la neuvième ; la huitième, sans problème à gauche ; les sixième et cinquième silencieuses au centre ; un passage délicat entre l'extrême droite de la quatrième et un peu à gauche du centre de la troisième, et ainsi de suite. La septième, quant à elle, ne les avait jamais laissés passer sans un grognement ou un claquement de coup de fusil. Il avait beau ne plus s'intéresser aux devinettes depuis longtemps, la crise de folie des planches de couverture de la grange lui avait rappelé que le bois sous toutes ses formes pouvait être un mystère, et il avait décidé de retenter sa chance.

Il négocia les quatre premières marches et se retourna. Ici, indiqua-t-il, montrant un endroit sur la marche pour Almondine. Ici. Ici. Chaque fois, elle posait sa grosse patte rembourrée là où il touchait la marche, et un silence s'ensuivait. Puis il se tint au bord de la huitième, Almondine aux aguets, la truffe collée à son dos.

Il scruta la septième marche. À droite, elle grinçait, se souvint-il. Au centre, elle faisait un bruit de charnière rouillée. Il balança son pied au-dessus du bois à la manière d'un pendule de sourcier, finit par choisir un disque de fibres en forme d'œil de hibou, et porta doucement son poids dessus. Silence. Il descendit les sixième et cinquième marches avant de se retourner et d'attraper une patte d'Almondine qu'il caressa.

Il désigna l'œil de hibou. Ici.

Elle descendit.

Oui, brave fille.

Arrivés au bas de l'escalier sans avoir fait le moindre bruit, ils se félicitèrent silencieusement avant de se diriger vers la cuisine. Edgar n'avait pas l'intention de révéler sa découverte du passage. Ils formaient une famille restreinte qui vivait dans une petite ferme isolée, disposant d'un temps libre limité et de peu d'espace. S'il réussissait à partager un secret avec son père, un autre avec sa mère et un troisième avec Almondine, le monde s'élargirait d'autant.

*

On ne lui précisa pas le lieu où se rendait son père ; on se contenta de lui dire que le trajet prendrait la journée et que Gar reviendrait avec Claude. Même si le trimestre allait bientôt s'achever, il n'obtint pas la permission d'accompagner son père. Ce matin-là, avec sa mère et Almondine, il regarda le camion arriver en haut de la colline sur Town Line Road puis tous les trois allèrent s'atteler aux tâches matinales. Dans l'atelier, une pile de 33 tours d'occasion et un vieux tourne-disque étaient rangés sur une étagère. On avait collé deux pièces de monnaie sur le bras, qui recouvraient le Z éclair de *Zénith* estampé dans le métal strié. À travers la grille du haut-parleur, on voyait rougeoyer des filaments dans les tubes gainés d'argent. Trudy mit un de ses disques préférés et Edgar nettoya le chenil au son de la voix de Patsy Cline. Dès qu'il eut terminé, il retrouva sa mère à la maternité. Elle examinait un chiot tout en fredonnant : « C'est de la folie d'essayer, de la folie de pleurer, de la folie de l'aimer. »

Le camion n'était toujours pas rentré lorsqu'il descendit du bus cet après-midi-là. Sa mère le recruta pour l'aider à récupérer des draps sur la corde à linge.

« Ils embaument, non ? lança-t-elle, enfouissant sa tête dans le tissu. Quel bonheur de pouvoir les étendre à nouveau dehors ! »

Ils les montèrent dans la chambre d'amis, en face de celle d'Edgar. Le matin même, la pièce était encore encombrée de piles de magazines, *Dog World* et *Field and Stream*, de toutes sortes de vieux meubles et d'appareils usagés. Deux lampadaires en laiton vacillaient dans un coin comme une paire d'échassiers. Un lit à roulettes avec un matelas à fines rayures était flanqué dans un coin, fermé comme une huître, derrière des chaises pliantes de cuisine. Il avait passé de nombreux après-midi dans cette pièce à fouiller dans les cartons avec l'espoir d'en exhumer un vieil album de photos. Il existait des clichés de presque tous les chiens que ses parents avaient élevés, aucun d'eux en revanche. Une vieille photo lui révélerait peut-être comment ses parents s'étaient rencontrés.

Trudy ouvrit la porte.

« Qu'en penses-tu ? demanda-t-elle. Personnellement, je suis abasourdie. »

Elle avait raison, la pièce était transformée. Les vitres étincelaient. Une douce brise plaquait les rideaux propres contre le paravent puis les regonflait. Le plancher était balayé et lavé. Au chevet du lit, déplié, se trouvait une petite table qu'il n'avait jamais vue. La chambre sentait bon, on se serait cru dans un verger de citronniers.

Formidable, approuva-t-il. Elle n'a jamais été aussi jolie.

« Évidemment, elle était pleine de vieilleries ! Tu sais le plus beau ? D'après ton père, c'était la chambre de Claude

quand il était petit. Tu imagines ? Allez, prends ce côté. » Elle
lança le drap sur le matelas dont ils rabattirent les côtés des
pieds vers la tête. Chacun mit un oreiller dans une taie. Sa
mère, qui n'arrêtait pas de le regarder pendant qu'ils s'acti-
vaient, se redressa : « Qu'est-ce qui te turlupine ?

Rien. Qu'as-tu fait de tout ce qui était là ?

— J'ai trouvé des tas de recoins. En fait, j'ai rangé la plupart des choses dans la cave. Ton père et toi, vous pourrez
emporter les vieilles chaises à la décharge ce week-end. »

Trudy passa alors aux signes, qu'elle utilisait en prenant
son temps mais avec une grande précision.

Tu as envie de me demander quelque chose à propos de
Claude ?

Est-ce que je l'ai déjà rencontré, quand j'étais petit ?

Non. Il s'est engagé dans la marine l'année d'avant ma
rencontre avec ton père. Il n'est rentré qu'une fois depuis,
pour l'enterrement de ton grand-père.

Pourquoi s'est-il engagé dans la marine ?

Je ne sais pas. Parfois les gens le font pour découvrir le
monde. D'après ton père, Claude ne s'entendait pas toujours
avec ton grand-père ; c'est une autre raison pour laquelle les
gens s'engagent mais il peut y en avoir d'autres.

Combien de temps va-t-il rester ?

Quelque temps. Jusqu'à ce qu'il se trouve une maison. Il
est parti depuis longtemps. Il est possible qu'il ne reste pas,
c'est peut-être trop petit pour lui maintenant.

Est-ce qu'il est au courant pour les chiens ?

Elle rit.

Il a grandi ici. Il ne les connaît probablement pas aussi
bien que ton père, du moins plus maintenant. À la mort de
ton grand-père il a vendu sa part du chenil à Gar.

Edgar hocha la tête. Quand ils eurent fini, il attendit que
sa mère soit occupée pour remonter les lampadaires de la
cave à sa chambre. Il les installa de chaque côté de la bibliothèque. Almondine et lui passèrent l'après-midi à prendre
des livres et à les feuilleter.

*

Il faisait nuit depuis longtemps lorsque la lueur des phares balaya les murs du salon. Edgar, sa mère et Almondine attendirent dans la véranda derrière la maison tandis que Gar faisait demi-tour devant la grange. Le pare-brise étincela sous la lumière. Le père d'Edgar descendit du véhicule qu'il venait de garer. Son expression grave, exaspérée même, s'adoucit quand il posa les yeux sur eux. Il leur adressa un petit salut silencieux avant d'aller ouvrir le coffre dont il sortit une seule valise. On ne distinguait que la silhouette de Claude, qui, toujours dans le camion, regardait autour de lui. Enfin, la portière du passager s'ouvrit et Claude sortit. Avec le père d'Edgar, ils se dirigèrent vers la maison.

Les comparaisons étaient inévitables. L'allure raide, Claude semblait mal à l'aise dans son costume de serge. Comme il flottait dedans, il devait être plus mince que son frère aux cheveux poivre et sel alors que les siens étaient noirs. Claude se tenait légèrement voûté – peut-être à cause du long voyage – aussi était-il difficile de savoir lequel des deux était le plus grand. Claude ne portait pas de lunettes. Tout d'abord, Edgar eut l'impression qu'ils ne se ressemblaient pas, mais lorsque Claude se tourna pour regarder la grange, les similitudes lui sautèrent aux yeux – la forme du nez, le menton, le front, ainsi que la démarche, qui se révéla au moment où ils entrèrent dans la cour. On aurait dit que leurs corps avaient été conçus exactement de la même façon. Une étrange pensée traversa l'esprit d'Edgar : voilà ce que c'est d'avoir un frère.

« Rien ne semble avoir changé, constata Claude d'une voix plus grave et plus rauque que celle de Gar. J'imagine que je ne m'attendais pas à ça.

— Détrompe-toi », dit son père. Au son de sa voix, Edgar vit tout de suite qu'il était vexé. « Nous avons repeint il y a deux ans mais nous avons gardé le blanc. Les deux fenêtres de devant dont les châssis étaient pourris ont été remplacées par une grande baie vitrée – tu te rendras mieux compte à l'intérieur – et nous avons changé le gros de l'électricité et de la plomberie, sans compter tous les travaux de fond.

— Ça, c'est nouveau, repéra Claude en désignant du doigt la citerne de gaz GPL vert clair à côté de la maison.

— Nous nous sommes débarrassés de la chaudière à charbon il y a plus de dix ans », précisa Gar. Il posa une main légère sur le dos de Claude et ajouta d'une voix redevenue amicale : « Entrons. Nous ferons un tour plus tard. »

Il guida son frère jusqu'à la véranda. Une fois près de l'escalier, celui-ci monta le premier et franchit la porte que la mère d'Edgar tenait ouverte.

« Bonjour, Trudy, lança-t-il.

— Bonjour, Claude. Bienvenue à la maison. C'est un plaisir de t'avoir ici », dit-elle en le serrant rapidement dans ses bras. Puis elle recula et Edgar sentit sa main sur son épaule.

« Claude, je te présente Edgar », enchaîna-t-elle.

Détournant son regard de Trudy, Claude tendit la main qu'Edgar prit, avec maladresse. Il fut sidéré par la poigne de son oncle et par la callosité de sa paume qui lui donna la sensation qu'il tenait une main en bois. Claude le toisa.

« Tu es drôlement grand, non ? »

Ce n'est pas exactement ce qu'Edgar s'attendait à entendre. Avant qu'il ne puisse répondre, le regard de Claude se posa sur Almondine qui attendait en remuant la queue.

« Et ça, c'est ?

— Almondine. »

Claude s'agenouilla. À l'évidence, il connaissait bien les chiens. Au lieu de caresser Almondine ou de lui gratter le cou, il tendit d'abord le dessus de la main pour qu'elle le sente, avança les lèvres et siffla doucement. Almondine s'assit bien droite, tournant la tête de gauche à droite avant de s'approcher de Claude qu'elle flaira de part en part. Lorsque Edgar leva la tête, il remarqua l'expression bouleversée de son père, sous le choc des souvenirs.

« Hé, ma fille, s'exclama Claude. Quelle beauté ! » Claude ne la toucha qu'au moment où elle eut fini son inspection. Il frotta son garrot, gratta son poitrail, passa la main sur son ventre. Satisfaite, elle fit le dos rond.

« Dieu, ça fait… » Manifestement à court de mots, Claude continua à caresser Almondine. Il déglutit, prit sa respiration et se releva. « J'avais oublié à quoi ils ressemblaient. Ça fait une éternité que je n'ai pas caressé un chien comme ça. »

Il y eut un silence gêné, puis Gar conduisit son frère dans la chambre d'amis rafraîchie. Ils les avaient attendus pour dîner. Edgar mit le couvert. Sa mère sortit du jambon du réfrigérateur et coupa des restes de pommes de terre pour les faire sauter. Ils s'activèrent en silence, prêtant l'oreille à la conversation. Comme pour compenser sa première remarque, Claude relevait les petites différences entre ce qu'il découvrait et ce dont il se souvenait. Les deux hommes descendirent.

« Ça vous dit de dîner ? demanda sa mère.

— Volontiers », répondit Claude. Il semblait pâle tout à coup, comme perturbé par quelque chose qu'il aurait vu, un mauvais souvenir tout juste déterré. L'espace d'un moment, personne ne parla. Sa mère les regarda tous les trois.

« Une seconde, lança-t-elle. Attendez ! Ne bougez pas, vous deux. Edgar, va te mettre à côté de ton père. Allez, file ! »

Il s'approcha de la porte. Elle s'éloigna de la poêle et laissa les pommes de terre grésiller. Les mains sur ses hanches, elle les scruta comme si elle cherchait le fauteur de troubles dans une portée de chiots.

« Mon Dieu, c'est fou ce que les hommes Sawtelle se ressemblent ! s'exclama-t-elle. Vous sortez tous les trois du même moule. »

Elle vit à l'évidence trois sourires identiques parce qu'elle éclata de rire et, pour la première fois depuis l'arrivée de Claude, l'atmosphère se détendit.

Après le dîner, Claude, dont le regard égaré avait presque disparu, alla fumer deux cigarettes dans la véranda, soufflant la fumée à travers le grillage. Edgar resta à table, il les écouta parler jusque tard dans la nuit : du chenil, de la maison, et même de lui. Il apprit deux signes à Claude, que ce dernier s'empressa d'oublier. Almondine ne tarda pas à s'appuyer sur le nouvel arrivant quand il la grattait, ce qui fit plaisir à Edgar car il savait à quel point cette attitude détendait les gens. Il ne se leva que lorsque sa mère lui posa une main sur le front lui déclarant qu'il dormait.

Il se souvint vaguement d'avoir trébuché dans l'escalier. Cette nuit-là, il rêva qu'il était toujours à table. Claude parlait d'une voix basse et calme, son visage coupé en deux par une volute de fumée de cigarette, ses paroles n'avaient aucun sens. Mais, quand Edgar baissa les yeux, il se retrouva dans un box de maternité entouré d'une douzaine de chiots qui se battaient et se mordillaient les uns les autres; au moment où il sombra dans un sommeil profond et vide, les chiots, au bord d'un ruisseau, basculaient l'un après l'autre dans l'eau peu profonde qui les entraînait au loin.

*

    Edgar ouvrit les yeux dans le noir. La silhouette d'Almondine se découpait devant la fenêtre. À son souffle rauque, Edgar devina qu'elle avait remarqué quelque chose d'inhabituel. Il sortit de son lit, s'agenouilla près d'elle et croisa les bras sur le rebord de la fenêtre.

    D'abord, il ne discerna rien d'anormal. L'érable, aux feuilles fraîchement écloses, se dressait derrière la véranda. Sous la lumière jaune de l'arrière-cour, sa sombre frondaison dominait le verger. Aucun chien n'aboyait dans le chenil. L'ombre de la maison s'étendait dans le jardin. Il espérait voir un chevreuil fourrager dans les nouveaux semis, ce qui était fréquent en été. Il n'aperçut son oncle adossé au tronc de l'érable que lorsque ce dernier bougea. Vêtu d'un jean et d'une chemise de flanelle de son père, il porta à sa bouche une bouteille luisante dont il but une gorgée. À sa façon de la tenir, Edgar devina que son contenu était rare et précieux.

    Claude se dirigea ensuite vers la double porte de la grange. Une grosse barre de métal l'entravait, une habitude qu'ils avaient prise dès qu'un orage s'annonçait. Claude la regarda longuement. Au lieu d'ouvrir, il contourna le silo et disparut. Des aboiements retentirent dans les enclos du fond, puis se calmèrent. Quelques instants plus tard, Claude apparut à l'extrémité sud de la grange, accroupi à côté de l'enclos le plus éloigné. Une des mères poussa le rideau et trotta vers lui. Claude lui gratta le cou à travers le grillage. Après être passé devant la rangée d'enclos afin de saluer chacun des chiens, il retourna à l'entrée, ôta la barre de sécurité et ouvrit la porte. S'il était entré directement, en tant qu'étranger, les chiens auraient fait un raffut de tous les diables, mais là, quand les lampes du chenil s'éclairèrent, il y eut à peine quelques jappements belliqueux. La porte se referma, Edgar et Almondine continuèrent à observer la cour où il ne restait plus que des ombres.

Il s'attendait à voir Claude réapparaître d'une minute à l'autre, une fois la curiosité qui l'avait conduit au chenil satisfaite. Au lieu de quoi, la petite fenêtre de l'atelier s'éclaira et, quelques minutes plus tard, la voix de Patsy Cline s'en échappa. Après quelques bribes, la mélodie s'arrêta et Roger Miller se lança dans *King of the Road*, mais à peine avait-il commencé qu'il fut à son tour réduit au silence. Puis il y eut une élégante symphonie, suivie par un grand orchestre des années 50. La progression continua, chaque morceau ne passant que le temps d'une mise en route avant d'être coupé. Enfin, la musique s'arrêta.

Le halètement d'Almondine déchira le silence.

Edgar enfila son jean et ramassa ses chaussures de tennis. La lampe de la chambre d'amis diffusait une faible lueur dans le couloir. Les draps séchés sur la corde étaient parfaitement bordés sous le matelas et les oreillers bien rembourrés, posés à la tête du lit pliant. La valise cabossée, grande ouverte, presque vide, et le costume jeté par terre étaient les seuls signes de la présence de Claude.

Ils descendirent l'escalier plongé dans l'obscurité où Edgar dut deviner l'emplacement de l'œil de hibou mais ils réussirent à atteindre le rez-de-chaussée sans bruit. Ils se faufilèrent par la porte de derrière et coururent jusqu'à la grange. Quand il fut certain que rien ne bougeait, Edgar tourna le loquet et entra, Almondine sur les talons.

Quelques chiens se dressèrent dans leur box, les autres restèrent pelotonnés dans la paille. Les lumières de la salle vétérinaire brillaient et la porte de l'atelier était grande ouverte, comme si Claude avait tout inspecté avant de s'en aller. Après un coup d'œil aux boxes de maternité, Edgar retourna dans l'atelier où un escalier menant au grenier débouchait sur un vestibule sombre aux murs en contreplaqué. Ils s'y arrêtèrent et regardèrent dans le grenier : quatre ampoules suspendues aux poutres brillaient sur leurs douilles. Au fond, en dessous du trou dans le toit, les bottes de paille étaient recouvertes de bâches en cas de pluie, le sol était jonché de paille, des cordes suspendues partaient de taquets accrochés sur le mur de devant, passaient par des poulies fixées aux poutres et finissaient dans des mousquetons qui se balançaient à quelques centimètres du sol.

Voilà au milieu de quoi Claude était étendu sur un lit de foin hâtivement improvisé. Une de ses mains pendait mollement sur le plancher, paume tournée vers le ciel, doigts à moitié repliés près d'une bouteille d'alcool. Entre chaque respiration, un long silence.

Comme Edgar s'apprêtait à faire demi-tour et ramener Almondine vers l'escalier, Claude émit un doux ronflement. Certain que son oncle était assoupi, Edgar décida qu'ils pouvaient longer le mur de devant pour mieux l'observer. Ils se déplacèrent furtivement. Edgar s'assit sur un ballot de paille et regarda la poitrine de l'homme se soulever et s'abaisser. Il ronfla, se gratta le nez, marmonna. Ils se rapprochèrent encore. Un nouveau ronflement résonna avec une telle force qu'il se répercuta dans l'espace caverneux. Puis ils se tinrent au-dessus de lui.

Les cheveux noirs. Son visage creusé de rides profondes.

Alors qu'il réfléchissait à nouveau sur les différences entre son oncle et son père, des mots sortirent de la bouche de Claude :

« Vous savez que vous avez un trou dans votre toit, là ? »

Edgar ne sut trop s'il fut plus stupéfait que son oncle soit réveillé, ou qu'il ait commencé à sourire avant d'ouvrir les yeux. Il recula précipitamment, heurta un ballot de paille et s'affala lourdement. Almondine, elle, fit un bond et jappa.

Claude se redressa en bâillant. Comme il posait ses pieds sur le sol, il remarqua la bouteille d'alcool. Une expression d'heureuse surprise se dessina sur son visage. Il la ramassa, regarda l'enfant et le chien et haussa les épaules.

« Un cadeau d'adieu de quelques amis, expliqua-t-il. Ne me demande pas comment ils l'ont eu, c'est censé être impossible. »

Il porta la bouteille à sa bouche et but une longue et languoureuse rasade, sans avoir l'air pressé d'ajouter quoi que ce soit. Edgar s'assit, essayant de ne pas le dévisager. Au bout d'un moment, Claude posa à nouveau les yeux sur lui.

« Il est drôlement tard. Tes parents savent que tu es là ? »

Edgar secoua la tête.

« C'est bien ce que je pensais. En un sens, je comprends. Un type débarque et traîne dans ton chenil au milieu de la nuit, tu veux savoir ce qu'il veut, pas vrai ? J'aurais fait pareil. Ton père et moi, on savait y faire pour s'échapper de la maison. De véritables Houdini. »

Claude se plongea dans ses souvenirs.

« C'était une autre paire de manches de rentrer. T'es passé par la fenêtre ou par... oh, ça n'a pas d'importance », s'interrompit-il, jetant un regard à Almondine, « j'imagine que tu es passé par l'arrière, la vieille méthode qui a fait ses preuves. As-tu déjà trouvé la sortie par le toit de la véranda ? »

Non.

« Ton père ne te l'a pas montrée ? »

Non.

« Normal, tu la trouveras tout seul. À ce moment-là, rappelle-toi que ton père et moi l'avons inaugurée. »

Claude jeta des regards circulaires. « Peut-être que beaucoup de choses ont changé mais la grange est exactement comme dans mes souvenirs. Ton père et moi en connaissions les moindres coins et recoins, on cachait des cigarettes là-haut, même de l'alcool – on s'éclipsait pour boire un coup les jours d'été. Le vieux avait beau se douter que c'était là quelque part, il était trop fier pour chercher. Je parie que si j'essayais je dénicherais au moins six planches flottantes en un clin d'œil. »

Certains étaient gênés de parler avec Edgar, s'imaginant qu'il fallait tourner toutes leurs phrases en questions – auxquelles il pourrait répondre en haussant les épaules, en secouant la tête ou en acquiesçant –, la façon dont il les dévisageait les déconcertait. Claude, lui, avait l'air de s'en moquer éperdument.

« Tu avais quelque chose à me demander ? reprit-il. Ou es-tu seulement là pour m'espionner ? »

Edgar marcha jusqu'au banc de travail à l'entrée du grenier et revint avec un bloc de papier et un crayon.

Qu'est-ce que tu fais ici ? écrivit-il.

Claude jeta un coup d'œil à la feuille qu'il laissa tomber par terre.

« Qu'est-ce que je fais ? Hmmm. Pas sûr d'arriver à l'expliquer. Enfin, c'est possible, mais peut-être pas à toi, si tu vois ce que je veux dire. »

Edgar lui adressa un regard vide.

« D'accord, ton père a insisté pour que je n'entre pas trop dans les détails ... heu, disons que je suis resté longtemps enfermé et que j'en ai eu plus que marre d'être tout le temps à l'intérieur : petite pièce, peu de lumière, ce genre de trucs. Alors quand je me suis retrouvé dans cette chambre ce soir, aussi coquette que ta mère ait pu la rendre, je l'ai trouvée à peine plus grande que la pièce où j'étais avant. Ça ne m'a pas paru être la meilleure façon de passer ma première... », une expression gênée traversa son visage, « ... ma première nuit à la maison. J'ai d'abord envisagé de dormir sur la pelouse, ou même à l'arrière du camion pour regarder le soleil se lever, sauf que c'est immense dehors. Tu comprends ce que je raconte ? On est enfermé longtemps, on sort, et c'est presque désagréable au début, pas vrai ? »

Edgar acquiesça. Il posa deux doigts sur la paume d'une main et les passa sur sa tête.

« Exactement. Ouah ! » Claude l'imita. « Du whisky, tu sais ce que c'est ? »

Edgar désigna la bouteille.

« Bravo. Apparemment, la plupart des garçons s'intéressent tôt ou tard à l'alcool, et soit ils essaient tout seuls... »

La bouteille de whisky s'inclina toute seule vers lui pour l'inviter à boire. Edgar secoua la tête.

« Pas intéressé, hein ? Encore bravo. Je ne t'aurais pas laissé en boire beaucoup, je voulais juste voir si ça te tentait. »

Il ouvrit le bouchon de la bouteille et but une petite gorgée en regardant Edgar dans le blanc des yeux.

« N'empêche, tu me rendrais un fier service si tout cela restait entre nous. Je ne fais rien de mal là-haut, pas vrai ? Je me détends, je réfléchis, je profite de l'endroit. Tes parents s'inquiéteraient pour rien. Comme ça, ils ne sauront pas que tu t'éclipses la nuit ni que je suis parti en balade. »

Le sourire de Claude ne ressemblait que très peu à celui de son père, décida Edgar.

« Tu devrais rentrer maintenant. Si je me souviens bien, ton père réveille tout le monde aux aurores pour travailler. »

Edgar acquiesça. Il allait taper dans les mains pour appeler Almondine quand il s'aperçut qu'elle était déjà dans le vestibule, les yeux baissés sur l'escalier. Il la rejoignit.

« Ah, je te file un tuyau, ajouta Claude dans son dos. Tu connais la marche qui grince ? À peu près au milieu ? Essaie complètement à gauche, il y a un coin sûr, difficile à trouver, mais il est là. Si tu rentres sans claquer la porte, t'es un homme libre. »

Debout dans le vestibule, Edgar pivota et jeta un regard dans le grenier.

Je connais l'endroit, indiqua-t-il. Nous l'avons trouvé ce matin.

Claude ne le vit pas. Affalé sur une botte de paille, les mains croisées derrière la tête, il contemplait la nuit étoilée par le trou de la couverture. Il ne semblait pas assoupi, plutôt perdu dans ses pensées. Aussi vint-il à l'idée d'Edgar que Claude ne dormait pas quand ils s'étaient approchés pour l'observer. Il le leur avait fait croire ou cherchait à les tester, pour quelle raison ? Ça, Edgar l'ignorait.

Le lendemain matin, Edgar descendit l'escalier et trouva son oncle assis à la table de la cuisine, les yeux injectés de sang et la voix rauque. Claude ne parla pas de leur rencontre nocturne, en revanche, il demanda à son neveu de lui apprendre le signe pour café. Edgar plaça ses poignets l'un au-dessus de l'autre comme s'il tournait une manivelle. Son père sortit dans la véranda où Claude le rejoignit, et ils parlèrent du trou dans le toit de la grange.

« Je peux commencer à le réparer, proposa Claude.

— Tu as déjà couvert une grange ?

— Non. Ni une maison. C'est difficile ?

— Je ne sais pas. C'est pour ça que je demande.

— Je me débrouillerai. »

Cet après-midi-là, Gar et Claude rentrèrent du magasin de bricolage de Park Falls avec une nouvelle échelle fixée sur le hayon du camion dont l'arrière était rempli de planches de pin, de papier goudron, de bardeaux de bitume dans de longs cartons plats. Ils entassèrent le tout dans l'herbe derrière les enclos du fond, le recouvrant d'une nouvelle bâche marron.

Le chien errant

Tous les matins, Claude buvait son café dans la véranda, son assiette de petit déjeuner en équilibre sur une paume. Après le dîner, il s'asseyait sur une marche de l'escalier et fumait. Il lui arrivait d'ôter l'emballage d'un savon qu'il retournait dans tous les sens avant de se mettre à le sculpter. Un jour, peu de temps après l'installation de son oncle, Edgar découvrit une tête de tortue sur celui de la salle de bains.

Après les premières corvées matinales, Edgar et son père avaient l'habitude de marcher le long de la clôture, à l'heure où le soleil n'avait pas encore dissipé la rosée. L'air était encore frais. Tantôt Almondine les accompagnait, tantôt – elle vieillissait – elle se roulait sur le dos lorsque Edgar l'appelait, les pattes repliées sur son sternum comme en prière. Même pendant les premières semaines, avant que leurs querelles n'assombrissent tout, Claude n'était jamais invité.

Leur point de départ se trouvait derrière le jardin, où commençait la barrière érigée en lisière du bois. Ils longeaient le ruisseau planté de piquets de clôture, jusqu'au fond de leur domaine où se dressait un vieux chêne moribond aux ramifications d'une telle épaisseur que ses branches noires et dénudées couvraient la terre d'ombre. Une petite clairière entourait l'arbre, comme si la forêt s'était retirée pour lui laisser la place de mourir. De là, ils piquaient vers l'est, le terrain décrivait une vaste courbe ascendante à travers les sumacs, les mûriers sauvages et les étendues de foin vert tilleul, puis empruntaient la route pour les derniers cinq cents mètres. Gar se taisait souvent durant tout le trajet, chaque pas se chargeait alors de réminiscences de balades précédentes pour Edgar – perles d'eau sur les lauriers, odeur de moisi des feuilles mortes qu'ils soulevaient en marchant, querelles entre corbeaux et pics flamboyants dans les champs – jusqu'à ce qu'il exhume le souvenir, à moins que ce ne fût le fruit de son imagination, de son père le portant, bébé, le long du ruisseau, tandis qu'Almondine bondissait devant eux.

La première fois qu'ils aperçurent le chien errant, ce fut au cours d'une de leurs promenades matinales de cet été-là. Il faisait encore sombre. Une marée blanche avait englouti la terre au cours de la nuit. Au lever du soleil, si l'angle le plus proche de la laiterie perçait le brouillard, la grange et le silo quant à eux avaient disparu. Les bois s'étaient transformés en un pays de myopes, certaines choses se détachaient avec une extraordinaire netteté, mais le reste avait cessé d'exister. Le ruisseau coulait de nulle part à nulle part. Les branches maîtresses du chêne moribond pendaient au-dessus de leurs têtes comme des ombres. Dans le ciel, le soleil n'était qu'un minuscule disque gris.

Sur le chemin du retour, à proximité de la maison, une forme se profilant dans cet univers ouaté attira l'attention d'Edgar. Il s'arrêta près du bosquet qui empiétait sur le champ sud au sommet de la colline. Une saillie de granit émergeait à cet endroit ; grise, étroite, couverte de mousse, elle se faufilait parmi les arbres et plongeait près de la route – on aurait dit une bosse de baleine brisant la surface de la terre. Alors que son père continuait à marcher, Edgar s'aventura dans la moutarde sauvage et le sorgho d'Alep, à l'affût : allait-il sentir le sol vibrer sous ses pas au passage de la chose ? Une ombre apparut à l'extrémité de la saillie et prit la forme d'un chien, la truffe collée au dos moussu du Léviathan comme s'il suivait une vieille piste. Une fois sur la crête, le chien releva la tête et s'immobilisa, une patte en l'air.

Ils s'observèrent. L'animal s'avança de quelques pas comme s'il espérait reconnaître Edgar, qui crut tout d'abord qu'il s'agissait d'un de leurs chiens profitant d'une escapade.

Sa taille, sa ligne de dos familière, son poitrail blond, son museau brun et sa croupe noire n'étaient pas sans rappeler les chiens Sawtelle. En revanche, ses trop grandes oreilles, sa queue en forme de sabre et sa maigreur tranchaient avec ce qu'Edgar avait l'habitude de voir. Et s'il s'était agi d'un des leurs, tous, même le moins amical, auraient bondi vers lui.

Son père, qui avait presque disparu dans la descente, se retourna fortuitement. Edgar put ainsi lui désigner la bête d'un geste qui effraya soudain le chien. Il battit en retraite dans le champ, plus gris et plus spectral à chaque foulée jusqu'à ce que le brouillard l'engloutisse.

Edgar rejoignit son père au pas de course.

Il y avait un chien là-bas, signa-t-il.

Aucun ne manquait à l'appel. Coupant à travers champs, ils retournèrent au bosquet d'arbres dans l'espoir de l'apercevoir à nouveau.

Sur place, son père remarqua des crottes.

« Regarde ça », dit-il, poussant avec un bâton le maigre tas du même orange rouillé que la route. Edgar comprit alors pourquoi les courbes de l'animal lui avaient semblé anormales quand il marchait sur l'épine dorsale de la baleine en pierre : il n'avait encore jamais vu de chien famélique.

*

Ils racontèrent à Trudy qu'ils avaient aperçu un chien errant qui mangeait du gravier. Elle se borna à secouer la tête. Cela n'avait rien d'étonnant. Les gens ne cessaient d'entrer dans l'allée des Sawtelle, espérant que ceux-ci adopteraient les chiots qui jouaient sur leur banquette arrière, accepteraient même de les dresser avec les leurs. Le père d'Edgar avait beau leur expliquer qu'ils ne travaillaient pas ainsi, une voiture s'arrêtait au moins une fois par an près du verger pour en éjecter un carton. La plupart du temps, les chiots étaient abandonnés hors de vue, sur le coteau le plus éloigné ; ils les découvraient le lendemain matin blottis contre les portes de la grange, épuisés, effrayés et remuant un petit bout de queue. Gar ne les laissait jamais approcher des autres bêtes. Il les enfermait dans la cour et les conduisait, une fois son travail terminé, au refuge de Park Falls d'où il rentrait si sombre et silencieux qu'Edgar savait depuis longtemps qu'il fallait le laisser tranquille.

Ils s'attendaient à ce que le chien errant apparaisse dans la cour l'après-midi même, mais il ne se manifesta pas pendant trois jours, puis ils ne firent que l'entrevoir. Almondine, Edgar et son père marchaient le long de la clôture. Comme ils s'approchaient du vieux chêne, une forme noire fila à travers les sumacs, sauta par-dessus le ruisseau et disparut dans les broussailles. Edgar emprisonna Almondine dans ses bras pour l'empêcher de le suivre. Il eut l'impression de retenir une tornade – son souffle grondait dans sa poitrine, elle se débattait dans ses bras.

Le père d'Edgar passa plusieurs coups de fil. Le Dr Papineau n'avait entendu parler d'aucun chien perdu. Le refuge d'animaux, George Geary à la poste et les téléphonistes non plus. Les jours suivants, ils laissèrent Almondine à la maison pour avoir plus de chance d'amadouer le chien. Dès qu'ils furent près du vieux chêne, son père sortit un sac en plastique et vida les restes du dîner près des racines enchevêtrées de l'arbre.

Le quatrième jour, le chien les attendait là. Gar laissa tomber sa main sur l'épaule de son fils qui leva les yeux. Il reconnut aussitôt le poitrail blond, la tête brune, le dos et la queue noirs, mais surtout sa maigreur. Ses pattes arrière se mirent à trembler de peur ou de faiblesse, ou des deux à la fois. Au bout d'un moment, il baissa la tête, aplatit ses oreilles sur son crâne et recula de quelques pas.

Gar récupéra un bout de viande dans sa poche qu'il lança. Le chien battit immédiatement en retraite, puis s'arrêta pour observer le cadeau.

« Fais trois pas en arrière », souffla Gar à son fils.

Ils reculèrent lentement. Le chien leva le museau et frissonna, à cause de leur odeur ou celle de la nourriture ? Edgar n'en savait rien. Ses genoux flageolèrent. L'animal s'approcha du bout de viande comme pour l'attraper. À la dernière minute, il fit demi-tour et lança un regard en arrière.

« Bâille », chuchota son père.

Edgar leva les mains le plus lentement possible pour signer.

Quoi?

« Bâille. Très fort. Comme si tu t'ennuyais. Ne regarde pas la viande. »

Alors, ils ouvrirent grand la bouche et regardèrent les moineaux voleter de branche en branche à la cime du vieux chêne. Dès que le chien regardait la viande, ils étaient à nouveau captivés par les oiseaux. En fin de compte, il s'avança sur le sentier, accéléra au dernier moment pour s'emparer du morceau et décampa dans les sous-bois.

« C'est un berger allemand de pure race », constata son père.

Edgar acquiesça.

« Quel âge lui donnerais-tu? »

Un an.

« Un peu moins, je crois. »

Non, il a au moins un an, regarde son poitrail.

Son père hocha la tête et alla déposer le reste des déchets au pied de l'arbre. Il fouilla du regard les broussailles au bord du ruisseau.

« Belle structure, remarqua-t-il d'un air songeur. Pas idiot non plus. »

Magnifique, renchérit Edgar en ouvrant grand les mains.

« Ouais, dans la mesure où on le nourrit. »

*

Claude s'était attelé à la réparation du toit abîmé par l'orage – les coups de marteau résonnaient sur le bois, les clous criaient quand il les arrachait et on l'entendait grogner lorsqu'il se coupait.

« Ils s'enlèvent très facilement », dit-il pendant le dîner en pinçant un bardeau imaginaire entre ses doigts et faisant mine de l'ôter délicatement de son assiette. Le visage rougi par le soleil, il avait une main bandée à cause d'une écharde de la taille d'un cure-dent. « Certaines planches de couverture sont plutôt en bon état vu toute l'eau qui s'est infiltrée dans les bardeaux, mais beaucoup sont pourries. »

Claude les emmena au grenier pour leur montrer les planches noircies, puis il grimpa à l'échelle dans le crépus-

cule et lança les bardeaux. Il leur expliqua que s'ils ne couvraient pas le toit entier maintenant, ils seraient obligés de
refaire la totalité d'ici deux ans, charpente et tout. Cela lui
prendrait une bonne partie de l'été, quelle que soit la façon
de procéder. Ils fermèrent le chenil et se dirigèrent vers la
maison. Edgar rentra mais ses parents restèrent dans la cour
avec Claude. Leurs voix basses lui parvenaient à travers la
porte grillagée. Veillant à ne pas être vu, il resta à les écouter
dans la cuisine.

« Ce n'est pas une bonne idée, déclara Claude. Il va
finir par se pointer dans la grange et se battre avec un des
chiens.

— De toute façon, il viendra de son propre chef.

— Ça fait un bail qu'il est en fuite, non ? Celui qui l'a
abandonné, qui que ce soit, le battait probablement. Il est
sûrement fou furieux, il se serait précipité sur toi en se pis-
sant dessus s'il avait eu envie que tu t'occupes de lui.

— Donne-lui le temps.

— Tu sais qu'ils sont affamés quand ils sont en liberté.
Ils sont incapables de chasser, d'ailleurs ce serait pire s'ils
l'étaient. Il vaut mieux le flinguer. »

Après un silence, sa mère intervint calmement, « Il a raison, Gar. Nous aurons trois chiennes en chaleur le mois prochain.

— Tu sais que je ne le ferai pas.

— Nous le savons tous, enchaîna Claude. Personne n'a
jamais été aussi têtu que Gar Sawtelle. Strychnine alors. »
Claude jeta un coup d'œil à la véranda et ne put réprimer
une grimace. « Tu l'as déjà fait, Gar. Avec un chien errant. »

Edgar ne comprit pas ces paroles, mais il sentit que
Claude cherchait à provoquer son père.

Bien qu'il lui tournât en partie le dos, Edgar vit l'expression furieuse de son père, qui répondit pourtant d'un ton
égal :

« Il paraît. Nous les conduisons à Park Falls désormais »,
conclut-il d'un ton sans réplique.

Sur ces mots, le visage en feu, il grimpa l'escalier, entra
dans la cuisine où il prit une pile de fiches de croisements sur
le dessus du réfrigérateur. Il les posa sur la table et travailla

le reste de la soirée. Claude flâna dans le salon, feuilleta un magazine puis monta. Un tel silence régnait dans la maison qu'Edgar entendit la mine du crayon se casser et son père jurer tandis qu'il le balançait à travers la pièce.

*

Les jours s'écoulèrent sans aucun signe du chien errant. Almondine s'arrêtait pour parcourir du regard l'autre berge du ruisseau, mais ni Edgar ni son père ne voyaient quoi que ce soit et le garçon finissait par la rappeler en claquant des mains. Il aurait aimé en déduire qu'Almondine avait relevé la piste du chien, sauf qu'elle scrutait souvent les buissons de la sorte, attirée par des odeurs exotiques imperceptibles pour les êtres humains.

Une nuit, un hurlement dans le champ réveilla Edgar, un long ooooooooooohr–ohr–ooooh solitaire qui s'acheva par un glapissement strident. Il s'assit dans le noir, l'oreille tendue : n'avait-il pas rêvé ? Le silence s'étira jusqu'à ce qu'un autre hurlement, plus lointain cette fois, le déchire.

Qu'arrivera-t-il s'il vient ? demanda-t-il à son père le lendemain matin.

« Il est parti, Edgar. S'il avait dû venir, il l'aurait déjà fait. »

Mais je l'ai entendu hurler cette nuit.

« S'il vient, nous le conduirons à Park Falls. » Gar jeta un coup d'œil à son fils et, à la vue de son expression, ajouta : « Probablement. »

Ce soir-là, Edgar sortit deux chiots d'un an dans le couloir du chenil avec le matériel de pansage. Quand il eut terminé, le soleil couchant baignait la maison d'une couleur pourpre tandis que Claude fumait dans la véranda. Lorsque Edgar monta l'escalier, il porta sa cigarette à sa bouche, tira dessus et pointa le bout incandescent vers le champ :

« Regarde là-bas. »

Edgar se retourna. En bas, à la lisière de la forêt, trois chevreuils bondissaient à travers le champ ; dans leur sillage, on distinguait la petite silhouette rampante du chien errant lancé dans une course menaçante. À peine les chevreuils eurent-ils disparu dans les peupliers que le chien s'arrêta et tourna en rond comme s'il était essoufflé ou déconcerté. Puis il fila à son tour dans les arbres. Claude écrasa sa cigarette dans le cendrier cependant que le soleil tombait derrière l'horizon.

« Voilà comment il reste en vie », lança-t-il.

La lumière avait baissé. Claude se retourna et entra dans la cuisine.

Pendant la nuit, une querelle éclata. Edgar n'en perçut que quelques bribes depuis sa chambre. Claude soutenait qu'ils n'avaient désormais plus le choix – le chien ne viendrait jamais de lui-même maintenant qu'il chassait le chevreuil. Son père maintenait quant à lui qu'il n'était pas question de le tuer tant qu'il y aurait d'autres solutions. Ils n'avaient encore vu aucun cadavre de chevreuil.

« Que se passera-t-il s'il va sur la propriété de quelqu'un d'autre ? intervint Trudy. Tu sais qu'on nous accusera, même s'il n'est pas à nous. »

Et ils continuèrent à se chamailler, leurs voix à peine distinctes sifflaient à travers le parquet jusqu'à ce que tombe un silence lourd de désaccord. Le ressort de la porte de la véranda grinça, suivi par un bruit de pas dans l'allée et le cliquetis des portes de la grange.

Le lendemain matin, son père tendit à Edgar une section de chaîne légère et une gamelle en inox percée d'un trou où il jeta deux poignées de croquettes. Ils entourèrent le tronc du vieil arbre de la chaîne qu'ils accrochèrent au bol. Le lendemain, la gamelle était vide. Ils la déplacèrent de vingt mètres dans le sentier, la remplirent à nouveau, l'attachant cette fois à un bouleau.

*

La réparation du toit était manifestement un travail idéal pour un solitaire comme Claude. Après une journée passée à grimper à l'échelle, à arracher les bardeaux des vieilles voliges, il sifflotait, d'excellente humeur. Il se tenait parfois en équilibre sur la longue arête pour les regarder travailler les chiens. Sans doute gagnait-il ainsi son gîte et son couvert mais le toit de la grange lui offrait également un point de vue stratégique, un perchoir d'où se révélait leur petit royaume coupé du monde.

Cependant, dès que les circonstances exigeaient l'association des deux frères, une dispute éclatait, surprenante et déconcertante. Même si c'était chaque fois sous des prétextes différents, Edgar avait le sentiment que son père et Claude étaient tombés à leur insu, dans un cercle vicieux de provocations et de ripostes dont les références étaient trop subtiles et trop intimes pour être déchiffrées. Claude s'ennuyait ou se sentait piégé par les conversations à plusieurs, il avait toujours une bonne raison pour se défiler des repas familiaux et, lorsqu'il consentait à se joindre à eux, il semblait prêt à se lever de table à la moindre anicroche. Ce qu'il n'avait pourtant encore jamais fait, se contentant d'observer et d'écouter, ou de répondre aux questions par un mot ou un signe de tête.

Non qu'il n'aimât pas parler, il préférait simplement les tête-à-tête qui lui donnaient l'occasion de raconter des événements singuliers, sans jamais être lui-même le sujet de ses histoires. Un soir, Edgar avait enfin réussi à faire sortir une jeune mère de son box de maternité pour la brosser lorsque Claude, se faufilant par les portes de la grange, se dirigea vers lui. Il s'agenouilla et caressa les oreilles de la chienne entre le pouce et l'index.

« Ton père a eu un chien, un jour, il s'appelait Forte. Il t'en a déjà parlé ? »

Edgar secoua la tête.

« On venait de terminer le lycée, avant que je ne m'engage dans la marine. C'était un chien errant, lui aussi, pour lequel ton grand-père avait tout de suite trouvé un nom, inspiré par sa taille. Nous ne sommes jamais arrivés à l'apprivoiser totalement à cause du temps qu'il avait passé dans les bois. N'empêche que c'était un chien d'une intelligence exceptionnelle ; bien bâti, avec des os solides, il pesait entre cinquante et soixante kilos après avoir été correctement nourri. Quand il a compris ce qu'il avait entre les mains, ton grand-père n'a pas eu de scrupule à l'utiliser comme étalon. » Claude décrivit ensuite la vigueur et la rapidité extraordinaires de Forte, dont le seul défaut était son goût pour la bagarre, et expliqua que si son grand-père l'avait confié à Gar, c'était parce qu'ils se ressemblaient.

La dernière remarque laissa Edgar perplexe.

« Eh, oui. Dans sa jeunesse ton père menait une vie de patachon. Il rentrait saoul ou il découchait quelquefois. Ces deux-là étaient faits pour s'entendre. Ton père avait appris un tour à Forte : quand il sifflait, le chien lui sautait dans les bras, soixante kilos d'un bond. Il l'emmenait à Park Falls pour qu'il se batte avec d'autres chiens. Il gagnait systémati-quement, alors les propriétaires furieux déclenchaient une bagarre, hommes et chiens se battant côte à côte. Ils ren-traient en sang. Ils dormaient si tard le lendemain que ton grand-père se mettait dans une colère noire et les jetait hors du lit. »

Pour Edgar, qui n'avait jamais vu son père lever la main sur qui que ce soit, animal ou être humain, c'était impossible de l'imaginer instigateur de combats de chiens. Comme s'il lisait dans ses pensées, Claude sourit.

« Difficile à croire, hein ? Autant que de me voir sous les traits de celui qui passait son temps à arranger les choses, pourtant c'est vrai. Quoi qu'il en soit, ton père est tombé amoureux de ce chien, même s'il n'en faisait qu'à sa tête. Un soir, il nous a emmenés au Hollow, Forte et moi. Il a descendu un bon nombre de bières, puis un mec s'est pointé clairon-nant qu'il avait entendu parler de Forte et, l'instant d'après, on roulait en cahotant sur une piste dans la poussière que soulevait le camion du mec. Ton père, au volant, zigzaguait mais on s'en fichait parce que la route était déserte.

» Il s'est garé devant la maison du gars, une cabane en réalité. Il faisait nuit noire. Ton père avait laissé les phares allumés. Le gars a filé dans une remise d'où il est ressorti avec le plus grand et le plus noir de tous les mastiffs que j'ai vus de ma vie. Le monstre a posé ses pattes sur le capot du camion, il nous a regardés en bavant comme un ours. Ton père a ouvert la porte du passager mais Forte, qui avait vu le monstre et ne se donnait aucune chance, s'est assis sur les genoux de ton père. Le mastiff est descendu du capot et a fait le tour jusqu'à la portière ouverte ; comme j'étais le plus près, je me suis penché pour la fermer mais la tête du mastiff était déjà entre la poignée et moi. L'instant d'après, il était arc-bouté sur ma botte à me traîner dans l'herbe. Mon autre jambe avait beau être libre, j'ai eu peur qu'il s'y attaque si je lui donnais un coup de pied… je n'ai pas eu d'autre solution que d'appeler ton père en braillant.

» Pendant ce temps-là le gars se tenait dans la lumière des phares, un fusil sur l'épaule, mort de rire. Ton père, qui s'efforçait de sortir, était tellement saoul qu'il avait du mal à bouger avec l'énorme chien recroquevillé sur ses genoux. Quant à moi, le mastiff me traînait dans son chenil histoire de me ronger les os.

» Ton père a fini par abandonner Forte et est tombé par la portière du conducteur, ce qui aurait pu être marrant dans n'importe quelle autre situation sauf que je hurlais à l'aide. Il s'est relevé, a arraché le fusil des mains du type, s'est précipité sur nous et a enfourné le canon du fusil dans les côtes du mastiff. Peine perdue. Il a remis ça. Cette fois, le molosse l'a remarqué et m'a lâché la jambe. Le temps que je me relève, il a plaqué ton père contre le mur de la cabane. "Comment tu le rappelles? Comment tu le rappelles?" gueulait ton père. Le gars, toujours mort de rire, a crié : "Aucune idée ! " Puis il y a eu un mouvement brusque et le coup est parti. Avant qu'on ait pigé ce qui se passait, le molosse était étalé par terre. »

Edgar reconduisit la chienne qu'il venait de toiletter dans son box, Claude l'attendit pour continuer.

« Le type était fou furieux. Il s'était emparé du fusil et a beuglé : "Descends ton chien du camion ou je le flingue sur la banquette." De toute évidence, il était sérieux alors ton père est allé sortir Forte du camion – tu dois comprendre qu'il lui en voulait beaucoup de s'être planqué. Le gars a levé le fusil mais ton père s'est écrié : "Attends." Et voilà le plus bizarre : il n'a eu aucun mal à récupérer le fusil. Vois-tu, ils étaient tous les deux complètement saouls, ils titubaient dans la lumière des phares. Au lieu de frapper le type et de jeter le fusil dans l'herbe, il a appelé Forte qu'il a abattu. Il a tué son propre chien. Il a jeté le fusil et après, il a cogné le gars. »

Non, signa Edgar. Je ne te crois pas.

« J'ai fourré Forte dans le coffre, puis j'ai pris le volant, roulé jusqu'à l'autre côté de la route et je l'ai enterré dans les bois. Après quoi, j'ai raconté à ton grand-père que Forte s'était échappé parce que ton père était trop malade pour descendre et encore plus pour lui expliquer ce qui s'était passé. De toute façon, il ne se rappelait plus de rien. Il m'a fallu lui rafraîchir la mémoire ; d'abord, il m'a posé des questions – du genre pourquoi il n'avait pas fait ci ou ça –, mais je crois que tout lui est revenu. Ensuite il s'est retourné dans son lit et n'a plus ouvert le bec. Il est resté trois jours comme ça avant de pouvoir affronter qui que ce soit. »

Edgar secoua la tête et passa devant lui en le bousculant.

« Tu comprends le problème ? lança Claude dans son dos. Jamais il ne le fera maintenant, même s'il le faut. »

Almondine suivit Edgar dans sa chambre, où ils s'allongèrent par terre pour jouer. Il essaya de s'ôter de la tête l'histoire de Claude. Bien qu'il fût persuadé que c'était un mensonge, il était incapable d'expliquer pourquoi il en avait la certitude ni pourquoi Claude lui avait raconté tout cela. Quand Almondine en eut assez de jouer, il regarda par la fenêtre. Assis sur l'escalier de la véranda, Claude fumait sa cigarette en contemplant les étoiles.

*

Ils essayèrent d'attirer le chien errant dans le sentier à force de remplir la gamelle qu'ils reculaient tous les jours d'abord de quelques mètres puis de beaucoup plus. Ils espéraient que c'était bien lui qui vidait la gamelle. Un jour, ils la placèrent si près de la maison qu'Edgar apercevait l'éclat du métal derrière le jardin et, le lendemain matin, les croquettes étaient toutes là. Au dîner, Edgar suggéra d'y ajouter un bon morceau du rôti qu'ils étaient en train de manger, mais sa mère en avait assez de gaspiller de la nourriture, il était temps d'y mettre un terme.

Le matin, Edgar trouva une demi-douzaine de bestioles aux griffes noires autour de la gamelle en train de rouler des bouts de croquettes entre leurs pattes. Il les chassa et, indigné, se dirigea vers l'atelier en emportant les aliments souillés.

Les écureuils piquent les croquettes, signa-t-il, écœuré.

Son père remonta ses lunettes sur son nez : « Je me demandais quand ça allait arriver. Eh bien, ce n'est plus la peine de continuer maintenant qu'ils ont découvert la bouffe, ils ne renonceront pas. »

N'existe-t-il aucun autre moyen de l'attraper ? De l'amener dans un box par la ruse ? Il se calmerait si on le faisait travailler, j'en suis sûr. Je pourrais m'en charger, insista Edgar, consterné.

Son père le regarda longuement.

« C'est sans doute possible mais il n'aurait de cesse de s'enfuir si on le piégeait, tu le sais bien. » Il se passa la main dans les cheveux en soupirant. « Chaque fois que je pense à ce chien, ce que répétait ton grand-père me revient à l'esprit. Il détestait plus que tout au monde placer les chiots, c'est pour ça qu'il avait commencé à les garder au moins un an – d'après lui, la plupart des gens ignorent comment il faut élever les petits et les sabotent avant qu'ils aient six mois. Une nuit, il est parti chercher un chiot parce qu'il avait entendu dire que son nouveau maître le punissait en le privant de nourriture. »

On l'a laissé faire ?

Son père sourit. « Le maître croyait que le chien s'était enfui. De toute façon, ce n'était pas le premier qu'il récupérait de la sorte. Si les gens se faisaient suffisamment de souci pour appeler, il leur répondait que le chien avait surgi de nulle part et leur passait un savon. Parfois, il leur rendait le chien mais, la plupart du temps, il leur envoyait un chèque avec le conseil d'acheter un beagle. Il détestait l'obligation de choisir où placer les chiens. " On est sûr d'avoir fait du bon boulot à condition que les chiens choisissent eux-mêmes ", répétait-il. »

Ça n'a pas de sens.

« C'est aussi ce que je croyais. Je lui ai demandé ce qu'il entendait par là mais il s'est contenté de hausser les épaules. À mon avis, il ne le savait pas vraiment lui-même. Quoi qu'il en soit, je ne peux pas m'empêcher de penser que ce chien errant est en train de faire exactement le genre de choix dont il parlait. C'est un adulte qui rôde dans les bois depuis longtemps et qui se demande s'il peut nous faire confiance, si sa place est ici. C'est important pour lui – il préfère mourir de faim plutôt que de prendre une mauvaise décision. »

Il a simplement peur.

« Sans aucun doute. Mais il est suffisamment intelligent pour la surmonter s'il le veut. »

Que se passera-t-il s'il vient ?

« Eh bien s'il le décide, nous aurons – peut-être – un chien digne d'être gardé et même d'être éduqué. »

Tu l'élèverais dans ce cas ?

« Je ne sais pas. Ça nous donnerait beaucoup de travail au début, il faudrait comprendre son caractère, voir comment il se comporte au travail, apprendre à le connaître. »

Mais ce n'est pas l'un des nôtres.

« Comment crois-tu que nos chiens deviennent les nôtres, Edgar ? lança son père, un sourire malicieux aux lèvres. Ton grand-père se moquait des races, pour lui, il existait toujours un meilleur chien quelque part. Le seul endroit où il était certain de ne pas en trouver, c'était aux expositions canines, alors il passait son temps à interroger les gens sur leurs chiens. Chaque fois qu'il en repérait un – qu'il le voie tous les jours ou qu'il soit à l'autre bout de l'État et qu'on lui en ait parlé – il concluait un marché avec son propriétaire pour le croiser dans la lignée en échange d'un chiot de la portée. Il lui arrivait aussi de tricher. »

Tricher ? Comment ?

Sans répondre, son père se retourna vers l'armoire de classement et feuilleta les fiches.

« Un autre jour. Ton grand-père avait beau avoir renoncé à ces pratiques quand j'étais petit, je me souviens malgré tout d'un ou deux nouveaux chiens. Bref, nous devons être patients parce que c'est à l'animal de prendre sa décision. »

Edgar hocha la tête comme s'il était d'accord. Or ce que son père venait de lui raconter lui avait donné une idée.

*

Ce soir-là, il apporta une lampe de poche, un livre et un sac de couchage dans la véranda. À peine avait-il déroulé celui-ci devant la porte écran et s'installait-il pour lire qu'Almondine – qui semblait avoir deviné son plan – se faufila entre Edgar et la porte. Lorsqu'elle se fut allongée, il lui donna un coup dans les flancs là où elle était chatouilleuse. Elle se releva en grondant, l'enjamba, puis se recoucha, prenant soin, cette fois de lui balayer le visage de sa queue.

D'accord, j'ai compris, signa-t-il, agacé, avec un sourire néanmoins. Il l'obligea doucement à se relever et réarrangea le sac de couchage afin qu'il y ait assez de place pour eux deux. Il lui fallait maintenant tendre le cou s'il voulait distinguer la gamelle derrière le jardin. Almondine se coucha la tête sur les pattes, soupirant d'aise, ses yeux bruns pailletés rivés sur Edgar. Il passa ses doigts dans la fourrure douce des oreilles et du cou de la chienne, qui ne tarda pas à fermer les yeux. Elle était parfois vraiment impétueuse mais, si tout était à sa convenance, elle était accommodante parce que le monde était en ordre. Au bout d'un moment, il s'appuya sur ses coudes et, à la lueur de la lampe torche, feuilleta *Le Livre de la Jungle* jusqu'au passage qui l'avait obsédé toute la journée.

Mowgli avança sa forte main brune et, juste sous le menton soyeux de Bagheera, là où les formidables muscles roulaient, dissimulés dans la fourrure lustrée, il sentit une petite place nue.

« Il n'y a personne dans la jungle qui sache que moi, Bagheera, je porte cette marque… la marque du collier ; et pourtant, petit frère, je naquis parmi les hommes, et c'est parmi les hommes que ma mère mourut, dans les cages du palais royal d'Oodeypore. C'est à cause de cela que j'ai payé le prix au Conseil, quand tu étais un pauvre petit tout nu. Oui, moi aussi je naquis parmi les hommes. Je n'avais jamais vu la jungle. On me nourrissait derrière des barreaux, dans une marmite de fer ; mais une nuit, je sentis que j'étais Bagheera – la panthère – et non pas un jouet pour les hommes ; je brisai la misérable serrure d'un coup de patte et m'en allai. Puis, comme j'avais appris les manières des hommes, je devins plus terrible dans la jungle que Shere Khan, n'est-il pas vrai ?

— *Oui, dit Mowgli, toute la jungle craint Baheera...*
toute la jungle sauf Mowgli[1]. »

*

Après avoir éteint sa lampe de poche, il posa sa tête à côté de celle d'Almondine. Le chien errant éprouvait-il la même chose ? Avait-il décidé de ne pas être le jouet des hommes après un événement particulièrement horrible ? Ou était-il en proie à un mélange de peur et de folie comme l'affirmait son oncle ? La télévision finit par s'éteindre. Sa mère passa la tête par la porte.

« Bonsoir, Edgar. »

Bonsoir, signa-t-il, espérant avoir l'air endormi car il la sentait jauger son installation.

« Qu'est-ce que tu manigances ? »

Il fait chaud là-haut. On a envie de dormir là où il y a de l'air.

Il attendit le plus longtemps possible que le silence règne dans la maison, puis il se glissa dehors. Il laissa Almondine derrière la porte. Vexée, elle tenta de l'ouvrir en passant ses griffes en dessous – il le lui interdit d'un regard impérieux. Il se dirigea vers le parterre de fleurs sous la fenêtre de la cuisine où il avait caché un sac à pain sous les grandes feuilles d'iris. Il traversa le jardin et remplit la gamelle des croquettes qu'il avait disposées sur le sac. Puis, assis sur la dernière marche de l'escalier de la véranda, le dos contre le montant de la porte, il attendit. Ses yeux finirent par se lever vers les étoiles.

La respiration rauque d'Almondine, derrière la porte grillagée, le réveilla. La lune éclairait la cour, il ne se rappela pas tout de suite ce qu'il faisait là. Il promena son regard sur la corde à linge distendue qui, partant de la maison, disparaissait dans l'ombre de l'érable. Le bruit de croquettes dans la gamelle le sortit de sa rêverie : de l'autre côté du carré de semis et de tuteurs, le chien errant s'empiffrait, guettant Edgar du coin de l'œil. Le clair de lune argentait son poitrail.

---

1. Extrait du *Livre de la Jungle* de Rudyard Kipling. Librairie Delagrave, 1965. Traduction de Louis Fabulet et Robert d'Humières.

Le garçon se leva très lentement et porta le sac à pain, lourd et froid, jusqu'à l'érable devant lequel il s'agenouilla. Une odeur métallique de sang se dégageait du sac – du steak haché volé l'après-midi même dans le réfrigérateur. Il en préleva un morceau qu'il malaxa en boulette puis siffla doucement. Le chien regarda Edgar avant d'avaler les dernières croquettes de la gamelle. Dès qu'il eut terminé, il se tint sur trois pattes, se grattant le poitrail avec la quatrième.

Edgar lança la viande ; les pâles miroirs sertis dans les yeux du chien brillèrent. Il sortit des mauvaises herbes et renifla l'air nocturne. Un autre morceau de viande atterrit dans les feuilles d'un plant de tomates ; l'animal traversa les rangées de plantes grimpantes, les semis et les tiges de maïs de trente centimètres de haut, s'arrêtant d'une obole à l'autre.

Edgar divisa le reste de la viande en deux. La première partie tomba entre eux, à une dizaine de mètres. Le chien s'avança, flaira et avala d'un coup, puis il releva la tête et se lécha les babines. Edgar garda le reste dans ses mains. Aucun ne bougea l'espace d'un long moment. Edgar se pencha afin de déposer la viande sur l'herbe. Le chien fit quelques pas et l'attrapa. Haletant, il ne quittait pas Edgar des yeux. Des poils emmêlés tombaient sur son front, il avait des bourres dans son pelage. Quand Edgar tendit la main, le chien se rapprocha et lécha le sang ainsi que le gras restés sur ses doigts. Edgar passa sa main libre dans le cou du chien, sûr à présent qu'il était possible de l'attirer davantage encore. Sans doute pas cette nuit, mais c'était possible. Claude avait beau dire, il n'était pas fou. Il n'avait pas complètement perdu confiance, il était indécis, voilà tout. Il les avait observés et ce qu'il avait vu ne l'incitait ni à rester ni à partir, exactement comme le pensait Gar.

Alors qu'Edgar réfléchissait sur la conduite à adopter, Almondine commença à gémir et gratter à la porte de la véranda. En quatre bonds, le chien errant franchit le jardin et disparut. Le temps qu'Edgar arrive à la véranda, un des chiens du chenil était sorti dans son enclos en aboyant, un autre ne tarda pas à lui emboîter le pas. Edgar apaisa Almondine, puis se dirigea vers la grange.

Calme, signa-t-il.

Les chiens obéirent en bâillant mais il leur fallut une bonne dizaine de minutes pour arrêter de faire les cent pas et se coucher.

*

À son réveil le lendemain matin, Edgar découvrit un rond blanc sale devant les marches de la véranda. Il s'assit sur son sac de couchage et se frotta les yeux. On aurait dit un filtre à café – un filtre en papier taché de marron. Comme il sortait pour enquêter, Almondine passa précipitamment devant lui et, à sa grande surprise, urina sur le filtre. Puis, le nez collé au sol, elle contourna la maison.

Dans la cour, il y avait un sac-poubelle en plastique noir, déchiqueté, dont le contenu était répandu un peu partout : des boîtes de soupe vides, un paquet de céréales, des bouts d'emballage, des journaux, un carton de lait. Il reconnut sa propre écriture sur les mots-croisés d'un journal daté de trois jours qu'ils avaient déposé à la décharge la veille.

Pendant le petit déjeuner, Claude et ses parents spéculèrent sur la façon dont les ordures étaient arrivées là. Pour Claude, il s'agissait d'une blague de gamins en goguette. Sa mère fut la première à conclure que c'était le chien errant. La décharge était située à environs quatre cents mètres en descendant Town Line Road, au bout d'un chemin de terre qui débouchait sur une demi-lune pleine de détritus, de carcasses, de cuisinières et de réfrigérateurs.

« Pour l'amour du ciel, c'est à perpète la décharge, pourquoi traînerait-il un sac-poubelle de là-bas ? objecta Claude.

— Pour nous le rapporter, répondit sa mère, songeuse.

— Et pourquoi ça ?

— Je ne sais pas. Pour nous remercier ? »

Edgar donna aussitôt raison à sa mère, il était cependant le seul capable de saisir la portée des efforts du chien. L'envie de raconter ce qui s'était passé le démangea, mais il aurait fallu expliquer la disparition d'une livre de steak haché.

Le lendemain matin, il trouva un de ses jeans jeté depuis longtemps, délicatement déplié dans la cour, comme si le garçon qui le portait s'était volatilisé. Puis une seule chaussure de tennis, déchirée et grise. Si son père rigolait, Claude, furibard, retourna à son travail de couverture.

« Imagine que le chien ait répandu la poubelle dans le salon, expliqua Trudy à Edgar qui l'interrogeait sur l'attitude de son oncle. Pour Claude, c'est du pareil au même. »

Le chien ressentit sans doute qu'on n'estimait pas ses efforts à leur juste valeur et cessa d'apporter des cadeaux. Claude menait déjà campagne. Des disputes acerbes éclatèrent entre celui-ci qui n'en démordait pas – il fallait abattre le cabot – et son père qui s'y refusait obstinément. Bien qu'elle fût d'avis que des mesures étaient nécessaires, sa mère fit plusieurs tentatives pour ramener la paix. Deux soirs plus tard, un vacarme retentit dans le chenil, et tous les quatre s'y précipitèrent en pyjama pour calmer les chiens. Ils ne trouvèrent rien d'anormal. Claude était certain que le chien errant avait essayé de grimper dans l'un des enclos – une idée qui angoissa Edgar, tant il craignait qu'on l'attrape. Il n'empêche que s'il s'enhardissait, il risquait d'arriver quelque chose de grave.

D'autant qu'il avait déjà commencé à réfléchir à des noms. C'était plus fort que lui, même si c'était une mauvaise idée. Après tout, c'était son boulot. Un seul semblait convenir, comme si le premier Forte était revenu.

*

Le samedi, ses parents emmenèrent trois jeunes chiens de un an à Phillips pour les Ice Age Days[1] afin de les accoutumer à la foule. Claude, qui avait prévu de les accompagner, changea d'avis, préférant profiter du beau temps pour travailler à la grange.

Edgar et Almondine passèrent la matinée avec une portée de trois mois. Après un travail en laisse destiné à leur inculquer l'imprévisibilité des êtres humains et la nécessité de les observer, Edgar les mit en arrêt. Devant eux, il lança des balles de tennis à Almondine, qui, experte dans le travail de diversion, mordait férocement dans les jouets en secouant

---

1. Fête se déroulant le deuxième week-end d'août dans le village de Rib Lake sur le lac du même nom dans le Wisconsin.

la tête. Après dix minutes d'immobilisation, Edgar libéra les chiots, et une folle mêlée s'ensuivit. De temps à autre, Claude se hissait sur le faîtage de la grange où il s'asseyait, ses épaules bronzées luisaient de sueur.

Après le déjeuner, Edgar s'endormit dans le canapé où il regardait la télévision tout en lisant. De loin, il entendit Claude entrer puis ressortir sans en être dérangé. Le vent secouait les pommiers lorsqu'il se réveilla. Il trouva Almondine dehors près du silo, la queue basse, scrutant le champ ouest.

Deux chevreuils et un faon broutaient dans le foin, petites silhouettes brunes à cette distance. Sous le vent, Forte était tapi, immobile tandis que Claude se tenait près des arbres fouettés par les rafales. Dans ses bras, on distinguait la longue forme noire d'un fusil.

Les chevreuils remuèrent la queue avec inquiétude, puis galopèrent en lisière de la forêt. Dès qu'ils bougèrent, Forte s'élança, hanches baissées, mais, au lieu de charger les chevreuils, il s'éclipsa dans les bois. Claude battit également en retraite dans les arbres, à pas si lents qu'Edgar le voyait à peine bouger.

Il pivota sur les talons, fit rentrer Almondine dans la véranda, ferma la porte et se rua derrière le jardin. Au tas de pierres, à mi-pente dans le champ, le chemin contournait un bosquet de cornouillers, c'est là qu'il aperçut Claude : planté dans une petite clairière, il regardait dans le viseur. Trente mètres plus loin, Forte entré dans la forêt ne s'y enfonçait pas ; Edgar ne l'avait pas revu à la lumière du jour depuis leur rencontre devant le vieux chêne. Les côtes saillantes sous son pelage, le ventre creusé comme un arc inversé, les oreilles dressées, il respirait par saccades et avançait vite.

Une fois à la hauteur de son oncle, Edgar posa sa main sur le fusil. Claude la repoussa brutalement.

« Fiche le camp, marmonna-t-il. Rentre à la maison. »

Il s'est aventuré chez nous deux fois, signa-t-il, sûr que Claude comprendrait l'essentiel de sa phrase. Il ne peut pas les attraper, pas tout seul.

Il tendit à nouveau le bras vers le fusil. Là, Claude se retourna, saisit Edgar par le plastron de sa chemise et l'envoya dans les feuilles mortes et les broussailles. Luttant pour retrouver son équilibre, celui-ci chercha à faire le plus de bruit possible pour attirer l'attention de Forte. Ses efforts furent vains, Forte était trop concentré sur les mouvements du faon et les bourrasques de vent couvraient le bruit.

Il n'entendit pas Almondine arriver. Soudain, il y eut un souffle rauque à côté de lui et elle était là, haletant furieusement, le regard rivé sur le chien errant.

Edgar passa une main devant elle.

Reste.

Elle essaya de détourner le regard, mais il capta son attention et répéta l'ordre. La chienne s'assit. Claude avait épaulé le fusil. Edgar vit son doigt appuyer sur la détente : il n'y eut cependant ni coup ni hurlement. Claude tripotait la crosse, à la recherche du cran de sûreté.

Depuis leur plus tendre enfance, les chiens Sawtelle apprenaient que « reste » signifiait non seulement l'immobilité mais aussi le silence absolu sans le moindre gémissement ou aboiement. Almondine répondait à cet ordre.

Se tournant vers elle, Edgar se toucha la tempe d'une main.

Regarde-moi.

Sa grosse tête pivota.

Va.

Il comptait l'attraper avant qu'elle ne bouge, mais elle décolla avant qu'il ait eu le temps de finir son signe. Il ne put que bondir et lui attraper le jarret. Elle s'écroula dans le sentier en couinant.

Cela suffit à alerter Claude, qui leva le nez du viseur. Almondine se remit aussitôt sur ses pattes et fonça, traînant à moitié Edgar derrière elle. Lorsqu'il réussit à la dépasser, il lui enserra le museau, l'obligeant à le regarder.

Parle.

Et Almondine se mit à aboyer.

Cette fois, Forte ne put confondre ce qu'il entendit avec le vent. En un mouvement, il se retourna, les vit et décampa. Claude tenta de garder le fuyard dans sa ligne de mire mais il ne vit plus que quelques branches qui oscillaient.

Lorsque Edgar prit conscience qu'il avait lâché son collier, Almondine était déjà loin. L'espace d'un moment, le canon du fusil s'abaissa et se braqua sur elle puis, sans marquer de temps d'arrêt, Claude pivota du côté du champ et tira sur le plus petit des deux chevreuils, qui, le cou tendu, les yeux écarquillés, s'apprêtait à fuir. L'autre poussa un cri avant de détaler dans la forêt, le faon sur ses talons.

Edgar se rua dans le champ. Le chevreuil gisait, battant convulsivement des pattes tandis que du sang jaillissait de la plaie de son cou. Il roula des yeux pour le regarder. Dès qu'il l'eut rejoint, Claude dirigea son arme sur le poitrail de l'animal et appuya sur la détente. Avant même que la détonation eût fini de résonner dans les collines, il avait tourné les talons et se dirigeait vers la maison, le fusil ballottant le long de sa jambe à la manière d'un bâton.

Edgar resta longtemps à regarder l'animal, promenant son regard de la robe fauve au bout noir de ses oreilles, au sang cramoisi qui finit par cesser de s'écouler des blessures. À l'instant où il leva les yeux, Almondine apparut au bout du champ, la langue pendante, et s'élança vers lui. Elle s'immobilisa une fraction de seconde avant de s'approcher, pas à pas, de l'animal. L'image d'Almondine devant le canon du fusil passait en boucle dans l'esprit d'Edgar.

Allez, viens, signa-t-il. Éloigne-toi de ça.

Ils croisèrent Claude qui retournait dans le champ, portant un couteau de chasse et une pelle.

« Heps, attends une seconde », lança-t-il.

Edgar obtempéra, mais se remit en route immédiatement.

« Très bien. N'empêche que tu vas devoir prendre une décision d'ici peu, continua Claude dans son dos. On pourrait s'entraider, ce serait mieux. »

*

Toute la soirée, Almondine à ses côtés, Edgar toiletta les chiens jusqu'à ce que ses mains soient douloureuses. La seule fois où Claude chercha à l'approcher, il se détourna. Le soleil s'était couché, les étoiles commençaient à poindre quand le camion se gara dans l'allée.

Comme la carcasse du chevreuil pendait à une branche basse de l'érable, le père d'Edgar posa des questions avant même de sortir de la cabine. Claude avança vers eux pour annoncer que Forte avait fini par s'attaquer à un chevreuil : il l'avait vu du toit de la grange mais le temps d'attraper le fusil, le chien s'acharnait sur le chevreuil, et il avait tiré un coup pour l'effrayer.

« La bête était toujours vivante malgré son piteux état, alors je l'ai achevée. Pas le choix, s'pas ? Et puis il fallait pas la laisser comme ça, alors je l'ai préparée, j'ai coupé le cuissot rongé et l'ai rapportée ici », précisa-t-il.

Si le mensonge de Claude n'étonna pas Edgar, en revanche ce qu'il ajouta le sidéra. Au lieu de ressasser le même discours, de répéter qu'il fallait appâter Forte et l'abattre ou l'empoisonner, comme Edgar s'y attendait, il suggéra de l'oublier.

« Quant au clebs, poursuivit Claude, je ne crois pas l'avoir touché, par contre je suis sûr de l'avoir terrorisé. Il s'est taillé si vite que je n'ai pas eu le temps de tirer un deuxième coup. On ne le reverra jamais. »

Tandis qu'il parlait, il fixait Edgar, qui ne comprit pas tout de suite. S'en apercevant, Trudy s'adressa à son fils :

« Où étais-tu pendant tout ce temps ? »

Éclairées par la lumière de la véranda, les mouches projetaient leurs ombres sur la carcasse du chevreuil. Gar se tourna également vers Edgar. L'expression déterminée du visage de Claude qui se tenait en retrait s'évanouit, et il sourit.

Claude obligeait Edgar à faire un choix. L'adolescent comprit que son discours était une façon de fixer les termes du marché. Il proposait d'oublier le chien errant, peu importait qu'il vienne ou s'en aille, le prix à payer était le silence. Le regard d'Edgar navigua de la carcasse du chevreuil à ses parents.

Je dormais dans le salon, signa-t-il, j'ai tout raté.

*

Si Claude et Edgar avaient scellé un pacte ce soir-là, il resta tacite. Le premier ne suggéra plus jamais de chercher ou d'abattre Forte ; le second ne raconta jamais à son père la vérité sur le chevreuil. Dès qu'il le pouvait, subrepticement,

Edgar remplissait la gamelle de croquettes qu'il posait derrière le jardin. Le lendemain matin, elle était toujours vide
mais il était impossible de savoir si elle l'avait été à coups de
langue ou pillée par les écureuils.

Un soir qu'Edgar traversait la pelouse à cette heure où
le ciel retient toute la lumière après le coucher du soleil, il
remarqua que Forte l'observait du fond du jardin. Il s'arrêta
dans l'espoir que le chien se déciderait à s'aventurer dans la
cour : peine perdue, Forte recula. Alors, Edgar retourna à la
grange où il remplit une gamelle de nourriture, puis il longea les rangées désherbées de pois de senteur, de maïs et de
melons jusqu'à se retrouver à un pas du chien, qui refusa toujours de bouger. Ce fut Edgar qui sortit du jardin. S'avançant
sur la bande d'herbe à la limite des arbres, il tendit la main
au creux de laquelle Forte consentit à manger avant de se
laisser toucher l'épaule. Ainsi commença un rituel qui dura
tout l'été et une partie de l'automne, même s'il arrivait que
Forte n'apparaisse pas pendant une semaine : Edgar apportait la nourriture que le chien dévorait, ensuite il enlevait
les bourres de son pelage et, chaque fois, avant qu'il n'ait terminé, Forte décampait vers la lisière de la forêt où il se couchait, les lumières de la maison se reflétant dans ses yeux.

Si Edgar s'approchait à ce moment-là, Forte se levait
aussitôt et filait dans les bois sans regarder en arrière ni
émettre le moindre bruit.

La portée

Ce matin-là, il s'éveilla dans une chambre vide avec le vague souvenir d'Almondine sautant du lit dans la lumière grise du matin. Au lieu de la rejoindre, il se renversa sur son oreiller et, lorsqu'il rouvrit les yeux, le soleil était haut dans le ciel, les rideaux ondulaient, laissant pénétrer une salve de coups de marteau répercutée par l'écho – Claude travaillait sur le toit de la grange côté champ. Il repoussa les couvertures, s'habilla, descendit l'escalier ses baskets à la main. Almondine était étalée de tout son long dans un rectangle dessiné par le soleil sur le sol de la véranda. Ses parents, assis à la table de la cuisine, se partageaient les pages du *Mellen Weekly Record*. Le travail matinal était terminé, les deux chiens du chenil qui avaient passé la nuit dans la maison étaient retournés dans leurs enclos.

Comme Edgar mangeait une tartine grillée, dans la véranda, le regard braqué sur le champ, Almondine roula sur le dos à la manière d'un crocodile et fixa son assiette. Baissant les yeux, il lui sourit.

Dommage, signa-t-il, sans cesser de mastiquer.

Almondine se lécha les babines et déglutit.

« Edgar, quand l'école se termine-t-elle ? » cria son père de la cuisine.

Après avoir examiné ce qui restait de sa tartine – beurre au bord, confiture de framboise dessus – il grignota un peu de croûte puis claqua les lèvres. Almondine se tordit pour mieux voir. Enfin, il lui tendit le bout de pain grillé, pincé

entre le pouce et l'index pour que ses moustaches lui cha-
touillent la paume, une vieille habitude. Aussitôt sur ses
pattes, elle flaira le cadeau, feignant de ne pas être sûre qu'il
lui convienne, avant de l'attraper délicatement.

Edgar alla poser son assiette dans la cuisine.

Vendredi, c'est le dernier jour vendredi, signa-t-il.

« J'ai jeté un coup d'œil à Iris ce matin, elle porte ses
petits très bas », l'informa son père en le regardant d'un air
très solennel. Y avait-il un problème ? Était-ce trop tôt pour
Iris ? Edgar essaya de se souvenir s'il s'en était occupé la
veille.

« Que dirais-tu que nous te confiions cette portée ? »

Il lui fallut une seconde pour saisir le sens de la question de son père. Il regarda la grange dont le côté rouge se
reflétait comme une vague dans la baie vitrée de la véranda.
« Tu aideras Iris pour la mise bas, enchaîna Gar, je resterai
à tes côtés mais ce sera ta responsabilité. Tu t'occuperas des
chiots tous les jours et s'il y en a un de malade, tu le soigne-
ras. Tu prendras aussi en charge leur instruction jusqu'à ce
qu'ils soient placés, même quand l'école aura repris. »

Edgar hocha la tête, incapable d'empêcher un sourire
bête de se figer sur ses lèvres.

« Avec mon aide, ajouta sa mère. Si tu es d'accord. »

Son père tenait le journal plié sur ses genoux. À la vue
de l'expression d'intense satisfaction de ses parents, Edgar
comprit qu'ils devaient en discuter depuis des lustres,
l'observer, essayer de jauger de quelle chienne la portée lui
conviendrait le mieux. Il n'avait jamais rien demandé de tel.
D'ordinaire, son père supervisait les naissances et, à l'âge
requis, les chiots passaient entre les mains de sa mère. Il
organisait les placements pendant qu'elle les éduquait.
Edgar donnait de multiples coups de main à l'un comme à
l'autre : il nourrissait et abreuvait les chiens, nettoyait leurs
enclos et les toilettait – sa spécialité. Il participait aussi à
l'entraînement, il apprenait aux chiots à marcher en laisse,
se chargeait de quelques exercices et créait des diversions
quand sa mère voulait mettre les chiens à l'épreuve. Ils lui
confiaient désormais la responsabilité de toute une portée,
de la naissance au placement, c'était autre chose.

« Avec un peu de chance, Iris attendra la fin des cours pour mettre bas, dit son père. Il faudra tout de même la surveiller, on ne sait jamais. »

S'emparant du journal, il y jeta un coup d'œil, puis lança un regard à son fils : « On dirait que c'est toi qui vas avoir des chiots. »

Au rire d'Edgar, Almondine surgit de la véranda, curieuse de voir de quoi il s'agissait.

Merci, signa le garçon, qui baissa ses mains, les releva, les baissa à nouveau ne trouvant rien à ajouter. Il s'approcha du réfrigérateur, se servit un verre de lait qu'il but en laissant la porte ouverte. Au fond du frigo, il aperçut un paquet de cheddar caillé. Après en avoir mangé un peu, il cacha le reste au creux de la main et sortit dans la lumière éclatante de l'été.

*

Dans la maternité, installée au fond du chenil, ceinte de cloisons en grosses planches où une solide porte était percée, il faisait plus chaud qu'ailleurs. En outre elle était plongée dans la pénombre et un certain calme y régnait. Des relents de mises bas exsudaient des murs : sang, placenta, lait, sueur. Il n'y avait pas d'ouverture dans les boxes, deux fois plus petits, pour que la température reste constante. Son père devait courber la tête sous le plafond en pente, où des ampoules de faible puissance diffusaient une lumière douce qui faisait briller les yeux des chiots tandis qu'un vieux thermomètre était accroché dans chaque box – l'un décoré d'une bouteille de Pepsi, l'autre d'un logo bleu et blanc de la marque Valvoline –, les deux ayant une épaisse ligne noire au niveau des vingt-sept degrés. Une horloge murale à pile munie d'une trotteuse égrenait silencieusement les heures dans le couloir.

Le premier box était occupé par une mère et sa portée de chiots d'un mois, juste assez grands pour s'échapper de leur caisse. Ils se bousculaient, glissant leurs museaux noirs et carrés dans le grillage pour mordiller les doigts d'Edgar, puis prenaient peur sans raison et décampaient.

Iris, couchée dans le box le plus éloigné, respirait tranquillement. Alors qu'il s'agenouillait auprès de la chienne, elle lui lécha avidement le poignet. Il posa une main sur la peau tendue de son ventre et fit apparaître dans l'autre un morceau de cheddar qu'elle lécha avant de renifler l'endroit qu'il avait touché.

Tu vas bientôt devoir travailler dur. Tu le sais, n'est-ce pas ?

Iris le regarda, ses yeux humides luisaient dans la lumière chétive. Edgar fouilla dans sa poche et lui tendit un autre morceau de fromage.

*

Edgar rêvait qu'il courait, la respiration saccadée, ses pieds martelant le sol, mais il arrivait toujours trop tard. La troisième nuit, réveillé par une crise d'angoisse, il descendit pour aller vérifier si Iris allait bien mais, devant la porte de la cuisine, il se ravisa. Le lendemain matin, il éplucha un œuf et accompagna son père dans la grange tout en se répétant les arguments imparables pour sécher l'école. Gar n'eut cependant pas besoin de toucher Iris pour affirmer : « Ce ne sera pas pour aujourd'hui. »

Edgar s'accroupit, caressa la tête de la chienne puis écrasa l'œuf qu'il lui donna tandis que son père s'efforçait de lui expliquer les raisons de sa certitude.

« Regarde ses yeux, sont-ils larmoyants ? Est-ce qu'elle tourne en rond ? » Son père passa une main sur la peau distendue de l'énorme ventre d'Iris, sur son arrière-train, observa ses tétines et prit sa température ; il avait beau énumérer les symptômes révélateurs, Edgar se doutait qu'il pressentait quelque chose. Ensemble, ils relurent l'historique des gestations d'Iris : elle avait mis bas sa première portée de six chiots à soixante-deux jours et la seconde de cinq, à soixante-quatre jours. Vendredi, ce serait le soixante-deuxième jour.

Au bout du compte, Edgar passa un collier à Iris, y accrocha une laisse et la laissa se promener à sa guise. Elle se dirigea vers les hautes herbes derrière la grange, puis vers les pommiers en haut du verger, les pattes arrière en canard. À l'approche d'Almondine, qui observait une attitude grave, pleine de respect, Iris s'immobilisa pour l'examen.

La mort dans l'âme, Edgar embarqua dans le bus scolaire, qui le déposa au bout de leur allée une éternité plus tard. Lorsqu'il ouvrit la porte de la maternité, il avait l'impression d'être en état d'apesanteur. Iris dormait, solitaire, énorme. Au terme de la journée de vendredi, il s'aperçut à peine que c'était la fin des cours tant il était habité par la crainte qu'Iris mette bas en son absence.

*

Le samedi matin, Edgar découvrit la litière de la caisse en tas. Iris avait abandonné sa position de gestation habituelle, et faisait les cent pas, haletante. Elle s'approcha de lui de sa démarche lourde. Une fois dehors, elle fonça à travers le champ de foin vers le bosquet de noisetiers.

« C'est intéressant », dit son père, évasif, lorsque Edgar le retrouva dans l'atelier pour lui en faire part. Ils allèrent néanmoins jeter un œil à Iris, elle s'était réinstallée dans sa caisse.

« Comment ça va, ma fille ? C'est pour aujourd'hui ? »

Donnant des coups de queue aux planches, elle leva les yeux sur Gar, qui, les mains dans les poches, s'adossa au mur et l'observa avant de se prononcer : « Ce n'est pas pour tout de suite, mais c'est pour aujourd'hui. Je veux que tu viennes la voir toutes les demi-heures à partir de maintenant, sans entrer dans le box – il faut simplement vérifier ce qu'elle fait, si elle dort, marche... »

Je vais attendre.

« Non. Ne t'attarde pas plus que nécessaire. Chaque fois que tu entreras, veille à marcher sur la pointe des pieds parce qu'elle est inquiète à présent, elle se demande comment protéger ses petits. Si on la dérange, elle risque de paniquer, compris ? Elle pourrait essayer de manger ses chiots pour les sauver. »

D'accord, signa-t-il. Ce n'était pas ce qu'il aurait aimé entendre, mais ça se tenait.

« Il faut guetter le moment où elle commencera à se lécher ou tourner autour de sa caisse, là, ce sera à nous de jouer. »

*

Le temps se pétrifia, lourd comme du ciment humide. Edgar sortit de son placard une montre à gousset qu'il avait reçue pour Noël des années auparavant, la remonta, et la secoua pour s'assurer qu'elle marchait.

Il emmena ensuite Almondine se balader sur le sentier menant au ruisseau mais à mi-chemin, il fit demi-tour et rentra en courant à travers les fougères. Ils arrivèrent cinq minutes trop tôt pour le prochain contrôle. Il s'assit contre les petites roues avant du tracteur tandis qu'Almondine somnolait dans l'herbe fraîche, agaçante de décontraction. L'heure venue, il trouva Iris couchée dans sa caisse, le museau posé sur ses pattes de devant repliées ; sentant son regard, elle leva la tête. Les chiots de l'autre box se précipitèrent sur la porte et tentèrent de mordre le bout caoutchouteux de sa basket. De guerre lasse, Edgar rentra, consulta sa montre, compara l'heure avec celle de la pendule de la cuisine avant d'aller chercher *Le Nouveau Dictionnaire encyclopédique Webster de la langue anglaise* qu'il ouvrit au hasard. Ses yeux sautèrent d'un mot à l'autre : *Intangible, Intarissable, Intégral* ; il feuilleta un grand nombre de pages : *Périlleux, Périmètre, Périnatal*. Autant de noms impossibles à donner à des chiens. Fermant brusquement le dictionnaire, il s'agenouilla devant la télévision : Wausau, Eau Claire, Ashland.

Soucieux de l'occuper, son père lui assigna quelques menus travaux : « Empile des journaux devant la porte du box ; pose des serviettes sur les journaux ; refais la litière dans la caisse ; lave la casserole dans l'atelier, remplis-la d'eau et pose-la sur le poêle ; mets les ciseaux et les pinces hémostatiques dans la casserole et fais-les bouillir ; pose un flacon de désinfectant sur les serviettes ; prépare du fil et de l'iode ; va chercher une laisse courte. »

Après le dîner, une fois la demi-heure réglementaire écoulée, Edgar s'excusa et se rendit dans la grange avec d'autant plus d'impatience que son père l'avait prévenu qu'elles semblaient toutes commencer à l'heure du dîner. Dans leurs boxes, les chiens tournaient lentement le museau à mesure qu'il avançait dans le couloir.

Un coup d'œil suffit. Par peur de semer la panique, il se força à marcher mais, dès que le ciel nocturne apparut, il se rua vers la maison.

*

« Je t'ai dit qu'elle risquait de s'inquiéter, tu te souviens ? Son calme dépend du nôtre, alors tout doux, surtout qu'elle est experte en la matière. Notre boulot consiste à veiller à ce que tout se passe au mieux et à lui donner un coup de main, c'est tout. Iris fera tout le travail, on se borne à lui tenir compagnie. »

Edgar se dandinait derrière son père, tout en renversant l'eau chaude de la bassine qu'il tenait dans ses bras.

D'accord. Il prit une inspiration et exhala. Le soleil couchant projetait l'ombre de son père dans l'allée.

« Bon, allons voir comment elle s'en sort », enchaîna Gar.

Debout dans sa caisse, tête baissée, Iris grattait comme une folle. À leur arrivée, elle s'arrêta un instant, les regarda et se remit au travail.

« Vas-y », l'encouragea son père en lui indiquant la porte.

À peine entré dans le box, Edgar posa la bassine dans un coin. Son père lui tendit les journaux, les serviettes et l'attirail préparé au cours de l'après-midi. Cessant de s'affairer, Iris s'approcha d'eux. Gar s'accroupit pour lui caresser la tête et le poitrail ; il effleura ses tétines avant de coller sa paume sur son ventre enflé. Elle tenta de sortir du box, mais Gar la repoussa par les épaules pour l'obliger à reculer. Il fit signe à Edgar de fermer le crochet et de surveiller la porte, tandis qu'Iris retournait se coucher dans sa caisse.

Et maintenant ?

« On attend. »

Au bout d'une vingtaine de minutes, Iris se releva et tourna en rond dans la caisse. Elle gémit, haleta, se rassit pour se relever l'instant d'après, saisie de tremblements. Elle se lécha la hanche, puis se remit à frissonner.

Ne devrait-elle pas se coucher? signa Edgar.

« Ne bouge pas, elle se débrouille très bien. »

Elle se baissa pratiquement jusqu'au sol, l'arrière-train comme suspendu au-dessus de la litière. Un spasme secoua son corps. Elle gémit légèrement, grogna, leva les hanches, se retourna pour regarder derrière elle : quelque chose de sombre se détachait sur la litière grise.

« Passe-toi les mains au désinfectant », lui enjoignit son père. Les yeux fermés, il appuyait sa tête sur le mur.

Comme Edgar s'exécutait, il entendit un petit cri aigu provenant de la caisse. Iris, qui avait déjà retiré le placenta et retourné le nouveau-né sur le dos, lui léchait tour à tour la tête, le ventre et les pattes arrière; le poil luisant, il donnait des coups de patte sans cesser de couiner.

« A-t-elle rogné le cordon? » demanda son père.

Edgar acquiesça.

« Mouille une des petites serviettes, prends-en une sèche et deux feuilles de journaux, agenouille-toi au-dessus de la caisse. Lentement. Nettoie le chiot avec la serviette humide, approche-le d'Iris pour qu'elle voie ce que tu fais. Parfait. Elle te surveille. Ce n'est pas grave si le chiot couine un peu; assure-toi de la propreté de son nez et de sa bouche. Tiens-le dans la main gauche, sèche-le de l'autre. Tu peux frotter un peu. Vas-y. À présent, dépose-le devant elle. »

Edgar s'acquitta de chaque tâche à la lettre. Son père, toujours assis dos au mur, les yeux fermés, s'exprimait d'un ton calme, égal, presque rêveur. Dès qu'Edgar eut placé le chiot près d'elle, Iris se remit à le lécher. Prenant une profonde inspiration, il écouta attentivement son père qui lui donnait ses instructions pour nouer le cordon ombilical avec du fil et tamponner le bout d'iode.

« Maintenant, cherche le placenta. Tu vois ce que c'est? Est-il entièrement sorti? Suis le cordon pour le trouver. Mets-le dans le journal, roule-le et dépose-le près de la porte. Pas trop vite. Retourne auprès du chiot. Prends-le à deux mains. N'oublie pas de féliciter Iris, elle est formidable, très gentille. N'aie pas peur si elle t'attrape la main, ça signifie simplement qu'elle n'est pas encore prête à te laisser le toucher, elle ne te quittera pas des yeux tant que tu le porteras. Débrouille-toi pour qu'il soit toujours à sa portée, dans son champ de vision. Examine-le. A-t-il l'air normal ? Regarde sa tête. Elle est bien formée ? Bon. Repose-le, sa tête près d'une tétine d'Iris. Parfait. Observe-le une minute... Est-ce qu'il la prend ? Approche-le encore un peu. Et maintenant ? Est-ce qu'il tète ? Bien. »

Edgar recula jusqu'au mur. Il prit une longue et tremblante inspiration avant de lancer un regard à son père.

Un souffle infime, comme un soupir, soulevait la poitrine d'Iris, couchée de tout son long dans la litière, les yeux mi-clos. Edgar s'aperçut que le léger bruit de succion du chiot parvenait à ses oreilles alors qu'elles bourdonnaient.

« Tu as oublié de la féliciter », lui rappela Gar, d'une voix si basse qu'Edgar l'entendit à peine. Un sourire se dessina sur ses lèvres tandis qu'il soulevait les paupières. « Mieux vaut attendre un peu maintenant, elle a envie de se reposer. »

*

Les chiots naquirent à environ une demi-heure d'intervalle. Quand le troisième commença à téter, Gar rassembla les journaux empilés devant la porte, sortit de la maternité où il revint portant une gamelle de lait chaud. Edgar tint le bol pour Iris qui le lapa jusqu'à la dernière goutte. Il lui proposa encore de l'eau avant de la laisser retourner auprès de ses chiots qu'elle roula, lécha jusqu'à ce qu'ils couinent, puis, satisfaite, elle posa son museau sur la litière.

Quand Edgar saisit le quatrième chiot, qui semblait pourtant tout à fait normal, il s'affaissa aussitôt dans ses mains. Gar s'en empara pour écouter sa respiration. L'instant d'après, il le secoua, écouta, recommença la même opération. Peine perdue, il posa le chiot mort-né sur le côté.

Est-ce que j'ai commis une erreur ? signa Edgar, inquiet.

« Non, répondit son père. Parfois, un chiot n'est tout simplement pas assez costaud pour survivre à la naissance, Iris et toi, vous n'y êtes pour rien. Bon, il est temps qu'Iris

marche un peu, elle se détendra pour la fin de la mise bas. »
Edgar ramassa la laisse et frappa doucement sa cuisse pour
inciter Iris à sortir de sa caisse. Baissant la tête, elle écarta
à coups de langue ses chiots, qui pépièrent comme des poussins. Sans qu'elle oppose de résistance, Edgar l'emmena
dans la cour où il découvrit un ciel nocturne sans nuages.
Almondine les observait de la véranda.

Pas encore, signa-t-il. Bientôt.

Iris s'avança jusqu'au verger, urina et tira fort sur sa
laisse en direction de la grange. Au moment où Edgar fermait les portes et que le ruban de lumière jaune s'étrécis-
sait sur le bois d'en face, il vit briller une paire d'yeux. Deux
disques vert pâle apparurent brièvement : Forte. N'ayant pas
le temps de vérifier, il fit demi-tour et conduisit Iris à son
box de maternité. Son père était parti emmenant le chiot
mort-né. Iris se tint au-dessus de ses petits qu'elle lécha
consciencieusement avant de se coucher et les regrouper
dans le cercle formé par ses pattes.

Edgar lava et examina les quatre autres chiots qui
naquirent cette nuit-là, proposant eau et nourriture à Iris
chaque fois qu'il l'estimait nécessaire. Son père, assis contre
le mur, les coudes sur les genoux, l'observait. Après le huitième chiot, Gar palpa le ventre d'Iris : « Il n'y en aura sans
doute pas d'autres, constata-t-il. Mais il faut attendre. »
Edgar nettoya le poil des pattes d'Iris ainsi que ses parties
arrière, et la sécha avec une serviette propre. Il la convainquit à nouveau de sortir dans la nuit douce. À leur retour,
Iris alla directement dans sa caisse et pressa ses petits contre
ses mamelles.

C'est une bonne mère, signa Edgar.

« En effet », acquiesça son père tout en le faisant sortir de la maternité. La lumière vive du chenil accentuait les
cernes sous les yeux de Gar. Edgar se demanda s'il avait l'air
aussi fatigué.

« Je veux que tu restes dans la grange cette nuit, mais
n'entre pas dans le box à moins d'y être obligé. Viens te laver
avant. »

Ils rentrèrent ensemble dans la cuisine éteinte. La pendule indiquait 2 h 25. Almondine, couchée près de la porte

de la véranda, se leva à moitié endormie, s'approcha pour flairer les mains et les jambes d'Edgar. Enfin, Trudy apparut en robe de chambre au seuil de sa chambre.

« Alors ? » demanda-t-elle.

Trois femelles et quatre mâles, indiqua-t-il, faisant ensuite le grand mouvement circulaire du mot « magnifique ».

Le sourire aux lèvres, elle contourna la table et l'enlaça.

« Edgar », murmura-t-elle.

Il lui raconta tout en se préparant un sandwich au jambon. Certains moments s'embrouillaient dans sa tête – ainsi, il ne se souvenait plus si c'était le quatrième ou le cinquième chiot qui était mort-né. Puis, tout à coup, il n'eut plus rien à dire.

Je peux y retourner maintenant ?

« Oui. Vas-y. »

Gar se leva et, posant les mains sur les épaules de son fils, il le regarda si longtemps que celui-ci, mal à l'aise, baissa les yeux.

Merci.

Son père porta le bout de ses doigts à sa bouche, inspira et tendit les mains, paumes ouvertes. Je t'en prie.

Almondine se faufila avant lui par la porte de la véranda et dévala les marches. Aucun nuage ne voilait le croissant de lune ni les étoiles qui se multipliaient à mesure qu'Edgar les contemplait. Une multitude innombrable. Il pensa à Claude, ébloui par ce ciel lors de sa première nuit à la maison.

« Ouah ! » s'était-il exclamé. Comme si on pouvait basculer dans une telle immensité.

Edgar prit une serviette propre dans la salle vétérinaire ainsi que *Le Nouveau Dictionnaire encyclopédique Webster de la langue anglaise* posé au-dessus des classeurs, puis gagna la maternité. Iris, couchée sur le flanc dans sa caisse, avait un souffle houleux tandis que ses petits couinaient en tétant.

Il était temps de trouver des noms, de beaux noms. Edgar s'étendit dans le couloir, la serviette en guise d'oreiller, et ouvrit le dictionnaire. Almondine renifla l'air, le regard fixé sur le box, la queue basse. Quant à Iris, elle ouvrit les yeux et leva la tête. Almondine s'approcha d'Edgar et s'allongea à ses côtés. Il la tourna, elle donna un coup de patte dans l'air, haleta un peu, et ils regardèrent ensemble à travers le grillage du box. Les planches de la caisse avaient beau cacher les chiots, il suffisait qu'Edgar ferme les yeux pour les voir – petits croissants noirs et brillants blottis contre le duvet du ventre de leur mère.

L'essentiel

Octobre. Les feuilles mortes bruissaient sous les pommiers. Pendant trois nuits, quand Edgar et Almondine traversaient la cour, du chenil à la maison, des flocons de neige
dansaient autour d'eux. Si Almondine essayait de fourrer son
museau dans la buée de son haleine, Edgar, lui, regardait
les flocons se dissoudre, un par un. Ceux qui parvenaient
au sol vacillaient sur les brins d'herbe avant de se transformer en gouttes cristallines. Une fois arrivés à la véranda,
ils se retournèrent pour examiner leurs traces de pas, deux
empreintes noires sur la pelouse.

Ils jouaient à la canasta, des parties compliquées qui se
prolongeaient tard dans la nuit. Edgar faisait équipe avec sa
mère – ils aimaient tous les deux bloquer les tableaux, ralentir le jeu, laisser la tension monter en même temps que le tas
de défausse. On avait rapidement une idée des cartes dont
un joueur avait besoin et de celles qu'il amassait ; parfois l'un
d'eux était obligé de faire un choix impossible. Son père récupérait les cartes de faible valeur, étalant tirage après tirage
sur la table. Claude préférait garder les siennes, les disposer
en éventail, les réarranger, passer ses doigts dessus jusqu'au
moment où, sans crier gare, il étalait deux ou trois canastas.
Ils se harcelaient les uns les autres.

« À ton tour, Claude, disait son père.

— Attends, je mijote une révolution.

— Hé, on ne joue pas à la parlante.

— Je ne dis rien. J'essaie juste de me débarrasser de mon partenaire.

— Oui, mais Edgar et moi, on n'aime pas ça. Comment savoir si vous n'avez pas mis au point une sorte de code ?

— D'accord, voici une carte. Prends-la.

— Pouah ! Tu n'as vraiment que des cartes pourries. En voilà une pour mon cher mari. »

Ce dernier regarda la carte, puis son tableau.

« Nom de Dieu, Gar, tu joues comme un péquenaud.

— Quel mal à ça ? Tu devrais me remercier, c'est aussi ta récolte.

— Rappelle-moi le score.

— Trois mille deux cent trente contre deux mille huit cent soixante. Vous perdez.

— Un écart légitime.

— Bon ça, c'était de la parlante.

— Je ne dis que la vérité. Chaque fois qu'Edgar se gratte l'oreille, il t'annonce sans doute les cartes qu'il a en main. Regarde-moi cette expression sournoise. Et que signifient ses bâillements ? "J'ai des valets et, au prochain tour, je sors " ?

— Évidemment. M'est avis qu'on est coincés dans cette partie jusqu'à la fin des temps.

— C'est vous qui bloquez le jeu. Allez, Edgar, qu'est-ce que tu jettes ? »

Attends, signa-t-il d'une main.

« Vous voyez. Ça veut dire quoi, ça ?

— Qu'il ne sait pas quelle carte rejeter. »

Edgar réfléchit. Il se claqua la cuisse, Almondine s'approcha avec nonchalance et il sortit deux cartes, faces baissées. Ce pourrait être l'une des deux, signa-t-il. Les ayant flairées l'une après l'autre, elle montra la première du museau. Il jeta un dix de cœur sur le tas.

« Bon, parfait. Ton chien surveille les cartes. Rappelle-moi de cacher mon jeu quand elle est derrière moi. Passe le pop-corn, il faut que je réfléchisse. »

Claude mâcha un grain de maïs soufflé tout en lançant un regard au père d'Edgar de l'autre côté de la table. Le téléphone bourdonna discrètement sur le mur, tel un hanneton sur une moustiquaire.

« Qu'est-ce que c'était ? demanda Claude.

— Oh, je ne l'entends même plus. Depuis qu'on nous a sortis du système de lignes partagées, ça sonne de temps en temps comme ça ; si on décroche, c'est la tonalité normale. Nous avons appelé, on nous a assuré que c'était réparé mais ça continue de sonner.

— Hmmm. Vous allez installer une ligne dans la grange un de ces jours ?

— Non. Arrête de chercher à gagner du temps. »

Claude compta ses cartes.

« Mon Dieu. Nous y voilà ! s'exclama Trudy.

— Je veux changer de partenaire à la prochaine partie. Mon frère n'a pas de chance, il ne sait que démarrer des tableaux. Sans compter qu'avec Edgar, je gagne deux partenaires pour le prix d'un.

— Pas question, Edgar et moi sommes toujours ensemble. Encore un trois noir ? Combien en as-tu ?

— Ça, c'est ce que tu vas découvrir. Tout arrive à point à qui sait attendre, et j'ai bien l'intention de te faire attendre. Edgar, écoute ton vieil oncle, tu peux tout avoir dans la vie si tu privilégies la lenteur. Souviens-t'en, c'est un adage.

— Tu parles de toi ?

— Absolument. »

Son père jeta une dame de trèfle et regarda Edgar par-dessus ses lunettes.

« Si tu es celui que j'ai élevé pour être un bon fils, tu ne prendras pas cette carte. »

Il en restait deux dans la main d'Edgar, dont aucune n'était une dame. Un sourire aux lèvres, il tira une dame qu'il retourna sur le tas de défausse. Claude piocha à son tour, tapota la nouvelle carte sur la table qu'il fit ensuite disparaître dans son jeu. Et il dévisagea Gar.

« Si je suis un lambin, comment saurais-je que c'est la sixième dame du tas ? Je peux donc rejeter cette charmante dame et briser le cœur de Trudy. »

Le visage fendu d'un grand sourire, il jeta une nouvelle dame sur le tas. La mère d'Edgar, elle, en posa deux sur la table.

« Bon Dieu, je suis maudit ! s'exclama Claude.

— Ce vocabulaire est interdit ici, plaisanta-t-elle tout en ramassant le tas.

— C'était pour la bonne cause. Bon, j'imagine que je ferais aussi bien de me dégourdir les jambes. »

Trudy répartit son butin sur la table, ferma deux de ses tableaux, et tendit un paquet de cartes à Edgar.

« Partenaire, puis-je finir ?

— Regardez-moi ça. Ta propre femme.

— C'était inutile, n'est-ce pas ? » demanda Gar, amusé.

Le regard de Trudy navigua d'un joueur à l'autre : « En amour comme à la canasta, tous les coups sont permis. »

Claude compta ses cartes.

« Tu gardais deux cent vingt points ? lança le père d'Edgar.

— Ouaip !

— Ça n'a pas été d'une efficacité probante, hein ?

— Contente-toi de jouer comme un péquenaud, je me charge de relever le niveau.

— Ce serait parfait si tu n'étais pas mon partenaire.

— Je te revaudrai ça, frangin. Ne l'ai-je pas toujours fait ? »

Sans répondre, Gar enleva des cartes de ses tableaux pour compenser les points de Claude et nota les résultats sur le bloc de papier. Le téléphone bourdonna encore. Claude secoua la tête, rassembla les cartes et les battit.

*

Ce jour-là, Edgar emmena Almondine dans le chenil. À quatre mois, ces chiots patauds et heureux de vivre avaient des pattes trop longues, un poitrail étroit, des oreilles tombantes sauf quand ils fixaient quelque chose. Edgar avait mis près de trois semaines à leur choisir un nom dans le dictionnaire. Il sélectionnait différentes possibilités qu'il rejetait, il s'endormait avec les noms choisis et, à son réveil, était taraudé de regrets. À présent, on aurait dit que les chiots étaient nés avec leur prénom et qu'Edgar n'avait fait que battre la campagne jusqu'à ce qu'on les lui révèle.

Sahib n. Titre de respect indien envers un homme, l'équivalent de maître ou de monsieur.

Essai n. m. (latin *exagium*, pesée). Épreuve à laquelle on soumet quelqu'un ou quelque chose pour voir s'il a les aptitudes que l'on attend. // Au rugby, action de porter le ballon et de le poser à terre derrière la ligne de but adverse. // *Littér.* Titre d'ouvrages qui n'ont pas l'importance d'un traité, regroupant des réflexions diverses sur un sujet. // *Min.* Recherche rapide des métaux dans le minerai.

Pinson n. m. (latin *pincio*). Oiseau passereau chanteur de l'Europe occidentale, à plumage bleu et verdâtre strié de noir et gorge rouge.

Grimace n. f. (mot francique). Contorsion du visage, involontaire ou non, exprimant la douleur, le mécontentement, le dégoût, etc.

Opale n. f. (latin *opalus*). Pierre fine, à reflets changeants et irisés, variété de silice hydratée.

Amadou n. m. (mot provençal, *amoureux*). Substance inflammable provenant de l'amadouvier du chêne et préparée pour prendre feu aisément.

Ombre n. f. (latin *umbra*). Zone sombre créée par un corps opaque qui intercepte la lumière.

Une fois les noms choisis, il nota, en face de chaque entrée du *Nouveau Dictionnaire encyclopédique Webster*, le numéro du chien, la référence de la portée et la date de naissance :

C 1114
P 171
03/06/72

Comme les marges, étroites, étaient pleines d'annotations, il était forcé d'écrire soigneusement, en biais si le mot se trouvait au milieu des trois colonnes de définition. Lorsqu'il eut terminé, il rangea le dictionnaire sur le meuble à classeurs, à côté du grand livre des portées.

Sahib, le plus grand, n'avait aucun problème pour poser ses pattes de devant sur les épaules d'Edgar et lui lécher la figure. Essai, la plus turbulente, la chef, aimait faire des blagues. Amadou sautait sur n'importe lequel de ses frères ou sœurs qu'il trouvait endormi, le forçant à se bagarrer, et Opale était la seule capable de l'envoyer bouler dans un coin. Grimace était sérieux, pondéré, prudent, Pinson, un paradigme de l'impulsivité sérieuse, et Ombre, noire de la tête aux pieds, une observatrice qui battait en retraite. Désobéissants et distraits, ils avaient tous bon caractère, étaient charmants à regarder, et les séances de dressage les amusaient, pour peu qu'elles soient courtes.

*

Le toit de la grange était réparé depuis longtemps. Il y avait eu la naissance d'une nouvelle portée à laquelle on avait attribué des noms. En tant que sorcier du chenil – surnom dont Trudy l'avait récemment affublé – Claude prenait en charge les derniers-nés, ce qui permit à Gar de consacrer le temps ainsi libéré au placement des chiens d'un an et à la planification de nouvelles portées. Il passait ses journées à téléphoner, écrire des lettres ou étudier les registres. Mais dès que la nouvelle organisation fut en place, les querelles entre Gar et Claude éclatèrent.

« J'suis pas un putain de chien errant que t'as piégé, fulmina Claude lors d'un échange particulièrement envenimé concernant son manque de respect des horaires des chiots.

— C'est sûr. Tu me connais, je t'aurais déjà tiré dessus si tu en avais été un. »

Les choses ne s'arrangeaient que grâce à Trudy, qui singeait leurs disputes en rigolant, s'interposait ou flirtait. Lorsqu'une discussion risquait de dégénérer, elle posait une main sur le poignet de son mari qui la dévisageait, interloqué, comme s'il se rappelait tout à coup quelque chose. Ensuite quelques jours s'écoulaient dans un climat amical, au cours desquels le Dr Papineau leur rendait visite, où les soirées se passaient devant la télévision. Quoi qu'il en soit, Edgar savait, dès qu'il franchissait la porte de la maison, si un nouvel incident s'était produit : soit il trouvait son père assis à la table de la cuisine, les épaules voûtées, jetant des regards noirs à ses papiers, soit si l'un des frères entrait dans une pièce l'autre inventait un prétexte pour la quitter et sa mère soupirait, exaspérée. Cela ne les empêchait pas de discuter autour du petit déjeuner, deux jours plus tard, comme si de rien n'était.

Un matin, son père annonça qu'il valait mieux rentrer du bois avant que la neige ne les coince. C'était un travail récurrent de l'automne. Ils fendaient des cordes[1] de peupliers et de bouleaux qu'ils avaient entassées au printemps, le long de l'ancien chemin de débardage traversant leur forêt.

Est-ce que je peux conduire ? demanda Edgar.

Il voulait parler d'Alice, leur vieux tracteur Allis-Charmers modèle « C » aux ailes incurvées, à la longue barre de direction. Alice avait beau être dotée d'une banquette matelassée à la place du siège baquet, le passager n'en devait pas moins passer un bras autour des épaules du conducteur et se tenir à l'un des montants. Au fil des ans, Edgar avait progressé : de l'accélération, il était passé à la direction avec la main de son père toujours sur le volant, puis aux changements de vitesses, à l'embrayage et au freinage.

Il retrouva son père derrière la grange. Quand il fut installé au volant, son père lança la manivelle. Il y eut un bruit sec tandis qu'un nuage de fumée noire s'échappait mais le moteur ne broncha pas. Après avoir recommencé, sans plus de succès, Gar alla dans la laiterie d'où il revint avec une bombe de liquide de démarrage et souleva une plaque du carburateur avant de pulvériser un jet dans la cuve. Lorsqu'il se débattit à nouveau avec la manivelle, on entendit une détonation et la poignée fit un retour violent. « Voilà ! s'exclama-t-il, maintenant nous avons toute son attention. Pousse-le un peu. » Edgar appuya plus fort sur la pédale d'accélérateur. Cette fois, Alice rugit.

Il faisait doux, un plafond de nuages gris s'étalait d'un horizon à l'autre. Edgar recula le tracteur jusqu'à l'ancien fourgon aux roues en fer, garé à la pointe du champ sud. Son

---

1. Unité de volume de bois de chauffage empilés, correspondant à 128 pieds cubes apparents, soit ≈3,62 stères.

père fit basculer l'axe de direction, le fixa grâce au goupillon et se glissa à côté de lui. Ils roulèrent en vrombissant jusqu'à la grange où Claude chargea la tronçonneuse ainsi que de l'essence dans la remorque avant de sauter sur la barre d'attelage.

« À gauche ! » cria-t-il.

Au pied de la colline derrière la grange, son père se pencha pour pousser l'accélérateur de trois crans. Edgar déglutit et s'agrippa au volant cependant qu'ils pétaradaient devant des marmottes alignées sur le tas de pierres, les mains jointes sur leurs gros bidons. Son père les salua à tour de rôle : « M'dam. M'dam. Mesdames. » Claude attrapa une motte de terre qu'il lança par-dessus son épaule, du coup les surveillantes générales décampèrent en se faufilant entre les rochers.

Les feuilles des deux immenses bouleaux, au tronc comme décoré de papier moucheté, qui marquaient l'entrée du chemin de débardage à l'orée de la forêt formaient un tapis d'or et de rouille. Edgar ralentit, prêt à passer le volant à son père qui l'engagea à continuer. Claude se pencha pour jeter un coup d'œil au chemin. Quand il vit ce qui se présentait, il sauta du tracteur et marcha sur le bas-côté.

Accroché au volant, Edgar décéléra et dirigea Alice à travers les fougères brûlées par le gel qui tombaient en cascade sur le chemin. Il coinça la remorque en reculant vers la première corde, mais lorsqu'il tenta de la redresser, il cala.

Prends ma place, signa Edgar à son père.

« Non, recommence », répondit celui-ci, passant devant le tracteur qu'il remit en marche avec la manivelle. En sueur, Edgar enclencha la marche arrière, écoutant son père et son oncle lui crier leurs instructions.

« À gauche. Tourne à gauche et elle va se redresser.

— Pas à gauche, à droite.

— Sa gauche, pas la mienne.

— Ça suffit. Doucement. Là, stop.

— Encore un peu. Stop. Un petit peu. Stop. Impeccable. »

Claude sortit la tronçonneuse ainsi que le bidon rouge d'essence de la remorque. Edgar bascula le démarreur pour éteindre le moteur et sauta à terre. Aussitôt, ils s'attaquèrent au premier tas de bois : Edgar soulevait une bûche, Claude en sciait un tronçon de la taille de la cheminée, Edgar recommençait. La sciure adoucissait l'air. Edgar rêvassait et regardait autour de lui, se demandant si Schultz avait déjà scié du bois dans cette partie de la forêt. Dans ce cas, quelle partie de la maison ou de la grange avait été construite avec ce bois ? Lorsque les bûches formaient un tas assez haut, Claude attendait, la tronçonneuse au ralenti, tandis qu'Edgar et son père chargeaient la remorque.

Alors qu'ils en étaient à la moitié de la première corde, une pluie fine se mit à tomber, à peine plus qu'un chatouillement sur la nuque d'Edgar. Comme elle ne cessait pas, Gar cria quelque chose à Claude qui leva la tête sans cesser de tronçonner les bûches que lui passait Edgar. Au moment où il s'arrêta de nouveau, l'air était chargé d'une brume légère et glacée, où se mêlaient des gouttes de condensation qui tombaient des plus hautes branches.

« Chargeons et partons », dit son père. Il lança les bûches dans la remorque. Une fois qu'ils eurent terminé, Claude regarda entre les cimes des arbres tout en s'essuyant le visage avec la manche de sa chemise : « Ça se dégage, pas la peine de s'arrêter. »

Et tout à coup, la légèreté qui les avait poussés à plaisanter et à saluer les marmottes se volatilisa. Les mâchoires crispées, Gar s'exprimait comme si une querelle avait déjà éclaté, dont les positions des deux protagonistes menaient à une impasse.

« Ce bois est mouillé et glissant, protesta son père. La tronçonneuse aussi. Nous n'avons qu'à revenir demain ou dans deux jours quand ce sera sec et que personne ne risquera de se blesser. »

Ils considérèrent un moment le tas de bois, luisant d'humidité. Puis Claude haussa les épaules : « Comme tu veux », maugréa-t-il, tirant sur la corde du démarreur de la tronçonneuse qui toussota avant de se mettre en marche.

Gar hurla quelque chose à Claude qui remua les lèvres : « Quoi ? » Il poussa la machine au point qu'il était impossible d'entendre son frère, puis brailla : « Quoi ? » Mais à peine Gar eut-il de nouveau mordu à l'hameçon qu'il fit hurler la tronçonneuse, le visage fendu d'un sourire narquois. Comme son frère le fixait, blanc de colère, Claude laissa tomber la chaîne sur une bûche, un jet de copeaux de bois jaillit et tomba sur le sol.

S'approchant de son fils, Gar colla sa bouche à son oreille : « Monte sur le tracteur. »

Edgar obéit et mit le contact. Son père lança le moteur, se hissa sur la banquette côté conducteur, accéléra et ils sortirent du bois en cahotant. Des bûches s'entrechoquaient et rebondissaient dans la remorque. Une fois rentrés, ils empilèrent le bois dans le coin abrité près de la véranda tandis que le gémissement de la tronçonneuse, assourdi à cause de la distance, déchirait la bruine. Après avoir garé Alice le long de la grange, Edgar fut accueilli par Almondine qui l'escorta jusqu'à l'étage où il enfila des vêtements secs, tout en écoutant la conversation de ses parents.

« Qu'est-ce que ça peut faire qu'il ait envie de couper du bois sous la pluie, fiche-lui la paix, fit observer Trudy, avec douceur.

— Et s'il s'entaille la cuisse avec la chaîne ? Et si la tronçonneuse rouille cet hiver parce qu'elle est restée sous la pluie ?

— Tu as raison, Gar. Mais tu ne peux pas le diriger comme ça. C'est un adulte.

— Le problème est précisément là. Il n'est pas plus raisonnable qu'il y a vingt ans ! Il se fourre une idée dans le crâne et, quoi que je dise, il fait le contraire.

— C'est un adulte, répéta-t-elle. Tu ne peux pas prendre de décisions à sa place, c'est aussi impossible maintenant qu'à l'époque. »

Il y eut des bruits de pas suivis par le claquement du couvercle de la cafetière. Quand Edgar et Almondine entrèrent dans la cuisine, Trudy se tenait derrière Gar, ses bras autour de son cou. Il but son café, tendit sa tasse à sa femme et regarda par la fenêtre en direction des bois.

« Tu ne l'as pas vu accélérer la tronçonneuse quand j'essayais de lui expliquer. C'était puéril, et dangereux », reprit Gar.

Gardant le silence, sa femme lui massa les épaules puis lui demanda de l'accompagner, elle avait des courses à faire. À leur retour, Claude, qui avait rapporté tout le matériel, nettoyé et huilé la tronçonneuse, dormait dans sa chambre.

*

Une semaine avant Thanksgiving, Claude prit le camion pour se rendre en ville. Lorsqu'il rentra, tard dans la nuit, il sentait tellement le tabac et la bière que les rafales qui s'engouffrèrent derrière lui ne dissipèrent pas les odeurs. Il balança un sac de provisions sur la table et regarda son frère.

« Oh Seigneur, son Éminence est contrariée ! » Il se dirigea en titubant vers le salon, puis fit demi-tour. « Ô vous, Puissants, sur mon œuvre jetez les yeux : qu'elle vous désespère[1] ! » déclama-t-il d'une voix de stentor, les bras largement ouverts, saluant si bas qu'il faillit tomber.

Dès qu'il faisait bon, Edgar sortait dans les bois avec Almondine, à la recherche de vesses-de-loup, de pointes de flèches ou de traces de Forte qui ne donnait plus signe de vie depuis la fin du mois de septembre. On finira par tomber sur son squelette, pensait-il, la mort dans l'âme. Un jour, ils marchèrent jusqu'au rocher de la baleine et, assis au bout de la péninsule boisée, contemplèrent les volutes de fumée qui s'élevaient de la cheminée ; Almondine s'assoupit, son pelage frémissait chaque fois que des feuilles brunes tombaient dessus.

Ce soir-là, après le dîner, Edgar fila entraîner Amadou à l'immobilisation car le chiot ne pensait qu'à sauter et courir.

Ayant fermé les portes de la grange, il laissa courir ses chiens librement dans le couloir du chenil tandis qu'il s'installait sur un ballot de paille. Sahib le rejoignit. Essai, elle, joua immédiatement au trouble-fête et entraîna son frère. Couchés sur le dos, ils donnèrent des coups de patte

---

1. Vers tiré du poème « Ozymandias » de Percy Bysshe Shelly (1792-1822).

à Almondine qui les examina avant de les congédier. Edgar alla chercher dans l'atelier une demi-douzaine de balles de tennis qu'il lança sur les portes jusqu'à ce que le couloir soit bondé d'animaux aussi survoltés que braillards. Quand ils se lassèrent, il les conduisit dans le grenier où il leur lut une histoire, en langage des signes, sous l'étoile jaune de l'ampoule suspendue aux chevrons.

*

Ce fut cet automne-là qu'il entendit parler pour la première fois de la colonie Starchild ainsi que d'Alexandra Honeywell dont les cheveux longs et raides avaient en effet la couleur du miel[1]. Aux journaux télévisés, on décrivait la communauté située sur la rive canadienne du lac Supérieur, près de Thunder Bay. On voyait des journalistes à côté d'Alexandra Honeywell, à la lisière d'une clairière derrière laquelle se profilait une maison nichée dans un écrin de feuilles d'automne d'un jaune éclatant. Tantôt elle répondait directement aux questions, tantôt elle fixait la caméra, exhortant les téléspectateurs à venir les aider. « Je vous invite dans le havre de paix qu'est Starchild ! Nous avons besoin de gens compétents, désireux de se retrousser les manches ! Que vous soyez étudiant, musicien ou soldat, peu importe, laissez tout tomber ! Nous avons besoin de bras forts et de cœurs vaillants ! »

Si Alexandra Honeywell apparaissait si souvent à l'écran, c'était en raison de sa beauté. Edgar, qui le comprenait, dégringolait l'escalier à la moindre bande-annonce d'une émission sur Starchild et, installé dans le salon sous le regard ébahi de ses parents, ne la quittait pas des yeux. Claude, quant à lui, sifflotait dès qu'il la voyait.

*

Une nuit, peu après Thanksgiving, Edgar fut réveillé par un coup de feu. En repoussant ses couvertures, il comprit

---

1. Honey : miel.

que c'était la porte de la véranda qui venait de claquer. Almondine franchit d'un bond l'espace séparant son poste, devant la porte, de la fenêtre. Tous les deux regardèrent dehors. La lumière de la véranda était allumée, une fine couche de neige recouvrait le sol, le vent soufflait des flocons blancs sur les carreaux. Edgar aperçut son père et Claude au pied de l'escalier, les bras de l'un enserrant le cou de l'autre à la manière de lutteurs. Ombres noires et étirées projetées sur le champ. Claude tenait le poing fermé de son frère comme pour le forcer à l'ouvrir. Les deux hommes grognaient, se poussaient sans un mot, faisaient contrepoids, tremblaient sous l'effort tandis que la neige leur tombait sur les épaules et les cheveux.

Le corps à corps cessa. Ils s'écartèrent l'un de l'autre, l'haleine grise dans le froid. Gar leva une main qu'il tendit à Claude mais il n'avait même pas proféré une parole que son frère le chargeait, les précipitant tous deux à terre. Les lunettes du père d'Edgar étincelèrent. Il remonta ses mains du dos de son frère vers sa tête en appuyant de toutes ses forces sur une des tempes. À peine Claude desserra-t-il son étreinte que Gar sauta sur ses pieds. Essayant de l'imiter, son frère glissa, s'écroula, et, avant qu'il ne puisse se relever, Gar était là, le pied en arrière. Claude se recroquevilla, se protégea le visage de ses bras puis un cri strident retentit dans la cour.

Les deux hommes semblèrent se pétrifier, et la neige se figer dans l'air jusqu'à ce que Gar prenne une inspiration et repose le pied par terre. D'un geste méprisant, il jeta ce qu'il tenait à la main – les clefs du camion –, avant de rentrer dans la maison. La lumière de la véranda s'éteignit.

L'haleine d'Edgar et Almondine qui respiraient à l'unisson gelait instantanément sur la vitre. Ne remarquant qu'alors les grognements de sa chienne, il lui lissa les poils du cou avant d'essuyer une partie de la buée du carreau par lequel il vit Claude se lever péniblement et se pencher pour ramasser les clefs. La faible lueur du camion l'éclaira lorsqu'il ouvrit la portière. Il se hissa à l'intérieur et fit gronder le démarreur. Les feux arrière rougeoyèrent interminablement comme s'il martelait la pédale de frein, tandis qu'un nuage de gaz d'échappement enveloppait le camion. Enfin, il roula vers la grange, puis fit demi-tour. Le faisceau lumineux des phares balaya la cour à l'endroit où s'était déroulée la bagarre. La neige s'empourpra brièvement et le camion s'éloigna en vrombissant sur Town Line Road.

Un léger soupir

Agenouillé devant la fenêtre, Edgar repassait les événements dans sa tête. L'éclairage de la cour jaunissait la neige où la maison projetait son ombre d'un noir de suie. Le seul rectangle lumineux était dessiné par la fenêtre de la cuisine qui capturait les flocons tourbillonnant vers le sol comme de la cendre. La voix de son père résonna au-dessus de la chaufferie, ténue et syncopée. Edgar s'approcha de son lit et tapa le matelas pour appeler Almondine, mais, couchée près de la porte, elle refusa d'obéir. De guerre lasse, il tira sa couverture et s'installa sur le parquet près de la chienne, qui roula sur le côté, tendit ses pattes et les posa sur lui.

Et la maison fut plongée dans le silence. La lumière au pied de l'escalier se tamisa. Étendus côte à côte, ils prêtaient l'oreille aux craquements des poutres. Dès qu'Edgar fermait les yeux, une vague lueur filtrait et l'empêchait de s'endormir. Il passa sa main sous le ventre d'Almondine qui se leva, étira ses pattes de devant et fit le dos rond jusqu'à ce qu'un geignement lui échappe. L'instant d'après, ils descendirent l'escalier à pas de loup en tâtonnant dans le noir. La petite lampe bougeoir éclairait suffisamment le salon pour qu'on distingue les fauteuils.

Dans la cuisine où ne régnait pas le chaos auquel il s'attendait, Edgar trouva la table droite, entourée de chaises soigneusement poussées. Ombres et silhouettes. Il contourna la table, touchant les chaises une par une – points d'une boussole. Le compresseur du réfrigérateur claqua, puis démarra, émettant un léger vrombissement. Une perle d'eau argentée bourgeonna à l'extrémité filetée du robinet et disparut dans le vide.

De l'embrasure de la porte de sa chambre, sa mère murmura :

« Qu'est-ce que tu cherches, Edgar ? »

Il se retourna pour signer une réponse qu'elle ne réussit pas à lire dans l'obscurité. Il entra dans le salon et se plaça près de la lampe bougeoir. Elle le suivit, attachant la ceinture de sa robe de chambre. Elle s'assit sur l'accoudoir de son fauteuil et le regarda. Almondine resta à côté de Trudy jusqu'à ce qu'elle lui passe la main sur les flancs, puis elle se coucha entre eux. Comme ils se parlaient avec les mains, leurs ombres se dessinaient, gigantesques, sur les murs et les fenêtres du salon.

Est-ce qu'il va bien ?

Il s'est fendu la lèvre. Il a perdu ses lunettes. Il a honte.

Qu'est-il arrivé ?

C'est... Elle réfléchit un moment puis reprit. C'est difficile à dire.

Il va revenir ?

Elle secoua la tête : Sûrement pas après ce qui vient de se passer.

Et le camion ?

Je ne sais pas.

Il désigna la porte : J'allais chercher ses lunettes, j'ai vu où elles sont tombées.

Tu t'en souviendras demain matin ?

Je crois.

Alors attends demain. Il risque de se réveiller s'il entend la porte.

D'accord.

Il se dirigea vers l'escalier.

« Edgar ? » murmura sa mère.

Il se retourna.

« Ce qui se passe entre ton père et Claude remonte à leur enfance. Je ne suis pas certaine qu'ils en comprennent eux-mêmes le sens. En tout cas, moi, je ne comprends pas. Il faut simplement se dire que c'est terminé : nous avons essayé d'aider Claude, sans succès. »

Il hocha la tête.

« Edgar ? »

Quoi ?

« Je ne crois pas que ton père répondra à beaucoup de questions. »

Trudy esquissa un petit sourire qui fit sourire Edgar. À force de parler ainsi de son père dans le noir, il fut envahi d'une tendresse indicible pour lui et sentit un rire monter en lui à la manière d'un hoquet. Il acquiesça, se tapa la cuisse, puis monta avec Almondine au premier étage, redevenu leur domaine. Cette nuit-là, il rêva d'un monde confus où les couleurs et les bruits étaient sans substance, où tout s'ajustait à la perfection : des pièces de mosaïque s'emboîtant en une danse majestueuse d'une grâce exquise.

*

Le Dr Papineau ramena leur camion le lendemain. Son père y chargea les affaires de Claude, pas grand-chose de plus que la valise avec laquelle il était arrivé : un carton de magasines, ses chemises et pantalons, une paire de godillots, un vieux caban usé. Après quelques semaines, ils apprirent que Claude avait trouvé un travail à temps partiel à l'usine de plaquage ainsi que d'autres petits boulots. En fait, il travaillait pour le vétérinaire. Plus tard, ils allèrent déposer en ville le lit pliant, la petite table et la lampe.

*

La neige se retint de tomber jusqu'en décembre cette année-là, mais quand elle se lâcha on eut l'impression qu'elle ne s'arrêterait jamais. Edgar et son père dégageaient l'allée à la pelle tandis que les flocons saupoudraient leurs casquettes. Gar savait comment retirer la neige sans ramasser de graviers.

« Laisses-en dans l'allée, d'accord ? » disait-il, rappelant à son fils que les cailloux jaillissaient comme des projectiles à la première tonte.

Edgar emmenait sa portée se promener par paires ou trios. Amadou, Essai et Pinson, puis Grimace et Sahib, et enfin Ombre et Opale. Ils se pourchassaient, glissaient sur leurs pattes de devant, reculaient, couraient le nez au sol, creusant de vagues tranchées dans la poudreuse, ne s'arrê-taient que pour éternuer. Les premières neiges avaient beau ne pas se tasser, Edgar réussit un jour à façonner une boule qu'il jeta sur Amadou : elle se désintégra dans la gueule du chien qui se lécha les babines et la chercha par terre.

Le samedi précédant Noël, ils décidèrent d'aller faire des courses à Ashland mais il neigeait tellement que Trudy craignit qu'ils ne puissent rentrer. Aussi restèrent-ils à la mai-son à regarder les astronautes déambuler autour de la Lune dans leur jeep spatiale. Gar trouva qu'ils ressemblaient à des fermiers prêts à semer du maïs.

Les émissions sur Alexandra Honeywell et la colonie Starchild étaient hebdomadaires. Si celle-ci reconnaissait que le froid faisait fuir un certain nombre d'adeptes, elle affirmait qu'ils ne tarderaient pas à être remplacés. Debout face à la caméra, elle lisait de la poésie ou parlait des trap-peurs sous la neige. Edgar était toujours dans le salon au moment de la météo car les reportages à son sujet passaient juste après.

*

Pour le nouvel an, sa mère fit rôtir un canard. Aux envi-rons de minuit, ils remplirent trois coupes de champagne et trinquèrent. La télévision compta à rebours et, dès qu'on y entonna « Ce n'est qu'un au revoir », Trudy bondit, tendit la main à son fils, l'invitant à danser.

Je ne sais pas danser, signa-t-il.

« Alors, il est temps que tu apprennes », répondit-elle, le tirant du canapé. Bien qu'ils fussent restés chez eux, elle por-tait une robe noire et blanche, des chaussures noires à talon et des bas. Elle lui montra la façon de la prendre par la taille et de lever sa main pour qu'elle puisse y glisser la sienne.

« Voilà comment les filles te regarderont quand tu dan-seras avec elles », reprit Trudy. Elle le regarda droit dans les yeux et Edgar piqua un fard.

« Regarde, comme une boîte. » S'arrêtant, elle lui fit lever les mains, paumes tournées vers le sol, les bougea afin de lui expliquer ce que ses pieds devaient faire, puis s'approcha à nouveau de lui. Les lumières du sapin se reflétaient dans les fenêtres de la pièce plongée dans la pénombre. Lorsque Trudy posa la tête sur l'épaule de son fils, l'atmosphère se réchauffa. Le parfum de sa mère s'ajoutait au goût de cidre doux qu'il avait dans la bouche, et, à cet instant précis, il sut que cette sensation serait gravée à jamais dans sa mémoire.

À la fin de la chanson, sa mère lui murmura à l'oreille : « Bonne année. » Quand l'orchestre se remit à jouer, son père, resté appuyé au chambranle de la porte de la cuisine, s'avança : « Pardon, puis-je te l'enlever ? » Trudy glissa des bras d'Edgar à ceux de Gar. Après les avoir regardés danser au son de la musique qui se répandait dans la maison, il prit un paquet de cheddar dans le réfrigérateur, puis enfila ses bottes et son manteau. Il essaya de leur dire où il allait mais ils continuaient à danser, même sans musique, leurs silhouettes se découpaient sous les guirlandes lumineuses de l'arbre de Noël.

Almondine et Edgar coururent dans la nuit glacée. Une fois dans la grange, il alluma les lumières et mit le disque de Patti Page, *The Tennessee Waltz*, sur le vieux phonographe. Ensuite, il distribua les bouts de fromage aux chiens, même aux chiots, à qui il souhaita une bonne année, en langage des signes.

*

Le dégel de janvier. La dispersion des cendres faisait fondre la neige en flaques grises, cristallisées en glace le matin. Assis dans le salon, Edgar, bottes aux pieds et manteau sur le dos, guettait l'apparition du bus jaune à chenilles de l'école entre les arbres dénudés. L'après-midi, le soleil brillait suffisamment pour lui permettre de sortir sa portée dans la cour avant le dîner. Il travaillait sur les « viens-va » et les « reste » dans la neige. Ils apprenaient vite. Il en conduisait trois en même temps jusqu'aux bouleaux du champ sud, puis revenait en courant dans la cour. Il les libérait d'un grand geste du bras visible à l'horizon, et ils filaient à travers le champ comme un trio de loups, les corps étirés au-dessus des congères.

Edgar aussi progressait. Avec un seul chien, il parvenait à corriger en laisse aussi bien que Trudy, les arrêtant au beau milieu du premier pas qu'ils esquissaient pour rompre leur ordre d'immobilité sans pourtant avoir encore vraiment décidé de désobéir : les chiens reculaient avant même de soulever leur arrière-train. Loin en revanche d'avoir l'aisance de sa mère, il lui fallait mobiliser toute sa concentration. Ainsi, il apprit à lancer un collet sur la croupe des chiens qui ne répondaient pas à ses rappels à distance, mais il manquait encore de précision. Il décida de s'entraîner sur un ballot de paille. Sa mère, elle, était capable, d'un simple mouvement du poignet, d'attraper un chien qui flânait dans le grenier. Un jour, elle lui en jeta un dans le dos à l'improviste et il sursauta sous l'effet de la surprise, du bruit et de l'impact.

« Comme ça, dit-elle en souriant. C'est plutôt efficace, non ? »

Au cours de cette période, les chiens devinrent de plus en plus intelligents – comprenant les corrections, ils trouvaient des moyens de les contourner. À bientôt sept mois, ils avaient atteint leur taille adulte et un pelage lustré que l'hiver avait épaissi. Au dire de son père, cependant, leur poitrail s'étofferait jusqu'à l'été.

Contrairement au Dr Papineau qui les confondait, Edgar les différenciait à leur démarche, au bruit de leur pas, au point d'avoir du mal à croire qu'ils étaient issus de la même portée. Essai cherchait constamment à chaparder, attendant qu'Edgar ait le dos tourné pour avaler à toute vitesse. Amadou, le plus turbulent, rompait un ordre simplement parce qu'un de ses frères le regardait avec une certaine lueur dans les yeux. Sahib, c'était l'inverse : une fois immobilisé, il pouvait rester assis indéfiniment. S'il peinait à obéir au rappel, il adorait rapporter : il trottait vers Edgar, l'objet toujours dans sa gueule – fanfaron dandinant de l'arrière-train.

Chacun était brillant, frustrant, têtu, susceptible. Et Edgar éprouvait un plaisir infini à les regarder bouger, simplement bouger, toute la journée.

*

Des grêlons blancs tombaient de l'édredon de nuages. Sous les rafales de vent, ils formaient une vague déferlante. Dès qu'Edgar ouvrit la porte de la grange, un cirre de neige rampa sur le ciment et s'éparpilla aux pieds d'Almondine. Son père était agenouillé dans le box le plus éloigné de la maternité, où un chiot se tortillait et vagissait sur le plateau argenté de la balance. Edgar, qui l'observait, trouva qu'il ressemblait à une loutre avec ses oreilles rabattues lorsque Gar le prit délicatement et le posa près de sa mère.

« Des géants, déclara ce dernier, inscrivant une note sur le journal de bord. Et rouspéteurs par-dessus le marché, ils n'ont pas encore ouvert les yeux qu'ils se bousculent déjà. Tu peux t'estimer heureux de ne pas être tombé sur ce lot. »

J'emmène les miens là-haut.

Son père hocha la tête. « Je voudrais nettoyer ces seaux plus tard dans l'atelier, avant le retour de ta mère. Rejoins-moi dès que tu auras fini, d'accord ? »

D'accord.

Edgar savait de quels seaux son père parlait. Il y en avait une flopée sous l'escalier de l'atelier, aucun n'avait la même taille, certains étaient des bidons de lait de quarante litres sans couvercle remplis à ras bord de ferrailles, de vieux clous, de charnières, de vis et de boulons. D'aussi loin qu'il s'en souvienne, son père avait toujours menacé de les trier, ou de les jeter dans le silo.

Edgar sortit Pinson et Essai de leurs stalles pour les entraîner au couché à distance. À peine libérés, ils grimpèrent l'escalier vers le grenier, se bagarrant en grognant dans la paille en attendant Edgar et Almondine. Son haleine formait des nuages blancs. Almondine se dénicha un poste d'observation confortable. Edgar immobilisa un chien et le laissa se reposer tout en accrochant une longue laisse au collier de l'autre qu'il maintint en position debout. À chaque essai, il levait la main pour ordonner la position couchée ; il les récompensait en leur frottant le cou ou les corrigeait par une brusque traction sur la longue laisse enfilée dans un piton fiché dans le sol, de sorte qu'ils étaient entraînés vers le bas et non vers l'avant. Dès qu'ils maîtrisaient une distance, Edgar reculait d'un pas.

Essai comprit l'exercice du premier coup ainsi que la façon de le contourner. Elle attendait qu'Edgar se dirige vers elle – le moment le plus difficile pour infliger une correction – puis se levait avant d'être libérée, haletant joyeusement. Ou alors, elle se couchait et roulait aussitôt sur le dos. À deux reprises, alors qu'elle était censée attendre son tour, il l'aperçut prête à grimper sur les bottes de paille. Quant à Pinson, s'il ne quittait pas Edgar des yeux, il ne bougeait pas quand celui-ci lui faisait signe de se coucher. Il fallut répéter trois fois la consigne pour qu'il ait l'air de comprendre. S'en voulant de répéter les ordres, Edgar s'approcha du chien qui, à sa vue, se laissa tomber par terre comme frappé d'un éclair d'inspiration.

En guise de récréation, Edgar jeta des balles de tennis et lança des couvercles de boîtes aux quatre coins du grenier pour que Pinson et Essai aillent les chercher. Au martèlement de leurs pattes sur le sol du grenier, les chiens du chenil entonnèrent un chœur d'aboiements étouffés. Edgar venait de commencer un autre exercice – pendant quelques secondes, Pinson et Essai devaient garder des objets dans leur gueule – lorsqu'il se rendit compte que les aboiements persistaient alors que ses chiens étaient maintenant sagement assis. Il ouvrit la porte, tendit l'oreille et commença à descendre, Pinson et Essai sur ses talons, leurs griffes cliquetant sur le bois.

Je dois travailler là-dessus, pensa-t-il.

Comme il arrivait dans l'atelier, il aperçut son père immobile sur le sol, près de l'entrée. Vêtu de son manteau comme s'il s'apprêtait à sortir, il était étendu face contre terre.

L'espace d'un instant, Edgar resta pétrifié. Puis, ayant dévalé les dernières marches, il s'agenouilla près de son père tandis qu'Essai et Pinson les encerclaient en trépignant. Il secoua son père, ses doigts enfoncés dans l'étoffe épaisse du manteau, avant de le retourner.

Que s'est-il passé? Que s'est-il passé?

Derrière les verres de ses lunettes, son père cligna des paupières. Avec une lenteur infinie, il chercha des yeux les mains d'Edgar, s'efforça de redresser la tête et, ne parvenant qu'à la lever de quelques millimètres, renonça et prit une inspiration. Edgar glissa une main sous sa nuque pour éviter qu'elle ne se blesse sur le ciment.

Saisi de panique, il la retira et chercha en vain des taches de sang sur ses doigts. Alors il enleva son pull, lequel se déchira dans la précipitation, et le cala sous la tête de son père.

Il avait la bouche grande ouverte.

Est-ce que tu me vois?

D'un coup sec, il tira la fermeture Éclair du manteau afin d'examiner la chemise à carreaux. Il le tapota du cou à la ceinture. Pas de sang, pas de blessure.

Que s'est-il passé? Es-tu tombé? Est-ce que tu peux me voir?

Son père ne répondit pas et ne le regarda pas non plus.

Edgar se précipita dans le froid, la maison vacillant dans son champ de vision. Des volutes de neige s'enroulaient autour de l'escalier de la véranda. Il déboula dans la cuisine, arracha le téléphone de son support et, après être resté un instant cloué sur place sans trop savoir que faire, composa le zéro. Almondine était avec lui, or il ne se souvenait pas qu'elle ait couru près de lui.

À la seconde sonnerie, une voix de femme répondit.

« Allô. »

Il tenta désespérément de former des mots avec ses lèvres, mais n'émit qu'un faible soupir.

« Ici l'opératrice, en quoi puis-je vous aider? »

Le cœur battant la chamade, Edgar s'efforça de faire sortir autre chose que des hoquets d'air expiré. Il ouvrit sa main largement, puis se frappa la poitrine de toutes ses forces, prononçant les mots silencieusement.

« Est-ce une urgence? » demanda l'opératrice.

Il se frappa de nouveau la poitrine à plusieurs reprises. Chaque souffle générait une note unique.

« A-n-a-a-a.

— Pouvez-vous me dire où vous vous trouvez? »

Almondine recula, aboya sans cesser de remuer la queue, se rua vers la porte, revint sur ses pas.

« Je ne vous comprends pas. Dites-moi où vous êtes. »

Hors d'haleine, Edgar frappa violemment le combiné sur le plan de travail. Il avait cassé l'appareil et, le laissant décroché, il se précipita sur la route dans l'espoir de trouver une voiture. Cette fois, Almondine l'escortait. Les bois disparaissaient sous la neige qui tombait, les pommiers étaient livides. Au-delà d'une centaine de mètres, tout se confondait en une blancheur aveuglante, blessante pour les yeux. Aucun véhicule ne passerait par un temps pareil. Edgar regarda derrière lui : Essai et Pinson traversaient la cour pour les rejoindre. Ils restèrent tous les quatre immobiles, tandis qu'Edgar scrutait les deux côtés de la route. En vain. Il retourna à la maison, une voix s'échappait du combiné en piteux état.

« ... il faut rester où vous êtes. Je suis... »

Les chiens caracolèrent sur son passage quand il retourna dans la grange. L'air froid s'était engouffré par la porte qu'il avait laissée ouverte, il la claqua, rabattit le loquet et s'agenouilla près de son père.

Est-ce que ça va ? Est-ce que ça va ? Est-ce que ça va ?

Son père refusa de le regarder.

Edgar s'élança vers l'infirmerie au fond de la grange, où il se taillada les mains sur les étagères. Des gazes et des cachets se répandaient à ses pieds au fur et à mesure qu'il fouillait dans les fournitures. Il revint les mains vides. Réchauffe-le, s'adjura-t-il. Et il décrocha un manteau pendu dans l'atelier dont il couvrit la poitrine de son père.

Aussitôt, il fut parcouru de frissons. Almondine s'approcha et posa sa truffe sur la joue de Gar, les pattes arrière tremblantes comme si elle percevait quelque chose d'inquiétant. Il en éprouva une telle fureur qu'il se jeta sur sa chienne qui fila au fond de la grange d'où elle l'observa alors qu'il retournait s'agenouiller près de son père. Il appuya les mains sur sa poitrine, presque certain de sentir une inspiration, au lieu de quoi ce fut une longue expiration, suivie d'un grognement qui sortit de la bouche béante, machinalement, en une note descendante. Ensuite, plus rien – aucun geste, aucun souffle, aucun battement de paupière – rien que cet effondrement à la manière d'une figurine en cire en train de fondre.

Edgar courut le long du couloir de boxes, tapant le grillage. Dressés sur leurs pattes arrière, les chiens gémirent, aboyèrent, poussèrent des hurlements funèbres. Malgré le bruit, il distinguait le murmure de la neige qui glissait sous la porte et se répandait vers son père gisant sur le ciment, les yeux clos, sans respirer. Au moment où le sol tremblait comme sous l'effet d'une chute, Edgar prit conscience qu'il était par terre. À l'aide du grillage d'une des portes, il se releva laborieusement et revint près de son père. Les chiens se turent. Almondine s'approcha, flaira sa main et s'assit à côté de lui tandis que les autres terrés au fond du chenil haletaient, aux aguets.

C'est ainsi qu'ils attendirent.

Tempête

Quand Edgar fermait les yeux, une sorte d'affreux pétale noir se déployait. Son corps avait beau rester près de son père, il se voyait sortir de la grange par un soir d'été, le soleil se couchait, plongeant la terre dans l'obscurité. Il traversait la cour, entrait dans la maison où il décrochait un combiné intact et parlait sans avoir de réponse. Ensuite, il se retrouvait dehors sous une pluie sans vent qui baissait le rideau de la nuit. Ses vêtements trempés lui collaient au corps tandis qu'il marchait des heures durant sur la route, dans un silence absolu.

Le crissement de pneus sur le gravier glacé retentit dans le silence. Les chiens se remirent à aboyer, certains se jetèrent sur la porte de leur enclos. La voix d'un homme qui crie. La porte de la véranda qui claque. Autant de bruits qui le ramenèrent à la réalité. Il se retrouva, une fois de plus, assis à côté de son père.

Malgré ses efforts, il ne parvint pas à se relever. Au dernier moment, il bascula sur le côté et avança péniblement, veillant à ne pas toucher son père. Il s'arrêta, à bout de souffle. Surgissant d'un coin, Almondine appuya la truffe sur sa main jusqu'à ce qu'il réussisse à se mettre debout. Il alla ouvrir en grand les portes de la grange : la neige était bleue, l'ombre encore plus bleue. Il était presque arrivé à la maison lorsque le Dr Papineau apparut dans la véranda.

« Edgar, la porte était grande… », commença le vétérinaire. Il posa les yeux sur la grange. « Que se passe-t-il ? Où sont tes parents ? »

Edgar restait planté devant le vieil homme, c'est tout ce dont il était capable. Tremblant, il claquait des dents, ses muscles faciaux saisis de spasmes incontrôlables. Alors qu'il s'écroulait, il vit le Dr Papineau se précipiter sur lui.

*

Il se réveilla sur le lit de ses parents, couché en chien de fusil face à la porte, Almondine blottie contre lui. Le Dr Papineau lui tournait le dos et parlait dans le combiné abîmé.

« ... oui. Évidemment. Pour l'amour du ciel, Glen, Gar Sawtelle gît dans sa grange et son fils est en état de choc. Non. Non. Je ne sais pas. Ses mains sont couvertes de bleus et de coupures. Très bien, d'accord. Oui, ce doit être lui. Le combiné, fracassé, pendait dans le vide quand je suis arrivé. Je suis sidéré qu'il fonctionne encore. »

Il se tut. « À l'usine d'alimentation animale, reprit-il. Ou peut-être à l'épicerie. Si elle n'est pas déjà sur le chemin du retour. Essaie de l'intercepter avant... Elle a le camion. Il est marron... euh, Chevrolet. Hum, hum. Non », conclut-il sur un ton sans appel.

Quand il eut raccroché, il se passa les mains dans ses cheveux blancs, se redressa et entra dans la chambre.

« Fiston ? dit-il. Edgar ? »

Edgar le regarda et tenta de s'asseoir. Le vieil homme lui posa une main sur l'épaule.

« Ne bouge pas. As-tu une idée de ce qui est arrivé ? »

Je n'aurai pas dû l'abandonner. Il va prendre froid là-bas.

« Je ne comprends pas le langage des signes. » Le Dr Papineau se dirigea vers la cuisine. « Je vais te chercher un papier et un crayon. » Dès qu'il fut sorti de la pièce, Edgar se précipita à sa suite mais, les jambes encore flageolantes, il se cogna à la table et tomba. Il se releva et ouvrit la porte de la véranda, mais le vétérinaire l'attrapa par le bras. L'espace d'un instant, il fut suspendu au-dessus de l'escalier. Puis, incapable de le tenir plus longtemps, le vétérinaire le laissa choir dans la neige. Avant qu'Edgar n'esquisse le moindre mouvement, le Dr Papineau l'immobilisa.

« Attends, je ne veux pas que tu ailles là-bas. Tu ne peux rien faire pour l'instant, et ça rendra tout plus difficile si tu le vois maintenant. Rentre avec moi, d'accord ? »

Le vétérinaire, d'une surprenante vigueur vu son âge, souleva Edgar par le dos de sa chemise. Celui-ci eut l'impression que les boutons du plastron allaient sauter tandis qu'il posait les pieds sur la terre ferme.

« Tu peux marcher ? »

Il hocha la tête. Là où il était tombé, la neige était maculée du sang qui avait coulé des entailles de ses mains. Le docteur Papineau tint fermement Edgar par l'épaule le temps qu'ils arrivent dans la cuisine, où le garçon s'assit à la table, les yeux rivés sur le vétérinaire qui finit par détourner les siens. Comme il préparait du café. Edgar s'installa par terre, près de la bouche de chauffage, laissant l'air lui réchauffer les pieds. Il tapa dans ses mains pour appeler Almondine, qui accourut et se pelotonna contre lui. Les entailles de ses mains le brûlaient tellement qu'on aurait dit des flammes.

« Voilà du café », dit le Dr Papineau.

N'obtenant pas de réponse, le vieil homme en remplit une tasse, regardant tour à tour le téléphone, l'horloge et le garçon.

« Je suis désolé pour tout ça, Edgar, enchaîna-t-il. Mais j'ai appris au cours de mes années de pratique en tant que vétérinaire qu'il fallait avant tout s'occuper des vivants. À mon grand regret, on ne peut plus rien pour ton père, là-bas, et ça n'arrangera rien que tu y ailles. Avec le temps, tu verras que j'ai eu raison. Nous perdons tous des êtres chers, tu comprends ? Bien sûr que c'est affreux. Et ça a beau être une tragédie pour un garçon comme toi, nous n'avons d'autre choix que d'attendre l'arrivée de gens compétents qui prendront la situation en main. »

La voix du Dr Papineau était calme, en revanche il dut croiser les mains pour empêcher son pouce de tapoter la table. Edgar ferma les yeux, le pétale noir apparut aussitôt. Il se vit à nouveau sous la pluie, sur la route qui devenait plus étroite à mesure qu'il y marchait et se couvrait d'une végétation où il finissait presque par trouver du réconfort.

*

Almondine leva la tête. Edgar entendit la sirène qui, faible au début, se mit à hurler au sommet de la colline. Il regarda ses mains entortillées dans de la gaze attachée par du sparadrap – il ne se souvenait pas du Dr Papineau en train de lui faire ce pansement. Il le rejoignit au salon et ils regardèrent par la fenêtre l'ambulance s'engager dans l'allée, suivie du camion. Assise à la place du passager, Trudy tourna la tête : elle était livide.

Edgar reprit sa place dans la cuisine tandis que le vétérinaire sortait. Il entendit des voix d'homme. Quelques instants plus tard, sa mère s'agenouillait près de lui.

« Regarde-moi », dit-elle d'une voix rauque.

Il ne put soutenir longtemps son regard.

« Edgar, combien de temps es-tu resté là-bas ? » Comme il ne répondait pas, elle ajouta : « L'opératrice a reçu un appel vers 14 heures mais personne ne parlait. C'était toi ? »

Dès qu'il eut acquiescé, il la scruta, cherchant à déceler sur son visage si elle avait déjà deviné l'étendue de sa culpabilité. Or elle se contenta de le prendre dans ses bras. À son contact, un feu le dévora de l'intérieur qui le laissa vidé lorsqu'il se fut consumé.

« Edgar, je sais ce que tu penses, murmura-t-elle. Regarde-moi. Ce n'est pas de ta faute. J'ignore ce qui s'est passé, tu vas devoir me le raconter, aussi horrible que cela ait pu être. Tu comprends ? J'attendrai toute la nuit si tu as besoin de moi, nous resterons ensemble, mais il faut que tu me racontes tout avant qu'on se couche. »

Il ne s'aperçut qu'il s'était enfoui la tête dans les bras qu'au moment où sa mère la prit entre ses mains pour la redresser. Il était déchiré entre l'envie de tout lui raconter sur-le-champ et celle de se taire à jamais. Il s'apprêtait à utiliser le langage des signes quand il prit conscience qu'il ne savait pas quoi dire. Il refit une tentative.

Ce ne sera pas réel si je garde le silence, pensa-t-il.

Remarquant ses mains bandées, sa mère les prit dans les siennes.

« Tu sais que c'est fini n'est-ce pas ? Nous ne pouvons rien faire pour le ramener. » Son visage se crispa, puis elle fondit en larmes et il l'étreignit.

Un homme apparut sur le pas de la porte, un géant, énorme de surcroît, le portrait du vétérinaire jeune : Glen Papineau, le shérif de Mellen. Trudy se leva. Glen posa une main sur son bras, l'emmena à la table et lui tira une chaise.

« Pourquoi ne pas nous asseoir », suggéra-t-il, joignant le geste à la parole. Sa parka bruissait lorsqu'il bougeait. La chaise grinça sous son poids.

« D'après ce que nous avons vu là-bas, il portait quelque chose de lourd quand c'est arrivé, un seau plein de ferrailles. Il est possible qu'il ait eu une attaque, Trudy. »

Un silence tomba, qui s'éternisa.

« Est-ce que tu voudrais que je prévienne quelqu'un ? »

Le Dr Papineau intervint avant qu'elle ne puisse répondre.

« Je vais passer la nuit ici, Glen. S'il faut contacter quelqu'un, je le ferai. »

Le regard du shérif passa du visage grave et ridé de son père à Trudy qui hocha distraitement la tête.

« Il va me falloir parler, euh, à ton fils, Trudy, pour mon rapport. Le moment est mal choisi mais il faut faire vite. L'idéal serait maintenant.

— Non, protesta-t-elle. Pas aujourd'hui.

— D'accord. Demain au plus tard. J'aurai aussi besoin de toi, il ne communique que par langage des signes, n'est-ce pas ?

— Naturellement. Tu es au courant, Glen.

— Je voulais juste dire que si tu n'en as pas le courage, on se débrouillera pour trouver un interprète », précisa le shérif, apparemment déconcerté par le ton de Trudy, empreint d'un mélange de lassitude, de tristesse et d'impatience.

« Il faut que ce soit moi.

— Pourquoi ?

— Les signes qu'utilise Edgar sont en partie de... la création. Gar et moi pouvons le lire. Pouvions. Pouvons. Je ne suis pas certaine qu'un interprète classique s'y retrouve. Il y a bien la possibilité de l'écriture, ou nous pourrions récupérer son vieux tableau à lettres mais cela risque de prendre beaucoup de temps. Et puis je ne vous laisserai pas interroger mon fils sans être présente.

— D'accord. D'accord. J'essayais de te faciliter les choses. Appelle demain matin quand tu seras prête. »

Il sortit dans la véranda, où son père le suivit. Comme les deux hommes discutaient à mi-voix, Trudy se leva tout à coup et s'approcha de la porte.

« Bon sang, Glen ! hurla-t-elle si fort qu'Edgar entendit l'écho se répercuter sur la grange. S'il s'agit de prendre quoi que ce soit en charge, c'est à moi que tu dois en parler. À moi, compris ? Je te remercie d'être là, Page, mais il est hors de question que ton fils ou toi décidiez à notre place. Ici, c'est chez nous, Glen, adresse-toi à moi.

— Écoute, j'informais simplement papa que j'avais demandé à John et Al d'emmener Gar chez Brentson. Et que toi ou lui, enfin quelqu'un devrait appeler Burt pour l'organisation. Si tu préfères qu'un autre s'en occupe, il t'aidera à tout régler. C'est tout. On n'essayait pas de te cacher quoi que ce soit, on cherchait à te simplifier les choses.

— Vous faites au mieux, j'en suis consciente mais je ne suis pas sans ressources. Ce ne sera pas facile et je sais qu'on m'entourera pour cette épreuve, par contre je tiens à prendre chaque décision sans que personne n'intervienne, est-ce clair ? Si j'ai besoin d'aide, j'en demanderai. À propos, Brentson conviendra parfaitement, Glen, je te serais reconnaissante de le prévenir que je lui téléphonerai dans la matinée. De toute façon, je t'appellerai aussi. Page, rentre avant d'attraper une pneumonie. »

Après un silence, ils se saluèrent brièvement. Le Dr. Papineau accompagna Trudy dans le salon, d'où elle regarda l'ambulance et la voiture de police manœuvrer dans l'allée, grimper la colline enneigée et s'engager sur la route de Mellen.

*

Dès la disparition des feux arrière, Trudy se rendit dans la cuisine.

« Page, ça t'ennuie de préparer le dîner ? Ce dont tu as envie. On doit aller au chenil et …

— Une seconde, objecta doucement le vétérinaire. Ne préfères-tu pas que je me charge des corvées ? Comme ça, Edgar et toi pourriez parler ?

— Non, l'un et l'autre avons besoin de mouvement. Edgar va m'accompagner et ce serait merveilleux que le dîner soit prêt quand nous reviendrons. Si nous avons faim, bien sûr.

» Peux-tu venir m'aider au chenil ? » demanda-t-elle à Edgar.

Bien que l'idée de retourner dans la grange lui donnât le vertige, Edgar acquiesça. Ils quittèrent la pièce, Almondine sur leurs talons, et le Dr Papineau sortit du réfrigérateur un morceau de viande blanche emballé dans un papier de boucherie, puis se mit à fouiller dans les placards.

*

Dehors, Trudy s'arrêta, prit son fils par les épaules et l'étreignit. « Edgar, si nous voulons garder cet endroit, lui murmura-t-elle à l'oreille, nous devons nous en montrer capables dès maintenant. Je ne suis pas sûre d'avoir le droit de te le demander, je le fais quand même. Écoute-moi, chéri, peux-tu m'accompagner dans la grange ? Nous allons y entrer ensemble – ça va être épouvantable, et si tu n'y arrives pas, tant pis, on laissera tomber, d'accord ? Crois-moi, plus tôt tu y retourneras, mieux ce sera. »

Elle se recula pour le regarder. Il hocha la tête.

« Certain ? »

Non. Il esquissa un petit sourire. Sa mère le lui rendit, les yeux remplis de larmes.

Sans toi, je n'y arriverais pas.

« Tu ne seras pas obligé d'y aller seul tant que tu auras besoin de moi. »

Une fois devant la grange, Trudy ouvrit grand les portes. L'éclairage du couloir, si faible dans la journée, balaya la neige, projetant leurs ombres sur les congères. Almondine les précéda. Sans réfléchir, Edgar entra, puis se retourna, concentré sur la lumière qui s'estompait sur les arbres en face à mesure que les portes se fermaient.

Ils restèrent tous les trois dans le couloir du chenil. Les chiens étaient silencieux. Edgar entendait sa respiration ainsi que celle de sa mère. La première chose qu'il remarqua à l'intérieur de l'atelier fut le bidon de lait gris sale, renversé, puis la ferraille – boulons, écrous, charnières, clous et rondelles – éparpillée sur le sol, couverte de rouille. Il n'avait qu'un vague souvenir d'avoir vu tout ça. Sa mère attrapa le bord du bidon, recula, il lui donna un coup de main pour le redresser. Après quoi, ils ramassèrent les bouts de ferraille à la main et les balancèrent dans le seau, ce qui macula d'orange le pansement d'Edgar. Ils balayèrent la poussière rouge qu'ils jetèrent dans le bidon avant de le trimbaler difficilement sous l'escalier du grenier. Edgar songea que ce qu'ils venaient d'enlever et de vider dans le bidon était innommable – par un accord tacite, sa mère et lui décidèrent de ne plus jamais le déplacer, plus jamais le vider, plus jamais le toucher.

Ils nourrirent et abreuvèrent les chiens. Ils nettoyèrent les boxes et y ajoutèrent de la paille fraîche. Il plongea une tasse à café dans le sac de chaux vive posé près des portes du fond et alla renverser le fumier sur le tas, puis y étala la chaux. Lorsqu'il revint, il trouva sa mère dans la maternité : un des nouveau-nés était mort, probablement de peur à cause du vacarme, à moins que sa mère ne l'ait piétiné, saisie de panique. Trudy l'emporta à l'infirmerie et le mit dans un des sacs en plastique prévu à cet effet. Edgar le lui prit des mains afin d'aller le déposer dans la neige, sentant la chaleur du chiot à travers le plastique comme si la mère était restée couchée près de lui après sa mort.

À son retour, Trudy l'attendait. Pour l'empêcher de se détourner, elle posa les mains sur ses bras et lui demanda d'une voix tremblante : « Raconte-moi ce qui s'est passé. Avant que nous ne rentrions, si tu t'en sens capable. »

Edgar obtempéra et se lança dans son récit en langage des signes, n'omettant presque rien. Il avait trouvé son père par terre. Il avait composé le numéro et laissé le combiné décroché. Il passa sous silence qu'il avait failli tomber à force de se tambouriner la poitrine pour tenter d'en extraire une voix. Ainsi que le pétale qui tourbillonnait quand il fermait les yeux, ou la route qu'il parcourait sous la pluie. À la fin, Trudy avait le visage ruisselant de larmes. Ils s'étreignirent longuement, puis enfilèrent leur manteau. Il ne neigeait plus, le vent fouettait la grange, faisant tournoyer les flocons qui formaient comme des galaxies glaciales. Les nuages rasaient les arbres, le ciel gris se barricadait.

Almondine les escorta en haletant jusqu'à la maison. Le Dr Papineau apparut, penché sur l'évier, derrière la vitre embuée de la cuisine, puis disparut. Dans la véranda, ils tapèrent leurs bottes pour en décoller la neige avant d'entrer.

Deuxième partie

Trois chagrins

Obsèques

À la vue du Dr Papineau – redevenu le vieillard aux cheveux blancs et aux épaules étroites qu'il connaissait depuis toujours, dont l'air bouleversé et hagard exprimait ce que lui-même ressentait –, Edgar eut du mal à croire que c'était l'homme qui l'avait attrapé par le plastron de sa chemise. De toute façon, les événements survenus cet après-midi étaient tout aussi inconcevables.

Des nuages de vapeur s'échappaient des couvercles de deux casseroles posées sur le fourneau. Edgar retira son manteau tandis que sa mère, une main sur son épaule afin de garder son équilibre, se baissait pour délacer ses bottes. Ils se dévisagèrent. Enfin, le vétérinaire se décida à rompre le silence : « Ce n'est pas grand-chose », s'excusa-t-il, désignant d'un geste les assiettes et les bols disposés sur la table. « Soupe et patates. J'ai beau ne pas être un cordon-bleu, je suis capable d'ouvrir une boîte et de faire bouillir de l'eau. »

Traversant la pièce, Trudy étreignit le vieil homme.

« Ne t'inquiète pas, Page, on ne pourrait rien avaler d'autre ce soir. »

Edgar tira une chaise et s'assit. Comme Almondine se glissait entre ses genoux, il serra entre ses mains la tête qu'elle appuyait sur son ventre, humant l'odeur de poussière qui en émanait. La pièce autour d'eux vacilla. En se redressant, il découvrit un bol de soupe bouillant posé devant lui.

Quant au vétérinaire, il finissait de couper des pommes de terre qu'il posa sur la table avant d'y prendre place.

Edgar jeta un coup d'œil au plat.

Il faut manger si tu peux, signa Trudy.

D'accord. N'empêche que j'ai l'impression que ce n'est pas bien d'avoir faim.

Tu as faim ?

Oui, enfin je ne sais pas. On dirait que c'est un autre que moi qui a faim.

Elle regarda les pansements de ses mains.

Tu as mal ?

Ses paumes étaient à vif et son pouce gauche l'élançait bien qu'il n'ait aucun souvenir de la façon dont il se l'était foulé. Des faits trop insignifiants pour en parler.

Prends de l'aspirine.

Je sais. Je vais le faire.

Elle plongea sa cuiller dans son bol et, après avoir avalé, lança un regard à son fils, où celui-ci perçut une telle détermination que, par solidarité, il écrasa une pomme de terre dans sa soupe.

Le Dr Papineau se racla la gorge : « J'ai fermé le cabinet pour la matinée.

— Tu peux dormir dans la chambre d'amis, les draps sont dans la salle de bains. Je ferai le lit après le dîner, dit Trudy.

— Ne t'inquiète pas, je sais faire un lit. »

On n'entendit plus que le cliquetis des couverts. Au bout d'un moment, le bol d'Edgar fut vide, il aurait cependant été incapable de décrire le goût de la soupe. Trudy, elle, avait renoncé à feindre de manger.

« Ce genre d'événement est un choc profond, lança le Dr Papineau de but en blanc. À la mort de Rose, j'ai cru tenir le coup malgré mon cœur brisé. En réalité, pendant quelque temps, j'ai fait n'importe quoi. C'est maintenant que vous devez être vigilants, vous deux, vous m'entendez ? Vous savez, j'ai failli mettre le feu à la maison le premier soir parce que j'avais posé la cafetière électrique sur la gazinière et allumé le brûleur.

— C'est vrai, Page. Merci de nous le rappeler. »

Le regard grave du vétérinaire alla d'Edgar à Trudy. « Nous devons parler de certaines choses... » Il laissa sa phrase en suspens.

« Tout va bien, Page, que cela nous plaise ou non, Edgar est désormais partie prenante dans toutes les décisions. C'est inutile de tourner autour du pot.

— J'allais vous proposer de passer quelques coups de téléphone. D'abord à l'école, où Edgar n'ira pas pendant quelques jours. Et puis je me demandais si tu voulais prévenir Claude ainsi que d'autres personnes, famille ou relations. Je peux t'aider à établir la liste.

— En fait, je préférerais téléphoner moi-même, répondit Trudy. Ça ne vous ennuie pas de débarrasser tous les deux ? »

Ils repoussèrent leur chaise. Le Dr Papineau mit les restes dans le réfrigérateur, tandis qu'Edgar, soulagé de s'activer, empilait la vaisselle dans l'évier. Après avoir laissé couler l'eau, il s'absorba dans la contemplation de la mousse qui recouvrait les assiettes. Le vétérinaire lui donna un torchon : vu l'état de ses mains, il valait mieux qu'il essuie.

Trudy ouvrit l'annuaire et griffonna quelques numéros sur un bout de papier. Le récepteur cassé pendouillait sur son support comme un oiseau au cou brisé. Elle posa l'appareil sur le comptoir, composa le premier numéro et demanda si son interlocuteur était bien le proviseur. Puis elle annonça la mort de Gar.

« Merci. Non. J'y suis très sensible. Oui. Merci. Au revoir. »

Sur ces mots, elle reposa l'écouteur, baissa les bras et reprit son souffle. N'étant pas bien raccroché, il continua à chevroter. Elle appuya sur l'interrupteur pour l'arrêter avant de composer le numéro suivant.

« Claude ? J'ai pensé qu'il fallait te mettre au courant. C'est à propos de Gar. Il travaillait au chenil cet après-midi et il a... il a eu un problème. Une attaque ou quelque chose de ce genre. Il... Non. Non. Nous ne savons pas. Oui. Oui. Oui. »

Il y eut un long silence. « Désolée, Claude, ça ne me paraît pas une bonne idée, du moins pas tout de suite. Il n'y a rien... Oui. Page est là. Oui. Heureusement pour lui. D'accord. Au revoir. »

Le troisième numéro qu'elle composa fut celui de Glen. Après qu'elle eut fixé rendez-vous à son bureau pour le lendemain matin, elle l'écouta sans l'interrompre. Edgar ne distinguait qu'un bourdonnement, pas les mots, puis sa mère s'affaissa mollement sur le comptoir comme de la cire sous le soleil.

« Est-ce vraiment nécessaire ? N'y a-t-il pas d'autre...? Oui. Oui, bien sûr, sauf que... »

Il y eut d'autres bourdonnements.

« D'accord », conclut-t-elle. Le son de sa voix fit flageoler les jambes d'Edgar. D'un signe de tête, il répondit à une question du Dr. Papineau, sans même la comprendre. Le vétérinaire rejoignit sa mère et lui serra l'épaule. Elle se redressa.

« Arrête maintenant », ordonna le vétérinaire quand elle eut raccroché. Il lui prit le combiné et le reposa à l'envers sur son support. « Ça suffit pour ce soir. »

Elle regarda le vieil homme, les lèvres pincées et les yeux brillants.

« Tu as raison. C'est... plus pénible que je l'imaginais. »

Et elle contourna la table, s'approchant d'Edgar qu'elle entoura de ses bras : Ça va ?

Malgré ses efforts, il ne parvint pas à répondre.

Il faut que tu ailles te coucher.

Et toi ?

Je vais rester tranquille une minute. Vas-y. Il n'y a rien d'autre à faire.

Sa mère avait raison. À force de dresser des chiens, elle avait développé son esprit pratique, à moins que ce fût inné. Après avoir serré les bras de Trudy jusqu'à sentir battre son pouls, il salua le Dr Papineau d'un geste.

*

Comme s'ils en étaient convenus à l'avance – ce qui n'était pas le cas – Edgar et Trudy dormirent dans le salon. Il descendit une couverture et un oreiller, puis, une fois assis dans le canapé, il n'eut plus le courage de remonter se changer, alors, tirant la couverture, il replia ses genoux et ferma les yeux. Une sonnerie retentit dans ses oreilles, peut-être résonnait-elle depuis longtemps, mais il avait fallu le poids de la couverture émoussant ses sens pour qu'il s'en rende compte. Le sommeil le gagna alors que le Dr Papineau et sa mère éteignaient les lumières. Dans le silence qui suivit, une succession d'images surgies d'un recoin de son cerveau se mit à défiler, accompagnée d'émotions parcellaires qui l'envahissaient avant de l'abandonner comme autant de vêtements qu'on aurait sortis d'un placard puis jetés. Sous ce chaos de représentations et de souvenirs, quelque chose était si profondément refoulé qu'il s'en souvenait à peine : l'idée que tout ce qui avait été vrai appartenait désormais au passé, ce qui libérait un millier de nouvelles possibilités. Aussitôt, la honte l'écrasa.

Un peu plus tard, il rouvrit les yeux. Emmitouflée dans une couverture, sa mère était pelotonnée dans son fauteuil. Il se rappelait vaguement qu'elle s'était agenouillée près de lui et avait passé une main douce et chaude sur son front, lui effleurant les sourcils de sa paume, entortillant les doigts dans ses cheveux. Il n'avait pas relevé les paupières. La caresse avait quelque peu relâché l'étreinte du poison tapi en lui, lequel ne tarderait pas à se transformer en chagrin. Avait-elle existé ou était-elle le fruit de son imagination en mal de consolation ? Il n'avait pas la réponse.

Edgar bascula dans un sommeil opaque. Le moindre chuintement de la neige sur les vitres le réveillait en sursaut, puis il se rendormait, tiraillé entre deux mondes. Écroulé dans la chambre du premier étage qu'ils avaient autrefois préparée pour Claude, Papineau ronflait si fort qu'on l'entendait depuis le salon, on aurait cru des meuglements de bétail dans le lointain. En sentant Almondine s'éloigner, Edgar ouvrit une fois de plus les yeux et l'aperçut, dans le noir, le museau sur la couverture enroulée autour de sa mère qu'elle flairait aussi prudemment qu'elle avait dû le flairer quelques minutes auparavant. Après être restée immobile, légèrement haletante, elle revint au milieu de la pièce, décrivit des cercles et se coucha. Leurs regards se croisèrent. Elle dressa ses oreilles, plissa les yeux, les écarquilla, les plissa davantage encore, tandis que l'éclat du liquide lacrymal s'intensifiait et s'atténuait dans l'obscurité. Enfin, elle s'endormit en poussant un gros soupir.

Au matin, il eut l'impression d'avoir passé la nuit à veiller sur les autres. Chacun d'entre eux – chienne et garçon, mère et vieil homme – ressentit la même chose.

*

Dès l'aube, ils se rendirent dans la grange. Le froid était redoutable, le ciel au-dessus d'eux, délavé et constellé d'étoiles. Dans le chenil, Edgar s'aperçut qu'il manquait de la paille et grimpa l'escalier du grenier. Le mur de paille se dressait comme une ziggourat[1]. On n'était qu'au début de l'hiver, les bottes s'entassaient jusqu'aux chevrons. Il attrapa une fourche à manche rouge suspendue à un clou et ramena deux ballots au centre de la pièce, puis souleva une trappe. En dessous, Trudy le guettait : « Vas-y ! » Il les poussa et les regarda tomber en vrille sur le ciment poussiéreux.

Il nettoya les boxes à la fourche, jetant les saletés dans une brouette, avant de répandre de la chaux vive sur le sol nu. Lorsqu'il coupa la ficelle, les bottes de paille s'ouvrirent en formant des gerbes d'or. Puis il s'attela à l'étrillage des chiens se servant d'une brosse douce qu'il avait prise dans sa poche arrière. C'est à ce moment-là que le Dr Papineau entra : « Autant jeter un coup d'œil aux chiots puisque je suis là », déclara-t-il en s'éclipsant derrière la porte de la maternité. Edgar alla voir sa portée. Pinson et Sahib, les plus sages, s'appuyèrent sur lui, chacun d'un côté, tandis qu'Essai tentait de lui sauter dessus. Il les calma.

Leur travail terminé, Edgar, Trudy et le vétérinaire remontèrent ensemble l'allée. Après leur avoir promis d'appeler plus tard, Papineau regagna sa voiture et les quitta. Edgar alla se changer. Quand il descendit, sa mère était debout devant le comptoir, l'appareil cassé à la main. Le temps qu'elle appelle la compagnie de téléphone pour qu'on

---

1. Édifice religieux mésopotamien en forme de pyramide à étages.

vienne le réparer, il s'installa au salon où elle ne tarda pas à le rejoindre.

« Tu n'es pas obligé de m'accompagner. Je n'ai qu'à téléphoner à Glen et lui dire que tu n'es pas prêt. »

Il est hors de question que tu ailles chez Brentson toute seule.

« Page peut venir avec moi. »

Non.

Trudy céda. Almondine fit le pied de grue devant la porte de la cuisine le temps qu'Edgar enfile son manteau, puis alla l'attendre devant le camion où il faisait encore plus froid que dehors. Trudy démarra. Ils roulèrent en silence, écoutant le crissement de la glace sous les pneus. Le monde était nimbé d'un éclat bleuté, translucide. Les câbles des poteaux télégraphiques qui défilaient grossissaient, puis disparaissaient. À Mellen, Trudy gara le camion devant l'hôtel de ville surmonté de sa coupole et, Almondine sur leurs talons, ils se dirigèrent vers le bureau du shérif. Leur haleine était visible, même à l'intérieur où flottait une odeur de poil brûlé. Une jeune fille aux cheveux d'un blond blanc, vêtue d'un manteau et gantée, était assise derrière une table de travail où trônait un micro posé sur son socle. Elle leur lança un coup d'œil :

« Je vais chercher Glen. Gardez vos manteaux, le chauffage est en panne, on attend un réparateur d'Ashland. »

La fille alla vers la porte du bureau situé derrière elle et frappa. L'instant d'après, Glen Papineau apparut en uniforme et casquette bleus, réduisant instantanément la taille de la pièce. Même nues, ses mains étaient énormes, on aurait dit des assiettes. Le Dr Papineau avait-il jamais été aussi grand que son fils ? se demanda Edgar, qui chassa l'idée : les vieux avaient beau rapetisser avec l'âge, c'était impossible à ce point.

« Trudy, Edgar, vous voilà. Désolé pour le froid, problème de chaudière. Je suis là depuis 6 heures. C'est un miracle qu'aucune canalisation n'ait éclaté. Café, quelqu'un ? Chocolat chaud ? »

Trudy regarda Edgar qui secoua la tête.

« Tout va bien, Glen.

— Apporte-nous-en tout de même, Annie, ça réchauffera peut-être la pièce. Sucre et lait dans le mien. »

Il les conduisit dans un bureau à la fois vide et encombré. Un monceau de papiers et de carnets s'empilait sur la table, en revanche rien n'était accroché aux murs hormis un diplôme encadré et une photo de Glen jeune, où on le voyait en uniforme de lutteur du collège de Mellen, plaquant une espèce de monstre.

Glen avait installé trois chaises pliantes devant son bureau, il leur fit signe de s'asseoir avant de prendre place. Almondine vint flairer son pantalon et ses bottes. « Salut, ma beauté », lui dit-il, au moment où Annie entrait avec trois gobelets en carton. Comme il balayait son bureau de l'avant-bras pour ouvrir une chemise, une pile de papiers tomba de l'autre côté.

« Ma résolution, chaque année », soupira-t-il en souriant.

« Celui-ci, c'est le chocolat chaud », précisa Annie, qui posa les gobelets sur un coin libre avant de ramasser les papiers, l'air désespéré.

« N'hésitez pas si vous en avez envie », enchaîna Glen en montrant les tasses fumantes. Il prit son carnet et cliqua sur l'embout de son stylo-bille.

« Bien, il faut consigner ce qui s'est passé, c'est une procédure. Il s'agit de le faire au plus tôt avant que vous oubliiez quoi que ce soit. Je sais que ce n'est pas agréable et je vous prie de m'en excuser. P'pa m'a d'ailleurs fait une scène ce matin à ce sujet. » Il s'interrompit, comme s'il était gêné d'avoir appelé son père « p'pa », pensa Edgar.

« Aucun problème, Glen, intervint Trudy. Pose tes questions. Edgar me signera ses réponses.

— D'accord. Trudy, à quelle heure es-tu partie en ville ?

— Vers 11 h 30. »

Glen griffonna sur son carnet. « Edgar, tu es resté à la maison toute la journée ? »

Celui-ci hocha la tête.

« Quand t'es-tu aperçu que quelque chose clochait ? »

Edgar signa sa réponse que sa mère traduisit : « Il travaillait dans le grenier quand il a remarqué que les chiens

aboyaient. Lorsqu'il est arrivé au pied de l'escalier, Gar...
gisait par terre.

— Tu étais dans le grenier?

— Nous entraînons les chiens là-haut dès qu'il commence à faire froid », répondit Trudy, agacée, sans laisser à Edgar le temps de réagir. « Tu le sais, tu es déjà venu.

— Oui, bien sûr. C'est pour avoir le maximum de détails que je l'interroge. Tu étais là-haut avec des chiens?

Oui. Deux chiens de ma portée.

— Ceux qui aboyaient étaient en bas?

Oui.

— Combien de temps es-tu resté dans le grenier?

Une heure. Peut-être plus.

— Tu as une montre?

Oui, mais je ne l'avais pas mise ce jour-là.

— Y a-t-il une horloge dans le grenier?

Oui.

— Tu te souviens à peu près de l'heure qu'il était?

— L'opératrice du téléphone a dû te le dire, objecta Trudy.

— Oui, ça figure dans le dossier. Mieux vaut tout récapituler pendant qu'on y est.

Je ne faisais pas attention. Il était plus de 13 heures, c'est tout ce dont je me souviens.

— À quoi exerçais-tu les chiens?

"Viens-vas." "Reste." Immobilisations de loin. J'avais installé une haie.

— C'est bruyant?

Pas vraiment.

— Je veux dire, est-ce que ton père pouvait t'entendre?

Il pouvait entendre les chiens courir. Mes pas aussi.

— Et toi?

Qu'est-ce que tu veux dire?

— S'il avait crié, l'aurais-tu entendu?

— Il aurait entendu un cri, intervint Trudy une nouvelle fois. Nous appelons là-haut tout le temps. Si la porte est fermée, il faut s'y reprendre à plusieurs fois. Sinon on entend très bien. »

Glen regarda Edgar. « La porte était fermée?

Oui.

— Et si on parle normalement ?

— Pas avec la porte fermée. Si elle est ouverte, on entend quelqu'un parler dans l'atelier.

— Mais tu n'as pas entendu de cri ni rien ? Seulement les chiens, c'est bien ça ? »

Edgar fouilla dans sa mémoire, puis hocha la tête. Glen nota quelque chose et tourna la page.

« Maintenant je vais te poser des questions plus difficiles, il est important que tu me dises tout ce dont tu te souviens. Tu travaillais avec tes chiens dans le grenier. Tu as entendu aboyer, tu es descendu. Qu'as-tu vu ? »

Edgar réfléchit.

Je ne me rappelle pas.

Sa mère le regarda. Tu ne te rappelles pas ?

Non.

Et ce que tu m'as raconté hier soir.

Je veux dire, je suis sûr de l'avoir vu couché là, mais je n'en ai aucun souvenir. Je le sais comme si on me l'avait raconté, pas comme si je l'avais vu de mes propres yeux.

Trudy s'adressa au shérif. « Glen, il ne se souvient pas de grand-chose si ce n'est que Gar était par terre.

— Tant pis, ça arrive parfois. Quelle est la première chose dont tu te souviennes ?

De m'être précipité dans la maison.

— C'est là que tu as appelé l'opératrice ?

Oui.

— Mais tu n'as pas pu parler ?

Non.

— Et puis ?

Je suis retourné à la grange. Non, attends, j'ai couru sur la route dans l'espoir que quelqu'un passerait, qui pourrait parler au téléphone. Malheureusement, je n'ai vu personne. »

Sa mère traduisit.

« C'était après la maison ?

Je crois.

— Tu n'en es pas sûr ?

Non. Mais je crois être retourné à la maison.

— Comment s'est cassé le téléphone ? »

Il marqua une nouvelle pause.

Je ne me souviens pas.

« D'après P'pa, il était en piteux état à son arrivée.

Oui. Je crois l'avoir cassé, mais je ne me souviens pas à quel moment.

— D'accord, d'accord. Tu as eu quelqu'un en ligne à qui tu n'as pas pu expliquer ce qui n'allait pas. Trudy, aviez-vous discuté avec Edgar d'un plan d'action en cas d'urgence ?

— Non, pas vraiment. Gar et moi étions persuadés que nous serions toujours là. Ce qui nous inquiétait, c'était qu'Edgar se blesse dans les champs ou les bois, mais Almondine ne le quitte pas, elle veille sur lui depuis sa naissance. Alors... non. » Les yeux brillants tout à coup, elle baissa la tête. « Nous avons envisagé d'innombrables hypothèses. Nous lui avons appris, le plus tôt possible, à écrire son nom, son adresse et son numéro de téléphone au cas où il se perdrait. Nous craignions sans arrêt que... nous ne cessions de rabâcher "et si"... »

Elle enfouit son visage dans ses mains. Glen sortit une boîte de mouchoirs en papier, elle se servit et reprit sa respiration.

« Nous avions peur qu'Edgar soit séparé de nous. Surtout quand il était petit, ça n'est jamais arrivé parce qu'il est très intelligent : il a commencé à lire à trois ans. Ces deux dernières années, il n'y avait plus aucun problème. Il sait se prendre en charge face à des gens qui ne connaissent pas le langage des signes – mieux que ça, la moitié de sa classe le comprend, il passe son temps à l'enseigner aux autres. Il excelle dans ce domaine. Vraiment. En outre, s'il y avait eu un problème, il n'avait qu'à écrire ce qu'il désirait dire. Ça ne nous a jamais traversé l'esprit qu'il pourrait arriver... »

Elle se tut et croisa les bras. La regardant essayer de se ressaisir, Edgar frissonna. Il lui sembla qu'il la voyait s'abîmer au tréfonds de son être dans l'espoir de retrouver un équilibre comme si elle cherchait à recoller des tessons. Almondine se leva et glissa son museau dans la main de Trudy, qui la caressa.

« Pardonne-moi, dit Glen, l'air confus. Mon intention n'était pas d'insinuer que tu avais fait quelque chose de mal.

J'essaie simplement de noter ce qui s'est passé d'après les renseignements d'Edgar. On n'en a plus que pour quelques minutes, je te le promets. Crois-moi, je préférerais que nous n'ayons pas à en parler, mais je n'ai pas le choix. Ça va, Edgar ? »

Celui-ci acquiesça.

Se carrant dans son fauteuil, Glen claqua les mains sur ses gros genoux.

« J'ai une question pour vous deux : Gar a-t-il jamais **fait** allusion à quoi que ce soit indiquant qu'il était malade ? Migraine, fatigue, quelque chose d'inhabituel ?

— Non, rien », répondit Trudy. Edgar approuva d'un hochement de tête. « J'y ai beaucoup réfléchi la nuit dernière. S'il se sentait patraque, il s'est bien gardé de m'en parler.

— Est-ce qu'il l'aurait fait ?

— Peut-être pas. Il détestait aller chez le docteur. Il dit... », elle s'interrompit, « ... disait que les médecins ne soignaient rien, qu'on se sentait plus mal si on se confiait à eux.

— Qui est votre médecin ?

— Jim Frost. Comme la plupart des gens d'ici, j'imagine.

— Il peut me renseigner sur les antécédents médicaux de Gar ?

— Absolument. Il n'y a rien de particulier sauf qu'il avait besoin de lunettes.

— Hum, hum. Bien », fit Glen en notant sur son carnet. « Maintenant, Edgar, j'aimerais que tu décrives le plus précisément possible ce que tu as vu lorsque tu es retourné dans la grange. Est-ce qu'il était conscient ? As-tu pu lui parler ? Il faut que je me fasse une idée.

Il était lucide.

— Lui as-tu parlé ?

Non. Mais il respirait.

Pouvait-il parler ?

Non.

— À ton avis, qu'est-ce qui est arrivé ?

Je ne sais pas. Il avait décidé de ranger les bidons de ferraille sous l'escalier. Quand je suis descendu, il était étendu au milieu de l'atelier. J'ai cru qu'il s'était cogné la tête, mais non. J'ai ouvert son manteau, et rien ne m'a paru anormal.

— Et ensuite ? »

Il s'est arrêté de respirer. »

Un silence tomba tandis que Glen le regardait gentiment. « C'est tout ?

Oui.

— C'est à ce moment-là que p'pa est arrivé ?

Je crois.

— Tu ne te rappelles pas ?

Non.

— De quoi te souviens-tu ensuite ?

De m'être réveillé dans la maison et d'avoir entendu le Dr Papineau parler au téléphone.

— Tu ne te souviens pas comment tu es rentré ?

Non.

— Est-ce que tu te rappelles avoir fait quelque chose après être retourné dans la grange à part être resté auprès de ton père ?

Non.

— Tu t'es fait mal aux mains, est-ce en cassant le téléphone ?

Non, j'ai martelé les portes des boxes pour que les chiens aboient.

— Pourquoi ?

Pour faire du bruit.

— Au cas où quelqu'un passerait en voiture ?

Comme ça, les ambulanciers sauraient où chercher s'ils arrivaient.

— Bien. » Glen griffonna dans son carnet. « C'est malin. Pour ta gouverne, l'opératrice était toujours au bout du fil quand tu tambourinais. Elle a signalé avoir entendu un bruit semblable à des aboiements. »

À ce moment-là, on frappa à la porte et Annie annonça d'une voix étouffée : « Glen, le chauffagiste est là.

— Parfait, cria-t-il. Fais-le descendre, tu veux bien ? J'arrive dans deux minutes.

— La supervision de la maintenance fait partie de mes nobles fonctions, dit-il à Trudy. Cela dit, on ne m'a pas encore demandé de faire la vaisselle. »

Après avoir ajouté quelques notes, il leva les yeux. « Je sais que vous avez beaucoup de soucis, il ne reste que quelques formalités et on aura terminé. Trudy, j'aimerais te dire un mot en tête à tête avant de finir. »

Elle tourna les yeux vers son fils. « Ça ne t'ennuie pas d'attendre dehors ? »

Il secoua la tête. Almondine et lui se retrouvèrent dans le hall désert. Des bruits de marteau leur parvenaient des profondeurs du bâtiment ainsi que le grincement de fils rouillés que l'on tord. Il parcourut du regard les objets bien rangés sur le bureau d'Annie – micro, plante, boîte à crayons, formulaires – sans réussir à en fixer un, malgré ses efforts de concentration.

Puis il suivit Almondine qui se dirigeait vers la sortie. Un camion où figurait l'inscription *LaForge Heating and Repair, Ashland, WI'* était garé devant leur pick-up. Le temps était plus doux, la rue débordait de gadoue marronnasse. Des gouttes tombaient des stalactites qui s'étaient formées sous l'auvent d'un restaurant. Il monta dans le camion avec Almondine.

Le Dr Frost apparut au coin de la rue et entra dans la mairie. Edgar renversa sa tête en arrière, ferma les yeux et enleva ses moufles afin que le froid engourdisse la douleur de ses mains.

*

Sa mère ne tarda pas à le rejoindre. Elle mit le contact et, tandis que le moteur tournait au ralenti, mère et fils attendirent sans bouger. Un semi-remorque passa dans Main Street projetant de la neige fondue dans son sillage. Plus loin, la petite flèche blanche de l'église presbytérienne se découpait sur le ciel bleu. Enfin, posant les mains sur le volant, Trudy prit la parole.

« Le Dr Frost... » Elle s'interrompit et respira, tremblante.

Dis-moi.

« D'après la loi, on doit faire une autopsie lorsque quelqu'un meurt brutalement. Pour déterminer les causes du décès. Tu connais le sens du mot autopsie, n'est-ce pas ? »

Edgar hocha la tête. Il y en avait presque tous les soirs à la télé, dans les séries policières. Au soupir que poussa sa mère, il devina qu'elle appréhendait de devoir le lui expliquer.

« Il n'a pas souffert – c'est l'essentiel. D'après le Dr Frost, il existe au tréfonds du cerveau ce qu'on appelle le polygone de Willis, près duquel ton père avait un anévrisme ; en d'autres termes, une de ses artères, qui s'était fragilisée, s'est rompue. Et elle était en si mauvais état qu'il... qu'il n'aurait pas pu s'en sortir après ça. »

Incapable de la moindre réaction tant c'était définitif, Edgar se borna à hocher une fois de plus la tête. Par-dessus le marché, le responsable de la catastrophe avait un nom : le Polygone de Willis.

« Au dire du Dr Frost, tout le monde naît avec des défauts dans ses artères et ses veines. Des points faibles. La plupart des gens passent leur vie sans le savoir. En général, les points faibles ne sont pas localisés dans des parties vitales du corps telles que les bras ou les jambes, même si c'est le cas chez certaines personnes, sans qu'il leur arrive quoi que ce soit pour autant. Par contre, d'autres sont victimes d'une rupture d'anévrisme sans qu'on comprenne vraiment pourquoi et ils en meurent. »

Merci de m'avoir tout expliqué.

Trudy tourna les yeux vers son fils qu'elle regarda vraiment pour la première fois depuis leur départ de la maison.

« Si tu savais comme je suis désolée. » Elle n'avait pas l'air au bord des larmes, mais fragile, épuisée et déterminée. « Il vaut mieux tout savoir, tu ne trouves pas ? »

Si.

« Ça ne signifie pas qu'il va nous arriver la même chose à l'un ou à l'autre. Nous avons beau avoir ces points faibles, comme tout le monde, ils ne sont pas localisés dans des endroits dangereux », conclut-elle d'un ton ferme.

D'accord.

« Je dois aller chez Brentson, maintenant, tu es sûr de vouloir m'accompagner ? »

Il avait accepté en toute connaissance de cause. S'il n'appréhendait pas les préparatifs des obsèques, il redoutait de rester seul à la maison, sachant qu'il n'aurait pas la force de faire autre chose que regarder par la fenêtre et réfléchir. Il n'avait aucune envie de voir surgir à nouveau le pétale noir devant ses yeux. Qui plus est, l'idée de laisser sa mère tout régler sans lui l'effrayait. Il estimait qu'ils devaient tout faire ensemble, aussi pénible que ce fût, du moins pour un temps. Ils essaieraient de se séparer plus tard. Edgar ne formula cependant pas sa pensée, se contentant de signes de tête tandis que Trudy passait une vitesse et se dirigeait vers le funérarium Brentson.

*

Dans la pénombre, sa mère posa une main sur son épaule.

« C'est l'heure du petit déjeuner. »

Il se redressa sur le canapé et se frotta les yeux.

Tu as réussi à dormir ?

« Un peu. Allez, viens. »

Almondine se leva, s'étira et la suivit. Après s'être habillé dans sa chambre, avoir observé par la fenêtre la chienne chercher un endroit où uriner dans la cour, il descendit et s'avança, en chaussettes, dans la véranda glaciale. Vénus et l'étoile du nord étaient prisonnières de la voûte bleue délavée. Almondine gratta la poudreuse et se tint gaiement sur trois pattes, gueule ouverte.

Rentre, il fait trop froid.

Comme Almondine le bousculait pour se précipiter dans la cuisine, il lui effleura le cou et la suivit. Secouant ses poils gelés, elle lapa bruyamment l'eau de sa gamelle. La chaudière se mit en route. Edgar sortit une tasse du placard qu'il alla remplir à moitié à la cafetière électrique posée près de la gazinière. Il en but une gorgée et fit la grimace.

« Ajoute du lait et beaucoup de sucre », lui conseilla Trudy.

D'accord.

Ils guettèrent ensemble le lever de soleil, puis Trudy prépara des œufs brouillés et des toasts.

« Il faut que tu ailles couper la clôture à l'endroit dont nous avons parlé, lança-t-elle par-dessus son épaule. Nous devons dégager un passage du côté des bouleaux pour qu'ils sachent où creuser. C'est la première chose à faire ce matin, parce que j'ignore l'heure à laquelle ils vont arriver. »

Dans l'atelier, Edgar testa les tenailles sur un clou. Il glissa un collier de dressage sur sa main gantée et le passa autour du cou d'Amadou dès qu'il l'eut fait sortir de son box. Puis il le garda au pied tandis qu'ils foulaient une couche de poudreuse si légère qu'elle volait sous leurs pieds.

On avait dégagé la route pendant la nuit. Aucune voiture en vue, comme à l'ordinaire. De toute façon, ils les auraient vues de loin ou entendues. Au sommet de la colline, il s'arrêta et donna une chance à Amadou de s'asseoir pour terminer l'exercice. Lorsque celui-ci, fixant quelque chose au loin, le dépassa, il rebroussa chemin. Ils s'y reprirent à deux fois avant qu'Amadou ne s'assoie au pied d'Edgar, qui ensuite le libéra, et ils s'approchèrent en pataugeant de la clôture. Là, il sortit les tenailles de sa poche, coupa les fils barbelés et les enroula autour de ceux qu'il n'avait pas touchés. Puis, aidé de son chien, il creusa un passage, s'enfonçant jusqu'aux mollets. Sur le chemin du retour les plaques de verglas des congères craquaient sous leurs pas. Amadou se jeta à terre, agita ses pattes, enfouit son museau dans la neige et regarda Edgar, l'air éberlué.

Ma parole, ce temps vous rend tous fous !

Il finit par s'agenouiller et chuchoter à l'oreille d'Amadou, pour le convaincre de se lever. Une fois debout, le chien se cabra, exécuta un petit galop sur place, mordit la laisse et secoua la tête. Edgar attendit en soupirant. Dix pas plus loin Amadou recommença. Résigné, Edgar décrocha la laisse et lança, à contrecœur, des boules de neige au chien. Oreilles baissées, queue dressée, il bondit en dessinant des huit dans le champ, tournoyant comme un fou avant de déraper sur ses pattes arrière. Son accès de folie enfin passé, Amadou revint en courant et, quand ils arrivèrent à la grange, il marchait sagement près d'Edgar. Et lorsque celui-ci ouvrit les portes coulissantes, le chien s'immobilisa en un « assis » impeccable.

*

Un camion équipé d'un chasse-neige s'arrêta dans leur allée. Coiffés de bonnets de laine, les deux hommes de l'habitacle avaient relevé le col de leur anorak. Le chauffeur se pencha à la portière le temps que Trudy lui explique ce qu'elle voulait.

« Ferme, nom de nom », gueula le passager, nettement plus âgé, au chauffeur qui secoua la main comme pour chasser quelque chose tout en continuant à parler. Du coup, le premier le poussa et referma la portière.

Ils repartirent en marche arrière, faisant gémir l'embrayage tandis que le plus âgé donnait des instructions. Dès qu'ils furent sur la route, la mère et le fils grimpèrent sur le plateau du camion et, quand ils arrivèrent à l'endroit où Edgar avait coupé la clôture, Trudy tapa au carreau de la cabine. Le chauffeur se gara sur le bas-côté. Les deux hommes s'emparèrent de pelles pour dégager le talus, puis remontèrent dans le camion qui s'engouffra dans la brèche.

Après avoir contourné les bouleaux, le véhicule fit demi-tour au sommet de la colline ; à mi-pente, les pneus enchaînés patinèrent si bien que le chauffeur dut reculer pour un nouvel essai, réussi cette fois. À peine descendus du camion, les deux hommes se réchauffèrent, tapant du pied et battant des mains tandis que Trudy leur indiquait le travail à effectuer.

Armés de pelles et de pioches, ils travaillèrent toute la matinée sans cesser de se disputer. Leurs voix portées par le vent à travers champs avaient le son de cacardements d'oies. Le camion redescendit l'allée dans l'après-midi et les deux hommes s'approchèrent de la véranda en se chamaillant tout bas. Trudy leur ouvrit la porte et les fit entrer dans la cuisine.

« M'dame, y a un problème, commença le plus âgé.

— Lequel ?

— Ce sol est plus dur que du béton. On peut pas creuser avec les outils qu'on a.

— Évidemment, nous sommes en plein hiver. Il est gelé. Quand nous nous sommes parlé, vous m'avez assuré avoir déjà fait ça.

— Pas en hiver. Pas avec un sol aussi gelé qu'ça.

— Vous n'avez jamais creusé en hiver ?

— Ben, c' qu'on fait surtout c'est labourer, à part quelques petits boulots de temps en temps. Les enterrements à domicile, on n'en a pas fait tant que ça, et c'était en été.

— Alors pourquoi diable avez-vous prétendu pouvoir vous en charger ? »

Le vieil homme hocha la tête comme s'il se posait la même question.

« C'est pas moi, c'est mon imbécile de fils. » Il lança un regard furibond au jeune homme qui leva les mains sans ouvrir la bouche. « J' suis vraiment désolé. Je voulais qu'il vous appelle quand je m'en suis aperçu mais j' me suis laissé convaincre qu'on y arriverait. Il disait qu'on pourrait casser la couche de glace, et j'ai eu la bêtise de le croire. Mais c'est comme creuser une plaque de fer.

— Alors, qu'est-ce qu'on fait ? »

Plantés devant elle, les deux hommes la regardèrent.

« Nous enterrons mon mari demain », ajouta-t-elle. Edgar devina que sa colère montait. « Je ne vais pas régler ce problème à votre place, vous comprenez ? L'un de vous a-t-il réfléchi une seconde à ce qui se passerait si vous n'y arriviez pas ? »

Le plus âgé secoua la tête : « M'dame, j' sais pas comment m'excuser. En tout cas, nous, on n'a pas le matériel qu'il faut pour casser un sol pareil. »

Ils attendirent un moment. Edgar, qui se tenait derrière les hommes, voyait le visage de sa mère tel qu'il leur apparaissait, à la fois effrayant et imposant.

On pourrait faire un feu, signa-t-il.

Elle fronça les sourcils et s'adressa de nouveau aux hommes.

« Donc, vous ne pouvez pas le faire.

— Non, m'dame. Les gars du cimetière doivent avoir quelque chose, y pourraient peut-être vous donner un coup de main.

— Bon, suivez-moi. » Elle attrapa son manteau et sortit. Dans la lumière déclinante de l'après-midi, elle les emmena derrière la maison où se trouvait le tas de bois.

« Voilà, enchaîna-t-elle. Vous allez charger ça dans votre camion et le transporter dans le champ. La totalité. Edgar vous montrera où est la brouette. Ensuite, vous irez prendre un autre chargement en ville, chez Gordy Howe, que je vais appeler. »

Le vieil homme se gratta la tête.

« Est-ce que cela suffira ? demanda-t-elle.

— Ben oui, m'dame, ça devrait l' faire. Ça prendra un peu de temps mais ça ira.

— Alors, vous êtes d'accord pour m'aider ? »

Le vieil homme acquiesça en souriant.

« Oh, pour sûr qu'on va vous donner un coup de main. On restera jusqu'à ce que le sol soit dégelé. » Il se tourna vers le jeune homme. « Pas vrai, fiston ? »

*

Le feu brûla toute la nuit dans le champ enneigé. Des gerbes d'étincelles jaillissaient chaque fois que les hommes ajoutaient une bûche, les bouleaux nimbés d'orange dominaient la fournaise qui illuminait même la grange. Tout en contemplant le spectacle avec sa mère par la fenêtre du salon, Edgar songeait aux brasiers de souches et de racines de Schultz.

À deux reprises, ils apportèrent aux hommes du café et de la nourriture. Il fallut que Trudy frappe à la fenêtre embuée du camion pour attirer leur attention – s'ils refusèrent son invitation à venir se réchauffer dans la maison, ils acceptèrent l'encas et les couvertures qu'Edgar et sa mère avaient ajoutés au deuxième trajet. Le bois était empilé entre le camion et le feu, dont les flammes, cernées par l'herbe humide, dessinaient un rectangle de lumière au pied des bouleaux. Edgar rejoignit Trudy qui s'était approchée pour fixer les braises, la chaleur lui brûla le visage. Elle toussa lorsque la fumée dériva de son côté, mais ne bougea pas.

Cette nuit-là, la troisième d'affilée, ils firent leur lit dans le salon. Le rougeoiement embrasant le champ les fascina au point de les empêcher de trouver le sommeil. Aussi parlèrent-ils entre de longues plages de silence.

Ce soir, c'est moi qui prends le fauteuil, toi tu t'installes dans le canapé.

« Non, je suis bien là. »

Qu'est-ce que tu cherchais là-bas ?

« Où ? »

Dans le feu. On aurait dit que tu y cherchais quelque chose.

« Je ne sais pas. Rien de particulier. Je peux te poser une question ? »

Oui.

« As-tu peur ? »

De l'enterrement ?

« De tout ? »

Non. Je n'ai pas peur, mais je ne m'imaginais pas que ce serait comme ça.

« Moi non plus. »

Ils regardèrent la lumière orange jouer sur les branches des pommiers.

Tu crois que ça va marcher ?

« Oui. »

Ça me plaît que le sol soit chaud.

« Je suis très fière de toi, tu sais. »

N'es-tu pas censée me dire que tout ira bien ?

Elle eut un petit rire.

« Est-ce ce que tu as envie d'entendre ? »

Pas vraiment. D'ailleurs, je ne te croirais sans doute pas.

« Des tas de gens vont le répéter. Si tu le souhaites, je peux le faire. »

Non. Je n'en ai pas envie.

Ils se turent et tournèrent les yeux vers la fenêtre.

Tu as des souvenirs de ton père, de ton vrai père ?

« Non, peu. Il n'était pas souvent là. À quoi penses-tu ? Tu n'as pas peur que je t'envoie dans une famille d'accueil, n'est-ce pas ? »

Non.

« Bien. Parce que ça n'arrivera pas. »

Pourtant, tout peut arriver.

« Bien sûr. Mais en général il n'arrive que des choses banales et les gens sont heureux. »

Étais-tu heureuse avant de rencontrer papa ?

Trudy réfléchit un instant.

« Je ne sais pas. Parfois. En revanche, j'ai su que je serais malheureuse sans lui dès l'instant où je l'ai rencontré. »

Comment l'as-tu rencontré déjà ?

Elle sourit. « D'une façon plutôt extraordinaire mais les détails risquent de te décevoir. »

Tu n'as pas l'intention de m'en dire plus, hein ?

« Je le ferai si c'est vraiment ce que tu veux. »

Et Edgar de se rappeler les innombrables histoires que ses parents avaient échafaudées, le plaisir que son père, tellement sérieux d'ordinaire prenait à ce petit jeu, le sien d'y jouer. Ces moments seraient comme abolis s'il connaissait la réalité, mieux valait s'imaginer une pléiade de rencontres dans autant de circonstances différentes.

Non, signa-t-il après un moment. Ce n'est pas la peine. Il désigna la lueur orange dans le champ. Ne faut-il pas leur apporter autre chose ?

« Il me semble qu'ils s'en sortent très bien.

Alors, bonne nuit.

« Bonne nuit », murmura sa mère.

*

La vue du cercueil à l'avant de la chapelle sema la confusion dans l'esprit d'Edgar si bien que tout se mélangea dans sa mémoire. Le débit monocorde du sermon du pasteur. Les cierges qui se consumaient. Le Dr Papineau assis avec eux au premier rang. À un moment donné, Edgar se retourna pour examiner l'assistance – trente à quarante personnes dispersées sur les bancs – et ne distingua pas le visage de

Claude. Ensuite, il se retrouva avec sa mère dans la voiture du Dr Papineau qui suivait le corbillard. Ils prirent la direction de « County C », tournèrent sur Town Line Road, roulèrent sous les arbres et s'arrêtèrent devant la brèche de la clôture. Parmi ceux qui portèrent le cercueil, il y avait Glen Papineau et un des employés du magasin d'aliments pour animaux. Une douzaine de personnes traversèrent le champ jusqu'à la tombe où le croque-mort prononça un petit discours dont la grange ne renvoyait que des bribes en écho, comme pour marquer sa désapprobation.

Des lueurs de phares vacillèrent entre les arbres dénudés. Une voiture s'arrêta. À l'entrée du chemin, Claude apparut derrière une file de voitures. La cérémonie s'interrompit, le temps que les participants se retournent à l'unisson pour regarder ce qui se passait. Des portières s'ouvrirent et claquèrent. Des voix métalliques résonnèrent dans l'air froid. Claude fit signe à un homme qui tenait un chien en laisse : il s'agissait d'Art Granger et de Yonder, qui, perclus de rhumatismes, boitait. M. et Mme McCullough, accompagnés de Haze, leur troisième pensionnaire du chenil Sawtelle, surgirent derrière eux. Puis ce fut au tour de Mme Santone accompagnée de Deary, d'une femme seule accompagnée de son chien, tenu mollement en laisse, enfin d'un jeune couple avec leur petit garçon et leur chien. Les exhalaisons de cette meute s'élevèrent comme autant de panaches tandis qu'elle dévalait vers le champ. Claude montra le chemin aux gens qui continuaient d'arriver : dresseurs ayant adopté des chiens d'un an, dont Edgar avait entendu la voix à l'autre bout du fil lors de leurs conversations avec Gar. S'il reconnut un homme du Wyoming et un autre de Chicago, il s'aperçut que la plupart des propriétaires de chiens Sawtelle présents étaient de la région. Claude resta sur la route jusqu'à ce que le dernier soit passé, puis ils formèrent un cercle autour des bouleaux.

Comme le regard d'Edgar survolait les chiens pour se poser sur la maison, Trudy l'enlaça : « Non, s'il te plaît, reste », murmura-t-elle, l'air de croire qu'il allait s'enfuir. Incapable de la détromper, il fila sans entendre quoi que ce soit d'autre qu'un bourdonnement dans ses oreilles. Il tomba deux fois et se releva sans regarder en arrière.

Il ouvrit la porte de la cuisine : Almondine l'attendait. Il s'agenouilla, la laissa se remplir les poumons à loisir dans le cercle de ses bras avant qu'ils ne retournent ensemble au bosquet de bouleaux en empruntant le sentier qu'il avait tracé dans la neige. À peine furent-ils à hauteur de la rangée d'êtres humains et d'animaux qu'Almondine s'y fraya un passage pour parvenir à la tombe. Edgar entoura alors les épaules de sa mère et ils s'abandonnèrent au vent mystérieux qui ne hurlait que pour eux tandis qu'Almondine, sagement assise sous les bouleaux, suivait des yeux la mise en terre du cercueil.

*

On leur avait apporté tartes et ragoûts, tranches de fromage et de jambon, bols d'olives noires et vertes, bocaux de cornichons, triangles de pain disposés comme des cartes à jouer autour de soucoupes de moutarde et de mayonnaise. Les gens s'approchaient d'Edgar et Trudy, leur murmuraient des paroles réconfortantes, leur serraient l'épaule. Almondine fendit la foule pour se présenter, en revanche de nombreux propriétaires restèrent dehors avec leurs chiens que le Dr Papineau et Claude tinrent en laisse le temps qu'ils aillent prendre un café et parler à Trudy. Celle-ci proposa à ceux qui venaient de loin de rester dormir. Aucun n'accepta. Leurs mains gantées serrées autour du gobelet de café, ils ressortirent, s'arrêtant pour remettre leur chapeau avant d'ouvrir la porte. Claude emmena ceux qui le souhaitaient visiter le chenil.

Les maris entrèrent prévenir leurs épouses que la voiture chauffait. Certaines lavèrent et essuyèrent la vaisselle pendant que les voitures faisaient demi-tour dans l'allée, le faisceau lumineux des phares balayant les murs du salon. L'un vint demander des câbles de batterie. S'essuyant les mains avec des torchons, les femmes prirent leurs manteaux parmi ceux entassés sur le lit. Enfin, il ne resta plus que le Dr. Papineau, Glen et Claude qui s'attardèrent sur la véranda, dans le crépuscule bleuissant. Puis le vétérinaire ouvrit la porte de la cuisine.

« On va s'occuper des chiens, dit-il. Ne discute pas, va t'allonger. »

Trudy acquiesça. « Venez finir les restes quand vous aurez terminé, il y en a des tonnes. » Ils n'en firent rien, cependant. Quatre phares brillèrent; Edgar regarda les voitures s'éloigner avant de monter se déshabiller. Il s'écroula sur son lit, ayant à peine la force de tapoter le matelas pour appeler Almondine. Dès qu'elle fut pelotonnée près de lui, il s'endormit.

Les lettres de Fortunate Fields

Le temps s'écoula, ils connurent de bons et de mauvais jours. Souvent, les meilleurs moments d'Edgar coïncidaient avec les pires de sa mère, qui pouvait être joyeuse, énergique et déterminée plusieurs jours de suite jusqu'à ce qu'il la découvre un matin, effondrée sur la table de la cuisine, hagarde, les yeux rouges. Une fois qu'elle basculait dans cet état, elle était irrécupérable. Il en allait de même pour Edgar : à l'instant précis où une vie normale paraissait possible, où l'univers s'animait d'un semblant d'ordre, de sens, même de beauté – un prisme de lumière dans une stalactite ou la sérénité d'un lever de soleil –, quelque chose se détraquait, une vétille qui déchirait le voile d'optimisme, révélant à nouveau l'aridité du monde. Ils apprirent à attendre que ces moments passent. Il n'existait ni remède, ni réponse, ni consolation.

Un jour de mars, à son retour de l'école, Edgar trouva sa mère affairée dans sa chambre, les cheveux en bataille trempés de sueur, la respiration saccadée. Occupée à plier un pantalon afin de le glisser dans un nouveau carton d'une pile déjà haute et lui jeta à peine un coup d'œil. Un peu plus tard, il chercha ce qui avait disparu. Le tiroir qui contenait les ceintures et les cravates de son père était rempli de gants et d'écharpes de Trudy. Sur la commode il ne restait que sa maigre collection de bijoux et le réveil mécanique, elle avait même enlevé la photo de Gar et elle prise dans le comté de Door.

*

Un matin, Edgar se réveilla en proie à une obsession : s'il parvenait à capter les arbres du verger immobiles l'espace d'une seconde – une demi-seconde –, s'ils restaient figés un instant infinitésimal, ce serait le signe que rien n'était arrivé. La porte de la cuisine s'ouvrirait, son père entrerait les joues rouges, taperait dans ses mains en poussant des exclamations de joie parce qu'une nouvelle portée était née. Il s'en fichait que ce soit puéril. L'astuce, c'était d'éviter de se focaliser sur un endroit précis, de se concentrer sur un point dans l'espace, entre les arbres. Le pari était perdu d'avance. Même dans les moments de calme absolu, une vibration infinitésimale secouait les branches pour ruiner tous ses espoirs !

Combien d'après-midi s'écoulèrent ainsi ? Combien de nuits où, debout dans la chambre d'amis, il regardait les arbres frissonner au clair de lune ? Il n'en continua pas moins, ce jour-là, à guetter, cloué sur place, jusqu'à ce que, rouge de honte parce que c'était aussi futile que grotesque, il s'oblige à quitter la pièce.

Il cligna des yeux, et derrière ses paupières apparut une image d'immobilité absolue.

Et si cela arrivait au moment où il baissait les yeux ?

Il se retourna avant d'atteindre la porte. Par la baie vitrée, le vent d'hiver agitait une douzaine d'arbres, squelettes valsant, les doigts tendus vers le ciel.

Arrête, s'adjura-t-il. Arrête.

Et il recommença à regarder.

*

La charge de travail était ahurissante.

Le plus facile, c'était l'entretien du chenil : nettoyer les boxes, nourrir et abreuver les chiens, dégager la neige des enclos sans compter les multiples petites réparations inhérentes au fonctionnement du chenil. Ensuite, il y avait le travail de la nursery : vérifier l'état des futures mères, laver les mamelles de celles qui allaitaient ou venaient de sevrer, prendre la température et peser les nouveau-nés. Pour les chiots de quelques jours encore aveugles et sourds, il s'agissait de suivre des instructions de manipulations et d'odeurs, soigneusement écrites de la main de Gar sur une feuille jaunissante épinglée au mur de la maternité. Pour ceux qui venaient d'ouvrir les yeux, il y avait un calendrier d'expériences à réaliser, de l'agitation de clés de voiture à celle d'un vieux klaxon de bicyclette qu'ils devaient flairer jusqu'à ce qu'Edgar presse la poire en caoutchouc et chronomètre le temps qu'ils mettaient à reculer. Il fallait les faire marcher sur un morceau de tapis. Un tuyau. Un cube. Du papier de verre. De la glace. Le roulé-boulé hebdomadaire jusqu'à ce qu'ils donnent des coups de patte et gémissent, le tout en gardant un œil sur la trotteuse de l'horloge. Les séances avec les oncles et tantes pour apprendre les bonnes manières pendant que les mères se reposaient. Pour tout, il y avait des entrées sur les pages d'un registre, des étapes à cocher, des réactions à enregistrer, des tableaux à mettre à jour – l'histoire de chaque vie. Sans oublier les photos à quatre, six, huit et douze semaines, puis à six, neuf, douze et dix-huit mois : de face, de profil, de dos et la dentition sur pellicule noir et blanc Tri-X, les chiens placés devant la grille de calibrage peinte sur le mur. Il y avait le planning des rotations dans la maison par paires ou trios, les recherches de pedigrees, les visites des étalons, le calendrier des chaleurs, la pratique des placements et des négociations avec les propriétaires potentiels.

C'était cependant le dressage qui les mobilisait. Les petits devaient apprendre à regarder, écouter, observer et attendre. Il fallait terminer le travail et évaluer ceux qui avaient dix-huit mois. Les adolescents – les bandits, les voleurs, les agressifs et les tyrans, qui comprenaient parfaitement ce qu'on leur demandait et faisaient exactement le contraire – réclamaient toute leur attention et davantage encore.

Un soir, au retour du chenil, Trudy demanda à son fils de s'asseoir et lui montra une feuille de papier où elle avait dessiné un emploi du temps en deux colonnes attribuées à Edgar et à elle.

« Il faut qu'on se répartisse le travail. En ce moment, l'un et l'autre nous faisons tout. Ce n'est pas tant la nursery qui me tracasse – Pearl est une mère expérimentée, elle n'aura pas besoin de beaucoup d'attention –, en revanche, le placement m'inquiète. Ton père passait un temps fou au téléphone, j'ai beaucoup de retard à rattraper. »

Elle se tut et prit une profonde inspiration.

« Le dressage va en pâtir. Enfin, pour l'instant, la portée la plus âgée est placée, ce qui nous laisse quelques mois pour respirer. La prochaine à partir est la tienne, et il ne me semble pas que nous ayons des pistes. »

Pour s'en assurer, elle regarda Edgar qui hocha la tête. Son père n'avait pas abordé le sujet du placement de ses chiots, et il s'était bien gardé de le mettre sur le tapis.

« On a donc quelques mois devant nous. Il faut que j'épluche nos contacts. Tout ce que je sais, c'est que Gar avait des accords verbaux avec certaines personnes. En tout cas, j'espère ne pas avoir à voyager – je ne sais pas comment on s'en sortirait si c'était le cas. »

Elle pensait à voix haute. Il l'écouta. Soudain elle s'arrêta net et se tourna vers lui.

« Il existe une autre solution, Edgar, dont nous devons parler. Nous pouvons vendre l'élevage et fermer le chenil. Après avoir placé ces portées, ce qui devrait être possible d'ici la fin de l'été, on fermerait boutique. On irait s'installer en ville, je suis sûre que… »

Il secouait déjà la tête.

« Écoute, il faut y réfléchir. Nous devrons trimer jour et nuit. As-tu pensé à ça ? Dans un an, tu auras envie de sortir ou de jouer au football. Ce n'est peut-être pas le cas à présent, mais ça te déplaira d'être coincé ici à t'occuper de chiens matin et soir quand tu verras les autres garçons le faire. J'ai bien peur qu'un jour tu en viennes à détester le bus qui te ramène à la maison. De toute façon, je m'en apercevrais. »

Ça n'arrivera pas, signa-t-il. Je n'ai pas envie de vivre ailleurs.

« Justement – ce ne sera pas toujours chez toi. Dans quatre ans, tu seras diplômé. Il n'est pas question que je m'occupe seule du chenil, pas plus que je ne vive seule ici. Cinq ans de plus ou de moins, Edgar, ce n'est pas très important. »

Ça l'est pour moi. En plus, qu'est-ce qui te dit que je m'en irai ?

« Ne sois pas ridicule. Tu vas faire des études. »

Non, je n'y ai même pas pensé.

« Eh bien, tu en feras. Tu as le choix, Edgar, c'est essentiel que tu le comprennes, méfie-toi de l'étroitesse d'esprit. Travailler ici avec les chiens peut être plus difficile que tu ne le crois. D'autant que tu ne vaux pas grand-chose en tant que dresseur. Dormir avec les chiens dans le grenier ne sert à rien, si agréable que cela puisse être. »

Edgar se sentit rougir.

« Tu crois que je ne sais pas ce qui se passe là-haut quand le silence règne des heures durant et que tu déboules dans l'escalier les cheveux pleins de paille ? Je sais à quel point c'est tentant, je l'ai fait. »

Tu as dormi dans le grenier ?

Elle haussa les épaules, refusant de changer de sujet. « Ce que je veux dire, c'est que tu n'es peut-être pas doué pour ça. Évidemment tu sais t'y prendre avec les chiens – ne te vexe pas ! Tu vois, tu es trop orgueilleux pour être dresseur. Quoi qu'il en soit, il faudra que tu mettes les bouchées doubles si tu veux qu'on fasse marcher le chenil. Jusqu'à présent, tu t'es borné à entraîner des chiots et aider ton père, or le dressage des chiens d'un an est beaucoup plus exigeant et je ne peux pas m'en occuper en plus du reste. »

Je veux apprendre ! Je peux t'aider.

« Je ne suis pas sûre d'être capable de t'enseigner ce que tu dois savoir. »

Bien sûr que si, je t'ai observée toute ma vie.

« En effet. Dans ce cas, pourquoi Amadou, à neuf mois, décampe-t-il dès qu'il en a l'occasion ? »

Ce n'est pas juste !

« Qui a parlé de justice ? » s'insurgea Trudy. À sa voix, fêlée, Edgar devina ses pensées : où était la justice dans leur situation ? D'autre part, elle avait raison quant à ses compétences d'éducateur. Paresseux, indulgent, il préférait capter l'attention des chiots plutôt que les dresser. Et puis, il était inconsistant, s'attachant à leur faire répéter ce qu'ils avaient assimilé plutôt que d'affronter les difficultés. Le pire, et il en avait honte, c'était qu'il comprenait qu'il devait progresser sans savoir en quoi cela consistait.

« Il faut que tu prennes conscience que c'est une petite entreprise au même titre qu'une épicerie ou une station-service, il faut être sérieux. Tu veux être associé ? Alors, le chenil doit être un lieu de travail pour toi avant d'être un terrain de jeu avec les chiens. »

Tu me parles comme à un gosse, je sais tout ça.

« Ah oui ? Qu'est-ce qu'on vend à ton avis ? »

Au regard qu'il lui lança elle dut penser qu'il la trouvait cinglée.

Des chiens. Des chiens, évidemment.

« Faux. Tu vois, Edgar ? Ce n'est pas aussi simple que tu l'imagines. C'est à la portée de n'importe qui d'en vendre sans compter ce que les gens donnent. As-tu idée du prix d'un chien ? »

Non, il n'en avait pas. C'était son père qui s'occupait de ce genre de négociations dont il ne parlait pas beaucoup.

« Mille cinq cents dollars pour un chien dressé de 18 mois. »

Mille cinq cents dollars ?

« Oui, répondit-elle. Ta portée vaut entre neuf et dix mille dollars. »

Pourquoi ne sommes-nous pas riches alors ?

Trudy laissa échapper un petit rire. « Parce qu'on dépense presque tout en nourriture, médicaments ou autres, et qu'on rembourse ceux qui s'occupent des vieux chiens. On s'en sort à condition de placer vingt animaux par an, ce que nous faisons en moyenne. Ce n'est pas facile de trouver vingt personnes prêtes à payer une telle somme pour un chien adulte, les gens préfèrent les chiots, tu le sais ? »

Il hocha la tête. Est-ce que les autres valent aussi cher ?

« Certains. Les portées issues de champions d'expositions peuvent valoir plus cher », précisa Trudy, roulant des yeux car elle n'était pas loin de mépriser les chiens de luxe. « La plupart coûtent toutefois moins cher, beaucoup moins. »

Comment peut-on demander autant ?

« Voilà exactement ce que tu dois apprendre, Edgar. Quand tu connaîtras la réponse à cette question, non seulement tu comprendras pourquoi nous arrivons à placer nos chiens à ce prix, mais aussi ce que nous vendons en réalité. »

Et si tu me le disais tout simplement ?

« Je pourrais essayer, sauf qu'il n'est pas possible de mettre des mots sur certaines choses. Bon, je vais te poser une question : tu as croisé de nombreux chiens en ville, est-ce qu'ils ressemblent aux nôtres ? Ils n'ont évidemment pas la même couleur ni la même race, à part ça, ont-ils quelque chose en commun ? »

Pas vraiment.

« Ce sont des bêtes sans cervelle, non ? »

Oui. La plupart ne sont pas dressés.

« Crois-tu que ce soit la seule différence ? Nos chiennes mûrissent plus lentement, elles n'ont pas leurs premières chaleurs avant l'âge de deux ans et tu sais comme elles peuvent être contrariantes quand elles sont petites. Regarde Essai, elle avait déjà six mois qu'on travaillait encore avec elle sur les ordres basiques, alors que n'importe quel autre animal y aurait répondu depuis longtemps sur un simple claquement de doigt. En revanche, essaie un exercice de regard partagé avec un de ceux qu'on voit en ville. »

C'est facile, pourtant !

Éclatant de rire, Trudy se leva pour régler la radio sur la chaîne de musique country qu'elle aimait. Ils débarrassèrent la table. Pendant qu'ils faisaient la vaisselle, elle fredonna, sans gaieté, comme pour éviter de penser. Avant qu'Edgar n'aille se coucher, elle ajouta, en guise de conclusion :

« Edgar, prends le temps de réfléchir à notre discussion. Ensuite, il faudra décider : soit nous restons et faisons marcher ce chenil – ce qui implique que tu apprennes à mener les chiens au bout de leur apprentissage –, soit nous le démantelons. Il n'y a pas de solution intermédiaire. »

Edgar hocha la tête. Tout paraissait si rationnel, si limpide. La réponse s'était imposée d'elle-même dès l'instant où sa mère avait posé sa question, et il était certain que c'était ce qu'elle attendait de lui, malgré son souci d'objectivité. Une vie différente était inconcevable. Il ne prendrait conscience que beaucoup plus tard qu'ils s'étaient convaincus l'un l'autre ce soir-là. Ils s'étaient persuadés qu'ils mesuraient tous les tenants et aboutissants de leur désir commun, que rien n'égalerait la catastrophe qu'ils avaient vécue, que leur sérénité n'était pas qu'apparence.

*

Comme ils étaient en ville, Trudy décida qu'ils déjeuneraient au Mellen. Dès qu'ils furent installés à une table, le Dr Papineau leur fit signe de l'autre bout de la salle. Alors que Trudy allait le rejoindre, Edgar ne bougea pas, écoutant des bribes de conversations et regardant par la fenêtre. Dans le box du coin, une petite fille l'observait. Elle passa devant lui en chantonnant à voix basse et disparut dans les toilettes. Quand il jeta à nouveau un coup d'œil dans la salle, il la découvrit au bout de leur table.

« Salut », lança la petite. Âgée d'environ cinq ans, elle portait une salopette bleue à bavette ornée d'un éléphant arc-en-ciel. Ses boucles blondes étaient emmêlées. Elle se pencha vers lui comme pour lui susurrer une confidence.

« Maman dit que tu peux pas parler, zozota-t-elle. C'est vraiment vrai ? »

Il acquiesça.

« Même pas chuchoter ? »

Il fit signe que non.

S'écartant, elle l'évalua du regard : « Comment ça se fait ? »

Il haussa les épaules. La petite fille se tourna du côté de sa famille, manifestement peu inquiète de son absence, et plissa les yeux.

« Maman dit que je devrais en prendre de la graine, sauf que j'y arrive pas. Quand j'essaie, les phrases sortent toutes seules ! Alors je lui ai dit qu'une personne qui peut parler doit le faire. Tu crois pas ? »

Il hocha la tête.

« Ma mamie est comme moi. Tu veux savoir ce qu'elle dit ? »

À présent, il était certain de ne pas connaître cette petite fille ni sa maman, ni sa mamie. Or, plus il la regardait, plus il avait l'impression que son visage lui était familier, comme s'il l'avait vu souvent mais de loin. C'était étrange parce que sa famille ne possédait pas un de leurs chiens, sinon il l'aurait aussitôt reconnue.

« Alors, tu veux savoir ou pas ? » s'impatienta la petite, tapant du pied sur le linoléum.

Il haussa à nouveau les épaules. D'accord.

« Elle dit qu'avant ta naissance, Dieu t'a confié un secret qu'il voulait que personne d'autre ne sache. »

Edgar la scruta. Comment réagir à ça ? L'idée de griffonner une réponse lui traversa l'esprit, mais ce n'était sûrement pas ce qu'elle attendait d'autant qu'elle était trop petite pour savoir lire. Il avait surtout envie de lui dire qu'elle n'était pas obligée de chuchoter. Les gens commettaient ce genre d'erreurs, soit ils parlaient trop fort, soit ils étaient gênés. Très à l'aise en revanche, la petite se comportait comme si elle le connaissait depuis toujours.

Elle tendit le doigt. Il se pencha et elle lui entoura l'oreille de ses menottes.

« À moi, tu pourrais dire ton secret. Je te promets de pas le répéter, ça fait quelquefois du bien de se confier. »

Immobile, elle commença par écarquiller les yeux puis à les plisser tout en formant un petit cercle boudeur avec ses lèvres, tandis qu'il la dévisageait, calé sur son siège.

« Tu ne te souviens pas hein ? » Elle ne chuchotait plus du tout. « T'as oublié ! »

Trudy, toujours au fond de la salle, interrompit sa conversation et observa son fils.

Ne me regarde pas comme ça, signa-t-il. Je ne sais même pas qui elle est.

Sur ce, la petite décampa. Au bout de quelques pas, elle virevolta pour lui faire face. Quelle bonne comédienne, se dit Edgar qui n'eut pas de mal à imaginer comment les choses se passaient chez elle. Nul doute qu'elle faisait des scènes en permanence pour avoir le droit de ne pas finir ses légumes ou celui de regarder la télé. À en juger par son expression, elle réfléchissait à un problème épineux.

« Si tu te le rappelais, tu me le dirais ? » finit-elle par demander.

Oui.

Un sourire illumina son visage qu'Edgar trouvait toujours étrangement familier sans parvenir à le situer.

« Ah bon, d'accord ! » Et elle s'éloigna en sautillant. Avant d'arriver au box qui faisait l'angle, son attention fut attirée par un bébé assis dans une chaise haute et elle s'arrêta, le titillant, le bombardant de questions, ce qui le fit fondre en larmes.

« De quoi s'agissait-il ? » s'enquit Trudy lorsqu'elle se glissa dans le box.

Je ne sais pas.

« Tu as peut-être une admiratrice. »

Pour la troisième fois depuis leur arrivée au restaurant, il haussa les épaules en guise de réponse.

*

Si l'un montrait un signe de découragement, l'autre s'efforçait de le distraire. Ainsi, Edgar entraînait Trudy vers la table de la cuisine pour jouer aux dames et manger du pop-corn. Quant à elle, elle introduisit un soir toute sa portée dans la maison. À son réveil, Edgar découvrit huit chiens qui, la tête levée, ne le quittaient pas des yeux.

Un jour, Edgar ouvrit *Le Livre de la Jungle* et se rendit compte que, pour la première fois depuis l'enterrement, il réussissait à se concentrer. Rien ne l'apaisait autant que la lecture. Que ce soit la chasse de Kaa ou la légende des Bander-Log, ces histoires le ramenaient au passé, à la vie d'avant. Il se consolait aussi en regardant la télévision pour avoir des nouvelles d'Alexandra Honeywell et la colonie Starchild. Cependant, le matin, une douleur récurrente lui perforait la cage thoracique comme si une enclume était tombée sur sa poitrine au cours de la nuit.

Il trouvait un certain réconfort dans les boxes de maternité, ainsi qu'à l'atelier, malgré ce qui s'y était passé. Mais il était surtout attiré par les meubles de classement qui s'alignaient comme des sentinelles sur le mur du fond, au-dessus desquels se trouvait une petite bibliothèque d'ouvrages de référence. *Les Chiens de travail* par Humphrey, Warner et

Brooks. *La Génétique dans l'agriculture* par Babcock et Clausen. *Les Techniques vétérinaires pour la ferme* par Wilson et Bobrow. *La Génétique et le comportement social chez les chiens* par Scott et Fuller. Et, bien entendu, *Le Nouveau Dictionnaire encyclopédique Webster de la langue anglaise.* Sans oublier le registre des portées – des rangées de noms et de numéros de portée, une ligne pour chaque chien Sawtelle, depuis l'époque de son grand-père. Il avait sûrement vu des milliers de fois son père laisser courir un doigt sur une page avant de sortir un dossier débordant d'un des tiroirs où des générations de chiens étaient répertoriées. Au dire de son père, perdre un dossier c'était comme perdre un chien. Si d'aventure il n'en trouvait pas un, il fouillait partout en répétant : « Ces dossiers sont tout. Sans eux, on ne saurait programmer la prochaine portée, on ne saurait pas ce que c'est qu'un chien. »

Les tiroirs du bas des plus vieux meubles contenaient des coupures de presse et les lettres, la plupart adressées à son grand-père. Il y avait une lettre d'un homme de l'Ohio, sauvé de la noyade par son chien. Une autre d'une femme de l'État de Washington qui racontait que ses chiens s'étaient interposés quand elle avait été attaquée par un puma. Des articles de journaux de villes lointaines étaient agrafés sur certaines lettres. *Le Boston Globe. Le New York Times.* Même le *London Times.* À l'évidence, son grand-père avait écrit à des gens dont les chiens avaient accompli un exploit digne d'être évoqué dans le journal.

Une lettre portant le cachet du New Jersey, écrite par un certain Brooks, un nom qu'il avait l'impression de connaître, retint l'attention d'Edgar. Après avoir parcouru les premières lignes, il vérifia celui qui figurait sur la tranche du livre *Les Chiens de travail*, puis se remit à la lire.

Le 2 mai 1934
Morristown, New Jersey

Cher monsieur,
    Merci de l'intérêt que vous portez à notre travail. Je suis heureux que Les Chiens de travail *vous soit plus utile qu'un simple ouvrage de documentation. Malheu-*

reusement, rien ne justifie un voyage prochain dans le Wisconsin, d'autant que le travail réclame ma présence ici. Comme vous vous occupez de chiens, vous me comprendrez aisément.

En premier lieu, je m'empresse de répondre à vos questions. Non, nous n'entraînons pas nos chiens à faire des choix compliqués entre différents objectifs de dressage. Ils ont bien sûr d'importantes décisions à prendre plusieurs fois par jour, tant pendant les exercices que le travail, mais il faut toujours qu'un ordre n'ait aucune ambiguïté. Par exemple, un chien qu'on rappelle doit toujours revenir ou rester si on le lui commande. À mon sens, ça n'a pas d'intérêt de le rappeler en lui laissant entendre qu'il n'est pas obligé d'obéir. Si de suivre une piste exige de nombreux choix, ceux que vous évoquez n'entrent pas en ligne de compte – nous sommes extrêmement pragmatiques en ce domaine : notre but est de produire le meilleur chien de travail qui soit, aussi insistons-nous sur ce qui est prévisible. La recherche à propos de laquelle vous m'interrogez quant à la possibilité de développer la faculté de choisir, de la tester avec précision ou de sa transmissibilité ne m'intéresse pas, et je n'ai pas en tête d'autres procédures de vérification que celles que vous proposez. La question du choix entre plusieurs objectifs a été la cause de vaines spéculations de ma part ces dernières nuits au point que j'en ai discuté avec mes collègues. Tous s'accordent à estimer que, quand bien même elle existerait, ce serait sans doute inutile pour un chien de travail.

Par ailleurs, un échange de chiens est inenvisageable pour des raisons qui, je n'en doute pas, vous sont d'ores et déjà faciles à saisir. Les six lignées que comprend le programme d'élevage de Fortunate Fields sont le fruit de recherches approfondies de généalogie. Pour la sélection d'une base de seulement vingt et un animaux, nous avons passé en revue le pedigree de centaines de candidats indexés sur des critères de beauté et de travail. Ainsi, tous nos chiens ont une ascendance reconnue, laquelle a produit à la fois une excellente structure et une remarquable aptitude au travail. Il est donc hors de question d'introduire un inconnu dans nos lignées.

J'aimerais également vous faire part de deux remarques. Primo, votre objectif – que j'avoue ne pas être sûr d'avoir compris – est plus compliqué à atteindre précisément parce que vous avez commencé votre élevage avec des chiens issus d'une lignée sans pedigree même s'ils vous ont paru « d'un tempérament et d'une structure excellents ». Certes notre sélection de bergers allemands a été accidentelle, en revanche la décision d'en faire une souche de référence ne l'était pas. Nous savons, par exemple, que nos chiens ont une structure stable depuis au moins cinq générations. Si une question se pose à propos de la transmissibilité d'une caractéristique quelconque, nous pouvons appeler les propriétaires de la filiation sur deux et parfois trois générations, ce qui est inestimable pour la production scientifique d'un chien de travail. Sans ce genre d'informations, les douze premières générations peuvent montrer une grande inconstance de type. Afin de remettre de l'ordre dans ce chaos, il serait nécessaire d'avoir recours à une consanguinité massive, dont le résultat prévisible serait une amplification des qualités comme des défauts.

Enfin, l'intention de créer une race me paraît, et j'ai le sentiment qu'il me faut insister sur ce point, d'une extrême naïveté. La sélection arbitraire de chiens qui vous semblent avoir un caractère exceptionnel et le croisement avec ceux de votre souche ne généreraient qu'un hybride dont la descendance risque d'être en mauvaise santé voire non-viable. C'est une orientation contre laquelle je vous mets en garde. Étant donné votre connaissance manifeste des principes d'hérédité, ce que vous vous croyez capable de réaliser me surprend. Il vous serait plus profitable, ainsi qu'à l'espèce canine et à la société, d'accepter la réalité. Votre idée est une chimère qui a traversé l'esprit de tous les éleveurs dans un moment de faiblesse, mais les meilleurs y renoncent pour se concentrer sur l'essentiel en matière d'élevage. J'espère que vous suivrez leur exemple d'ici peu, il m'est impossible d'approuver votre recherche, à l'opposé de la nôtre.

Il y avait un grand blanc, puis la lettre continuait :

Monsieur,
Après avoir écrit le dernier paragraphe, j'ai mis cette lettre de côté pendant quelques jours, car j'étais trop perturbé pour la terminer. J'ai hésité entre la réécrire sur un ton plus courtois ou ne pas la poster. Bien qu'étant toujours aussi inflexible, j'ai découvert, dans l'intervalle, que je devais faire un voyage imprévu à Minneapolis et, si ce que j'ai vu sur la carte est exact, j'aurais peut-être le temps de passer chez vous sur le chemin du retour, dans l'espoir de vous convaincre de vive voix que votre projet est une folie. Qui plus est, je me sens obligé, en tant que scientifique, d'inspecter votre élevage, au cas où – ce qui est improbable – il pourrait m'intéresser. Je partirai dans six semaines et mes affaires me retiendront à Minneapolis jusqu'au 15 juin environ.

AB

La lettre était une curiosité. Edgar, qui avait lu *Les Chiens de travail* des années auparavant, savait que Brooks était un des premiers éleveurs du projet de Fortunate Fields. Plusieurs ouvrages consacrés à ce sujet s'alignaient sur les étagères posées sur les meubles de classement, et il y avait des articles à propos de Buddy, le plus célèbre de ses chiens. Fortunate Fields existait grâce à la philanthropie d'une femme, Dorothy Eustice, qui voulait des chiens destinés à aider l'humanité : des guides d'aveugles, plus précisément. Une institution, The Seeing Eye, avait été créée à cette fin.

Les chiens guides de Fortunate Fields devaient être imperturbables, faciles à dresser et heureux au travail ; du coup les animaux, déroutés par un nouvel environnement ou trop fragiles pour être fiables quand on leur demandait d'effectuer un travail régulier, étaient exclus. À en croire la légende familiale – érigée au rang de mythe, estimait depuis toujours Edgar –, son grand-père aurait contacté, au début de son entreprise, les éleveurs de Fortunate Fields, dont l'un lui aurait donné des conseils. Et le sang de Buddy coulerait même dans les veines des chiens Sawtelle.

Parmi les lettres qu'il feuilleta, il y en avait d'autres de Brooks dont une datée de deux mois plus tard.

Le 2 juillet 1934
Morristown, New Jersey

Cher monsieur,

Je vous prie d'accepter mes excuses pour mon départ précipité mais j'avais abusé de votre hospitalité qui a dépassé mon attente. Quoi qu'il en soit, si je comprends votre enthousiasme maintenant que j'ai vu vos chiens, il n'en demeure pas moins impossible de les utiliser pour les lignées de Fortunate Fields.

En fait, vos dossiers que j'ai parcourus m'en ont fait prendre conscience, j'ai vraiment l'impression que la différence entre nos deux approches est d'ordre philosophique plutôt que technique. Vous avez beau être, à votre façon, aussi sélectif que nous, je ne crois pas à vos chances de réussite bien que vous ayez une définition de celle-ci moins précise que la nôtre. Même si, pour reprendre vos arguments, elle est plus raisonnable, elle n'a rien de scientifique or, en science, il est inéluctable que les progrès soient lents.

Par ailleurs, je ne peux accepter que vous envoyiez une de vos chiennes pour que nous l'élevions étant donné le scepticisme de mes collègues bien que, sur ce point, je sois de votre côté.

En revanche, je vous confie l'information suivante : un certain Conrad McCalister vit depuis deux ans avec un de nos chiens, Amos, dans la banlieue proche de Minneapolis ; il s'agit d'un frère de Buddy à qui il ressemble beaucoup. Nous le considérons comme l'une de nos plus belles réussites même si toute notre communication est axée sur Buddy. Avec mon aval, je crois que Conrad accepterait qu'Amos saillisse une chienne de votre choix. Dans ce cas, je veillerais à ce que vous ayez accès à toute la documentation nécessaire sur Amos puisque vous seriez en mesure d'en apprécier la signification.

Enfin, j'aimerais aborder un sujet d'ordre personnel sur lequel je souhaite ne plus revenir. Notre soirée

*au Hollow – c'est ainsi que s'appelle l'établissement, me
semble-t-il – s'est achevée par un incident regrettable,
complètement absurde. Depuis, la jeune femme que
vous m'avez présentée m'a envoyé plusieurs lettres préci-
sant qu'elle ne souhaitait pas évoquer l'épisode. Ne vous
inquiétez pas, ce n'est qu'une question d'affection mal placée, non un problème médical. Si mes réminiscences de
cette nuit-là n'ont pas été complètement gommées par le
contenu mystérieux de nos verres, j'ai l'impression que
vous la connaissez. Je ne pourrai plus jamais entendre
le mot de « Leinenkugel[1] » sans avoir la nausée, grâce au
ciel ce breuvage n'existe pas ici.*

*De toute façon, je lui ai suggéré de vous acheter – en
guise de souvenir empreint d'une certaine subtilité – un
chiot apparenté au célèbre « Buddy » en lui expliquant
qu'il serait un neveu ou une nièce de Buddy, du côté pater-
nel. Cela dit, vous le savez, les gens qui ne sont pas directement impliqués dans la généalogie animale ne s'intéressent pas vraiment aux filiations et n'ont aucune idée
de ce que cela représente. Bref, j'écrirai à Conrad pour lui
transmettre mon approbation du croisement si vous me
donnez votre accord, ce dont je vous serais infiniment
reconnaissant.*

*Je tiens à vous assurer, monsieur, que je trouve votre
projet passionnant et vous prie d'accepter mes excuses si
ma précédente lettre vous a paru dure.*

Dans l'attente de votre réponse,
Alvin Brooks

*P.S : À propos du nom de votre race, je ne vois aucune
raison de ne pas l'appeler « Chiens Sawtelle », ou simplement « Sawtelle ». Après tout, s'ils se révèlent être davantage que des hybrides bien dressés, ils seront le fruit de
votre vision.*

---

1. La marque de bière des grands bois du nord à Wisconsin, Minnesota,
et dans la péninsule septentrionale de Michigan.

Puis Edgar trouva une troisième lettre, datée de presque cinq ans plus tard :

Le 8 novembre 1938
Morristown, New Jersey

John,

Je ne partage pas ton désir de philosopher sur la nature des hommes et des chiens, cela mène à des discussions sans aucun fondement scientifique au mieux, et à une déperdition des facultés intellectuelles au pire, car il s'agit alors de croyances et non de science.

Un passage de ta lettre m'a néanmoins intrigué : celui sur les « canis posterus » ou les « chiens d'après », comme tu les appelles. Je connais la théorie du Canis Dirus, le gigantesque ancêtre des loups qui foulait la terre préhistorique et, comme toi, je crois que les chiens actuels descendent des loups d'il y a cent mille ans. Pour reprendre ton idée, voilà qui nous donne raison sur trois points – ce qui est amplement suffisant pour définir une trajectoire – à condition qu'ils appartiennent à la même branche évolutive des espèces. Car le Canis Dirus peut avoir été un animal totalement distinct du Canis Lupus, une forme alternative que la sélection naturelle s'est amusée à créer puis à éliminer.

Bon, avant de continuer, je tiens à clarifier les choses. Tu parles de sélection naturelle et d'évolution comme s'il s'agissait d'un seul phénomène, or la première, à savoir la survie d'un ou plusieurs individus, n'est qu'un mécanisme de l'évolution, non le seul. La mutation, par exemple, en est un autre : c'est une façon d'introduire la nouveauté. Et tu n'es pas sans savoir que l'élevage consciencieux d'animaux produit le même effet sur les animaux domestiques que la sélection naturelle sur les animaux sauvages.

En géométrie, une droite peut être tracée entre deux points ; la règle est valable en biologie. Supposons que nos deux points soient le loup et le chien domestique, cela implique qu'il y ait quelque chose d'autre, plus loin sur cette droite – « le chien d'après », comme tu aimes à le baptiser.

Mais transposé à la biologie, ton raisonnement ne tient plus car les points les plus distants sur une telle tra-

jectoire ne sont pas plus évolués que les précédents, ils ne sont que mieux adaptés. En ce sens que l'évolution et la sophistication ne vont pas obligatoirement de pair. Ainsi, tes perpétuelles spéculations à propos de la nature du Canis Posterus et de la prochaine petite étape en matière d'évolution qui en ferait un meilleur chien de travail (mon rêve) ou de compagnie (le tien) sont vaines, puisque cela revient à dire que les forces de sélection devraient soit prévoir quelle est l'étape souhaitable, soit être capables de la reconnaître si elle survient par hasard. Or cette dernière option n'est pas réaliste – les mutations n'apparaissent qu'extrêmement lentement, quelle que soit la population, et les chances pour que l'une d'elles, spécifique, produise un chien de compagnie mieux adapté... ma foi, c'est possible, mais statistiquement improbable.

Voilà qui te met dans la position inconfortable de spéculer sur une évolution qui n'arrivera pas, à moins que tu ne saches déjà ce qu'elle sera, ou que tu n'aies le temps dont dispose la sélection naturelle. C'est le point crucial que le profane a du mal à comprendre dans l'évolution : elle fonctionne sur une échelle de temps tellement inconcevable qu'il faut s'habituer à penser en ères et non pas en décennies. À Fortunate Fields, nous avons établi des critères objectifs en fonction desquels évaluer la forme physique de nos chiens ; nous savons parfaitement quels comportements sélectionner. Ainsi, quelle que soit la lenteur inéluctable de nos progrès, nous sommes sûrs qu'ils seront réguliers.

Puisque tu tiens à spéculer, j'ajouterai qu'il y a des limites à la rigueur scientifique d'un élevage – non seulement celles du patrimoine génétique dont il dispose et celles du degré de précision de l'évaluation des chiens, mais aussi les nôtres – en d'autres termes, celles de notre imagination en tant qu'êtres humains consciencieux. Bref, pour créer de meilleurs chiens, nous devons devenir meilleurs.

Ceci sera, cher ami, ma dernière contribution au débat.

La lettre ne s'arrêtait pas là, il y avait encore des échanges de méthodes, des éclaircissements sur celles qu'il avait envoyées auparavant. Ce qui intéressait Edgar, c'était le « cher ami » par lequel Alvin Brooks terminait sa lettre : nul doute qu'il avait fallu des douzaines, voire des centaines d'échanges pour en arriver là, étant donné l'indignation manifeste de la première. Pourquoi avoir gardé celles-ci plutôt que d'autres ? Sûrement le hasard, conclut-il, n'en continuant pas moins à fouiller les classeurs pour voir ce qu'il pouvait encore dénicher.

Du coup, il pensa à leurs dossiers. La paperasse ne s'arrêtait pas au départ d'un chien : à la demande de Gar, les nouveaux propriétaires envoyaient tous les mois un compte-rendu sur la façon dont il s'adaptait. Lorsque le chien atteignait cinq ans, il les rappelait pour qu'ils remplissent un autre formulaire. À sa mort, il leur fallait consigner son âge, les causes du décès, son comportement dans la vieillesse et ainsi de suite. Il arrivait même à Gar de téléphoner au vétérinaire du dit chien. Au fil du temps, les dossiers de chacun d'entre eux s'étoffaient au point de déborder de notes, lettres et photos.

« Une portée, c'est comme la radiographie des parents et grands-parents, mais qu'on met des années à développer et qui reste malgré tout imprécise, lui avait un jour expliqué son père. Alors, plus on a de radios, meilleure sera l'image. »

C'était logique. Un chien pouvait engendrer une demi-douzaine de portées de six ou sept chiots chacune, soit une quarantaine ou plus qui reflétaient les qualités de l'étalon. Si, par exemple, des fentes palatines[1] apparaissaient à chaque portée, il fallait alors euthanasier tous les chiots et il était évident que l'étalon avait tendance à générer cette malformation. (Dans ce cas, les Sawtelle ne l'utilisaient plus pour la reproduction et un trait rouge barrait la couverture de son dossier.)

Avant qu'un chien ne quitte le chenil, les Sawtelle l'évaluaient une dernière fois, c'était ce qu'ils appelaient le « final. » Il ne s'agissait pas de tests particuliers, mais des

---

1. Malformation congénitale du palais fendu.

mêmes qu'à l'ordinaire, les mêmes exercices, les mêmes prises de mesures à ceci près que les résultats étaient notés et enregistrés dans un tableau représentant le chien dans sa maturité. Ces notes formaient un code définitif qui était la meilleure indication de ce que ses ancêtres lui avaient transmis – la meilleure radiographie.

Une fois le code attribué, le père d'Edgar recalculait ceux de tous les ascendants de l'animal, sur cinq générations. Ainsi, ils réunissaient des preuves sur le mode de reproduction d'un chien, sur ce qu'il transmettait en matière de qualités ou de défauts de génération en génération. Un deuxième numéro indiquait le nombre de descendants d'un même chien, ayant contribué au code principal – l'index de confiance. Lorsque, programmant une portée, ils hésitaient entre deux chiens aux notes équivalentes, ils choisissaient celui dont l'index de confiance était le plus élevé – celui qu'on avait testé le plus à fond. Ce système, mis au point par son grand-père, avait manifestement été affiné au fil des discussions avec Brooks, et Gar s'en était servi tout en le modifiant et en l'améliorant.

Bien sûr, il n'était pas infaillible. Le code définitif donnait, certes, le résultat du passage d'un examen, mais il fallait tenir compte des impondérables – non pas le tempérament dont ils analysaient chaque élément séparément, ni les caractéristiques physiques, faciles à évaluer, mais la façon dont ces données s'harmonisaient chez un individu. Certains chiens, par exemple, pouvaient devenir une source d'inspiration sur la manière de mener un exercice, ce qu'il était impossible d'évaluer. La personnalité d'un chien, différente du tempérament, était également à prendre en compte. Un chien doté du sens de l'humour était capable de vous faire des blagues et c'était un plaisir de travailler avec lui. D'autres, sérieux et contemplatifs, étaient de bons chiens pour d'autres raisons.

Son père se plaignait parfois de ne traquer que les défauts de ses chiens, entendant par là qu'aucun fichier, si bien tenu soit-il, ne donnait une image complète d'un animal. La mensuration et la mise à l'épreuve, les coups de fil de suivis et les lettres, la réévaluation des ascendants d'un chien placé, ne servaient qu'à lui rappeler la globalité du caractère d'un chien. Au moment de planifier une portée, les codes et numéros n'étaient qu'une indication. Il lui était assez souvent arrivé de se fier à son intuition plutôt qu'aux chiffres.

Le mécontentement de son père montrait aussi que les fichiers existaient surtout pour empêcher les mauvais croisements – d'où l'intérêt de la planification d'un mariage. On ne pouvait croiser deux chiens, aussi brillants soient-ils, s'ils risquaient d'avoir des chiots aux grassets si droits qu'ils seraient handicapés avant d'avoir cinq ans. Aussi, la première question à se poser n'était pas sur le potentiel comportemental d'une portée mais sur les problèmes que le croisement risquait de générer.

De fil en aiguille, Edgar commença à comprendre ce que sa mère voulait dire quand elle prétendait ne pas trouver les mots pour définir ce qui faisait la valeur de leurs chiens. Certes, le dressage comptait – ils passaient des heures à travailler la marche aléatoire, les immobilisations et libérations, les exercices d'observation jusqu'à ce qu'un chiot fasse attention à leur mouvement ou à leur regard, jusqu'à ce qu'il apprenne qu'une certaine expression du visage signifiait que quelque chose d'intéressant se trouvait derrière lui ou dans une autre pièce. Depuis que sa mère le lui avait fait remarquer, Edgar, qui avait toujours trouvé cela normal, saisissait que ça ne l'était pas du tout.

Ainsi, la valeur d'un chien venait du dressage et de l'élevage, celui-ci se composait à la fois des lignées – la place des chiens parmi leurs ancêtres – et des informations des classeurs. Car les dossiers qui contenaient les photos, mesures, notes, tableaux, croisements et codes, racontaient l'histoire d'un chien.

Parfois, quand Edgar avait une idée, elle donnait lieu à une succession d'associations qui s'enchaînaient comme si elles étaient restées bloquées dans un coin de son cerveau attendant que la voie se libère. Et, tout à coup, il comprit que l'élevage, la tenue des dossiers et le dressage – ce dernier permettant d'évaluer les qualités et la capacité à apprendre des chiens – étaient liés. D'où les notes de travail et la nécessité pour eux d'élever leurs chiens jusqu'à leur maturité, sinon comment savoir ce qu'un chiot était devenu? Les Sawtelle pouvaient établir des comparaisons puisqu'ils dressaient chacun de leurs chiens. Il était donc logique que le code définitif d'un animal puisse altérer celui de ses ascendants, ce qui en retour influençait les choix pour de nouveaux croisements. Comme si chaque chien avait son mot à dire dans la sélection des générations suivantes.

Edgar ferma les yeux le temps de tout assimiler mais, au bout d'un moment, l'envie d'interroger son père pour vérifier qu'il avait bien compris fut tellement forte qu'il faillit en pleurer. Il ne pouvait que se rabattre sur les dossiers. Il lui semblait cependant que la valeur d'un chien dépendait de quelque chose d'autre encore, d'indéfinissable. Il aurait aimé lire les lettres de son grand-père pour saisir ce qu'il entendait par « les chiens d'après ».

Quoi qu'il en soit, peu importait que Brooks ait considéré son grand-père comme un naïf ou un excentrique, sa vision n'était peut-être pas une chimère.

Edgar avait, en fait, le sentiment qu'elle s'était déjà concrétisée.

Leçons et rêves

Quelques semaines après l'enterrement, une fois le choc absorbé et la routine du chenil rétablie, Edgar se mit à rêver de son père. Celui-ci faisait des choses très banales – il allait chercher le courrier au bout de l'allée, lisait dans son fauteuil, levait un chiot pour l'examiner à la faible lumière de la maternité. Quel était le lien entre ses dernières pensées à l'état de veille et ce qu'il voyait dans son sommeil ? Une nuit, il se retrouva en train de marcher avec son père au bord du ruisseau, où se déployaient sumacs, cerisiers verts et broussailles, sachant, même dans son rêve, que les champs étaient ensevelis sous la neige. Puis son père se retournait pour lui dire quelque chose de très important. Au réveil, Edgar s'efforça de graver les paroles dans sa mémoire mais, au moment où il entra dans la cuisine en traînant les pieds, il ne se souvenait déjà plus si son père avait parlé ou signé.

Trudy l'observait au-dessus de sa tasse de café.

« Qu'est-ce qui ne va pas ? » demanda-t-elle.

Rien.

« Un rêve ? Ton père ? »

Étonné de la perspicacité de sa mère, il ne sut que répondre. Rêvait-elle aussi ? Sans doute. Certains matins, elle semblait aussi fragile qu'un oisillon et il devinait qu'elle essayait de le protéger de sa tristesse. Elle veillait tard, feignant de travailler à la table de la cuisine. La plupart du temps, c'est lui qui préparait le dîner parce qu'elle oubliait de se nourrir ; elle chipotait ce qui se trouvait dans son assiette, puis se levait et faisait la vaisselle. Quand ils allaient en ville, Edgar se rendait compte que, malgré le calme et l'assurance qu'elle affichait pour discuter avec les gens, elle était brisée.

En l'occurrence, il découvrit qu'il tenait, égoïstement, à garder ses rêves pour lui : si faux qu'ils soient en matière de souvenirs, ils restaient des souvenirs – du temps volé. Aussi se contenta-t-il de hausser les épaules et de s'atteler à ses tâches matinales. Bien qu'elle ne fût pas dupe, le sujet fut clos, ce qui leur convenait pour l'heure.

*

Trudy lui avait fait installer une barrière basse dans le grenier. Composée de deux montants, d'une barre posée sur des taquets où était suspendu un grossier rideau de rubans rouges, elle ressemblait à une haie d'obstacles. Ce jour-là, Trudy demanda à son fils d'amener un chien. D'abord, il fixa son choix sur Essai qui aimait grimper et sauter, puis, se rappelant les remontrances de sa mère sur sa tendance à faire faire aux chiens des exercices qu'ils maîtrisaient déjà, il prit Pinson. Après lui avoir ordonné de rester au bout de la haie, il rejoignit sa mère.

« Fais-lui sauter la barrière », lui dit elle.

Ça n'avait rien d'une prouesse : il suffisait que Pinson enjambe la barre posée sur les taquets les plus bas, à environ deux centimètres du sol. Au signe de rappel d'Edgar, il s'avança, flaira les montants de la haie qu'il contourna, et courut jusqu'à Edgar devant lequel il s'arrêta, remuant la queue tandis que son regard naviguait entre la mère et le fils.

« Qu'en penses-tu ? » lança Trudy.

Il n'a pas exécuté l'exercice correctement.

« Bon, je vais le formuler autrement : quelle erreur as-tu commise ? »

Rien. Il savait parfaitement ce que j'attendais de lui. Il a dévié sa trajectoire pour éviter l'obstacle.

« Vraiment ? »

Edgar scruta Pinson, qui, gueule entrouverte et oreilles dressées, le fixait de ses yeux pétillants de malice. Il savait qu'il devait sauter la haie – non seulement il avait vu d'autres chiens le faire, mais il l'avait fait à de nombreuses reprises même lorsqu'elle était plus haute. En outre, contrairement à d'autres, Pinson n'avait pas peur de la barrière – le plus court chemin pour rejoindre Edgar par-dessus le marché.

Oui, tu l'as vu comme moi.

« D'accord. Oublions pour l'instant que tu ne l'as pas félicité à son arrivée près de nous. D'ailleurs, il te guette toujours, c'est un chien patient, n'est-ce pas ? En attendant, pourquoi ne pas le ramener là-bas ? Nous pourrions recommencer l'exercice et comprendre où le bât blesse ? »

Confus, Edgar caressa le poitrail de Pinson avant de le prendre par le collier. Il n'avait même pas esquissé un pas que sa mère cria :

« Stop ! »

Il se retourna.

« Pourquoi viens-tu de le féliciter ? »

Il rit sous cape. Décidément, sa mère posait des questions absurdes.

Parce qu'il est venu quand je l'ai appelé.

« Ah bon ? s'étonna-t-elle. D'accord. » Levant le bras, d'une main molle telle une reine qui congédierait ses courtisans, elle leur indiqua de retourner au point de départ.

Il traversa le grenier en conduisant Pinson, prenant soin d'éviter la barrière pour ne pas l'induire à nouveau en erreur quant à la trajectoire. Lorsqu'ils furent à mi-chemin, Trudy cria une nouvelle fois « Stop ! »

Ils s'arrêtèrent. La barrière était à portée de la main gauche d'Edgar. Loin de lui, debout près de la porte, sa mère se tirait les cheveux comme si elle n'en croyait pas ses yeux.

« Pour l'amour du ciel, qu'est-ce que tu fabriques ? »

Sûr qu'elle jouait la comédie, il rigola à nouveau.

Je ramène Pinson à son point d'arrêt.

« Mais tu n'es pas passé au-dessus de la barrière ! »

Tu ne me l'as pas demandé.

« Exactement. Tu vois ? On ne peut former un chien à exécuter quoi que ce soit sans savoir ce qu'on attend de lui, or tu ne savais pas ce que tu voulais quand tu as rappelé Pinson. Voyons, comment pourrais-je le formuler ? Tu lui as demandé quelque chose alors que tu en attendais une autre, comme je viens de le faire. Si j'avais su ce que j'attendais de toi, je te l'aurais demandé, mais je ne l'ai compris qu'au moment où tu as dépassé la barrière. À présent, je le sais. Reviens ici. Tu viens de m'apprendre ce que je veux. »

Docilement, il ramena Pinson à côté d'elle.

« Merci », fit-elle en s'inclinant légèrement.

Je t'en prie. Il s'inclina à son tour, ayant du mal à garder son sérieux.

« Lequel de nous deux vient d'être le professeur ? »

Il la montra du doigt.

« Ah, vraiment ? »

J'oubliais. C'est moi qui t'ai appris quelque chose.

« Et donc, qui est l'enseignant ? »

Moi.

« Bien. Que dis-tu quand on se donne du mal pour t'apprendre quelque chose ? »

Merci ?

« Exactement. Pourquoi as-tu félicité Pinson ? »

Parce qu'il m'a appris quelque chose ?

« C'est une question ou une affirmation ? »

Une affirmation.

« Exactement. »

À peine sa mère eut-elle tombé le masque pour lui sourire qu'il sentit ses yeux s'embuer. Non qu'il fût triste – en fait, il riait – pourtant sa vue se brouillait. Il était sous le choc, devina-t-il, d'avoir passé sa vie dans le chenil sans comprendre un principe aussi élémentaire. Certes, la personnalité de sa mère était parfois écrasante.

« Oh, Edgar, reprit-elle. Je n'ai aucune envie d'être sévère avec toi, j'essaie simplement de démontrer quelque chose. Tu te rappelles que je t'ai dit être incapable d'expliquer pourquoi on nous paie autant ? Ce n'était pas des paroles en l'air. Il te faut apprendre que le dressage est rarement une question de vocabulaire : même si je m'efforçais d'être le plus claire possible, ça ne signifierait pas grand-chose. Dès que nous avons commencé à travailler, j'ai exprimé une idée avec des mots que tu n'as pas forcément saisis. Bon, est-ce que tu comprends maintenant pourquoi on achète un chien dressé plutôt qu'un chiot ? »

Après un instant de réflexion, il hocha la tête.

« Surtout un autre dresseur ? »

Il fit signe que oui.

« Alors emmène ce formidable professeur appelé Pinson au-dessus de la barrière, fais-le rester là-bas, et recommençons. »

Cette fois, elle lui demanda de rester près de Pinson attaché à une courte laisse, et effectua le rappel. Courant à côté du chien, Edgar veilla à ce qu'il saute la barrière – il n'eut besoin que d'une sanction sur trois essais. Puis la mère et le fils changèrent de place.

Chaque fois, il remerciait Pinson de lui avoir appris quelque chose. En retour, le chien cherchait à poser les pattes sur les épaules d'Edgar et à lui lécher le visage, ce qu'il acceptait avec bonheur.

*

Quelques jours plus tard, le Dr Papineau vint dîner.

« Et voilà », déclara-t-il. Un courant d'air glacé s'engouffra dans son sillage. Il brandit un carton blanc. Veuf depuis des lustres, il subventionnait les cafés et pâtisseries situés entre Parkfalls et Ashland. Il avait des opinions tranchées sur ceux qui servaient ses plats préférés, des œufs sur le plat au cheese-cake à la fraise.

« Une tarte au citron meringuée, précisa-t-il. Achetée à la main. » Cette blague faisait partie du rituel. « J'ai demandé à Betsy de la boulangerie de Mellen de me garder sa meilleure. Elle n'y a pas manqué – je crois qu'elle a le béguin pour moi depuis que j'ai retiré, non sans héroïsme, un calcul du rein de son chat. »

Sa mère prit la boîte des mains du vétérinaire. « Dans ce cas, elle devra faire la queue derrière les serveuses de Park Falls, enchaîna-t-elle en souriant. Il fait assez froid pour toi, Page ?

— Non, j'aimerais que ça descende davantage.

— Ah bon, pourquoi ?

— Parce que j'adore regarder la météo d'ici dans le journal quand je transpire sous le soleil de Floride. Si je ne vois pas de moins, je me sens trahi.

— Ah, c'est vrai, ta migration annuelle.

— Eh oui, j'y prends de plus en plus de plaisir chaque année. »

On parla du chenil pendant tout le dîner. Au cours de la semaine, Trudy avait emmené un vieux chien chez le Dr Papineau qui avait diagnostiqué une hypothyroïdie. Ils discutèrent du traitement. Il leur demanda comment ils s'en sortaient, évoquant de façon détournée leurs mines fatiguées. Trudy le rembarra, affirmant que tout était rentré dans l'ordre malgré les difficultés. Ils avaient mis au point un emploi du temps.

Elle avait beau enjoliver, ce n'était pas faux, bien qu'il lui arrivât souvent d'être encore dans le chenil à 21 heures, sans compter le travail administratif qu'elle faisait après, assise à la table de la cuisine. Edgar aussi travaillait le soir, il sortait les chiens, les brossait, les entraînait – il avait droit à deux heures, même si sa mère estimait qu'une heure et demie suffisait amplement, pour peu qu'il soit efficace, car il ne devait pas négliger ses devoirs. Le samedi était une exception – grasse matinée et courses en ville. Cela dit, s'il se réveillait le premier, Edgar filait à pas de loup dans la grange où il mettait les bouchées doubles dans l'espoir que sa mère n'aurait plus rien à faire. Peine perdue, au bout de vingt minutes, celle-ci ne manquait pas d'apparaître, les yeux bouffis, abattue, de plus en plus maigre. Pour couronner le tout, elle avait des quintes de toux qui la pliaient, parfois, en deux.

« Vous vous en sortez incroyablement bien, constata le Dr Papineau. Je suis sidéré de la vitesse à laquelle vous avez repris le dessus. Pour ma part, après la mort de Rose, je suis resté anéanti pendant des mois. » L'air pensif, il ajouta : « Allez-vous pouvoir garder ce rythme ?

— Pourquoi pas ? protesta Trudy. Dès le printemps, l'entraînement des chiens, dehors, sera beaucoup plus facile. Puis Edgar sera en vacances pour l'été – ce qui changera tout.

— Uniquement pour deux mois », fit observer Papineau, qui avait sorti les couverts et les assiettes et divisé la tarte en parts. Il aimait servir les desserts qu'il apportait.

« Est-ce que nous avons le choix ? lança Trudy, l'air fâché. Nous ne sommes que deux ici. Peut-être sera-t-il nécessaire d'annuler une portée cet automne. Dans ce cas, il faudra se serrer la ceinture, j'ai fait les comptes, on arrivera tout juste à joindre les deux bouts. Désolée, tes dividendes en seront diminués d'autant mais je n'ai pas d'autre solution pour le moment. »

Papineau balaya l'excuse de sa fourchette.

« La question que je me pose est la suivante : si vous étiez trois, les problèmes seraient réglés, y as-tu songé ?

— Ce qui veut dire ?

— Qu'il y a en ville un garçon Sawtelle qui connaît ce chenil comme sa poche.

— Claude n'est pas vraiment un garçon. Et tu sais comment les choses se sont terminées entre Gar et lui.

— C'est du passé, non ? Il me donne un coup de main à la clinique et je t'assure qu'il a toujours un don. Je me souviens de lui il y a vingt ans.

— Nous savons l'un comme l'autre comment il l'a appris. Il faut s'être consacré longtemps aux chiens mal en point pour les soigner aussi bien.

— D'accord. D'accord. Je ne suis pas venu discuter du passé de Claude. N'empêche que tu n'as pas un instant de libre, Trudy, n'est-ce pas ? Il n'y a pas de place pour l'imprévu alors qu'il arrive toujours quelque chose. Regarde l'année dernière, je ne pense pas à Gar, mais au chenil. T'attendais-tu à la tornade qui a saccagé votre grange ? Et à la chienne atteinte d'une mastite ? Or tu n'ignores pas plus que moi le temps que ça prend de nourrir les petits au biberon ?

— Très bien, Page. À mon tour de te poser une question : à supposer que je recrute quelqu'un, comment vais-je le payer ? L'argent manque. On arrive à joindre les deux bouts, à payer les factures, à avoir un peu d'économies. Point final. Le camion ne va pas tarder à nous lâcher, et je n'ai pas l'intention de virer celui que j'aurai embauché quand il faudra en racheter un. Je refuse de m'engager dans cette voie.

— Ce n'était qu'une idée, Trudy. J'essaie de vous aider.

— Eh bien, elle est mauvaise. C'est pour ça que tu es venu ? Pour protéger ton investissement ? »

Edgar finit par comprendre le sens des allusions aux « parts » du Dr Papineau. Il signa une question à sa mère, mais, secouant la tête d'un air furibard, elle se leva, fit le tour de la table et s'arrêta devant le comptoir où le vétérinaire avait laissé la boîte du gâteau qu'elle balança dans la poubelle.

« J'ai beau ne pas être née ici, j'y vis depuis vingt ans – pendant lesquels Claude n'était pas là, je te le rappelle – et je sais comment les choses fonctionnent. »

Trudy avait quarante et un ans. Et Edgar avait vu sa mère masquer ses sentiments quand ça l'arrangeait au point que certains chiens faisaient exprès des bêtises pour obtenir une réaction, gentille ou sévère, ils s'en moquaient. Quant à lui, il ne percevait souvent qu'après coup qu'un chien lui portait sur les nerfs. Sa capacité de se contrôler lors d'un dîner ne faisait donc aucun doute, or, ce soir, elle laissait libre cours à sa colère avec une sorte, de jubilation. Ses cernes avaient disparu ; ses épaules s'étaient relâchées sans être voûtées ; ayant tout à coup l'agilité et la souplesse d'une danseuse ou d'une lionne, elle semblait prête à bondir sur la table ou à se lover pour piquer un somme. À l'évidence son attitude, en partie calculée, était destinée à donner l'impression que, loin d'être désemparée, elle maîtrisait son destin, mais c'était aussi une manière de s'abandonner à son opiniâtreté. Au lieu d'être effrayé par sa violence, Edgar constata qu'il n'avait, de sa vie, éprouvé un tel sentiment de sécurité.

Le Dr Papineau, lui, était désarçonné. Il fit basculer sa chaise en arrière et leva les mains, paumes tournées vers le ciel. « Ouah ! s'exclama-t-il. Je ne cherchais pas à t'embêter… de toute façon, c'est à toi de décider. Souviens-toi seulement que quelque chose ira de travers, inévitablement. Que feras-tu à ce moment-là, hein ? Que feras-tu ? »

*

« Il a effectivement une part dans le chenil. Dix pour cent », déclara Trudy après le départ du Dr Papineau.

Est-ce que d'autres en ont ?

« Non. Page nous a aidés à une époque, qui remonte à loin, où nous étions à court d'argent et où il était impossible d'obtenir un crédit. Il nous a prêté cinq mille dollars en

échange d'une part du chenil. Il n'empêche qu'il a des obliga-
tions envers nous. »

C'est pour ça que tu ne payes jamais ses consultations
vétérinaires.

« Exactement. »

Et Claude ?

« À la mort de ton grand-père, Claude a vendu ses parts
du chenil à ton père. »

Edgar renonça à poser les nombreuses questions qui se
bousculaient dans sa tête car sa mère semblait à bout de
forces. Il en aurait sûrement l'occasion le lendemain.

*

Il ne cessait de relire les lettres de Brooks – un puzzle
à résoudre. Enclin aux grandes déclarations, Brooks jouait
la Cassandre et polissait ses arguments pour ou contre, quel
que soit le thème abordé : l'importance de l'allure, des jarrets, des flancs ou de la fonction de la queue. Le meilleur
angle des métatarses et métacarpes, la façon dont il variait
entre les chiens de Fortunate Fields et ceux des Sawtelle.
La capacité d'établir un jour la distinction entre l'ardeur au
travail et une intelligence plus globale. Les conjectures sur
la sensibilité corporelle, était-elle acquise ou héréditaire ? Et
cela débouchait souvent sur une théorie, si bien qu'on eût
dit que Brooks cherchait à entraîner John Sawtelle dans l'ère
scientifique. Ainsi, il écrivait :

> *Pour moi, il est essentiel de savoir que mon travail
> constituera, longtemps après ma mort, une base qui sera
> le point de départ pour les futures générations d'éleveurs,
> de dresseurs et de chiens. La compétence et le talent ne suf-
> fisent pas. À quoi riment nos efforts, si nous les gardons
> pour nous au lieu d'en faire des procédures dûment réper-
> toriées ? Quelques chiens – quelques succès – rien d'autre.
> Un éclair fugace dans la nuit.*

En 1935, il y avait eu un revers – de quoi s'agissait-il ?
D'une maladie qui s'était propagée ou d'une faute spectacu-

laire de dressage ? Edgar ne parvint pas à percer le mystère. Cela avait été d'une telle gravité que Brooks était passé de la discussion aux encouragements :

> *Pour l'instant, contente-toi de faire le bilan de tes réalisations. Tes dossiers doivent te servir davantage qu'ils ne servent à ton élevage. Étudie-les. Compte le nombre de tes chiens qui ont réussi dans le monde. Tes dossiers sont l'historique de ce que tu as accompli, John, ils te rappellent la raison pour laquelle tu t'es lancé dans cette entreprise.*

À l'époque l'appellation « chiens Sawtelle » ne correspondait encore à rien – on parlait des chiens de John Sawtelle. Ce qui agaçait Brooks par-dessus tout, c'était l'habitude de son grand-père de repérer un chien dans la rue et de décider sur-le-champ qu'il possédait une qualité essentielle. Alors son indignation transparaissait dans les réponses du New Jersey :

> *À combien de reprises en avons-nous discuté, John ? Chaque fois que tu fais ce genre de choses, tu introduis plus de variabilité dans tes lignées que ce ne sera jamais bénéfique pour toi. Pourquoi te fier au hasard ?*

Edgar tria les lettres de Brooks par ordre chronologique. La dernière semblait clore à jamais la controverse.

> *Le 16 décembre 1944*
> *Morriston, New Jersey*
>
> John,
> *Tu es sans doute l'homme le plus têtu qu'il m'ait été donné de rencontrer. Bon, je vais tenter une dernière fois de réfuter ton raisonnement quand bien même je doute que qui que ce soit arrive à te faire changer d'avis. Au moins sommes-nous d'accord sur la possibilité – au moyen d'une documentation détaillée sur le phénotype – d'augmenter ou diminuer la prépondérance d'une caractéristique à condition de l'évaluer objectivement et de la renforcer pour les générations à venir par une repro-*

duction sélective. Le plus minable des paysans le sait et en tire profit : il sélectionne des Herefords, Holstein ou Guernesiaises en fonction de ses besoins. Ses avis sont tranchés quant à l'utilisation d'un Percheron ou d'un Trait belge pour ses labours.

De la même façon, nous appliquons les principes d'hérédité pour tendre vers la perfection d'un élevage de sorte que, au lieu d'avoir un chien répondant à nos critères d'utilisation toutes les deux portées, nous en avons quatre-vingt-dix pour cent. Comment est-ce possible ? Par la définition et l'évaluation des qualités d'un bon chien de travail. Et c'est là que nous divergeons. Il ne te paraît pas nécessaire de déterminer ces qualités a priori, car tu es persuadé qu'elles apparaîtront à condition d'introduire les meilleurs spécimens dans ta lignée.

Prenons la métaphore du sel qu'on ne voit pas dans un verre mais qu'on peut goûter. Le mélange et la réduction du contenu légèrement salé de deux verres donnent un liquide plus salé. À force, l'invisible devient visible sous forme de cristaux de sel, obtenus même si on ne les recherchait pas. Voilà qui correspond à ce que tu proposes, tu as brillamment réussi à travailler avec de l'eau très salée sans savoir à quoi cela aboutira si tu continues à la distiller, sinon que « ceci est tout de même un peu plus salé que cela ». Ainsi, sans vraiment réfléchir, tu optes pour un croisement plutôt qu'un autre.

À Fortunate Fields, en revanche, non seulement nous sommes conscients d'essayer de produire des cristaux de sel, mais nous connaissons les tailles, formes et couleurs que nous voulons. Nous nous sommes renseignés sur la salinité de l'étalon et de la mère de chaque portée, ainsi que sur celle de leurs descendants.

Certes – j'ai vu tes dossiers – tu es presque aussi rigoureux que nous. Il est vrai, je te l'avoue, que notre rigueur et notre précision m'ennuient quelquefois. Je ne prétends pas que notre manière de procéder soit facile, c'est plutôt le contraire – l'aurait-elle été qu'on y aurait eu recours depuis longtemps –, je prétends néanmoins que c'est la seule façon d'obtenir des résultats fiables.

En conclusion, on peut comparer ce qui nous différencie à ce qui différencie l'artiste de l'industriel. Si le premier ne sait pas ce qu'il veut, il recherche le meilleur en matière de peinture, pinceaux et toiles. Et il compte sur son talent pour créer des œuvres de qualité, ce qui n'est hélas pas le cas de la plupart. Quant à l'industriel, il se demande ce qu'il pourrait fabriquer de fiable ; ce ne sera peut-être pas l'idéal, mais il doit pouvoir assurer à ses clients qu'ils achèteront toujours le même produit. L'industriel place la prévisibilité au-dessus de l'excellence pour une bonne raison – continuerais-tu à aller dans une pâtisserie dont un gâteau sur dix serait inspiré et les neuf autres immangeables ?

Évidemment, dans mon analogie, tu incarnes le personnage romanesque, moi le besogneux. Si tu crois que ça me dévalorise, pas moi. Il te suffit de remplacer les gâteaux par les médicaments pour éprouver le même sentiment d'urgence que moi. Si ton enfant tombe malade, tu choisiras le traitement le plus efficace, quelle que soit ton envie de miser sur un gâteau. Eh bien, je sacrifie l'apparence flamboyante pour que des médicaments efficaces soient à la portée du genre humain.

Personne ne peut dire si tu es l'être qui, équipé de bons tubes de peinture, de bons pinceaux et d'une bonne toile, est capable de créer quelque chose de mieux que l'industriel. Il est vrai que tu es un rêveur, voilà pourquoi je n'ai plus le cœur de poursuivre la controverse – l'entreprise est désespérée. Un simple industriel dans mon genre doit renoncer à un effort futile, alors que c'est le propre de l'artiste de persévérer envers et contre tout.

Il me reste cependant une question à te poser. Imagine que tu parviennes, uniquement grâce à ton intuition, à t'approcher de l'idéal que tu as en tête, si incapable sois-tu d'en donner une définition scientifique. Comment le reconnaîtras-tu ? Pour certains, le comportement animal se réduit à un ensemble de caractéristiques simples et invisibles dont les nombreuses façons de se combiner donnent l'illusion de la complexité. Si tu étais confronté à un infime changement qui aurait de multiples ramifica-

tions susceptibles de modifier le comportement de l'animal, comment saurais-tu ce que tu as fait? Comment le reproduirais-tu?

L'exemple du peintre, auteur d'un chef-d'œuvre, jamais d'un second, est bien connu. Si tu réussis une fois, ce sera sans doute la seule. Seras-tu capable de t'en contenter, John?

Almondine

Pour elle, le souvenir et l'odeur de Gar étaient une seule et même chose. Là où celle-ci était la plus forte, le passé lui revenait télescopant le présent. Il prenait le moineau mort qu'elle tenait dans sa gueule. Il lui ordonnait de se coucher, lui pliant le genou jusqu'à ce qu'il se bloque à cause de l'arthrite, posant sa paume tiède sur sa cage thoracique pour jauger sa respiration, déterminer où se situait la douleur et la rassurer. C'était la semaine avant son départ.

Il était parti mais quelque chose de lui restait imprégné dans les plinthes. Parfois le sol vibrait sous ses pas. Alors elle se levait et flairait la cuisine, la salle de bains, la chambre – le placard en particulier – dans l'espoir de sentir la chaleur de son corps à travers le tissu.

Les lieux, les heures, le temps – autant d'éléments qui le faisaient vivre en elle – surtout la pluie, quand elle tombait devant les doubles portes du chenil où il avait attendu la fin de tant d'orages. Dès qu'une goutte atteignait la terre détrempée, elle en projetait des douzaines d'autres dans l'air. Et le point de jonction entre l'eau qui jaillissait et l'eau qui tombait donnait forme à une sorte d'espérance, c'était un endroit où il pourrait apparaître, passer à grand pas en silence, sans esquisser le moindre geste. Car elle avait des désirs personnels, tel celui de garder les choses immobiles, de s'y confronter pour savoir qu'elle était en vie précisément parce qu'il n'avait pas besoin de lui faire signe. Peut-être que sa persévérance triompherait pour peu qu'elle prête une attention vigilante au monde, ou, à défaut, il ne se produirait que les changements qu'elle désirait, non ceux qui la minaient, qui l'annihilaient.

Ainsi, elle cherchait. Elle avait vu la mise en terre de son cercueil, une boîte qui ne lui ressemblait pas plus que les arbres oscillant dans le vent d'hiver. Lui attribuer une identité en dehors de son univers ne faisait pas partie de ses préoccupations. La clôture qu'il longeait à pied, le lit où il dormait – voilà où il vivait, voilà où ils se souvenaient de lui.

Il était parti, elle le ressentait avec acuité dans son être qui se délitait. Au cours de sa vie, elle avait été nourrie et soutenue par un certain nombre de choses dont lui, Trudy et Edgar, le dernier arrivé, le plus essentiel. En réalité, les trois s'entrelaçaient en elle car chacun l'animait à sa façon, chacun avait des devoirs différents envers elle, chacun lui confiait des missions différentes. Elle ne parvenait pas à imaginer la disparition définitive d'une part d'elle-même, il ne s'agissait ni d'espoir ni de nostalgie mais d'un étiolement de son sentiment d'exister.

À l'arrivée du printemps, l'odeur de Gar s'estompa. Elle cessa de le chercher. Des journées entières, elle dormait près de son fauteuil, tandis que la lumière du soleil dérivait.

Quant à Trudy et Edgar, murés dans leur chagrin, ils oubliaient de s'occuper l'un de l'autre et d'elle davantage encore. S'ils s'apercevaient de sa présence, la douleur les terrassait. De toute façon, ils n'auraient pu que lui apporter une de ses chemises pour qu'elle s'y love ou l'emmener se promener le long de la clôture où subsistaient quelques fragments du temps. Autant de choses qu'ils seraient incapables de faire même s'ils avaient conscience de sa souffrance. Et elle ne pouvait le leur demander.

La bagarre

La toux de Trudy, particulièrement violente en tout début de journée, s'arrêtait à l'ordinaire dès qu'elle avait terminé son travail du matin. Un après-midi, on convoqua Edgar dans le bureau du principal – sa mère avait téléphoné, elle viendrait le chercher sur la place devant l'école. Cela ne le surprit pas outre mesure car il arrivait que les courses coïncident avec la fin des cours. Il attendit sous le long toit du passage couvert d'où les bus démarraient lentement et n'aperçut le pick-up que lorsque les véhicules se furent éloignés. Dans l'habitacle, sa mère avait la tête renversée en arrière, puis une quinte la fit basculer en avant. Il courut sur le trottoir, les yeux rivés sur le camion qui oscillait sur ses essieux. Quand il ouvrit la portière, le chauffage était à fond.

Que se passe-t-il ? Tu as une mine épouvantable.

« Je ne sais pas. J'ai eu un vertige dans le grenier et je suis rentrée m'étendre. Ce truc devient... »

Elle se tapota la poitrine, ce qui déclencha une nouvelle quinte. Les poings sur son buste, elle se plia en deux. Puis, le visage luisant de sueur, elle posa les mains sur le volant.

« J'ai appelé... », elle s'interrompit et continua en langage des signes.

J'ai appelé le Dr Frost.

Quand peut-il te recevoir ?

Elle consulta sa montre : Il y a dix minutes.
Alors fonce !

*

Le cabinet du Dr Frost se trouvait dans une maison
située à l'est de la ville. La salle d'attente était meublée de
six chaises et d'une table basse couverte de vieux numéros
du *National Geographic*. On avait percé une étroite fenêtre
dans le mur du fond pour sa secrétaire. Edgar et sa mère
n'avaient même pas eu le temps de s'asseoir que le médecin
– un homme aux cheveux blond-roux, des lunettes à mon-
ture métallique chaussées sur le nez – apparut et emmena
tout de suite Trudy dans une des salles de consultation.
Edgar s'assit sur le canapé et regarda par la fenêtre. Le
soleil disparaissait derrière la cime des arbres. Deux geais
se disputaient dans les sapins, se lançant dans des vols acro-
batiques. Une conversation assourdie lui parvint de la salle
de consultation.

« Encore, s'il te plaît », demanda le Dr Frost. Une nouvelle quinte suivit sa requête.

L'instant d'après le médecin se pencha à la fenêtre de sa
secrétaire.

« Edgar, l'interpella-t-il, pourquoi ne viens-tu pas nous
rejoindre ? »

Il trouva sa mère assise sur une chaise dans un coin. Le
Dr Frost tapota le lit d'auscultation, lui demanda de débou-
tonner sa chemise et appuya un stéthoscope sur sa cage thoracique.

« Tousse. »

Edgar émit une toux silencieuse.

« Bien », murmura le médecin. Après avoir griffonné
sur son bloc, il enfonça ses pouces dans la peau tendre sous
la mâchoire d'Edgar, les yeux perdus dans le vague, avant
d'examiner sa gorge avec une lampe.

« Dis "Ah". »

A-H-H-H-H, épela-t-il avec ses doigts.

Le Dr Frost interrogea Trudy du regard.

« Il vient de vous dire "Ah", expliqua-t-elle à voix basse, en souriant.

— Parfait, le sens de l'humour est intact. Essaie tout de même. »

Et il donna une tape sur l'épaule d'Edgar à qui il dit de se rhabiller. Serrant son bloc sur sa poitrine, il s'adressa à la mère et au fils.

« Les poumons d'Edgar sont propres. Il n'a pas attrapé ce que tu as, Trudy : une pneumonie. Je vais expédier ce prélèvement au labo pour vérifier mais c'est pratiquement certain – le crépitement de ton poumon droit est prononcé. J'ai beau avoir envie de t'envoyer faire des radios à Ashland, je vais t'épargner des frais. Ce n'est pas encore trop grave, tu es jeune et c'est pris à temps, je vais te mettre sous antibiotiques pour t'en débarrasser. N'empêche qu'il y a un sifflement...

— Ce n'est pas grave ? le coupa Trudy.

— Pas trop, j'aurais malgré tout préféré te voir quatre jours plus tôt. Il ne faut pas le prendre à la légère, je ne veux pas t'effrayer mais tu dois comprendre que la pneumonie est une maladie sérieuse dont on peut mourir. Si ça empire, je te ferai hospitaliser. »

Comme Trudy s'apprêtait à lui répondre, une nouvelle quinte de toux l'en empêcha. Le médecin agita la main :

« Je sais, je sais – nous ne souhaitons pas en arriver là. Tu vas m'obéir, d'accord ? »

Trudy acquiesça. Le médecin fixa Edgar jusqu'à ce que ce dernier obtempère d'un signe de tête.

« J'ai un souci : le réflexe tussif de ton fils est anormal. La toux implique la contraction des cordes vocales, ce qui, comme nous le savons, lui est difficile. Dans une pneumonie, la toux est à la fois mauvaise, parce qu'elle épuise, et bonne parce qu'elle permet d'évacuer la saleté des poumons. Si Edgar l'attrape, il aura forcément moins tendance à tousser, si bien que les cochonneries s'accumuleront dans ses poumons, et ce serait pire que pour quelqu'un de normal. Bien pire. Compris ? »

Une fois qu'ils eurent hoché la tête, le médecin regarda Trudy :

« L'idéal serait qu'Edgar puisse habiter ailleurs pendant une semaine.

— Il n'y a nulle part, affirma Trudy.

— Ah bon, et chez Claude ? »

Roulant des yeux, elle laissa échapper un rire sifflant tandis que la colère s'affichait sur ses traits. Et Edgar n'eut aucun mal à deviner ses pensées : mêle-toi de ce qui te regarde !

« C'est hors de question.

— Dans ce cas, il faudra que les contacts entre vous soient réduits au minimum pendant les dix prochains jours. Aucun repas ensemble. Aucun moment passé à regarder la télé ensemble. Aucun câlin. Aucun baiser. Pouvez-vous isoler une partie de la maison ? Un endroit où dormir, les portes closes ?

— Pas vraiment. Je peux fermer la porte de ma chambre sauf qu'elle donne sur la cuisine. En outre, il n'y a qu'une salle de bains.

— Ça ne me plaît pas... enfin, il faudra bien faire avec. Ce sont des mesures exceptionnelles, mais la situation l'est tout autant. » Il se pencha à nouveau pour griffonner sur son bloc, puis leva les yeux. « Autre chose, Trudy, tu dois t'aliter – ne triche pas là-dessus.

— Combien de temps ?

— Une semaine. Dix jours seraient mieux. Il va falloir dormir le plus possible la semaine à venir.

— Tu plaisantes !

— Pas le moins du monde. Les antibiotiques ne sont pas des médicaments miracles, Trudy, ils ne seront pas efficaces si tu t'épuises. »

Il se tourna vers Edgar.

« Et toi, si tu as la sensation d'avoir une inflammation des voies respiratoires et des contractions dans la poitrine, préviens ta mère. On a parfois du mal à accepter de tomber malade mais, si tu joues à ce petit jeu, ce sera catastrophique, pigé ? »

Sur ces mots, le médecin les raccompagna dans la salle d'attente. Au bout de quelques minutes, il se profila près de sa secrétaire, une ordonnance et un flacon de comprimés à la main. Tendant à Trudy un gobelet rempli d'eau, il lui fit avaler la première dose sur-le-champ.

*

Dans le camion, Edgar écouta la respiration sifflante de sa mère, qui, fronçant les sourcils, alluma la radio.

« Ça va aller, ne t'inquiète pas », le rassura-t-elle.

Ils se mirent en route tandis que le haut-parleur diffusait une musique accompagnée de grésillements.

« Tu vas devoir t'occuper du chenil tout seul. »

Je sais.

Dès leur arrivée à la maison, Trudy fila dans sa chambre, se déchaussa, se coucha et tira les couvertures sur ses épaules sous les yeux d'Edgar, planté dans l'embrasure de la porte.

« Les vacances de Pâques sont la semaine prochaine, n'est-ce pas ? »

Oui.

« Je vais appeler l'école pour prévenir que tu ne reviendras qu'après les vacances. »

D'accord.

« Peut-être que tes professeurs pourront faire passer tes devoirs par le chauffeur du bus. »

D'accord.

« À propos du chenil, ne t'occupe que de l'essentiel. Surveille les chiots matin et soir. Laisse tomber le dressage. »

Je peux en faire un peu.

« Avec ta portée dans ce cas. Et rien d'extraordinaire. Un seul chien à la fois. Souviens-t'en. »

D'accord. D'accord.

« Passe le plus de temps possible dans le chenil. Prends des livres. Évite la maison sauf pour manger, dormir, ou... » Elle n'avait pas terminé sa phrase qu'une quinte de toux la secoua et la laissa à bout de souffle.

Et si tu as besoin de quelque chose.

« Mais non voyons, je suis encore capable de me préparer de la soupe et du pain grillé. De toute façon, je vais dormir. Maintenant ferme la porte, s'il te plaît. »

Il s'attarda pour graver dans sa mémoire les traits de sa mère, éclairés par la lampe de chevet.

Elle désigna la porte du doigt.

Dehors, insista-t-elle, en remuant les lèvres.

*

La porte de la chambre était toujours fermée quand Edgar rentra ce soir-là avec Almondine. Le réveil de Trudy trônait sur la table de la cuisine. Il éteignit la lumière et l'approcha de son oreille sans quitter des yeux les points verts de radium qui brillaient au bout des aiguilles. Un rai jaune luisait sous la porte qu'il ouvrit tout doucement. En position fœtale, les yeux clos, sa mère semblait respirer plus facilement qu'au cours de l'après-midi. Almondine alla flairer sa main, mollement posée sur le drap et retourna près d'Edgar, qui monta chercher son oreiller et sa couverture. Il les apporta dans la grange où il les étala sur quatre bottes de paille accolées dans le couloir violemment éclairé par une rangée d'ampoules. Après avoir dénoué ses lacets de chaussures, il courut éteindre, pieds nus, plongeant le chenil dans l'obscurité. Il ralluma. Il alla chercher un seau dans l'atelier qui lui servit d'escabeau tandis qu'il dévissait toutes les ampoules, sauf une, en prenant soin de se lécher le bout des doigts pour éviter de se brûler. Ensuite, il régla le réveil à 5 heures et s'étendit.

Almondine l'observait d'un air dubitatif.

Viens, signa-t-il en tapotant les bottes de paille. C'est comme à la maison.

La chienne fit le tour du lit de fortune avant de se décider à grimper à bord et à se coucher, le museau près du visage d'Edgar. Le vent secouait les portes. Un chiot couina dans la maternité. Il enfouit sa main dans le duvet du poitrail d'Almondine, qu'il sentit se soulever et retomber avec régularité.

L'idée de tomber malade le terrifiait. Ce serait déjà une gageure d'obliger sa mère à rester au lit, alors si elle le croyait atteint, elle travaillerait coûte que coûte et finirait à l'hôpital. Pourtant, malgré son appréhension, la perspective de s'occuper seul du chenil l'excitait plutôt car il mourait d'envie de prouver qu'il en était capable. D'autant que, maintenant qu'il commençait à comprendre les tenants et aboutissants du dressage, il entrevoyait une pléiade de possibilités pour son travail avec les chiens.

Un autre sentiment germait en lui, plus sombre, plus difficile à analyser, parce qu'une partie de lui aspirait à se détacher de sa mère. Ils dépendaient tellement l'un de l'autre depuis l'enterrement qu'il était soulagé de se retrouver seul, autonome. Peut-être croyait-il que la réalité de la mort de son père s'éloignerait s'il se distanciait de sa mère ? Il avait beau se douter que ce n'était pas étranger à son désir et que c'était une illusion, ça ne changeait rien à ce qu'il ressentait. Allongé sous le regard des chiens du chenil, sa main sur le flanc d'Almondine, il réfléchit à sa solitude.

*

Comme il prenait son petit déjeuner, Trudy lui parla à travers la porte close, s'interrompant pour reprendre son souffle.

« Es-tu déjà allé dans la grange ? »

Il se leva et entrouvrit la porte. Sa mère posa sur lui des yeux vitreux.

Tout va bien. Et toi, ça va ?

« Toujours pareil. Vraiment fatiguée. »

Tu as pris tes médicaments ?

« Oui. Enfin, pas encore. Je le ferai en mangeant mon petit déjeuner. »

Je vais te le préparer.

Il s'attendait à un refus, mais elle accepta d'un signe de tête.

« Du pain grillé avec de la confiture de fraises, rien d'autre. Ah, et du jus d'orange. Laisse tout sur la table avant de partir. »

Le cœur battant la chamade, Edgar s'activa et prit soin de tartiner le toast d'une épaisse couche de confiture. Quand il retourna lui jeter un coup d'œil, elle s'était endormie. Il hésita, puis finit par frapper.

« J'arrive », répondit-elle, d'une petite voix chevrotante. Le petit déjeuner est prêt. Je reviendrai te voir à midi.

*

Les trois jours suivants, il savait que sa mère s'était réveillée uniquement parce que le petit déjeuner qu'il avait préparé avait disparu le matin ou la soupe le soir. Elle avait dû appeler l'école car le bus ne ralentissait plus devant leur allée. Chaque fois qu'il allait la voir, elle dormait, un livre ouvert sur sa couverture, à portée de main. Chaque fois qu'il la réveillait, elle avait l'air étonné et mettait un moment avant de comprendre ses questions. Il lui demandait comment elle allait ; elle répondait que les antibiotiques agissaient. Elle demandait s'il y avait des problèmes au chenil ; il lui répondait que non.

L'un et l'autre mentaient.

La nuit, Edgar avait un mal fou à trouver le sommeil, torturé par le réveil qui, outre son tic-tac, émettait un cliquetis, voire un grincement, qu'il n'avait jamais remarqué auparavant. Lorsqu'il s'endormait enfin, son père surgissait si près de son lit de fortune, si réel qu'il ne se rendait compte que c'était un rêve qu'une fois assis, Almondine lui léchant la figure. Le quatrième matin, il éteignit la sonnerie en tâtonnant et se rendormit tiraillé entre la crainte de rêver une nouvelle fois de son père et celle de ne pas le faire. Au lieu de quoi, il rêva qu'il soufflait des mots sans effort et que ce n'était pas nouveau – la faculté lui était revenue comme s'il avait eu une voix dans le ventre de sa mère, qu'il l'avait perdue en venant au monde, et qu'il avait délibérément choisi de ne pas parler au téléphone pour appeler l'ambulance qui aurait pu sauver la vie de son père.

Edgar se réveilla affolé, en larmes. Il mit un certain temps à rassembler son courage pour inspirer, remuer les lèvres et expirer.

Silence.

Le pire, c'était que sa voix était affreuse dans son rêve. Aussi grave que celle de son père, rocailleuse. De toute façon, celle qui sortirait de lui ne pourrait qu'être abominable, à la manière du bourdonnement qu'émettait le machin ressemblant à une lampe torche que les médecins avaient appuyé sur sa gorge. Même si cela lui avait donné une voix, ça n'aurait pas valu la peine. Sauf, bien sûr, s'il l'avait trouvée le jour de la chute de son père.

Le travail quotidien du chenil, Edgar finit par l'expédier afin de libérer du temps pour l'entraînement. Il découvrit qu'il pouvait nettoyer trois ou quatre boxes tout en nourrissant les chiens – il lui suffisait de leur balancer des croquettes par terre. Sans doute était-ce une mauvaise idée, mais ça marchait, et il mettait la nervosité des chiens sur le compte du changement d'emploi du temps : personne n'avait jamais dormi dans la grange, encore moins couru dans le couloir et ouvert les portes de leurs boxes pour qu'ils jouent avec des balles de tennis. Le dressage nocturne, se persuadait-il, était un excellent exercice pratique.

Le quatrième soir, il était plus de minuit quand, les lumières une fois éteintes, il s'étendit sur les bottes de paille et tira les couvertures. Comme il se pelotonnait contre Almondine, il entendit une voix féminine prononcer son nom. Se redressant, il décida, après avoir prêté une oreille attentive, que ce n'était que le grincement du ventilateur. Au bout de quelques minutes cependant, il fut obsédé par l'idée que ce n'était peut-être pas ça. Et si c'était sa mère qui appelait de la véranda? Il rejeta ses couvertures et ouvrit les portes de la grange mais ne vit qu'une cour et une véranda désertes, plongées dans le noir.

*

En un sens, Trudy aurait préféré que les antibiotiques la rendent vraiment malade, plutôt que de grelotter puis suer à grosses gouttes dans son lit. Bien qu'elle ait perdu l'appétit, elle se forçait à manger. Le troisième jour, comme promis, elle appela le cabinet du Dr Frost. Elle était fatiguée mais pas fiévreuse, lui raconta-t-elle. Elle dormait beaucoup. C'était normal, lui assura le médecin, qui lui recommanda de se méfier de la déshydratation et de ne surtout pas oublier de prendre ses antibiotiques. Ils parlèrent brièvement d'Edgar.

Elle lui affirma qu'il ne toussait pas. Se sentait-elle capable de venir en ville à la fin de la semaine ? Sa toux était-elle toujours productive ? Et ainsi de suite. Elle se garda d'évoquer les vertiges qui la prenaient dès qu'elle se levait ou le fait qu'elle était tellement dans les vapes qu'il lui avait fallu s'y reprendre à deux fois avant de composer correctement le numéro du cabinet. Quant à la fièvre, elle avait peut-être un peu déformé la vérité, mais elle avait réussi à se concentrer le temps de la conversation, un véritable exploit.

Trudy se laissa tomber dans son lit. Était-ce l'heure de ses médicaments ? Les avait-elle déjà pris ? Les fins d'après-midi se ressemblaient de plus en plus, elle était cependant sûre de les avoir avalés avant d'appeler Frost. Les antibiotiques la rendaient particulièrement somnolente. Ah oui, Edgar s'était tenu sur le seuil de sa chambre, et lui avait promis que tout se passait bien au chenil. Seigneur, comme il était devenu sérieux depuis la mort de son père !

Elle se retourna. Le plus important, c'était le sommeil. Vu l'évolution des choses, elle se réveillerait guérie demain. La fièvre serait tombée, elle pourrait s'asseoir, lire un peu, passer quelques coups de fil, mettre à jour la paperasse.

Elle prit le flacon de comprimés, le renversa sur la couverture et compta. C'était surprenant qu'il en restât autant.

*

Le cinquième soir, Edgar se glissa dans la maison, jeta un coup d'œil à sa mère et dîna. La vaisselle faite, Almondine sur les talons, il reprit le chemin de la grange où l'épuisement lui tomba dessus comme une chape de plomb. Les bottes de paille lui parurent un grand luxe, l'oreiller aussi duveteux qu'un nuage et, pour la première fois depuis des lustres, il ne fit aucun rêve. Quand il émergea, le souffle d'Almondine lui caressait le visage et le réveil n'annonçait que 2 heures du matin. Il se frotta les yeux. Quelque chose clochait, il n'avait rien fichu la veille au soir.

Il aurait pu attendre mais ça ne lui plaisait pas de ne rien donner à boire aux chiens d'ici le matin, alors, quitte à se lever, autant les nourrir aussi. Il répandit des croquettes au milieu du couloir et remplit un seau d'eau au robinet de la salle vétérinaire. Dès qu'il ouvrit les portes des boxes de sa portée, les chiens bondirent et se ruèrent sur la nourriture. Il en avait prévu suffisamment pour tous les occupants du chenil, il s'agissait donc de chasser les premiers pour éviter qu'ils ne s'empiffrent sans rien laisser aux autres. Quand il arriva au bout du couloir, dix-huit chiens se bousculaient pour être à la meilleure place. Il entra dans un box et commença à remplir les abreuvoirs.

La cause de la bagarre lui échappa. Edgar entendit un glapissement, puis, du coin de l'œil, il vit un chien sauter en l'air. Pinson. Laissant tomber le seau d'eau, il sortit et, en une fraction de seconde, prit conscience de l'énormité de son erreur. Un chien à la fois, lui serinait sa mère. Une des règles du chenil parmi tant d'autres, de celles qui ne paraissaient pas forcément logiques ou importantes jusqu'à ce qu'une situation en révèle le sens.

Pinson atterrit, renifla sa patte arrière droite avant de se précipiter dans la mêlée, tête basse, babines retroussées pour montrer ses crocs. Il fit face à une des vieilles chiennes, Epi – dominante dans sa portée, plus grande que lui –, qui n'était manifestement pas effrayée.

Edgar n'avait assisté qu'à une seule véritable bagarre de chiens. Ses parents l'avaient interrompue en jetant de l'eau sur les antagonistes et en les traînant par la queue. Plus tard, son père lui avait recommandé de ne jamais, absolument jamais, s'interposer. En guise de preuve, il avait relevé la manche de sa chemise et montré à Edgar la cicatrice boursouflée, luisante, en dents de scie, de son avant-bras. « Un chien qui se bat va mordre avant même de savoir ce qu'il fait, avait-il poursuivi. Cela ne signifie pas qu'il cherche à te faire du mal, mais il réagit au moindre mouvement. »

Le poil hérissé, certains chiens battaient en retraite devant Pinson et Epi. Edgar tapa dans ses mains, en attrapa deux et les tira dans le box le plus proche. Puis deux autres. Le vacarme était devenu assourdissant. Edgar enferma Amadou, Essai et Grimace. Sahib s'était déjà retiré dans son enclos. Après avoir poussé Opale et Ombre derrière lui, il courut dans le couloir et força les autres à rentrer dans leur box dont il ferma les portes à toute volée.

Lorsqu'il put se retourner, il s'aperçut qu'il n'en restait que trois dans le couloir : Pinson, Epi et Almondine. La deuxième enfouissait sa gueule maculée de sang dans le cou du premier, qui couché sur le dos, passait de l'immobilité à l'effort de s'échapper. À un pas d'eux, Almondine, les babines retroussées, grognait. Dès qu'elle s'avança, Epi lâcha Pinson et, les oreilles baissées, agita violemment le museau, menaçant Almondine qui écarta la tête sans bouger pour autant.

Il fallait avant tout les séparer. Edgar fonça. Comme il s'approchait d'Epi par-derrière, il fut brièvement saisi de l'envie de lui flanquer un coup de pied pour l'obliger à reculer, mais il risquait de la blesser. De toute façon, il était trop près et courait trop vite. Lancé, il se jeta sur elle.

Après coup, il essaierait de se mettre à la place de la chienne. Elle avait perçu une silhouette au-dessus de son épaule : les yeux des chiens étant orientés dans l'axe de leur museau, ils ont une moins bonne vision périphérique que les êtres humains. Edgar comptait glisser ses doigts sous son collier et la plaquer au sol grâce à la force de la chute, un moyen qu'utilisait parfois sa mère lorsqu'un chien refusait de se coucher. Si on s'y prenait bien, si l'effet de surprise était suffisant, si la prise sur collier était solide, l'animal était incapable de résister.

Epi se jeta sur le côté et ses pattes arrière dérapèrent sur le ciment. Elle n'en profita pas pour s'échapper tant elle était focalisée sur le combat et, au moment où Edgar roula sur le côté, elle le domina de toute sa hauteur. La seule chose qu'il pouvait faire, c'était glisser deux doigts dans son collier, en revanche, sans mains libres, il ne pouvait donner un ordre auquel, de toute façon, Epi n'aurait pas obéi.

S'il était idiot de s'immiscer dans une bagarre de chiens, il était suicidaire de se retrouver dans la mêlée. Le corps d'Epi, une boule de muscles et de poils, était comme suspendu au-dessus d'Edgar, étendu sur le dos, et, avant qu'il n'ait réussi à esquisser le moindre mouvement, elle tendit le cou et le mordit.

En un éclair, elle effleura la peau d'Edgar de ses crocs, avant de les y planter. Tandis qu'il se résignait au point de lui donner raison, il constata, à sa grande stupéfaction, qu'elle se retenait : sinon la pression aurait réduit son avant-bras en lambeaux, déchiqueté les tendons, muscles et veines du poignet au coude en un sillon semblable à celui de son père. Au lieu de quoi, une lueur de reconnaissance vacilla dans ses yeux couleur d'ambre. C'était une gentille chienne, mais prise au piège et très perturbée : les crocs enfoncés dans le bras d'Edgar, elle se figea soudain.

Puis Edgar distingua le museau d'Almondine dans son champ de vision. Sur la droite. Elle se gardait de prendre des risques, Epi était plus jeune et plus forte, sans compter qu'Edgar ne se rappelait pas l'avoir déjà vue se bagarrer – elle voulait simplement qu'Epi s'éloigne de lui, s'éloigne de son garçon. Elle n'aboya pas. Elle ne gronda pas. Elle ne tenta pas de mordre la nuque d'Epi ni ne la harcela pour lui faire lâcher prise.

À cet instant, Almondine n'avait plus qu'un seul but, celui d'aveugler Epi.

*

Trudy se redressa, à la fois contrariée et troublée. Dans son rêve, Gar s'était adressé à elle depuis l'écran de la télévision, et elle s'était réveillée en piteux état. Son malaise s'accentua quand elle comprit que c'était les aboiements et les hurlements des chiens, de tous les chiens, qui l'avaient tirée du sommeil. Elle crut d'abord qu'un animal était entré dans le chenil, ce qui arrivait, Dieu sait pourquoi tant l'odeur de chien était puissante ! À l'intérieur, l'animal était soit cloué sur place par le raffut, soit en état de panique avancée. Une fois un raton laveur s'était aventuré ; une autre un chat, aussi incroyable que cela puisse paraître, avait provoqué un vacarme du même genre.

Comme elle s'efforçait de se lever, elle perdit l'équilibre et fut prise d'une quinte de toux. Un halo jaune lui brouilla la vue tandis qu'une douleur lui perforait la poitrine. Elle s'assit au bord du lit. L'obscurité la plus totale enveloppait la maison. Quand elle essaya d'appeler Edgar, elle ne réussit qu'à murmurer. Lorsqu'elle eut la sensation d'en avoir la force, elle s'approcha à pas lents du pied de l'escalier.

« Edgar ? Edgar ? »

Elle guetta la lumière ou l'apparition d'Almondine. En vain. De guerre lasse, elle monta. À l'étage, elle s'arrêta pour reprendre son souffle. La porte de la chambre d'Edgar était ouverte. Elle entra et alluma le plafonnier.

On avait arraché les draps du lit, embarqué l'oreiller et les couvertures. Elle redescendit prudemment, convaincue qu'il se passait quelque chose de grave dans la grange. Après avoir enfilé un pantalon et une chemise par-dessus sa chemise de nuit, elle chaussa ses bottes et sortit.

*

Edgar fixait la mâchoire d'Epi sur son avant-bras, et la façon dont sa peau s'était enroulée autour de la canine comme un bas. Le sang ne coulait pas encore. Il ne ressentait que des tiraillements.

Allongé ainsi par terre, il n'aperçut qu'une ombre et, l'instant d'après, une entaille béante au-dessus de l'œil d'Epi. Puis la gueule d'Almondine s'ouvrit près de celle d'Epi et un cri jaillit, il n'avait jamais entendu un chien en pousser de pareil – ce n'était pas un aboiement, c'était un hurlement si violent, si féroce, si sanguinaire que, malgré le vacarme ambiant, on aurait pu croire que le silence régnait dans le chenil.

Lâchant son bras, Epi recula. Et Almondine s'assit à cheval sur Edgar sans lui laisser le temps de bouger. Lorsqu'il voulut se redresser, elle le bloqua de ses hanches avec assez de force pour le faire tomber, comme s'il avait été un chiot. Il dut ramper pour se dégager et se relever. Elle frissonna lorsqu'il la toucha.

Epi avait battu en retraite devant la porte qu'elle flaira avant de se remettre à grogner. Une traînée de gouttes noires maculait le sol dans son sillage. Elle se frotta le museau d'une patte et secoua la tête. Edgar en profita pour emmener Almondine dans la salle vétérinaire, où il l'ausculta, ne découvrant ni saignement ni coupure. Après l'avoir immobilisée, il se rendit auprès de Pinson qu'il entraîna au milieu du couloir, mieux éclairé. Pinson ne supportait aucun poids sur sa patte antérieure gauche et la retira brusquement dès qu'Edgar tenta de l'examiner. Celui-ci avait néanmoins aperçu une plaie près du coude gauche ainsi qu'un éclair blanc dans le pelage ensanglanté.

À la niche, signa-t-il. Pinson boitilla jusqu'à son box. Une fois le loquet fermé, Edgar se tourna vers Epi qui faisait les cent pas devant la porte. Dès qu'il croisait son regard, elle aplatissait les oreilles et ses poils se hérissaient. Le cœur d'Edgar cognait dans sa poitrine chaque fois qu'il posait les yeux sur la joue d'Epi qu'on aurait dit entaillée par un couteau.

À genoux, il s'efforçait de convaincre Epi de s'approcher de lui lorsque la porte s'ouvrit. La silhouette nimbée de lumière de Trudy se détacha dans la nuit. Aussitôt, Epi fila dans la cour, l'obligeant à reculer et à se retenir à la porte pour ne pas perdre l'équilibre. Après l'avoir regardée s'enfuir dans l'obscurité, Trudy se tourna vers son fils.

Qu'est-ce que tu fais ici ? signa-t-il, frénétiquement.

« Que se passe-t-il ? »

Il y a eu un problème. Une bagarre.

« Mais enfin, on est au beau milieu de la nuit ! Ton bras... tu es blessé ? »

Edgar baissa les yeux sur sa manche de chemise tachée de sang – était-ce le sien ou celui de Pinson ? Il n'en avait aucune idée. Dans l'espoir de cacher la plaie, il se plaqua le bras le long du corps.

Je ne crois pas. Presque rien. Epi a la gueule coupée, elle a besoin de points de suture. Almondine l'a mordue. Pinson boite, je ne sais pas si c'est grave.

Sa mère chancela et se rattrapa.

Tu ne devrais pas être dehors. Rentre à la maison.

Il essaya de lui faire faire demi-tour.

« Mon Dieu, s'exclama-t-elle, ton bras ! »

Rentre d'abord à la maison.

« Edgar, autant rester puisque je suis déjà là. »

Non ! Le Dr Frost a dit que tu risquais de finir à l'hôpital ! Il a dit que tu pouvais mourir !

Comme elle s'apprêtait à répondre, une quinte de toux la plia en deux. Dès qu'elle fut calmée, Edgar la guida dans la nuit printanière. Le fond de l'air n'était pas vraiment doux. Sa priorité était de ramener sa mère mais, soudain, Almondine lui revint à l'esprit. Elle était assise près de la salle vétérinaire, les yeux rivés sur le couloir. Il eut beau frapper sur sa cuisse, elle ne bougea pas.

Viens. Allez, viens ! On n'a pas le temps de glander.

La chienne s'avança de quelques pas, vacilla et s'effondra.

Vas-y, s'il te plaît, lança-t-il, en langage des signes, à sa mère.

Quand il la rejoignit, Almondine s'était relevée et se dirigeait en titubant vers la porte. Il l'escorta.

Qu'est-ce qui se passe ? Quoi ? Quoi ?

Le temps qu'il ferme les portes, Almondine avait retrouvé l'équilibre et trottait derrière sa mère. Il les houspilla toutes les deux pour qu'elles montent l'escalier de la véranda. À peine entrée, la chienne se coucha, langue pendante. Il s'agenouilla à côté d'elle.

Il y a quelque chose qui ne va pas, signa-t-il. Elle a trébuché dans la grange.

« S'est-elle fait mordre ? »

Non. J'ai vérifié.

Une main sous son ventre, il la força à se lever, prit ses pattes, plia ses articulations – guettant une crispation. Sa mère lui demanda de décrire les blessures de Pinson et d'Epi, en revanche elle ne l'interrogea pas sur les causes de la bagarre ni sur celles de l'implication d'Almondine. Et elle le regardait comme si ce qu'il disait n'avait aucun sens.

On doit appeler quelqu'un, signa-t-il, tapant du pied par frustration.

Trudy passa en revue les choix qui s'offraient à eux.

« Page est en Floride jusqu'à... » elle jeta un coup œil au calendrier fixé au mur, « ... voyons, quel jour sommes-nous ? Mercredi ? Il ne rentrera pas avant lundi prochain. »

Je ne parle pas du Dr Papineau.

« Ce n'est pas la peine d'appeler ce vétérinaire d'Ashland au milieu de la nuit. Jamais il ne... »

Edgar secouait la tête.

« Alors, quoi ? s'insurgea-t-elle agacée. Si nous arrivons à les mettre dans le camion, je pourrais conduire... »

Il prit le combiné du téléphone et le posa sur le comptoir.

Appelle Claude. Appelle-le tout de suite.

La résistance d'Epi

Trudy s'assit à la table de la cuisine et regarda Edgar fermer la porte : il allait chercher Epi. Elle avait fait du café espérant que cela lui éclaircirait les idées. Des volutes de fumée s'élevaient de la tasse posée devant elle. Le plafonnier projetait étoiles et étincelles à la périphérie de son champ de vision. Ayant du mal à ne pas loucher, elle aurait aimé se lever pour éteindre la lumière mais la force et, sans doute, l'équilibre lui manquaient.

Un changement s'était produit. En quoi consistait-il ? C'était difficile à définir, à part la souffrance qu'elle ressentait au moindre geste. Si elle inspirait sans difficulté, elle entendait, à chaque expiration, un sifflement dans son poumon droit qui se répercutait dans sa chair et ses os. Elle grelottait et transpirait. C'est le genre de choses qui fait croire aux gens qu'ils sont possédés, pensa-t-elle. Il lui semblait effectivement être habitée, envahie, colonisée, par une entité aussi invisible que cruelle. Qu'avait dit le Dr Frost à propos des antibiotiques ? Combien de temps avant qu'ils n'agissent ? Les murs de la cuisine s'éloignaient dangereusement. Trudy, qui avait la sensation de se dédoubler, d'être à la fois dans son corps et de flotter au-dessus de lui, ferma les yeux pour la chasser. Au bout d'un moment, elle se réveilla brutalement.

Ne t'endors pas, s'ordonna-t-elle, sans trop savoir pourquoi.

Trudy finit par se lever. Elle se dirigea laborieusement vers sa chambre, en regardant tout de haut : ses mains bleuies, flétries, tendues pour s'accrocher au comptoir ; Almondine couchée sur le flanc à côté du réfrigérateur, haletante ; la table de la cuisine avec la tasse de café refroidi ; le calendrier du magasin d'alimentation, fixé à la porte, où figurait la photo d'une ferme ; les sillons bizarres que formaient ses veines sur ses mains. Elle portait une vieille chemise en flanelle de Gar par-dessus sa chemise de nuit. Ses cheveux, emmêlés, étaient hérissés.

Parvenue à la porte de sa chambre, Trudy s'arrêta pour scruter Almondine. D'après Edgar, elle allait bien malgré la crise qu'elle avait eue dans la grange. Elle se reposait. Elle n'avait pas l'expression d'un chien souffrant de quoi que ce soit. Elle était vieille, tout simplement. Edgar devait commencer à la gâter, à arrêter d'attendre qu'elle ait la même énergie que cinq ans auparavant. Trudy se rappela le premier soir d'Almondine dans la maison. Il y avait eu un orage, et, effrayé, le chiot de dix semaines avait pleurniché la moitié de la nuit parce qu'on l'avait séparé de ses frères et sœurs. Son museau grisonnait à présent. Elle ne se levait plus aussi rapidement après une longue sieste. Son regard, en revanche, avait gardé la vivacité et l'éclat qui les avaient poussés à la choisir parmi tous les autres. Aujourd'hui, il semblait saisir plus de choses qu'Almondine ne pouvait exprimer et il lui donnait un air triste, songeur.

Trudy ferma la porte. Elle tira un pan de drap entortillé sur ses épaules et s'allongea. Quelqu'un arrivait. Page ? Non, Claude. Les chiens s'étaient bagarrés. Elle avait demandé des explications à Edgar quand il la ramenait à la maison, mais il avait remis ça à plus tard et elle n'avait pas eu la force de discuter. Il ressemblait de plus en plus à son père, si souvent persuadé d'avoir raison.

Elle appellerait le Dr Frost demain matin pour le prévenir que les antibiotiques n'agissaient pas.

Il risquait de l'hospitaliser.

Elle attendrait peut-être un jour de plus.

*

Claude arriva dans une voiture prétentieuse, arborant les lettres « SS » devant la grille du radiateur. *Impala*, indiquait l'insigne fixé sur le pare-chocs avant, bleu. Le trajet depuis Mellen prenait vingt minutes, alors, à moins que Claude n'eût été prêt à démarrer lors du coup de fil de Trudy, il avait dû rouler à tombeau ouvert, se dit Edgar. Claude se gara près de la grange où il l'attendait.

« Ta mère a parlé d'une bagarre ? » lança-t-il. Une forte odeur de bière et de tabac se dégageait de lui.

Edgar lui tendit un mot qu'il avait écrit à l'avance.

Epi est derrière la grange. Je ne peux pas l'approcher.

« Où est-elle blessée ? »

Il passa un doigt sur son sourcil.

Claude mit les mains en cornet devant sa bouche et, saisi d'un frisson, leva les yeux vers le ciel nocturne. Dans l'air, son haleine blanchit. Il passa devant Edgar et entra dans la grange. Il fouilla dans les placards de la salle vétérinaire. Il se retourna, les mains vides.

« Reste-t-il de l'antigel dans la laiterie ? » demanda-t-il.

Edgar le dévisagea d'un air interrogateur.

« Tu sais, du fluide de démarrage. On s'en est servi pour le tracteur l'automne dernier, il y en avait une bombe presque pleine. Va voir s'il en reste. »

Edgar courut à la laiterie. Après avoir tiré sur le cordon de l'ampoule du plafond, il parcourut du regard les râteaux, pelles et tuyaux entassés pêle-mêle dans un coin. Herse. Tondeuse. Tronçonneuse. Il remarqua l'aérosol jaune et rouge sur une étagère près d'une rangée de bidons d'huile, l'attrapa et fila retrouver Claude. Un collier et une laisse de dressage sous le bras, ce dernier fourrait dans un sac un chiffon de la salle vétérinaire, soigneusement plié en quatre. Edgar lui tendit l'antigel.

« Il en reste combien ? » Claude secoua la bombe. Il enroula la poignée du sac autour de son poignet et appuya le bec sur le chiffon. Le sac se gonfla de vapeur. « Quatre-vingt-dix pour cent d'éther. » L'air soudain préoccupé, il ajouta : « Tu ne fumes pas, hein ? »

Edgar mit un moment à comprendre que Claude blaguait.

« Encore heureux ! Sinon, il y aurait un éclair et tu aurais pu parler à tes copains de ton oncle Claude, la Torche Humaine. »

Quand le sifflement de l'aérosol diminua, Claude retira sa main et brandit le sac. Le chiffon saturé glissa, huileux, à l'intérieur. Il secoua le dispositif sous le nez d'Edgar. L'odeur douceâtre, on aurait dit celle d'un mélange de sucre et d'essence, pénétra dans les narines d'Edgar, qui sentit un frisson lui parcourir la nuque.

« Au moins ce soir, il fait froid, dit Claude, inspirant rapidement. En été, la moitié du sac se serait déjà évaporée. N'empêche qu'il vaut mieux se tenir sous le vent, ça n'est pas vraiment hermétique. »

Edgar emmena Claude derrière la grange, un endroit à peine éclairé par la lumière de la cour et la lampe à col-de-cygne accrochée au-dessus des portes du chenil. Epi, qui les entendit venir, recula sur la défensive jusqu'à une vieille niche à l'abandon, à proximité du silo. Des gouttes de sang maculaient la neige autour d'elle.

« Si nous avançons tous les deux, elle va fuir », affirma Claude, les yeux braqués sur le sol, à quelques centimètres devant lui. « Fais le tour par l'autre côté du silo. »

Edgar hésita.

« Dépêche-toi, avant qu'elle ne se décide à couper par là. »

Edgar se retrouva un instant en pleine lumière avant d'arriver à la passerelle en ciment de trente centimètres de haut par un mètre de large qui reliait les fondations de la grange au silo. Par la brèche entre les deux, il distinguait la niche et, derrière, le chenil où attendaient les chiens aux aguets. De la neige fondue du toit avait creusé une rigole dans les stalagmites cristallisées sous la corniche.

Immobile, Epi ne quittait pas Claude du regard tandis qu'Edgar, accroupi sur la passerelle, se tenait prêt à l'intercepter au cas où elle foncerait vers lui.

*

Comment les choses avaient-elles commencé ? Claude lui-même ne s'en souvenait pas. Nul doute qu'il y avait eu une

première fois, un moment décisif où Claude avait ensorcelé
– le seul mot susceptible de décrire ce dont il était capable –
un chiot blessé qui battait en retraite, sur la défensive, mort
de peur. D'instinct, il sentait le meilleur moyen d'approcher
un chien, de le toucher, de le troubler et de le distraire si
bien que, quel que fût son niveau d'inquiétude, le chien finissait par céder. Peut-être cette première fois datait-elle de
sa prime jeunesse? Quoi qu'il en fût, il savait comment s'y
prendre depuis toujours.

À l'époque où il était au lycée, Claude travaillait au cabinet du Dr Papineau le soir après les cours, et le week-end.
Au début, on ne lui confiait que des petits boulots – nettoyage, réparations, remplissage des gamelles, balades avec
les chiens convalescents. Il aimait l'odeur d'antiseptique
qui régnait dans le bâtiment et les rangées de médicaments
alignés sur les étagères comme autant de fioles de potion
magique. Il aidait aussi le vétérinaire à changer les pansements des animaux; il le flattait par un feu roulant de questions et l'impressionnait en oubliant rarement ses réponses.
Au bout d'un certain temps, il réussit à le convaincre de le
prendre comme assistant pour les interventions chirurgi-
cales mineures. Aussi Papineau lui apprit-il à endormir les
animaux par piqûre intramusculaire ou par goutte-à-goutte
d'éther, méthode de moins en moins pratiquée.

Quelquefois, un chien arrivait fou de peur. Pour faire
face à ce genre de situations, le Dr Papineau avait recours à
une sorte de collet à manche mais comme les gens détestaient
qu'il l'utilise, Claude apprit à s'en passer : il s'accroupissait
à l'arrière du camion – ou n'importe quel autre endroit où
se tapissait le chien affolé – et en ressortait accompagné
d'un animal docile, une seringue vide à la main. S'il se fit
mordre à plusieurs reprises, il s'agissait de morsures de terreur d'autant plus superficielles que Claude avait d'excellents
réflexes. Il ne tarda pas à maîtriser l'art de jauger jusqu'où
il était possible de pousser un chien et en vint à aimer la griserie que de tels instants lui procuraient.

Le dimanche après-midi, quand le cabinet était fermé,
Claude faisait le ménage et administrait seul les prescriptions. Il savait où joindre le vétérinaire en cas d'urgence. S'il

y avait, ces jours-là, un pensionnaire qu'il exécrait, Claude le libérait et le laissait courir dans les pièces. Puis, avec un pied-de-biche, il ouvrait le bureau où le vétérinaire rangeait la clef de la pharmacie, préparait un sédatif – choisissant la méthode qui l'inspirait le plus à ce moment-là – et partait à la recherche du chien. Dès que celui-ci était inconscient, il le portait dans son box et vérifiait sa montre. Il avait fini par préférer l'aiguille qu'il maniait avec plus de dextérité.

Il n'était cependant pas infaillible. Le Dr Papineau attribua le décès du premier chien à un traumatisme post-opératoire, en revanche le second le déconcerta. Du coup il interrogea Claude sur l'état de l'animal ce dimanche-là, si longuement que ce dernier en fut très secoué. Il n'y eut plus d'autres incidents au cabinet.

Un soir d'automne 1947. Il était tard et Claude, adossé au mur du fond d'une grange à l'abandon depuis des lustres, regardait la foule – composée uniquement d'hommes – se disperser dans la nuit froide. Certains tenaient leur chien muselé au bout d'une laisse courte, d'autres remâchaient leur déception. On avait démonté le ring en contreplaqué. Un homme profitait de la lueur de deux lanternes à gaz pour éliminer les traces de sang sur le plancher en y versant de l'eau. Des rires pleins d'amertume fusaient dehors, l'atmosphère était chargée d'animosité. Une dispute éclata, rapidement jugulée.

Soudain, Gar apparut. À coups d'épaule, il se fraya un chemin à l'intérieur de la grange.

« Viens, lança-t-il à son frère. On se tire.

— Je me suis ramené seul, j'ai besoin de personne pour rentrer.

— Si on sort ensemble, on repart ensemble, c'est tout. La seule chose qui m'intéresse pour l'instant, c'est de savoir si certains de nos chiens étaient là ou non.

— Non.

— Lesquels?

— Je te répète qu'il n'y en a pas. À ton avis, pourquoi suis-je ici?

— Je n'en sais rien mais tu me le diras une fois qu'on sera parti. »

Sur ce, un homme surgit dans la grange. « Salut, Doc »,
lança-t-il à Claude en lui faisant signe de s'approcher. Le
regard de Gar passa de son frère aux hommes en train de
nettoyer le contreplaqué. Le coup de pied que Claude avait
donné à la sacoche pour l'envoyer derrière lui à l'arrivée
de Gar n'avait pas empêché celui-ci de l'apercevoir. Il la
ramassa, découvrit les initiales gravées sur le dessus, l'ouvrit
et regarda à l'intérieur.

« Tu te fous de moi, ou quoi ! Tu les retapes après coup,
c'est ça ? »

L'homme appela Claude, avec insistance cette fois. Ce
dernier se pencha pour prendre la sacoche, mais Gar le
repoussa contre un poteau.

« Ne bouge pas d'ici », ordonna-t-il tandis qu'il se dirigeait vers l'homme. Incapable d'entendre la conversation,
Claude vit Gar secouer la tête, puis l'homme désigna un
endroit du doigt. Après avoir de nouveau secoué la tête, Gar
fit signe à son frère de venir et ils sortirent tous les trois de la
grange, Claude portant la sacoche. Dans la rue, des moteurs
démarraient, des pneus crissaient sur le gravier et les faisceaux lumineux des phares balayaient les arbres. Claude distingua des traces de morsure sur l'avant-bras de l'homme.

Un croisement berger, hirsute et trapu, au museau carré,
était enchaîné à un arbre près de la route. Quand il les vit
s'approcher, il se redressa sur trois pattes en aboyant, la quatrième, ensanglantée, restait en l'air.

« Ta gueule ! » brailla l'homme.

Le chien se lécha les babines et clopina vers eux. Le propriétaire s'approcha furtivement de lui mais dès qu'il tenta
de glisser le bras sous ses flancs, l'animal tendit la gueule
vers son oreille. Même de l'endroit où se tenait Claude, il
n'était pas difficile de deviner qu'il grognait de fureur.

« Vous voyez ? dit l'homme en reculant. Il était normal
en arrivant ici. Maintenant, je ne parviens plus à le faire monter dans le camion.

— Tu peux le calmer ? » demanda Gar à son frère.

Claude acquiesça.

À peine Gar eut-il éloigné l'homme de quelques pas que
Claude sortit un flacon et une seringue de la sacoche, qu'il

remplit de liquide. Ensuite, il se posta à une distance accessible par le chien enchaîné et siffla un air à deux tons : tweee, tweee.

Intrigué, le chien pencha la tête.

*

Dans l'obscurité derrière la grange, Claude se tenait à présent de profil par rapport à Epi dont il évitait le regard. Coudes au corps et genoux pliés, il tentait de se rapetisser à mesure qu'il progressait en crabe vers elle, tout en marmonnant un flot continu de mots sans véritable sens : « Là, ma douce. Quelle bonne fille tu es. Bonté divine, quel trésor. » Il maintenait le sac en plastique serré contre une hanche, un objet métallique luisait dans sa main. Après s'être avancé d'un pas supplémentaire, il s'arrêta, pour donner l'impression qu'il dérivait sans but, esquissant des mouvements si infimes qu'il donnait à peine l'impression de bouger. Sans lancer le moindre coup d'œil direct ni hausser le ton, il se rapprochait de plus en plus tout en continuant à psalmodier sa litanie.

Les yeux écarquillés, Epi recula vers la niche vide. Consciente d'être piégée, elle se tourna vers Edgar, qui crut un instant qu'elle allait se décider à venir vers lui. Mais, terrassée par son désir de fuir, elle hurla, les crocs étincelants, et resta clouée sur place. Edgar leva la main pour lui ordonner de se coucher. Elle pivota du côté de Claude et baissa la tête, pitoyable, la gueule fermée, les oreilles rabattues. Puis, elle se passa lentement une patte sur l'entaille noire et humide, avant de s'écrouler dans la neige glacée. Lorsque Claude ne fut plus qu'à trois pas, Epi disparut dans la niche – un grognement sourd s'en échappa.

Claude ouvrit le sac en plastique d'où émanèrent des filets de vapeur. Il jeta aussitôt le chiffon imbibé au fond de la niche dont il bloqua l'entrée avec son dos.

« Attends », lança-t-il à Edgar. Un silence tomba. Il y eut des piétinements affolés dans la niche tandis qu'Epi se positionnait entre le chiffon et la porte. Claude s'assit, le regard perdu au loin. Un long moment s'écoula. Enfin, il se leva et revint sur ses pas.

« Viens, ma fille, dit-il. Sors de là. »

Le museau d'Epi apparut. Elle cligna des yeux et s'avança en grognant sans conviction. En deux enjambées, Claude la coinça en plaquant la main gauche sous son menton, puis recula. La gueule se referma dans le vide.

« Pas de ça », ordonna-t-il.

Complètement déroutée par les événements de la nuit, les vapeurs d'éther et l'attaque éclair de Claude, Epi se détendit. L'espace d'un instant, elle perdit toute méfiance, comme anéantie par une lutte qui se déroulait dans sa tête. Au moment où Claude, passant un bras au-dessus de son dos, lui pressa le ventre de sa main, elle sursauta et tendit le museau vers lui mais déjà, il avait planté l'aiguille entre ses omoplates et recommencé à murmurer des paroles réconfortantes. Il continua à la caresser même après avoir jeté la seringue.

« Tout doux, ma belle. Ne bouge pas, Edgar, elle me mordra si tu lui fais peur. Il est temps de se coucher et de dormir, mon ange. Ça été une longue nuit. Quelle bonne fille tu es. »

Il caressa le dos d'Epi, qui s'affaissa et se recroquevilla, frissonnante.

« Apporte la laisse. Doucement, demanda Claude à Edgar. Passe-la-lui. Parfait. Voyons un peu ce que nous avons ici. »

Il glissa un bras sous le poitrail d'Epi, l'autre sous son flanc, et elle se laissa porter, montrant le blanc de ses yeux, complètement inerte. Ils firent le tour du silo. Claude attendit sous le projecteur le temps qu'Edgar tripote le loquet pour l'ouvrir.

« Il y a un sac dans la voiture, reprit Claude, lorsqu'il entra dans le chenil. Sur le siège avant. Va le chercher. »

À son retour, Edgar trouva son oncle dans la salle vétérinaire. Étendue sur la table d'auscultation, Epi, réveillée mais dans les vapes, geignait tandis que Claude lui rasait la tête avec la tondeuse électrique. Il s'arrêtait à intervalles réguliers pour asperger d'antiseptique la peau rose qu'il venait de mettre à nu, et débarrasser la blessure des poils. Le liquide brunâtre coulait sur le pelage de son cou, formant une flaque sur la table.

Edgar plaça la vieille sacoche près du mur. Patinées par le temps, les boucles des initiales PP, frappées sur le rabat, avaient un aspect feutré. Claude posa la tondeuse avant d'y fouiller ; il en sortit du fil de suture et une aiguille qu'il désinfecta. La plaie, plus petite que celle qu'Edgar avait imaginée, commençait sous l'œil et se terminait à la commissure des lèvres. Du sang jaillissait chaque fois que Claude appuyait sur un point, et cela troublait la vision d'Edgar.

C'est ta faute, pensa-t-il. Arrête. Regarde attentivement.

Serrant les poings à en avoir mal, il se força à observer. Comme il suturait, Claude laissa tomber l'aiguille à deux reprises dans les poils. Il jura dans sa barbe et la désinfecta à nouveau.

« Est-ce qu'un autre chien est blessé ? »

Edgar hocha la tête.

« Cherche un flacon de pilules portant l'étiquette Valium. »

Il sortit plusieurs flacons de la sacoche, les examina et en tendit un à son oncle.

« Bien, c'est celui-là. Donne-lui-en deux et attends-moi. »

Claude retourna à ses points de suture. Les comprimés au creux de la main, Edgar se dirigea vers le box de Pinson, qui vint à sa rencontre en sautillant vaillamment sur trois pattes. Le temps que Claude ramène Epi dans son box, la tête soutenue par deux serviettes, Pinson s'était endormi.

Edgar compta douze points, noirs, réguliers, enduits d'une pommade luisante, de haut en bas sur la tête d'Epi. Il trempa trois doigts dans la gamelle d'eau, la laissa s'égoutter sur la langue de la chienne tout en prêtant l'oreille au bruit de la tondeuse. Lorsque son oncle ramena Pinson, Epi était suffisamment éveillée pour redresser la tête et essayer de se lever mais Edgar l'en empêcha.

Parade nuptiale

Dans la maison, Claude traversa la cuisine et frappa à la porte fermée de la chambre, son manteau à la main, tandis qu'Edgar, à genoux, caressait le museau d'Almondine.

Qu'est-ce qui est arrivé ce soir? Pourquoi tu ne tenais pas debout?

Elle lui flaira le bras et les jambes pour deviner ce qu'il s'était passé après qu'il eut quitté la maison. Ses yeux brillaient. Elle scruta son visage. Quand il fut certain qu'elle allait bien, il rejoignit Claude.

« Trudy? » appela Claude, frappant à nouveau.

La porte s'ouvrit. Sa mère apparut, se tenant au chambranle pour garder l'équilibre, les cheveux hirsutes et moites de sueur, les yeux cernés au-dessus de pommettes aussi blanches que la craie. À sa vue, Claude eut le souffle coupé.

« Nom de Dieu, Trudy, il te faut un médecin. »

Elle retourna s'asseoir sur le lit et regarda derrière Claude comme si elle n'avait pas remarqué sa présence.

« Edgar? demanda-t-elle. Est-ce qu'Epi va bien? Quelle heure est-il? »

Avant qu'Edgar n'ait pu signer sa réponse, Claude prit la parole.

« Elle a une entaille près de l'œil mais superficielle. Pinson boitera quelques jours, c'est tout. Ils sont moins mal en point qu'ils n'en donnaient l'impression. »

La mère d'Edgar hocha la tête.

« Merci, Gar. Tu as raison, ces antibiotiques ne sont pas très efficaces, peux-tu m'emmener chez le Dr Frost ? »

Le silence se fit. Si Trudy ne comprit pas aussitôt son erreur, Claude se raidit comme s'il avait reçu une décharge. Quant à Edgar, la gêne, la peur et une autre émotion indéfinissable lui firent monter le rouge aux joues.

« Oui, sans aucun problème », répondit Claude.

À la façon dont Trudy passa une main sur son front, on eût dit qu'elle cherchait à en retirer une toile d'araignée.

« Claude, évidemment, rectifia-t-elle. Écoute, je vais me recoucher. Réveille-moi à 8 heures, d'accord ? J'appellerai pour prendre rendez-vous.

— Il n'en est pas question, nous y allons tout de suite.

— Mais il ne sera pas à son cabinet avant une heure et demie.

— Oh que si, dès que je lui aurai téléphoné », affirma Claude.

Trudy insista tellement qu'Edgar se résigna, à contre-cœur, à rester pour surveiller Epi, Pinson et Almondine. Claude alla chercher sa voiture et ils partirent, sa mère blottie contre la portière.

Edgar s'acquitta des tâches matinales à une lenteur d'escargot. Il rangea les bottes de paille sur lesquelles il avait dormi avant la bagarre, devant les boxes. Il inspecta les chiots dans la maternité, les pesa, puis somnola dans un coin. Comme les chiots rassemblaient leur courage pour lui sauter dessus, il les repoussa ; loin de déclarer forfait, ils se précipitèrent derechef sur lui, mordillant ses doigts, ses chaussures, la boucle de sa ceinture. De guerre lasse, il fila dans le box d'Epi.

*

Plus tard, il se reprocherait de ne pas avoir prévu ce qui allait arriver. Au cours des semaines suivantes cependant, il ne songea qu'à l'état de santé de sa mère et à la convalescence des chiens blessés. Tous les matins, il nettoyait les points d'Epi – ses poils repoussaient mais elle restait méfiante et ombrageuse –, y appliquait des compresses chaudes qu'il maintenait jusqu'à ce qu'elles refroidissent si bien qu'il partait à l'école, les doigts teintés d'antiseptique. La patte de Pinson guérit vite et, surtout, Almondine ne fut plus l'objet d'un nouveau sort qu'on aurait jeté sur elle comme cette nuit-là dans le chenil.

Lorsqu'il était étendu sur son lit, Edgar se rejouait la scène, changeant ses faits et gestes pour en modifier le dénouement.

Si j'avais sorti moins de chiens...

Si je ne m'étais pas endormi...

Si je les avais nourris correctement...

Parfois, il remontait bien plus en arrière : Si maman n'était pas tombée malade... Si j'avais pu émettre un son... Si papa n'était pas mort...

L'avenir, s'il y pensait, ne lui semblait pas plus riche de promesses que lourd de menaces.

Au retour de l'Impala dans l'après-midi, quand il vit sa mère l'air plus solide sur ses jambes et une nouvelle ordonnance à la main, Edgar se dit que leurs erreurs étaient enfin derrière eux. Il fallait qu'elle guérisse. Son père était mort en janvier; la fin du mois de mai approchait. Ils devaient respecter l'emploi du temps qu'ils s'étaient fixé. Ainsi, leur vie reprendrait son cours à la manière d'un ressort qui, étiré dans le malheur, se resserrerait en vue du bonheur. Comme l'idée que l'univers était en perpétuel mouvement ne lui effleurait pas l'esprit, il n'avait pas conscience de ce qui se tramait, d'autant moins qu'en ce qui concernait sa mère certaines choses lui étaient aussi inconcevables que si elle avait eu soudain la capacité de voler.

*

Le rythme de travail ne s'était pas relâché. Après avoir pris soin des chiots, il s'occupait de la nourriture, de l'eau, du nettoyage, des médicaments. Le reste du temps était consacré au dressage. Tant que sa mère était en convalescence, Claude arrivait le matin, déchargeait les provisions et donnait un coup de main au chenil, Edgar en profitait pour faire marcher Pinson dans le couloir afin que son oncle puisse juger de son état. Claude prenait juste le temps d'avaler un café, debout, sa veste sur le dos tandis que Trudy lui parlait de ce qu'il y avait à faire comme s'il était convenu qu'il les aiderait. Puis il repartait.

Une fois Trudy sur pied, Claude cessa de venir le matin. Dès lors qu'il ne le voyait plus le matin avant de prendre son bus, Edgar n'avait aucune raison de croire que son oncle venait dans l'après-midi, jusqu'à ce qu'il remarque des copeaux de savon blanc sur l'escalier de la véranda. Le lendemain soir, Claude débarqua pour le dîner et, à son entrée, Trudy changea d'attitude. Quand la conversation porta sur Epi et Pinson, Edgar comprit que Claude se rendait régulièrement au chenil depuis un mois.

Après le dîner, Edgar monta se coucher et écouta les bruits de pas et les murmures à peine couverts par le bruit de la télévision. Les paroles de sa mère lui parvinrent.

« Oh, Claude. Qu'allons-nous faire ? »

La question s'acheva par un soupir.

Edgar se retourna et attendit le sommeil tout en tendant et ne tendant pas l'oreille.

Si elle n'était pas partie ce jour-là...

Si je n'étais pas allé dans le grenier...

Si j'avais pu parler...

Au cœur de la nuit, l'Impala démarra avec un grondement rauque. Le matin, Edgar resta près de son lit, la poitrine transpercée de brûlures lancinantes.

*

Il faisait doux à présent, du moins de temps en temps. Un soir, Edgar alla dans la véranda et, s'asseyant à califourchon sur une vieille chaise de cuisine, il contempla le coucher de soleil. Il avait brillé certains jours au point que la neige avait fondu dans les champs et une averse avait tout rincé. Ayant déniché un coin adéquat sur le vieux tapis, Almondine se mit à ronger un os, sa gueule ouverte sur le bout creux. Peu après, la porte de la cuisine s'ouvrit, puis Trudy posa ses mains sur les épaules de son fils. Ils écoutèrent l'eau glisser le long des feuilles.

« J'aime ce bruit, dit-elle. Avant ta naissance, je passais beaucoup de temps ici à écouter l'eau couler du toit. »

Je sais. Tu es très vieille.

Le rire de sa mère, Edgar le sentit plutôt qu'il ne l'entendit. Elle enfonça doucement ses doigts dans ses épaules. « C'est à cette même époque de l'année que ton père avait trouvé le louveteau. On te l'a raconté, tu t'en souviens ? »

En partie.

« Tu vois les trembles là-bas ? demanda-t-elle en désignant un bosquet d'arbres, situé en bas du champ. On ne les avait pas plantés depuis longtemps le jour où il est sorti du bois, on pouvait encercler la plupart des troncs d'une seule main et leurs feuilles venaient d'éclore. Je regardais par hasard de ce côté-là lorsque ton père est apparu – c'était extraordinaire, il rayonnait et marchait d'un pas si lent, si précautionneux, que j'ai cru qu'il était blessé. Mes cheveux se sont dressés sur la tête. »

Parce que tu croyais qu'il était blessé ou à cause de son aspect ?

« Les deux, il me semble. J'aurais dû me douter qu'il portait un chiot parce qu'il avait la même attitude que lorsqu'il portait un nouveau-né dans le chenil. »

Le dos voûté.

« Oui. Mais à cette distance, je ne l'avais pas remarqué. »

Le son de sa voix était agréable, Edgar se sentait d'humeur à écouter et il supposa qu'elle était d'humeur à parler. D'aussi loin que remontaient ses souvenirs, il avait entendu des bribes de cette histoire, sauf qu'à présent elle lui racontait la fausse-couche qui avait eu lieu avant, le trajet jusqu'à l'hôpital, les silhouettes dans la pluie. À la fin du récit, les trembles du champ avaient disparu dans le crépuscule.

Aviez-vous donné un nom au bébé ?

« Non », finit-elle par répondre.

Et s'il avait vécu ?

Elle respira profondément.

« Je devine où tu veux en venir, Edgar. Je t'en prie, ne me demande pas de comparer les chagrins. Ce que j'essaie de te dire, c'est que j'ai perdu pied après la fausse-couche.

Combien de temps? Je ne m'en souviens pas vraiment et je serais incapable de t'expliquer ce que je ressentais, sauf que j'étais en colère de n'avoir pu connaître le bébé avant sa mort, ne serait-ce qu'une minute. Ah, et je me souviens aussi que je ne pensais plus qu'à dormir, loin de tout. »

Il lui fit signe qu'il comprenait. L'innommable pétale noir qui fleurissait dès qu'il baissait les paupières, le jour où il avait veillé sur son père dans la grange, lui revenait en mémoire. Ainsi que sa course sur la route et son impression qu'un Edgar avançait mais qu'un autre était resté dans la grange. Ainsi que l'obscurité et la pluie qui le trempait peu à peu. Ainsi que son impression d'être en sécurité tant qu'il avançait sur cette route.

« Souhaites-tu savoir pourquoi je ne me suis pas effondrée cette fois-ci? » demanda-t-elle.

Pourquoi?

« Parce que j'ai eu la possibilité de connaître ton père. Même si l'injustice de sa mort me donne envie de hurler, j'ai eu au moins la chance de passer vingt ans avec lui. Ce n'est pas assez. Même un siècle ne m'aurait pas suffi... mais c'est déjà quelque chose, et ça change tout pour moi. » Elle s'interrompit. « Ce qui est arrivé à ton père n'est pas de ta faute, Edgar. »

Je sais.

« Non, Edgar, ce n'est pas vrai. Crois-tu que je ne lise pas en toi comme dans un livre ouvert? Ce n'est pas parce que tu ne le formules pas en langage des signes que ton corps ne l'exprime pas – dans ta position, ta démarche! Sais-tu que tu te frappes pendant ton sommeil? Pourquoi? »

Edgar mit un certain temps à comprendre. Alors il se leva et fit tomber brutalement la chaise derrière lui.

De quoi tu parles?

« Déboutonne ta chemise. »

Il essaya de s'éloigner, mais Trudy le retint : « Je t'en prie, Edgar. »

Il s'exécuta. Sa chemise une fois ouverte révéla une ecchymose d'un bleu affreux strié de verdâtre au milieu de son torse.

Quelque part un diapason glacial frappa une barre d'argent et émit une interminable sonnerie. Se précipitant dans la salle de bains, Edgar se planta devant le miroir et appuya le bout de ses doigts sur l'ecchymose. Une douleur lui laboura les côtes.

Depuis combien de temps se réveillait-il avec la sensation qu'une enclume lui martelait la poitrine ? Une semaine ? Un mois ?

« Qu'est-ce que c'est ? demanda Trudy dès qu'il apparut dans la cuisine. Nom de Dieu, Edgar, qu'est-ce qui t'arrive ? Tu es tellement emmuré dans ta tristesse que tu m'as abandonnée. Tu ne peux pas m'exclure comme ça, on dirait que tu es le seul à avoir perdu quelqu'un. » Elle lui serra le bras. « Chaque fois que tu entres dans la cuisine le matin, j'ai l'impression que c'est lui... »

C'est ridicule. Je ne lui ressemble pas du tout.

« Si, Edgar. Tu as sa manière de bouger, sa démarche. Je t'ai observé dans la maternité, même les chiots, tu les portes exactement comme tu l'as décrit, le dos voûté, avançant à pas comptés. Lorsque nous sommes tous les deux, je suis obligée de sortir parce qu'il me semble parfois le voir à ta place. Le soir, il m'arrive de monter te regarder dans ta chambre – c'est plus fort que moi, d'autant que c'est le seul moment où tu me laisses t'approcher et le seul moyen que j'aie d'être près de toi. De toi ou de lui. »

Je ne suis pas lui. Je ne lui arrive pas à la cheville.

Pris de frissons, il se précipita dans la véranda. Il avait eu envie d'ajouter quelque chose mais la découverte des ecchymoses avait balayé tout ce qu'il avait en tête.

« Edgar, je sais à quel point c'est tentant de se réfugier dans la colère, reprit Trudy qui l'avait suivi. Tu crois que tu traverseras cette épreuve à force de ressassements et que tout finira par aller, mais ça ne marche pas comme ça. Il faut que tu me parles. Je n'arrive pas à me débarrasser de la sensation que tu ne m'as pas tout raconté. »

Bien sûr que si. Je suis descendu du grenier : il était là. J'ai été obligé d'attendre que quelqu'un vienne.

« Le combiné du téléphone était cassé. »

J'ai perdu la boule, je l'ai cogné sur le comptoir. Je t'ai déjà dit tout ça.

« Quoi d'autre, Edgar ? Qu'est-il arrivé d'autre ? »

Rien !

« Alors, qu'est-ce que c'est que ça ? » insista-t-elle, désignant le torse d'Edgar.

Je ne sais pas ! J'ai dû tomber. Je ne me souviens pas.

« Edgar, je t'ai vu pendant ton sommeil, tu te frappes la poitrine. Tu essaies de signer quelque chose. Quoi ? »

Paralysé par le souvenir de ses poings martelant son corps, il était incapable de répondre. Toujours sur la véranda, respirant par saccades comme sa mère, il se rappela soudain ce qui lui avait échappé l'instant d'avant.

Claude ne lui ressemble pas non plus.

Ce fut au tour de sa mère de garder le silence. Le regard perdu au loin, dans les champs, elle soupira. « Après la dernière fausse-couche, j'ai voulu me faire opérer pour ne plus tomber enceinte. Ça me plaisait d'avoir ainsi la certitude de ne plus jamais me sentir aussi mal. Ton père m'a convaincue que j'imaginais le pire. "Rien qu'une fois de plus, m'a-t-il suppliée. Bien sûr, ce sera horrible si ça se reproduit, mais ce sera tellement merveilleux si ça marche." Il avait raison, Edgar, puisque nous t'avons eu. Je n'ose imaginer ce qu'aurait été notre vie si ton père n'avait pas cru si fort aux nouveaux départs. »

Edgar se retourna et contempla la nuit.

« Il y a une différence entre la douleur d'avoir perdu ton père et le refus du changement, poursuivit-elle. Cela n'a rien à voir. Nous n'y pouvons rien, toi comme moi. Les changements sont la loi de l'existence, il y en aurait eu, quand bien même ton père serait encore en vie. Tu peux t'y opposer ou l'accepter, mais tu n'évolueras qu'à condition de l'accepter, sinon tu stagneras. Tu comprends ? »

Ne faut-il pas s'opposer à certains changements ?

« Bien sûr que si, tu le sais très bien. »

Comment fais-tu la distinction ?

« Je n'ai aucune certitude dans ce domaine. Tu te poses la question : pourquoi est-ce que je me bats ? Si tu te réponds : parce que j'ai peur de la tournure que vont prendre les choses – alors, c'est que tu te bats pour de mauvaises raisons. »

Et si ce n'est pas la réponse ?

« Dans ce cas, tu t'obstines, tu luttes envers et contre tout. Mais tu dois être sûr de pouvoir faire face à d'autres sortes de changements car il y en aura, quoi qu'il advienne. D'ailleurs, si tu te lances dans ce genre de combats, il est évident que les choses bougeront. »

Edgar acquiesça. Bien qu'il sache qu'elle avait raison, il ne le supportait pas. Une rivière ne pouvait couler à contre-courant. Sans trouver les mots pour la formuler, il sentait néanmoins qu'il existait une alternative à l'obstination ou à la résignation. Ni sa mère ni lui n'ayant changé d'avis, il n'y avait rien à ajouter. Il attendit qu'elle retourne dans la cuisine, avant d'ouvrir la porte et de se rendre dans la grange.

*

Le sol du grenier était jonché de ficelles. Après plusieurs tentatives infructueuses, il confectionna deux boucles qu'il pourrait attacher aux montants du lit. C'était facile à cacher sous les couvertures et sa mère ne verrait rien si elle montait la nuit. Il passa ses poignets dans les oreilles de lapin ; il suffirait d'un second tour pour les empêcher de glisser pendant son sommeil.

Tard dans la soirée, il fut réveillé par le cadran du téléphone, chaque chiffre entraînait le ressort une fois dans le sens des aiguilles d'une montre, une fois dans l'autre, avec un cliquetis qui résonnait à travers les murs. Les bribes de conversation de sa mère que le combiné n'avalait pas s'élevaient dans les courants d'air de la vieille maison, devenant fumée grise, si fine qu'elle dérivait dans l'escalier, les thermostats et, au moindre contact avec une cloison, un rideau ou une ampoule, s'effritait en une poussière qui recouvrait tout.

Le matin, il fourra la ficelle au fond d'une vieille chaussure de tennis et observa son torse dans le miroir.

Cela fonctionnait parfaitement. Il recommencerait.

*

Le premier orage de printemps éclata au cœur de la nuit, les éclairs striaient le ciel et le tonnerre faisait trembler les carreaux. Le lendemain matin, il avait cédé la place à une pluie ininterrompue qui faiblissait un temps, puis retombait de plus belle faisant jaillir des gerbes d'eau des gouttières. Au bout de deux jours, le sous-sol commença à être inondé. Il n'y avait pas de raison de s'inquiéter puisque les pieds des tables étaient, depuis des lustres, posés sur des boîtes de café. Edgar observa l'eau s'infiltrer dans les pierres que Schultz avait serties dans les murs de la cave. Le flotteur du puisard s'éleva deux fois en une heure, les lumières clignotèrent au moment où le moteur de la pompe s'amorçait, puis il y eut un bruit sourd lorsque la colonne d'eau heurta le coude de la gaine d'aération.

Dehors, l'univers devint une explosion de senteurs végétales, bourbeuses et florales – des effluves de vieux foin, de mélèze, de plantes aquatiques, de mousse, de sève sucrée, de feuilles en décomposition, de fer, de cuivre, de vers de terre – un bâillement musqué en suspens dans la cour.

*

Les chiens le réveillèrent deux nuits d'affilée.

Ils avaient rouvert les portes des enclos le soir ; les chiens dormaient le museau posé sur la marche en bois, regardant à travers le store en tissu. De la fenêtre de sa chambre, Edgar distinguait les truffes noires et les yeux brillants. La première nuit, il ignora les aboiements, roula sur le côté et se couvrit la tête de son oreiller, la seconde en revanche, il détecta une ferveur qui le réveilla complètement. Les voix d'Essai et d'Opale dominaient la pluie. Almondine et lui s'agenouillèrent devant la fenêtre : les chiens debout, ruisselants, dans leurs enclos, remuaient joyeusement la queue.

Un chevreuil ou un raton laveur dans le verger, pensa Edgar.

Il alla dans la chambre d'amis dont la fenêtre donnait sur le verger et la route. Rien. Le temps qu'il retourne dans la sienne, les chiens s'étaient tus. L'idée qu'ils avaient peut-être vu Forte germa soudain dans son esprit, lui remontant le moral. L'animal était certainement assez opiniâtre pour revenir après avoir hiverné dans une famille d'adoption.

Les yeux ouverts dans son lit, Edgar tendait l'oreille dans l'espoir que les chiens remettraient ça ou que Forte hurlerait.

Il était tellement concentré qu'il eut l'impression d'entendre une voix, la même que celle qu'il avait entendue dans la grange lorsqu'il y dormait, la même que celle de la veille, toujours mêlée à d'autres bruits. Il crut qu'on criait son nom tandis que les ressorts du lit grinçaient – un appel muet porté par une rafale de vent qui fouettait la vitre. Il se redressa et prit des livres sur l'étagère, parcourant les lettres du regard comme autant de gribouillis jusqu'à ce que le ciel pâlisse.

Au petit déjeuner, il attendit que sa mère fît allusion aux aboiements.

As-tu entendu les chiens aboyer cette nuit ? finit-il par demander.

« Non. Ils ont aboyé ? »

Un raffut de tous les diables.

« Rien de grave. À la fonte des neiges, ils sont toujours agités. »

Lorsqu'il eut fini les corvées ce soir-là, il était si épuisé qu'il monta l'escalier en titubant et s'effondra sur son lit. La nuit était d'encre quand il fut réveillé par quelqu'un qui l'appelait. Cette fois, son nom se perdait dans le ruissellement des gouttières. Il s'assit, les bras croisés, attentif. Aussitôt, les chiens se mirent à aboyer. Il sortit de son lit sans allumer, souleva la guillotine et tendit le cou. Des trombes d'eau partout. Il aperçut l'Impala de Claude, garée sous sa fenêtre.

Dans chaque enclos, un chien aboyait.

Dès qu'il eut enfilé un jean et une chemise, noué les lacets de ses chaussures à l'aveuglette, il se faufila dans l'escalier, une main sur le dos d'Almondine pour la freiner. Aucune lumière ne brillait dans la chambre de sa mère, l'horloge de la cuisine indiquait 1 h 30.

Il s'agenouilla devant Almondine.

Reste là, je ne veux pas que tu te fasses tremper.

Il ouvrit la porte de la véranda et se pencha dehors. Un coup de vent lui ébouriffa les cheveux. Il n'y avait ni éclair ni tonnerre, rien que le murmure de la pluie tiède si semblable à celui d'un ruisseau – le bruit qui avait, naguère, poussé Almondine à gratter la surface du cours d'eau gelé comme si quelque chose se cachait en dessous. Des rideaux d'eau argentée se déversaient des gouttières de leur toit.

Il actionna l'interrupteur. Aussitôt la lampe à col-de-cygne suspendue au-dessus des portes de la grange s'alluma, projetant un cône de lumière sur leurs planches brutes. Il s'attendit presque à voir détaler une marmotte ou un renard mais il ne distingua que le reflet de la pluie dans la lumière. Pourtant les chiens, mouillés et luisants, continuaient d'aboyer, regardant dans la cour avec inquiétude tout en donnant l'impression qu'ils reconnaissaient quelqu'un. Une petite lueur vacilla devant eux, puis disparut. Edgar s'apprêtait à rentrer lorsqu'une une forme, près de la porte, attira son attention. Malgré l'attention avec laquelle il la scruta, il ne vit que la pluie.

Enfin, les chiens se turent. Ils secouèrent l'eau de leur pelage et trottèrent, un par un, vers la porte au fond de leur enclos, soulevèrent le store et disparurent.

Ce qui les fait aboyer doit être à l'intérieur du chenil, pensa Edgar. Il ne découvrirait jamais de quoi il s'agissait en restant dans la véranda. Il s'agenouilla pour tranquilliser Almondine, puis s'élança sous la pluie pour traverser la cour.

Sous la pluie

Il fut trempé avant d'atteindre le coin de la maison. L'eau, pourtant tiède, s'infiltrait dans sa chemise et son jean, lui donnait la chair de poule mais il était trop tard pour aller chercher un manteau. S'approchant de l'Impala, il posa sa main sur le capot. Le moteur était aussi froid que la pierre.

Il marcha sur le petit talus central de l'allée couvert de mauvaises herbes, des rigoles de boue coulaient de part et d'autre de ses pieds. À la lueur de l'éclairage de la cour, l'herbe fraîchement poussée était d'un noir huileux. L'eau cascadait de branche en branche sur les deux grands pins qui se dressaient, frissonnants, telles des sentinelles. Aucun chevreuil en vue, ni la moindre trace de roux révélant la présence d'un renard, ni le moindre éclat d'yeux brillants annonçant celle d'un raton laveur. Edgar se dirigea vers les enclos désertés, tout en s'essuyant le visage.

Un chien apparut par l'une des petites portes – Essai le regardait avancer. Quand il se baissa et passa ses doigts à travers les mailles du grillage, elle se précipita de son côté, s'approcha de l'ombre qu'il projetait et lui lécha les doigts. Son attitude exprimait une curiosité dépourvue d'anxiété, une attente dénuée de crainte.

Que se passe-t-il là-bas ? signa-t-il. Où irais-tu si j'ouvrais la porte ? Que poursuivrais-tu ?

Essai remua la queue et fixa Edgar comme pour lui retourner la question. Après s'être relevé en s'appuyant au chambranle dont le bois détrempé crissa, il fit volte-face pour regarder derrière lui, espérant voir ce que les chiens avaient vu.

Le lampadaire de la cour projetait son globe jaune sur le sol. Dans le verger, le terrain s'élevait sous les arbres, puis s'aplanissait près de la route. La maison se dressait en lisière de la lumière, éclairée côté allée, sombre côté jardin. Les ombres des pommiers s'étiraient dans l'herbe tandis que la forêt, au-delà de la route, ressemblait à une toile de fond, ondulante de gris. Le vent donnait aux gouttes des formes déchiquetées qui oscillaient avant de se fondre dans la nuit.

Quand Edgar jeta un coup d'œil par-dessus son épaule, il s'aperçut qu'Essai était rentrée et que de multiples yeux étincelants l'observaient. Contournant la laiterie, il foula les cônes lumineux dessinés par les projecteurs fixés au-dessus des portes de la grange. Une fois au silo, il scruta le champ à l'ouest, mais il était ébloui et l'obscurité commençait à quelques mètres. Il sonda la nuit vers les enclos de derrière, sans rien voir d'autre que le côté du silo qui disparaissait dans le noir et la vaste toiture. Après avoir attendu un moment, il retourna vers la grange.

Et, pour la deuxième fois cette nuit-là, il perçut un mouvement devant les portes qu'il mit un moment à saisir, la pluie semblait tomber différemment. Il s'avança pour voir de plus près, suivit du regard une goutte d'eau qui apparut dans la lumière, s'arrêta au-dessus de sa tête, vacilla comme une perle transparente et finit par gicler dans une flaque à ses pieds. Il s'essuya le visage, leva les yeux et remarqua qu'une nouvelle goutte, qui s'était substituée à la première, tomba elle aussi et fut tout de suite remplacée par une autre, puis une autre. Même si rien ne semblait les retenir, elles restaient suspendues un bref instant avant de s'écraser. Après avoir observé le phénomène une dizaine de minutes, il ne put s'empêcher de tendre le bras pour toucher l'endroit. Au dernier moment, il hésita et recula.

C'est alors qu'il se rendit compte que le phénomène se reproduisait de haut en bas, devant lui : des centaines – des milliers – de gouttes de pluie se figeaient une fraction de seconde dans la lumière. Il distingua quelque chose qu'il perdit de vue presque instantanément. Il ferma les yeux, comme lorsqu'il essayait de saisir le verger pétrifié dans une immobilité absolue. Quand il les ouvrit, il eut la conviction qu'elles s'étaient agglutinées.

En lieu et place des gouttes de pluie, il distingua un homme.

Une tête. Un torse. Des bras éloignés du corps. Le tout formé par des gouttes en suspens aussitôt remplacées. Près du sol, les jambes s'effrangeaient en gerbes d'eau bleu-gris. Lorsqu'une rafale de vent balaya la cour, la silhouette vacilla et les branches des pommiers se tordaient derrière elle, comme réfractées par du verre fondu.

Edgar s'éloigna. Une cascade s'abattit sur ses bras, son cou, son visage. La brise, qui faisait miroiter la silhouette, lui caressa la peau transportant des relents de boue et de marécage auxquels se mêlaient l'odeur du chenil et celle de l'eau.

Soudain, le besoin impérieux d'une réalité assez concrète pour exister ailleurs que dans un rêve s'empara d'Edgar. Il se dirigea en trébuchant vers la grange. Là, il fit courir ses paumes sur les planches de la façade et une écharde s'enfonça dans sa chair à la base du pouce. Brève et brutale, la douleur était réelle.

Il jeta un œil autour de lui. La silhouette, qui s'était retournée, semblait le regarder.

Edgar reprit son inspection de la grange, avec minutie et acharnement cette fois. Du bout des doigts, il effleura la charnière rouillée de la porte et les fentes irrégulières entre les planches où les ombres avaient la netteté des sillons de la lune. Il avait beau se douter qu'il lui suffirait d'attendre assez longtemps pour discerner des choses aberrantes – fantastiques, inexplicables, idylliques – son regard, où qu'il se posât, ne repérait rien qui sortît de l'ordinaire. Du bois peint. Du fer piqueté. De l'eau ruisselant de son visage dans sa course vers le sol. Les yeux clos, Edgar écouta son souffle.

Il fit volte-face. La pluie tombait toujours dans la lumière. Il était seul. Balayant de nouveau le lieu du regard, il distingua la silhouette – c'était plus facile maintenant qu'il l'avait déjà vue. L'ombre bougea et ses jambes semblèrent se fondre dans le rideau de pluie avant de disparaître tout à fait. Les aboiements des chiens retentirent dans la nuit.

Edgar se retrouva devant les enclos. Les chiens, qui étaient tous sortis, regardaient au loin sans la moindre frayeur. À leur voix, on aurait dit qu'ils reconnaissaient quelqu'un. Ils remuaient la queue, projetant des brumes d'eau. La silhouette se tourna alors vers Edgar et forma un signe avec ses bras. De l'eau gicla. À cause de la distance et de ses contours flous, il était difficile de comprendre le signe.

La silhouette le refit tandis qu'Edgar s'approchait.

Lâche un chien.

Edgar cligna des yeux sous la pluie.

Pourquoi?

Tu crois que je ne suis pas réel. Ouvre un enclos.

Edgar se dirigea vers celui d'Essai. Il souleva le loquet, glissa les doigts à travers le grillage et ouvrit la porte. Essai sortit d'un bond. Le museau à l'endroit où la silhouette s'était tenue, elle gratta l'herbe d'une patte. Ensuite, elle posa les yeux sur Edgar, puis les tourna vers la cour sans cesser de remuer joyeusement la queue. La silhouette fit le signe du rappel mais Essai courait déjà vers elle. Arrivée à sa hauteur, la chienne décrivit plusieurs cercles avant de s'asseoir à sa gauche. La silhouette avança d'un pas scintillant et indiqua à la chienne de se coucher. Essai se laissa aussitôt tomber dans l'herbe mouillée, et la silhouette se baissa pour lui caresser la tête, inondant sa joue trempée. Haletante, la chienne retroussa ses babines en une grimace de plaisir. Comme elle voulait lécher la main de la silhouette, elle passa la langue dans de l'eau et, par réflexe, ferma sa gueule avant de l'avaler.

La silhouette tourna son regard vers la grange et fit le signe ordonnant un « assis » général, auquel les sept chiens obéirent d'un seul mouvement. Puis elle les libéra chacun leur tour et ils rentrèrent dans leurs boxes. Quelques instants plus tard, les rabats en toile se soulevèrent et sept museaux apparurent.

Tu vois?

Enfin, la silhouette indiqua le chenil à Essai, qui y fila. Avant qu'Edgar n'ait eu le temps de fermer la porte de son enclos, elle avait rejoint les autres.

Il se retourna pour faire face à la pluie.

Edgar.

Que...qu'est-ce que vous faites là ?

Tu ne me reconnais pas ?

Je ne veux pas. Je ne sais pas. Peut-être.

Combien de fois sommes-nous restés là à regarder la maison ensemble ? Combien de fois avons-nous compté les chevreuils dans le champ ? Combien de fois t'ai-je porté pour que tu attrapes une pomme ? Regarde-moi, Edgar. Que vois-tu ?

Je ne sais pas.

Que vois-tu ?

Je sais pourquoi tu es là. Je suis désolé. J'ai vraiment essayé.

Tu crois que tu aurais pu me sauver ?

Je n'arrivais pas à trouver ce qu'il fallait faire. J'ai tout essayé.

Je serais mort de toute façon.

Non. Je n'ai pas réussi à parler. Des médecins auraient pu venir.

Ils n'auraient rien pu faire.

N'empêche que j'étais là. J'ai aggravé les choses.

La silhouette aqueuse baissa la tête. Un espace d'environ un mètre les séparait. Au bout d'un moment, elle releva les yeux et avança, les mains tendues, comme si elle voulait l'étreindre.

Edgar ne put s'empêcher de reculer. Une vague de remords le submergea aussitôt.

Je suis désolé, signa-t-il. Ce n'est pas ce que je voulais faire.

Ce jour-là, tu n'as pas compris ce que tu voyais.

La silhouette s'estompa tandis qu'elle se dirigeait vers la grange et contournait la vieille laiterie. Edgar la suivit, la retrouvant devant les portes. Grâce aux projecteurs, ses signes étaient plus faciles à comprendre.

Rentre. Maintenant. Avant qu'il ne s'arrête de pleuvoir.

Pourquoi faire ?

Chercher.

Chercher quoi ?

Ce qu'il a perdu. Ce qu'il croit avoir perdu pour toujours.

La silhouette s'éloigna de la porte. Edgar souleva la barre de fer et tourna la poignée. L'intérieur, noyé dans l'obscurité, était sec. Stupéfié par l'absence soudaine de pluie, il regarda dehors, vit qu'elle tombait toujours mais ne vit rien d'autre. Aucun chien n'aboya, certains étaient cependant aux aguets dans leur enclos.

Il ouvrit la porte de l'atelier et se figea, incapable d'en franchir le seuil. Tendant le bras, il trouva l'interrupteur sur lequel il appuya et parcourut la pièce du regard : l'établi à gauche tapissé d'un film velouté de poussière ; sur le mur au-dessus, le panneau perforé, couvert d'outils ; l'étau à moitié desserré. Ils n'avaient presque touché à rien pendant l'hiver, sauf au meuble à classeurs. De l'autre côté de la pièce, devant l'escalier du grenier, les étagères croulaient sous des pots de peinture et de créosote, aux étiquettes maculées de taches et de giclures.

Edgar entra après avoir respiré un grand coup. Il ôta les pots de peinture des étagères et les aligna sur l'établi. Ce faisant, il remarqua qu'à la différence du reste de la pièce, envahi de poussière, ils n'en étaient recouverts que d'une fine pellicule comme si on les avait récemment déplacés. Enfin, il ne resta que quelques vieux pinceaux et rouleaux entassés au petit bonheur à un bout de l'étagère qu'il posa aussi sur l'établi.

Par terre, sous les rayonnages, il y avait les deux énormes bidons que son père avait essayé de déplacer ce jour-là, remplis à ras bord de clous tordus, de vis sans tête, de pièces de rechange – le fer rouillé avait viré au brun foncé, l'acier au gris mat. Edgar s'accroupit pour essayer de décoller le premier du mur. Au bout de la troisième ou quatrième tentative, la poignée en métal se dessouda, et il tomba à la renverse. À quatre pattes, il s'approcha à nouveau du bidon, et le poussa de toutes ses forces – il oscilla avant de se renverser. Comme Edgar le faisait précipitamment rouler, de la ferraille orange s'échappa. Il s'agenouilla pour la ramasser.

La poignée du deuxième bidon était perdue depuis des lustres. La ferraille gicla de nouveau. Edgar se coupa un doigt avec un bout tranchant. Le sang mêlé à la rouille de ses mains coula sur le sol. Il s'agenouilla mais ne tarda pas à se rasseoir car ses efforts ne menaient à rien. Sous l'escalier du grenier, toutes sortes de choses étaient coincées dans les interstices entre les longrines et le béton – un pinceau tombé depuis longtemps de l'étagère, un chiffon en charpie, une boîte de rondelles. Il s'attela à la tâche, les jetant l'un après l'autre dans l'atelier. Une goutte de sang bordeaux tomba sur une toile d'araignée qui trembla dans l'air, il la balaya d'un geste.

Là, contre le mur : une seringue en plastique. Il la prit, souffla la poussière et la leva à la lumière. Le piston était rentré aux trois quarts ; le double bouchon noir était au niveau de la dernière graduation du réservoir. La lumière se reflétait dans l'aiguille sous forme d'une ligne droite. Il secoua la seringue. Deux cristaux cliquetèrent dans le réservoir.

Edgar sortit sous la pluie, la tenant dans sa main. Les lumières de la grange l'aveuglèrent. La pluie s'était transformée en crachin et il ne repéra pas son père sur-le-champ. Affolé, il le chercha partout avant de se rendre compte – au bout d'un long moment tant sa silhouette se diluait dans la bruine – qu'il se trouvait à l'endroit précis où il l'avait quitté.

Edgar brandit la seringue.

C'était sous l'escalier.

Oui.

Qu'est-ce que ça veut dire ?

Tu l'as déjà vu s'en servir ?

Claude ?

Le regard d'Edgar navigua de l'Impala garée dans l'allée, à la maison plongée dans l'obscurité. Il crut apercevoir les yeux brillants d'Almondine à la fenêtre de sa chambre.

Il l'a demandée en mariage.

Elle n'acceptera pas.

Elle lui a ri au nez. Mais elle finira par accepter. Quand elle sera seule, elle acceptera.

Non ! Elle …

Gar interrompit son fils en plaquant sa main au milieu de sa poitrine – une éclaboussure infime sur sa peau. Edgar

crut d'abord que le geste de son père signifiait : reste tranquille et écoute, mais il tendit l'autre main et quelque chose
passa entre eux, on eût dit qu'il voulait extraire le cœur de
son fils. La sensation fut si étrange qu'Edgar crut que son
cœur allait s'arrêter de battre. Or, son père se contenta de le
prendre avec une infinie délicatesse comme s'il s'agissait d'un
chiot nouveau-né. Sur son visage, Edgar perçut du regret, de
la colère, de la joie et, surtout, une indicible tristesse.

Il ne songea plus à protester ni à résister. L'univers vira
au gris. Une cascade de souvenirs afflua, à la manière des
gouttes de pluie qui transperçaient la silhouette de son père.
Des images engrangées par un bébé, un enfant, un jeune
homme, un adulte : tous les souvenirs de son père lui étaient
transmis en même temps.

Penché sur un berceau, observant un bébé silencieux
qui bougeait les mains au-dessus de sa poitrine. Trudy, une
jeune femme en train de rire. Almondine, un chiot aveugle
et mouillé. La vision d'un garçon en compagnie d'un autre
plus jeune, qui levait quelque chose de sanglant en l'air, en
souriant. Un millier de chiens éclairés de rouge. Et un sentiment de responsabilité au sein de ces images – le désir de
s'interposer entre Claude et le reste du monde. Des bagarres
de chiens. Des orages au-dessus des champs. Des arbres qui
défilaient aperçus par la fenêtre du camion. Des chiens qui
dormaient, couraient, étaient malades, heureux, à l'agonie. Des chiens toujours et partout. Puis Claude cherchait
quelque chose sur le sol, devant l'atelier. L'obscurité. Enfin,
debout devant lui, un garçon aussi transparent que du verre,
dont le cœur battait dans deux mains en coupe.

Edgar tomba à genoux, le souffle coupé. Il se pencha en
avant, vida son estomac dans une flaque. Du coin de l'œil, il
vit la seringue dans la boue.

Il leva les yeux, haletant. Son père était toujours là.

Il a toujours pris ce qu'il voulait.

Je vais le dire à la police.

On ne te croira pas.

Edgar fondit en larmes.

Tu n'es pas réel, ce n'est pas possible.

Trouve…

Quoi ? Arrête ! Je n'ai pas réussi à déchiffrer.

Trouve H-A-A ...

C'était incompréhensible. Un I très distinct succédait aux lettres H-A-A.

Je ne comprends...

Il crachinait si faiblement à présent que son père devenait presque invisible. Une rafale pulvérisa ses mains, il disparut. Edgar crut que c'était à jamais mais, dès que le vent cessa de souffler, Gar réapparut, à genoux devant lui, les mains tellement imperceptibles qu'il en distinguait à peine les mouvements.

Un effleurement du pouce sur le front.

Le petit doigt dressé sur un poing fermé.

Ne m'oublie pas.

Puis son père se pencha à nouveau vers lui.

Edgar pensa qu'il préférerait mourir plutôt que d'éprouver à nouveau la sensation de tout à l'heure. Après avoir reculé précipitamment dans la boue jusqu'à sentir le mur de la grange dans son dos, il signa frénétiquement dans la nuit, les bras croisés au-dessus de sa tête.

Ne me touche pas ! Ne me touche pas ! Ne me touche pas !

Alors régna un silence absolu. La bruine était si faible qu'elle tombait sans aucun bruit. Edgar ne put se résoudre à lever les yeux avant que l'eau eût cessé de couler des gouttières.

La lune perça une masse duveteuse de nuages, faucille luisante aussi pointue que l'aiguille de la seringue à côté de lui. À la lisière de la forêt, les arbres prirent un éclat bleuté. Edgar avança dans l'allée puis se retourna vers la grange. On aurait dit que les poils des chiens, assis immobiles devant la porte de leurs boxes, étaient du métal argenté. Ils le suivirent des yeux, baissèrent le front, rentrèrent la tête, n'ayant plus envie d'être dehors. Ils ne bougèrent cependant pas d'un pouce.

Des qu'ils ouvraient les yeux, on apprenait aux chiens à observer, écouter, faire confiance. À réfléchir et choisir. Un principe érigé à chaque minute de leur entraînement. Ce qu'on leur enseignait allait au-delà de la simple obéissance, on leur inculquait que tout pouvait être dit par le dressage. Edgar y croyait – il estimait qu'on avait le droit d'attendre beaucoup des chiens à condition d'avoir une assurance à la mesure de ses exigences car ils obéissaient. Indécis, mal à l'aise, inquiets, effrayés : ils obéissaient.

En rang, les chiens guettaient le signal qui les libérerait.

Les nuages se déchirèrent, se reconstituèrent et masquèrent la lune.

TROISIÈME PARTIE

Ce que font les mains

Le réveil

Il émergea d'un sommeil étrange, vaste et plus réconfortant, le noir d'une mise en veille intentionnelle ou peut-être la nuit qui précède le premier réveil, dans le ventre de la mère, que chaque bébé connaît mais oublie à jamais. Il sentit l'haleine chaude d'Essai sur son visage. Quand il leva une paupière, un museau pointu et moustachu, un regard curieux apparurent dans son champ de vision. Il la repoussa et referma les yeux, la tête entre les genoux. Même ainsi, il en avait assez vu pour savoir qu'il était dans le box le plus éloigné, près de la maternité, et que les ampoules brillaient le long du couloir. Il pleuvait à torrents. Les rabats en toile bruissèrent et un autre chien s'approcha : Amadou, qui fourra son museau dans le cou d'Edgar, le flaira puis redressa la tête avec un grognement étonné.

Des brins de paille lui piquaient le cou. Sa chemise, glaciale et trempée, lui collait à la peau. Un spasme secoua son corps, puis un deuxième. Malgré lui, Edgar inspira une grande bouffée d'air qui l'emplit des odeurs du chenil – sueur et urine, paille et térébenthine, sang et déjections, naissance, vie et mort – le tout aussi étranger qu'amer comme s'il avait soudain été envahi par le passé du chenil où le souvenir de la nuit précédente s'était dissimulé jusqu'au dernier moment.

Il n'eut que la force de s'asseoir en tailleur, adossé au mur, d'enfouir sa tête entre ses bras et de compter le nombre de chiens, en se fiant à leur piétinement dans la paille. La pluie tambourinait toujours. Essai et Amadou frottèrent leur cou sur ses paumes, se dandinant d'une patte sur l'autre. Il réussit enfin à se lever. Des pans de vêtements humides se décollèrent de sa peau. Quand il parvint devant la porte, il écouta le ruissellement des gouttières, une main sur la poignée.

Il inspira avant de faire coulisser la porte. Le soleil levant embrasait l'unique petit nuage qui flottait dans le ciel bleu saphir. Les jeunes feuilles de l'érable tremblaient. Les passereaux virevoltaient au-dessus du champ détrempé comme autant de petits miroirs se détachant sur le firmament. Les hirondelles qui nichaient sous la corniche plongèrent dans l'air matinal. Les couleurs – le vert des bois, le bleu fluorescent de l'Impala – faisaient paraître la maison d'une blancheur éclatante. Bien qu'il n'y eût ni déluge ni bruine, le bruit de la pluie le posséda encore un moment puis s'évanouit.

Il avait dépassé la laiterie quand il se rappela la seringue. Il retourna la chercher et la découvrit – l'aiguille cassée, le réservoir en miettes – dans une flaque. Il alla la jeter dans le vieux silo, prêtant l'oreille au bruit de papier froissé que firent les débris en heurtant la paroi en ciment. Il remonta ensuite l'allée et accéléra devant la maison, le verger, la boîte aux lettres. Arrivé sur la route, il rebroussa brusquement chemin, courut, ralentit et marcha à grandes enjambées. Il revint à nouveau sur ses pas et finit par se retrouver dans l'allée. De cette même foulée hésitante, il contourna la maison, cinq, dix, vingt fois, tout en scrutant l'obscurité derrière la vitre. Chaque fois qu'il passait devant le vieux pommier, il s'accrochait aux branches basses dont il se dégageait jusqu'au moment où, enfin calmé, il se tourna pour le regarder.

À la naissance d'Edgar, l'arbre était déjà vieux, il l'était sans doute même davantage que la maison. Le tronc se séparait en trois grosses branches épaisses, presque horizontales, dont la plus longue décrivait un arc vers la maison et se terminait par une masse de feuilles. Si on ne l'avait taillée, elle serait arrivée dans la cuisine. Les doigts gourds, Edgar grelottait et, malgré l'écorce glissante à cause de la pluie, il réussit à grimper jusqu'à cette branche qui ploya sous son poids. À chacun de ses mouvements, l'eau accumulée dans les jeunes feuilles coulait sur lui. Il avança lentement. Quand il arriva au bout, il s'agrippa à deux ramures en forme de cornes puis s'étira, nageur au cœur des frondaisons.

La fenêtre au-dessus de l'évier était fermée et les rideaux attachés de chaque côté. La lumière de l'aube ne suffisait pas à éclairer l'intérieur si bien qu'il ne distingua tout d'abord que la veilleuse orange du congélateur, qui clignotait. À chacune de ses respirations, la branche vibrait comme la corde trop serrée d'un instrument de musique. D'une largeur qui ne dépassait pas celle de sa main, son écorce entrait dans sa poitrine et c'était douloureux. Pourquoi se trouvait-il dans le pommier, que cherchait-il? Il n'en savait rien mais il attendait. La façade de la grange s'empourpra peu à peu. Un chien sortit dans son enclos, regarda autour de lui, puis battit en retraite. L'air matinal était vif et chargé d'eau. Un pluvier jacassait en bas du champ.

Almondine entra dans la cuisine, à petits pas précautionneux, elle vieillissait. Elle disparut du champ de vision d'Edgar après avoir fait le tour de la table et fut remplacée par Trudy, en robe de chambre serrée à la taille. Tournant le dos à la fenêtre, elle prépara le café. Tout en attendant, elle releva ses cheveux qu'elle laissa retomber sur ses épaules. Elle remplit sa tasse. Elle aimait son café noir à peine sucré – il lui en avait fait souvent au cours de l'hiver – et il la regarda enlever la cuiller de sa tasse, la plonger mouillée deux fois dans le sucrier et boire à petites gorgées. L'angle de la cuisine était encadré par deux fenêtres. De profil, elle contemplait les volutes vaporeuses au-dessus des champs, à l'ouest. Claude apparut habillé comme s'il venait d'arriver. Il s'approcha d'elle par-derrière, posa une main sur son épaule qu'il laissa un moment avant de remonter le col de sa robe de chambre. Ensuite, il alla rincer une tasse. Sans jeter le moindre coup d'œil à l'extérieur, il se servit de café et s'assit sur la chaise la plus proche de l'évier.

Le son de leurs chuchotements, pas leur teneur, traversa la vitre de la cuisine. Quelques minutes après, Trudy posa sa tasse sur la table, puis se dirigea dans la salle de bains. Claude, lui, regarda la lumière du soleil s'étendre sur le champ. Des lambeaux de brume tournoyaient et s'effilaient sous la chaleur matinale. Une volée de moineaux atterrit sur la mangeoire fixée à l'angle de la maison. Ils se chamaillaient et battaient des ailes pour se chasser les uns les autres si près d'Edgar qu'il aurait pu en attraper un.

L'arbre était un poste d'observation idéal. Il remarqua que Claude, plus jeune et plus mince que son père, dont il n'avait pas l'expression studieuse, grisonnait pourtant. Assis sur la chaise de Gar, il buvait son café.

Edgar avait eu peur de voir sa mère et son oncle s'embrasser.

Almondine s'approcha de Claude qui lui caressa la tête. Trudy sortit de la salle de bains, la tête enturbannée. Une lumière incandescente qui venait de la chambre se répandit sur la table de la cuisine. Claude se leva, rinça sa tasse tout en regardant par la fenêtre.

Il ne comprit sans doute pas tout de suite ce qu'il avait vu car son regard ne se fixa pas sur l'arbre. Edgar se demanda si les feuilles lui offraient un camouflage suffisant, c'était peu probable et, de toute façon, il s'en moquait. Sa tasse lavée, Claude l'essuya avec un torchon. Mais quelque chose le tracassait sûrement car, quand il releva la tête, **il braqua les yeux sur Edgar, puis recula en frissonnant.**

*

Un pas en arrière – quoi de plus naturel? Si tant est que l'on puisse ainsi qualifier sa réaction, alors qu'on vient de découvrir qu'un garçon perché dans un arbre vous épie comme une panthère depuis Dieu sait combien de temps. Sans doute depuis votre réveil. Vous vous penchez en avant. Les cheveux du garçon sont aussi trempés que s'il avait passé la nuit sous la pluie. Il arbore une expression figée, insolente, comme si la vitre qui nous sépare le protégerait de tout. Après l'avoir longtemps fixé afin d'être certain qu'il ne s'agit pas d'un mirage, vous comprenez que le garçon est là depuis le début – le bruissement des feuilles ne vous aurait pas échappé même à moitié endormi ou distrait, les oiseaux ne se seraient pas battus ainsi autour de leur mangeoire.

Et si c'était une blague … Vous vous penchez en arrière et tentez de rire en silence, comme si vous marchiez dans la combine. Vous tournez le dos pour déposer la tasse sur la table, puis vous regardez à nouveau par la fenêtre, avec désinvolture, le garçon qui vous dévisage, les mains agrippées à la branche sur laquelle il se tient en équilibre. Quand sa mère arrive derrière vous, vous vous retournez et c'est là que vous l'embrassez. Sans la moindre gêne. Ses mains s'attardent sur vos épaules. Vous tournez le dos à la fenêtre, sans révéler ce vous avez vu tandis qu'elle décroche son manteau. Après un dernier mot, elle sort avec Almondine.

Vous vous retournez vers la fenêtre. Vous vous attendiez à ce qu'il ait détourné les yeux pour regarder sa mère et le chien traverser la cour, or ce n'est pas le cas. Il a l'air détendu et ses yeux lui mangent le visage. Il ne songe qu'à observer, pas à réagir. Une petite voix dans un coin de votre tête vous souffle que ce garçon a passé sa vie à observer. Vous risquez fort de baisser les yeux avant lui.

Vous continuez à réfléchir – il vous regarde toujours de son perchoir mouillé – s'il s'agit d'un concours, vous l'avez déjà perdu parce qu'au moment même où vous avez compris ce que vous aviez vu par cette fenêtre – quand vos yeux ont enregistré qui c'était et que votre esprit a répondu que c'était impossible – à ce moment précis, si vous vous placez du point de vue du garçon, vous avez eu l'air effrayé, vous le savez. Vous avez reculé, vous vous êtes éloigné de ce corps, de ce visage, de ces yeux, de cette mèche sur son front, dégoulinante.

Vous avez reculé et levé des yeux écarquillés. Vous regardez à nouveau, cette fois en tentant un sourire insolent. Il ne se dessine pas facilement. Il est forcé. Il s'efface comme si vos muscles se paralysaient, ce dont le garçon, qui n'a ni détourné le regard ni trahi la moindre émotion, se rend sûrement compte. Mais ce n'est pas ce qui vous chagrine, ce qui vous préoccupe, c'est que le garçon semble lire en vous, entendre vos pensées au point que vous vous demandez ce qu'il a vu d'autre, ce qu'il sait ou devine. Et, comme vous vous arrachez enfin ce sourire amusé que vous auriez aimé obtenir plus facilement, ce qui vous déconcerte, ce qui vous fait tourner les talons, c'est qu'il sourit à son tour, sans un tressaillement de muscle ni un battement de paupière.

Fumée

La cour était baignée de lumière et un tapis de perles d'eau recouvrait la pelouse quand Edgar descendit du pommier. Il passa au pas de course devant l'escalier de la véranda. Il entendit la voix de Trudy, qui avait bloqué les portes de la grange grâce aux œillets vissés sur la façade rouge. Elle rassurait une mère dans la maternité dont elle examinait les petits. Il alla dans l'atelier où la ferraille dessinait une bande ocre sur le sol. Edgar décrocha un vieux marteau de coffrage, celui dont Claude s'était servi l'été précédent pour le toit de la grange, celui qu'il avait si souvent laissé tomber dans l'herbe haute qu'une patine piquetée de rouille le gainait. Comme il s'apprêtait à le rapporter à la maison – il pesait lourd –, il aperçut Almondine dans l'embrasure de la porte, remuant doucement la queue. Il s'arrêta net. Le manche du marteau serré dans une main, il s'avança, se baissa et lui intima de reculer mais, au lieu d'obéir, elle tendit le cou et pressa le museau contre son oreille, son cou.

Il se redressa en soupirant et regarda les yeux aux iris mouchetés d'ambre et de noir qu'elle levait vers lui, ses poils bruns qui frisottaient autour de sa tête, le diamant d'ébène qui s'imprimait du front en passant entre les yeux jusqu'à son museau. Il fourra la tête du marteau dans sa poche pour la pousser à deux mains ; lorsqu'il l'eut délogée, il s'accroupit – apaisé par le contact de ses poils – et l'autorisa à flairer ses vêtements humides de haut en bas.

Trudy sortit de la maternité, accompagnée d'un chiot qui gambadait et mordillait sa laisse. « Te voilà », lança-t-elle tout en corrigeant la marche du chien. Elle l'inspecta de la tête aux pieds.

« Mon Dieu, tu es trempé, s'exclama-t-elle. Tu es allé dans les bois ? »

Non. Pas... Non.

Comme il cherchait toujours ses mots, il entendit la porte de l'arrière de la maison s'ouvrir. Le chiot en profita pour prendre la laisse dans sa gueule et la secouer comme si c'était un serpent. Trudy l'en empêcha en lui enserrant le museau entre le pouce et l'index. « Ils deviennent dingues à force de rester enfermés, constata-t-elle. Heureusement qu'il ne pleut plus. Dépêche-toi d'aller te changer, je vais avoir besoin d'aide ce matin. » Tout en parlant, elle fixait le chiot dont elle guettait la désobéissance. Edgar se demanda si sa mère évitait son regard. Elle leva les yeux, lui prouvant que ce n'était pas le cas.

« Qu'est-ce qui ne va pas ? » insista-t-elle.

Il aurait pu lui raconter ce qu'il avait vu cette nuit, mais il n'était pas certain d'avoir choisi le bon moment. S'il patientait, elle s'apercevrait peut-être qu'il avait changé, que le monde avait changé. Il entendit la portière de l'Impala claquer, puis le ronronnement du moteur. Sans se lever, il braqua les yeux sur l'entrée tandis que la tête du marteau s'enfonçait dans sa hanche. Il avait encore le temps de marcher jusqu'à la voiture, d'ouvrir la portière, et de cogner partout. La sensation de se disloquer et qu'un autre Edgar se libérait de lui afin de poursuivre cet autre avenir l'en empêcha. Et l'Impala s'engagea dans l'allée.

Il ne répondit pas à sa mère qui continuait à l'observer. Il alla ranger le marteau dans l'atelier, puis se dirigea vers la maison. Une fois changé, il descendit et, dans le salon, il vit la couverture et l'oreiller sur le canapé. La veille au soir Claude ne dormait pas sur le canapé quand Edgar avait traversé la maison ; le simulacre l'accabla au point qu'il dut s'asseoir, une main sur le cou d'Almondine. Il se releva enfin et sortit.

Ce qui se passa ensuite lui semblait inconcevable : une matinée normale s'écoula ; la normalité était pourtant la dernière chose à laquelle s'attendait Edgar. Dès qu'il fut dehors, sa mère lui demanda d'aller chercher des chiens au chenil, par paire ou trio, les plus jeunes en premier. Au moment où le soleil fut à mi-parcours de son zénith, la routine l'avait emporté et le monde réel ôtait toute réalité à la nuit précédente. Les souvenirs transmis par son père, qui lui avaient paru indélébiles à l'aube, s'estompaient peu à peu au point de ne plus représenter qu'une minuscule toile de fond. Cela aurait pu être une chaude matinée d'été comme les autres mais chaque fois qu'Edgar fermait les yeux, une goutte de pluie apparaissait devant lui, éclatante sous la lumière de la cour qui la capturait puis la retournait. Vers midi, il lui sembla que tout s'écroulait autour de lui. Quand sa mère rentra déjeuner, il lui dit qu'il n'avait pas faim. Il raccompagna les deux derniers chiens au chenil et les écouta laper leur eau, la tête appuyée sur la porte du box. Il trouva des gants de travail, ramassa la ferraille dans l'atelier et la jeta dans le bidon de lait qu'il remit à sa place.

Puis il monta dans le grenier à foin. Almondine l'attendait dans la pénombre, éclairée par la lumière de la mi-journée qui s'infiltrait par les ouvertures et les fentes. Il s'effondra sur deux bottes de paille et replia les genoux contre sa poitrine. Avant qu'il ait pu tendre la main pour la caresser, il sombra dans le sommeil. Elle attendit près de son corps recroquevillé et toucha de la truffe le doigt qu'il s'était coupé la veille. Au bout de quelques minutes, elle décrivit quelques cercles, puis se coucha sans le quitter des yeux.

*

Dans son rêve, Edgar assis sur une marche regardait l'atelier depuis le grenier. Il savait que c'était impossible – les planches de la cage d'escalier auraient dû lui boucher la vue – mais le sommeil leur donnait une transparence de vitre. Debout devant l'établi, son père lui tournait le dos. Il tenait une laisse dont un bout était usé. Edgar voyait ses cheveux noirs ébouriffés et les branches de ses lunettes derrière les oreilles. Des outils pour travailler le cuir et une boîte remplie d'œillets étaient éparpillés sur la table. Lorsque Edgar jeta un coup d'œil au meuble de classement, son père s'y trouvait aussi, feuilletant les dossiers débordants d'un tiroir. Les deux hommes travaillaient en silence, sans se remarquer.

Une volute de fumée blanche s'insinua entre les planches du plafond. Aucune flamme en vue pourtant, aucun feu à éteindre. Edgar descendit l'escalier et resta dans l'atelier. La fumée s'épaissit en un nuage, il en inhala une bouffée et toussa mais son père – ses deux pères – continuèrent comme si de rien était. Puis Edgar devint tellement grand que sa tête touchait presque le plafond. Il lui était possible de retrouver sa taille, devina-t-il, sauf que, dans ce cas, les silhouettes de son père disparaîtraient et il se retrouverait tout seul.

À force de la chercher, en effleurant le plafond de ses doigts, il découvrit la trappe à foin. Quand il essaya de la soulever, un poids lourd l'en empêcha – Edgar lui-même, endormi sur les bottes. Il poussa de toutes ses forces. Une fissure apparut. Des fumerolles furent aussitôt aspirées, mais la trappe était trop lourde et il dut la remettre en place. Un nouveau panache de fumée apparut, dense, noir, au goût de métal brûlant.

L'instant d'après, le plafond était hors d'atteinte et il était seul dans l'atelier. La nuit était tombée. La lumière de la lampe à col-de-cygne entrait par la petite fenêtre. Almondine apparut alors dans son rêve, devançant Claude. Comme il semblait hésiter, elle l'obligea d'un mouvement de son museau à bouger. Il s'exécuta, passa devant son neveu, prit la laisse usée, la répara en l'espace d'un instant et effleura de la main le dos d'Almondine. Alors Edgar s'approcha de sa chienne qu'il s'empressa de caresser.

*

Edgar et sa mère préparèrent le dîner côte à côte. Il s'occupait des pommes de terre, Trudy des côtes de porc tout en se penchant vers lui de temps à autre pour ajouter un peu de gras dans ses patates. On aurait dit un vieux couple en train de faire le point sur la journée écoulée tandis que l'huile grésillait. Elle sortit les couverts, les assiettes, le pain, le beurre et deux moitiés de pamplemousse qu'elle saupoudra de sucre avant de les disposer dans des bols.

Ils passèrent à table. Introduisant sa cuiller sous la peau qui séparait les quartiers de pamplemousse, Edgar regarda par la fenêtre un monde entièrement bleu : ciel, terre, arbres, feuilles lui apparaissaient comme à travers des milliers de mètres cubes d'eau transparente.

« À quoi penses-tu ? » finit par demander Trudy.

Quel que fût son désir de lui raconter ce qui était arrivé la nuit précédente, l'appréhension qui l'avait taraudé lorsqu'il rêvait de son père les premières semaines après l'enterrement s'empara de lui : si tu parles, tu oublieras tout au fil des mots qui s'égrèneront. Tout s'effacera avant que tu n'aies eu le temps de terminer. Puis l'avertissement de son père lui revint à l'esprit : Ils ne te croiront pas.

À ton avis, ça existe le paradis et l'enfer ? signa-t-il.

« Je ne sais pas. Si tu parles de ceux décrits par les chrétiens, alors non. Mais j'estime que les gens ont le droit de croire en ce qu'ils veulent. »

Il ne s'agit pas de la Bible. Est-ce que tu crois qu'il y a quelque chose après la mort ?

Elle prit une cuiller de pamplemousse.

« Je ne réfléchis pas assez à ces questions. Comme ça ne change rien, je n'y accorde pas beaucoup d'importance. En revanche, ceux pour qui c'est un sujet digne d'intérêt, et ils sont nombreux, doivent chercher des réponses par eux-mêmes. »

Si quelqu'un entrait ici et te fournissait une preuve tangible, tu agirais différemment ?

Elle secoua la tête. « C'est aussi vraisemblable que si on m'assurait que cet endroit est le paradis, l'enfer et la terre réunis. On ne saurait toujours pas comment agir autrement. Chacun se débrouille comme il peut en essayant de ne pas commettre trop d'erreurs. »

J'aime bien cette idée. Nous sommes à la fois au paradis, en enfer et sur terre.

La table desservie et la vaisselle faite, ils se rendirent dans la grange, vérifièrent le planning des rotations de nuit et emmenèrent deux chiens d'un an à la maison. Ceux-ci chahutaient dans le couloir. Ils se calmèrent dès l'apparition d'Almondine à qui ils se présentèrent.

« Tu devrais trouver des noms pour cette portée, lui dit Trudy. Ils ont déjà deux semaines. »

Malgré la douceur de la voix de sa mère, il eut soudain des battements dans les tempes à en avoir le vertige – la colère, la gêne, l'incertitude – et, surtout, l'effort surhumain de feindre que rien n'avait changé

Qu'est-ce que ça peut faire ? Appelle-les comme ça te chante ou ne leur donne pas de nom.

Elle le regarda. « Tu t'es traîné toute la journée, tu es malade ? »

Peut-être. Peut-être suis-je las de cette odeur de parfum.

« Je t'en prie, pas ce ton avec moi, le tança Trudy, piquant un fard. Qu'est-ce qui te tracasse ? »

On éduque, on dresse, puis un beau jour on les donne à des étrangers et on recommence tout à zéro. C'est sans fin. Ça n'a pas de sens. Nous n'avons pas plus de choix qu'eux.

« Ah, d'accord ! Et qu'est-ce que tu voudrais faire d'autre ? »

Est-ce qu'il n'y aurait pas un moyen de ne pas être obligés de curer les boxes tous les matins, de ne pas rester enfermés dans la grange toute la sainte journée. Quelque chose que l'on pourrait faire rien que nous deux.

Cette dernière phrase lui avait échappé, il rougit à son tour.

Elle le dévisagea longuement, puis passa ses mains dans les cheveux. « Ceci risque d'être difficile à comprendre, Edgar. J'ai retardé le moment de t'en parler, c'était une erreur. Pardonne-moi. »

De quoi exactement ?

« Je sais que tu as vu Claude et ton père se battre sans deviner qu'il s'agissait d'anciennes querelles que personne ne comprend. Ni moi, ni Claude, ni ton père s'il était encore vivant. En revanche je sais qu'il est possible que des gens bien soient néfastes l'un pour l'autre. Donne une chance à Claude. Je l'ai fait. J'ai découvert un homme très différent de celui que j'imaginais. »

Il ferma les yeux. Un homme très différent ?

« Oui. »

Au bout de quatre mois ?

« Edgar, crois-tu vraiment que l'amour qu'on éprouve pour un être s'évalue à l'aune du temps passé à le pleurer ? Il n'y a pas de loi. » Elle eut un rire amer. « Ne serait-ce pas formidable ? Aucune décision à prendre. Tout écrit d'avance. Eh bien non, rien de tel n'existe. Comme ton père, tu veux des faits. Des règles. Des preuves. Ce n'est pas parce qu'on ne peut consigner une chose dans un journal, la classer, la résumer qu'elle n'est pas réelle. Du reste, la plupart du temps nous sommes bien plus amoureux d'une idée que d'une réalité. De temps à autre, il faut se concentrer sur ce qui existe et non sur le fruit de notre imagination comme si nous avions le choix. »

Mais il est toujours là, objecta Edgar, le cœur battant la chamade.

« Je sais. Même si nous l'avons enterré, il est toujours là. Dans le chenil, dans la maison, partout. À moins de partir d'ici et ne jamais revenir, nous devrons vivre au quotidien avec cette impression. Tu comprends ? »

Non, signa-t-il. Oui, rectifia-t-il l'instant d'après.

« Est-ce que cela signifie qu'il est vivant ? Est-ce qu'il nous faut considérer cette impression comme une réalité, comme s'il était vraiment là ? »

Il garda le silence. Et si l'amour s'évaluait à l'aune du temps passé à pleurer l'autre ? La question de sa mère le perturbait autant que son incapacité à y répondre. En outre, ce qui s'était passé ce matin, au cours des séances de travail de la matinée, continuait à le turlupiner : un des chiots particulièrement récalcitrant – il arrivait qu'ils préfèrent l'insubordination à la récompense – avait tout fait pour provoquer la colère de Trudy, la défiant au moindre exercice, s'opposant à ses ordres ou s'attaquant à ses congénères. En vain. L'attitude et la voix de sa mère n'avaient laissé transparaître que de l'indifférence, et elle avait donné libre cours à sa fureur qu'une fois le chiot enfermé : « La prochaine fois, je lui tords le cou. » Son talent résidait dans son aptitude à masquer la moindre émotion nuisible au dressage. L'utilisait-elle lorsqu'elle lui parlait de Claude ?

Trudy annonça à son fils que Claude reviendrait dans un jour ou deux avec quelques affaires pour s'installer. Edgar lui demanda tout d'abord si elle l'aimait. « Pas comme j'ai aimé ton père », lui répondit-elle. Vous comptez vous marier ? enchaîna-t-il par signes. « Je suis toujours mariée, mon chéri, affirma-t-elle. Je doute qu'on me comprenne, toi moins que quiconque, car c'est très difficile à expliquer, mais c'est très clair pour moi. » Edgar connaissait le manque de patience de sa mère quand il s'agissait de s'expliquer. Bref, Claude revenait pour un moment qui risquait de se prolonger. Voire pour toujours.

Trudy fut peut-être étonnée que son fils se borne à hausser les épaules. À quoi bon s'insurger puisqu'il n'avait pas voix au chapitre : quand sa mère employait ce ton, toute discussion était vaine. Quand il lui eut dit qu'il comptait s'attarder dans le chenil, elle partit avec les deux chiens. Sur le pas de la porte, elle se retourna comme pour ajouter un dernier mot puis, se ravisant, elle sortit.

*

Après son départ, Edgar accrocha le volet du haut de la porte du chenil pour laisser entrer la brise du soir et ouvrit les boxes de sa portée afin que les chiots puissent courir dans le couloir. Il s'agenouilla à côté d'Almondine, passa la main dans son cou et, pour la première fois de la journée, ressentit un peu d'apaisement.

J'aurais aimé que tu sois avec moi hier soir. Au moins, je serais sûr de ce que j'ai vu.

Bien que ses souvenirs soient d'une précision qui suffisait à lui remuer les entrailles, il y avait des trous. Il s'était réveillé dans le box d'Essai et Amadou. Or il ne se rappelait pas y être entré, d'ailleurs, il ne rappelait rien après être resté sous la pluie. Le matin, il avait retrouvé la seringue écrasée dans l'herbe comme s'il avait marché dessus, ce dont il ne se souvenait absolument pas.

Il tenta de mettre de l'ordre dans ses sentiments. Il y avait le désir de fuir ; celui de rester et d'affronter Claude dès son retour ; celui de prendre les explications de sa mère au pied de la lettre. Par-dessus tout, il y avait celui de tout oublier et celui, irrépressible, que tout redevienne comme avant : la routine du chenil, la lecture du soir, la préparation du dîner en tête à tête avec sa mère et la possibilité de croire que son père était allé examiner une nouvelle portée et qu'il rentrerait sous peu.

Il s'attendait presque à avoir peur dans la grange. Ce ne fut pas le cas, peut-être parce que la nuit était claire. S'il avait plu, il n'aurait pas eu le courage de rester. Essai posa ses pattes de devant sur la porte et tenta de regarder dans la cour. Quand elle en eut assez, elle parada devant les autres chiens en secouant un bout de ficelle et feignant l'attaque.

Arrête de les agacer, signa-t-il. Viens là.

Il les immobilisa et alla chercher le matériel de pansage ainsi que la pince à ongles. Leur mue de printemps était terminée. Il prit la brosse à clous pour retirer ce qui subsistait de duvet gris sous leurs manteaux protecteurs. Couchés en cercle autour de lui, ils tiraient la langue et observaient. Il s'occupa d'abord d'Almondine, puis d'Opale et Ombre ensemble, enfin de Pinson et Sahib. Amadou et Essai seraient les derniers car ils devaient apprendre la patience. De plus, pour des raisons mystérieuses, Essai n'aimait pas qu'on la brosse. Il lui parla, l'écouta se plaindre sans s'arrêter pour autant. Au bout du compte, tous les chiots finissaient par aimer qu'on les brosse, ce dont il s'enorgueillissait. Même s'il avait encore de gros progrès à faire en tant que dresseur, c'était un excellent soigneur.

Les coups de brosse de la croupe au garrot l'aidèrent à réfléchir. La versatilité de sa mère le déroutait. Elle lui demandait de décider de l'avenir du chenil puis, l'instant d'après, elle régentait leur vie. Il n'arrivait pas à deviner le fond de sa pensée. Il se rappela une expression qu'il avait lue : avoir une liaison avec un homme. Une expression idiote et désuète qui correspondait, dans le livre, à quelque chose d'aussi simple et immédiat qu'allumer la lumière ou tirer un coup de fusil.

C'était d'une telle complexité qu'il lui fallait l'analyser. Tant qu'il ne trouverait pas les mots justes, il n'arriverait à rien. Or ceux qui lui venaient à l'esprit ne traduisaient que des idées déjà évoquées, alors que ses véritables pensées traînaient dans leur sillage comme une queue de météore. Sa mère avait une liaison avec un homme : voilà une réflexion qui était apparue des jours voire des semaines auparavant mais, à l'époque, les mots ne faisaient que bouillonner en lui. Dès qu'il les eut prononcés mentalement, ils lui parurent aussitôt pédants et ridicules, vestiges d'une pensée passée. Le sujet de sa réflexion actuelle était d'une tout autre nature et il se demandait si on avait déjà réussi à le mettre en mots. Il cessa de brosser Essai pour tenter une explication. Les chiens restèrent un long moment à regarder les mains d'Edgar dessiner ses pensées dans l'air.

En tout cas, leur assura-t-il, ça n'a aucun rapport avec le fait d'avoir vu mon père. Hier soir, il avait trouvé une seringue dans l'atelier. Il en était certain. Ensuite, son père l'avait touché et il avait été submergé par ses souvenirs mais, tel un contenant inachevé, il n'avait pu les capturer, si bien qu'ils s'étaient évanouis à part quelques bribes dont l'une était l'image de Claude sortant à reculons par les portes de la grange pour entrer dans un univers d'une blancheur glaciale.

Son père était mort d'une rupture d'anévrisme.

Une faiblesse située dans un endroit appelé le polygone de Willis.

Sauf qu'il n'y croyait plus. Claude était présent ce jour-là. Il aurait dû laisser des empreintes dans la neige. Edgar avait-il vu des empreintes ? Oui – les siennes, celles de sa mère, de son père. Il aurait pu y avoir celles d'une demi-douzaine d'autres personnes mais il n'aurait pas remarqué la différence puisqu'il ne cherchait rien de tel. Le vent qui soufflait recouvrait la moindre trace de pas ou de pneus. Celles de Claude auraient-elles conduit vers l'allée ? À travers champs ? Dans les bois ? Claude est bien arrivé de quelque part. Edgar se souvint d'avoir couru sur la route mais, au-delà de cinquante ou soixante mètres, tout était enseveli sous un manteau blanc. L'Impala de Claude aurait pu être garée au sommet de la colline ou à trois kilomètres de là ; quelle que soit la direction, tout était caché. Pour la première fois, Edgar repensa à l'expression de Claude ce matin-là, alors qu'il le regardait par la fenêtre de la cuisine. Était-ce de l'étonnement ou de la culpabilité ?

Si c'était de la culpabilité, que penser du baiser intentionnel et provocant qui avait suivi ? Pourquoi prendre le risque de tourmenter un être susceptible de connaître son terrible secret ? À moins qu'il ne soit préférable que cet être soit ivre de rage. Claude aurait-il eu la rapidité d'esprit de décider que, si Edgar paraissait fou de jalousie, ses déclarations ultérieures seraient discréditées ?

Il regarda les chiens endormis dans différentes positions hormis Almondine qui, assise, s'appuyait sur sa cuisse.

Il ne va pas falloir céder, signa-t-il. Nous allons devoir attendre.

Il raccompagna les chiens dans leurs boxes. Pour s'assurer qu'ils étaient bien installés, il s'accroupit dans la paille avec chacun d'eux. Il éteignit les lumières du couloir et sortit dans la nuit avec Almondine.

Sur la pelouse parsemée de graviers, là où il avait trouvé la seringue écrasée dans une flaque, un rectangle d'herbe de la taille d'une main capta son attention. Il se baissa pour l'examiner. À première vue, il crut l'herbe flétrie or elle était luxuriante et, sous la clarté aqueuse de la lune, elle avait une blancheur d'ossements.

Le jeu du pendu

Cette nuit-là, Edgar et Almondine guettèrent tous deux un sommeil qui ne venait pas. Le vent s'était levé. Par la grande fenêtre de la chambre, il entendait le bruissement du pommier et de l'érable, un ressac ininterrompu. Les pattes de devant étendues devant elle, la tête dressée, Almondine épiait les mouvements des rideaux avec suspicion. Elle émit un long bâillement sonore. Il posa une main sur une de ses pattes. Elle se méfiait des rafales qui pouvaient s'engouffrer dans la maison et faire claquer les portes. Il lissa les poils qui lui recouvraient les yeux. Je la retrouverai par terre demain matin, pensa-t-il. Si elle commençait la nuit sur son lit, elle la terminait toujours à même le sol. Dans le cas contraire, il la découvrait parfois sur son lit au réveil mais, la plupart du temps, elle regardait par la fenêtre ou était couchée sur le pas de la porte. À ce propos, elle observait des convenances dont il n'avait jamais compris la logique.

Comme il fixait sa chienne en s'efforçant de ne penser à rien, l'image de son père en train d'épeler avec ses mains lui revint en mémoire. Il se redressa d'un coup. Que lui avait dit son père dans cet ultime instant? Comment avait-il pu l'oublier?

Trouve H-A-A- ...- I.

Fermant les yeux, il essaya de revoir les événements de la nuit précédente. La pluie s'était transformée en bruine. Les gestes de son père devenaient de plus en plus indistincts. Edgar s'absorba dans son rêve éveillé et observa les mains de son père : dessinées par les gouttelettes, elles formaient des lettres. Quand il releva les paupières, il conclut avoir mal déchiffré la troisième. À présent, il lui semblait qu'il s'agissait d'un un C, non d'un A.

Trouve H-A-C- ...- I.

La connaissance a un prix. Il avait vu son père tendre les bras et se rappelait l'avoir supplié de ne pas le toucher au lieu de lui dire ce qu'il aurait voulu lui dire. Il croyait, sans savoir pourquoi, que son père avait épelé un nom de chien. Il alluma la lumière. Il prit un bout de papier et un crayon sur sa table de nuit. Il y écrivit les lettres, laissant un blanc pour les inconnues. Même incomplet, le mot lui paraissait familier. Il n'en comprenait toutefois pas le sens.

Almondine le suivit dans l'escalier. Sa mère avait éteint les lumières du salon et de la cuisine, elle lisait dans son lit. La pendule affichait 22 heures.

« Edgar ? » appela-t-elle.

Il s'arrêta à la porte de sa chambre.

« Je regrette d'avoir été si brusque avec toi ce soir. »

Il haussa les épaules.

« Tu veux qu'on en parle ? »

Non. Je n'arrive pas à dormir. Je vais dans la grange chercher des noms.

« Ne t'attarde pas trop, tu as des cernes sous les yeux. »

Il tint la porte pour Almondine, qui décida qu'elle préférait dormir dans la véranda. Edgar se rendit dans l'atelier où il prit le registre des portées qu'il feuilleta. S'il trouvait le nom qui correspondait, il obtiendrait le numéro du chien et, partant de là, son dossier.

Et puis ?

Il n'avait aucune idée de ce qui se passerait après.

Il mit près d'une heure à consulter toutes les données. D'abord, il parcourut rapidement les pages, puis il ralentit et chercha une possibilité de diminutif dans chaque nom. Sans succès. Après avoir dressé une liste, il compléta les blancs par toutes les lettres de l'alphabet, barrant ce qui lui paraissait n'avoir aucun sens : *Hacdi*, *Hacqi* et *Hacwi*. C'était comme le jeu du pendu où il faut deviner un mot, lettre par lettre, tandis que l'adversaire dessine la tête, le corps, les bras et les jambes d'un homme sur une potence.

En l'occurrence, l'élimination des possibilités présentait des difficultés étonnantes. Il eut soudain l'idée que ce pouvait être un nom étranger, les noms propres étaient plus caractéristiques que les noms communs. Une devinette en somme. Il raya tout à l'exception de six hypothèses :

Hacai.
Hacci.
Hachi.
Hacki.
Hacli.
Hacti.

Il chercha chaque mot dans le *Nouveau Dictionnaire encyclopédique Webster de la langue anglaise* – aucun n'existait comme il le soupçonnait. Il feuilleta le registre des portées une dernière fois à la recherche de ceux susceptibles d'avoir été raccourcis ou déformés, conscient néanmoins que c'était inutile. Ses yeux ne cessaient de revenir à *Hachi*. La lettre manquante était un « H », il en était certain : l'index et le petit doigt dressés, d'une main fermée. Il visualisa les mains de son père, translucides et floutées. Le geste avait été perdu parce que le vent s'était renforcé et il n'avait rien vu la première fois. En désespoir de cause il replaça le registre sur le meuble. Il pourrait consulter chacun des dossiers un par un, mais cela lui prendrait des jours voire des semaines. Il donna un coup de pied dans le tiroir du bas, celui qui contenait les lettres.

Soudain, il comprit. Hachi était correct sauf que ce n'était qu'une partie du nom. Hachi-quelque chose. Hachigo ? Hachiru ? Lorsqu'il cherchait les lettres de Brooks, il avait vu ce nom dans l'une d'elles. Il s'agenouilla et ouvrit le tiroir d'un coup sec. Maintenant qu'il savait quoi chercher, ce serait rapide. Il reconnut l'écriture avant même de lire le nom.

Hachiko.

Mai 1935
Chicago

John,
 Ce petit mot pour vous informer que mes amis du corps diplomatique m'ont annoncé une triste nouvelle.

Hachiko a été retrouvé mort le 7 mars dernier dans la gare de Shibuya, à l'endroit précis où je l'avais rencontré il y a si longtemps. Il attendait Ueno, bien entendu. Au dire de de tous, il continuait à y aller tous les jours hormis ceux où son arthrite l'empêchait de marcher.

Je joins une photo du monument érigé en son honneur que mes amis m'ont envoyée. Hachiko est souvent passé devant au cours de sa dernière année d'existence, sans probablement jamais y prêter attention. Encore un exemple de chiens dont la valeur dépasse celle de leur soi-disant maître.

Comment est-ce possible, John, que j'ai le sentiment d'avoir perdu un vieil ami alors que je ne l'ai rencontré que deux fois. Est-ce à cause de notre Ouji ? Charles Jr. et lui sont inséparables et mon impression que leur relation est aussi forte que celle que j'avais avec Lucky ne me paraît pas exagérée.

L'idée qu'une fraction de la descendance d'Hachiko est entre mes mains – et les vôtres – me console un peu.. J'espère que la grande expérience est en bonne voie. (Je sais que vous n'aimez pas que je l'appelle ainsi mais je ne peux m'empêcher de vous taquiner.) Le mois dernier, alors que je visitais mon secteur de Chicago, j'ai rencontré des propriétaires d'un chien Sawtelle. Je les ai vus marcher dans la rue et j'ai bondi de ma voiture comme un fou. Peut-être vous souvenez-vous d'eux ? Les Michaelson ? Sans doute est-ce le fruit de mon imagination, mais je vous assure que leur chien m'a semblé avoir quelque chose d'Ouji. Grâce à l'un de ces accouplements, c'est possible, non ?

Sincèrement vôtre,
Charles Aldwin
8e comté de d'Illinois
Chambre des Députés des États-Unis

Rien ne paraissait digne d'intérêt dans cette lettre. Le nom de Charles Aldwin ne disait rien à Edgar. Pourquoi son père lui avait-il demandé de trouver Hachiko ? Qui que ce fût, il était mort depuis des années.

Il s'assit.

Ueno ? Ouji ?

Il retourna au meuble de classement. Il avait fouillé un tiroir mais il y en avait un second, également rempli de correspondance et de documentation. Il faillit passer à côté de ce qu'il cherchait en se concentrant sur les timbres oblitérés à Washington ou à Chicago. Or la lettre de Charles Aldwin portait un cachet international. Il reconnut l'écriture ample.

Octobre 1928
Tokyo

Cher monsieur Sawtelle,
Non sans difficulté, j'ai réussi à joindre la famille d'Hachiko et j'ai découvert, à ma grande stupéfaction, qu'il existe en effet une autre portée issue du même étalon et de la même mère. Comment pouviez-vous le savoir ? S'agit-t-il d'un hasard extraordinaire ? Non que je prétende comprendre votre projet d'élevage. Si peu que je connaisse les chiens, je les admire néanmoins comme la plupart des gens. Il est vrai que j'en ai eu un dans mon enfance, le meilleur qui soit, un setter qui s'appelait Lucky, dont la conscience morale dépassait de loin celle des êtres humains, y compris la mienne.
Hachiko est un phénomène ici à Tokyo, un sujet de conversation récurrent au sein de notre communauté. L'histoire est vraie. Je suis resté un après-midi sur le quai de la gare de Shibuya. Je l'ai vu fendre la foule, seul, s'asseoir et attendre le train. C'est un animal majestueux, couleur crème, qui se déplace avec beaucoup de dignité. Je me suis approché de lui, j'ai caressé son poil épais, je l'ai regardé droit dans les yeux et je dois avouer avoir ressenti la présence d'une grande âme. À l'arrivée du train, Hachiko a cherché du regard son maître qui, évidemment, n'est pas descendu. Le professeur Ueno ne prend plus le train depuis qu'une attaque l'a foudroyé à l'université, il y a bientôt trois ans. Même si Hachiko comprend sûrement que son maître ne viendra plus, il l'attend malgré tout. J'ai attendu avec lui. Deux gamins stupides, qui se tenaient à l'écart sur le quai, l'ont asticoté et, sous le coup d'une impulsion irrépressible, j'ai foncé sur eux comme

un fou furieux – un comportement seyant peu à un diplomate. Hachiko, lui, ne se laissait pas distraire. En réalité, il fixait le train d'un air tellement sûr de lui, il était si patient, que j'ai eu le sentiment que c'était lui qui connaissait la vérité, non pas nous. Il a attendu longtemps avant de repartir. Le lendemain, il est revenu au même endroit. Je le sais parce que j'étais là, tant cette tragédie silencieuse me fascinait.

L'histoire d'Hachiko a assez circulé pour que les étrangers qui passent par la gare de Shibuya le reconnaissent sur-le-champ. Certains se sont mis à lui apporter de la nourriture. Il paraît que d'autres éclatent en sanglots à sa vue. D'ailleurs, comme je l'ai admis au début de ma lettre, il me bouleversait moi aussi. Une telle dévotion est inconcevable chez un être humain ou chez un animal tant qu'on ne l'a pas constatée de ses propres yeux. Il est question de lui ériger un monument.

Pour tout vous avouer, j'étais prêt à rejeter votre demande mais j'ai changé d'avis grâce à ma rencontre avec Hachiko. J'ai réussi à localiser l'éleveur en suivant le chien dans les rues de Tokyo jusqu'à l'ancienne demeure de Ueno, devant laquelle il s'est arrêté. Au lieu de franchir la porte comme je m'y attendais, il a regardé le bout de la rue et s'est dirigé vers la maison du jardinier du professeur Ueno, qui s'occupe de lui désormais – le professeur n'avait aucune famille –, et qui m'a donné les coordonnées de l'éleveur, Osagawa-san. Après m'être présenté à ce dernier et lui avoir fait part de votre requête, j'ai découvert l'existence d'une nouvelle portée. Osagawa-san a rejeté avec indignation votre suggestion quant à l'expédition d'un de ses chiens. À son sens, aucun chiot ne peut survivre à un tel voyage tant moralement que physiquement. Il a proposé – une fois que je l'ai eu calmé – que vous veniez voir les chiots, ce qui lui donnerait l'occasion de déterminer si vous êtes digne de devenir propriétaire. Je lui ai expliqué qu'un tel périple n'était pas dans vos moyens. Je crois qu'Osagawa-san, qui est très attaché à ses chiens, a raison en ce qui concerne le voyage ; même si on s'en est servi pour la chasse à l'ours, ils semblent être d'une extrême sensibilité. À supposer que nous trouvions une place pour l'un d'eux sur un bateau pour San Francisco ou Seattle, il lui faudrait parcourir des milliers de kilomètres en train avant d'arriver jusqu'à vous, sans personne pour s'occuper de lui. Ce n'est pas envisageable, je suis certain que vous le comprenez.

Il existe au demeurant une alternative pour peu que vous acceptiez de la considérer : j'ai acheté un de ces chiots pour ma famille, une conséquence inattendue de ma visite. Nous l'avons appelé Ouji, ce qui signifie à peu près « Prince ». C'est un superbe spécimen. À quatre mois, il n'est guère étonnant qu'il n'ait pas encore la perspicacité d'Hachiko et, même s'il nous semble parfois être une terreur, je ne doute pas que je vous remercierai un jour d'avoir été l'artisan de notre rencontre. Je retrouve en lui certains traits de Lucky – peut-être est-ce le fruit de mon imagination –, mais j'ai aussi l'impression d'avoir capté dans son regard la même lueur que dans celui d'Hachiko, sur le quai de la gare.

Ma suggestion est la suivante : je devrais mettre un terme à ma carrière au Japon dans les douze mois à venir et rentrer chez moi. J'ai déjà annoncé mon intention de démissionner. Aussi agréable qu'ait été la vie dans le corps diplomatique, je ne peux renier mes origines occidentales. Mon épouse, notre fils et moi-même devrions prendre un bateau pour San Francisco au printemps et nous réinstaller à Chicago en automne. Au cas où vous souhaiteriez voir Ouji, qui sera alors âgé de dix-huit mois, j'en serais ravi. Si cela vous intéresse, s'il correspond à vos critères, il ne verrait sans doute aucune objection à saillir une de vos chiennes. Je lui ai posé la question mais, occupé à ronger un coin de mon attaché-case, il ne m'a pas répondu.

Je suis désolé de ne pas avoir réussi à plaider votre cause auprès d'Osagawa-san. Cependant, je vous suis redevable de ma rencontre avec Hachiko, un événement qui a peut-être changé ma vie. Ma décision de rentrer s'est précisée au cours de la longue promenade avec Hachiko dans les rues de Tokyo. Bien qu'il me soit impossible de le prouver, il semble – vraiment ? probablement ? – qu'une présence nous ait accompagnés, un être que seul Hachiko pouvait voir. C'est à ce moment-là que j'ai pris conscience d'être resté trop longtemps loin de mon pays.

Avant de conclure, je tiens à vous livrer une dernière réflexion. J'ai peine à croire que vous ayez réellement envisagé l'expédition d'un chiot non accompagné par bateau et train. J'ai en partie nourri l'idée que vous m'avez manipulé de loin, afin de me pousser à adopter un étalon destiné à votre entreprise. Dans ce cas, vous êtes un génie, monsieur, dont les services seraient plus qu'utiles au corps diplomatique.

Sincèrement vôtre,
Charles Aldwin
Premier Secrétaire
Ambassade des États-Unis au Japon

La lettre en main, Edgar s'adossa au mur. Il n'avait pas à en chercher la signification. Son père l'avait piloté vers une preuve qui n'avait rien à voir avec l'acte de Claude.

Je ne suis pas un rêve, voilà ce que son père lui fait comprendre. C'est déjà arrivé.

Un espoir de preuve

Le métronome du chenil ponctuait le temps, du lever au coucher du soleil. Une nouvelle portée fut prévue pour la fin de l'été. Ils placèrent quatre chiens issus de la plus ancienne portée, d'où un surcroît de travail de finition, d'évaluation et de paperasseries. Dès la venue d'un nouveau propriétaire, le Dr Papineau trouvait une bonne raison pour passer, arborant une expression de propriétaire de plus en plus affirmée selon Edgar. Il était écartelé entre des désirs contradictoires : attendre et observer, ou fuir; parler à sa mère de ses soupçons ou se jeter sur Claude. Le jour, il s'épuisait, la nuit il ne trouvait pas le sommeil. Attiré par les orages d'été comme un papillon de nuit par la lumière, miné par le doute, il errait sous la pluie. On lui avait jeté un sort étrange : la connaissance sans le moindre espoir de preuve. Ce n'était pas tant le fantôme de son père qui l'obsédait que l'impossibilité de retrouver les souvenirs que celui-ci lui avait transmis. Quels que soient ses efforts, rien ne lui revenait en mémoire. Là par exemple : s'agissait-il d'une de ses propres réminiscences ou d'une bribe de celles de son père? Son introspection permanente aurait-elle généré des illusions qui ne seraient les souvenirs de personne? Son esprit, à la manière d'une boule de mercure qui se refléterait dans un miroir, lui donnait l'impression de se cramponner à n'importe quelle idée susceptible de réfléchir ses désirs, évoquant un passé, réel ou imaginaire. Dès qu'il cessait de pleuvoir, il était déçu et furieux – furieux contre son père la plupart du temps, puis atterré de l'avoir été.

Malgré l'annonce de sa mère, Claude ne s'installa pas chez eux. Jamais Claude ne fit un mouvement définitif auquel Edgar aurait pu s'opposer. Si Claude travaillait tout l'après-midi dans le chenil, il partait en début de soirée. Tantôt il ne venait pas du tout, tantôt il s'arrêtait déposer une bouteille de vin à la nuit tombée, tandis que l'Impala tournait au ralenti et qu'un compagnon attendait sur le siège du passager, les traits à peine éclairés par le tableau de bord. Et Trudy raccompagnait Claude à sa voiture.

Ne bouge pas, s'adjurait Edgar. Attends.

Assis à table, il observait Claude en train de couper, mâcher, avaler et sourire cependant que son cœur palpitait comme un colibri dans sa poitrine. Après le dîner, installé au salon, il feignait l'indifférence. Le matin, il découvrait des copeaux de savon disséminés sur la véranda, des pains transformés en tortues figées dans leur éclosion – tout comme Edgar, bloqué et incapable d'agir. Pour l'instant. Le pire, c'était quand il devait aider Claude au chenil, où, en dépit de ses bonnes résolutions, il ne pouvait s'empêcher d'agonir son oncle de signes cinglants et incompréhensibles. Quand il parvenait à se maîtriser, il le scrutait et découvrait un homme aux multiples facettes : le discret, le jovial, le confiant, le silencieux en société. Lorsque des gens leur rendaient visite, il regardait Claude les guider à travers le verger, le champ ou sur la route, pourvu que ce soit un coin tranquille et éloigné. Il y avait des discussions et des rires. Un geste de surprise. Un hochement de tête.

Rien de tout cela ne fournissait à Edgar les renseignements dont il avait besoin. Sa seule certitude, c'était que Claude revenait. Quel que soit son but, quoi qu'il ait commis – malgré la désinvolture qu'il affichait – il y était obligé.

*

Le carré blanc semblait s'être élargi. Un pissenlit solitaire poussait au milieu, aussi décoloré et blanchi que l'herbe qui l'entourait. Edgar cueillit la fleur albinos et porta le bouton inodore à son nez. Il chassa Almondine du pied quand elle voulut inspecter l'endroit sur lequel il fit rouler la brouette, cognant le berceau de sa serfouette.

Sa mère émergea des profondeurs de la grange.

« Que fais-tu ? »

Il enfonça le bout pointu dans le carré.

Est-ce que tout te paraît normal ?

« Quoi ? »

Ce truc-là. Ici.

Une fois qu'elle eut examiné les touffes d'herbe morte de la pelouse, flétries par l'urine des chiens, elle lança un regard empreint de tristesse à son fils. Lorsqu'il releva la tête, elle était partie. Il creusa jusqu'à la racine pivot du pissenlit et charria la terre dans le champ près des noisetiers. Il remplit le trou de la chaux vive provenant des sacs rangés près des portes du fond de la grange, y versa ensuite un seau d'eau, puis attendit que la chaux s'éteigne. Il saupoudra la terre près des noisetiers de la même poudre crayeuse.

*

Un crépuscule. Les chauves-souris tournoyaient parmi la nuée d'insectes autour des lampadaires de la cour. À présent capable de plages d'attention plus longues, les chiens commençaient à montrer des talents d'une véritable rareté qu'Edgar cultivait des heures durant au lieu de rentrer à la maison. Sahib et Amadou répondaient au rappel à distance, bondissant de loin à travers le foin vert tendre. Pinson et Opale apprenaient à défaire des nœuds simples. Quand il le lui demandait, Essai s'aplatissait puis se détendait en un mouvement plein d'adresse pour se dégager d'une laisse entortillée autour de sa patte. Il les faisait asseoir en cercle dans le grenier et enveloppait une friandise dans un chiffon qu'il attachait à une des longes passées entre les poulies des chevrons. Il appelait un des chiens. Si un autre bougeait, la friandise remontait aussitôt et suscitait un chœur de grognements. Quand il avait épuisé sa réserve d'exercices, il se plantait devant la porte de la grange et regardait l'Impala de Claude, écoutant la musique qui lui parvenait par la fenêtre du salon en attendant que les lumières de la maison s'éteignent.

Un soir après le dîner, Claude – ne sachant apparemment pas qu'Edgar s'y trouvait – emmena le Dr Papineau dans le chenil. À leur approche, Edgar fila se cacher derrière les portes du fond et tendit l'oreille. Les deux hommes entrèrent dans la maternité, en ressortirent et s'arrêtèrent pour contempler la nuit.

« Peut-être est-il temps, disait le Dr Papineau. J'ai toujours pensé que ces chiens étaient un secret trop bien gardé.

— Vous savez ce que j'en pense, répondit Claude, Trudy pourrait avoir besoin de vos conseils. Elle respecte votre avis plus que tout autre.

— Je n'en suis pas si sûr. Mieux vaut attendre qu'elle vous consulte plutôt que de donner son opinion. »

Edgar sourit dans l'obscurité. Il ne savait pas quel était le sujet de leur conversation mais il se souvenait très bien du soir où le Dr Papineau avait contrarié sa mère et de la vitesse à laquelle le vieil homme avait reculé.

« Si vous vous associez à ce projet, nous souhaiterions réévaluer vos parts. Vingt pour cent sembleraient plus raisonnables.

— Je n'ai jamais réussi à en vendre autant dans le coin du lac Namekegon, grommela le vétérinaire. Combien en veut-il pour démarrer?

— Douze pour l'instant. Un tour de chauffe à Noël et quelque chose de plus important l'année prochaine.

— J'en toucherai un mot à Trudy lors de ma prochaine visite. »

Ils restèrent silencieux un moment.

« Vous savez que Stumpy organise une partie de pêche samedi. La première de l'été.

— Vraiment? Truite de lac? »

Ils firent demi-tour et remontèrent le couloir du chenil.

« Corégone. Nous pourrions passer vous prendre et je m'éclipserai pour vous laisser lui parler. »

Edgar les regarda partir.

Quand le Dr Papineau les eut quittés, il rentra à la maison et appela Almondine en se claquant la cuisse pour qu'elle monte avec lui. Il avait l'impression que Claude le suivait des yeux.

Le samedi suivant, Edgar fit savoir qu'il n'irait nulle part avec Claude. Sa mère eut beau afficher la même indifférence qu'avec un chiot, il se douta qu'elle n'en pensait pas moins. Les feux arrière de l'Impala avaient à peine disparu dans l'allée qu'il commença à chercher dans le tiroir du courrier, dans les dossiers du chenil étalés sur le haut du réfrigérateur ainsi que dans les carnets de travail. Almondine, assise, le regardait. Il fouilla les poches des manteaux et pantalons de Claude rangés dans le placard, sans rien trouver qui pourrait lui expliquer la conversation surprise auparavant.

Alors il chercha dans les endroits moins évidents – la boîte à munitions contenant le vieux télégramme, le camion et, finalement, la chambre d'amis. Depuis que Claude avait déménagé, elle était à moitié vide. Il ouvrit la petite porte percée dans une cloison intérieure et inspecta l'espace au-dessus de la cuisine. Une douzaine de cartons s'y entassaient au hasard contre les panneaux d'isolant rose et poussiéreux. Sa mère les avait remplis ce jour d'hiver où il s'était appro-ché d'elle sans qu'elle le remarque tant elle était perdue dans sa tristesse. S'agenouillant sur les solives, il traîna les car-tons dans la chambre. Leurs rabats repliés et scotchés lais-saient entrevoir les logos imprimés de marques de conserve de tomates, de haricots blancs, de ketchup. Les plus lourds étaient bourrés de chemises et de pantalons imprégnés de l'odeur de l'après-rasage de son père. Edgar y plongea ses mains, à la recherche d'autre chose que du tissu. Deux des car-tons contenaient des manteaux et des chapeaux, deux autres, des chaussures, un plus petit un mélange hétéroclite d'objets ayant appartenu à son père : sa montre-bracelet, son rasoir, son porte-clefs, son portefeuille en cuir vide et usé.

Dans le fond, il découvrit un album de la promotion 1948 du lycée de Mellen. Le diplôme de son père, imprimé sur du papier épais à en-tête de *Mellen High School* se trou-vait sous le rabat de la couverture. Il feuilleta les pages de photos en noir et blanc jusqu'à ce qu'il tombe sur celle de son père, l'un des vingt-cinq bacheliers, entre Donald Rogers et Marjory Schneider. Comme sur la plupart des autres por-traits, son expression était sévère, son regard ailleurs. Il portait déjà des lunettes à l'époque. Il passa aux pages consacrées aux étudiants de deuxième année. Claude y figurait mais sa photo manquait.

Il examina les photos de groupes et celles prises sur le vif – l'équipe de football américain, le club agricole, la chorale, la foule dans la cafétéria. Deux photos glissèrent des dernières pages. Des gens et des lieux qu'il ne reconnaissait pas. Il secoua l'album au-dessus de ses genoux, trois autres s'en échappèrent. Sur l'une, son père pêchait au bord d'un lac. Sur une autre, il était assis dans un camion, mal rasé, le coude posé sur le rebord de la vitre ouverte et une main sur le volant.

La dernière avait été prise dans leur cour. La grange sombre se profilait au fond, surplombant la pelouse en pente. Près de la laiterie, on apercevait la minuscule silhouette de son père. Claude en jean et T-shirt se tenait au premier plan. Un gros chien adulte venait de lui sauter dans les bras. Il riait et reculait en chancelant. Il avait un œil au beurre noir.

Edgar regarda l'image. Bien que le chien, en mouvement lors du déclenchement de l'obturateur, fût flou, il était indéniablement énorme. Il ne ressemblait pas vraiment à l'un des leurs, c'était une sorte de croisement, à dominante de berger avec une tête sombre, des oreilles placées haut et une queue en forme de sabre. Edgar retourna le cliché. Une légende inscrite de l'écriture de dessinateur de son père indiquait : *Claude et Forte, juillet 1948.*

*

Claude prit en charge les tâches administratives du chenil, ce qui ne manqua pas de réjouir Trudy. Edgar le trouvait assis à la table de la cuisine, des lettres étalées devant lui, en train de téléphoner, de gérer les suivis et les nouveaux placements. Si Edgar entrait au cours de l'une de ses conversations, il y coupait court comme si le travail de son frère était déjà assez compliqué pour ne pas être sous surveillance par-dessus le marché. Si les dossiers et registres étaient clairs et lisibles, Claude peinait cependant à retenir toutes les informations nécessaires à la maîtrise des lignages de chiens aptes à produire la prochaine portée. Il connaissait les bases, bien sûr. John Sawtelle avait inculqué les principes de la reproduction à ses deux fils, mais Claude était resté éloigné du chenil trop longtemps pour comprendre le système complexe d'annotations, affiné par son frère au fil des ans.

Par ailleurs, Claude faisait fi du talent en affichant une indifférence désinvolte et un manque de respect affecté. Quel que soit l'exploit, un solo de piano pyrotechnique dans une émission de variétés ou Kareem Abdul-Jabbar offrant un panier de dernière minute aux Bucks de Milwaukee, Claude n'était pas impressionné pour deux sous. Il aimait à répéter que l'on pouvait tout obtenir dans la vie à force de patience. Le pianiste, faisait-il observer, avait sacrifié son enfance aux gammes – évidemment qu'il savait caresser les touches. Quant à Jabbar, il était grand et s'entraînait au basket-ball cinq jours par semaine toute l'année.

« C'est à la portée de tout un chacun d'être bon dans son métier, disait-il. On appelle ça l'osmose. La chose la plus banale du monde. »

Trudy avait pris le parti d'en rire, considérant que c'était une forme équivoque de compliments car plus l'exploit était impressionnant, plus Claude campait sur ses positions. Il maintenait qu'il ne s'agissait en rien d'un manque de respect puisque le principe valait pour tout le monde : Trudy, Edgar et, surtout, lui-même. La question n'était pas de savoir si Claude était apte à apprendre une chose, mais si elle en valait la peine et combien de temps cela lui prendrait. C'est ainsi qu'il abordait la maîtrise des registres du chenil, et du langage des signes. S'il se plongeait assez longtemps dans les dossiers, il finirait par comprendre le système d'annotation et par assimiler les qualités et les défauts. Durant ses conversations téléphoniques, il feuilletait les pages du dossier qu'il avait sous les yeux, en griffonnant des tableaux généalogiques sur le journal.

Gar avait prévu une portée pour une chienne noir et fauve, au caractère adorable, évoquant un croisement parfait, que Claude avait cherché en vain dans son carnet – un ramassis de notes illisibles, de listes, de mémento et de graphiques, comme le savait Edgar. L'homme qui remplissait les registres avec la précision d'un professeur de calligraphie couvrait son carnet de gribouillages insensés. Quoi qu'il en soit, Olive serait bientôt en chaleur et Claude s'installait à

la table de la cuisine après le dîner devant une pile de chemises. Un soir tard, il entra dans le salon.

« J'ai le croisement de Gar pour Olive », déclara-t-il.

La mère d'Edgar leva le nez de son magazine.

« Qui ?

— Drift, répondit-il. Il a déjà produit trois bonnes portées. Une santé de fer. Il est à Park City. »

La mère d'Edgar hocha la tête. Son intuition sur les croisements était fondée sur ses souvenirs du comportement de
chaque portée mais elle s'était toujours désintéressée des
détails concernant la recherche, laissant cela à son mari. Ce
qui la stimulait le plus, c'était le potentiel des chiots. Edgar,
lui, perçut sur-le-champ le problème et signa une réponse
sans réfléchir.

C'est une consanguinité. Une mauvaise.

Trudy se tourna vers Claude pour lui traduire. « Une
consanguinité ?

— Voyons un peu. Olive est issue de... » Il retourna
fouiller dans les papiers qu'il avait laissés dans la cuisine.
« Je suis maudit, l'entendirent-ils jurer. Olive et Drift sont
issus du même père à une génération d'écart : Half Nelson.
Lui-même issu de Nelson, fils de Bridger et Azimuth.

— Et alors ? » demanda sa mère.

Souviens-toi de Half Nelson avec Osmo, signa Edgar.

« Oh oui. Un échec », reconnut Trudy.

Claude était revenu. : « Mais encore ? enchaîna-t-il, incapable de comprendre le langage des signes d'Edgar

— Il y a deux ans, Half Nelson a sailli Osmo. Trois des
chiots sont mort-nés et les autres avaient des aplombs trop
serrés. Gar en a conclu que c'était un mauvais croisement. »

Il avait carrément jugé cette portée désastreuse, recti-
fia Edgar en lui-même. Pour Gar, les caractéristiques telles
que la robe ne comptaient pas beaucoup, en revanche l'ossa-
ture lui paraissait essentielle et il considérait qu'un mauvais
angle d'épaule était presque impossible à éliminer d'une
lignée. Osmo avait pourtant produit de bonnes portées issues
d'autres étalons. Un jour, le père d'Edgar avait passé le plus
clair de son temps à consulter des dossiers et prendre des
notes jusqu'à ce qu'il déclare enfin avoir trouvé ce qu'il cherchait : les croisements avec Nelson comme ancêtre commun.

Edgar était resté avec son père qui lui avait tout expliqué ; ils avaient dessiné des schémas qu'il revoyait encore.

« Merci de m'avoir communiqué l'information alors que je cherche depuis deux jours, lança Claude.

— Edgar ignorait, jusqu'à ce soir, que tu pensais à Drift », intervint Trudy avant que son fils ne puisse réagir. Elle se tourna vers lui. « À ton avis, qui conviendrait ? »

Quelle que soit l'envie d'Edgar de laisser son oncle s'enliser – d'autant que le moindre coup de main le conforterait dans sa théorie absurde sur l'osmose – il craignait davantage encore que Claude ne choisisse un croisement à l'aveuglette. L'idée d'un tel manque de compétence lui était intolérable.

Gleam ? signa-t-il. Ou l'un de ses frères.

En entendant Trudy Claude pinça les lèvres et retourna dans la cuisine. Un grand sourire fendit le visage d'Edgar à qui Trudy décocha un regard l'enjoignant à ne pas dépasser les bornes avant de se replonger dans son magazine. Il savait ce que Claude allait trouver : Gleam, un chien tacheté de quatre ans, vivait dans une ferme à l'est de la ville. Le petit garçon de la famille venait parfois voir Edgar à l'école pour lui donner des nouvelles. Claude ne découvrirait aucun problème de consanguinité à moins de remonter à sept générations ce qui était improbable.

Quand Edgar descendit le lendemain matin, Claude était déjà à son poste, derrière une pile de chemises. « Allons-y pour Gleam, dit-il, levant une tasse de café au-dessus des dossiers. Tu voulais me tester sur ce coup-là, c'est ça ? J'appellerai le propriétaire cet après-midi pour tout organiser. »

Edgar chercha vainement une réponse. Il haussa les épaules et se dirigea vers la porte.

« Écoute, ajouta Claude. Nous sommes seuls. Si tu as quelque chose à me dire, c'est le moment ou jamais. Ça restera entre nous. »

Edgar s'arrêta. Il repensa à sa capitulation de la veille au soir, il avait aidé Claude alors que c'était la dernière chose qu'il souhaitait. Lentement et avec une grande précision pour qu'il n'y ait aucun quiproquo, Edgar plia sa main gauche devant lui et glissa la droite en dessous, l'index dressé aussi droit que le couteau qu'il était censé représenter.

Un meurtre. C'est ça que j'ai à l'esprit.

Claude suivait des yeux les mains d'Edgar. Il avait l'air de fouiller dans ses souvenirs, tout en hochant distraitement la tête.

Edgar tourna les talons et sortit sur la véranda.

« À propos, ta sélection de Gleam m'a beaucoup impressionné, lança Claude de la cuisine. Je voulais que tu le saches. »

Edgar poussa la porte grillagée qu'il laissa claquer, le sang lui montait à la tête. Il avait rassemblé son courage pour accuser Claude en face, or son oncle, par sa magnanimité, avait retourné la situation à son avantage. Pour impressionner qui? Personne n'avait assisté à l'échange. Le pire, c'était que le compliment de Claude avait provoqué en lui une bouffée d'orgueil qui s'était aussitôt transformée en haine.

Quand il le voulait, Claude ressemblait affreusement au père d'Edgar, c'était ça le problème – l'horrible problème.

*

La nuit. Dans la salle de bains, il croisa les bras autour de sa taille, retira sa chemise par la tête et se regarda dans le miroir. Là où peu de temps auparavant des ecchymoses vertes et bleues racontaient une histoire, la chair avait repris son aspect normal.

La main de son père s'était enfoncée là, une simple pression aurait pu suffire à ce que son cœur s'arrête de battre. Du flot de souvenirs qui s'était répandu en lui comme de la pluie, il ne restait que des bribes, comme certains rêves. Il appuya le pouce sur son sternum. Une douleur familière se propagea dans ses côtes.

Il écarta le bras, serra le poing.

Il l'abattit sur sa poitrine, sensation exquise.

*

Lorsqu'il faisait chaud l'après-midi, Edgar allait dormir avec Almondine dans les bois, sous le chêne moribond. Parfois, il emmenait Essai ou Amadou histoire de faire semblant de travailler. Quand sa mère insistait pour qu'il passe la nuit dans la maison, il attendait que Claude et elle soient endormis pour guider Almondine dans l'escalier, pesant de tout son poids sur les marches grinçantes. Par la porte ouverte de sa chambre, Trudy le voyait fouiller dans le réfrigérateur.

« Qu'est-ce que tu fais ? »

Je vais dans la grange.

« Il est 11 heures du soir ! »

Et alors ?

« Oh, pour l'amour du ciel, si tu n'arrives pas à dormir, lis ! »

Il claquait la porte de derrière et traversait la cour.

Cependant, il ne pouvait pas les contredire sur tout. Devoir nommer la dernière portée l'ennuyait, et il ne cessait de reporter ce moment. Les chiots avaient ouvert les yeux, leurs dents de lait poussaient, ils commençaient à explorer les alentours. Le dressage précoce commencerait bientôt : la production de sons inhabituels, l'installation d'escaliers miniatures, de cerceaux. Tous ces exercices impliquaient que les chiots connaissent leur nom. Il apporta dans le box de maternité le *Nouveau Dictionnaire encyclopédique Webster de la langue anglaise* bleu foncé et s'assit en tailleur dans la paille. Quatre chiots s'approchèrent en vacillant du bord de la caisse et le regardèrent.

La couverture du dictionnaire craqua quand il l'ouvrit. Il le feuilleta. Les annotations défilèrent, les plus anciennes de la main de son père mais la plupart de la sienne – il reconnaissait son écriture un peu carrée. Des noms tout à fait corrects existaient dans cet ouvrage : Butter. Surrey. Pan. Cable. Argo. Pour certains, il se rappelait même l'endroit exact où il se tenait quand le mot avait surgi de la page, devenant prénom. À la fin du dictionnaire, il y avait un article d'Alexander McQueen : *2 000 prénoms et leurs significations : Guide pratique à l'usage des parents et de tous ceux intéressés par une meilleure utilisation des prénoms.* Edgar le connaissait par cœur. *L'attribution d'un nom à un enfant est d'une importance qui n'a rien d'anecdotique*, avait écrit McQueen, qui dressait une liste de sept règles à respecter pour choisir un prénom. Entre autres : *Il faut un prénom de qualité, facile à prononcer, original.* Plus Edgar repensait à ces règles, plus il trouvait absurdes les mots qu'ils n'avaient pas encore utilisés : *Spire.*

Encore. Pretend. Herb. Levant le nez, la mère de la portée flaira les pages racornies, puis soupira comme si elle comprenait son problème. Edgar referma le dictionnaire.

Les chiots s'étaient endormis, sauf un qui, en train de tripoter une mamelle, la prenait, la lâchait, la reprenait dans sa gueule. Il le prit, pressa le mamelon entre ses doigts qu'il approcha de son nez et lécha.

De quoi te plains-tu ? signa-t-il.

Il posa le dictionnaire et remit le chiot à sa place. Il le caressa pendant qu'il tétait jusqu'à ce qu'il s'endorme.

*

Il rassembla ensuite sa portée dans l'atelier, monta l'escalier ne s'arrêtant que pour récupérer la photo de Claude avec Forte qu'il avait cachée avec la lettre d'Hachiko. La chaleur du jour subsistait dans le grenier. Il ouvrit la grande porte de devant pour laisser entrer la fraîcheur saturée de pollen de la nuit. Les chiens se ruèrent sur les bottes de paille du fond, le grand mur jaune n'était plus qu'une plateforme. Ils seraient bientôt à court de paille. Il leur faudrait donc passer une journée à la porte du grenier à regarder un vieux tapis roulant monter les ballots, les attraper avec le crochet électrique et les empiler en quinconce sous les chevrons. Il observa les bois noyés d'obscurité. Schultz avait-il imaginé des hommes en train de travailler, de crier, de jurer, de harceler ceux qui se trouvaient en bas pour qu'ils apportent le foin tandis qu'ils tiraient sur les cordes de levage ? se demanda-t-il.

Une fois les chiens calmés, Edgar ferma la porte et ils se mirent au travail. Il avait abandonné le programme habituel de dressage au profit d'exercices ludiques sans but précis. Se marquer les uns les autres. Porter des petites pièces métalliques çà et là. Se coucher pendant le transport d'un objet. La seule chose qui le détendait, c'était d'observer les chiens. Il en faisait un jeu. Il essayait des variantes, plaçait des barrières, changeait d'ordre, testait des analogies. Ainsi, un marquage ne signifiait pas uniquement sentir un autre chien mais lui donner un coup de museau. Porter signifiait ne pas laisser tomber l'objet même si une balle de tennis roulait à proximité. Edgar trouva un stylo, une vieille cuiller et une baguette de soudure. Il donna l'ordre aux chiens de les prendre dans leur gueule au lieu de la ferraille habituelle, malgré leur texture et leur goût étranges.

Quand ils eurent intégré le nouveau sens de « porter », une heure s'était écoulée et il annonça une pause. Tandis que les chiens flemmardaient dans la paille, Edgar sortit la photo de Claude avec Forte. Il ne pensait plus au chien errant depuis des lustres, quelle absurdité que son espoir de le voir sortir des bois ! Il se rappela la vitesse avec laquelle Claude s'était retourné pour abattre le chevreuil après la fuite du chien. Au bout de quelques minutes, il glissa la photo dans sa poche et lut *Le Livre de la Jungle* en laissant ses mains faire de grands signes.

Et il hurlait si haut que Tha l'entendit, et dit : « Quel malheur est-il arrivé ? » Le Premier Tigre levant son mufle vers le ciel nouvellement créé, si vieux maintenant, s'écria : « Rends-moi mon pouvoir, ô Tha. Je suis humilié devant toute la Jungle, et j'ai fui un Être sans poil qui m'a donné un nom déshonorant. » – « Et pourquoi ? » dit Tha. « Parce que je suis souillé de la boue des marais », dit le Premier Tigre. « Baigne-toi alors, et roule-toi dans l'herbe humide, et si c'est de la boue, l'eau la lavera sûrement », dit Tha ; et le Premier Tigre se baigna, se roula encore, jusqu'à ce que la Jungle tournât, tournât devant ses yeux ; mais pas une seule petite raie sur sa peau n'était partie, et Tha, qui le surveillait, se mit à rire. Alors, le Premier Tigre dit : « Qu'ai-je donc fait pour que semblable chose m'arrive ? » Tha lui répondit : « Tu as tué le Chevreuil, et tu as lâché la mort à travers la Jungle, et, avec la Mort, est venue la Crainte, de telle sorte que maintenant, chez le Peuple de la Jungle, on a peur les uns des autres, comme tu as peur de l'Être sans poil. » Le Premier Tigre dit : « Ils n'auront pas peur de moi, puisque je les connais depuis le commencement. » Tha répondit : « Va voir. » Et le Premier Tigre courut çà et là, appelant à voix haute le cerf, le sanglier, le sambhur, le porc-épic, tout le peuple de la Jungle ; mais ils se sauvaient de lui, qui avait été leur juge, parce qu'ils avaient peur[1].

---

1. Extrait du *Second Livre de la Jungle* de Rudyard Kipling. Librairie Delagrave. Traduction de Louis Fabulet et Robert d'Humières.

Il demanda aux chiens de se lever et les entraîna à deux nouveaux ordres. Il commença par « loin », qu'il leur expliqua par paliers. D'abord, il suffisait de regarder ailleurs sans bouger. Les exercices de regard partagé se révélèrent très utiles puisqu'ils comprirent rapidement. Ensuite, il les amena à faire un pas, puis plusieurs, puis à traverser le grenier en courant. Pinson fut le premier à assimiler qu'il ne s'agissait pas d'aller dans un endroit précis, simplement de s'éloigner. Le chien dansait presque d'excitation.

Un concept beaucoup plus difficile à assimiler fut la transmission d'un ordre par un autre chien. Par exemple, s'il voulait que Sahib se couche, il n'avait qu'à lever la main – les chiots Sawtelle connaissaient ce geste depuis l'âge de trois mois. Ce qu'il voulait maintenant, c'est que Sahib se couche si Pinson ou Essai lui donnait un coup de nez sur la hanche. Ils appelaient cela un enchaînement – apprendre à un chien qu'une action en générait toujours une autre. Grâce à l'enchaînement, un chien s'asseyait dès que son maître s'arrêtait de marcher. Grâce à l'enchaînement, un rappel était impeccable quand le chien revenait vers son maître et le contournait pour s'asseoir sur sa gauche. C'était un domaine où les chiens Sawtelle étaient particulièrement doués.

Il immobilisa Sahib et recula d'un pas.

Il signa à Essai l'ordre « marque » en désignant Sahib.

À peine Essai eut-elle touché le chien qu'Edgar leva la main et Sahib se coucha. Un moment de joie intense. Ils recommencèrent. Cette fois, ce fut au tour de Sahib de marquer. Après une douzaine d'essais – et quelques pauses pour pourchasser un chiffon à nœuds lancé dans les coins sombres du grenier – ils avaient tous compris le principe. Il les éloigna de plus en plus – un mètre cinquante, trois mètres, six mètres ; un long cordon passé dans l'un des anneaux du sol lui permettait de les réprimander à distance. Au bout de quelques exercices supplémentaires, il suffisait d'un petit signe leur indiquant de se coucher pour que les chiens s'aplatissent dès qu'ils étaient marqués – pas chaque fois, une sur deux, puis trois sur deux – puis il put rester immobile tandis qu'Essai fonçait dans le grenier, donnait un coup de museau sur l'arrière-train de Sahib, qui se laissait tomber par terre.

Edgar les félicita. Il les roula sur le dos et posa leurs pattes avant sur son visage. Il se délecta de l'odeur de terre et de maïs grillé de leurs coussinets qu'ils entretenaient avec soin. Ils se dévissèrent le cou pour le regarder comme sous le coup de la stupéfaction, tout en le bousculant pour qu'il continue. D'un claquement de mains, il les remit au travail. Désormais, il se limitait à un petit nombre d'ordres, toujours les mêmes. Il les fit rejouer en changeant d'ordre de départ et de partenaire. Il mit d'autres obstacles. Il modula les laps de temps des libérations.

Roule sur le dos.

Porte ça à l'autre chien.

Marque ce chien.

Il était tellement tard qu'il dormait presque debout quand il choisit un enchaînement au hasard. Opale trotta à travers le grenier, un leurre dans la gueule. Elle marqua Ombre qui s'effondra.

L'exercice sortit Edgar de sa torpeur. Il les fit recommencer.

Porte ça à l'autre chien.

Marque ce chien

Couche-toi dès que tu es marqué.

Le sang lui monta à la tête. Au fil des jours, venait-il de comprendre, une idée avait, bribe par bribe, fait son chemin depuis un recoin de son cerveau. Ils reprirent l'exercice au début. Chaque fois, l'image de Claude se précisait : il sortait à reculons de la grange, cherchait quelque chose qu'il avait laissé tomber ou lancé, cependant qu'un monde d'une blancheur neigeuse se profilait derrière lui.

Si ce travail des chiens ravivait la mémoire d'Edgar, serait-ce pareil pour Claude ?

Quand il fut trop fatigué pour continuer, il s'assit et regarda la photo de Claude avec Forte. Fermant les yeux, il se tourna sur le côté, vaguement conscient que les chiens, rassemblés autour de lui, l'observaient. Il naviguait depuis si longtemps entre deux vérités que rien ne lui paraissait vrai, ni même de l'ordre du possible.

À présent, il avait peut-être trouvé un moyen d'avoir une certitude.

Une leçon de conduite

Edgar entendit des pas dans l'escalier du grenier. Trudy passa la tête par la porte du vestibule, ses cheveux bruns rassemblés en une queue-de-cheval qui dansait d'une épaule à l'autre. Essai, Pinson et Opale attendaient sagement assis tandis qu'il tenait un bout de corde noué de chaque côté, du genre dont il se servait pour les exercices de rapport. Almondine était vautrée près de la porte.

« Que dirais-tu d'un tour en ville ? lui demanda sa mère. On pourrait déjeuner là-bas. »

S'avançant dans le champ de vision des trois jeunes chiens qui, excités par la présence de sa mère, levaient leurs arrière-trains, Edgar les fixa jusqu'à ce qu'ils se rasseyent. Il ne se tourna vers sa mère que lorsqu'il fut sûr qu'ils ne bougeraient plus.

J'ai envie de continuer à entraîner Essai, répondit-il en mentant à moitié. Dans la matinée, il avait commencé une séance de « marquer coucher » mais les chiens s'étaient rebellés car il ne cessait de les pousser soir après soir. Il désirait plus que tout qu'on le laisse travailler tranquille. De plus, ce serait une manière d'éviter la vue de Claude aux côtés de sa mère, ce qui provoquait une bouffée de colère à lui couper le souffle. L'idée de se retrouver coincé dans le camion, ou pire, dans l'Impala, avec eux le paniquait. Il était de très mauvaise humeur après une nuit de rêves dont il se souvenait vaguement où il tombait continuellement des branches du pommier dans un gouffre abyssal.

« Bien, dit-elle gaiement, un jour je retrouverai mon fils, j'en suis certaine. »

Edgar entendit leurs voix dans la cour, puis le crissement des pneus du camion qui remontait l'allée. Aussitôt, il tapa dans les mains pour appeler Almondine avec qui il fit quelques exercices de rapport sous les yeux attentifs des autres chiens. Dès qu'Essai eut exécuté, sans faute, trois rapports d'affilée, il passa à Opale, ensuite à Pinson et de nouveau à Essai mais, de crainte qu'elle ne se lasse, il lança le bout de corde dans un labyrinthe de bottes de paille qu'il avait agencé en vitesse. Quand l'exercice fut terminé, Edgar les emmena tous en bas.

Il décida de déjeuner tôt pour éviter d'être encore dans la maison à leur retour. En passant devant l'Impala, il refréna l'envie de balancer un coup de pied dans la portière. Précédé par Almondine, il entra dans la cuisine où Claude, assis à la table, fumait une cigarette, un journal à la main. Le premier réflexe d'Edgar fut de rebrousser chemin d'autant que la porte de la véranda grinçait toujours, mais il se força à traverser la cuisine, ouvrir le réfrigérateur et en sortir de quoi faire des sandwiches. Claude continua à lire tandis qu'Edgar glissait du fromage et de la charcuterie épicée entre deux tranches de pain. Enfin, Claude laissa tomber son journal.

« Je suis content que tu sois là parce que j'aimerais te parler de quelque chose », dit-il.

Après avoir feint de fouiller dans les profondeurs glaciales du réfrigérateur, Edgar attrapa une chaise, s'assit et entama son sandwich.

« Est-ce que tu sais conduire le camion ? » demanda Claude.

Edgar secoua la tête. C'était la vérité, son père lui avait quelquefois permis de tenir le volant depuis la place du passager, mais rarement.

« En voilà un crime, s'exclama Claude. À ton âge, Gar et moi, on conduisait depuis un bout de temps. Ça peut être utile, tu sais. »

Edgar donna un morceau de son sandwich à Almondine.

« Mes efforts pour convaincre ta mère que nous devrions t'apprendre n'ont pas été très fructueux, elle préfère l'auto-école. » À sa façon de prononcer « Auto-école » on aurait dit que c'était une idée parfaitement absurde. « Un jour notre père nous a montré comment faire, voilà tout. On a roulé un peu au hasard pendant un après-midi, et on était fin prêts. D'abord, on a fait des allers-retours à Popcorn Corners – le "train de nuit", c'était l'expression consacrée. »

Edgar eut l'impression de savoir où Claude voulait en venir. Il hocha la tête.

« Toi et moi, on a un avantage. Il n'y avait que des boîtes mécaniques à l'époque alors que l'Impala est automatique. On pourrait profiter de l'absence de ta mère pour s'amuser un peu sans qu'elle le sache. Comme ça, tu seras le premier quand tu commenceras à prendre des leçons. En plus, la première fois que tu conduiras avec ta mère pour t'entraîner, tu l'épateras. Qu'est-ce que t'en penses ? »

Edgar regarda Claude.

O, forma-t-il avec ses doigts, en mordant dans son sandwich.

K, compléta-t-il.

Claude observa les mains d'Edgar, puis frappa un coup sur la table. « C'est parti. Termine ta bouchée, fiston, il est temps de prendre le volant. Ta vie va changer. » Il remit les pages du journal en ordre, se leva et fit tourner les clés de la voiture autour d'un de ses doigts. Edgar posa le reste de son sandwich sur la table et sortit, Almondine sur ses talons.

Les roues de l'Impala, garée face à la route, étaient dans l'herbe. Claude ouvrit la portière du passager. Il allait monter quand il aperçut Almondine. Il fit basculer le siège en avant et lança : « Saute, ma belle. Ton garçon va t'en boucher un coin ! » Puis, regardant l'allée, son avant-bras posé sur le toit de la voiture qu'il tapota du plat de la main, il ajouta : « Gar n'aurait jamais fait ça. Il te l'aurait interdit le plus longtemps possible. »

Almondine, qui avait bondi sur la banquette arrière, fixait Edgar, la langue pendante. Les oreilles de celui-ci bourdonnaient depuis qu'il avait entendu son oncle l'appeler « fiston » et, à présent, il eut la sensation que quelque chose se brisait en lui.

Il ouvrit la portière du conducteur.

Sors, signa-t-il à Almondine. Tu dois rester à la maison.

La langue toujours pendante, elle ne cilla pas.

Viens, insista Edgar, qui recula. Quand Almondine lui eut obéi, il l'emmena dans la cuisine. Il s'agenouilla devant elle, lui caressa la tête et le cou, plongea les yeux dans ses superbes iris mouchetés d'or et d'ambre. Tu es une bonne fille, tu sais ça, signa-t-il.

Il referma la porte et se dirigea vers l'Impala. Claude le regardait par-dessus la surface bleue du toit. Edgar trouva que les trois petits déflecteurs fixés aux flancs de la voiture ressemblaient à des ouïes de requin.

On y va.

Peu lui importait que Claude comprenne ses signes, son langage corporel était suffisamment éloquent.

Claude se laissa tomber sur le siège du passager et baissa sa vitre aussitôt imité par Edgar. « Tu connais la différence entre l'accélérateur et le frein, n'est-ce pas ? Tout le monde sait ça. »

Claude passa à Edgar son porte-clefs. Il les examina l'une après l'autre à la lumière, puis donna un coup d'essai sur l'accélérateur.

« Il vaut mieux ne pas pomper, lui fit remarquer Claude. Tu risquerais de la noyer. »

La clé de contact s'inséra aisément, le démarreur se mit à ronronner suivi par le moteur. Edgar tourna la clef un peu trop longtemps, ce qui généra un horrible grincement. Il lâcha tout puis, après un coup d'œil à Claude, recommença. Enlevant son pied de l'accélérateur, il écouta le moteur tourner au ralenti.

Claude se remit à parler mais Edgar ne l'écoutait pas. Il testait la pédale de frein, appréhendait sa résistance sous son pied. Le changement de vitesse était à levier. La flèche orange indiquant les vitesses était placée sous le compteur. Comme il avait vu plusieurs personnes le faire, il tira le levier et le baissa sur D.

La voiture avança lentement.

« Bien, le félicita Claude. Tout doux. »

Comparé à celui d'Alice, le volant était d'une telle souplesse qu'Edgar se demanda si l'Impala était pourvue du système de conduite assistée. Le plus surprenant toutefois, c'était la largeur du capot plat devant eux, si différent de celui du tracteur, orange et étroit, dont le pot d'échappement crachait des nuages noirs. Il lui semblait conduire derrière une grande table bleue. Le bruit du moteur était assourdi et, comme il ne distinguait pas les roues avant, il ne pouvait que rouler en se fiant à l'instinct.

« C'est bien, l'encouragea Claude. Ralentis un peu dans l'allée pour qu'on voie si quelque chose arrive. Prends à gauche en direction de Corners, histoire de ne pas croiser ta mère si elle est sur le chemin du retour. »

Edgar hocha la tête. Il commença à accélérer puis, sans avoir conscience d'avoir décidé quoi que ce soit, appuya sur le champignon, le pied au plancher.

L'Impala rugit et dérapa dans les graviers. Edgar, qui avait le volant bien en main, garda la voiture dans la bonne direction – oh, elle empiéta bien un peu l'herbe à droite, mais ça valait mieux que d'entrer dans la maison.

« Holà, fiston ! s'exclama Claude. Tu n'es plus maître de ta bagnole. Doucement ! »

Ils arrivèrent au bout de l'allée en un temps record. À quelle vitesse roulaient-ils ? Edgar n'avait pas le temps de jeter un coup d'œil au compteur tant il se passait de choses. D'abord, les arbres du verger se rapprochaient dangereusement sur la droite. Ensuite, il s'était retourné pour regarder s'éloigner la grange, par la lunette arrière – ce qui se révéla assez compliqué à cette vitesse. De nouveau face à la route, il réfléchit avant de décider d'éviter les bois de l'autre côté de l'allée car, tout compte fait, ils ne roulaient pas tellement vite. Sur la route, il pourrait accélérer sans problème. Comme le dernier pommier s'estompait derrière la vitre latérale, il tourna le volant.

Claude s'était arrêté de crier « Holà » comme s'ils étaient dans un chariot tiré par un cheval. Il se pencha pour braquer le volant à gauche. Puis Edgar lui résista car, contrairement à son oncle, il estimait qu'il fallait attendre que la

boîte aux lettres soit au milieu du pare-brise pour le ramener au centre. Ils finirent par trouver un compromis et se
retrouvèrent sur la route ou presque, sous le bruit assourdissant des graviers écrasés par les pneus ou projetés sur
les ailes arrière. Claude avait désormais les deux mains sur
le volant ; il avait les idées très arrêtées sur la direction à
prendre.

OK, tu conduis, signa Edgar.

Il retira ses mains, gardant son pied à fond sur l'accélérateur. Libéré du rôle de navigateur, il regarda de nouveau
par la lunette arrière. C'était grisant de voir la route s'étirer
comme une bande de caramel mou. Un coup d'œil au compteur, il en avait le temps à présent, lui apprit qu'ils avaient
déjà atteint quatre-vingt-dix kilomètres heure. Était-ce possible alors qu'ils n'avaient pas encore rejoint la clôture ?
Peut-être n'était-ce que les roues qui dérapaient sur les graviers. Il n'empêche qu'ils roulaient à vive allure depuis que
Claude les avait ramenés au milieu de la route.

L'air rugissait en s'engouffrant dans les vitres ouvertes.

Et si on écoutait un peu de musique ? signa-t-il.

Tandis que Claude hurlait une remarque à propos de
la pédale d'accélérateur, Edgar se pencha de son côté pour
allumer la radio. Le son métallique de cordes de guitare lui
parvient, dominant le vrombissement du moteur.

De la musique country, ma préférée, enchaîna Edgar en
langue des signes.

Il appuya sur un des gros boutons noirs de présélection
pour changer de station, puis sur un deuxième.

Je déteste que tu m'appelles « fiston ». C'est faux, je ne
suis pas ton fils.

Il éteignit la radio.

« Je ne comprends pas ce que tu racontes, cria Claude.
Pour l'amour du ciel, lève le pied de l'accélérateur. »

En fait, ça me déplaît que tu habites chez moi, conclut
Edgar.

Claude essaya de passer au point mort mais Edgar,
posant à nouveau ses deux mains sur le volant, vira à gauche.
La voiture fit un tête-à-queue dans les graviers, un bosquet
d'érables apparut dans le pare-brise. Alors Claude lâcha

le changement de vitesse, reprit le volant et, contre toute attente, réussit à remettre la voiture sur la route.

Le compteur indiquait un peu plus de cent trente. L'Impala vibrait comme si elle roulait sur des billes. C'est ma première expérience d'une telle vitesse en voiture, c'est intéressant que ce soit sur des graviers, pensa Edgar. Du coup, la route était engloutie. À l'endroit où la terre battue était remplacée par le bitume, il distingua un virage. Un peu plus loin, un petit pont enjambait un ruisseau. L'Impala atteindrait-elle les cent quarante avant qu'ils n'y arrivent ? Edgar n'eut pas le temps de s'appesantir sur le sujet à cause d'un dos-d'âne. Quand ils atterrirent, il lui sembla que son corps fendait toujours l'air tandis que ses yeux étaient retombés.

Souriant à Claude, il vérifia le compteur. Après tout, ils avaient roulé à cent quarante. Quel dommage que le capot de l'Impala soit si sale ! Par une belle journée, c'était sûrement formidable de voir les nuages se refléter dans ce miroir bleu étalé devant eux. Ça devait donner l'impression de voler dans le ciel.

« D'accord », dit Claude qui s'était rapidement adapté à la conduite à partir de la place du passager. Ils oscillaient à peine heureusement vu l'étroitesse de la route.

« D'accord, répéta Claude. C'est toi le chef, qu'est-ce que tu veux ? »

Edgar se posait la même question. Il n'avait aucun plan d'autant que l'idée de la leçon de conduite venait de Claude. Et il entendait ce bourdonnement dans sa tête qui le rendait dingue. il se frappa le front de ses paumes pour tenter de l'arrêter. Peine perdue. Au moins il savait pourquoi il avait mal à la tête maintenant.

Pourquoi ne pas aller jusqu'à Popcorn corners, signa-t-il, avec un sourire penaud. Un train de nuit comme on dit.

« Je ne comprends rien, s'énerva Claude. Tu sais que je ne peux pas lire… »

P-O-P-C-O…

« Putain, arrête d'épeler avec tes mains, hurla Claude. Ralentis ! »

Prenant Edgar de court, Claude attrapa le levier de vitesse et mit au point mort. Un coup de chance car, de sa place, il n'avait sûrement pas vu l'indicateur du tableau de bord et aurait pu passer en marche arrière. Intéressant, songea Edgar. Qu'arrivait-il si on passait en marche arrière à près de cent vingt à l'heure ? Non, plutôt cent cinq. Bon, à quatre-vingt-dix.

Le moteur, un vrombissement tant qu'il était en prise, se mua en un cri perçant comme s'il allait sortir de ses gonds. Claude tourna la clef de contact. Ils continuèrent en roue libre jusqu'à l'arrêt total. On n'entendait plus que leurs souffles courts ponctués d'un martèlement. Baissant les yeux, Edgar découvrit que son pied pompait l'accélérateur. Le nuage de poussière qui les avait poursuivis les rattrapa, un brouillard sec et brun. Le circuit de refroidissement émettait une sorte de tic-tac.

Quand apprendrai-je à faire un créneau ? demanda Edgar. Il paraît que ce n'est pas facile.

Claude retira les clefs de contact et se renversa sur le siège du passager. Bien qu'il n'ait sûrement pas compris les signes d'Edgar, il éclata de rire. L'instant d'après, il hurlait en se tapant les cuisses. Edgar sortit de la voiture, décidé à faire à pied les quatre ou cinq kilomètres jusqu'à la maison. La portière du passager claqua derrière lui tandis que des pas crissaient sur le gravier ; le démarreur de l'Impala couina et s'arrêta à plusieurs reprises.

Edgar n'avait pas parcouru une grande distance lorsque Claude le rejoignit. Le moteur ne tournait pas normalement, quelque chose tapotait ou cliquetait sous le capot.

« La leçon de conduite n'était pas une bonne idée, déclara Claude. Sans rancune ? »

Edgar continua de marcher.

« Pendant que tu profites de ta balade, tu pourrais réfléchir à ceux avec qui nous avons tous les deux des liens, non ? Par exemple, ta mère. »

Et mon père.

Malgré lui, Claude essaya de déchiffrer les signes d'Edgar même s'il les exécutait à la vitesse de l'éclair. Tout en roulant au niveau du garçon, il se les repassa dans sa tête.

« Ouais, aussi », lança-t-il au hasard avant d'accélérer. Au bout d'environ un kilomètre, il s'arrêta et sortit de l'Impala.

« Sacré nom de Dieu, tu es exactement comme ton père ! » vitupéra-t-il, donnant des coups de pied dans le gravier. Puis, il remonta dans la voiture et s'éloigna.

Trudy

Si Trudy n'avait pas été aussi préoccupée pendant son trajet vers Mellen, elle y aurait pris plaisir car cette journée de juin était d'une telle douceur que le soleil semblait lui caresser la peau avec une sensualité rassurante. D'ordinaire, elle aimait écouter la radio mais le souffle de l'air s'engouffrant par les vitres du camion convenait mieux à ses réflexions sur Edgar. Trudy ne comprenait pas tous les motifs de sa révolte, si ce n'est qu'elle était dirigée contre Claude. La semaine précédente, il avait refusé trois soirs de suite de quitter le chenil et préféré dormir dans le grenier. Chaque fois qu'elle avait cssayé de lui parler, il était parti ou l'avait ignorée.

Bien sûr, il avait toujours été difficile à comprendre. Même petit, il était si renfermé, si stoïque qu'elle n'en revenait pas. Bébé, il n'avait pratiquement jamais pleuré. Almondine, nourrice et coursière, faisait l'intermédiaire entre lui et les autres. Les professeurs avaient attribué son stoïcisme à la perte de sa voix, mais Trudy savait qu'ils se trompaient. À un an, Edgar avait manifesté une envie désespérée de communiquer. À deux ans, il avait intégré les bases maladroitement enseignées du langage des signes et commencé, à la stupéfaction de sa mère, à inventer son propre vocabulaire. Il y avait eu une période – inoubliable bien qu'épuisante – où, du réveil au coucher, il exigeait qu'elle donne des noms aux choses. Il se concentrait avec une hargne presque effrayante et, elle avait beau savoir qu'elle souffrait d'orgueil maternel, elle était persuadée qu'Edgar était différent des autres. C'est ainsi que Gar et elle lui avaient demandé de chercher des noms pour les nouveau-nés du chenil dans le dictionnaire, un acte de légitime défense en quelque sorte.

Depuis le début, Edgar s'était montré démonstratif et intelligent, posant des questions d'une perspicacité surprenante. Quand elle le regardait assimiler une nouvelle idée, Trudy se demandait l'impact qu'elle aurait sur lui car, avec Edgar, tout finissait par ressortir, d'une façon ou d'une autre. Pourtant, le procédé – sa façon d'intégrer une explication sur les rouages de l'univers – restait un mystère insondable. C'était, à son sens, la seule déception de la maternité. Elle avait supposé qu'il resterait transparent pour elle ou plus encore, une partie d'elle-même pendant un certain temps. Or, malgré leur proximité dans le travail quotidien, Edgar n'était plus un livre ouvert depuis longtemps. Un ami, oui. Un fils chéri, absolument. Mais il pouvait se fermer comme une huître et taire ses pensées.

Le Noël de ses cinq ans en avait été un exemple parfait. Il venait d'entrer en maternelle. Tous les matins, ils attendaient ensemble au bout de l'allée et elle le regardait grimper dans le bus scolaire. Il revenait à midi, saluant Almondine de la main. La chienne le plaquait presqu'au sol dès qu'il avait posé le pied par terre, offrant un spectacle tel que les enfants appelaient la chienne depuis les fenêtres du bus. Edgar avait beau sembler heureux de fréquenter d'autres enfants cet automne-là, il ne lui parlait de l'école que si elle insistait. Qu'avaient-ils fait aujourd'hui ? Sa maîtresse était-elle gentille ? Est-ce qu'elle racontait des histoires ? Puis elle le cajolait pour qu'il lui fasse un récit. Parfois, il lui manquait un signe qu'ils cherchaient dans le dictionnaire du langage des signes. S'ils ne trouvaient pas, ils en inventaient un sur-le-champ. Au mois de décembre, il s'était assis à la table de la cuisine pour rédiger sa liste au Père Noël qu'il scella dans une enveloppe avant qu'elle ne puisse la lire. Elle avait dû attendre qu'il soit couché pour l'ouvrir à la vapeur.

En tête de liste, il avait écrit : *Montre AVEC UNE CHAÎNE.*

Cela lui avait coupé le souffle. Jamais il n'avait émis le désir d'avoir une montre même s'il savait déjà lire l'heure

– il avait appris à quatre ans. Pendant quelques longues semaines il avait inclus l'heure dans chacune de ses phrases – nous dînerons à 18 h 15. Quand je sortirai de mon bain, il sera 20 h 30. Cela ne dura qu'un temps mais il avait peut-être intériorisé son obsession. Quoi qu'il en soit, la montre figurait en tête de liste et elle était décidée à ce qu'il la trouve sous le sapin. Gar et elle repérèrent un horloger à Ashland. Le propriétaire sortit une vieille montre à gousset dont un garçon pourrait se servir mais casserait à coup sûr. Qui plus est, elle avait une chaîne. Le remontoir était très travaillé, un C à l'anglaise était gravé sur le couvercle. L'homme leur expliqua que, remontée à fond, elle marchait toute la journée. Peut-être perdrait-elle cinq à dix minutes mais ça irait sûrement pour le gamin. Ils avaient emballé la montre et l'avaient déposée au pied du sapin, veillant à ce que la petite boîte enveloppée de papier vert soit la dernière qu'ouvre Edgar. Après avoir regardé la montre et arboré le sourire qu'elle espérait, il l'avait glissée dans la poche de son pyjama.

« Tu ne l'ouvres pas ? s'était écriée Trudy. Pousse le petit bouton ! Regarde les aiguilles ! »

Il l'avait sortie de sa poche. Il les avait écoutés lui expliquer comment la remonter et la mettre à l'heure. Il avait observé attentivement. Finalement, il l'avait refermée et à nouveau fourrée dans sa poche. La montre avait disparu pendant au moins une semaine jusqu'au jour où Trudy, entrant dans le salon, découvre Edgar en train de la balancer de droite à gauche devant les yeux d'Almondine, qui, la langue pendante, regardait Edgar derrière le pendule. Quand son fils avait perçu sa présence dans la pièce, il s'était retourné.

Ça ne marche pas avec les chiens, avait-il signé.

« Tu essaies de l'hypnotiser ? s'était exclamée Trudy. C'est pour ça que tu voulais une montre ? »

Il avait hoché la tête. Viens, avait-il ordonné à Almondine. Ça marchera mieux avec les chiots. Sur ce, il avait pris son manteau et était parti pour le chenil, laissant sa mère bouche bée.

C'est alors qu'elle avait pris conscience de l'autonomie de son fils. Il avait cinq ans, il venait d'entrer en maternelle. Où avait-il pu entendre parler d'hypnotisme ? Elle ne se souvenait pas d'avoir vu quelque chose de ce genre à la télévision, ni dans les livres de son fils quoi que ce soit qui lui en ait donné l'idée. Où qu'il ait pu la piocher, il l'avait ressassée des semaines – des mois peut-être – sans en parler, fût-ce une fois. Il s'était contenté d'observer, de réfléchir, de s'interroger. Voilà le genre d'enfant qu'il était. Et elle avait compris qu'elle l'avait déjà, en un sens, perdu – qu'ils n'avaient plus grand-chose en commun. Non qu'il fût cachottier. Si elle avait su qu'il s'intéressait à l'hypnotisme, elle aurait posé des questions auxquelles il aurait répondu.

De toute évidence, il fallait se demander : à quoi d'autre pensait-il ? Qu'avait-il appris que personne ne soupçonnait ?

La carrière d'Edgar en tant qu'hypnotiseur avait duré quelques semaines. À son point culminant, il avait poussé le petit Alex Franklin à lancer une boule de neige dans l'oreille du surveillant de la cour de récréation. Après enquête, Trudy avait compris qu'Alex Franklin n'avait à s'en prendre qu'à lui-même. Edgar s'était borné à suggérer au garçon, sous l'emprise de sa montre pendule, de mordre dans une boule de neige d'un jaune plus que suspect. Au lieu de quoi, Alex, tendant les bras comme le monstre dans *Frankenstein*, s'était avancé vers le surveillant, avait pris son élan et lâché le projectile. Edgar ne s'y était pas attendu. Cette histoire d'hypnose était imprévisible, avait-il reconnu.

Du coup, ils avaient eu une discussion sur la responsabilité. Trudy lui avait expliqué que c'était comme avec les chiens. Si tu leur demandes d'exécuter un ordre, tu es responsable du résultat quand bien même il ne correspond pas à ton intention. Tu es particulièrement responsable à l'égard des chiens, lui avait-elle dit, parce qu'ils te respectent assez pour faire ce que tu leur demandes. Si tu veux qu'ils aient confiance en toi, tu as intérêt à prendre tes responsabilités.

Puis elle lui avait permis de l'hypnotiser, mais il n'avait pas réussi à l'endormir. Malgré sa déception, elle n'avait pas voulu lui mentir. Gar non plus, ni Almondine ni aucun des chiots – qui auraient bien aimé lui piquer la montre et la mâchonner. Et Edgar avait renoncé à son entreprise tout en continuant à porter la montre. De temps en temps il l'ouvrait, comparait l'heure à celle de la pendule de la cuisine et la remontait. Trudy se doutait cependant qu'il ne le faisait qu'en leur présence. Au printemps de cette année-là, à la fonte des neiges, elle avait retrouvé la montre enfouie sous ses sous-vêtements *Fruit of the Loom*, minuscules à en être émouvants, dans le dernier tiroir de sa commode.

*

Si Edgar était introverti et secret à cinq ans, il était désormais un mystère absolu pour Trudy. On aurait dit un somnambule depuis la mort de Gar. D'un instant à l'autre, il était furieux, désespéré, songeur ou heureux. La seule chose qui l'intéressait, c'était de faire travailler sa portée. Il était inutile de s'inquiéter, se convainquit-elle. Après tout, il aurait très bien pu se droguer – même s'il lui paraissait impossible qu'on trouve de la drogue à Mellen. S'il avait envie de passer ses jours et ses nuits dans le chenil, libre à lui.

À vrai dire, cette obsession n'était apparue que longtemps après la mort de Gar, deux semaines avant la fin des cours, quand il avait commencé à sécher. Trudy avait discuté avec le proviseur. Il était hors de question de sévir maintenant et de le dégoûter à jamais de l'école alors qu'il se débattait dans ce qui se révélerait, à n'en pas douter, la pire épreuve de son existence. Il était fragile en ce moment – une mauvaise gestion de cette crise le bloquerait. Trudy avait beau penser que les leçons tirées du dressage de chiens ne pouvaient s'appliquer aux humains, il lui semblait, c'était du bon sens, que de punir un chien ou un enfant qui s'approche de quelque chose risque de le persuader que cette chose est mauvaise. Trop souvent, elle avait vu des gens bousiller leur chien en lui faisant reprendre un exercice qui le terrorisait ou lui faisait mal. C'est un manque d'imagination de ne pas chercher de variantes pour une même tâche, de ne pas voir les choses sous des angles différents, de ne pas trouver le moyen pour qu'un chien exécute avec plaisir ce qu'on lui demande.

En l'occurrence, la comparaison était possible. Elle avait prévenu le proviseur qu'elle se moquait qu'Edgar soit présent un jour de plus ce trimestre après ce qu'il avait traversé et que, s'ils continuaient à faire pression sur lui, elle le retirerait de l'établissement. Personne n'était dupe, les professeurs ne se fatiguaient pas les deux dernières semaines. Qu'il soit assis en classe à regarder par la fenêtre ou absent, qui s'en souciait ? Combien de fils d'éleveurs manquaient à l'appel au moment où il fallait emmener le bétail à la foire agricole ? De toute façon, elle avait besoin d'aide au chenil.

Et il y avait Claude, qu'Edgar n'acceptait pas. Quoi de plus normal ? Après la mort de Gar, ils avaient été proches au point de former un couple en quelque sorte. Ils préparaient le dîner ensemble, se blottissaient l'un contre l'autre dans le canapé pour regarder la télévision. D'ailleurs, elle s'était endormie plus d'une fois dans les bras de son fils. Les soirs où c'était lui, elle lui caressait le front comme lorsqu'il était petit. Comment ne pas être jaloux après ça ? Peut-être aurait-elle dû prendre un peu de distance, le laisser faire son deuil à sa manière. Enfin, rien n'est plus difficile que savoir se comporter quand on souffre et que son fils souffre.

En outre, elle n'avait pas prévu le retour de Claude, après la querelle avec Gar. Non qu'elle en eût compris le sens – un différend entre frères, enfoui dans une histoire de famille bien trop chargée pour qu'elle se risque à l'exhumer. Entre Claude et elle, c'était simplement arrivé un matin : un coup de déprime dans son cas, une gentillesse, étrange et fugace, dans le sien. Elle n'avait pas eu l'impression de se fourvoyer, elle s'était même sentie soulagée d'un énorme poids après coup – comme si on lui avait donné la permission de vivre une autre vie. Edgar ne comprenait pas que, dorénavant, tout serait de l'ordre du compromis. C'était impossible à expliquer mais elle sentait que c'était vrai. Ils avaient eu leur part de bonheur, leur univers enchanté, leur royaume, leur paradis sur la terre – ça n'arrive pas deux fois au cours d'une vie. Quand une seconde chance se présente, on la prend pour ce qu'elle est. Oui, Claude l'avait demandée en mariage. Une folie dont il valait mieux ne pas discuter, du moins pour l'instant, tant qu'il y aurait autant de travail.

Gar et Trudy avaient eu l'inéluctable conversation sur ce qu'ils souhaiteraient s'il arrivait quelque chose à l'autre. Elle avait été franche et directe : « Je veux que tu passes le restant de tes jours dans la souffrance et que tu pleures en public deux fois par semaine. Un sanctuaire dans le verger serait pas mal, mais ce sera sûrement impossible à cause du travail au chenil et des conférences que tu feras sur ma divinité, alors je m'en passerais. »

Gar, lui, avait été plus modeste. Il tenait à ce qu'elle se remarie dès qu'elle aurait rencontré quelqu'un susceptible de la rendre heureuse, ni avant ni après. Gar tout craché – quand on lui posait une question sérieuse, il donnait une réponse sérieuse. Une des raisons, entre autres, de l'amour qu'elle éprouvait pour lui. Claude n'aurait jamais son ardeur, c'était un farouche défenseur de la loi et de l'ordre qu'il considérait comme des valeurs fondamentales. Il avait longuement évoqué le chenil lors de cette conversation. Il ne l'avait pas formulé clairement mais, à l'évidence, il espérait que Trudy continuerait son œuvre.

Aussi pensait-elle qu'il n'aurait pas forcément vu d'objection à la façon dont les choses se déroulaient. Le chenil serait sans doute rentré dans l'ordre à la fin de l'été. Ce qui avait compté le plus dans leur couple, c'était le bonheur de l'autre. Gar n'aurait peut-être pas apprécié les changements que Claude suggérait parce qu'il n'envisageait que d'être éleveur dans un chenil vitrine. Or Claude, moins concerné par les lignées, avait une vision plus large.

Pour l'heure, il fallait mieux comprendre Edgar et veiller à ce qu'il sorte de cette mauvaise passe. Il ne s'agissait que de ça, rien de bien grave.

Si tel avait été le cas, elle l'aurait senti tout de suite.

Popcorn Corners

Le lendemain, Edgar retourna, seul et en bicyclette, à Popcorn Corners. Tout était bon pour prendre le large quand Claude était à la maison, et il s'y trouvait sans cesse. Edgar glissa la photo de Claude et Forte dans sa poche et s'éloigna en pédalant vers le nord, empruntant le même itinéraire que celui qu'il avait pris avec son oncle dans la forêt de Chequamegon. Un camion du comté le dépassa, laissant un nuage fauve dans son sillage. L'air était encore chargé de poussière quand il arriva sur l'asphalte. Il tourna sur une petite route forestière. Il passa devant des marécages infestés de grenouilles et de serpents, puis devant une tortue qui se frayait péniblement un chemin entre les fossés. On aurait dit un enjoliveur vivant.

Il aperçut un stop au loin. Une fois à sa hauteur, il inspecta Popcorn Corners dans son intégralité : une auberge, une épicerie, trois maisons aussi décrépies les unes que les autres, une bande de poulets à moitié sauvages qui vivotait dans le caniveau. Il roula devant l'auberge qui arborait une enseigne de la bière Hamm. Il s'arrêta devant l'épicerie dont les bardeaux blancs recouvraient une charpente de guingois. Deux frênes gigantesques projetaient leur ombre sur la devanture. Sur le bas-côté envahi de mauvaises herbes, il n'y avait qu'une seule pompe à essence, vieillotte et branlante.

Il rangea son vélo dans le petit parking désert, et tira la porte grillagée dans un quart de cercle poussiéreux. Ida Paine, la propriétaire au nez crochu, hypermétrope, trônait derrière le long comptoir en bois. Des cartouches de cigarettes s'empilaient sur les étagères derrière elle – Lucky Strike rouge et blanc, Newport bleu clair, Camel au décor de désert. Une radio diffusait les informations sur une petite station d'Ashland.

Ida et Edgar avaient beau se connaître depuis des lustres, leurs relations manquaient de naturel. Il se souvenait de son père le portant dans le magasin alors qu'il ne marchait pas encore. Il ne se lassait pas de regarder Ida qui ne lui adressait pas la parole. Par-dessus tout, il aimait observer ses mains quand elle enregistrait les achats à la caisse. Elles se déplaçaient avec une agilité qui lui faisait penser à de minuscules singes nus : la droite poussait des articles sur le comptoir tandis que la gauche dansait sur les touches d'une vieille machine à calculer. Ida dévisageait ses clients de haut en bas sans ciller, ses pupilles agrandies par ses lunettes aux verres concaves. Après chaque montant tapé, elle baissait le levier de la machine à calculer avec une telle force que les chiffres auraient pu se graver dans du bois.

Si les autochtones étaient habitués à ce petit jeu, les étrangers en perdaient quelquefois la tête. « C'est tout ? » demandait-elle en les fixant, une fois les articles additionnés. « Autre chose ? » Ses doigts marbrés tapotaient la machine et attrapaient le levier. Dong ! Le dong les faisait sursauter et ils se mettaient à réfléchir, voyons, c'était bien tout ? La question se répercutait dans leur tête, un problème métaphysique. N'y avait-il pas autre chose ? Quatre boîtes de saucisses aux haricots, un paquet de chips *Old Dutch*, une demi-douzaine d'appâts. Était-ce vraiment tout ? Au fond, qu'avaient-ils fait de leur vie, pouvaient-ils se targuer d'un accomplissement valable ? « Non », répondaient-ils la gorge nouée, plongeant le regard dans les pupilles à la noirceur insondable d'Ida, « c'est tout, » ou parfois, « Heu, un paquet de Lucky ? » Cette dernière phrase était ponctuée d'un point d'interrogation, comme s'ils soupçonnaient qu'une mauvaise réponse risquait de les projeter dans l'abîme. Le plus souvent, ils pensaient aux cigarettes. D'abord parce qu'Ida fumait comme une cheminée – un filet blanc s'échappait en permanence de sa bouche et s'élevait pour se mêler à la nébuleuse qui flottait au-dessus de sa tête – mais surtout parce que, lorsque les non-initiés se retrouvaient face à Ida Paine, ils croyaient aussitôt en la prédestination. Alors pourquoi pas des cigarettes ?

Si un article dont elle ne connaissait par le prix atter-rissait devant Ida, elle le retournait dans tous les sens pour trouver l'étiquette blanche aux chiffres violets. Puis elle jetait un coup d'œil à une fiche jaunissante collée au comptoir et déclarait, impassible : « En solde aujourd'hui. » Elle n'annon-çait jamais le prix. Autant d'apartés qu'Edgar guettait. Sur le chemin du retour, il s'amusait à faire coïncider les étiquettes avec les chiffres du ticket de caisse. Parfois tout concordait mais, la plupart du temps, tout était mélangé. Un jour, il s'était adonné à l'exercice d'additionner les prix inscrits sur les étiquettes. Bien qu'aucun des chiffres ne correspondît, le total était correct.

Il passa devant le lait, les pâtes et les céréales rangés dans des rayons le long de l'allée la plus éloignée. Il traînas-sait alors qu'il n'avait ni vraiment envie de quoi que ce soit ni beaucoup d'argent. Contrairement à ce qu'on aurait pu croire, la vitrine donnant sur la route ne laissait pas entrer beau-coup de lumière si bien que, à l'arrière, la pénombre régnait. Il s'attendait à moitié à trouver des toiles d'araignées dans les recoins, or l'épicerie de Popcorn Corners avait cette parti-cularité : aussi en pagaille et délabrée qu'elle parût de prime abord, elle se révélait d'une propreté impeccable dès qu'on y regardait de plus près. Le fond du magasin était réservé à la boucherie, domaine du mari d'Ida, un homme aux traits tirés, portant tablier et calot blancs. Enfant, Edgar s'imagi-nait qu'il vivait derrière la vitrine, parmi les affûteuses, les couteaux et les odeurs de sang froid et de viande.

Les bouteilles, surtout les petites, l'intéressaient. Il en choisit une de dissolvant qu'il garda un moment dans sa main. Sans l'avoir jamais fait lui-même, il savait que l'on pou-vait tuer les papillons avec. Voilà qui lui remit en mémoire Claude, Epi et le Prestone. Il prit des flacons de saccharine, de sirop, des bouteilles d'huile de maïs, les soupesa puis les reposa.

Enfin, il revint vers le comptoir. Le dos tourné, Ida tri-potait l'antenne de radio en raison des sifflements et parasites qu'émettait le haut-parleur. Elle pivota et braqua ses pupilles noires sur lui. Il désigna le distributeur de soda dehors. Elle hocha la tête. Sa main se tendit vers la machine à calculer, resta en suspens au-dessus du clavier, battit en retraite. Il s'attendait à ce qu'elle pose sa question rituelle, mais elle se contenta de préciser : « Cinq cents pour la consigne. »

Il plaça une pièce de vingt-cinq cents et une autre de cinq dans la paume d'Ida. La vieille femme se figea un instant et cligna des yeux avant de les laisser tomber dans le tiroir-caisse. Dehors, il prit une bouteille de Coca-Cola dans la glacière rouge, la décapsula et regarda la mousse. Des nuages étaient apparus dans le ciel pendant son trajet, ils s'épaississaient et s'assombrissaient à présent. Le vent charriait un reste de fraîcheur printanière.

Le visage gris d'Ida Paine se profila derrière le grillage de la fenêtre à guillotine située près de la caisse.

« Ton papa te manque, affirma-t-elle. C'était un homme bien. Il est venu ici une semaine avant le drame, et j'ai eu un pressentiment. Rien de précis. Ça arrive tout le temps. On me tend des pétales de maïs, de la soupe – rien ; puis un petit truc, et je reçois une décharge. Ce n'est pas un message, certains te diront le contraire. Ils se gourent. Si on se concentre suffisamment, on arrive à décrypter la vibration. »

Derrière le grillage, Edgar distinguait les contours de son visage, l'éclat de ses lunettes, les volutes de fumée s'échappant de ses narines.

« Certaines vibrations sont positives, d'autres négatives », expliqua-t-elle.

Edgar acquiesça. Des éclairs zébrèrent le ciel.

« Qu'est-ce qu'on peut faire ? poursuivit-elle. Personne n'est capable de prédire ce genre de choses. Le poids d'une pièce de monnaie peut faire toute la différence. Un jour, un homme est venu me raconter qu'il avait échappé à la mort grâce à la monnaie qu'il avait dans sa poche et que je lui avais rendue la veille. Sans cette pièce de dix cents pour tourner une vis, il y passait. »

Edgar savait qu'elle n'espérait pas de réponse. Aussi attendit-il la suite en se rappelant toutes ces fois où il avait observé la main gauche d'Ida Paine sautiller sur les touches de sa machine à calculer.

« La dernière fois que ton père est venu, il a acheté des œufs et du lait. C'est tout. J'ai enregistré le lait comme d'habitude, par contre les œufs ont laissé échapper une telle décharge quand je les ai touchés que j'ai laissé tomber la boîte. Ton père est allé en chercher une autre. Ça m'a presque effrayée de la compter parce que j'avais l'impression – c'est très rare – de devoir lui vendre les œufs plus cher, pas moins. T'imagines ? Je ne peux pas faire ça, les gens seraient furieux. Ton papa, lui, il m'a regardée et tendu l'argent : "Voilà pour les deux." J'aurais dû prendre l'argent, mais j'ai refusé, lui disant que c'était moi qui les avais faits tomber, alors pas question de lui compter les deux. Le montant, cette fois-là, était de deux dollars, pile poil. »

Elle s'interrompit.

« Pile poil, répéta-t-elle. C'est la dernière fois que je l'ai vu. J'aurais dû venir mais j'ai pas pu. À l'enterrement, je veux dire. »

Puis elle inclina la tête et regarda Edgar d'un œil, comme un oiseau. « Mon garçon, l'interpella-t-elle de sa place plongée dans la pénombre. Entre, viens me montrer ce que tu as apporté. »

Il faillit renoncer. Il regarda sa bicyclette puis la peinture écaillée du revêtement, se demanda comment, alors que chaque bardeau pris individuellement semblait droit, l'ensemble donnait l'impression d'être de guingois. En fin de compte, il ouvrit la porte grillagée et s'avança vers le comptoir. Il sortit la photo de Claude et Forte de sa poche arrière et la posa entre eux.

Ida la ramassa de sa main droite et l'approcha de ses yeux.

« Celui-là n'est pas venu ici depuis longtemps », annonça-t-elle. Son regard navigua entre Edgar et la photo. « Je m'en rappelle pourtant. Ces combats de chiens. » De la main gauche, elle mit une pièce de cinq cents sur le comptoir. « Reprends l'argent de ta consigne », ordonna-t-elle.

Quand il voulut poser la bouteille de Coca vide sur le comptoir, la main d'Ida surgit et ses doigts lui emprison-

nèrent le poignet avec une force surprenante. Il serra la bouteille. Puis, avant qu'il ne comprenne quoi que ce soit, Ida
pressa la photo de Claude et Forte sur sa paume libre et parvint à lui replier les doigts. Elle se pencha vers lui par-dessus
le comptoir.

« Tu crois que tu peux retrouver cette bouteille ?
demanda-t-elle. Tu dois la chercher. Parce que si tu ne la
retrouves pas, il faudra que tu t'enfuies. Tu piges ? Tu dois
partir. Voilà mon pressentiment. »

Il ne comprenait rien. La fumée se tordait et s'étirait
au-dessus de la tête d'Ida, dont le visage était affreusement
proche du sien. Elle lui comprimait le poing si fort que la
photo froissée lui entrait dans la paume. Des images sans
queue ni tête défilaient dans son imagination : une ruelle
sombre et pavée, un chien boitillant sous la pluie, un vieil
Asiatique qui tenait une baguette. Edgar, les yeux rivés sur la
bouteille de Coca dans sa main emprisonnée dans les doigts
de singe d'Ida qui encerclaient son poignet à la manière
d'une menotte en fer incandescent, s'aperçut soudain que
la bouteille avait pris la forme d'un encrier ou d'un vieux
flacon de pharmacie. Entouré d'un ruban couvert de lettres
d'un alphabet étranger, il contenait un liquide clair d'une viscosité inquiétante.

« Et si tu pars, ne reviens jamais, sous aucun prétexte,
chuchota-t-elle. Ne change pas d'avis d'où que souffle le vent.
Le vent ne signifie rien. »

Penchant la tête de côté, elle le scruta en clignant des
yeux. À ce moment-là, il reconnut en elle, une version flétrie
de la petite fille aux boucles à la Shirley Temple, qui l'avait
abordé au restaurant de Mellen et interrogée sur un secret
dont il ne savait rien.

« Ma grand-mère est comme moi. Tu veux savoir ce
qu'elle dit ? »

Une main se plaqua sur l'épaule d'Ida, charriant des
relents de sang et de viande. Le boucher apparut derrière la
vieille femme, son tablier strié de lignes rouges.

« Ida, Ida, dit-il.

— Le vent n'est rien, répéta-t-elle. Il ne signifie rien. »

Elle lâcha le poignet d'Edgar, qui sentit aussitôt ses
mains se détacher de la bouteille, redevenue une simple

bouteille de Coca-Cola sans aucun rapport avec le récipient bizarre auquel ils s'étaient agrippés. Ida l'attrapa néanmoins et s'écroula sur sa chaise, le menton sur la poitrine, respirant profondément. De la fumée s'échappait lentement de ses narines. L'espace d'un instant, ses yeux, agrandis par les verres de ses lunettes, se teintèrent de rose, et il revit le visage poupin de la petite fille.

Elle dit que, avant ta naissance, Dieu t'a confié un secret qu'il voulait que personne d'autre ne connaisse.

Prenant la bouteille des mains d'Ida, le boucher se dirigea d'un pas lourd vers le fond du magasin. Edgar resta cloué au plancher de Popcorn Corners tandis que la radio crachotait sur l'avenir des porcs.

L'instant d'après, il pédalait comme un fou sur Town Line Road, à mi-chemin de chez lui.

*

Être prévenu ne signifie pas être armé. La catastrophe qui survint ouvrit un tel gouffre qu'Edgar, au souvenir des événements de cet après-midi-là, ne pourrait s'en prendre qu'à lui-même.

Presque arrivé à destination, il grimpait la dernière petite colline avant l'expansion de leur champ vers l'ouest, lorsque ses mains commencèrent à trembler, puis ses épaules et son torse. À tel point qu'il se dit qu'il allait être malade ou lâcher le guidon et tomber dans les graviers. Il freina et chancela jusque dans les hautes herbes du bas-côté.

Si l'épisode chez Ida Paine avait été effrayant, il avait aussi déclenché en lui le désir pressant et accablant de convoquer les souvenirs de son père, ces souvenirs qui avaient laissé en lui une empreinte si fugace. Fermant les yeux, la tête entre ses paumes. il entendit le bruit de la pluie sur l'herbe fraîche. Il eut l'impression de la sentir couler, douce et fraîche, sur sa peau. Il se rappela les mains de son père dans sa poitrine ainsi que la sensation de son cœur battant au creux de celles-ci. Les images le transperçaient. Les combats de chiens. L'envie de se dresser entre Claude et le reste du monde. Toute une histoire qu'il ne pouvait pas connaître. Et leur substance une fois de plus perdue, éphémère comme la flamme d'une bougie.

Il faut que j'y retourne, s'ordonna-t-il. Elle peut m'aider dans ce travail de mémoire. Elle sait des choses à propos de Claude – qu'a-t-elle dit sur les combats de chiens ? Qui était le vieil homme qu'il avait vu dans la ruelle ? Que tenait-il ? Puis, se rappelant la façon dont Ida s'était effondrée sur sa chaise après coup, telle une coquille vide, il se demanda si elle se rappellerait leur conversation. S'il l'interrogeait sur le vieil homme dans la ruelle, nul doute qu'elle ne saurait pas de quoi il parlait. De toute façon il n'avait plus le courage de lui faire face. Et ce pour longtemps. Peut-être pour toujours.

Quand il se souvint de la photo, il porta la main à la poche de sa chemise. Vide. De la sueur perla sur son front. Il crut tout d'abord l'avoir oubliée dans l'épicerie. Dans ce cas, il devrait rebrousser chemin. Il s'allongea dans l'herbe et fouilla frénétiquement les poches de son pantalon où il la trouva, pliée en deux, dans la poche arrière droite. À force d'avoir été froissée dans son poing emprisonné dans les doigts d'Ida, elle était zébrée d'une demi-douzaine de craquelures blanches. Il la lissa. Des figures géométriques la scindaient en triangles et trapèzes. Claude et Forte en étaient malgré tout, incontestablement, les sujets. Les bras sur ses genoux, Edgar leva le cliché pour le regarder. Dès que ses mains cessèrent de trembler, il remonta sur son vélo.

Après avoir franchi le sommet de la colline, il arriva dans l'allée. C'était le milieu d'après-midi, l'Impala était garée derrière le tracteur. La mère d'Edgar traversait la cour pour se diriger vers la maison, un paquet de fiches sur le dressage dans les mains. Quand il roula devant elle, Trudy l'appela :

« Edgar ! Tu peux vider le camion ? Je suis passée à l'usine d'aliments pour animaux hier. »

Il déposa sa bicyclette dans la laiterie. Il aurait préféré rentrer sans être vu pour s'installer quelque part avec Almondine et réfléchir avant d'avoir à affronter sa mère ou Claude. Sa mère semblait préoccupée, c'était déjà ça. Lorsqu'il referma les portes de la laiterie, elle avait déjà disparu dans la maison. Il alla chercher la brouette dans la grange.

Par habitude, il jeta un coup d'œil dans l'atelier. Il ne cherchait rien de particulier. Il ne savait même pas s'il y avait quelqu'un à l'intérieur.

Debout devant l'établi, Claude se penchait sur un petit objet, probablement un ressort de fermoir de laisse. Il bricolait comme un horloger. Almondine, couchée par terre, l'observait béatement, la gueule ouverte. Un rai de lumière entrait par la fenêtre de l'atelier. Des particules de poussière de paille dansaient dans l'air. L'ombre et la clarté déclinaient une palette subtile sur les épaules et la tête de Claude, les brins de paille de ses chaussures, les scies et marteaux accrochés au panneau alvéolé, la ligne incurvée du poitrail d'Almondine, les contours de sa tête et de ses oreilles, sa queue traînant sur le sol poussiéreux. La chienne lança un regard à Edgar, les yeux mi-clos, puis tourna la tête vers Claude. La scène s'encadrait dans la porte, on eût dit un tableau – le fruit du hasard, un instant ni calculé ni préconçu.

Une splendeur pour Edgar.

Il en eut le souffle coupé comme si l'air s'était vidé de ses poumons. Soudain, la scène lui parut intolérable. Avec lucidité, il comprit qu'il s'était laissé aller à l'assentiment et à la complicité.

À présent, quelque chose d'indéfinissable cédait en lui. Un espoir de rédemption peut-être. Pour lui. Pour Claude. Pour eux tous. Quand ce fut terminé, il eut le sentiment d'être devenu un autre – l'Edgar qui s'était scindé de lui ce matin-là, après la pluie, était enfin revenu. Dans ce nouvel avatar, il estimait qu'Almondine avait agi de manière impardonnable, en complétant le tableau par sa pose charmante et sereine comme si Claude avait le droit d'occuper le lieu où il se tenait, alors qu'il aurait dû être ailleurs. En prison. Ou pire.

Il parvint à se remettre en marche. Il attrapa la brouette à l'autre bout de la grange, la poussa dans le couloir et sortit. Almondine le rejoignit en trottinant. Il lâcha les poignées afin de lever les mains pour lui ordonner de se coucher.

Elle le regarda un moment, puis s'affaissa.

Il donna un coup de pied à la brouette dont les patins ratissèrent la poussière de l'allée. Almondine rompit son ordre. Cette fois, il l'attrapa par le cou, la souleva jusqu'à ce que ses antérieurs ne touchent plus terre et la secoua violemment. Il la lâcha, reformula son ordre et s'en alla. Il chargea les lourds sacs de chaux sur lesquels il entassa, en travers, ceux de nourriture. Il comptait s'éloigner sans ajouter un mot mais, à la dernière minute, il se retourna. Et il s'accroupit en tremblant de tous ses membres au point qu'il faillit perdre l'équilibre.

Je suis désolé. Tu dois rester. Reste, signa-t-il.

Edgar poussa, en titubant, la brouette surchargée dans l'allée. Au moment où il voulut la tourner vers la grange, elle bascula et tous les sacs se renversèrent. L'un se déchira, son contenu s'échappa. Il le bourra de coups de pied jusqu'à ce que le sol soit jonché de croquettes marron. Il se baissa pour en ramasser quelques poignées qu'il balança vers les bois, à en perdre haleine. Au bout d'un moment, il redressa la brouette, rechargea tous les sacs encore entiers et avança d'un pas pesant. Il ressortit de la grange traînant un râteau derrière lui. Il rassembla les croquettes éparpillées en un tas qu'il chargea à la main dans la brouette, ce qui lui prit du temps. Des points dansaient devant ses yeux comme s'il avait fixé le soleil.

Quand il eut terminé, Almondine était toujours couchée derrière le camion. Sur le chemin de la maison, il passa devant elle en marchant d'un pas saccadé, sur le point de perdre l'équilibre comme si sa colonne vertébrale s'était muée en pierre. Enfin, il la libéra en faisant le signe requis.

Une fois au pied de l'escalier de la véranda, il se retourna : Almondine se tenait toujours à la même place, au soleil, gueule ouverte, queue baissée.

Va-t'en. Fiche le camp ! ordonna-t-il.

Il entra avant qu'elle n'ait eu le temps de bouger.

Le Texan

Edgar n'avait jamais connu pareille insomnie. Une créature fantastique le faisait osciller entre culpabilité et haine farouche. Le spectacle d'Almondine couchée aux pieds de Claude comme un chiot débile l'avait blessé profondément. C'était si net, si douloureux que c'en était intolérable. Il s'assit. Arguments, réfutations, accusations s'entrechoquaient tandis que son cœur explosait dans sa poitrine et que ses idées l'assaillaient comme autant de mouches autour d'un tube phosphorescent. Dès qu'il avait compris ce que Claude avait fait, ce matin-là, il y avait si longtemps, il aurait dû passer à l'action. Il avait tenu le marteau entre ses mains. Au lieu de quoi, il avait hésité, douté, et son feu intérieur s'était consumé. Une bouffée d'air pur avait suffi à le rallumer. Almondine. Rien n'était de sa faute, il en était conscient. Pourtant, il n'arrivait pas à lui pardonner.

Lorsque sa mère, en fin de soirée, avait compris le traitement qu'il avait infligé à Almondine, elle avait perdu ouvertement patience. Cela devait prendre fin immédiatement et, tant qu'à faire, il était prié de réintégrer la maison, de renoncer à son absurde manie de dormir dans le chenil, avait-elle fulminé. Il était monté quatre à quatre, avait claqué la porte et était resté planté, tremblant de colère et de confusion. Les rayons du soleil levant empourpraient les bois quand il sombra enfin dans un sommeil lourd, qui ne fut en rien réparateur. Il fut presque soulagé d'en être tiré par le bruit de sa mère qui travaillait dans la cour avec deux chiens.

Il s'assit sur son lit et regarda la porte fermée de sa chambre. Il ne se souvenait pas d'avoir jamais ouvert les yeux sans voir Almondine. Quand elle était plus jeune – plutôt quand ils l'étaient l'un et l'autre – elle attendait devant son lit et le réveillait d'un coup de museau sous son pied. Plus tard, elle dormait près de lui et s'ébrouait dès qu'il s'étirait en bâillant. Même si elle était descendue saluer les lève-tôt, et si silencieusement qu'il se fût approché de la cage d'escalier, elle l'attendait, les pattes avant posées sur la première marche, les yeux braqués sur lui.

Il enfila un jean et un T-shirt, tout en prêtant l'oreille au raclement de griffes sur le sol du couloir. Lorsqu'il tourna la poignée pour ouvrir la porte, la chienne feignit la surprise, sauta et atterrit les pattes avant largement écartées, tête baissée, oreilles en arrière. Malgré son désir de lui pardonner, la vue de son espièglerie et de sa fausse timidité réactiva les arguments de la veille au soir : c'était une vile flatteuse, le portrait craché d'une femme dont ils connaissaient tous les deux le nom. Elle n'avait qu'à aller la retrouver, ou son compagnon puisque la seule chose qui comptait, c'était que quelqu'un – qui ? peu importait – s'occupe d'elle. Almondine dansait derrière Edgar, dont elle mordillait le jean. Si elle mit une minute à le suivre dans l'escalier – une navigation circonspecte avait remplacé le plongeon tête baissée de sa jeunesse – elle le prit de vitesse dans le salon, virevolta, lui fit face en poussant un couinement et s'amusa de nouveau à s'aplatir.

Il lui ordonna de se coucher et l'enjamba.

Les chaises étaient tirées pour d'invisibles occupants, deux tasses à café vides traînaient sur la table de la cuisine. Après en avoir lavé une, il y vida la cafetière. Il but une gorgée qui lui laissa un goût âcre sur sa langue et jeta le reste dans le siphon.

*

Sa mère travaillait avec les deux chiens qui devaient partir ce jour-là, Singer et Indigo. Il savait qu'elle serait d'humeur détestable. Le matin de chaque départ, elle énumérait toutes les raisons pour lesquelles les chiens n'étaient pas prêts à les quitter. Il connaissait la litanie par cœur. Le temps passé à forger leur confiance en eux. L'effort de leur enseigner un langage grâce auquel les questions posées pouvaient obtenir une réponse – tout cela serait perdu. Gar se montrait plus mesuré à ce sujet, certes on lui arrachait les chiots une première fois, pour le dressage. En outre, c'était lui qui gérait, selon un calendrier très élaboré, la correspondance et les conversations téléphoniques avec les nouveaux propriétaires afin de suivre les chiens qu'il ne perdait donc jamais vraiment de vue. La mère d'Edgar, en revanche, parcourait la maison en tempêtant et, indignée par la bêtise des propriétaires, leur paresse, leur manque de compassion, elle balançait des papiers et claquait les portes.

Le comble de l'ironie, c'était qu'on ne pouvait se douter de quoi que ce soit en la regardant travailler avec les chiens, fût-ce le jour de leur départ car elle devenait une autre femme avec eux, elle jouait presque un rôle, celui du dresseur qui ne s'intéressait qu'à ses chiens, ne se fâchait pas s'ils n'étaient pas sages, donnait des ordres précis et efficaces. À l'approche du jour de leur placement, les chiens ne percevaient qu'une attention moins assidue. S'ils se sentaient un peu abandonnés, cela les aiderait dans les relations avec leurs nouveaux propriétaires.

Edgar ne proposa pas à sa mère de lui donner un coup de main. Une fois ses tâches matinales terminées, il fit faire à Pinson et Sahib un travail de proximité – la marche au pied, l'immobilisation, l'exercice à la laisse – sans oublier leur entraînement secret. Claude donnait le biberon à un nouveau-né dans la maternité. Quand il en sortit, Edgar emmena ses chiens dans le champ.

Où qu'il aille, Almondine se mettait sur sa route. S'il était derrière la grange, elle se couchait près du silo. S'il était à l'intérieur, elle le guettait pour croiser son regard à l'ombre des corniches. Il la rejetait systématiquement. Elle finit par perdre courage et trouva un coin pour dormir. Il lui fallut un moment pour en arriver là, mais Edgar vit le moment où elle renonça. Et il la laissa.

Juste avant le dîner, le Dr Papineau gara sa berline derrière l'Impala. Edgar regarda le vieil homme donner une claque sur l'épaule de Claude et entrer dans la maison. Peu après, un pick-up inconnu s'arrêta au bout de leur allée et s'y engagea. C'était un gros camion aux plaques minéralogiques du Texas. Trudy, Claude et le Dr Papineau sortirent de la maison, Almondine sur leurs talons. De la grange, à trente mètres de distance, Edgar perçut une sorte d'hésitation dans la démarche de sa chienne, une fragilité qui lui fit prendre conscience de sa cruauté à son égard. Il se réconcilierait avec elle ce soir, se promit-il car, pour l'instant, c'était impossible – la situation exigeait qu'il reste encore à l'écart.

Claude s'approcha du côté du conducteur à qui il indiqua, d'un geste, de faire demi-tour. Le pick-up recula et s'arrêta une nouvelle fois face à la route. Puis un homme en descendit et échangea quelques mots avec Claude avant qu'Almondine et les deux autres ne lui souhaitent la bienvenue. « Edgar, tu veux bien aller chercher Singer et Indigo ? » lança Trudy à son fils.

C'était le début de la présentation, où il jouait toujours un rôle spécifique. Dans son enfance, les nouveaux propriétaires étaient très impressionnés de voir un gamin, à peine plus haut que les chiens, les sortir du chenil. Si c'était moins spectaculaire à présent, la mise en scène n'avait pas changé : après l'arrivée du nouveau propriétaire, l'échange de salutations et de quelques mots, Edgar surgissait avec le chien – les chiens en l'occurrence, ce qui était fréquent car ils plaçaient souvent des paires. Une petite chorégraphie que son père adorait : « Après tout, répétait-il. Les propriétaires ne font qu'une fois connaissance de leur chien, pourquoi ne pas leur laisser un souvenir impérissable ? » C'était une garantie supplémentaire pour s'assurer qu'on les traiterait bien. À l'apparition d'Edgar avec les chiens, certains avaient le souffle coupé. Edgar avait même vu sa mère sourire, malgré elle, alors qu'il avançait dans l'allée à pas comptés, affectant une attitude détendue.

Énervés par la présence d'un inconnu, les chiens se pourchassaient dans leur enclos, passaient la tête par le store, repartaient au galop. Après les avoir calmés, Edgar se dirigea vers le box des deux qui devaient partir. Singer, un mâle roux d'une stature imposante, avait un caractère facile. Quant à Indigo, petite pour un chien Sawtelle, elle était noire comme de l'encre, à part une flamme crème sur le poitrail et une autre, plus petite, sur la hanche. Edgar leur passa un dernier coup de brosse tandis que les deux chiens piétinaient la paille en haletant. Après ça, le pelage d'Indigo fut lustré, magnifique. Singer, lui, manifesta son impatience par un profond soupir.

Attends, signa-t-il, tu sauras bien assez tôt ce qui se passe.

Il leur caressa la tête et s'accroupit devant eux, les obligeant à le regarder avec attention puis il chercha où leur flatter le poitrail pour les apaiser. Il leur passa un collier et leur ordonna de se tenir au pied, un de chaque côté ; et une main sur chaque garrot, le trio s'avança ainsi dans le couloir de la grange. À leur sortie, le petit groupe se déplaça et la conversation cessa. Edgar s'arrêta un instant sous la vieille applique en col-de-cygne. Son père disait souvent, en plaisantant, que lorsqu'il apparaissait à cet endroit avec des chiens, il entendait chanter les anges.

« Mon Dieu », entendit-il l'homme s'écrier.

Une fois la moitié de l'allée parcourue, Edgar tapota l'épaule de chaque chien. Ils tournèrent la tête vers lui. Il leur signa leur libération. Ils bondirent, en un élan plein de souplesse, leurs pattes frappant le sol avec légèreté. Puis il y eut l'agitation des présentations. Le nouveau propriétaire, un homme brun, frêle, aux oreilles décollées, arborait une épaisse moustache. Son accent, plus que traînant, correspondait à ses plaques minéralogiques. Il connaissait les chiens ; il leur présentait le dos de la main plutôt que les doigts, ses caresses étaient franches et calmes. Avec un nouveau propriétaire, les chiens deviennent parfois ombrageux. Ce ne fut pas le cas.

« Pour vous regarder, ils vous regardent, pas vrai ? » fit-il observer.

Trudy et Claude expliquèrent les exercices de regards croisés puis présentèrent Edgar.

« Ravi de vous rencontrer », dit l'homme qui s'appelait M. Benson. Ils le laissèrent admirer les chiens sous toutes les coutures, Edgar les fit courir, les rappela, histoire de les

maintenir en mouvement. M. Benson savait quoi regarder.
Il vérifia les grassets et jarrets, et fit quelques remarques
sur leur démarche. Le soleil était presque couché quand ils
eurent terminé et ils regagnèrent la maison, précédés par les
chiens qui attendirent à la porte.

« Eh fiston, tu as le coup avec ces chiens. Encore plus
que ta mère, lança M. Benson avant de s'adresser à Trudy.
Sans vouloir vous offenser, m'dame. Pour moi, c'est le plus
beau des compliments. Je n'ai jamais vu de chiens se comporter comme avec lui.

Il n'y a pas de mal », répondit-elle. Edgar remarqua que,
malgré elle, sa mère était sous le charme du bonhomme, et
très fière de la conduite exemplaire des chiens. « Rien n'a
l'air de coûter le moindre effort avec Edgar.

— Ce n'est pas une question d'effort, reprit M. Benson.
C'est autre chose. Ça n'a pas de nom. Ils ont simplement
envie de travailler pour lui. »

La mère d'Edgar rit. « Ne soyez pas trop impressionné,
ils sont à leur summum ce soir. Demain, nous approfon-
dirons certains éléments. Indigo a deux ou trois mauvaises
manies qu'il vaut mieux que vous connaissiez mais, dans
l'ensemble, ce sont des bons chiens.

— Ma foi, la perspective de ne pas être à la hauteur de
ce dont ils ont l'habitude me décourage à l'avance, reconnut
M. Benson. Pourquoi écouteraient-ils un crétin comme moi
après avoir travaillé avec vous autres ? »

Après avoir ordonné aux deux chiens et à Almondine
de se coucher dans le salon, ils s'attablèrent pour dîner.
M. Benson leur apprit qu'il habitait une région vallonnée,
aux environs de San Antonio. Quand ils lui eurent dit qu'ils
n'y étaient jamais allés, il leur décrivit les chênes du Mexique,
les pacaniers, le gui et la rivière. Ils lui posèrent des questions sur son voyage. Il leur répondit que même si c'était un
long trajet, l'amplitude de l'autoroute, l'asphalte qui s'étirait
devant lui, l'enchantaient.

Edgar les écoutait. M. Benson avait pris une chambre au
« Fisher's Paradise » au sud de la ville où il resterait quelques
jours. Il aimait parler, ce qui en faisait presque un adversaire
pour le Dr Papineau, mais ses réflexions dévièrent sur la phi-

losophie et la religion. « Vous voyez, je trouve bizarre qu'on ne parle presque jamais des chiens dans la Bible. Et les rares fois où ça arrive, on les traite d'animaux nuisibles. Ça me dépasse, pas vous ?

— À cette époque-là, pour un chien qui vivait dans une famille, il y en avait une douzaine qui errait dans la rue à manger des ordures. Les chiens de compagnie étaient l'exception », répondit Trudy.

L'homme les dévisagea l'un après l'autre. Edgar eut l'impression qu'il avait déjà posé cette question à d'autres tablées.

« *Ne donnez pas les choses saintes aux chiens, et ne jetez pas vos perles devant les pourceaux*[1]... C'est dans Matthieu. Ça m'a toujours dérangé même si je suis un mécréant. Les gens de ma congrégation tombent dans les pommes s'ils me voient un dimanche à l'église. N'empêche qu'un certain nombre d'entre eux n'arrivent pas à la cheville d'un bon chien. »

Le Dr Papineau eut la bonne idée d'évoquer la population canine de l'Arche de Noé, si bien que Singer et Indigo redevinrent le sujet de la conversation. L'humeur d'Edgar, qui s'était améliorée lors du travail avec les chiens, s'assombrit de nouveau quand Claude retraça l'historique du chenil. M. Benson ne mettait apparemment pas en question l'autorité de Claude, dont l'imposture paraissait pourtant criante aux yeux d'Edgar. À présent, Claude parlait de Buddy, des liens de sang entre les chiens Sawtelle et ceux de Fortunate Field. Voilà qui étonna Edgar. Il croyait – à tort, il n'y avait aucune raison que Claude ne fût pas au courant – que ce qu'il avait découvert dans les lettres était confidentiel. Son oncle était en train d'énumérer le nombre de chiens qu'ils plaçaient chaque année et d'expliquer le succès du programme d'élevage mis au point par le grand-père d'Edgar : la moitié des chiens partaient dans des familles qui avaient déjà possédé des chiens Sawtelle, la plupart des chiens éduqués étaient accueillis dans des familles rurales locales. Tout en écoutant Claude, Edgar s'interrogea : pourquoi n'avait-il

---

1. Chapitre 7, verset 6, traduction de Louis Segond.

pas précipité l'Impala contre un arbre quand il en avait eu l'occasion ?

Le repas était presque fini. Trudy offrit des parts du cheese-cake du Dr Papineau avec le café. Ce dernier intervint dès que M. Benson eut fait des compliments sur le gâteau pour sortir sa blague éculée, ce qui exaspéra Edgar. Chaque fois qu'il regardait le vétérinaire, la main paternelle qu'il avait posée sur l'épaule de Claude lui revenait à l'esprit et il trouvait que le vieil homme était un imbécile de se laisser manipuler aussi ouvertement. De surcroît, le nouveau propriétaire se mit aussi à lui porter sur les nerfs. M. Benson, au lieu d'avoir envie – comme il l'aurait dû – que le dîner se termine rapidement afin de pouvoir libérer les chiens et les caresser, ne semblait pas dévoré de curiosité. Indigo et Almondine ne bougeaient pas, Singer somnolait même. Pourtant, il était évident qu'ils ne songeaient qu'à se précipiter sur l'homme pour l'examiner à nouveau.

M. Benson s'adressa à Claude.

« J'ai quelque chose à vous demander, et n'hésitez pas à refuser si vous trouvez que j'exagère. Bien sûr, nous verrons tout cela demain, quand nous finaliserons le contrat de filiale et choisirons le stock, mais je vous serais reconnaissant de me laisser jeter un coup d'œil au chenil. C'est une belle grange. Je n'en ai pas vu beaucoup de semblables depuis Killeen. Et puis j'aimerais voir quel genre de magie s'y pratique. »

Manifestement très contents d'eux, Claude et le Dr Papineau le regardaient.

De quoi parle-t-il ? demanda Edgar à sa mère en langage des signes.

D'un geste, elle l'envoya promener. Il reposa sa question.

Pourquoi parle-t-il de contrat de filiale ?

Elle se tourna vers lui. L'expression calme de son visage masquait mal son irritation.

Pas maintenant, lui enjoignit-elle. Ça fait des semaines que tu refuses de parler. Nous en discuterons plus tard.

Qu'est-ce qu'il entend par choisir le stock ? Stock d'élevage ?

Pas maintenant.

M. Benson, qui observait l'échange, se cala dans son siège.

« Je ne voudrais pas vous déranger, ce n'est que de la curiosité. On verra demain.

Pas le moins du monde, protesta Claude. Il faut cependant que je vous dise qu'il n'y a aucune magie – ce n'est qu'une question de travail assidu et de patience. »

Claude emmena M. Benson dehors. Trudy et le Dr Papineau leur emboîtèrent le pas tandis que Singer et Indigo les précédaient en sautillant. Debout dans la véranda, Edgar se rappela la partie de canasta de l'automne dernier. « Tout vient à point à qui sait attendre », avait dit Claude. À ce moment-là, Edgar l'avait pris pour une vantardise de buveur de bière d'un trou paumé, à présent, il l'entendait comme un sarcasme pervers.

À quand remonte ta convoitise ? s'interrogea Edgar, tout en regardant Claude marcher à côté de l'étranger à qui il expliquait que leur activité pouvait être reproduite, capitalisée, multipliée. À un de ces après-midi où tu nous observais du toit de la grange ? As-tu été surpris des réalisations de ton frère depuis ton départ ? Ou est-ce que tu y penses depuis encore plus longtemps ? Ça fait combien de temps que tu attends ?

De la cour, il entendit la voix de M. Benson s'élever.

« J'ai une bonne nouvelle, dit-il. J'ai parlé au fils, James, la veille au soir de mon départ. L'idée lui plaît, il pense que c'est une occasion unique. Il n'arrête pas de répéter : un chien Caruthers, un nouveau pilier de la vente par correspondance – ce sera la première fois qu'un élevage devient une marque. Il a une maquette du carnet de commandes de Noël sur son bureau avec des chiots en deuxième de couverture. Pour l'instant ce ne sont pas les bons évidemment, mais il suffit d'une journée pour les prises de vue. »

Almondine s'approcha d'Edgar et s'arrêta sur le pas de la porte de la cuisine. Toute la soirée, il avait tenté de se faire pardonner. À présent qu'il se remémorait la scène de l'atelier, il bouillait de colère. Après avoir claqué la porte et veillé à ce que le loquet fût bien enclenché, il courut rattraper les autres. Le crépuscule interminable s'était estompé. Un vent intermittent agitait l'érable. À l'ouest, la canopée frémissante de la forêt se découpait sur le firmament qui s'assombrissait.

« J'oublie quelquefois l'effet que ça fait d'être aussi éloigné des lumières de la ville, disait M. Benson. Nos cieux nocturnes ne sont jamais aussi noirs parce que San Antone est très proche. Est-ce qu'il vous arrive de voir les lumières du nord ? »

Avant que quiconque puisse répondre à la question, il se produisit quelque chose d'étrange. Une rafale de vent souffla dans la cour, charriant une averse d'eau tiède, transparente. Les gouttes criblèrent les toits des véhicules et les éclaboussèrent. Les chiens mordirent l'air. Un nuage de poussière s'éleva dans l'allée. Puis la pluie cessa, disparaissant dans la nuit. Ils levèrent tous les yeux et ne virent qu'un champ d'étoiles.

« Cela ne m'étonne pas, déclara M. Benson. Ça arrive chez moi. Un grain qui s'abat d'un ciel clair. Il peut venir du Dakota nord et ne tomber que maintenant. »

Ils s'arrêtèrent devant la grange, près du tas de chaux vieillie, là où l'herbe était devenue blanche. L'homme se pencha pour caresser le poitrail d'Indigo. C'était la première fois qu'il touchait un des chiens depuis le dîner et, quand il se releva, il sortit un mouchoir de sa poche et s'essuya les doigts.

« De temps en temps, je pense qu'il pleut quelque part alors que le ciel est dégagé – il y a plus d'eau dans l'air qu'on n'est capable de l'imaginer. Si on prenait toute l'eau du ciel, il y aurait un déluge que seul Noé reconnaîtrait. Quand le sens des choses m'échappe, je me concentre pour visualiser la pluie. L'eau est toujours en mouvement – c'est ce que j'essaie de voir. Si elle ne tombe pas, elle surgit du sol, prête à retomber. J'ignore pourquoi ça me rassure. Tantôt, il me suffit de monter dans un arbre – il arrive qu'une demi-douzaine d'orages éclatent en fin d'après-midi dans ma région – tantôt, je dois grimper vraiment haut et regarder jusqu'en Californie pour voir la pluie et un ciel clair en même temps. Cela n'existe que dans mon imagination bien sûr, mais, quel que soit l'endroit où je me trouve, s'il pleut et que le temps soit dégagé, c'est là que je réfléchis le mieux. Mon Dieu, je ne me suis pas rendu compte que j'étais resté si longtemps seul dans mon camion ! » finit-il par s'exclamer.

Trudy éclata de rire et ils se rendirent au chenil. Personne ne sembla plus se préoccuper de la pluie sauf Edgar qui avait senti comme une main passer sur son visage. Pendant un moment, il fut incapable de bouger. Quand il les rattrapa, les chiens aboyèrent. Sa mère les fit taire, ce qui impressionna beaucoup M. Benson, et suscita ses questions : combien de temps laissaient-ils les chiots téter leur mère, pensaient-ils qu'il faille couper les ergots à la naissance, pourquoi préféraient-ils la sciure à la paille, etc. Claude sortit le grand livre des naissances, l'ouvrit au hasard et expliqua les recherches de filiations, les rapports et les notations d'un ton aussi catégorique que s'il parlait d'un meuble. Après quoi, Trudy emmena M. Benson au grenier pour lui montrer le système de cordes et de poulies.

« Quand ce jeune homme intervient-il ? s'enquit M. Benson en descendant. Il gagne son pain, je n'en doute pas.

— Eh bien, tout d'abord, Edgar, nomme les chiots, répondit sa mère. Il est aussi responsable du toilettage et, cette année, il entraîne sa première portée. J'espère qu'elle sera prête pour l'automne. »

M. Benson souhaita la voir. Aussi Claude, posant une main sur l'épaule d'Edgar, lui demanda-t-il d'aller chercher ses chiots. Jusqu'à cet instant, celui-ci n'avait pas décidé de leur faire jouer ce qu'ils avaient répété. Il avait toujours imaginé un moment où il serait seul avec Claude, mais il comprit soudain que la présence de spectateurs n'avait aucune importance. De toute façon, il n'avait plus le choix. Il lui fallait une réponse, savoir sans savoir était insoutenable. Il avait besoin de minutes d'inattention comme celles où Claude l'avait aperçu dans le pommier : l'expression de choc, de culpabilité ou de peur qui avait traversé son visage s'était évanouie avant qu'Edgar n'en saisisse la nature. Cette fois, il était prêt et il saurait à quoi s'en tenir. Si c'était de la culpabilité, rien ne l'arrêterait, ni la main de sa mère ni Almondine. Il ne tomberait plus à genoux en tremblant comme une feuille.

« Pendant qu'on y est, testons-les un peu sur l'immobilisation », proposa sa mère.

Edgar acquiesça. Il entra dans la salle vétérinaire où il ouvrit le tiroir réservé au matériel du Dr Papineau et fourra six seringues dans la poche de sa chemise. Conscient du côté bizarre de son geste, il s'efforça d'avoir l'air nonchalant. Il sortit Opale et Ombre qu'il immobilisa dans le couloir, puis Grimace, Sahib, Amadou, Pinson et Essai en dernier. Les sept chiens s'assirent, nerveux et excités, à une douzaine de mètres des trois adultes.

« Cela ne prendra qu'un instant, annonça Trudy tout en adressant un regard interrogateur à Edgar. Nous essayons de dresser nos chiens en toutes circonstances. Quand un étranger nous rend visite, ils ont naturellement envie de l'examiner. Une grande partie de l'entraînement consiste à trouver des moyens de tester leurs aptitudes dans des situations nouvelles, comme de rester en place quand il y a une distraction. Allez, Edgar, envoie-nous un de tes chiens. »

Explique d'abord que les chiens voient tout ce qui se passe ici, signa-t-il.

Quoi ?

Allez, dis qu'ils voient tout et qu'ils n'oublient jamais rien. Tu comprendras dans une minute.

Il attendit, pensant que sa mère ignorerait peut-être sa requête. Or elle se tourna vers M. Benson, Claude et le Dr Papineau. « Edgar me demande de vous préciser que les chiens voient…, voient tout ce qui se passe ici et n'oublient jamais rien. »

Debout devant les chiens, Edgar les fixait pour qu'ils restent en place. Il toucha Opale sous le menton. Elle leva les yeux. Il la libéra et elle se rua au bout du couloir vers les quatre personnes qui se tenaient près de l'atelier. Edgar sortit alors une seringue de sa poche, d'une main tellement tremblante qu'il en fit tomber une deuxième. Il la ramassa et la plaça dans la gueule de Sahib.

Marque, signa-t-il en se retournant.

Sahib trotta dans le couloir. Edgar fixait Claude, qui aperçut la seringue dans la gueule du chien. Quand celui-ci les eut rejoints, il donna un coup de nez sur la hanche d'Opale qui regarda Edgar. Il lui fit un petit signe de la main droite et elle s'étendit sur le côté.

« Ça alors ! » s'exclama M. Benson. Il se pencha pour caresser le museau de Sahib et se releva avec la seringue. « Qu'est-ce que c'est ? » demanda-t-il.

Avant que qui que ce soit puisse répondre, Edgar envoya Grimace qui marqua Sahib, lequel se coucha à son tour. M. Benson se baissa à nouveau et retira la deuxième seringue de la gueule de Grimace.

« Cela fait partie de leur entraînement de porter des médicaments ? »

À la vue de l'expression de Claude, Edgar fut pris de tels tremblements qu'il dut s'agenouiller. Pinson fut le suivant ; il marqua Grimace qui regarda Edgar, hésitant un instant avant de tomber. Puis vint le tour d'Ombre et, enfin, d'Amadou. Une seringue, un marquage sur la hanche et le chien s'écroulait.

« Ça alors, répéta M. Benson. C'est presque comme si... comme si... Croient-ils... »

Claude observait la scène. Son regard navigua de la porte ouverte, aux chiens et à Edgar.

Edgar ne s'attendait pas à ce que le dernier acte, un peu différent, réussisse – il ne l'avait travaillé qu'avec Essai. Il lui mit la dernière seringue dans la gueule et l'envoya au bout du couloir. Une fois au niveau d'Amadou, le seul chien encore debout, elle pivota du côté d'Edgar.

À gauche, signa-t-il.

Essai tourna autour d'Amadou et vint se poster à côté de Claude. Le capuchon de protection était encore sur l'aiguille mais quand elle pressa le bout de son nez pointu contre la cuisse de Claude, il sursauta comme s'il avait été piqué. Edgar s'avança dans le couloir le fixant droit dans les yeux.

« Jette ça ! hurla Claude. Jette ça ! » Après un regard circulaire, il se ressaisit, reprit son souffle et scruta tranquillement Edgar. Sous son œil gauche, un muscle tressaillait.

« Va au diable ! » s'exclama-t-il en se précipitant hors de la grange.

Aussitôt, Edgar virevolta, exécutant des pas d'une danse bizarre et entraînante. Il libéra ses chiens qui se levèrent d'un bond et s'agitèrent autour de M. Benson. Malgré son regard furieux, Trudy s'adressa à lui d'une voix calme :

« Edgar, aurais-tu l'obligeance de remettre ces chiens dans leurs boxes ? Ça suffit pour ce soir. »

Tu as vu ? signa-t-il. Tu as vu sa tête ?

Absolument.

« C'était extraordinaire, intervint M. Benson. De quoi s'agit-il au juste ?

— Je n'avais jamais rien vu de tel, renchérit le Dr Papineau. Dieu sait pourtant si j'ai regardé ces chiens faire des trucs inhabituels. »

Trudy s'adressa à M. Benson. « On ne comprend pas toujours le sens d'un exercice en cours.

Allez, ordonna-t-elle aux chiens qui trépignaient à ses pieds. Au chenil. »

Les chiens coururent dans le couloir. Edgar entra dans le box d'Essai, l'attrapa par le cou et la caressa vigoureusement. Dans le chenil, il les félicita à tour de rôle. Alors qu'il guettait le démarrage de l'Impala, il n'entendit que de brèves salutations entre sa mère et M. Benson.

Il faisait nuit noire à présent. S'il rentrait, il y aurait des questions et des reproches alors qu'il avait besoin de calme pour revoir la scène dans sa tête – l'expression de Claude quand Essai l'avait touché, ses joues écarlates, le battement de sa paupière. Il monta dans le grenier. Alors que le bruit du camion de M. Benson faiblissait, sa mère entra en trombe.

« Nous avons à parler, Edgar. Ici et maintenant. Je veux savoir ce que ça signifie. Te rends-tu compte à quel point c'était gênant ? »

Tu as vu sa tête ? La tête qu'il faisait ?

« La tête de qui, Edgar ? Celle de M. Benson, qui croit que mon fils est fou ? Ou celle de Claude, qui, lui, est à la maison, fou de rage ? »

Il passa entre des bottes de paille éparpillées sur le plancher, puis s'arrêta et regarda les chevrons. Son souffle saccadé résonnait dans ses oreilles.

Il pleut, signa-t-il.

« Quoi ? »

Est-ce qu'il pleut ? Est-ce que tu entends la pluie ?

Il courut au fond du grenier, déverrouilla la large porte de chargement. S'accrochant au linteau, il regarda les étoiles qui scintillaient dans le ciel sans nuage puis les bois.

« Souviens toi de moi. »

Il rentra à l'intérieur

Viens là, signa-t-il. Regarde par toi-même.

« Je vois très bien d'où je suis, il ne pleut pas. Éloigne-toi de là. »

À bout de patience, Edgar s'approcha d'elle et essaya de l'attirer vers la porte. Elle lui résista. Alors il l'attrapa par le cou et la poussa en avant, son corps faisant contrepoids à celui de sa mère. Des bottes et des chevrons tournoyaient autour d'eux. Sa mère tenta de glisser ses mains sous les siennes et de lui faire lâcher prise. Ils avaient parcouru la moitié de la distance qui les séparait de la porte quand il perdit l'équilibre. Ils tombèrent. Dans la tourmente, il s'agenouilla au-dessus d'elle et lui plaqua les bras au sol. Ils étaient hors d'haleine. Il la relâcha et se mit à signer comme un enragé.

L'as-tu aidé ? Dis-le-moi maintenant.

« Si je l'ai aidé ? Aider qui ? »

Je vais te montrer.

Il se releva, attrapa le poignet de sa mère et la traîna vers la porte du grenier toujours ouverte sur la nuit. Quand elle comprit l'intention de son fils, Trudy se débattit pour se remettre debout.

Derrière eux, il y eut un petit cri rauque. Aucune phrase, aucun mot, un simple grommellement inquiet. Edgar regarda par-dessus son épaule. Une silhouette d'homme se découpait dans le vestibule. Edgar lâcha le poignet de sa mère et se rua vers la porte avec une telle détermination, une telle indifférence à l'environnement qu'il trébucha sur un ballot de paille et s'écroula, en battant des jambes. Lorsqu'il parvint à se remettre debout, il tenait le crochet à foin dans une main. Il se rua dans l'embrasure de la porte, le crochet fendant l'air à la manière d'une gigantesque griffe. Reculant d'un pas dans l'ombre, la silhouette essaya de fermer la porte du vestibule mais Edgar lança la faucille juste avant.

Elle claqua avec une violence effrayante. Il y eut un grognement suivi du bruit d'un corps dévalant lourdement l'escalier. Puis le silence régna. Levant les yeux, Edgar découvrit la faucille plantée dans le linteau au-dessus de la porte. Il l'arracha et la jeta dans le grenier. Sa mère, qui s'était relevée, se précipitait sur lui en criant, « Qu'est-ce que c'était ? Qu'est-ce que tu as fait ? » Il était incapable de répondre. Une décharge électrique brutale traversa son système nerveux. Un spasme lui laboura la poitrine. Ses mains s'ouvraient et se fermaient automatiquement si bien qu'il pouvait à peine signer.

J'aurais dû le faire depuis le début.

Il ne rejoignit sa mère dans l'escalier qu'après l'avoir entendue hurler. Les mains sur ses tempes, elle se trouvait au milieu de la volée de marches au pied desquelles gisait le Dr Papineau, les pieds de travers, la tête affreusement tordue. Un de ses bras était tendu comme s'il cherchait à repousser quelqu'un. Edgar passa devant sa mère, enjamba le corps du vétérinaire. Il se pencha pour le regarder : ses yeux se révulsaient déjà.

Trudy descendit, les joues ruisselantes de larmes.

Edgar était cloué sur place. Les muscles de ses jambes étaient toujours secoués par la même décharge électrique que plus tôt dans le grenier.

C'est maintenant que tu pleures ? Tu trouves ça horrible ? Tu n'en rêves jamais ? Ne hante-t-il pas ton sommeil ?

« Mon Dieu, Edgar. Ce n'est pas ton père, c'est le Dr Papineau. C'est Page. »

Edgar regarda le vieil homme étendu, si petit et si frêle. C'était pourtant celui qui avait trouvé la force de l'extraire de la neige en le soulevant par un pan de sa chemise.

Il n'était pas si innocent que cela. Je les ai entendus discuter.

Trudy se prit la tête entre les mains. « Comment allons-nous l'annoncer à Glen ? Je ne comprends pas ce qui t'a pris. Nous allons devoir... devoir... »

Elle le regarda. « Attends, il faut que je réfléchisse. Page est tombé dans l'escalier. »

Elle passa au langage des signes : *Tu dois partir.*

Sûrement pas.

Si. Il le faut. Trouve un endroit où te cacher jusqu'à demain.

Pourquoi?

Ne pose pas de questions, file!

Comme ça tu seras débarrassée de nous deux?

Il ne la vit pas plus lever la main que les chiens ne la voyaient lever la laisse. La gifle qui claqua sur sa joue se répercuta dans sa moelle épinière. Il recula jusqu'au mur en titubant pour éviter de tomber sur le cadavre du Dr Papineau. Il eut la sensation d'avoir un côté du visage en feu.

Comment oses-tu! signa-t-elle, devenue Raksha, la Mère louve. Tu parles à ta mère, je te rappelle et tu vas m'obéir. Je veux que tu partes. Ne reviens pas avant de me voir à côté du silo, seule. Guette-moi le soir. Quand tu me verras, tu pourras rentrer. Jusque-là, disparais, même si nous t'appelons.

Au pas de course, il quitta l'atelier et sortit dans la cour baignée de la lueur bleutée du clair de lune. Il cligna des yeux sous la lumière fixée au-dessus des portes du chenil. La nuit était claire. Il n'avait pas le temps d'aller chercher du matériel. Il contourna la grange et ouvrit les portes des enclos. Sept chiens, les siens, bondirent dans l'herbe. Ils dévalèrent la pente jusqu'au muret de pierres, où Edgar, à bout de forces, s'assit, tandis que les chiens trépignaient. Il regarda Claude faire l'aller et le retour entre la maison et le chenil. Il ferma les yeux. Au bout d'une minute ou d'une heure, il n'aurait su le dire, il entendit sa mère l'appeler d'une voix étranglée: « Edgar! Edgar! »

Les étoiles tournoyèrent dans son champ de vision. Il était impossible qu'il ait vécu ici.

Il se leva. Il courut avec les chiens. À l'orée des bois, il aperçut une voiture de police au sommet de la colline. Son gyrophare bleu et rouge éclairait les arbres par intermittence et sa sirène hurlait. Glen Papineau venait découvrir le corps de son père. Désormais, si forte qu'en fût son envie, il était hors de question d'aller chercher Almondine.

Le clair de lune lui permit de repérer les deux bouleaux de l'entrée de l'ancien sentier des bûcherons. Sauf Sahib, qui le suivait à quelques pas de distance, les chiens décrivaient de grands cercles dans les buissons. Il faisait beaucoup plus sombre. Edgar ne prit conscience de la lenteur de leur progression qu'au moment où le faisceau des phares de la voiture de police, qui cahotait dans le champ, balaya les troncs d'arbre devant lui. Des rais de lumière blanche fusaient entre les arbres, mais Edgar refusait de tourner ses yeux accoutumés à l'obscurité. Ils ne pénétreraient pas dans les bois, le sentier était impraticable pour un véhicule, qui ne pourrait faire demi-tour sans s'embourber.

À cinquante mètres du ruisseau, le terrain descendait. Les chiens s'étaient égaillés à présent. Dès qu'il fut au bord de l'eau, Edgar frappa dans ses mains. Sahib, resté tout près, s'assit à ses pieds. Pinson surgit de fougères, suivi par Opale et Ombre. Puis, Grimace et Amadou apparurent. Dans le noir, il mit longtemps à s'assurer que c'était Essai qui manquait à l'appel. Il tapa de nouveau dans ses mains et écouta l'eau couler. Il était impossible d'attendre. Quand il entra dans le ruisseau, l'eau, froide et satinée, monta jusqu'à ses chevilles. Il s'empara du premier piquet de la clôture, le tira et le poussa pour le dégager et ne réussit à le faire bouger – c'était d'une lourdeur de granit – qu'en s'agenouillant. Quand il l'eut enfin soulevé, il posa le bout en équilibre sur un rocher plat.

Deux des chiens bondirent dans l'eau avant même qu'il ne les appelle, sans qu'il puisse dire lesquels dans l'obscurité. Il les poussa sous le barbelé, ils s'ébrouèrent après s'y être glissés. Edgar tapa dans ses mains pour appeler les quatre autres mais ils arpentèrent la berge et refusèrent de lui obéir. Le faisceau d'une lampe torche éclaira la nuit. Les chiens regardèrent derrière eux en gémissant. En fin de compte, Edgar sortit du ruisseau, s'agenouilla, les caressa et appuya son front sur la tête de Pinson, Grimace, Opale et Ombre. Enfin il recula et les libéra. Ils s'assirent et le fixèrent d'un air interrogateur. Puis Pinson remonta le sentier par lequel ils étaient venus, suivi des trois autres qui se bousculaient dans ses traces.

Edgar retourna dans le ruisseau et se faufila sous le fil de fer barbelé. Il perdit l'équilibre en s'efforçant de remettre le piquet; le trou s'était rempli de boue et il se retrouva tout à coup dans l'eau, jusqu'au cou. Il finit par abandonner le piquet branlant. Il aurait voulu le fixer correctement mais, au fond, quelle différence?

Il s'écroula quand il parvint sur l'autre bord. Trois chiens et non deux l'accueillirent: Sahib, Amadou et Essai, qui avait dû traverser ailleurs, à son gré. Ils se bousculèrent pour lui lécher le visage. Ils dansèrent autour de lui comme des sauvages exécutant une sorte de rituel ancien et muet, comme s'ils savaient ce qui les attendait. Ses mains étaient couvertes d'argile. Il en avait même une couche sur le visage qui commençait à craqueler. Il plongea ses mains dans l'eau et s'en aspergea pour s'en débarrasser. Enfin, il se releva et, tournant le dos à tout ce qu'il connaissait, il s'enfonça dans la forêt de Chequamegon, accompagné de ses trois chiens.

QUATRIÈME PARTIE

Chequamegon

La fuite

Quelques fines lueurs de clair de lune s'infiltraient dans les bois. Les comptonies voyageuses décrivaient un arc au-dessus de l'ancien sentier d'élagage, recouvrant les tiges de mûriers sauvages comme les lames d'une scie dans leur fourreau. Effluves de vinaigriers. Les branches de bouleaux et de peupliers luisaient légèrement. Une étroite trouée dans la canopée leur permettait d'avancer mieux que n'importe quel éclairage terrestre. Edgar se protégeait le visage des mains tandis que les ronces déchiraient ses vêtements. De temps à autre, il s'arrêtait pour appeler les chiens en frappant dans ses mains. Ils déboulaient, frottaient leurs museaux et leurs babines contre sa paume et disparaissaient à nouveau, sûrs d'eux dans la nuit. Il les suivait du regard, ombres parmi les ombres avant de se remettre en route. Il était environné de lucioles. Les voix qui les appelaient s'étaient perdues dans l'écorce de troncs d'arbre qui se balançaient dans la brise nocturne comme des coques de navire. Sans savoir pourquoi, il était certain qu'ils n'avaient pas tourné en rond. Le sens du vent, probablement, ou les rayons de lune qui se projetaient à l'ouest. Lorsqu'un bosquet de bouleaux surgit devant lui, là où il s'attendait à une brèche, il comprit qu'il était arrivé au bout du chemin ou qu'il s'en était éloigné.

Il rejoignit les chiens qui l'attendaient serrés les uns contre les autres. Il compta les museaux, puis tâtonna dans le noir pour comprendre pourquoi ils s'étaient arrêtés. Ses doigts se heurtèrent à un fil de fer barbelé, rouillé, ainsi qu'à un vieux piquet de clôture fendu par le temps. Il glissa ses mains le long du bois noueux jusqu'au dernier rang de barbelé puis fit un pas de côté, se baissa et le tint dans ses doigts ; quand il le trouva assez distendu pour pouvoir le soulever, il tapa deux fois dans ses mains. Les chiens arrivèrent. Il les aida à passer sous le fil – Essai d'abord, devina-t-il, puis Amadou et Sahib. Il fut le dernier à ramper dessous, se releva et secoua ses vêtements humides qui pendaient sur lui. Il leva les yeux. Des îlots d'étoiles dans un lac de ténèbres. La forêt spectrale et sans issue. Il repartit dans une direction, l'ouest espérait-il. Des heures s'écoulèrent.

Il s'arrêta quand les bois débouchèrent sur une clairière. La lune accrochée dans le ciel brillait tandis que les squelettes noirs des arbres se dressaient dans les herbes de marais, bleutées. Il plissa les yeux dans cette clarté lunaire soudaine et appela les chiens. Au sommet d'un arbre calciné, un hibou tournait sa tête aplatie, trois miniatures l'imitaient sur une branche en dessous. Sahib arriva le premier. Amadou, qui avait commencé à se frayer un chemin dans les hautes herbes, fit demi-tour et revint en trottinant. Edgar frappa à nouveau dans ses mains et attendit. Comme Essai n'arrivait pas, il emmena Amadou et Sahib près des arbres et posa une main sur le sol. Les deux chiens tournèrent en rond, puis se couchèrent. Il s'éloigna de quelques pas, et déboutonna son pantalon. Il lui sembla que son urine charriait toute la chaleur de son corps. Il se déshabilla, accrocha sa chemise et son jean à une branche. Il garda son caleçon, ne pouvant se résoudre à l'enlever malgré son humidité. Il alla s'allonger contre Sahib, qui releva la tête pour regarder le bras qu'il avait passé autour de son poitrail, puis la reposa. Quand ils furent tous installés, Essai surgit d'un sillon tracé par des chevreuils dans les roseaux. Elle les flaira tous les trois, retourna à la lisière de la clairière, revint et resta devant eux, langue pendante jusqu'à ce qu'Edgar s'asseye et lui appuie les deux mains sur la croupe. Elle se coucha, se calant contre son dos, grognant en signe de désapprobation. L'un après l'autre, les trois chiens poussèrent un profond soupir, puis enfouirent leurs têtes sous leurs flancs.

Edgar contemplait les ombres des hiboux qui fouillaient la clairière du regard. Il se demanda s'ils n'auraient pas dû continuer jusqu'à un point d'eau pour les chiens, mais, après tant d'heures de marche vigilante dans la nuit, une immense fatigue s'était abattue sur lui. Alors qu'il fermait les yeux, l'image du Dr Papineau lui revint en mémoire.

Edgar suffoqua et rouvrit les yeux.

Tu es un assassin, s'accusa-t-il. Tu n'as que ce que tu mérites.

Il s'endormit aussitôt.

*

À son réveil, les chiens, le museau tendu, la tête penchée, le scrutaient comme des infirmières s'interrogeant sur l'état d'un patient. Sous lui, le sol conservait encore la chaleur de leurs corps. Il se releva en s'appuyant sur ses mains. Aussitôt, Essai se dressa sur ses pattes de derrière et s'avança, ses tendons tremblèrent sous l'effort, tandis que Sahib et Amadou bâillaient bruyamment. Les hiboux s'étaient envolés. De l'autre côté de la clairière, le soleil levant incendiait la cime des arbres. À en juger par son mal de tête, Edgar estima n'avoir pas dormi plus de deux heures.

Il se rassit, les bras autour des genoux. Quand les herbes commencèrent à le chatouiller, il alla décrocher son pantalon de la branche. Aussi humide que la veille, il était glacé. En l'enfilant, il eut l'impression d'entrer dans un bain glacé.

Si Sahib était resté avec lui, Essai et Amadou se pourchassaient déjà dans les herbes folles qui frémissaient à leur passage, réapparaissaient pour disparaître à nouveau. Edgar les observa tout en caressant le cou de Sahib. Ils avaient forci ces derniers temps, leur poitrail s'était développé, leur dos élargi et ils évoluaient avec une grâce léonine. Ils arrivèrent au galop lorsqu'il tapa dans les mains. Il les fit s'asseoir en rang, recula puis les appela l'un après l'autre. Lorsqu'ils eurent refait trois fois l'exercice, Edgar cassa une branche morte, la roula entre ses mains pour l'imprégner de son odeur avant de la lancer et chacun alla la chercher. Ensuite, il les entraîna à se coucher, à revenir, à ramper tandis que les oiseaux piaillaient dans la clairière.

Tous étaient réchauffés, même l'indolent Sahib. Edgar pensa qu'il valait mieux chercher de l'eau si peu fondée que lui semblât son inquiétude de la nuit tant il était improbable qu'il n'y ait pas de ruisseau à proximité, en bas de Chequamegon. Il regarda le sentier par où ils étaient arrivés, fit faire le tour de la clairière à ses chiens, repéra un passage et s'enfonça de nouveau dans la forêt.

*

Après une demi-heure de marche, ils descendirent le long d'un petit ravin bordé d'aulnes au fond duquel coulait un ruisseau d'environ quinze centimètres de profondeur, rempli d'algues vert pâle qui flottaient dans le courant comme les cheveux d'une sirène. Les chiens se mirent immédiatement à boire. Edgar, lui, lança ses chaussures et ses chaussettes de l'autre côté du ruisseau, pataugea et remplit ses mains en coupe d'une eau qui lui parut avoir un goût de thé glacé, très léger. Il fit tremper ses pieds jusqu'à ce que les chiens sortent et aillent s'ébrouer près d'une souche moussue. Puis ils repartirent.

Les rayons du soleil matinal l'aidèrent à s'orienter. Ils franchirent les crêtes à l'ouest du chenil, celles qu'Almondine et lui avaient si souvent contemplées de la colline. Où menaient-elles, sur quoi débouchaient-elles ? Edgar l'ignorait. Ils prenaient rarement cette direction dans son ancienne vie, si lointaine déjà, qui était axée sur le méridien de la route Highway 13, avec Ashland au nord et le reste – Wausau, Madison, Milwaukee, Chicago – au sud. Alors il s'imposa deux règles : éviter les routes et se diriger vers l'ouest. Quand il était obligé de contourner un obstacle, il prenait l'option la plus au nord. Sinon, il n'avait ni destination ni but particulier, pas davantage que lorsqu'il avait commencé à dresser ses chiens dans le grenier. Pour l'heure, il ne songeait qu'à fuir. Il aurait besoin de temps, plus tard, pour réfléchir aux événements, à ce qu'il conviendrait de faire. En attendant, il ne voulait penser qu'à leur périple à tous les quatre. Il s'inquiétait déjà pour les chiens. Comment les nourrir ? Il n'avait même pas un canif.

Malgré lui, il s'interrogeait sur le chenil. Il pensa à Almondine, ils ne s'étaient même pas réconciliés. Où dormait-elle depuis qu'il n'était plus là ? Et sa mère s'était-elle postée près du silo ce matin, pour lui signaler qu'il pouvait revenir ? Peut-être arpentaient-ils encore les bois à sa recherche. À cette idée, il éprouva à la fois de la satisfaction et des remords. Le choc de la gifle de sa mère, son expression furieuse, lui revenaient sans cesse à l'esprit, de même que les yeux du Dr Papineau, où il avait vu la vie se tarir.

*

Son plan ne fut mis à l'épreuve qu'en fin de matinée, lorsqu'ils débouchèrent sur une route qui traversait la forêt. Il ne s'agissait que d'une piste couverte de gravillons, bordée d'arbres, tellement isolée qu'il n'eut pas trop de scrupules à s'arrêter en plein milieu. Le soleil s'approchait de son zénith. Il regarda à droite puis à gauche en quête de boîtes aux lettres ou de panneaux indicateurs. Rien. Il n'y avait que des ornières, même pas de poteaux télégraphiques. Après les efforts perpétuels pour se frayer un chemin dans l'entrelacs de broussailles, la ligne droite et dégagée était une très bonne surprise.

Qui plus est, il y avait un petit vent qui soufflait suffisamment pour éloigner les moustiques, qui étaient devenus une véritable torture au fur et à mesure de leur progression. Chaque fronde de fougère ou brin d'herbe qu'ils effleuraient libérait une nouvelle nuée de ces insectes odieux. Pour s'en protéger, Edgar s'était mis à courir, à agiter les mains, à se donner des claques sur le visage et le cou mais, à la moindre pause, les sales bestioles redoublaient d'ardeur, attirées par sa peau brûlante.

Edgar s'assit par terre, en tailleur, et rassembla les chiens. Il verrait arriver une voiture à des kilomètres et il avait envie de se reposer un peu. Le périple était rude, songea-t-il. Au moins les chiens lui procuraient-ils un certain réconfort. Essai, la plus difficile, la plus compliquée à dresser, la première à se lasser au chenil, était parfaitement à l'aise dans les bois. Elle partait en reconnaissance, jouait à la chasseresse, fonçait à la moindre découverte : une souche au parfum étrange, un tamia sous les feuilles ou un coq de bruyère. Quand elle était presque hors de vue, elle se retournait pour le regarder, enfin pas toujours – parfois, elle se précipitait dans les fourrés. C'était donc une piètre voyageuse qui parcourait le double du chemin requis mais, dès qu'Edgar tentait de la maintenir au pied, elle gémissait et rabattait ses oreilles. Sahib était le plus obéissant. Si Edgar lui demandait d'attendre, il se figeait – on eût dit une pierre posée par Dieu lui-même –, content de savoir ce qu'il avait à faire. Son prosaïsme, évident depuis toujours, virait au pragmatisme dans la nature. Il trottait derrière Edgar qui traçait la piste, tantôt sur ses talons, tantôt à une certaine distance, mais si plus de cent mètres les séparaient, il courait pour réduire l'écart. Des trois, c'était Amadou le plus difficile à coincer. Toujours à portée de vue, il ne suivait néanmoins pas Edgar de près ni ne se jetait à corps perdu dans les sous-bois. Quand Essai revenait de ses excursions, il l'accueillait puis allait frotter son museau contre celui de Sahib, comme pour lui annoncer des nouvelles.

Edgar était assis au soleil, sur la piste. Des fougères se profilaient, si luxuriantes qu'elles paraissaient être là depuis l'aube des temps. Il savait qu'ils ne devaient pas rester à découvert. Comme il essayait de se convaincre de retourner braver les moustiques, Essai dressa les oreilles et tourna la tête. Il suivit son regard. Un petit nuage de poussière orange s'élevait au bout de la piste et un pare-brise renvoyait une lumière aveuglante.

Edgar s'accroupit. La voiture était tellement loin, qu'il lui semblait inutile de se dépêcher. Si le chauffeur l'avait aperçu avec les chiens, il les avait sans doute pris pour des chevreuils. Il tapa dans les mains, exécuta le signe *viens* et se fraya un passage à travers les épaisses fougères. Les chiens s'empressèrent de le suivre. Il ouvrit le chemin, à quatre pattes, dans la végétation de cet univers noyé d'ombre. Derrière le fourré, ils tombèrent sur un mûrier sauvage aux ronces incurvées, aussi tranchantes qu'un scalpel. Même s'il parvenait à le franchir, les chiens refuseraient d'avancer. Il s'en voulut de son plongeon dans l'inconnu. Il était encore temps de revenir sur leurs pas, de battre en retraite même s'il n'était sans doute pas possible de s'enfoncer à plus de vingt mètres dans la forêt avant que la voiture n'arrive à leur hauteur.

Sahib et Amadou le suivaient de près. Essai, elle, avait déjà fait demi-tour et, le nez collé au sol, cherchait à retrouver la route. Edgar immobilisa les deux chiens – tel un bon soldat, Sahib s'assit immédiatement – et se faufila dans les fougères. Il donna un coup sur la hanche d'Essai qui tourna la tête. Il la ramena vers les autres. Dès qu'elle se fut assise, Edgar se redressa pour jeter un coup d'œil par-dessus les frondes.

À une centaine de mètres de là, la voiture ralentissait. Impossible de traverser sans être vu. Par le passage qu'ils avaient ouvert dans les fougères, ils apercevaient la poussière de la piste mais, d'une voiture en train de rouler, on ne les verrait pas. Edgar fit signe aux chiens de se coucher. Essai couina, replia les pattes sous elle et, le nez levé dans un rai de lumière, renifla.

Il posa sa main sur Essai et tendit l'autre vers Amadou, dans l'espoir que Sahib ne bougerait pas s'il arrivait à garder ces deux-là tranquilles. Le pare-chocs de la voiture, qui avançait doucement, apparut entre les tiges de fougères. Il y eut le bruit d'un caillou projeté par un pneu. Essai trembla sous sa main. Une aile avant blanche surgit dans le champ de vision d'Edgar. Une roue. Une portière noire et blanche. Une deuxième porte. Une autre roue. Un pare-chocs arrière. Quand la voiture se fut suffisamment éloignée, Edgar claqua des doigts. Les chiens concentrèrent leur attention sur lui.

Restez, leur ordonna-t-il. Il fixa Essai droit dans les yeux et répéta son ordre.

Deux ordres valent mieux qu'un. Tu as intérêt à ne pas bouger.

Il termina par un doigt dressé, en guise d'avertissement, devant son museau. La chienne roula sur le côté, la langue pendante. Edgar tendit le cou et découvrit une voiture de police tellement couverte de poussière qu'on aurait dit qu'elle avait roulé toute la nuit. Une silhouette massive se tenait derrière le volant, un bras étendu sur le dossier de la banquette. Les feux arrière clignotèrent. Edgar replongea à couvert.

Il compta jusqu'à cent. Dès qu'il n'entendit plus que le bourdonnement des insectes dans la chaleur de midi, il relâcha les chiens. Ils le regardèrent sans bouger. Il refit le signe sans plus de succès, de toute évidence, quelque chose clochait. Une deuxième fois, il glissa la tête hors des fougères. Le bruit du moteur tournant au ralenti de la voiture de police, garée à deux cents mètres, parvint alors à ses oreilles. La portière était ouverte côté conducteur : Glen Papineau, si énorme que c'était à se demander comment il réintégrerait son véhicule, regardait la route.

Edgar retomba dans les fougères.

Restez, restez, signa-t-il.

Essai remua la queue tandis qu'Amadou, l'air interrogateur, appuya son museau sur la paume d'Edgar. Ils ne bougèrent pas. En revanche, Sahib, curieux et troublé, se leva. Edgar frappa une fois dans les mains, bien plus fort qu'il ne l'aurait souhaité. Le chien s'immobilisa, l'observant entre les fougères.

Couché, signa-t-il frénétiquement. Reste.

Il entendit la voix de Glen Papineau de la route. « Edgar ? Edgar Sawtelle ? »

Sahib se baissa jusqu'au sol, les yeux écarquillés. Ils restèrent cloués sur place. La portière claqua, le moteur ronronna, la voiture s'éloigna. Cette fois ils attendirent le temps qu'Edgar se demande si n'était pas un cul-de-sac et si Glen ne risquait pas de rebrousser chemin. Laissant les chiens, il rampa vers la route.

Il ne vit plus rien, même pas un nuage de poussière.

Il tapa dans les mains. Les chiens surgirent des fougères et exécutèrent une sorte de ballet que sa mère nommait *Danse de la Fin du Coucher*. Un peu plus haut sur la piste, il découvrit un sentier dans les bois. L'instant d'après, la route avait disparu et ils s'enfonçaient dans la forêt aux couleurs floues.

*

En fin d'après-midi, Edgar eut faim – en réalité, la faim le tenaillait depuis un bon bout de temps. La monotonie de la marche à travers les sous-bois avait dissipé les derniers vestiges de sa panique de la veille. La tête lui tournait, son estomac criait famine et il était irritable. Était-ce pareil pour les chiens ? Apparemment, ils n'étaient pas mal en point. Ils avaient passé l'après-midi à vagabonder dans les taillis et traverser des petits ruisseaux. Il est vrai qu'ils n'avaient sauté que la pâtée du matin, lui, en revanche, était habitué à trois repas par jour, petit déjeuner, déjeuner et dîner. Il n'avait même pas une allumette pour allumer un feu ni la moindre idée sur la façon de trouver de la nourriture.

Il avait malgré tout quelque chose en tête, même si ce n'était pas vraiment un plan étant donné la part du hasard. Les bois étaient truffés de chalets de vacances et de cabanons de pêche. La forêt qu'on appelait Chequamegon comme si elle était d'un seul tenant était, en fait, un gruyère composé de parcelles gouvernementales et de propriétés privées dispersées autour d'une douzaine de lacs. Tôt ou tard, ils tomberaient sur une cabane bourrée de provisions ou un pique-nique qu'un pêcheur avait laissé dans sa voiture. C'était l'évidence.

Le problème, reconnut Edgar à l'orée d'une nouvelle clairière, c'était que les cabanes et les voitures se trouvaient sur les routes, non pas en pleine forêt. Or les routes étaient à éviter à tout prix – on les recherchait toujours comme l'avait prouvé la rencontre avec Glen Papineau. S'ils étaient repérés – ne fût-ce que par un individu susceptible d'appeler le bureau du shérif pour signaler un adolescent accompagné de chiens – on saurait où les trouver. Couper à travers bois impliquait cependant d'avancer lentement. Entre les taillis, les marécages, la surveillance des chiens, la prudence à observer à chaque pas – une entorse de la cheville serait une catastrophe – ils ne faisaient sûrement pas plus de deux kilomètres en deux ou trois heures.

Quelqu'un avait-il eu l'idée de les chercher avec des chiens ? Les bois étaient tellement saturés de son odeur, les champs tellement semés de ses empreintes que seul le meilleur et le plus expérimenté des chiens renifleurs aurait une chance. D'autant que les traces de leur passage se diluaient au fil des heures. Et puis où trouver un tel chien ? Ceux des Sawtelle n'étaient bons à rien dans ce domaine. Il entendait d'ici sa mère se gausser de la suggestion, et affirmer que des vaches seraient plus efficaces.

En revanche, tout changeait loin du chenil. Leurs odeurs devenaient spécifiques, évidentes, et, à eux quatre, ils diffusaient une piste olfactive d'au moins deux kilomètres de large aussi patente pour un véritable chien pisteur que si le sol avait été brûlé. Le seul moyen aurait été de faire du stop, mais ç'aurait été comme de foncer droit dans le bureau du shérif de Mellen. La seule solution, c'était donc de rester à l'écart des routes.

Il retournait le problème dans sa tête et réfléchissait aux possibilités quand il perçut les reflets du soleil dans l'eau. L'air s'était rafraîchi avec la fin d'après-midi et le vent était tombé. Arrivés au point d'eau – un lac – ils avancèrent sur une petite péninsule envahie de roseaux et de massettes. La rive, déchiquetée, était densément boisée. Cherchant des yeux d'éventuels bungalows, il ne distingua que des pins qui se découpaient en dents de scie sur l'horizon ; des oiseaux plongeaient dans le lac en gobant des insectes. Pourvu que ce soit des moustiques ! se dit-il avec espoir. Les chiens avancèrent au bord de l'eau. N'ayant jamais approché un lac de si près, ils sautillèrent et reculèrent devant les vaguelettes qui se brisaient à leurs pieds.

Il leur fallait contourner le lac d'un côté ou de l'autre. Il apercevait une bonne partie de la berge située au nord, aussi opta-t-il pour cette direction. Au crépuscule, ils tombèrent sur une tortue hargneuse de la taille d'une grande assiette, qui marchait vers l'eau. Les chiens l'entourèrent, battant en retraite dès qu'elle tournait sa tête aplatie et sifflait par son bec grand ouvert. Edgar se précipita pour les chasser à de coups de pied car les histoires de mâchoires de tortues, fussent-elles décapitées, fermées sur leur proie, s'étaient gravées dans son esprit. Et il prit soin de garder ses distances car vérifier la légende ne lui disait rien.

Dès que les chiens eurent abandonné la tortue, Amadou se retourna et suivit la piste de celle-ci. Il se mit à creuser en gémissant. En un éclair, les deux autres le rattrapèrent et la terre vola en tous sens. Ils étaient en train d'engloutir les œufs de tortue quand Edgar les rejoignit. Il en ramassa un gros comme une balle de ping-pong, frais et doux sous ses doigts. Son estomac gargouilla perfidement. Avant de saliver davantage, Edgar préleva trois autres œufs du tas qui diminuait rapidement et le nettoya. Il en lança un à Sahib quand celui-ci leva les yeux vers lui. Le chien l'attrapa au vol. Il fourra les trois restants dans la poche de sa chemise.

Même si ça lui déplaisait qu'ils se nourrissent de la sorte, il n'avait rien de mieux à leur proposer. Une fois les œufs terminés il tapa sur sa cuisse et ils partirent à la recherche d'un endroit où passer la nuit tant qu'il y avait encore de la lumière. Il choisit un coin sous un bosquet de frênes. Le ciel était d'un bleu cobalt. Malgré son épuisement, il les emmena boire au lac. Il ôta ses chaussures, roula le bas de son jean et pataugea dans la vase. Il dut s'avancer assez loin pour trouver de l'eau claire : d'un goût d'algue et de boue, elle laissa des grains de sable entre ses dents. Souliers et chaussettes à la main, il ramena les chiens qui se couchèrent en boule aussitôt. Il essaya de s'allonger entre eux mais une pierre lui entra dans les côtes. Bien que secs, ses vêtements étaient encore visqueux. Il avait le ventre ballonné. Il évita de s'appesantir sur le goût de l'eau de crainte d'avoir des haut-le-cœur. La faim le tenaillait. Il se releva et trouva une meilleure position d'où il ne pouvait toucher qu'Essai. Sahib se redressa en grognant comme pour lui dire, c'est bon, d'accord, avant de s'approcher, et de s'installer, le museau près du visage d'Edgar. L'instant d'après, Amadou l'imita.

*

Il se réveilla au beau milieu de la nuit, entouré par les chiens endormis. Un bruant à gorge blanche chantait : « Où es-tu Frédéric, Frédéric, Frédéric. » Ce qui l'avait tiré du sommeil s'était passé dans ses rêves ; il s'en souvint tout à coup. Il planait au-dessus de l'escalier de l'atelier, puis il tombait, tombait...

*

L'aurore. Les oiseaux s'époumonaient comme embrasés par les rayons du soleil. Il pensa sur-le-champ à la nourriture – il avait l'estomac bétonné tandis qu'une saveur de cuivre enrobait ses dents comme si tous les minerais du sol s'y étaient infiltrés. Lorsqu'il se redressa, les chiens fouillaient les taillis. Il les appela chacun tour à tour et chercha les ronces ou chardons, commençant par la queue et terminant par la tête. Ils le laissèrent faire et se mordillèrent les pattes de devant comme s'ils enlevaient des grains de maïs de leur cosse. Si d'aventure il tirait ou pinçait trop fort, ils reniflaient sa main en guise de protestation. Une fois qu'il eut terminé, il les immobilisa un par un, les fit aller et venir avant de les libérer. Ensuite, il sortit les œufs de tortue de la poche de sa chemise et les distribua. D'abord Amadou, puis Sahib, enfin Essai – une façon dérisoire de lui apprendre la patience. Ayant regardé les autres recevoir leur récompense, elle se précipita vers lui dès qu'il remua la main.

Ils repartirent, longeant la rive gauche du lac. Comparés à ceux de la veille, les sous-bois étaient clairsemés, aussi avancèrent-ils rapidement. L'air matinal était chargé d'humidité, les hautes herbes aspergeaient les chiens de gouttes qui étincelaient sur leurs poils. Lorsqu'ils eurent contourné la moitié du lac, Edgar vit que l'eau s'étendait vers le sud, en formant des méandres.

Alors qu'il se tracassait à propos de la nourriture, il aperçut la première cabane. Il n'en fut pas rassuré pour autant. Il immobilisa les chiens et alla vérifier qu'elle était inoccupée. Ils sortirent ensemble des fourrés pour l'examiner. La bicoque était effondrée depuis longtemps. Il n'y avait plus la moindre trace de peinture, pour peu qu'il y en ait eu, hormis sur les bardeaux du toit dont le violet criard n'avait pas tourné au gris. D'un fauteuil pliant en piteux état trônant dans un vestige de véranda en bois, s'écaillait de la peinture moutarde sous laquelle la rouille faisait son chemin. L'intérieur était un désastre de contreplaqué, de sommiers à ressorts couverts de mousse et toiles d'araignées suspendues entre les poutres. Le tout n'était pas plus grand qu'une tente de trois mètres de côté. Les chiens déambulèrent en fourrant leur museau dans tous les trous et recoins jusqu'à ce qu'il les rappelle de crainte qu'il n'y ait des rats ou des serpents.

Une heure plus tard, ils arrivèrent sur une berge où les buissons cédaient la place à une petite plage de sable caillouteux. Un peu plus loin, des roseaux s'élançaient de la surface argentée. Il se déshabilla, écarta les chiens et entra dans l'eau fraîche et sombre. Sa caresse apaisa les piqûres de moustiques dont il était couvert. Baissant les yeux, il vit un petit poisson glisser entre ses jambes. Les chiens, qui l'observaient en remuant la queue, refusèrent de le rejoindre.

Il sortit, nu comme un ver, de l'eau jusqu'aux genoux, en les aspergeant. Ils prirent la fuite, revinrent sur leurs pas, les oreilles couchées, s'aplatirent, rampèrent pour esquiver les éclaboussures se rappelant sûrement les jeux dans la cour avec le tuyau d'arrosage. Malgré son plaisir d'avoir trouvé de quoi les amuser, la tristesse l'emportait parce que c'était feindre que tout allait bien. Sans compter qu'il ne fallait pas les exciter avant qu'ils n'aient mangé correctement. Ils se déchaînaient un peu trop, la faim les rendait fébriles. La langue pendante, ils le regardèrent s'essuyer. En l'espace d'une à deux minutes, il était assez sec pour s'habiller. Cette fois, il secoua son pantalon, inspecta les jambes avant de l'enfiler, et, sans hésiter, tapa ses souliers sur sa main.

*

Le cabanon suivant sembla plus prometteur. Revêtu d'une couche de peinture verte, il était solide et bien entretenu. Une cheminée galvanisée perçait le toit pentu et deux fenêtres encadraient la porte. En vérité, il était si impeccable qu'Edgar ne fut sûr qu'il était inoccupé qu'au bout d'un bon moment ; ça ne l'empêcha pas d'avoir la chair de poule quand il s'en approcha. La porte était fermée par un gros loquet en métal où était accroché un cadenas graisseux, enveloppé dans un sac en plastique, destiné à le protéger des intempéries. Il tourna la poignée et poussa de toutes ses forces, plusieurs fois. Puis il recula, prit son élan et fonça dans la porte. Sans succès. Il réessaya. Chaque fois, la structure tremblait mais la porte ne cédait pas. Et son épaule en prit un coup.

Les chiens attendaient, la tête penchée.

Ça marche à la télé. La ferme ! signa-t-il.

Il regarda les fenêtres à trois carreaux. Pourvues d'un vasistas, elles étaient à environ deux mètres du sol et assez grandes pour qu'il puisse passer. Une vitre, c'était facile à casser, se dit-il. Reste à grimper jusque-là sans se rompre le cou. Et puis il valait mieux entrer sans se faire remarquer, avait-il compris tandis qu'il tentait de défoncer la porte.

Il chercha une bûche ou quoi que ce soit qui lui servirait de support – tant pour l'aider à se décider à casser la vitre que pour y monter – mais il ne trouva rien. Il chercha aussi un endroit où l'on aurait pu cacher une clef, sans plus de succès.

Il alla retrouver les chiens devant le cabanon.

On va aller prendre le fauteuil, signa-t-il. Et ils rebroussèrent chemin.

*

Edgar ne s'était pas rendu compte que c'était aussi loin ; il n'aperçut les bardeaux violets qu'au bout d'une heure. Il attrapa un bâton pour enlever les toiles d'araignées du fauteuil avant de l'embarquer. Une demi-douzaine d'araignées s'enfuirent comme autant de petits fruits pourris sur pattes. Le tissu du siège pendouillait en lambeaux, en revanche la structure, toute rouillée qu'elle fût, paraissait solide. Sahib flaira le fauteuil avec intérêt. Essai et Amadou s'allongèrent. Les trois chiens étaient restés nez au sol durant tout le trajet, dans l'espoir, à n'en pas douter, de trouver d'autres œufs de tortue. Ils s'étaient en outre lancés à la poursuite d'écureuils, n'apprenant que c'était une perte de temps qu'au terme de plusieurs tentatives. Ils avaient soudain l'air tellement accablé qu'Edgar fut saisi d'angoisse.

Lorsqu'ils repassèrent devant la petite plage, Edgar se mit à courir – il bouillait d'impatience. Il plaça le fauteuil sous une des fenêtres et, au moment où qu'il allait prendre son élan pour se hisser, il décida d'en vérifier la solidité. À peine se fut-il assis sur un bras qu'un des pieds de devant se plia comme une paille. Étonné, Edgar le retourna et appuya ses deux mains là où le dossier et le siège se rejoignaient. Satisfait, il grimpa sur l'armature et appuya le bout de ses doigts sur le rebord de la fenêtre.

En chemin, il s'était laissé aller à imaginer tout ce qu'un pêcheur pouvait stocker comme conserves et outils dans une cabane aussi proprette. Hélas, il ne découvrit qu'un lit de camp plié contre un mur de contreplaqué, une cheminée préfabriquée, un petit poêle à mazout et une lampe à pétrole. Ce n'était pas la peine d'entrer ; à l'évidence, il ne trouverait aucune provision et même s'il y avait du pétrole dans la lampe, ce dont il doutait, ça n'éclairerait que quelques heures. Quant au poêle, il était trop encombrant.

Edgar sauta sur le sol. Il s'assit près du fauteuil disloqué et se fustigea. Un bon pêcheur ne laisserait jamais de nourriture pour appâter des animaux, il aurait dû le savoir. Au lieu de quoi, il s'était bercé d'illusions et ils avaient perdu une bonne partie de la journée. Il était affamé à en avoir des crampes d'estomac. À la vue de la cabane, il avait salivé. Ce qu'il avait lu sur la possibilité de demeurer un mois sans se nourrir lui semblait inconcevable. À moins de se tenir immobile mais pas si on parcourait des kilomètres dans la forêt, hors des sentiers battus.

C'en était trop. Les événements du chenil, la faim, l'inquiétude pour les chiens… l'absence d'Almondine lui donna tout à coup la sensation d'avoir été privé d'un organe vital. Les genoux repliés contre sa poitrine, il se coucha en chien de fusil. Loin de fondre en larmes comme il s'y attendait, il fixa – vidé et prostré – les racines et le tapis de feuilles, tout en écoutant les chiens explorer les fourrés. Il resta ainsi longtemps. Les chiens revinrent – Sahib en premier, puis Amadou et Essai. Hors d'haleine, ils lui léchèrent le visage. Ils s'installèrent autour de lui, grognèrent, soupirèrent et, enfin, s'endormirent.

*

Le cœur un peu moins lourd, Edgar se redressa et balaya les environs du regard. Il entendit un canadair. Une nuée de merles au bec d'obsidienne, perchés sur les branches basses des arbres, se lançaient des mises en garde. Il s'obligea à se relever. Les chiens l'entourèrent et le flairèrent en quête de nourriture. Il s'agenouilla pour les caresser.

Je n'ai rien. Je suis désolé. Je ne sais même pas quand je trouverais quelque chose à vous donner, signa-t-il.

Ils longèrent la rive du lac. Dans une clairière, il aperçut une myrtille, une seule, qui pendouillait d'un buisson bien qu'il fût trop tôt dans la saison. Edgar avait beau être sûr qu'il ne s'agissait pas d'une morelle, il le vérifia en retournant les feuilles. Il cueillit une poignée de baies mûres. Après en avoir goûté une, il s'accroupit pour les offrir aux chiens qui les reniflèrent et s'éloignèrent. Non, goûtez, insista-t-il. Revenez. Rien à faire. Dès qu'il les eut toutes avalées, son estomac gargouilla. Il crut qu'il allait vomir. À tort.

Au crépuscule, Edgar repéra un coin pour la nuit dans un bosquet d'érables. Installés, ils dormaient à moitié quand une plainte ténue résonna dans la cime des arbres, puis enfla en descendant vers eux. Il regarda son bras : une fourrure grise et ondulante le revêtait. Les tapes qu'il se donna du coude au poignet produisirent une mixture de sang et de moustiques écrasés. Une nouvelle couche vorace la remplaça aussitôt. Ses oreilles et narines devinrent le théâtre d'une invasion de moustiques. Les chiens bondirent, s'évertuèrent à mordre l'air tandis qu'Edgar se frappait le cou et le visage. En fin de compte, ils prirent la fuite, les chiens en tête qui disparurent dans l'obscurité.

Au bout d'un moment, il s'arrêta, hors d'haleine et perdu. Le sol de la forêt était jonché d'aiguilles de pins, une couche assez épaisse pour étrangler les broussailles. Il tendit l'oreille en frissonnant. Un nuage de moustiques les guettait du haut de la canopée, sous laquelle il s'était allongé avec les chiens, proies offertes. Il n'avait jamais rien entendu de tel. Sahib, Amadou et Essai apparurent dans les dernières lueurs du jour ; ils se couchèrent dans le tapis d'aiguilles de pin. Edgar contempla la cime des arbres. L'humiliation s'était ajoutée à la faim, la fatigue et la déprime. Il y eut force gargouillements dans le ventre des chiens.

Ils allaient être obligés de trouver une route, reconnut Edgar. Faute de quoi, ils mourraient de faim.

Le troisième jour, il n'arrêtait pas de compter : depuis quarante-huit heures, les chiens n'avaient eu d'autre pitance que les œufs de tortue et lui une trentaine de myrtilles. Même s'il se disait que ce n'était pas un drame de sauter six repas, il avait des crampes d'estomac. La forêt avait beau grouiller d'écureuils et d'oiseaux, il ne savait comment en capturer. Et les lacs regorgeaient sans doute de poissons, mais il n'avait ni fil ni hameçon.

Une demi-heure avant d'atteindre la route, ils entendirent des crissements de pneus. Cachés derrière un sapin, ils virent rouler des voitures à une certaine distance les unes des autres, puis ils se faufilèrent jusqu'au bas-côté, se ruèrent dans les bois de l'autre côté de la chaussée qu'ils longèrent comme ils avaient longé la rive du lac la veille, à l'abri de la forêt. À deux reprises, des cours d'eau trop profonds ou trop marécageux les obligèrent à attendre que la voie soit libre pour franchir un pont et continuer à avancer.

Dans l'après-midi, ils débouchèrent dans un champ de laîches et de cerisiers de Virginie. À mi-chemin de la limite des arbres, Edgar s'arrêta pour regarder la route. S'ils traversaient ici, ils seraient à découvert mais, d'un autre côté, c'était un raccourci significatif, or il commençait à être fatigué. L'herbe était assez haute pour cacher les chiens. Il n'aurait qu'à se baisser si une voiture apparaissait. Alors qu'ils se trouvaient au milieu du terrain, ils entendirent pépier à leurs pieds. Amadou fila comme l'éclair à la poursuite de l'animal, suivi par les deux autres chiens. Lorsque Edgar les rattrapa, ils s'agitaient devant l'entrée d'un terrier. Sur la route, une voiture approchait. Ils s'aplatirent et attendirent. Depuis un certain temps, il distinguait le vrombissement d'un petit avion. Quand il l'entendit à nouveau, Edgar regarda le ciel, sans apercevoir l'appareil. Dès que la voiture les eut dépassés, il frappa dans ses mains pour libérer les chiens qui filèrent. Au moment où il piqua vers un bouleau, il entendait presque le bruit de chaque cylindre du moteur. Il regroupa les chiens, qui, pour une fois, l'avaient suivi de près, sous un cornouiller. Quand l'avion passa au-dessus d'eux, il volait si bas qu'il distingua parfaitement le sigle des gardes forestiers.

Imbécile, tu comptais rester dans les bois, se morigéna Edgar.

Pendant une bonne heure, ils guettèrent le bruit de l'avion, en train de quadriller l'espace du nord au sud. Après quoi, il ordonna aux chiens de repartir. Il les garda soigneusement à couvert, les obligeant à contourner la moindre clairière, si petite fût-elle. En milieu d'après-midi, ils arrivèrent sur une piste à gravillons serpentant dans une pinède, le long de laquelle s'élevaient des poteaux entre lesquels étaient tendues des lignes à haute tension. À quelques centaines de mètres vers l'est, elle croisait une route goudronnée. Ils prirent la direction opposée, sans sortir de la forêt. Tendus, les chiens se déplaçaient la queue basse, le regard fou. Soixante-dix heures, compta fébrilement Edgar. Un œuf de tortue toutes les quatre heures. Une myrtille par heure pour lui. Enfin, la moitié d'une myrtille.

Un break couvert de poussière passa et ils se dirigèrent vers la lisière des arbres. Un peu plus loin, dans un virage, il vit la première cabane derrière laquelle étincelait le lac. Puis les autres, blotties dans les arbres : des poteaux munis de réflecteurs indiquaient l'entrée. Le ronronnement d'un hors-bord et les cris de chevaliers et de mouettes dominaient le ressac.

Le break avait tourné et s'était éloigné. Edgar emmena les chiens vers le premier cabanon. Aucune voiture dans l'allée envahie par les herbes. Les chiens, qui avaient compris qu'il se passait quelque chose, se donnaient des coups de museau et sautillaient.

Couché, signa-t-il. Ils gémirent avant d'obéir, l'un après l'autre.

Reste, insista-t-il. Reste.

Il avait déjà pris de mauvaises habitudes, pensa-t-il. Répéter les ordres était une chose, ne pas leur faire confiance en était une autre, bien plus grave, et il s'obligea à ne pas commettre la même erreur. Il s'avança et jeta un coup d'œil en arrière. Couchés dans l'ombre de la forêt, les chiens l'observaient. Alors il se dirigea vers la cabane, essayant d'avoir l'air naturel.

Ce n'était pas une cabane de pêcheur. Une fenêtre à guillotine était levée, les rideaux flottaient dans la brise. Des journaux et du courrier étaient éparpillés sur une table en formica. Deux vaches en céramique étiquetées S et P se faisaient la révérence. La cuisine, meublée de placards ordinaires, était équipée d'une glacière et d'une gazinière. Le comptoir était jonché de paquets de petits gâteaux, de chips, et de pain.

Ses mains tremblaient. Il tenta d'ouvrir la porte de devant, qui résista. Il retourna du côté de la fenêtre. Au fond de la cabane, il y avait une porte grillagée, fermée par un crochet et un œillet. Il la secoua. Sans succès.

Il regarda alentour. Personne ne prenait de bain de soleil sur la plage. Personne ne nageait près du ponton. Il courut chercher un bout de bois dans la forêt avec lequel il découpa une bande du grillage le long de la barre centrale de la porte. Il passa le bras, souleva le crochet et ouvrit. Après avoir enjambé les jouets éparpillés sur le sol du salon, il se retrouva dans la cuisine. Il inspecta tous les placards. Des rangées de boîtes de spaghettis à la sauce tomate, de porc aux haricots côtoyaient des macaronis au fromage, des popcorn, des petits pains et des pains de mie. Dans la glacière, il trouva des saucisses, du ketchup, de la moutarde et du chutney, ainsi que deux packs de six bières.

Il prit toutes les saucisses puis, se ravisant, il en remit un paquet en place. Il attrapa les boîtes de conserve, fouilla les tiroirs et glissa un ouvre-boîtes dans sa poche arrière. Enfin, à bout de patience, il rassembla son butin. À l'instant où il allait sortir, un des papiers traînant sur la table attira son attention. La vache du poivre était posée sur une feuille de journal dont le titre s'étalait en grosses lettres bleues.

Il ne pouvait en voir que la moitié : *FUG*

Reposant maladroitement les provisions, il tira la feuille glissée sous le journal. L'odeur si agréable de l'encre s'en échappa. Un avis figurait sous une mauvaise reproduction d'une photo de classe :

FUGUEUR

Edgar Sawtelle, disparu le 18 juin. Quatorze ans, un mètre soixante-huit, cheveux bruns. Incapable de parler, il sait écrire et utiliser le langage des signes. Il est possible qu'un ou plusieurs chiens l'accompagnent. Aperçu pour

*la dernière fois près de Mellen, il portait un jean bleu, des
chaussures de tennis et une chemise à manches courtes, à
carreaux rouge et marron...*

Il entendit aboyer dans les bois avant d'avoir pu terminer sa lecture. Il fourra le papier dans sa poche et ramassa
les boîtes et les saucisses. Une fois dehors, il dut se délester
des victuailles pour remettre en place le crochet de la porte.
Dès qu'il eut refixé, le mieux possible, le grillage, il ramassa
les provisions et traversa en courant la piste à gravillons.

Essai l'attendait à quelques pas de la lisière de la forêt,
Amadou et Sahib, pas très loin derrière. Sévèrement, il les
fit se coucher, puis il leur tourna le dos et se débattit avec
l'ouvre-boîtes. Il répartit les spaghettis en trois tas bien sépa-
rés. Les chiens gémirent, il les libéra. Ils bondirent, et en
un instant, tout fut avalé. Il ouvrait un paquet de saucisses,
en fourrait une dans sa bouche et tendait les autres aux
chiens.

Enfin, il se ressaisit. Il avait lu quelque part que, si on
mangeait après une longue période de jeûne, on risquait de
tout vomir. Pourtant, il ne se sentait pas nauséeux, plutôt
agréablement repu. Peut-être la mise en garde provenait-elle
de celui qui avait écrit qu'on pouvait survivre un mois sans
manger. Ils avaient tenu trois jours. Cela dit, il aurait été
idiot de ne pas attendre quelques minutes pour s'assurer que
tout allait bien. Les chiens flairèrent l'endroit où Edgar avait
répandu les spaghettis le temps qu'il compte jusqu'à cent.
Les saucisses, salées, lui donnaient soif.

Il prit le reste des provisions et battit en retraite dans
une clairière, loin des cabanons – l'endroit le plus accueillant
qu'il lui ait été donné de voir depuis des jours. Il s'assit en
tailleur. Les chiens l'entourèrent, cloués sur place, tandis
que, à la manière d'un magicien faisant un tour de prestidigi-
tation, il ouvrait une boîte de porc aux haricots.

Pirates

Ils erraient depuis dix jours ou peut-être plus... Edgar avait fini par perdre la notion du temps. Ils avaient établi de nouvelles règles de cohabitation. Il n'y avait plus aucun matériel – pas de laisse, de collier, de longue rêne ou de cerceaux – aucun des moyens utilisés au chenil pour se mettre d'accord sur les choses importantes : les façons de s'arrêter ou de repartir, quand rester au pied ou quand explorer, comment s'occuper les uns des autres. Il avait peu de récompenses à offrir, même pas de nourriture parfois, bien que ce fût de moins en moins fréquent maintenant qu'ils avaient appris comment forcer les maisons. Aussi, par nécessité, Edgar les observait-il davantage, s'arrêtait-il plus souvent, les caressait-il avec plus de douceur et d'attention qu'auparavant.

En contrepartie, les chiens apprirent que, s'ils patientaient sagement quand il leur en donnait l'ordre avant de disparaître dans un bungalow, il revenait toujours. Ils savaient depuis longtemps ce qu'on attendait d'eux lorsqu'ils étaient immobilisés dans la cour ou en ville. À présent, il exigeait qu'ils restent tranquilles, tenaillés par la faim, dans une clairière où des pics flamboyants martelaient le sol à la recherche de mille-pattes, où des écureuils les harcelaient, où une pierre volait au-dessus de leur tête et tombait dans les feuilles mortes. Plusieurs fois par jour, Edgar repérait un coin tranquille parmi les sumacs ou les fougères et il les faisait garder un petit truc – un bâton qu'il avait porté toute la matinée ou un bout de chiffon. Puis il disparaissait dans la forêt, prenant garde de ne pas provoquer la faute puisqu'il n'avait aucun moyen de les sanctionner. Plus tard, il noua du fil de pêche autour de l'objet et leur apprit à le suivre lorsqu'il bougeait. Quand ils réussissaient, Edgar réintégrait leur champ de vision et signalait la fin du travail. Il se jetait sur eux, se roulait par terre, les chatouillait, lançait l'objet pour qu'ils l'attrapent et veillait à ce que chacun reçoive ce qu'il préfère, quoi qu'ils aient appris.

Il apprit à connaître les limites de la patience de chaque chien, lesquelles n'étaient pas les mêmes. À l'arrêt, Sahib, aussi immobile qu'une statue, était prêt à s'endormir. Essai, toujours en alerte, était la plus tentée par le ricochet d'un caillou lancé dans les fougères. Quant à Amadou, qui aimait autant rester que bondir, il sauta deux fois sur Essai qui avait rompu l'ordre pour lui lécher le museau et la ramener dans le droit chemin.

Ils eurent plus de mal à assimiler qu'il était aussi important de fuir que de rester. Au bout d'un moment, Edgar put leur demander de trouver une autre cachette pour l'attendre. D'abord, ils ne s'aventurèrent pas plus loin que quelques mètres, ensuite, ils filèrent jusqu'à disparaître de son champ de vision. Ils comprirent aussi qu'il était essentiel de ne pas aboyer pour attirer son attention ou lorsqu'ils étaient excités. Ils s'entraînaient plusieurs fois par jour à ce genre d'exercices, chaque fois qu'ils en avaient assez de se frayer un chemin dans les sous-bois. Edgar commença à lier l'idée de fuir avec celle de surveiller ; il posait l'objet à garder par terre et éloignait les chiens, puis les faisait revenir près de l'objet, l'observer et le suivre alors qu'il le tirait de loin dans les feuilles mortes. Il passait des heures, le soir, à retirer les tiques et les bourres de leurs poils tandis qu'il vérifiait leurs pattes au moins cent fois par jour.

Et Edgar transigea sur sa vision de leur destin, afin de vivre. Ils ne pouvaient avancer qu'en fonction de ce qu'ils trouvaient à manger. Quel était l'intérêt de progresser vers le nord s'ils crevaient de faim à mi-chemin de leur incertaine destination ? Ils devaient garder un cap qui, tout en les maintenant à couvert, leur permettait de s'approvisionner – leur progression serait donc plus lente et leur trajet plus sinueux qu'il ne l'avait imaginé.

Il devint un cambrioleur, spécialisé dans les chalets de vacances et cabanes de pêcheurs. Le matin, quand les campeurs faisaient cuire du bacon et sauter des crêpes, Edgar et les chiens se cachaient dans les hautes herbes. Les maisonnettes ne tarderaient pas à être désertes, prêtes à être dévalisées. Maîtrisant désormais l'art d'entrer sans effraction, Edgar quittait toujours les lieux sans avoir pris assez de choses pour qu'on le remarque. Jamais il ne subtilisait d'objet encombrant, qui aurait pu le ralentir. Il se contentait d'un ouvre-boîtes ou d'un canif. Plus tard, une brosse à dents tant leur régime lui irritait les gencives et lui faisait mal aux dents. Ou encore une canne à pêche d'enfant de la marque Zebco assez petite pour être transportée à travers bois, une sacoche de pêcheur contenant un bouchon et une boîte d'hameçons. Il devint assez habile pour les nourrir tous – surtout de fritures, mais il réussissait parfois à attraper des perches ou des poissons-chats. S'ils s'endormaient le plus souvent sans être vraiment rassasiés, ils avaient rarement le ventre vide. Les cabanes leur fournissaient quantités de Twinkies[1], Suzie-Qs[2] et Ho Hos[3], ainsi que du jambon en boîte, des tartelettes à la crème, des chips de maïs et du beurre de cacahuètes, sans oublier des tonnes de Wheaties et de Cap'n Crunch[4] qu'il avalait avec un soda, et enfin une ribambelle de saucisses, saucissons, sardines et barres chocolatées. Il trouvait parfois de la nourriture pour chiens que les siens avalaient à même ses mains comme s'il s'agissait d'un mets d'une rare délicatesse.

Et il volait du Off[5], le baume d'apaisement, l'ambroisie de la peau. Prodigieux, merveilleux, miraculeux Off – par-dessus tout, celui appelé Deep Woods au parfum âcre et à la viscosité huileuse, était devenu aussi vital que l'eau ou la nourriture : une journée entière sans attaque de taons,

---

1. Gâteaux spongieux fourrés à la crème.
2. Marque proposant toutes sortes de condiments pour barbecue, viandes séchées…
3. Gâteaux fourrés à la crème au chocolat.
4. Marques de céréales pour petit déjeuner à base de pétales de blé et de son pour Wheaties et de maïs et d'avoine pour Cap'n Crunch.
5. Marque d'anti-moustiques

une nuit à l'abri des moustiques. Il le volait dans toutes les cabanes qu'il visitait – des stocks entiers, sans le moindre remords. Partout où ils restaient plus d'une journée, il faisait une réserve de deux ou trois de ces aérosols blanc et orange ainsi qu'un lot d'antiseptiques Bactine.

Les jours de pluie étaient pénibles. Quelquefois, ils ne trouvaient qu'un pin gris pour s'abriter et, si par malheur le vent soufflait, ils étaient trempés tout de même. Et les nuits pluvieuses, où d'énormes orages éclataient, étaient un supplice pour Edgar. S'il regardait trop longtemps tomber la pluie, soit il ne voyait aucune silhouette entre les gouttes et se sentait abandonné, soit il distinguait quelque chose – ombre, mouvement, forme – et il criait en silence, malgré ses bonnes résolutions.

Les autres chiens posaient problème. Certains, idiots, fonçaient dans les bois dès qu'ils avaient repéré leur odeur malgré les cris de leurs maîtres : reviens, à la maison, viens jouer... D'autres faisaient le clown en se roulant sur le dos, ou cherchaient la bagarre tels des francs tireurs. Sahib, surtout, en prenait ombrage et, ignorant les protestations d'Edgar, il menait ses frère et sœur dans une charge sauvage jusqu'à ce que les maraudeurs se carapatent en hurlant.

Ils passaient de lac en lac comme s'ils enjambaient des pierres pour traverser un ruisseau, se déplaçant vers l'ouest dans la forêt de Chequamegon. Parfois, Edgar découvrait le nom des lacs sur des dépliants dans les cabanons – Phoebus, Duckhead, Yellow –, mais la plupart du temps on les désignait comme : Le Lac. Sans carte, ils se retrouvèrent à un moment donné encerclés par les marais, obligés de faire machine arrière. Les chiens étaient devenus imbattables pour dénicher des œufs de tortue : l'un ou l'autre repérait soudain une piste, la suivait et se mettait à creuser. Presque à maturité, les œufs étaient aussi affreux que délicats. Edgar donnait malgré tout un coup de main et en empochait, ils lui serviraient de récompense. Il arpentait les berges pour que les grenouilles bondissent des joncs au profit des chiens qui les dévoraient.

Il volait des allumettes dès qu'il en voyait. Pendant la journée, il se gardait de faire du feu, se méfiant des gardes forestiers qui surveillaient la fumée de leurs miradors, mais le soir venu, il s'autorisait à en allumer de petits qu'il alimentait de bouts d'écorce de bouleaux. Après les avoir éteints en jetant de la terre dessus, il s'endormait avec les chiens, écoutant les jappements des castors. À l'aube, les plongeons s'égosillaient.

*

Le lac s'appelait Scotia. La foule de campeurs qui y avait déboulé pour le congé du 4 juillet était telle qu'Edgar et ses chiens avaient été obligés de s'éloigner des chalets et campings. Le bruit des pétards avait retenti trois nuits de suite, et il ne put savoir laquelle était celle du 4 juillet. Il s'était approché du lac par les bois, en face d'un petit campement qui se dressait sur l'autre rive. Il repéra un coin bien à l'intérieur de la forêt. Il s'apprêtait à enflammer une pyramide de bouts de bois et d'écorces de bouleau quand une succession de sifflements résonna au-dessus du lac. Pivotant, il aperçut des traînées rouges qui éclatèrent avec un bruit sourd. Il emmena les chiens au bord de l'eau et ils s'installèrent au milieu d'une pinède sur une langue de sable. Des étoiles flamboyaient entre les nuages sculptés qui emplissaient le ciel. Une douzaine de feux de camp étaient allumés dans le camping. Edgar entendit de la musique, des rires, des cris d'enfants. Des silhouettes couraient entre les flammes et le lac, fouettant l'air de cierges magiques. Une sorte de scarabée incandescent voletait sur la plage en crépitant.

Une nouvelle série de fusées apparut au-dessus de l'eau. Une salve de pétards éclata. Des fleurs, des simples ou des doubles, grosses comme des lunes, s'épanouirent tandis que les particules rouges et bleues de leur sillage retombaient dans l'eau où elles se reflétaient avant de s'éteindre. Les chiens regardaient sans bouger. Puis Essai alla flairer une des braises célestes au bord du lac et, se tournant vers Edgar, elle réclama une explication. En guise de réponse, il se contenta de lui passer une main sous le ventre.

Une radio diffusa une chanson aussitôt reprise par quelques campeurs dont les voix vibrèrent au-dessus de l'eau. Un hurlement de chien déclencha des éclats de rire. Il continua néanmoins à pousser ses cris stridents. Au bout d'un moment, Amadou lui répondit. Essai se redressa d'un bond et lui lécha le museau. Comme cela n'eut aucun effet, elle se joignit à lui et Sahib ne tarda pas à s'associer au trio. Après avoir écouté comme s'il réfléchissait à une proposition, le chien du camping reprit sa tyrolienne. Edgar avait beau savoir qu'il devait les faire taire, la sonorité l'envoûtait. Se sentant plus seul qu'à l'ordinaire, il avait du mal à résister à l'envie d'être relié, si peu que ce fût, à ces gens qui s'amusaient. Les chiens chantèrent, les campeurs rirent, reprirent le refrain en chœur et, au bout du compte, ils hurlèrent tous dans la nuit, hormis Edgar.

Enfin, les chiens se turent ainsi que les campeurs. Le silence régna un instant, et du flanc de la colline au nord du lac, où il n'y avait ni campings ni feux, s'éleva un oooooooooohr-ohr-ooooh de basse profonde se terminant en un pic aigu. Un hurlement qu'Edgar reconnut sur-le-champ, bien qu'il ne l'ait entendu qu'une fois au chenil – un cri tellement désespéré qu'il dissipa la douceur de juillet qui se réfugia dans les étoiles. Essai fut la première à sursauter, les poils hérissés, puis ce fut au tour de Sahib et Amadou. Edgar posa les mains sur leur dos pour qu'ils se recouchent avant de marcher jusqu'aux galets polis par le vent. Il attendit. Un éclat de rire nerveux lui parvint de l'autre rive. Ensuite, les bruits de la nuit reprirent le dessus : stridulations des criquets, froissement du vent dans les branches tandis que le grondement des éclairs de chaleur, les hululements des chouettes, les appels des rossignols et des engoulevents, résonnaient au loin. Le hurlement, lui, n'avait retenti qu'une seule fois.

*

Cette nuit-là, il rêva d'Almondine, de son regard qui ne cillait pas lorsqu'elle attendait la réponse à une question. Cela le tira du sommeil mais elle réapparut quand il se rendormit. À son réveil, il se sentit malheureux et las, et fit le point sur ce qui lui manquait : les corvées du matin, la simplicité d'un petit déjeuner à table, la télévision – le film de l'après-midi sur la chaîne WEAU du Wisconsin. Le velouté du gazon. Ce qu'il regrettait le plus, juste après Almondine, c'étaient les mots – la voix de sa mère, *Le Nouveau Dictionnaire encyclopédique Webster*, la lecture et les mots qu'il adressait en langue des signes aux chiots des boxes de maternité.

Il avait faim. Il prit la canne à pêche et la musette, recouvrit les cendres de feuilles mortes et emmena les chiens à l'endroit où il avait pêché la veille. Sortant un bout de collant féminin de la besace, il releva son pantalon et entra pieds nus dans l'eau. Grâce à son filet de fortune, il captura une poignée de vairons. Quelques minutes plus tard, il attrapa une môle qu'il vida et garda de côté pour les chiens avant de fixer un autre vairon à son hameçon. Les chiens eurent droit à leur part, tour à tour. Edgar y veilla. Il écailla, préleva les filets, jeta les arêtes et, enfin, lança à chacun deux têtes qu'ils allèrent croquer. Quant à lui, il refusait de manger du poisson cru. Au sud, il y avait un chalet qu'il avait déjà visité : s'il ne réussissait pas à y pénétrer maintenant, il devrait patienter jusqu'au soir pour faire cuire son poisson.

Laissant ses affaires sur place, il appela les chiens. À proximité du chalet, il les immobilisa et s'avança dans les broussailles pour voir de plus près. Une allée en terre battue menait au chalet, au bord de l'eau. Il était peint en rouge vif tandis que les moulures de ses fenêtres étaient d'une blancheur impeccable. Deux familles chargeaient une voiture. Edgar retourna auprès des chiens et attendit. Il entendit les enfants bavarder, les portières claquer et le moteur démarrer. Dès que le silence fut retombé, il fit avancer les chiens jusqu'à l'orée de la clairière.

Un deuxième véhicule, une berline marron au toit en similicuir, était garé dans la cour envahie de mauvaises herbes. Il n'y avait aucun bruit hormis celui émis par deux écureuils gris qui sautillaient sur le toit. Il regarda par une fenêtre, puis frappa à la porte. Pas de réponse. Soulevant la guillotine, il se faufila à l'intérieur. Il ressortit quelques minutes plus tard portant deux sandwiches au beurre de cacahuètes, un paquet de bacon et une plaquette de beurre. Dans une de ses poches arrière, il avait glissé une barre chocolatée et, dans l'autre, une bouteille de Off.

Comme il repassait devant la berline, il se rappela avoir vu des clefs briller sur le comptoir dans le chalet. Par la fenêtre du conducteur, il jeta un coup d'œil au levier de changement de vitesses, où un H était gravé. Il avait beau se douter qu'il n'était pas capable de la conduire, il s'imagina, l'espace d'un instant, au volant, roulant sur la grande route, fenêtres baissées, Essai à l'avant, Sahib et Amadou à l'arrière, la tête à l'extérieur, dans le vent d'été.

Et puis quoi ? Jusqu'où pourrait-il aller dans une voiture volée ? Avec quoi achèterait-il de l'essence ? Que mangeraient-ils ? Même s'ils se déplaçaient très lentement, au moins trouvaient-ils de quoi se nourrir à peu près chaque jour en ce moment. Avec une voiture, ce serait impossible de faire le guet devant les maisons, sans compter qu'elle mettrait un terme à la fable de leur disparition. Ça faisait une semaine que l'avion des gardes forestiers ne survolait plus la forêt. À part le premier jour de leur fuite, il n'avait pas vu la moindre voiture de police patrouillant les routes. En revanche, un voleur de voitures ne passe pas inaperçu. On peut le poursuivre, le pister, l'attraper. Et même s'ils n'empruntaient que les routes secondaires (encore fallait-il qu'il les repère), leur quatuor était un spectacle à lui tout seul. Le vol d'une voiture signait la fin de leur existence fantasmagorique et le retour à la réalité.

Il se traîna jusqu'à l'endroit où les chiens, allongés, haletaient. Il s'assit, leur distribua des tranches de bacon et pressa des morceaux de beurre entre ses doigts pour qu'ils puissent en lécher sur son poing fermé. Après quoi, ils réclamèrent ses sandwiches au beurre de cacahuètes.

Dégagez, signa-t-il. Il virevolta plusieurs fois de suite puis, de guerre lasse, il leur donna un bout à chacun en échange de petits exercices : couché, va chercher un bâton, sur le dos. La barre au chocolat, que la chaleur de son corps avait fait fondre, il la savoura tout seul. Après s'être léché les doigts il se mit en route vers le coin qu'il avait repéré pour la nuit.

*

Ils s'étaient blottis tous les quatre dans une clairière située à proximité de l'endroit où Edgar, enduit de Off, avait pêché. Ce dernier commençait à s'assoupir, tandis que les chiens, étirés comme des alligators, l'encerclaient. Les nuages défilaient au-dessus de la cime des arbres. Les vagues s'infiltraient entre les roseaux de la berge. Des voix étouffées traversaient le lac : « Maman, où est ma pelle ? Je croyais t'avoir dit de ne pas faire ça ! » Des rires. Le cri d'un bambin heureux. « Va remplir ça avec l'eau du lac. » Des claquements de portières. Un entrechoquement de vaisselle. Un bris de bouteilles. « Certainement pas dans la voiture. »

Sahib, qui dormait en geignant et remuant ses pattes, rêvait qu'il pourchassait des campagnols dans des galeries envahies de mauvaises herbes. Il se voyait probablement aussi petit que ses proies, en train de bondir derrière elles et de gagner du terrain, tout en retrouvant de temps à autre sa taille réelle. Comme les autres chiens, il absorbait la chaleur de l'après-midi et soupirait bruyamment, attentif au clapotis de l'eau et au bruissement des feuilles agitées par le vent.

Au début, les chiens croyaient qu'ils étaient partis sur un coup de tête et ne tarderaient pas à rentrer au bercail. À présent, leur univers était un monde sans amarres et ils se déplaçaient en transportant leur maison tandis que la Terre tournait sous leurs pieds. Ruisseau, forêt, marais, lac, Lune, vent. Sans oublier le soleil qui, pour l'heure, s'insinuait entre les cimes des arbres pour les faire cuire à petit feu. Au chenil, ils avaient souvent dormi avec Edgar – dans le grenier, dans sa chambre voire dans la cour – mais jamais comme les nuits précédentes, tellement près de lui que le moindre de ses mouvements les mettait en alerte. Et ils se levaient, le poil hérissé, pour le regarder lutter contre un danger invisible. Ils baissaient la tête en grognant et inspectaient les environs. Avec sa peau bleuie par le clair de lune, son visage enfoui dans ses bras et le sang qui pulsait dans ses veines, il leur paraissait d'une extrême vulnérabilité. Dans ces moments-là, Essai était la seule à filer pour chasser dans le noir.

Inquiets, chaque fois qu'Edgar s'en allait, en quête de nourriture, ils se livraient à d'interminables conciliabules. Il est parti. Il va revenir. Et s'il ne revient pas, que se passera-t-il ? En son absence, les arbres ployaient souvent sous le poids de geais et d'écureuils absorbés dans de vilaines disputes. Tantôt il rapportait des nourritures inconnues, tantôt il déboulait, les mains vides, mais prêt à jouer.

Cet après-midi-là, ils avaient mis de côté leurs soucis. L'endroit était familier. Il n'y avait rien d'autre à faire qu'à gober les mouches et se prélasser au soleil. Plus hypnotisé par la chaleur qu'eux, Edgar somnolait à moitié. Il n'avait pas perçu l'odeur qui s'était infiltrée dans la clairière, ni réagi aux bruits que les chiens avaient entendus, tour à tour. Ce ne fut qu'au moment où ils se levèrent brusquement – Essai en premier, Amadou en second et, enfin, dans un grand bruissement de feuilles, Sahib – qu'Edgar s'éveilla et vit ce qui s'était passé.

*

Quand la plus jeune des fillettes parvint à la clairière, elle avait déjà tiré les choses au clair avec son amie. Elles étaient arrivées dans une allée qui coupait à travers bois et menait à un chalet rouge. Il semblait désert bien qu'une voiture fût garée dans les mauvaises herbes. Elles se frayèrent un chemin dans la forêt et longèrent le rivage à la recherche d'une plage. Lorsqu'elles finirent par trouver la langue de sable, la plus grande s'assit, le dos appuyé à un arbre et regarda les campements de l'autre côté du lac. Flânant dans les roseaux, la plus petite tomba sur la musette et la canne à pêche d'enfant. Elle parcourut le lieu du regard. Un rai de lumière éclairait une clairière dont elle s'approcha dans l'espoir d'y trouver les fleurs blanches à trois pétales, ses préférées.

L'adolescent l'observait déjà quand elle leva les yeux. Debout au fond de la clairière, il était élancé, apparemment souple et une grosse mèche retombait sur son front et ses yeux. Autant de caractéristiques qui suggéraient la jeunesse, même si sous le brillant soleil son visage donnait l'impression d'être aussi ridé que celui d'un vieillard. Aussitôt, il fut rejoint par trois animaux, l'un devant lui, les deux autres qui l'encadraient. Des loups, pensa-t-elle tout d'abord. Non, bien sûr que non, il s'agissait de chiens – des bergers sans doute, bien qu'elle n'en ait jamais vu de semblables. Ils avaient un poil noir et feu tandis que leur queue leur balayait les pattes arrière. Ce qui la frappa le plus toutefois fut l'immobilité absolue de leur corps, surtout de leur regard, fixé sur elle.

Le garçon fit un geste. Un chien s'éloigna dans les bois, les deux autres foncèrent droit vers elle, roulant des épaules comme des lions tandis qu'ils se ramassaient et se détendaient. Elle en resta bouche bée. Quand elle leva les yeux, le garçon la désignait du doigt. Il porta son index à ses lèvres, puis tendit une paume, une façon de lui signifier qu'elle avait intérêt à se taire et à ne pas bouger.

Les deux chiens qui l'avaient rejointe s'immobilisèrent devant elle, l'un à droite, l'autre à gauche. Sans avoir l'air agressif, ils ne semblaient pas vraiment bienveillants non plus. Instinctivement, elle recula d'un pas et un grognement inquiétant se fit entendre dans son dos. Se figeant, elle tourna la tête. Le troisième chien se trouvait derrière elle et effleurait du museau l'arrière de ses genoux. Il lui renifla la jambe, puis la regarda. Quand elle eut reposé son pied, les deux autres chiens se rapprochèrent, ce qui la fit légèrement vaciller comme si elle était prise dans un étau qui se resserrait peu à peu. Dès qu'elle eut retrouvé son équilibre, les chiens reculèrent.

Elle regarda de l'autre côté de la clairière. Le garçon avait disparu.

Son amie l'appela : « Jess ? On y va, Jess ? » La fillette voulut répondre, mais quelle serait la réaction des chiens si elle commençait à crier ? Et puis, il y avait quelque chose de fascinant dans leur façon de la regarder si fixement, en se tenant tout juste hors de sa portée. Ils ne cherchaient qu'à l'empêcher de bouger, du moins en avait-elle vraiment l'impression. Et ils étaient splendides avec leurs sourcils couleur de miel surplombant des yeux bruns où brillait une extraordinaire ... quoi ? Sollicitude ? Une sollicitude empreinte de sérénité. Que se passerait-il si elle leur parlait ? S'approcheraient-ils pour la toucher ?

Comme elle était sur le point de s'y risquer, elle entendit un claquement sec, à deux reprises. Aussitôt, le chien de droite se mit en mouvement, plongeant dans les fourrés. Celui derrière elle fit de même quelques instants plus tard, en revanche le troisième continuait à l'observer. Il avança d'un pas et flaira l'ourlet de son short, tremblant. Elle tendit la main. Il recula immédiatement, l'air contrit en quelque sorte, avant de décamper. Elle tendit le cou pour le regarder galoper d'un pas sûr et élégant. Les deux autres l'attendaient une dizaine de mètres plus loin, à côté du garçon qui, à genoux, faisait des gestes pour l'attirer à lui. Une fois le chien près de lui, il passa une main experte sur ses flancs et ses pattes comme si, fort d'une longue expérience, il cherchait une blessure. La petite canne à pêche qu'elle avait remarquée plus tôt était posée par terre près de lui, il portait la musette en bandoulière. Il se releva. Après lui avoir lancé un dernier regard, les chiens disparurent et les taillis se remirent en place.

Elle exhala.

Je devrais avoir peur, mais ce n'est pas le cas. Rien de tel ne m'arrivera plus jamais, conclut-elle, étonnée que cette pensée lui ait traversé l'esprit.

Elle attendit encore un moment, poussa un cri et, au pas de charge, se précipita dans la direction de la voix de son amie.

*

Edgar les força à avancer jusqu'à ce que l'obscurité l'empêche de voir quoi que ce fût. Contrairement à la nuit de leur première fugue où une lune pleine brillait dans un ciel dégagé, il n'y avait qu'une petite corne de lumière. Il choisit un coin à proximité d'un bosquet de pins et rassembla des aiguilles en prenant soin d'en ôter la résine. Il ordonna aux chiens de se coucher, qui, comprenant du coup qu'ils n'auraient rien à manger ni à boire, protestèrent en un chœur de grognements et de lamentations.

Quatre jours et demi sur les bords du lac Scotia. Ils auraient dû se diriger vers l'ouest et le nord, mais ils s'étaient attardés dans un endroit où il était facile de se nourrir, au risque d'être repérés. Edgar savait que c'était une erreur, malgré sa prudence. Au hurlement de la nuit du feu d'artifice, venait s'ajouter la fillette, qui l'avait dévisagé et longuement scruté les chiens. D'ailleurs, il l'avait entendue crier comme ils s'éloignaient de la clairière : « Hé, Diane ! Diane ! Par là ! Mon Dieu ! Tu ne vas jamais me croire ! »

Qui que fût Diane, elle la croirait, tout comme ses parents et le shérif du comté. La seule solution, c'était d'avancer le plus vite et le plus loin possible en évitant les routes – le plan d'origine. Le seul qu'il ait conçu. La lumière déclinait et ils avaient couvert environ quatre kilomètres. S'ils accéléraient suffisamment, ils réussiraient sans doute à en parcourir six ou huit le lendemain en restant dans les bois.

Il y avait néanmoins de bonnes nouvelles. La première, c'était que la canne à pêche Zebco avait survécu à leur fuite effrénée. Dès la route de la forêt traversée, Edgar avait coupé l'hameçon et l'avait rangé dans la boîte en carton qu'il gardait dans sa poche arrière et, coinçant la canne sous un bras, il s'était frayé un passage dans les taillis. La deuxième, c'était la perfection avec laquelle les chiens avaient interprété le jeu de surveillance. Quel beau spectacle que leur approche de la petite dans la lumière, Edgar avait eu envie de les regarder sans bouger. Ils l'avaient encerclée. Chaque fois qu'elle esquissait un mouvement, chaque fois qu'elle changeait de position, ne serait-ce que d'un millimètre, l'un ou l'autre l'obligeait à rester tranquille. Et au moment de prendre la fuite, ils s'étaient collés à lui en silence.

Edgar entendit gargouiller le ventre d'Essai, qui était couchée, sa tête près d'un de ses genoux. Il reprit ses calculs : à pied, en coupant à travers bois, sauf pour chercher de l'eau et des vivres, ils devraient faire au moins six kilomètres par jour, soit cent quatre-vingts en un mois. C'était le début du mois de juillet. La frontière canadienne n'était pas à plus de deux cents kilomètres, enfin il l'espérait. Vers la mi-août, ils devraient être arrivés.

Il lui faudrait une carte sous peu. S'ils ne traînaient pas, ils ne seraient plus pour longtemps dans la forêt de Chequamegon.

*

Le lendemain matin, une bruine se mit à tomber, si fine que les gouttelettes s'évaporaient sur le poil des chiens. Vers midi, elle se transforma en pluie et, apercevant un pin à large frondaison, ils se réfugièrent dessous pour attendre une accalmie. Une demi-heure plus tard, des torrents assourdissants s'abattaient, leur bouchant la vue. De l'eau giclait par intermittence de l'arbre qu'ils avaient adopté et, sans crier gare, un flot glacial se déversait sur leur dos. Dès que l'idée de se mouiller davantage lui semblait possible, Edgar tendait le cou, à l'affût de l'amorce d'une éclaircie. Les chiens grognaient ou somnolaient, couraient uriner sous la pluie et, au retour, s'ébrouaient près de l'arbre ou parfois – au grand dam de tous – juste en dessous. Sous le pin, ça puait le chien mouillé. Au bout d'un moment, Edgar, incapable de trouver une position confortable où il serait au sec, avait mal partout. Seul, Sahib garda une certaine égalité d'humeur, la tête sur les pattes, il était hypnotisé par le spectacle des cascades d'eau au point de rouler sur son dos, histoire d'observer le processus à l'envers.

Au début, Edgar pensa au côté pratique : ils devaient se remettre en route. Il sonda sa faim afin d'évaluer celle des chiens. Il s'était fait une idée du temps qu'ils pouvaient passer sans manger. Ça les perturbait de jeûner une journée mais ce n'était pas dangereux pour eux. À vrai dire, ce n'était pas grave, sinon en matière d'inconfort, de rester vingt-quatre heures bloqué sous un arbre. Après tout, ils le faisaient depuis trois jours ?

À mesure que la journée s'écoulait, une pensée commença à le tracasser. Pour la première fois depuis qu'ils avaient franchi le ruisseau en lisière de leur terrain, il souffrait d'être loin de chez lui au point de susciter une interminable litanie de souvenirs. Son lit. Le grincement de l'escalier. L'odeur du chenil, ravivée au fil du temps passé sous l'arbre. Le camion. Les pommiers, ployant sûrement sous les fruits en cette saison. Sa mère, même s'il était en proie à des émotions contradictoires. Et par-dessus tout, Almondine, qui lui manquait énormément. Une vague de tristesse profonde l'envahit à l'apparition de son image. Les chiens qui l'accompagnaient étaient de bonnes bêtes, excellentes, mais ils n'étaient pas Almondine, la dépositaire de son âme. Il n'en continuait pas moins à échafauder des plans pour s'éloigner d'elle sans savoir s'il rentrerait. Un retour était impossible. Il la revit, le dernier jour, couchée dans la cuisine, l'air découragé, le suivant des yeux alors qu'il se détournait. Son museau avait incroyablement grisonné au cours de l'année. Autrefois, elle le précédait en bondissant dans l'escalier au pied duquel elle l'attendait. Depuis peu, elle n'arrivait plus à se mettre debout certains matins si bien qu'il devait soulever les pattes arrière et marcher à côté d'elle tandis qu'elle descendait précautionneusement les marches.

Ce qu'elle avait perdu en agilité, elle l'avait gagné en perception – dans sa faculté de lire en lui. Comment avait-il pu l'oublier ? Comment avait-il oublié qu'au cours des mois qui suivirent le décès de son père elle était la seule capable de le consoler à coups de museau au moment requis pour rompre la spirale du désespoir. Comment avait-il oublié qu'elle l'avait sauvé à plusieurs reprises, simplement en s'appuyant sur lui ? Il avait laissé tomber Almondine, le seul être au monde qui regrettait autant son père que lui.

Pourquoi n'avait-il rien compris ? À quoi pensait-il ?

Il lui suffisait de fermer les yeux pour avoir de nouveau la sensation de la main de son père qui s'enfonçait en lui et la certitude que son cœur allait s'arrêter de battre. Une réminiscence aussi aveuglante que celle de la naissance – porteuse de destruction si on s'en souvenait dans tous ses détails. Edgar ne parvenait pas à la dissocier de l'image de son père gisant, bouche bée, sur le sol, ni du dernier souffle qu'il avait arraché à son corps. Puis il se rappela l'expression de Claude le jour où Essai avait trottiné vers lui la seringue dans la gueule ainsi que le pissenlit blanc entouré de l'herbe décolorée. Enfin, il pensa au Dr Papineau au pied de l'escalier de l'atelier, les yeux ouverts et la tête tournée.

Avant de réaliser ce qu'il faisait, il se retrouva à courir sous la pluie. Peu importait la direction, il fallait qu'il bouge. Il baissa les yeux, les chiens bondissaient près de lui. Ses vêtements trempés avaient beau avoir la température de son corps, la pluie annihilait la chaleur. Il se jeta dans les broussailles, se rua dans les fourrés, trébucha, se releva, recommença à courir. De véritables prairies apparurent pour la première fois depuis leur départ. Deux fois, ils traversèrent des pistes caillouteuses – d'étranges lignes de boue ocre. Tout coulait à travers lui, lavait ses pensées. Le tapotement insensé de la pluie sur sa peau, ni tiède ni froide, n'était pas désagréable. Une averse de juillet n'aurait jamais dû les arrêter, c'était périlleux d'être restés aussi longtemps tranquilles. Ils franchirent des clôtures, de plus en plus nombreuses, certaines – rouillées, au ras du sol, à peine visibles – étaient plus dangereuses. Il arracha toutes les myrtilles qu'il trouva, les offrant aux chiens qui les roulaient dans leur gueule avant de les avaler à contrecœur. La boîte d'hameçons en carton s'était désagrégée dans sa poche et les crochets s'enfonçaient dans sa peau. Il passa une heure à extraire les hameçons de ses fesses qu'il enveloppa ensuite d'écorces de bouleaux. Lorsqu'il eut terminé, le bout de ses doigts était plissé, à vif.

À l'approche du crépuscule, les nuages se disloquèrent et la pluie faiblit. Des pans de ciel bleu apparurent. Ils aperçurent un petit champ, au bout duquel se dressait une vieille grange solitaire. Edgar enleva ses vêtements détrempés et les étendit par terre. Avant même que la première étoile ne scintille, ils dormaient, pelotonnés les uns contre les autres, à la lisière de la forêt de Chequamegon.

Le lendemain matin, à son réveil, obnubilé par la sensation d'avoir une tonne de sable sur les membres, il ne s'aperçut ni de la disparition des chiens ni de l'heure tardive. Se couvrant le visage du bras, il s'allongea sur le dos et réchauffa son torse au soleil. L'absence des chiens blottis contre lui ne signifiait rien – seul comptait le désir du rêveur de retourner naviguer dans la mer des rêves d'où il avait été drossé. Quand ses yeux s'ouvrirent enfin, il contempla les herbes aplaties de l'endroit où Amadou aurait dû dormir avant de se redresser et de parcourir les environs du regard. Devant lui, un champ envahi de chiendent et de laiterons s'étirait jusqu'à la grange qu'il avait repérée la veille au soir. Deux faucons planaient au-dessus de la prairie, chassant et plongeant.

Un des chiens – Essai ? – jaillissait tel un marsouin au milieu du champ, suivi des deux autres, apparaissant et disparaissant dans les hautes herbes. Il frappa dans les mains et ils se frayèrent un chemin en zigzaguant et sautant. Essai finit par surgir à découvert, un énorme serpent jarretière marron et noir à gros ventre, presque aussi long qu'elle, dans la gueule. S'immobilisant devant Edgar, elle le secoua jusqu'à ce que son corps sans vie se torde dans l'air. Sahib et Amadou firent quelques tentatives pour lui dérober sa proie. Elle fonça à droite, à gauche, mais Amadou réussit à attraper la queue du serpent. Au cours de la bagarre le serpent se scinda en deux et un chapelet d'entrailles se dévida. Sahib et Amadou se disputèrent de la même façon les restes du serpent ; au bout du compte, chacun battit en retraite avec sa part.

Berk, pensa Edgar en s'éloignant. Il n'était pas tant dégoûté parce qu'ils mangeaient le reptile – malgré son odeur pestilentielle – mais parce qu'ils le dévoraient tout cru. Il aurait pu le leur faire cuire si les allumettes au fond de sa poche étaient sèches. À ceci près qu'ils l'avaient englouti avant même qu'il n'ait fini de s'habiller. Nul doute, à en croire son estomac, qu'ils étaient affamés. La priorité, c'était de trouver de la nourriture.

Il finit d'enfiler ses vêtements mouillés, rassembla les chiens et ils avancèrent dans le chiendent, la molène et le laiteron. Les chiens patinaient autour de lui, improvisant des figures calquées sur ses foulées. La vieille grange se dressait sur le bord d'une route goudronnée parsemée de mauvaises herbes, sans maison alentour. C'était la première grange qu'ils croisaient. Edgar en conclut qu'ils avaient enfin traversé Chequamegon et entraient à nouveau dans une région agricole. Il appuya un œil sur un interstice de la largeur d'un pouce entre deux planches de bardage. À l'intérieur, il y avait une herse à disques et une charrue, chacune avec son siège en métal, ainsi qu'une charrette à foin disloquée dont l'arrière s'affaissait tel un masque tragique. Un très vieux semoir constitué de couteaux et d'entonnoirs se profilait au fond. Des rais d'une lumière en dents de scie zébraient les outils et le sol en terre battue couvert de foin comme s'il regardait à travers la carcasse d'un immense oiseau qui l'avait dévoré de l'intérieur et s'y était piégé.

Loin de s'intéresser à la grange, les chiens furetèrent du côté des barbelés d'une clôture démantelée qui longeait la route, flairant chaque laurier de Saint-Antoine ou liseron enroulé autour des piquets. Edgar se dirigea vers la route où il ne trouva pas la moindre trace de ligne jaune. Regardant les chiens courir vers lui, il les trouva bien guillerets. On aurait dit qu'ils étaient soulagés de reprendre une vie itinérante après avoir été cloués au sol par la pluie. Ils sautèrent ensemble un fossé peu profond, puis franchirent un rideau d'arbres, où se trouvait une clôture, impeccable cette fois. Les chiens se glissèrent dessous, en ralentissant à peine.

Ils découvrirent, sur le versant d'une colline, un champ de tournesols plus hauts qu'Edgar – des rangées d'énormes grosses tiges d'un vert cendré, couronnées d'assiettes aux cannelures duveteuses, toutes tournées vers le soleil levant. Ils avancèrent en lisière du champ, une marche aisée, jusqu'à ce qu'une voiture se profile au loin sur la route goudronnée. Edgar lança un dernier regard à la vieille grange, puis battit le rappel en se frappant la jambe. Ils plongèrent entre deux rangées de tiges de tournesol.

À la périphérie de Lute

Ils étaient à peu près à mi-pente quand les tournesols cédèrent la place à une parcelle découverte. Edgar s'arrêta pour observer les environs. En bas, le champ débouchait sur une cour de ferme plantée d'arbres. Simple et carrée, la maison était percée de lucarnes et avait un toit de bardeaux marron. Une grande allée dessinait une boucle derrière et s'arrêtait devant un bâtiment ouvert, une charretterie ou un hangar. Une vieille voiture toute cabossée était garée à proximité. Il n'y avait personne, aucun chien dans la véranda à l'arrière de la maison, aucun bruit dans la petite grange au fond de la cour. Edgar ne perçut qu'un bourdonnement de milliers d'abeilles butinant le nectar poisseux qui luisait sur les têtes des tournesols. Le champ était long et étroit, bordé d'un côté par une clôture barbelée et de l'autre par une haie. Un château d'eau aigue-marine, au ventre rond, dominait la cime des arbres. Les cumulus clairsemés dans le ciel bleu planaient avec langueur, délimitant les contours du paysage de leurs ombres. Un nom de ville était peint en grosses lettres blanches sur le réservoir : Lute.

Edgar rappela les chiens et, tenant leurs museaux, passa un doigt sur leurs gencives afin d'évaluer leur soif. Il en profita pour vérifier si Essai était d'humeur fugueuse ou non et si Amadou et Sahib étaient agités. Quand il fut sûr qu'ils resteraient près de lui – ils s'étaient mis d'accord –, ils s'élancèrent au bout du champ.

Au cours de son apprentissage de cambrioleur, Edgar avait appris à ne pas perdre de temps à spéculer sur le fait qu'un endroit était inoccupé ou en avait simplement l'air – il suffisait de frapper à la porte et de fuir s'il entendait bouger à l'intérieur. Qui plus est, la faim le rendait impatient. Il ordonna aux chiens de se coucher – Essai obéit centimètre par centimètre, la preuve qu'ils avaient ce point précis à travailler – et se dirigea de son pas le plus naturel vers la porte de derrière. À l'intérieur, il n'entendit ni voix, ni télévision, ni radio. La guillotine de la petite fenêtre jouxtant la porte était baissée et verrouillée.

Il frappa. Au bout d'une minute – un laps de temps suffisamment long pour laisser à quelqu'un le temps de sortir de son lit et faire du bruit dans la chambre, ou de crier « Qui est là ? », ou à un chien d'aboyer – il ouvrit la porte écran et essaya la poignée. À sa grande surprise elle n'offrit aucune résistance et il se retrouva au seuil d'une cuisine proprette au sol en linoléum, dotée d'un paillasson aux couleurs de Noël. Il se pencha pour frapper une nouvelle fois, plus fort. En guise de réponse, il n'obtint que le déclic d'un compresseur de réfrigérateur qui se ferme.

Il balaya la pièce d'un dernier regard, puis ce fut la ruée. Il ouvrit le frigo qui contenait des bouteilles de bière et de Coca-Cola, en attrapa une, chercha un décapsuleur dans les tiroirs et inclina la bouteille vers sa bouche. Après avoir pris une miche de pain et un paquet de chips sur le plan de travail proche de la porte, il sortit, s'efforçant d'adopter une démarche naturelle, conscient néanmoins qu'il prenait ses jambes à son cou comme un crétin. Les herbes remuèrent en lisière du champ. Il plongea et signa maladroitement leur libération aux chiens qui rompirent l'ordre de toute façon. Loin d'être des imbéciles, ils reconnaissaient de la nourriture quand ils en voyaient.

Edgar déchira l'emballage en plastique du pain et en distribua des tranches. Il en dévora une, deux, qu'il avala avec de rasades de Coca-Cola. En une minute, la moitié du pain fut engloutie. Il ouvrit le paquet de chips et enfourna un par un les pétales de pomme de terre, salés et croustillants. Les chiens tentèrent en vain de fourrer leur nez dans le paquet. Il partagea le reste avec eux, qui suivaient sa main chaque fois qu'elle disparaissait dans le paquet. Il sourit. Des miettes de pain, des bouts de chips apparurent entre ses dents. L'intensité de sa faim ne fut évidente qu'à ce moment-là. Le spectacle de cette profusion de nourriture l'avait presque affolé – il n'avait pu prendre que peu de chose sinon il se serait évanoui dans la cuisine.

Assis, il regarda la maison. Peut-être que quelqu'un finirait par en surgir, hurlant, le poing tendu. Les chiens lui soufflaient dans la figure comme pour demander : « Qu'est-ce que tu attends ? » L'instant d'après, ils s'élancèrent. Il n'y avait aucun moyen de les arrêter. L'occupant de cette maison, qui qu'il soit, risquait de revenir d'une minute à l'autre et l'occasion serait perdue.

L'élégance ne va pas être à l'ordre du jour, se dit Edgar.

Les chiens n'entraient plus dans une maison – ni dans n'importe quel bâtiment d'ailleurs – depuis des semaines. Ils hésitèrent sur le seuil jusqu'à ce qu'il les pousse à l'intérieur. Ils entrèrent d'un pas furtif. Il remplit d'eau du robinet un grand saladier en plastique qu'il posa par terre. Ils lapèrent en bavant, toute timidité évanouie tandis qu'il dévalisait les placards et déposait les victuailles sur la table à mesure qu'il les découvrait. Dans le réfrigérateur, un paquet enveloppé de papier de boucherie blanc attira son regard. L'étiquette imprimée à l'encre violette indiquait « Bratwurst[1] ».

Ils mangèrent comme des rois affamés. Dans quelques minutes, ils seraient partis, ce qui engagea Edgar à les bourrer au maximum. Il emporta les saucisses, ouvrit la porte de l'arrière de la maison et les balança sur les planches de la véranda. Avant même qu'il eût terminé, les chiens les déchiquetaient déjà. Un pot de miel couleur de caramel, saupoudré de sucre, était posé sur la table de la cuisine. Edgar dévissa le couvercle, y puisa un doigt pour y goûter, puis en recouvrit largement un bol de Wheaties qu'il arrosa de lait. Il s'approcha de l'embrasure de la porte pour observer les chiens tandis qu'il fourrait le mélange dans sa bouche. Il n'en était qu'au début et, déjà, les saucisses avaient disparu. Les chiens se léchèrent les babines et le regardèrent.

---

1. Saucisse allemande de porc.

D'accord, signa-t-il. Reculez.

Il posa son bol par terre, vida la gamelle d'eau et la remplit avec une demi-douzaine de boîtes de soupe de poulet auxquelles il ajouta quelques boîtes de maïs. Quand il eut fini ses céréales, leur bol avait été nettoyé jusqu'à la dernière miette. Ensuite, il sortit sur le perron avec un sac de marshmallows. Trois cubes d'un blanc étincelant fendirent l'air. Avec une grimace malicieuse, il en goba un avant d'en relancer. À la moitié du paquet, il fut soudain rassasié. Ordonnant aux chiens de rentrer dans la cuisine, il la fouilla méthodiquement, triant ce qu'il pourrait emporter et ce qu'il devrait laisser. Après quoi, il prit un grand sac en papier marron d'une pile rangée derrière le réfrigérateur où il jeta leurs détritus. Il rangea l'ouvre-boîtes dans le tiroir à couverts, remplit la gamelle d'eau et laissa les chiens boire. Ils s'étirèrent avec léthargie, le ventre gonflé. Et il prit alors conscience que c'était une erreur de leur avoir permis de se goinfrer à ce point après un long jeune. Ils risquaient d'être ballonnés. Ils avaient aussi failli mourir de faim, objecta-t-il en son for intérieur. Il rinça le saladier et le remit à la place où il l'avait trouvé, sous le placard.

Il n'y avait que peu de choses susceptibles d'être emportées. Un paquet de bonbons. Un sachet de bacon surgelé. En explorant le congélateur, il repéra de la viande à ragoût enveloppée dans du papier de boucherie – c'était trop volumineux. Il la remit dans le réfrigérateur à la place des saucisses. Sur le plan de travail, il y avait un vieux pot de confiture où il trouva une pochette d'allumettes (*The Lute Bar and Grill*) parmi les crayons et stylos. Il la glissa, par habitude, dans la poche de sa chemise. Il visita ensuite la petite salle de bains attenante à la cuisine. L'armoire à pharmacie contenait de la Bactine (qu'il embarqua), de l'iode, du mercurochrome, quelques pansements adhésifs dans leurs enveloppes individuelles (qu'il laissa) et de la gaze, mais pas de Off.

Les chiens tournaient en rond dans la cuisine. Il les fit sortir, retira ses chaussures pleines de boue et rangea la pièce. Il prit ensuite un torchon étendu sur le dossier d'une chaise qu'il mouilla et utilisa pour effacer leurs traces. À la fin, la cuisine avait plus ou moins retrouvé l'aspect qu'elle avait à son arrivée. La pendule affichait 13 h 15. Il emporta le sac en papier rempli des preuves de leur délit jusqu'à la poubelle derrière le hangar, où il le cacha sous un autre, couvert de mouches.

Ils se replièrent dans le champ. Une fois qu'Edgar eut récupéré la canne à pêche et la musette, ils longèrent la clôture. À mi-chemin du versant, le château d'eau de Lute réapparut. Il entendit un grondement et, pour la première fois, remarqua la voie ferrée qui s'étirait au pied de la colline. Un train de marchandises arrivait au sud. Sur la route, les barrières du passage à niveau s'abaissèrent et la cloche sonna. Ils regardèrent passer une locomotive suivie de quinze wagons. Manifestement, les rails évitaient Lute par une tangente, une chance pensa Edgar, ils pourraient les suivre.

Pour l'instant, Edgar se sentit envahi par une sorte de léthargie. Il rejoignit d'un pas lourd les chiens étendus à l'ombre du seul arbre du coin. Amadou était couché sur le dos, les pattes en l'air dans une attitude de soumission tandis que Sahib et Essai, face à la clôture, menton sur les pattes, avaient le regard perdu à l'horizon. À l'approche d'Edgar, Essai rota bruyamment, se lécha les babines et roula sur le flanc. Edgar se sentait dans le même état que ses chiens. Les tournesols les cachaient de la maison. Il s'assit près de Sahib, dont il caressa le cou jusqu'à ce qu'il ferme les yeux. Puis il s'allongea dans l'herbe.

*

Quand il se réveilla, des rayons du soleil vespéral filtraient entre d'énormes nuages cunéiformes et projetaient une lumière oblique sur la terre. Il se redressa en bâillant. Il regarda autour de lui. Bien que la soirée fût bien avancée, il estima qu'il ferait encore assez jour pendant une à deux heures. S'ils se mettaient en route tout de suite, ils parviendraient sans doute à parcourir plusieurs kilomètres avant de se recoucher. Il avait la tête lourde à cause de la sieste, du festin ou des deux. L'hébétude semblait aussi s'être emparée des chiens. Ils se levèrent, bâillèrent, s'étirèrent puis, comme par hasard, se recouchèrent. Edgar les laissa tranquilles, du moins le temps de se faufiler dans le champ pour jeter un nouveau coup d'œil à la maison.

Quelqu'un venait d'arriver. Une banale berline était garée devant la véranda. Un homme d'une trentaine d'années, mince et élancé, sortait des sacs pleins de provisions de son coffre. La porte de service, ouverte, indiquait que l'homme était entré ; il n'avait cependant pas l'air préoccupé. Edgar sourit. Il commençait à tirer un certain orgueil de ses talents de cambrioleur. Il en avait fait un jeu – jusqu'où aller avant que les propriétaires ne remarquent quoi que ce soit ? Comment remettre de l'ordre dans les placards de façon à dissimuler ce qu'il y manquait ? Les gens ne s'attendaient pas à ce qu'on entre par effraction chez eux pour n'y voler qu'un peu de nourriture, ils s'attendaient à être pillés – à perdre téléviseurs, argent, voitures, à retrouver leurs tiroirs sans dessus dessous et leurs matelas retournés. Or, personne n'avait fait autre chose, du moins lui semblait-il, que de se gratter la tête en découvrant le garde-manger dévalisé. Qui volait la moitié d'une miche de pain et rangeait tout ensuite ? Edgar et ses chiens avaient festoyé à l'endroit où l'homme déposait maintenant ses paquets, et il était fort probable qu'il ne remarquerait rien.

À son retour, les chiens flairaient avec intérêt le bacon dérobé dans la cuisine de la petite ferme. Il n'en crut pas ses yeux d'autant qu'il avait la sensation, pour sa part, d'être un de ces serpents qui engloutissaient des cochons. Loin d'être écœuré, il n'avait pourtant pas la moindre envie d'avaler quelque chose de plus. Il les chassa à coups de pied, et ils reculèrent sans le quitter des yeux alors qu'il fourrait leur butin dans la sacoche. Il attrapa la canne à pêche, puis dévala la pente.

Edgar avait lu qu'on pouvait percevoir l'arrivée d'un train en collant l'oreille sur un des rails, ce qu'il s'empressa de vérifier : aucun son ne se répercutait dans la barre d'acier profilée, chaude au demeurant. Ils coururent le long de la voie ferrée, qui bifurquait vers le nord-ouest, assez loin pour qu'un automobiliste ne les distingue pas. Puis, comme la nuit tombait, Edgar ralentit l'allure, savourant la satisfaction non dénuée de fierté que lui procurait le succès de leur raid sur la ferme. Des broussailles s'enchevêtraient de part et d'autre de la voie. Au loin, un petit pont attendait dans le crépuscule. Des histoires de gens renversés par des trains alors qu'ils marchaient sur les rails lui revinrent en mémoire. Comment était-ce possible, se demanda-t-il – n'était-il pas inévitable d'entendre un train gronder à une très grande distance avant son approche ? Edgar espéra qu'il s'en annoncerait un, uniquement pour avoir ainsi l'occasion de compter les secondes entre le premier bruit et le moment où il passerait.

Telles étaient les idées qui lui trottaient dans la tête quand il entendit le premier cri d'Amadou, un jappement de stupeur et de douleur qui l'effraya aussitôt. Il savait où chaque chien se trouvait – Essai et Sahib fouinaient près de lui, sur les traverses, aussi satisfaits et perdus dans leurs pensées que lui, mais Amadou était descendu explorer un buisson de massettes. Des grenouilles sans doute, avait pensé Edgar. Il se souvenait même de l'avoir vu du coin de l'œil se raidir et bondir, mais il se concentrait sur les rails et les trains susceptibles de surgir. Sans compter que l'attitude d'Amadou n'avait rien d'exceptionnel – les chiens se précipitaient des douzaines de fois par jour sur crapauds, grenouilles, mulots, sauterelles ou Dieu sait quoi encore.

Cette fois cependant, Amadou avait poussé un aï-aï strident et sauté en arrière. Cloué sur place, Edgar regarda le chien essayer de poser le pied par terre. Il poussa un cri perçant et se laissa tomber parmi les massettes, frappant de sa patte droite la gauche qu'il gardait en l'air.

Une morsure de serpent, songea aussitôt Edgar, ce qui le sortit de sa paralysie. Il fonça à travers les mauvaises herbes sous le remblai et tomba à genoux près d'Amadou. Avant même de l'avoir touché, il aperçut le tesson de bouteille bleu-vert, boueux, empalé dans le pied du chien, dont une pointe ressortait. Par réflexe, Edgar attrapa le museau d'Amadou. Plus tard, il se rappellerait ce geste instinctif et penserait qu'il avait, au moins, bien réagi parce qu'Amadou aurait mordu le bout de verre qui lui aurait coupé la gueule aussi profondément que le pied.

Amadou se débattit et tenta de se relever. Edgar enjamba le chien, qui à force de gigoter les aspergeait de gouttelettes cramoisies. Comme il le roulait sur le dos, Edgar sentit ses dents se planter dans son avant-bras mais il n'avait pas le temps de regarder s'il avait été mordu ni à quel point. Il réussit à l'enfourcher. Essai et Sahib l'avaient suivi et ils tournicotaient autour du nez d'Amadou, le léchant, inquiets. Du coup, ce dernier se détendit. Maintenant, pensa Edgar, car il n'aurait peut-être pas d'autre chance. Serrant la patte d'Amadou, il prit le tesson entre le pouce et l'index, et tira. La pointe déchiqueta affreusement le pied quand elle disparut à l'intérieur. Le pouce d'Edgar glissa sur le bord tranchant du bout de verre, couvert de sang et de boue. Si Amadou n'avait pas retiré brutalement sa patte à ce moment-là, Edgar aurait lâché le tesson avant de l'avoir extrait du coussinet. Les dents d'Amadou se plantèrent à nouveau dans son avant-bras, avec plus de force, mais il avait terminé. Il laissa tomber le tesson et roula sur le côté en serrant sa main ; il observa la partie charnue de son pouce, lacérée. Il tenta de calmer la douleur – la coupure le brûlait comme de l'acide – en agitant la main.

Amadou clopina jusqu'au remblai près duquel il s'écroula. À l'aune de ce qu'il ressentait, le chien devait souffrir le martyre. Repliant le doigt dans son poing, Edgar se précipita vers lui. Du sang coula entre ses doigts, il s'assit hors d'haleine. Essai et Sahib fouillaient les massettes, donnant de grands coups de queue, en signe de curiosité. Il se releva et courut vers eux ; affolé par l'idée qu'il y ait d'autres bouts de verre, il tapa dans ses mains jusqu'à ce que le sang éclabousse sa chemise. Edgar les bouscula pour qu'ils se rapprochent d'Amadou qu'ils flairèrent jusqu'au moment où ils furent certains d'avoir localisé la blessure.

Edgar ramassa le tesson dans les mauvaises herbes. D'après les trois sillons, pleins de sang coagulé, de la partie la plus large, ceux d'un couvercle, il s'agissait d'un fragment de pot de confiture ou autre. Quelqu'un qui voyageait dans un train ou se promenait sur les traverses l'avait balancé. Furieux, Edgar le jeta dans les massettes et se força à redresser le pouce pour inspecter l'entaille. Il eut l'impression de recevoir un grand coup et se retrouva par terre tandis qu'Essai lui léchait le visage. Dès que sa vision cessa d'être trouble, il se remit debout, vacilla, retomba à genoux.

Attends, s'ordonna-t-il, en inspirant. Recommence.

La seconde tentative fut la bonne. D'un pas chancelant, il s'approcha d'Amadou. Celui-ci avait replié la patte devant lui comme s'il berçait une partie orpheline de son corps, se léchant tristement le coussinet. Quand Edgar le toucha, il tressaillit et, se détournant provisoirement de sa blessure, il regarda le garçon qui le caressa de la tête à la colonne vertébrale, puis flatta les pattes arrière espérant qu'Amadou comprendrait où il voulait en venir. Ensuite, il passa sa main le long de la patte avant, jusqu'aux coussinets cette fois, sans objection de la part du chien, sinon un gémissement d'appréhension et un coup de langue.

Une plaie en forme de croissant, d'où suintaient sang et saletés, se découpait au milieu du coussinet central, triangulaire. Edgar n'essaya pas de la toucher mais lentement – très lentement – fit pivoter la patte jusqu'à ce qu'il puisse observer le poil taché de sang sur le dessus. Il toucha délicatement le bout des griffes d'Amadou pour actionner chaque doigt. Au second, Amadou geignit et retira son pied. C'était donc là. Peut-être pas un os, mais il y avait des ligaments, des tendons, des petits muscles à l'intérieur.

Lâchant la patte d'Amadou, il le caressa tout en s'efforçant de réfléchir. Pour voir, il plia son pouce. Ça ne faisait pas plus mal que tendu, ce qui était bon signe. En revanche, tous les deux auraient probablement besoin de points de suture. Edgar se mit debout. Les jambes toujours un peu flageolantes, il recula de quelques pas, obligeant Essai et Sahib à venir se placer derrière lui. Amadou, couché, les oreilles en arrière, l'observait comme s'il savait déjà ce qu'il allait lui demander.

Viens, signa le garçon.

Amadou le regarda, gémit puis se leva sur trois pattes, le pied blessé en l'air qu'il reniflait comme une chose cassée.

Edgar s'agenouilla.

Désolé, on n'a pas le choix, signa-t-il. Puis il appela à nouveau Amadou.

Le chien posa son pied par terre et le releva aussitôt. Il fit un pas, regarda son maître, et recommença. Quand il finit par arriver au niveau d'Edgar, il s'effondra à ses pieds, à bout de souffle, évitant de croiser son regard même quand Edgar eut approché son visage.

Il peut sombrer dans un état de catalepsie, se dit Edgar, qui effleura les gencives d'Amadou. Elles étaient humides, tant mieux. De toute évidence, le chien était incapable de marcher. Il glissa une main sous son ventre pour l'aider à se lever. Puis il passa un bras derrière ses pattes arrière, l'autre sous son poitrail, veillant à éviter le pied qui pendouillait. S'il s'y prenait mal, Amadou, dans la panique, risquait de le mordre et, s'il le laissait tomber, il savait pertinemment qu'il n'aurait pas de seconde chance. Mais Amadou soufflait dans sa figure, attendant patiemment ; Edgar se leva doucement.

Lentement, il s'avança vers le remblai, tatônnant du pied, avant de prendre appui. Une fois en haut, il ne put qu'avancer pas à pas de crainte de trébucher sur une traverse. Son pouce l'élançait comme s'il avait explosé. L'inertie d'Amadou lui fit prendre conscience, de la gravité de sa blessure.

Edgar se rappela la canne à pêche et la musette, abandonnées près des rails. Il ne retourna pas les chercher. De toute façon, il ne pourrait les porter d'autant que la nuit tombait rapidement. Il les récupérerait plus tard. Au loin, des faisceaux lumineux de phares brillèrent, puis s'estompèrent tandis qu'une voiture traversait la voie ferrée sous la colline qu'ils avaient descendue.

Se concentrant sur ce point, il fit un nouveau pas.

*

Avant d'atteindre la route, il dut poser Amadou trois fois pour détendre les muscles de son dos. Le chien était lourd – quarante-cinq kilos au moins, plus de la moitié du poids d'Edgar. Chaque fois qu'ils s'arrêtaient, Amadou, qui essayait de marcher, ne réussissait qu'à boitiller sur quelques mètres avant de se coucher. La chance – si tant est qu'on puisse l'appeler ainsi – c'était qu'ils n'avaient pas parcouru plus de deux kilomètres sur la voie ferrée. Essai et Sahib le suivaient – encore une chance puisque ses bras chargés l'empêchaient de signer un rappel.

Il souleva Amadou. Et ils repartirent.

Ils s'arrêtèrent sur la route déserte. La seule lumière provenait des fenêtres de la maison carrée, située au pied du champ de tournesols. La décharge d'adrénaline qui l'avait propulsé s'estompait, et Edgar chancelait sous le poids d'Amadou. Sous ses pieds, l'asphalte était lisse et d'une douceur merveilleuse. Lorsqu'ils parvinrent à la hauteur de la boîte aux lettres, Edgar s'engagea dans l'allée bordée de grands arbres, qui menait dans la cour. Des lucioles scintillaient dans l'air autour de la maison. Un scarabée passa en bourdonnant. Essai et Sahib partirent à l'assaut. Au moment où ils disparurent derrière la maison, Amadou commença à se tortiller et Edgar pressa l'allure.

Il rejoignit Essai et Sahib, qui trépignaient devant la véranda où aucune lumière n'était allumée. Il s'agenouilla et aida Amadou à se coucher sur les planches. Puis il frappa doucement dans ses mains pour qu'Essai et Sahib fassent la même chose quelques mètres plus loin, dans l'herbe.

Quand il se retourna, le visage d'un homme était apparu à la fenêtre au-dessus de l'évier de la cuisine. La véranda s'éclaira. Edgar scruta ses chiens. Ils étaient couchés, au garde-à-vous. La porte d'entrée s'ouvrit et l'homme qu'il avait regardé sortir les sacs de provisions de sa voiture plus tôt dans la soirée l'examinait à travers la porte grillagée.

« Que puis-je faire pour toi ? » demanda-t-il. Son regard tomba sur Amadou qui haletait sur la véranda. Puis il remarqua qu'Edgar était couvert de sang. « Tu as eu un accident ? »

Edgar secoua la tête et signa une réponse. L'homme ne comprendrait sûrement pas le langage des signes, mais c'était la seule entrée en matière à sa disposition. Peut-être percevrait-il qu'il s'adressait à lui.

Mon chien est blessé, nous avons besoin d'aide.

L'homme observa les mains d'Edgar qui attendit le temps qu'il saisisse le sens de ses signes.

« Tu es sourd », constata-t-il.

Edgar secoua une seconde fois la tête.

« Tu peux m'entendre ? »

Oui.

Edgar lui montra sa gorge, secoua une troisième fois la tête et fit mine d'écrire dans sa paume. Après l'avoir dévisagé,

l'air perdu, l'homme s'écria, « Oh ! J'ai compris. D'accord.
Une seconde », et disparut à l'intérieur, tandis qu'Edgar
parcourait des yeux la cuisine qu'il avait dévalisée le matin
même.

Les jambes flageolantes, il s'agenouilla près d'Amadou
pour lui caresser le cou. Le chien léchait sa patte, le regard
vitreux comme tourné vers un autre monde. Sous la lumière
jaune du porche, son poil ensanglanté paraissait noir. Edgar
alla ensuite voir Essai et Sahib. Il posa ses mains sur leur
gorge, comme si tout était normal.

L'homme revint avec un crayon et un bloc de papier.
Il s'arrêta derrière la porte. Son regard passa d'Amadou à
Edgar accroupi à côté des deux autres chiens. À l'évidence, il
ne les avait pas remarqués jusque-là.

« Ouah ! » s'exclama-t-il, paumes tendues comme pour
freiner les événements tandis qu'il essayait de tout enregistrer. « Bon. Bon. La situation n'est certainement … certainement pas banale », ajouta-t-il en regardant. Essai et Sahib
avec inquiétude. « Ils sont gentils ? »

Edgar acquiesça. Pour le rassurer, il immobilisa les
chiens. Une certaine morosité se dégageait de cet homme,
constata-t-il, étonné d'avoir cette idée alors qu'il venait de le
rencontrer. Pourtant, l'homme exsudait la résignation, à la
manière d'un de ces personnages de dessins animés qui se
déplacent avec un nuage de pluie au-dessus d'eux, le genre
dont l'argent tombe des poches au moment où ils se penchent
pour ramasser un cent. Sa réaction face à Essai et Sahib ne
fit que renforcer cette impression : on eût dit qu'il s'attendait
à trouver, un jour ou l'autre, une meute de chiens féroces
sur le pas de sa porte. Il ne souriait pas – le visage empreint
d'une circonspection qui n'avait rien d'hostile toutefois – et
ne fronçait pas non plus les sourcils. En somme, ses yeux
exprimaient une méfiance bienveillante, le fruit d'une sorte
de découragement inné.

« D'accord, reprit-il. Dressés mais gentils, c'est ça ? »
Oui.

L'homme sonda l'obscurité : « Il y en a d'autres ? »

Edgar secoua la tête. Il aurait même souri si son estomac n'avait pas été noué par la peur. L'homme ouvrit la

porte grillagée et sortit, fixant les chiens d'un regard sceptique. Edgar prit le crayon et le bloc.

Mon chien s'est coupé le pied. Il me faut de l'eau pour
nettoyer la plaie et une cuvette ou un seau.

Ils observèrent Amadou.

« Est-ce qu'il y a des blessés ? »

Non.

« Je devrais appeler un médecin », suggéra l'homme.

Edgar secoua la tête avec véhémence.

« Qu'est-il arrivé à ta voix ? Tu t'es fait mal à la gorge ou
quoi ? »

Non.

« Tu as toujours été comme ça ? »

Oui.

L'homme réfléchit une seconde.

« Attends, je reviens tout de suite. »

Edgar entendit des cliquetis, des raclements, un écoulement dans l'évier. Au bout d'un moment, l'homme sortit portant une bassine en émail blanc remplie d'eau, et une vieille
serviette bleue sous le bras.

« Voilà, dit-il en posant la cuvette sur les planches de la
véranda. « C'est tiède. Tu peux commencer avec ça. Je vais
chercher un seau et voir ce que je peux trouver d'autre. »

Edgar posa la bassine près d'Amadou et y puisa de l'eau
avec sa main pour lui permettre de sentir. Il y plongea le
chiffon et glissa sa main sur l'antérieur d'Amadou. Le chien
gémit et donna un coup de museau inquiet à Edgar sans
l'empêcher toutefois de nettoyer son pied. Edgar rinça la serviette. L'eau vira au brun. La tête appuyée sur celle d'Amadou, il recommença à éponger son coussinet, à de multiples
reprises. Chaque fois, la serviette se maculait d'un mélange
de sang et de saletés.

L'homme revint avec un seau en métal et se dirigea vers
un robinet qui sortait du soubassement de la maison. Il grinça quand il le tourna. De l'eau fraîche. Quand le seau fut
rempli, il s'adressa à Edgar.

« Si je te l'apporte, est-ce que cela fera peur à ton
chien ? »

Edgar avait son bras sur le dos d'Amadou. À son sens,
l'approche d'un inconnu ne l'effraierait pas, mais la question

était judicieuse ; du coup, son opinion sur l'homme remonta d'un cran.

Non.

Après avoir déposé le seau à une distance raisonnable, l'homme s'assit. Il renversa l'eau, graveleuse et marron, de la cuvette et la remplaça par celle de l'autre récipient.

Derrière Edgar, Essai et Sahib grognèrent. C'était une erreur de les avoir placés dans son dos – de quoi les inciter à rompre leur ordre par curiosité. Il se redressa et, une main sur le garrot d'Amadou, fit signe à l'homme de ne pas bouger. Celui-ci obtempéra. Alors, Edgar se retourna vers les deux chiens qui replièrent leurs pattes et le fixèrent droit dans les yeux.

Ici, signa-t-il.

Ils s'élancèrent. Edgar craignit qu'Amadou oublie sa blessure et se lève pour les rejoindre, mais la pression de sa main entre ses omoplates l'en empêcha. Essai et Sahib se ruèrent, la tête en arrière, le poitrail en avant tandis qu'ils jaugeaient l'inconnu.

« J'espère que tu savais de quoi tu parlais en disant qu'ils étaient gentils », s'inquiéta l'homme. Assis très droit, il essaya de regarder les deux chiens en même temps puis, renonçant, il se borna à observer celui qui se trouvait devant lui.

« Ouah bonhomme, marmonna-t-il. Tout doux, tout doux. »

Leur curiosité une fois satisfaite, Edgar tapa dans les mains et leur indiqua un coin tout près, dans l'herbe. Ils refusèrent d'obéir. Edgar répéta son ordre, aussi s'exécutèrent-ils de mauvais gré. Il avait choisi un endroit d'où ils voyaient ce qui se passait et il les sentit rassurés maintenant qu'ils pouvaient croiser son regard. Il se remit à nettoyer la patte d'Amadou. L'eau propre s'était salie de nouveau, mais elle était davantage rougie de sang que brune.

« Tu es blessé toi aussi », fit observer l'homme. Edgar hocha la tête. Son pouce le brûlait chaque fois qu'il plongeait la main dans l'eau, ça avait le mérite de lui rappeler ce qu'Amadou ressentait quand il tamponnait sa patte avec le chiffon mouillé.

« Que s'est-il passé ? »

Edgar s'interrompit le temps de montrer le plat d'une main transpercée par deux doigts.

« Aïe ! » s'exclama l'homme. L'espace d'un moment, il les observa en silence.

« D'accord, finit-il par ajouter. Je vais aller voir ce qu'il y a dans mon armoire à pharmacie. Laisse-moi changer ça. » Il se pencha pour vider la cuvette qu'il remplit à nouveau avec de l'eau du seau. « J'ai peut-être du mercurochrome ou de l'eau oxygénée. »

Edgar se concentra complètement sur Amadou. Il avait presque tout nettoyé, il lui restait à laver entre les doigts et autour des coussinets. Il positionna la patte afin de pouvoir l'immerger dans la cuvette. L'eau devint marron. Amadou eut beau japper et s'agiter, Edgar continua d'introduire ses doigts entre ceux d'Amadou, changeant l'eau à plusieurs reprises durant l'absence de l'homme.

Celui-ci réapparut. Il s'accroupit devant eux et posa une casserole enveloppée de papier aluminium sur laquelle se trouvait un assortiment de flacons récupérés dans son armoire à pharmacie. Il en ouvrit un qui contenait des comprimés de paracétamol et en tendit deux à Edgar.

« Tu devrais peut-être prendre deux de ceux-ci », suggéra-t-il.

Edgar les enfonça immédiatement dans la gorge d'Amadou, dont il maintint le museau en l'air. Il lui massa le cou jusqu'à ce qu'il se lèche le nez. Puis il plongea sa main dans le seau et laissa Amadou la lécher. L'homme donna deux autres comprimés à Edgar, qui s'empressa de les avaler.

« Bon, enchaîna l'homme. J'ai aussi quelque chose qui peut intéresser ces deux-là. » Repliant le papier aluminium, il brandit un gros morceau de viande de ragoût – celle qu'Edgar avait sortie le matin même du congélateur pour remplacer les saucisses volées. « Je viens de la faire cuire, c'est encore chaud. »

Edgar libéra les deux observateurs. Dans le temps, les chiens lui auraient demandé la permission avant d'accepter de la nourriture d'un étranger, pensa-t-il. On les avait dressés à ça en ville. Mais il ne s'agissait que de réminiscences du passé, occultées depuis longtemps par des animaux qui chassaient des grenouilles et des serpents, et se nourrissaient d'œufs de tortue pourris. Oreilles dressées, Essai et Sahib entourèrent l'homme, attendant leur tour tandis qu'il jetait des bouts de viande luisante dans l'herbe. Sous leur regard, l'homme perdit presque contenance. Non sans une certaine anxiété, il autorisa Amadou à prendre la viande directement dans sa main. La moindre distraction était bienvenue pour Edgar, car il pouvait ainsi nettoyer la blessure d'Amadou plus en profondeur. Quand il n'y eut plus de viande, l'homme laissa Amadou lécher la sauce qu'il avait sur les doigts et poussa du pied la casserole vers les deux autres pour qu'ils la récurent. Une expression amusée s'affichait sur ses traits. Edgar eut l'impression qu'il n'avait sans doute jamais eu l'air plus heureux.

« Appelle ça comme tu veux, mais ce n'est certainement pas une situation banale », conclut l'homme.

Henry

La conversation était limitée, Edgar ayant les mains occupées. Étendus dans l'herbe, repus, Essai et Sahib observaient chaque mouvement à la faveur de la lumière de la véranda où voletaient des papillons de nuit. Edgar examina la blessure au milieu du coussinet enflé de la patte d'Amadou.

« Waouh, c'est moche! » s'exclama l'homme tandis qu'Edgar tamponnait le pied. « S'il arrive à l'utiliser, il aura du bol. » Après un nouveau silence, il ajouta : « Ton pouce n'a pas l'air en forme. »

Edgar changea l'eau de la cuvette en émail, qui se stria de filets de sang dès qu'il se remit à nettoyer. Celle qui provenait du robinet extérieur était glacée, ce qui convenait à Edgar. Si ses doigts étaient gourds, Amadou sentirait à peine sa plaie.

Il pianota sur chacun des métacarpes de la patte blessée, inspecta ses griffes avec ses ongles et appuya le bout des doigts dans les interstices duveteux. Avec une extrême douceur, il ouvrit l'incision, laissant le chien lui indiquer où il avait mal. Quand Amadou retira brusquement sa patte, Edgar, les yeux fermés, enfouit son visage dans le cou du chien, lui caressa le poitrail et écouta les pulsations de son sang – autant de façons de lui faire comprendre l'importance de l'eau. Pouvaient-ils réessayer? demanda-t-il à de nombreuses reprises à Amadou, qui, au bout d'un moment, lui permit de replonger sa patte dans la bassine. Edgar attendit que ses doigts s'ankylosent avant d'écarter la plaie afin que l'eau y pénètre et la nettoie.

Au moment où il rouvrit les yeux, on avait changé l'eau.

« C'est impressionnant, dit l'homme. Quelquefois, je ne sais pas si c'est toi qui remues la patte du chien ou lui tout seul. »

Edgar hocha la tête.

« Tu le connais vraiment bien, hein ? »

Oui.

« Les autres aussi ? »

Oui.

« C'est normal qu'il ait ses dents plantées dans ton avant-bras comme ça ? »

Oui, oui.

Il continua à laver la plaie. Lorsque l'eau fut enfin claire, il fit un tri dans les médicaments alignés sur la véranda. Il prit de l'eau oxygénée et la versa sur la patte d'Amadou au-dessus de la cuvette. Elle moussa sur le coussinet ainsi que sur le pouce fripé d'Edgar. Une fois les bulles évaporées, il posa la patte du chien sur ses genoux et la sécha. L'homme alla chercher une serviette, un chiffon et une paire de ciseaux.

« Je n'ai pas de gaze, s'excusa-t-il mais tu peux l'envelopper là-dedans. »

Edgar hocha la tête, puis prit le bloc et le crayon.

Vous avez une chaussette ? écrivit-il.

« Bien sûr. » L'homme retourna dans la maison.

Après avoir découpé des bandelettes dans le chiffon, Edgar en enveloppa le pied d'Amadou. Il noua les bouts pour éviter que le pansement ne se défasse. L'homme revint, une chaussette blanche à la main. Edgar l'attacha avec la dernière bandelette.

« Bon, écoute, il faut que je dorme, dit l'homme. Je travaille demain. » Il jeta un coup d'œil dubitatif aux chiens. « Tu n'entreras pas sans eux ? »

Non.

À la façon dont l'homme dodelina de la tête, on aurait dit qu'il se résignait à subir de nouveau des humiliations en cascade.

« Tu me garantis qu'ils sont propres... Tant pis si c'est un mensonge. »

Edgar hocha la tête.

« D'accord, viens. Pour la suite, on avisera demain. »

Edgar appela Sahib et Essai, et leur lava rapidement les pieds. Avec une solennité lugubre, l'homme tint la porte ouverte pour les chiens qui s'arrêtèrent au seuil de la cuisine, humant l'air avant d'y entrer. Edgar prit Amadou dans ses bras et franchit la porte en crabe.

« À gauche », précisa l'homme.

Edgar traversa un petit vestibule à pas chassés. Amadou flaira les manteaux suspendus aux crochets. Il se retrouva dans un salon meublé d'un canapé, d'un fauteuil rembourré, de cartons de livres et d'un téléviseur sur lequel trônait un phonographe. Il y avait de profondes rainures dans les lattes patinées du parquet, que le temps avait foncé. Edgar posa Amadou sur un petit tapis devant le canapé. Le chien essaya de se lever mais il lui prit les pattes de devant et l'obligea à s'allonger. Au moment où l'homme apparut avec des couvertures et un oreiller, il avait immobilisé les trois chiens.

« Tiens, lui dit l'homme, je préférerais que tu te couches sur une de ces couvertures, à cause de la boue et du reste. »

Et Edgar se rendit compte que, s'il avait lavé les chiens, il était, pour sa part, couvert de sang séché et sale.

« Dors ... remarque, c'est un conseil superflu, tu ne tiens pas debout, tu le sais, pas vrai ? Dommage que je doive me lever tôt demain matin pour aller bosser. La salle de bains se trouve près de la cuisine. J'ai mis des pansements et de l'antibiotique liquide sur la table basse, au cas où tu voudrais t'occuper de ton pouce. »

Edgar acquiesça d'un signe de tête.

De nouveau, l'homme regarda longuement les chiens.

« S'ils commencent à ronger des meubles, montre-leur ce fauteuil, d'accord ? » Il désigna le fauteuil rembourré, tendu d'un tissu orange et marron à motifs de canards. « Je le déteste. »

Edgar se demanda s'il plaisantait.

« À propos, je m'appelle Henry Lamb », reprit l'homme, la main tendue. Dès qu'Edgar l'eut serrée, son hôte se dirigea vers la porte du salon, puis il se retourna.

« J'imagine que tu ne tiens pas à appeler qui que ce soit ?
Un membre de ta famille ? Quelqu'un qui viendrait te chercher ? »

Non.

« Pour sûr, grommela Henry. Fallait que je pose la question. »

Trop fatigué pour se laver, Edgar étala la couverture
sur le canapé où il s'allongea. La fatigue lui donnait mal à
la tête et son pouce était terriblement douloureux. Il prit la
boîte de pansements et enduisit la plaie à vif de son pouce
de pommade antibiotique. Comme il hésitait à aller éteindre
la lumière – en avait-il la force ? – une vague d'épuisement
le submergea, et il sombra, l'onguent et les papiers de pansements encore sur sa poitrine.

*

Le canapé aurait dû lui procurer un véritable plaisir. Au
lieu de quoi, il eut un sommeil tourmenté. Pourquoi la nuit
retenait-elle son éventail de sons ? Où étaient les corps des
chiens qui le réchauffaient dans le noir ? Il dériva en lisière
du sommeil comme une bouée au large d'un rivage jusqu'à
ce que Kaa, le python géant, se matérialise et enroule ses
anneaux multicolores autour de ses jambes et de son torse.
Ce personnage familier le rassura ; sous ses doigts, la peau
du reptile, chaude, soyeuse et comme ourlée à certains
endroits, évoquait du coton. La tête triangulaire de Kaa
dansait devant lui, sifflant des paroles incompréhensibles.
Ce maître de l'hypnose ne parvint cependant pas à l'attirer
dans les profondeurs du sommeil. L'absence des chiens. Le
silence oppressant. Les anneaux du serpent.

Lorsque les chiens aboyèrent, Edgar se leva d'un bond,
électrisé par l'inquiétude de leur voix. Il ne se soucia pas
de démêler ce qu'il savait être le fruit de son imagination
mais Kaa passa dans le monde réel sous la forme d'une couverture enroulée autour de ses jambes. Vu le peu de temps
qu'il réussit à passer en position verticale, Edgar glana un
nombre incalculable d'informations : Essai, Sahib et Amadou, le poil hérissé, fixaient un point de l'autre côté de la

pièce. Dans l'embrasure de la porte se tenait Henry Lamb, objet de leur attention. Les yeux bouffis de sommeil, il était vêtu d'une vieille robe de chambre. Derrière la fenêtre du salon, la lumière d'un matin d'été idéal envahissait la cour. Puis, Edgar ne vit plus que des pieds de chaises et des tapis car il était en train de tomber. Les chiens se tournèrent vers lui. Ils se voûtèrent, balayèrent l'air de la queue, haletèrent, comme pour s'excuser du côté excessif de leur réaction. Sahib fourra son museau dans l'oreille d'Edgar et bava pour l'attendrir.

Henry s'appuya au chambranle de la porte. Ses efforts pour articuler quelques mots n'aboutirent qu'à un grognement. Il passa devant eux en traînant les pieds et entra dans la cuisine.

« Café », maugréa-t-il, quelques minutes après

Edgar calma les chiens, puis s'agenouilla auprès d'Amadou. Il fut à la fois inquiet et étonné que le pansement soit toujours en place. En effet, si Amadou avait été en bonne santé, il l'aurait mâchouillé toute la nuit pour le retirer. Une main sous le ventre du chien, il le poussa, à force de cajoleries, à faire quelques pas.

C'est bien, pensa-t-il, remarquant qu'Amadou gardait sa patte en l'air. Au moins n'essaierait-il pas d'y prendre appui.

Edgar rejoignit Henry, qui était attablé, une tasse de café entre ses mains. Il ouvrit la porte et Essai et Sahib filèrent sur la pelouse entre la maison et la grange. Edgar posa ensuite la main sur le dos d'Amadou qu'il emmena dehors. Le chien sortit en boitillant, urina et revint. Quand Edgar retourna dans la cuisine, la douche coulait, la tasse vide d'Henry traînait sur le plan de travail. Edgar se servit un café, trouva du lait dans le réfrigérateur et du sucre dans un petit bol près de la fenêtre. Le breuvage, amer et épais, le réveilla d'un coup. Il alla s'asseoir avec Amadou sur la véranda.

Henry apparut, des clés dans une main, une boîte à sandwichs dans l'autre.

« T'as eu le temps de réfléchir à ce que vous alliez faire aujourd'hui ? » lança-t-il, s'installant à côté d'eux.

Edgar secoua la tête. Un mensonge. C'était précisément ce qui le tracassait. Il observa Amadou afin d'évaluer combien de temps le pansement tiendrait et s'il serait capable de marcher au cas où ils se remettraient en route.

« Comment va ton chien ? »

Edgar haussa les épaules.

« Il est probablement trop tôt pour dire quoi que ce soit. »

Ils regardèrent Essai et Sahib.

« Bon, voilà où j'en suis, enchaîna Henry. Sous la douche, je me suis posé des questions : à ma place, que feraient la plupart des gens ? Comment gérer normalement une situation pareille ? J'imagine que je devrais prévenir la police que j'ai un garçon et trois chiens sur les bras. Ce serait ma première réaction, ça... ça manque d'imagination, pas vrai ? »

Edgar opina.

« Ce n'est donc pas ce que je vais faire. Enfin, je ne crois pas. »

Henry lança un regard lourd de sens à Edgar qui ne fut pas sûr de bien le comprendre. La sincérité défaitiste de cet homme avait décidément quelque chose d'émouvant. Le monde était semé d'embûches et d'obstacles pour Henry Lamb, du moins était-ce l'impression qu'il donnait. Manifestement, aucune mauvaise nouvelle ne le surprenait et la moindre situation cachait le revers de la médaille.

« Écoute, reprit Henry, je préfère te le dire, je ne suis pas un homme à qui on peut faire confiance. Je l'étais, je ne le suis plus. Aucune promesse. Désormais je suis irresponsable et imprévisible », conclut-il sans la moindre ironie.

Edgar cligna des yeux.

« Je vais laisser la maison ouverte. Tu n'as qu'à rester si ça te convient, le temps que la patte de ton chien guérisse. »

Edgar hocha la tête. Assis sur le rebord de la véranda, ils regardèrent les tournesols. Il était encore très tôt, le soleil pointait à peine à l'horizon mais leurs énormes têtes paraboliques se tournaient déjà vers l'est.

« Je ne crois pas que tu aies l'intention de me dévaliser. »

Edgar fit signe que non.

« Ma foi, tu ne pourrais pas dire le contraire. D'un autre côté, qu'est-ce qui t'empêchera, si je te jette dehors et ferme la porte à clef, de casser un carreau avec un caillou, alors à quoi bon? Soit je te fais confiance, soit j'appelle la police et perds ma journée à régler ce problème. »

Il se releva en maugréant et se dirigea vers sa voiture.

« Je suis peut-être un imbécile. Bon, au cas où, je te préviens qu'il n'y a pratiquement pas d'argent ici, ni quoi que ce soit de valeur que tu puisses transporter à pied – pas de bijoux, rien de ce genre. Pas d'arme non plus. Par contre, la cuisine est pleine, j'ai fait les courses hier. Mange ce que tu veux – tu as l'air de mourir de faim. N'entre pas dans ma chambre. Ne joue pas avec cette voiture ... », il désigna l'épave échouée sur les parpaings, « et la télé est bousillée. Y a autre chose qui t'intéresse? »

Non.

Henry recula sa berline. Comme il passait devant la maison, il baissa la vitre côté passager. « Si tu pars, ferme la porte, sinon laisse-la ouverte sauf si tu as envie de m'attendre dehors – le seul autre jeu de clefs se trouve sur mon bureau, à mon boulot. »

Il roula au ralenti dans l'allée, puis les pneus émirent un crissement en arrivant sur l'asphalte, lequel s'atténua à mesure qu'Henry s'éloignait en direction de Lute.

*

Edgar s'attarda sur la véranda, buvant à petites gorgées le mauvais café d'Henry Lamb. La maison se blottissait dans une poche d'ombre matinale, derrière le champ de tournesols. Le ciel sans nuage était strié de blanc comme si on l'avait saupoudré de sucre. Une légère odeur de térébenthine se dégageait des fleurs.

Essai et Sahib exploraient les contours de la grange. Edgar libéra Amadou dès qu'il pleurnicha. Il partit en boitillant. Il s'arrêta pour examiner solennellement son pansement avant de rejoindre les autres chiens, s'appuyant légèrement sur son pied. Ils se flairèrent les uns les autres, puis Amadou claudiqua vers la véranda où il se coucha en soupirant.

À la façon dont le chien se déplaçait, Edgar estima qu'ils ne pourraient repartir avant deux, voire trois semaines à condition que la patte d'Amadou ne s'infecte pas et – ainsi qu'Henry l'avait suggéré avec tact – qu'il ne se soit pas coupé un tendon ou un ligament si important qu'il en deviendrait infirme. En fait, c'était Essai, celle qui avait tendance à s'aventurer dans d'absurdes explorations, qui aurait dû se blesser. Amadou, lui, n'avait pas eu de chance – la chasse aux grenouilles n'avait présenté aucun danger jusqu'à présent.

N'y avait-il d'autre choix qu'accepter l'invitation d'Henry? Il semblait ne rien connaître aux chiens. À l'évidence, il ne se doutait pas du temps que prendrait la convalescence d'Amadou ni de ce que ça représentait de nourrir tous les jours cent cinquante kilos de chiens affamés. Edgar n'avait pas d'argent pour payer tout ça et, sans lacs ni chalets dans les environs, la pêche et le cambriolage n'étaient plus à envisager.

Et puis Henry était vraiment bizarre. Il l'avait lui-même prévenu qu'il n'était pas fiable, ce qui semblait plutôt inhabituel. En même temps, il les aimait bien, c'était visible. Edgar l'avait même surpris en train de sourire après le charivari du réveil. À moins que ça n'ait été qu'à cause de sa chute. Quoi qu'il en soit, même si Henry était sincère, il n'était pas impossible qu'il change d'avis en cours de route – où que se trouve son bureau. Qu'est-ce qui lui avait pris de laisser sa maison à un inconnu? D'un instant à l'autre, une voiture de police se garerait dans la cour. Grâce aux semaines dans la forêt de Chequamegon, Edgar était persuadé que leur forme physique leur permettrait d'échapper à n'importe quel poursuivant. Sauf qu'Amadou boitait, et il y avait trop de champs alentour pour semer qui que ce soit. À moins qu'ils n'aient une très longue avance.

Un départ immédiat était bien sûr une possibilité. La blessure d'Amadou les ralentirait sans les arrêter pour autant. Il l'avait porté pendant deux kilomètres la nuit dernière – certes, son dos lui faisait horriblement mal, mais il serait capable de recommencer. Ils ne couvriraient que deux kilomètres par jour, et alors? Deux kilomètres pour s'éloigner de chez Henry, c'était aussi bien que d'atteindre le comté voisin. Dès qu'ils rejoindraient le lac, ils pourraient accumuler des réserves. Jusqu'à présent, ils n'avaient compté que sur eux-mêmes. C'était le seul plan dont l'efficacité était incontestable.

Il rappela Essai et Sahib. Ils rentrèrent tous à l'intérieur. Il ouvrit le robinet de la douche, puis se déshabilla. Tandis que le petit miroir au-dessus du lavabo se couvrait de buée, il s'examina : maigre, le visage constellé de piqûres de moustique, les cheveux décolorés tombant sur ses yeux bleus. Les semaines qu'ils avaient passées à se débrouiller tout seuls avaient effacé toute trace de douceur, il ressemblait à un lévrier, tendu et nerveux.

En plus, il était dégoûtant. Son cou brûlé par le soleil était crasseux jusqu'aux épaules. Après avoir réglé la température de l'eau, Edgar entra sous la douche, ferma le rideau en plastique blanc et se savonna. Il laissa l'eau chaude couler sur son corps. Malgré ses doses quotidiennes de Off, aucun centimètre carré de sa peau n'avait apparemment échappé à la morsure d'un taon, d'un aoûtat ou d'un moustique. Quand il n'y eut plus d'eau chaude, il tira le rideau. Sur le pas de la porte, Essai et Sahib le regardaient d'un air interrogateur. Un grand sourire aux lèvres, il attrapa une serviette qu'il agita à la manière d'un torero.

Une fois habillé, il se remplit un bol de céréales qu'il arrosa de lait et de miel et emporta pendant qu'il visitait la maison. Les murs de l'entrée étaient couverts de photos – un couple d'un certain âge posait devant un atelier, les parents d'Henry peut-être, des enfants en pyjama brandissaient des jouets devant un arbre de Noël éclairé, Henry plus jeune, au regard indécis, dans le hall d'un grand immeuble, à côté de ses parents. Il remarqua le portrait d'une femme au visage d'ange sur la table basse, où figurait une dédicace dans une écriture à larges boucles : *Love, Belva*. L'écran resta noir quand il alluma le téléviseur, en revanche le tourne-disque marchait. Sur les étagères, il trouva une pile de manuels de réparation de voitures et d'autres de *Bell System*. Apparemment Henry travaillait pour la Compagnie du Téléphone.

La porte de la chambre était fermée. Il hésita à l'ouvrir mais toutes les pièces de la maison paraissaient du même acabit, et il n'était pas difficile d'imaginer un lit banal, des draps

froissés, pas trop, le peignoir jeté par terre. Une commode.
Un placard. D'autres photos de famille sur les murs. La seule
chose qu'Henry lui avait demandée, c'était de ne pas y entrer.
Il n'avait même pas exigé qu'ils évitent de le piller – ce dont ils
ne s'étaient d'ailleurs pas privés, sans le moindre remords.

Edgar alla fouiller dans les placards de la cuisine. Il
versa quatre boîtes de ragoût de bœuf dans un bol pour
Essai et Sahib, et deux boîtes de dinde et de boulettes desti-
nées à Amadou dans un autre. Pendant qu'ils dévoraient leur
pâtée, il ôta le sparadrap de son pouce et inspecta sa plaie.
Profonde et affreuse, la coupure était néanmoins propre.
Puis, il commença à enlever la chaussette de la patte d'Amadou. L'image de son chien sur le dos, en train de se débattre,
le pied transpercé d'un bout de verre, s'imposa à lui. Peut-
être avait-il dramatisé, la blessure était sans doute moins
grave qu'il ne l'avait imaginée et aurait-elle l'air bénigne à la
lumière du jour.

Ce ne fut pas le cas. Une tache brune maculait le pansement. Amadou lécha les bandelettes qu'il tirait à mesure
qu'Edgar les déroulait. Il eut du mal à le faire basculer sur
le côté et à relever son pied. Le coussinet avait doublé de
volume. Se forçant à ouvrir la plaie, il découvrit avec horreur la chair rose et grise, un tendon qui se contractait. Il
dut s'interrompre. D'une part sa tête tournait, de l'autre Amadou enlevait sa patte en geignant et lui donnait de grands
coups de langue tout en lui lançant des coups d'œil chargés
de reproches.

La cuvette en émail se trouvait sur le comptoir. Il la
remplit d'eau tiède et ajouta quatre gouttes de liquide vaisselle. Amadou menaça de se révolter quand Edgar la posa
par terre. Il lui enserra le museau et le regarda droit dans
les yeux.

Prends-en l'habitude, signa-t-il. On va le faire souvent.

*

De leur poste avancé dans le champ, Edgar regarda la
voiture d'Henry s'arrêter près de la boîte aux lettres, puis
s'engager dans l'allée. C'était la fin de l'après-midi, il s'était

retiré avec les chiens à l'endroit où ils avaient dormi la veille, le meilleur compromis entre le départ ou la halte. Malgré son incapacité à faire supporter le moindre poids à son pied, Amadou s'était débattu quand Edgar avait voulu le prendre dans ses bras. Au point qu'il l'avait reposé sur le sol de crainte qu'il ne saute et n'aggrave sa blessure. À contrecœur, il avait laissé le chien longer la clôture et celui-ci avait mis une demi-heure à parcourir la distance. Une fois qu'ils furent tous installés, Edgar se détendit enfin. Le matin, il avait pris un risque. Il avait donné l'ordre aux chiens de rester couchés à l'intérieur, le temps qu'il aille récupérer la canne à pêche et la sacoche. Le matériel de pêche était à présent dissimulé parmi les tournesols ; en un rien de temps, ils pourraient tous l'être. Même Amadou.

En contrebas, Henry sortit de sa voiture, un sac à provisions sous le bras, sa boîte à sandwichs à la main. Il appela avant d'ouvrir la porte de service et de disparaître à l'intérieur. Ils avaient déserté la maison sans la fermer, sans un mot de remerciement. C'était impoli, mais Edgar ne pouvait se permettre de laisser des preuves de leur passage, au cas où Henry arriverait accompagné. Quelqu'un aurait pu lui emboîter le pas ou le suivre à quelques minutes d'écart ?

Henry revint sur la véranda avec une bière. Il parcourut la cour du regard. Edgar se baissa. Quand il redressa la tête, Henry, debout sur la route, fixait l'asphalte en secouant la tête. Il alla ensuite chercher un barbecue dans la grange qu'il tira jusqu'à la véranda. Il le remplit de charbon de bois, versa de l'allume-feu. Les flammes ne tardèrent pas à jaillir de l'hémisphère noir, projetant des vagues de chaleur.

Henry sortit deux chaises de cuisine et une table de bridge qu'il déplia sur la pelouse. Il posa une assiette de chaque côté et, au milieu, un paquet de petits pains complets, des pots de ketchup et de moutarde, un plat de salade de pommes de terre ou de pâtes. Dans le verre qu'il plaça, en guise de presse-papiers, sur une liasse de feuilles, il y avait deux crayons jaunes. Il déballa un paquet de ce qui ressemblait à des saucisses fraîches qu'il disposa sur le gril, puis ouvrit une boîte de haricots à la tomate qu'il fit chauffer à côté. Quand tout fut prêt et qu'une colonne de fumée s'éleva du barbecue, Henry s'installa sur une chaise avec un journal.

Voila qui arracha un sourire à Edgar. S'il les avait repérés, Henry aurait pu se contenter de les appeler sans avoir recours à cette mise en scène. Il était, cependant, plus probable qu'Henry ignore qu'ils se trouvaient à proximité, encore moins qu'ils l'espionnaient. Cet acte de foi était intéressant de la part d'un homme qui se targuait d'être irresponsable et imprévisible. Pour l'heure, Edgar était au contraire frappé par son sens des responsabilités : il préparait un dîner et jouait la comédie au bénéfice d'invités à l'existence incertaine.

En outre, malgré la répugnance d'Edgar à le reconnaître, force était de constater que le plan d'Henry marchait. Après l'orgie de la veille, Edgar était sûr de ne plus rien avaler de la semaine. Or l'eau lui venait à la bouche. Chaque regard lui faisait découvrir autre chose sur la table. Cornichons. Boisson gazeuse. Des victuailles emballées dans du papier de boucherie. Une sorte de tarte au citron meringuée. Pour autant, il n'était pas question de retourner dans la cour. L'attente était le seul moyen d'avoir la certitude que l'homme n'avait pas demandé au shérif de passer vers 21 heures, un moment où il pouvait être sûr que le garçon se trouverait dans son salon.

Les saucisses cuites, Henry attrapa la boîte de haricots avec une manique et la vida dans un bol. Il empila les saucisses sur un plat qu'il posa sur la table et se servit, ajoutant un monceau de salade de pommes de terre et une bonne cuillerée de haricots. Il plia ensuite son journal en quatre, prit un des crayons dans le verre et commença les mots croisés. Peut-être était-il le jouet de son imagination, toujours est-il qu'Edgar aurait juré que l'arôme épicé des saucisses grillées montait jusqu'au champ. Sahib, lui, le sentait. Il s'approcha et souffla avec inquiétude dans l'oreille d'Edgar, qui lui caressa machinalement le dos.

Une semi-obscurité était tombée et des étoiles mouchetaient le ciel. Edgar se leva et frappa doucement dans ses mains pour appeler Essai. Comme elle n'arrivait pas, il comprit soudain que la nourriture n'était pas la cause de l'impatience de Sahib. Il virevolta et tapa plus fort dans ses mains. Lorsqu'il se retrouva face à la maison, Essai traversait déjà, d'un pas alerte et désinvolte, le halo de la lumière de la véranda, balançant gracieusement la queue et décrivant de larges cercles avec ses antérieurs comme si elle saluait un ami perdu de vue depuis longtemps. Henry reposa son journal. Essai termina sa course en un assis parfait à moins de dix centimètres de lui.

« Bonjour, toi », la salua-t-il, se calant sur son siège. Sa voix leur parvint dans l'air immobile. Même à cette distance, Edgar distingua le regard de mendiante d'Essai, qui, assise bien droite, les oreilles en avant, remuait évidemment la queue.

Sahib, toujours près d'Edgar, couina et trépigna.

Assis, ordonna le garçon.

Sahib obéit non sans un grognement amer, puis se déplaça sur la gauche pour mieux voir. Amadou le rejoignit en boitillant. Dès qu'Henry parlait, les deux chiens humaient l'air et inclinaient la tête comme deux marionnettes.

À quoi bon maintenant, se dit Edgar. Il s'approcha d'Amadou.

Pas question de descendre en courant sur ce pied, signa-t-il.

Puis il ordonna au chien de se lever et planta ses yeux dans les siens. Une fois qu'ils se furent compris, il libéra Sahib avant de passer un bras sous le ventre d'Amadou, l'autre sous son poitrail, et de se mettre debout. Habitué à présent à porter le chien, si lourd qu'il fût, Edgar descendit la colline à pas lents et précautionneux.

Henry but une gorgée de bière tout en les regardant avancer. Les derniers mètres, Sahib, perdant toute retenue, dérapa et atterrit à côté d'Essai. Le regard des deux chiens navigua d'Edgar à Henry. Enfin, Essai partit accueillir Amadou et Edgar, indifférente au coup d'œil que lui lança ce dernier, secouant la tête comme si elle les escortait à une fête dont elle aurait été l'initiatrice.

Amadou, patient pendant la descente, commença à s'agiter dans les bras d'Edgar qui le posa par terre. Après avoir touché Essai du nez, il clopina sur l'herbe. En l'espace d'un instant, les chiens encerclèrent Henry. Vu le mal que celui-ci s'était donné, Edgar s'attendait à une invitation chaleureuse mais c'était mal le connaître.

« Je croyais que tu t'étais sauvé », grommela-t-il, le regardant par-dessus la tête des chiens. D'un geste, il montra la nourriture dont la table était couverte. « Prends une saucisse. Elles sont carbonisées, mais c'est toujours mieux que rien. »

*

Une fois qu'Edgar eut fourré une saucisse dans un petit pain et se fut servi de salade de pommes de terre, Henry désigna le paquet blanc. Edgar l'ouvrit et découvrit trois gros os à moelle où subsistaient quelques lambeaux de viande crue.

« D'après le gars du rayon boucherie, c'est parfait pour des chiens », expliqua-t-il.

Edgar poussa le paquet vers Henry pour qu'il les distribue. Il refusa :

« C'est gentil, mais j'ai envie de me servir de tous mes doigts demain. » Les chiens avaient flairé les os et attendaient. Edgar s'accroupit pour les leur donner. Ils filèrent les ronger un peu plus loin et imaginer, le regard vague, l'animal qui les avait fournis.

Puis, comme si l'arrivée d'Edgar n'avait aucun intérêt, Henry se replongea dans ses mots croisés. De temps à autre, il se redressait et contemplait la nuit, aussi perdu dans ses pensées que les chiens.

Il finit par poser son crayon et ouvrir une bière fraîche. « Bon sang ! s'exclama-t-il. Je cherche un mot en onze lettres qui répond à la définition de *comme un papillon*. Il commence par L. »

Edgar jeta un coup d'œil à Henry. Il prit un crayon, écrivit *Lépidoptère*, et poussa le bout de papier sur la table.

Henry se pencha à nouveau sur ses mots croisés. « Parfait, dit-il. À présent, voyons ce que tu peux trouver pour ... attends un peu ... un mot de dix lettres, se terminant par ion pour *écho*. » Après une seconde de réflexion, Edgar inscrivit *répétition* sous le premier mot.

« Oui. Oui. C'est ça, bravo! Ah! *Lentille* », s'écria-t-il en remplissant de nouvelles cases. « Il en reste un. Sept lettres pour *constitué de feu ou de lumière*. Ça commence et termine par un E. »

Edgar secoua la tête.

« Tant pis. Merci de ton aide, j'ai presque fini. » Il reposa son journal, coupa la tarte en six, tendit une assiette à Edgar et en prit une pour lui. De sa fourchette, il montra Amadou, occupé à ronger son os. « Comment va son pied aujourd'hui? »

Mal, écrivit Edgar. *Très enflé.*

« Tu sais que le risque d'infection est le principal problème, n'est-ce pas? »

Oui.

« Tu l'as relavé aujourd'hui? »

Edgar montra quatre doigts.

Henry hocha la tête. « Je ne t'apprends rien, c'est ça? »

Ne souhaitant pas paraître ingrat, Edgar haussa les épaules.

Henry avala une bouchée de tarte. « Je ne veux pas être indiscret, reprit-il, mais ça faciliterait les choses si tu me disais comment tu t'appelles. »

Mortifié, Edgar resta cloué sur sa chaise tandis qu'Henry finissait sa tarte. Il avait réfléchi et mijoté des plans toute la journée sans que ce détail lui effleure l'esprit. Il lui était impossible d'écrire son véritable nom. Il avait passé des années à en chercher pour les chiots, aussi devrait-il facilement en trouver un pour lui. Mais il n'avait pas des jours ni des semaines pour y penser. Il tenta de dissimuler son désarroi en se servant une seconde part de tarte. Il posa les yeux sur les chiens et une idée germa dans son esprit. Il griffonna sur le papier et le poussa vers Henry.

« Nathoo? lut Henry, sceptique. Tu n'as pas vraiment l'air d'un Nathoo. C'est un nom indien, ou quoi? »

Appelle-moi Nat, écrivit Edgar.

Henry le regarda.

« Comment s'appellent tes chiens? »

Essai, Sahib et Amadou apparurent sur le bout de papier. Henry les prononça tout haut, tendant le doigt vers chaque chien.

Oui.

Pour qu'Henry change de sujet, Edgar décida qu'il était temps de nettoyer à nouveau le pied d'Amadou. Il remplit la cuvette en émail d'eau savonneuse.

« Est-ce que ça durera aussi longtemps qu'hier soir ? » s'enquit Henry.

Edgar hocha la tête.

« Alors je vais me coucher. Fais comme chez toi quand tu auras fini. »

Henry débarrassa la table et rangea les chaises. Il s'était retiré dans sa chambre au moment où Edgar refit le pansement d'Amadou. Il ordonna aux chiens de rentrer et de se coucher sur le tapis du salon.

Il espérait que la nuit de la veille avait été une exception mais dès qu'il s'étendit sur le canapé, il fut évident qu'il avait perdu la faculté de dormir sur des meubles capitonnés. Jusqu'ici, il n'avait pas eu l'impression que ça exigeait une aptitude particulière. Quelques semaines auparavant, il dormait dans un lit, sous des draps et des couvertures, avait un toit au-dessus de sa tête et une petite fenêtre par où regarder la nuit. Maintenant, son corps lui rappelait qu'il était enfermé dans une pièce. Les bruits nocturnes lui parvenaient par une fenêtre entrouverte, comme répercutés dans un long tuyau. Le moelleux des coussins du canapé était incongru. C'était infiniment plus confortable que les brindilles qui s'enfonçaient dans sa peau ou les piqûres d'insectes mais, dans la forêt, les chiens et lui dormaient blottis les uns contre les autres – si l'un bougeait, les autres s'en apercevaient immédiatement. Là, il devait tendre le bras pour les toucher, et encore, du bout des doigts. En outre, n'importe qui pouvait passer devant la fenêtre sans qu'il s'en rende compte.

Il finit par se lever, emmitouflé dans une couverture, et par traverser la cuisine avec les chiens qu'il emmena sur la large véranda. Ils se couchèrent dans un entrelacs de bras et de pattes, confortablement appuyés à la maison, huit yeux et huit oreilles face à la nuit. Tour à tour, les chiens poussèrent de profonds soupirs. Les étoiles froides et blanches décrivaient un arc dans le ciel noir. La lune brillante, auréolée de son halo, lui rappela le terme empyrée – constitué de lumière ou de feu – la solution du mot croisé. Pourquoi n'avait-il pas eu envie de la fournir à Henry ? Il réfléchit à cette question tandis que les bruits de la nuit s'élevaient autour d'eux, mais il s'endormit avant d'avoir trouvé la réponse.

Banalité

Un chant d'oiseau. L'odeur du percolateur. Henry poussa la porte grillagée et, découvrant l'entremêlement d'Edgar et ses chiens, secoua la tête comme s'il n'avait jamais vu de spectacle aussi pitoyable. Sahib, le premier à se lever, étira ses pattes de devant et s'approcha d'Henry. Edgar resserra son emprise sur Amadou et Essai, mais, déjà, ils se réveillaient en haletant. L'eau coula dans les tuyauteries de la maison et la douche siffla. Edgar se mit debout, entra dans la cuisine et se servit une tasse de café qu'il rapporta sur la véranda. Essai se souvint de son os, ce qui donna la même idée aux deux autres et le ciel s'éclaira au son des trois mâchoires rongeant leurs bouts de jarret. C'est à peine s'ils redressèrent la tête quand Henry apparut, sa boîte à sandwichs à la main. Il laissa tomber une paire de gants de travail à côté d'Edgar.

« Suis-moi », dit Henry. Il se dirigea vers le hangar, secoua le verrou d'un loquet et ouvrit les portes en grand. « Voici le marché. Je veux garer cette voiture – d'un geste, il montra le monolithe rouillé, échoué sur les parpaings – dans cette remise. »

Vu de l'extérieur, le hangar d'Henry n'avait rien de particulier si ce n'est son léger délabrement. D'environ quatre mètres cinquante de large, le double en longueur, c'était une petite structure aveugle au toit à double pente, dont la peinture blanche était délavée par le soleil. En revanche, l'intérieur était un dépotoir en miniature. Edgar mit un moment à distinguer un objet quelconque. Les murs étaient tapissés d'enjoliveurs, de bobines de fil de fer, de plaques d'immatriculation, de vieux démonte-pneus, de scies, de râteaux, de binettes, de faux, de lames de scies circulaires et d'un arsenal de vieux outils en fer, rouillés et bizarres. Des chaînes s'amoncelaient autour du périmètre comme autant de serpents pétrifiés. Un bout de gouttière froissée et pliée. Un miroir sans cadre au pied duquel gisaient des vitres fêlées. Un tas de vieux seaux rouillés débordant de gadgets et de pièces diverses. Une grosse corde aux fibres effilochées était posée sur une pyramide de briques. Des plaques de contreplaqué s'effeuillaient comme des livres d'images sauvés des eaux. Des monceaux de pneus. Des piles de vieux journaux pourrissant sur place. Des cuvettes stockées au petit bonheur, à l'émail aussi craquelé qu'un sol désertifié. Une grosse enclume brune. Près d'une lessiveuse essoreuse cylindrique tapie vers le fond, ce qui ressemblait à une bouche d'incendie ou à un bout de l'arbre de transmission d'un camion.

Et cela ne concernait que les murs. Au milieu trônait – s'affaissait plutôt, comme un animal au dos brisé par sa charge –, une vieille charrette à foin. Trois de ses roues avaient été éjectées sur les côtés comme sous l'effet d'un choc. L'essieu avant, tordu, faisait pencher la quatrième roue vers l'intérieur tandis que le plancher pourri disparaissait sous une montagne de poutres, de bardeaux, d'encadrements de portes, de rouleaux de fil de fer barbelé et d'étais rouillés. De toute façon, même si elle avait été sur ses roues, le linteau n'aurait pas été dégagé pour autant.

« Tu vois mon problème ? » lança Henry.

Edgar acquiesça. Il jeta un coup d'œil à l'épave sur ses parpaings. Nul doute qu'elle était assortie au hangar. Henry lui exposa son plan – à quoi s'attaquer en premier, ce qu'il ne devait pas toucher sans lui. Son explication dura longtemps, il ne lui épargna pas les détails et c'était un travail titanesque. « Il y a des vêtements de travail dans le placard quand tu passeras aux trucs dégueulasses », précisa-t-il avant de lui montrer où trouver des tenailles et une brouette. Dès qu'ils furent rentrés à la maison, Edgar griffonna pour demander des bandages à Henry. Celui-ci lui donna un vieux drap. Ils

dressèrent une liste de fournitures à rapporter de la ville.
Puis Henry s'en alla.

Sahib et Essai, qui les avaient suivis dans le hangar,
attendaient devant la porte de la cuisine. Amadou les avait
rejoints sur trois pattes. Il croisa le regard d'Edgar avec une
lueur de défi. À moins qu'Edgar ne le force à l'immobilité, il
allait bouger, tel était son message.

D'abord on s'occupe de ton pied, signa-t-il.

La plaie d'Amadou suintait d'un pus verdâtre, inquiétant
bien qu'inodore. À sa vue, des gouttes de sueur perlèrent sur
le crâne d'Edgar. Il appuya le dos de sa main sur le coussinet
blessé, lequel n'était pas spécialement chaud. Il commença
à le nettoyer dans l'eau si brutalement qu'Amadou enleva sa
patte en couinant.

Désolé, on ne peut pas en rester là, s'excusa Edgar, les
mains ouvertes. Au bout d'un moment, Amadou lui tendit sa
patte dont il s'empara. Il veilla à être plus doux. Après quoi,
il alla laver les bandes usagées dans l'évier, les essora et les
étendit sur la corde à linge. Amadou se mit à mordiller le
nouveau pansement.

Arrête, ordonna Edgar. Il plaça l'os à moelle devant Amadou et retourna à la corde. Du coin de l'œil, il s'aperçut que
le chien recommençait. Il revint sur ses pas pour l'en empêcher.

On peut jouer à ça toute la journée si ça te chante, signa-
t-il.

Il compta à rebours dans sa tête : trois jours depuis leur
dernière séance d'entraînement. Sans perdre une seconde,
il les aligna dans l'herbe derrière le hangar. Ils travaillèrent
les rappels et les renvois sous le soleil matinal. Puis le rapport, l'immobilisation, la surveillance. Edgar imagina que
ça leur rappelait la maison, à ceci près que là-bas, c'étaient
des exercices, des réponses à des questions théoriques dont
rien ne dépendait. Suivre une trace. Rester assis. Flairer
des cibles. Aujourd'hui les mêmes actions renforçaient les
liens qui les unissaient comme s'ils créaient, ensemble, le
monde à partir de rien. En travaillant, ils étendaient le ciel
au-dessus d'eux, plantaient les arbres dans la terre. Ils inventaient les couleurs, l'air, les parfums et la pesanteur, le rire

et les larmes. Ils découvraient la vérité, les mensonges ou les blagues. Essai fit le plus vieux tour qui soit, celui qui consistait à rapporter un bâton et galoper en crabe devant Edgar en feignant qu'il était invisible, tout en secouant le bout de bois dans sa gueule comme si elle lui demandait, c'est du jeu, hein ? Qu'importe le reste quand on peut faire ça ?

*

La première partie du plan d'Henry était simple, il fallait tout sortir et trier en trois tas : les choses à brûler, celles à emporter à la décharge, celles à garder. Le vieux bois était à brûler avec les magazines et le papier ; le vieux fauteuil et les étais iraient à la décharge. En revanche, la catégorie des affaires à garder était plus floue, d'après Henry. De plus, il fallait s'attendre à ce que l'endroit ait plusieurs habitants nuisibles. Des rats, par exemple, pouvaient très bien avoir élu domicile dans la remise. Aussi Edgar s'était-il armé d'un gros bâton et, avant de déplacer quoi que soit de volumineux, il tapait violemment dessus. Jusqu'à présent, seule une couleuvre avait surgi de derrière le contreplaqué.

Il empila au petit bonheur les étais sur le gravier et un tas d'ordures près de l'incinérateur. Les chiens, à tour de rôle, vinrent flairer ce qu'il avait sorti. Sahib et Essai marquèrent le vieux siège de voiture. Amadou voulut les imiter, mais il fut déséquilibré par sa patte blessée. Edgar fit mine de les en empêcher, puis il se ravisa.

À midi, il distribua des déchets aux chiens et relava le pied d'Amadou, l'enveloppant des bandages qui avaient séché sur la corde à linge. Une voiture passa sur la route. Par habitude il chercha les chiens du regard, mais il n'y avait pas lieu de s'inquiéter. Sahib et Amadou dormaient à l'ombre, Essai avait choisi un endroit au soleil d'où elle pouvait suivre ses allées et venues. D'ailleurs, la maison les cachait tous. L'idée de suivre la voie de chemin de fer s'imposa à lui l'espace d'un instant, il la rejeta à nouveau. Outre la difficulté de se déplacer avec Amadou, outre l'eau oxygénée et ce qu'Henry devait rapporter le soir même, Edgar avait conclu un pacte avec lui et la culpabilité de l'avoir dévalisé le taraudait déjà.

C'était une maigre compensation que de nettoyer son hangar de fond en comble.

Edgar y retourna. Son esprit vagabonda tandis qu'il travaillait. Chaque fois qu'il récupérait quelque chose d'intéressant – une sphère moisie, un pressoir à pommes au manche cassé – il retournait l'objet dans ses mains et en enlevait la saleté, la poussière, les toiles d'araignées. Qui avait construit cette maison ? Combien d'étés de suite avait-il fixé ce machin à sa table de cuisine, tourné le manche à présent fendu, écrasé une multitude de pommes, retiré la pulpe broyée du cylindre, filtré le jus dans de la gaze ? Une odeur de cidre flottait-elle le lendemain matin ? Les frelons s'agglutinaient-ils sur la porte grillagée pendant qu'il travaillait ?

Il aurait été incapable de retrouver le moment précis où il se rendit compte qu'il n'était plus seul. Il s'activait lentement, passant de la rêverie à la réalité, lorsque sa nuque fut parcourue de picotements comme si le vent avait réduit en sel un filet de sueur, une sensation dont il ne tint d'abord pas compte. La seconde fois, il regarda mieux et distingua une silhouette au fond de la remise. Il recula pour mieux voir.

Après avoir lancé un coup d'œil aux chiens étendus dans la cour, il fit le tour du hangar sans s'en approcher. Étant donné l'absence de fenêtre, il ne pouvait que suivre les fissures entre les planches dont la peinture s'écaillait en lamelles à la manière d'une écorce de bouleau. Revenu à son point de départ, il se tint devant la porte et, les yeux étrécis, regarda à l'intérieur sans y discerner autre chose que la charrette et son amoncellement de détritus. Il se pencha pour attraper le bâton qu'il avait coincé derrière la porte et racla le chambranle. Puis il rentra, tapa à grands coups la pile d'étais jusqu'à ce qu'un nuage de poussière orange emplisse le hangar. Rien d'autre ne bougeait. Quand il pivota, les chiens, alignés sur le seuil, l'observaient.

Bonne idée. Couché. Ne me quittez pas des yeux, signa-t-il.

Une fois les chiens en place, il se réattela prudemment à l'ouvrage. À peine sentit-il sa nuque parcourue de nouveaux picotements qu'il s'obligea à regarder les chiens en

premier lieu. Sahib, le seul encore réveillé, était tranquillement couché au soleil. Edgar risqua un coup d'œil au fond
de la remise. La silhouette aperçue plus tôt était là, mais elle
disparut dès qu'il se tourna pour lui faire face.

Peu à peu, il finit par distinguer un vieil homme aux
épaules voûtées, aux gros bras de paysan et au ventre pro-
éminent. Il portait un jean, un T-shirt maculé de taches de
gras et une casquette sur ses cheveux grisonnants. Lorsque
l'homme parla, ce fut à voix basse – presque un murmure.
Il avait un accent qu'Edgar reconnut pour avoir passé des
heures à écouter les vieux fermiers au magasin d'aliments pour
animaux, qui disaient « ç'te » pour « le, la, ce ou cette ».

« C'était c'te bonne femme, on pouvait rien jeter. On
devait tout garder. »

Conscient de ce qui s'était passé lorsqu'il l'avait regardé
en face, Edgar se concentra pour dégager deux roues de voiture.

« Elle voulait tout garder au cas où on aurait besoin de
pièces, continua l'homme. J'aurais pu faire aut' chose de c'te
hangar. L'a même fallu que je range les machines en bon état
chez le voisin. »

Après avoir entassé les roues l'une sur l'autre, Edgar
s'agenouilla pour trier d'autres pièces plus petites afin d'éviter de lever les yeux.

« Par exemple, c'te poêle à charbon là-bas. »

Edgar jeta un coup d'œil à la masse de métal qui se profilait derrière le chariot sans oser l'examiner de près de crainte
que son regard ne dévie du côté du vieux paysan. Jusque-là,
il n'avait remarqué qu'une sorte de cylindre mais ça ressemblait effectivement à un vieux poêle.

« On l'avait installé au sous-sol avant même d'avoir posé
le plancher du premier. La vache, il était grand ! Ça nous a
pris toute une matinée, à trois. Pleuvait comme vache qui
pisse, note c'était pas le plus embêtant. Ça été bien pis de le
sortir – on a dû l'exploser à la masse. "Fais attention à bien
garder ça, qu'elle disait. On sait jamais." »

Du coin de l'œil, Edgar vit l'homme secouer la tête.

« Je peux pas te dire le nombre de tonnes de charbon
que j'ai chargées dans c'te bazar. Je l'aimais bien. Je l'appe-

lais Carl. Je dois aller nourrir Carl que je disais quand il faisait froid. Ou bien, Carl va passer un sale quart d'heure, quand une tempête de neige arrivait. »

Combien de temps avez-vous vécu ici? l'interrogea Edgar avec ses mains. Il s'était autorisé un regard et, une fois de plus, il n'y avait plus personne. Il alla poser un volant de voiture dans la cour et se remit à la tâche jusqu'à ce que sa nuque soit parcourue de frissons.

« Trente-sept ans, répondit l'homme. Y a quinze ans de ça, plus rien ne rentrait dans le hangar, alors elle m'a laissé me débarrasser de quelques trucs. Elle a pas cessé d'se tordre les mains. Ah, j'aurais pas dû être aussi dur avec elle. C'était une gentille femme, elle aimait nos gosses comme une folle. À sa mort, j'ai trouvé une boîte à chaussures remplie d'attaches de sacs à pain. Des milliers! P'être tous ceux qu'on avait apportés à la maison. À se demander c'qu'elle avait en tête? »

Edgar se garda de réagir. Il repéra une caisse remplie de bocaux cassés destinés à la déchetterie. Il sortit ensuite une tenaille de sa poche arrière et se mit à découper des fils de fer barbelés enchevêtrés à des piquets de clôture. Après les avoir pliés, il jeta les bouts de fer qui formèrent un tas de tiges de roses métalliques.

« Quand elle est morte, continua le fermier, j'ai pensé, maintenant je peux ranger c'te hangar. J'ai ouvert les portes et puis j'ai changé d'avis. Trente-sept ans à remplir, c'est pas possible d'le vider, que j'me suis dit. Ç'aurait été comme l'enterrer une deuxième fois. Alors j'ai tout vendu, et je suis parti en ville. Au cours de la vente aux enchères, j'ai dit aux gens qu'ils pouvaient avoir tout ce qu'il y avait dans le hangar pour vingt dollars à condition qu'il le débarrasse. Ça n'a intéressé personne. »

Malgré tous ses efforts, Edgar ne put s'empêcher de lorgner en direction de l'homme qui disparut aussitôt. Il continua à travailler et attendit. L'après-midi s'écoula. Henry rentra. Il rapportait la nourriture pour chiens, d'autres produits qu'Edgar lui avait demandés, des pots de peinture et des pinceaux. Ainsi que des disques qu'il s'empressa de sortir de la voiture avant qu'ils ne fondent sous le soleil brûlant.

Très excités, les chiens tournicotèrent dans la cour en laissant échapper des bâillements sonores censés les calmer jusqu'à ce qu'Henry ressorte de la maison. Edgar immobilisa Sahib, qui geignit doucement. Les deux autres saluèrent leur hôte. Celui-ci n'avait à l'évidence pas l'habitude des chiens car il les fixa, les bras en l'air, on aurait dit qu'il pataugeait dans une mare. Sahib s'assit devant lui. À la stupéfaction de tous, il lui attrapa le museau et le secoua comme s'il serrait une main au lieu de le gratter derrière l'oreille ou de le caresser. Cela partait d'une bonne intention, Henry s'imaginait sans doute même faire plaisir à l'animal, lequel baissa la tête avec indulgence et coula un regard à Edgar. Témoin du sort de Sahib, Essai s'éloigna l'air de rien quand son tour arriva. Enfin, Henry s'approcha d'Amadou dont il tapota la tête du plat de la main comme s'il essayait d'aplatir un épi récalcitrant. Après avoir évalué les tas de débris, qui avaient incroyablement grossi au fil de la journée, il alla inspecter le hangar.

« Nom de Dieu, il y en a autant que lorsque tu as commencé ! » s'exclama-t-il.

Edgar, qui avait exactement la même impression, fut soulagé qu'elle soit confirmée. Il commença à enfiler ses gants de travail mais Henry l'en empêcha.

« Ça suffit pour aujourd'hui, lui ordonna-t-il. Si tu continues, je vais me sentir obligé de t'aider. »

Edgar ferma les portes de la remise et remit le pêne tordu en place dans sa gâche rouillée. Ils se dirigèrent ensemble vers la voiture. Henry attrapa deux packs de bière au pied du siège du passager. Edgar chargea sur son épaule un sac de vingt kilos de croquettes qui se trouvait sur la banquette arrière. Dès qu'il fut arrivé sur la véranda, il nourrit ses chiens à la main.

*

Ce soir-là, ce fut un dîner de travailleurs. Henry s'assit à la table de la cuisine avec son journal. Il mangea des saucisses réchauffées et de la salade de pommes de terre. D'un geste, il encouragea Edgar à se servir et lorgna les chiens comme s'il s'attendait à les voir réclamer. Renonçant à demander à Edgar de les mettre dehors, il plia son journal en quatre et se plongea dans les mots croisés. Il tapota son crayon sur la table tandis qu'il remplissait les cases les plus faciles. Soudain, il poussa un « Oh! » et fonça dans le salon. Un pop retentit dans les enceintes du tourne-disque. Puis un morceau de piano commença à résonner dans la maison.

« Ça s'appelle *la Variation Goldberg* », dit-il, revenant, la pochette cabossée du disque à la main. Ayant relu le titre, il se corrigea, un peu mal à l'aise : « Non, *les Variations*. » Il reprit ses mots croisés. Il avait la bougeotte, il s'agitait, il se touchait le front – on l'aurait dit perturbé par le piano. Il vida son verre de bière. Il se pencha pour en prendre une autre dans le réfrigérateur qu'il versa dans le verre incliné, de la mousse se forma sur le dessus.

« Hé, ce serait bien que tu lises quelque chose, d'accord? lâcha-t-il. Je n'arrive pas à me concentrer si tu restes assis là. » Il ne paraissait pas en colère, simplement un peu abattu. « Il y a des magazines et des livres dans le salon. »

Edgar emmena les chiens dehors et les toiletta avec la brosse à clous qu'Henry lui avait achetée. Bas de gamme, en plastique, elle était cependant plus efficace que ses doigts, ses seuls outils pendant des semaines. Le sous-poil des chiens était très emmêlé. Le crépuscule avait laissé place à la nuit mais la lumière de la fenêtre de la cuisine l'éclairait suffisamment. Il s'attaqua à la queue d'Essai, qui finit par en avoir assez. Alors il s'occupa d'Amadou et de Sahib, puis à nouveau de la première. La musique lui parvenait par la porte. Quand elle s'arrêta avec un grincement, il entendit les pas d'Henry dans le salon. L'instant d'après, il y eut un autre morceau. Henry le rejoignit sur la véranda, une feuille et un crayon dans une main, son verre de bière dans l'autre, et s'assit le dos appuyé aux planches blanches. Sahib s'avança vers lui. Henry enfonça ses doigts dans les touffes de poil sous les mâchoires, s'efforçant de le gratter sans se faire baver dessus. Sahib supporta la caresse un certain temps, puis tourna la tête et la main d'Henry glissa derrière son oreille.

« Nat, interpella Henry, un mot de huit lettres pour "accroît la vision", qui se termine par un S. »

Il poussa le journal. « Vingt-trois vertical. »

Edgar jeta un coup d'œil au mot croisé, posa la brosse, écrivit *lunettes* et repassa le journal à Henry.

« Bien sûr, dit-il. J'aurais dû y penser. » Il leva son verre et regarda la lumière de la véranda à travers. « Lunettes », répéta-t-il, songeur, comme si l'idée venait de lui traverser l'esprit. La tête de nouveau appuyée au mur de la maison, il cessa de gratter Sahib, qui lui donna un coup de nez et posa une patte sur sa jambe.

Attention, signa Edgar à l'intention de Sahib.

Sahib enleva son pied.

« Tu sais, commença Henry, cela va peut-être te paraître incroyable, mais je n'ai jamais eu de chien. Même dans mon enfance. Des tas de chats, en revanche : trois, quatre à la fois. Mon meilleur ami à la maternelle avait un petit chien tacheté qui s'appelait Bouncer. Il devait peser environ dix kilos. Très malin. Il pouvait garder des trucs en équilibre sur son museau. Il nous suivait partout. Mais ces chiens – ces chiens-là, c'est autre chose. La façon dont ils te regardent, tout quoi... »

Un silence tomba.

« Tu les as depuis leur naissance ? »

Oui.

« Tu les dresses ? »

Oui.

« Comment va celui-ci... Amadou. Comment va la patte d'Amadou ? »

Edgar était en train de s'occuper de la myriade de nœuds de la queue d'Essai, à qui ça ne plaisait pas. Posant la brosse, il la libéra. Elle bondit, tourna en rond pour examiner son précieux appendice, puis se précipita vers Henry et Sahib à qui elle donna des coups de nez. Edgar les rejoignit. Il défit le pansement d'Amadou et leva sa patte vers la lumière.

Henry regarda. « Ouïe, s'exclama-t-il, je croyais l'avoir imaginé l'autre soir. »

Edgar alla chercher les chiffons, la cuvette et la bouteille d'eau oxygénée.

« C'est la plus grosse que j'ai trouvée. Si tu imbibes un chiffon pour tamponner, tu devrais la faire durer. »

Edgar prit le journal.

Pourquoi as-tu planté des tournesols ? écrivit-il dans la marge. Il utilisa l'eau oxygénée comme Henry le lui avait suggéré. Les bords de la plaie d'Amadou, rouges, suintaient. Le désinfectant moussa sous le chiffon.

« **Ah,** une question intéressante, fit observer Henry, en se redressant pour balayer le champ du regard. C'est une expérience. D'habitude, je plante du maïs mais cette année, j'ai eu envie de changer pour quelque chose qui sortait de l'ordinaire. Les tournesols sont plus communs au sud, par contre on n'en voit pas beaucoup par ici. »

Quand la blessure d'Amadou fut aussi propre que possible, Edgar récupéra les lambeaux de tissu sur la corde à linge.

Est-ce que ça rapporte plus que le maïs ? griffonna-t-il.

« Pas vraiment, répondit Henry. Ça m'est égal. Cinquante cents la livre pour les graines. Je pourrais gagner plus avec du maïs, pas tellement en fait. » Il fronça les sourcils. « Sauf que je ne sais pas trop comment les couper. À la main, ça prendrait des siècles. L'homme qui a récolté le maïs l'année dernière m'a dit qu'il croyait possible d'adapter sa moissonneuse-batteuse. S'ils sont beaux, je pourrais les laisser là. Ça dépend. Évidemment, rien n'est plus déprimant qu'un champ de tournesols morts. » Il but sa bière et leva la tête vers les étoiles. « Tu ne parles plus depuis longtemps, hein ? Le langage des signes, c'est à cause de ça ? »

Edgar secoua la tête.

« Est-ce qu'il y a eu un accident ou quelque chose de ce genre ? Enfin, si ma question ne te gêne pas.

Je suis né comme ça, écrivit Edgar. *Les médecins ne savent pas pourquoi.* Il haussa les épaules. *Merci pour la nourriture des chiens.*

Henry observa le monceau de débris. « Quel bazar », soupira-t-il. Il tourna les yeux vers l'épave. « J'apprécie ton aide. Je dois absolument rentrer ce tas de ferraille avant qu'il ne s'effondre. Il vaudrait mieux que je la vende, c'est vrai. »

Il exhuma une nouvelle bière d'on ne sait où. « Je n'arrive tout bonnement pas à m'en séparer », reconnut-il.

Edgar hocha la tête. Il enfila une chaussette propre sur le pied d'Amadou et dressa l'index, une mise en garde contre toute tentative de mastication. Amadou haleta, comme étonné qu'Edgar ait pu lire dans ses pensées.

« Nat, demanda Henry. Est-ce qu'on t'a jamais considéré comme quelqu'un de banal ? »

Edgar le regarda.

« Tu sais ... banal, simplement banal. Je parie que personne ne t'a jamais reproché ça. »

Non. Du moins, je ne m'en souviens pas.

« Ouaip, le contraire m'aurait étonné. À te balader avec des chiens de cirque bien dressés. Tu veux que je te confie une ânerie ? Moi si. Et c'est ma fiancée – plutôt ex-fiancée – qui me l'a reproché. On devait se marier en mars et, un beau jour, elle est partie sans crier gare. Elle m'a dit qu'elle m'aimait, mais qu'elle me trouvait trop banal et que ça finirait par détruire notre mariage. "Banal dans ma façon de m'habiller ou quoi ? lui ai-je demandé. En tout, a-t-elle répondu. Dans ta façon de faire les choses, de voir, de penser, de parler. Tu es banal, point barre. " Elle s'était fourré cette idée dans le crâne et n'arrivait plus à s'en débarrasser. Chaque fois qu'elle me regardait, elle ressentait de l'amour tout en étant accablée par ma banalité. »

Il but une goulée de bière. « Est-ce que ça a du sens, je te le demande ? »

Edgar secoua la tête. Pour lui, ça n'en avait aucun. Il adorait la banalité que ce soit des jours ou du travail. Les propos d'Henry lui rappelèrent la routine du chenil qu'il regrettait énormément – pouvait-on la qualifier d'un autre terme que celui de banal ? Henry avait beau ne pas l'avoir frappé par son originalité, en quoi était-ce un crime ? De toute façon, qu'est-ce que ça signifiait être banal ?

« T'as raison, ça n'en a aucun », affirma Henry, soudain indigné. L'instant d'après, il se dégonfla. « N'empêche qu'elle avait pas complètement tort non plus. Qu'est-ce que je fais d'exceptionnel ? Je vais au central téléphonique tous les jours et je rentre à la maison tous les soirs. J'ai une maison comme tout le monde. Je sème un champ que je moissonne chaque automne. Je rafistole une épave de bagnole. J'aime pêcher. Qu'est-ce que ça a d'original ? »

Est-ce qu'elle est banale ? écrivit Edgar.

Au regard que lui lança Henry, on aurait dit qu'il ne s'était encore jamais posé la question.

« Eh bien, tu ne remarquerais sans doute pas Belva dans une foule, mais, une fois que tu la connais, elle est assez exceptionnelle. Primo, elle a un œil bleu et l'autre marron. Deuzio, elle ne croit pas en Dieu, car s'Il existait, prétend-elle, ses yeux seraient de la même couleur. Moi j'ai la foi même si je n'ai pas envie de perdre une matinée à l'église. J'imagine que Dieu s'en fiche qu'on le prie à l'église ou dans sa voiture. D'après Belva, ça ne signifie pas qu'on soit athée ni qu'on ait la foi, c'est de la paresse. »

Tu crois aux fantômes ?

« Ça ne m'étonnerait pas », répondit Henry comme pour confirmer ses plus sombres suspicions. En fait, il voulait parler de Belva, si présente dans son esprit qu'il avait l'impression qu'elle était là, devant eux.

« Tu verrais ses chevilles – magnifiques, délicates, des chevilles de statue. On a été fiancés deux ans. » Il soupira. « Elle sort avec un type qui bosse à la banque. »

Est-ce qu'il t'est déjà arrivé quelque chose d'extraordinaire ?

« Pas que je sache », gémit Henry. Puis il claqua des doigts. « Si, attends. Tu veux savoir la chose la plus extraordinaire qui me soit arrivée ? L'année dernière, je suis allé au supermarché. En milieu de journée, il n'y avait presque personne. J'arpente les rayons, je prends du lait, de la soupe, des pommes de terre et je me rappelle que j'ai besoin de pain. Donc je vais au rayon du pain. Il y a plein de miches sur les étagères au bout du rayon. Je pousse mon caddie. À ton avis, qu'est-ce qui s'est passé ? »

Edgar haussa les épaules.

« Pour sûr, tu n'en sais rien. Parce que ce n'est pas banal. Je n'étais pas encore au bout du rayon qu'un paquet de pain en tranches se détend à la manière d'un ressort et tombe. Personne ne l'avait touché. Il s'est déplié comme un accordéon et ploc, par terre. Je l'ai ramassé. Je l'ai remis sur l'étagère. Puis je suis allé du côté des condiments. Bon, voilà ce qui sort de l'ordinaire : je repasse devant le rayon du pain pour aller payer. Qu'est-ce que j'entends derrière moi ? »

Il lança un regard éloquent à Edgar.

Quoi ? signa Edgar, pensant qu'Henry ne comprendrait pas.

« Ploc! dit Henry. Exactement. Quand je me suis retourné, le même paquet était par terre. »

Qu'est-ce que tu as fait ?

« Je ne suis pas un imbécile, je l'ai acheté, évidemment. Et j'ai reposé celui de ma marque habituelle. »

Est-ce qu'il était meilleur ?

« Pareil, répondit Henry. La semaine suivante, j'ai rechangé. » Il avala une gorgée de bière. « Voilà. C'est le clou, l'apogée. La vie exotique dont Belva n'a pas voulu. »

Ça n'arrive pas à n'importe qui, écrivit Edgar.

Henry haussa les épaules. « Ce serait génial de voir un OVNI mais je crois pas que ça m'arrivera. »

Le disque se mit à sauter, et Henry rentra, Sahib sur les talons. Apparemment, Edgar l'avait remarqué toute la soirée, il avait adopté Henry. Dès que ce dernier revint s'asseoir, Sahib s'installa à côté de lui et lui fit découvrir l'endroit où il avait envie qu'on le caresse – sous le menton, sur la tête, sur le dos, juste à la base de la queue – même sobre, Henry ne se serait sans doute pas aperçu de l'adresse avec laquelle l'animal dirigeait sa main.

Adossé à la maison, Henry finit par s'endormir en marmonnant tandis qu'Edgar et les chiens contemplaient la nuit estivale. La musique rappela à l'adolescent un réveillon, qui remontait à des lustres. Il avait dansé avec sa mère. Son père lui avait ensuite volé sa cavalière et, enlacés, ils avaient tournoyé près du sapin de Noël. Edgar avait chapardé des morceaux de fromage pour ses chiens afin de célébrer la nouvelle année. À l'époque, il les connaissait à peine, se souvint-il.

Le piano s'arrêta. Henry émergea brutalement de son sommeil. « Supposons que j'intègre la Marine », répondit-il avec véhémence à quelque argument tout droit sorti de son rêve. « Je m'en irais quelque part, en Birmanie. Au bout d'un certain temps, je ne serais plus banal. Mais comment Belva l'apprendra-t-elle ? Toute la question est là. C'est ici, à Lute, que je dois cesser d'être banal. » Il se pencha en avant et lança un regard trouble à Edgar. Puis, revenant sur terre, il bâilla d'une façon spectaculaire tandis qu'il se levait : « Allez, ça suffit. Je suis cuit. »

Edgar et les chiens suivirent Henry dans la maison. Même s'il avait souri en les découvrant un matin endormis sur la véranda, Edgar ne tenait pas à mettre sa patience à l'épreuve. Quand il entra dans le salon, les chiens étaient déjà couchés en boule sur le tapis. Il éteignit la lampe sur la table basse, laissa pendre un bras pour effleurer Amadou de sa main. Il pensa au vieil homme du hangar avant de vérifier que la couverture n'était pas enroulée autour de ses jambes. Lui qui, au cours de leur équipée dans la forêt de Chequamegon, n'avait jamais oublié d'inspecter les jambes de son pantalon au cas où une araignée s'y serait cachée, il s'était fait berner par une banale couverture lors de sa première nuit à l'intérieur d'une maison.

Quelque chose avait changé. Pour la première fois, il n'avait pas l'impression d'être pris au piège sur le canapé. Il en conclut qu'une partie de lui avait décidé d'accorder sa confiance à Henry : ils pouvaient dormir sur leurs deux oreilles. Peut-être en avait-il pris conscience grâce à Sahib ?

Puis le compte à rebours se remit en route : trois jours au même endroit. Début août. Une fois Amadou guéri, à quelle vitesse devraient-ils avancer ? Combien de temps était-il possible de rester ? Jusqu'où aller avant qu'il ne fasse froid ? Jusqu'où aller, tout simplement ? De guerre lasse, Edgar descendit du canapé pour s'installer parmi les chiens dans un concert de soupirs et de grognements.

Je t'en prie, supplia-t-il à sa propre adresse. Ne t'habitue pas à ça.

C'était autant une mise en garde qu'une prière.

Locomotive n° 6615

Edgar travaillait dans le hangar d'Henry depuis six jours. Chaque matin, il nettoyait le pied d'Amadou et refaisait son pansement. S'il n'y avait plus de traces de suintements sur celui-ci, en revanche, à la moindre pression sur la plaie, l'eau rosissait. Malgré ses efforts pour garder Amadou couché, dès qu'Essai et Sahib jouaient dans la cour, il les rejoignait en boitant, le pied enveloppé d'une chaussette crasseuse. Il avait beau couiner et rouler sur le dos de temps à autre, il se remettait vite debout. Le soir, ils écoutaient des vieux disques qu'empruntait Henry, le plus souvent de compositeurs russes : Tchaïkovski, Rimski-Korsakov, Chostakovitch. Pendant le dîner, Henry jurait sur ses mots croisés tandis qu'Edgar se plongeait dans le livret. Ensuite, il s'occupait du pied d'Amadou et enseignait quelques signes à Henry.

Celui-ci était parti samedi en milieu de matinée avec une liste de courses. Il espérait rentrer en début d'après-midi mais avec sa chance habituelle, avait-il dit, un retour dans la soirée était envisageable ce qui bousillerait la journée. Après son départ, Edgar se demanda par quoi commencer. Les murs étaient débarrassés des vieux outils rouillés et des lames de scie, et le chariot déglingué était à moitié vidé. Edgar était en train de se débattre avec un miroir ovale, miraculeusement intact, lorsqu'il sentit sa nuque parcourue des picotements qui annonçaient l'apparition du vieux fermier au fond de la remise.

C'te miroir, je déteste le voir partir, commença-t-il. C'était ç'ui de ma fille tout le temps qu'elle a grandi. Il l'a sûrement vue plus que moi – depuis sa naissance jusqu'à vingt ans. Des fois je me demande si c'est resté d'dans. Ça doit faire de l'effet à un objet de refléter la même personne tous les jours. »

Edgar passa un chiffon sur la glace pour l'examiner. Sa surface poussiéreuse était semée d'îlots noirs là où le tain était rongé. Il guetta la formation d'images fantasmago- riques : un bébé dans les bras de sa mère, une petite fille en train de se brosser les cheveux, une jeune femme tournoyant gaiement dans une robe de bal. Mais il ne vit que son reflet penché vers lui.

Il n'y a personne là-dedans, répondit-il.

« Oh, s'exclama l'homme, j'm'étais dit que peut-être. »

Edgar s'était rendu compte que le meilleur moyen de faire parler l'homme était d'attendre silencieusement. Il remit le miroir contre la charrette, ramassa les bris de vais- selle éparpillés autour et les jeta dans une cuvette en céra- mique ébréchée.

« Bien des années se sont passées sans que je sois trop bien ici, reprit le vieil homme. Les années 50, en particulier. Les années Eisenhower. Sale période. »

Vous étiez agriculteur ?

« Ouaip. »

Vous n'aimiez pas ça ?

« Oh pour sûr, ça m'arrivait de détester ça. Tu sais à quelle heure il faut se lever pour traire les vaches ? T'arrives en retard, elles essaient de te marcher dessus. Elles te voient passer avec le tabouret et le seau à 10 heures du matin et t'as intérêt à rester au milieu du couloir sinon t'es sûr qu'un sabot de dix livres va te cogner. Elles te visent carrément dans les couilles si c'est possible. Je connais un gars qu'elles ont pas loupé... Dès qu'il a pu remettre un pied devant l'autre, il s'est taillé à Chicago. »

Edgar réfléchit.

Il ne s'appelait pas Schultz par hasard ?

« Nan, un des fils Krauss, répondit le vieux. Enfin, comme t'as la trouille, tu te lèves quand il fait nuit noire et qu'elles sont à moitié endormies. Tu traies jusqu'à ce que t'aies trop mal aux mains. Après tu cures l'étable, c'est pas le plus agréable. La quantité de merde qui sort d'une vache, ça m'a toujours étonné ; un peu de foin entre, une énorme bouse sort. Comment ça marche ? »

Je ne connais pas grand-chose aux vaches, signa Edgar au bout d'un long moment.

« Et c'est que le boulot d'avant le petit déjeuner, continua l'homme. Après il faut planter et récolter. Les machines qui tombent en panne. Les vêlages avec des placentas énormes et bleus, plein de veines grosses comme un doigt. Les mastites. Les vers. T'as déjà vu un aimant à vache ? Incroyable. On dirait une balle géante en métal. Tu l'enfonces dans la gorge de la vache et un ou deux ans plus tard tu le vois sortir de l'autre côté couvert de clous, de boulons ou de morceaux de fil de fer. C'est comme ça qu'un type a retrouvé sa montre. On ensile jusqu'à l'arrivée de la neige en se demandant si on va pas tout foutre en l'air en montant du foin mouillé. Les clôtures cassées, les vaches qui se promènent dans les bois. Des soirs, je rentrais tellement crevé que je me demandais si je serais encore capable de lever ma fourchette. »

Pourquoi n'avez-vous pas laissé tomber ?

« Pour quoi faire ? J'connaissais rien d'aussi bien que l'agriculture. J'étais maudit, c'est ça le problème. C'est pas parce que j'aimais pas que j'étais pas bon. Je prédisais le temps, par exemple. Je sortais un jour de printemps et je pensais, on peut semer maintenant. À la coopérative, ils disaient, Georges, ça va geler. Tu sèmes trop tôt, tu vas en perdre les trois quarts. Mais j'avais le don. J'ai toujours eu raison : même s'il neigeait, c'était juste de la poudre. Les agriculteurs du coin commençaient à semer dès qu'ils apprenaient que j'avais acheté mes semences. »

Ça n'a pas l'air d'une malédiction.

« Je te dis qu'si. T'es trop jeune pour piger ce genre de choses. Être bon dans quelque chose qui t'embête ? C'est moins rare que tu l'crois. Plein de toubibs détestent la médecine. La plupart des hommes d'affaires perdent l'appétit à la vue d'une quittance. C'est banal. Le vieux Bert, en ville, il méprise son épicerie. Il dit que la routine l'ennuie à mourir :

commander, stocker, se préoccuper du délai de péremption. Un jour, il m'a dit qu'il rêvait plus souvent de tomates que de sa femme. »

Qu'est-ce que vous auriez fait si vous aviez cessé votre activité ?

« Ingénieur des chemins de fer. Le plus beau métier du monde. Tu tournes une manivelle et dix mille tonnes de fret se mettent en branle. T'es déjà monté dans une locomotive ? »

Non.

« J'suis allé à Duluth un jour, et je suis entré dans la gare de triage pour regarder les locomotives. J'ai discuté avec un gars, il connaissait un des ingénieurs qui passaient devant nous. Il l'appelle, "Hé Lem, viens voir un peu par ici." Et ce type – il porte une salopette et une casquette de chauffeur comme à la télévision – nous rejoint. L'autre dit, "voilà un homme qu'est jamais monté dans une locomotive. C'est pas vrai", dit Lem, et il va téléphoner à quelqu'un. Un responsable peut-être, j'sais pas. Puis il raccroche. "Allez, venez", qu'il dit. On va sur un quai, on passe devant les wagons-tombereaux, les wagons-citernes et les fourgons de queue. Par-dessus son épaule, il demande : "Qu'est-ce tu veux voir ? Vapeur ou diesel ? Vapeur", je réponds. Et il m'emmène à la loco numéro six-six-un-cinq – les chiffres étaient peints en gros sur le côté. Une des plus grosses, du genre dompteur à grosses moustaches, couverte de boulons aussi larges qu'un crâne, et avec des manettes aussi épaisses qu'une cuisse. Noire, on aurait dit qu'elle était sculptée dans le minerai. Il montre les différents éléments et les nomme. Réservoir d'air, cylindre, tas de sable, cheminée à vapeur, injecteurs, volant. Puis il monte à l'échelle et me fait signe de le suivre, et nous voilà tous les deux dans la cabine. Il continue à nommer les choses : four, inverseur, régulateur, accélérateur. Même si la machine était froide et silencieuse – Lem a dit qu'elle était là pour l'entretien – on sentait sa puissance. »

La voix de l'homme prit une inflexion nostalgique.

« Si j'ai eu envie de tout plaquer, c'est bien ce jour-là, en 1955. J'avais cinquante ans. J'suis resté un bon moment à tout engranger et puis Lem m'a dit de m'asseoir à la place du chauffeur et de regarder par la fenêtre. Si on avait roulé, t'aurais dû porter des lunettes et une casquette, qu'y me dit, parce qu'il y aurait eu un nuage de cendres chaudes. Tu sais ce qui se passe quand t'es assez con pour sortir la tête sans protection? qu'y me demande. Alors il se penche et me montre le côté droit de son visage, couturé de petites cicatrices de brûlures comme si sa peau était creusée de vieux cratères. "Voilà", explique-t-il en se marrant. Je m'attendais presque à voir de la cendre coincée entre ses dents. Rien qu'à son expression, je devinais qu'il faisait partie de ces veinards qui aiment ce qu'ils font et qui sont bons. C'est rare. Quand ça existe chez un type, on peut pas le rater. »

Edgar tourna lentement la tête jusqu'à ce que le vieil homme entre dans son champ de vision. Le menton rentré dans sa poitrine, il était perdu dans ses pensés.

« Et tu sais quoi? reprit l'homme après un long silence. Quand j'me suis retrouvé sur ce siège et que j'me suis penché par la fenêtre sous la pluie et que j'ai imaginé qu'un nuage de cendres rougeoyantes passait devant ma figure comme des lucioles et qu'un pont approchait – bref le rêve de ma vie – tu sais à quoi j'ai pensé?

Votre ferme?

« Exactement. J'étais là, assis dans une locomotive à vapeur, une des plus belles machines que l'homme ait inventée. Elle était magnifique – énorme et lourde, on aurait dit un géant endormi. Depuis que j'étais tout gosse, j'pensais que conduire un train était ce qu'il y avait de plus extraordinaire – surtout à plein régime à travers la campagne, quand on voit défiler le monde entier divisé par deux rails. Je m'y croyais – même dans cette machine froide et silencieuse – je ressentais exactement ce que ça pouvait être. Quand je tendais la tête sous la pluie, quand le mécano me parlait des étincelles et qu'il me montrait son visage, je ne pensais qu'à la gadoue de l'herbage, à ces satanées vaches qui seraient insupportables le lendemain, si elles pâturaient pas, et je me demandais si le toit de l'étable fuyait.

» Si c'est pas une malédiction, c'est quoi? lança l'homme.

Edgar n'eut pas le temps de répondre car il entendit la voiture d'Henry se garer dans la cour. Enlevant ses gants, il sortit au soleil. Il dut s'agenouiller à côté d'Amadou et le retenir en posant la main sur son poitrail tandis que Essai et Sahib gambadaient autour d'Henry, descendu de la voiture.

*

Ce soir-là, Henry proposa de les conduire en ville. Edgar refusa. Henry, qui avait compris depuis longtemps qu'il ne voulait pas qu'on le voie, fit observer qu'il ferait nuit. L'idée prit Edgar par surprise – il était tellement habitué à se déplacer la journée et à dormir la nuit qu'elle ne lui avait pas traversé l'esprit, même lorsqu'il était resté devant la voiture, au lac Scotia. Il se laissa convaincre à la nuit tombée. Ils firent grimper les chiens dans la berline marron dont la banquette arrière était spacieuse mais glissante. Edgar prit Amadou devant avec lui. Sahib et Essai trouvèrent tant bien que mal un équilibre à l'arrière.

« Cela fait combien de temps que tu n'es pas monté dans une voiture ? demanda Henry en roulant doucement dans l'allée. Et tes chiens ? reprit-il l'air inquiet. Ils ne vont pas vomir ? »

Edgar haussa les épaules en souriant.

« Génial. Si ça arrive, tu nettoies, d'accord ? Sinon je fais demi-tour illico. »

Avant qu'il ne puisse rouspéter davantage, Sahib se pencha en avant et lui lécha l'oreille.

« Beurk ! s'exclama Henry. Je déteste ça. » Visiblement, ce n'était pas tout à fait vrai.

Ils prirent la direction de la ville. Les faisceaux des phares éclairaient les pissenlits qui surgissaient dans les fissures de la chaussée. Ils franchirent un daleau enjambant un ruisseau où la lune se reflétait entre les roseaux.

Lute était une ville carrefour. Un feu accroché comme un lampion à des câbles emmêlés réglait la circulation de l'unique croisement. À chaque angle, se dressait un immeuble à deux étages en brique rouge – on aurait dit quatre vieux copains penchés sur une poêlée de haricots. Une pharmacie « Rexall, » un bar restaurant « Chez Mike », une quincaillerie « À la Valeur Sure » et l'épicerie de Lute.

« Tout ferme à 17 heures tapantes, déclara Henry, montrant les immeubles. La vie sociale commence à 18 h 30 à l'ouverture du Mike. » Ce soir-là, la vie sociale consistait en trois voitures garées sur le petit parking du restaurant éclairé par l'enseigne lumineuse Pabs Blue Ribbon, suspendue au-dessus de la porte.

De l'autre côté de la ville, le réservoir blafard du château d'eau de Lute se profilait dans le ciel noir. Quatre pieds de métal et le tuyau central de sa canalisation le fixaient au sol. Une fois dans la campagne, ils roulèrent vers le nord au gré du désir d'Henry, qui aimait conduire vite. Edgar en fut à la fois étonné et ravi. Il avait oublié cette sensation que lui procurait la vitesse. Ils circulèrent dans un dédale de routes secondaires. Essai et Sahib glissaient sur la banquette arrière quand Henry accélérait dans les virages. Des marais, des bois et des lacs défilaient. Amadou tendit la tête pour regarder par la fenêtre. Les phares s'approchaient comme des boules de feu. La vitesse mêlait les senteurs de la nuit et les odeurs d'algue en un parfum dense qui s'engouffrait dans l'habitacle. Henry tripota le bouton de la radio à la recherche de stations lointaines : Chicago, Minneapolis, Little Rock. Il y eut un grésillement lorsqu'un éclair de chaleur s'abattit sur le lac Supérieur.

Dans les faubourgs d'Ashland, dont le centre, éclairé, grouillait de voitures de police, Henry roula sur le bas-côté et prit des chemins détournés, bordés de masures situées en retrait, pour éviter la ville. Il s'arrêta près d'un marécage qui chatoya d'une lueur étrange lorsqu'il éteignit les phares. Enfin, ils se retrouvèrent près de la voie de chemins de fer et Edgar, apercevant la colline sur sa droite, se rendit compte qu'ils étaient revenus à leur point de départ. Ils s'allongèrent dans des chaises longues. Après avoir bu deux bières d'affilée, Henry se dirigea vers l'épave.

« Je vais te confier un secret, annonça-t-il. Cette bagnole était déjà là quand j'ai emménagé. Il est possible que j'aie acheté la maison uniquement pour l'avoir. »

Voilà qui stupéfia Edgar. Il avait tourné autour de la voiture des jours durant sans la trouver digne d'intérêt. Outre son large capot, elle avait des phares abrités par des calandres exagérément proéminentes. Le pare-chocs avant décrivait un grand arc qui débordait vers les roues arrière tandis que l'aileron de compensation avait une forme de nageoire caudale. Quelle qu'ait pu être son élégance passée, il n'en restait pas la moindre trace. Sa carrosserie était cabossée comme si on l'avait martelée avec ses jantes. L'arrière était presque complètement rouillé. Quant au chrome du pare-chocs avant à deux étages, il était aussi terne que du minerai. Les pneus avaient tout bonnement disparu – la voiture lévitait au-dessus des graviers sur des parpaings gris. Elle faisait l'effet d'être un animal qui se serait traîné pour rendre l'âme à quelques centimètres de sa tanière.

« Le véhicule que tu as … hum… sous les yeux », reprit Henry, levant le bras comme s'il s'adressait à une foule captivée, « est une Ford Fairlane Skyliner de 1957, le premier cabriolet à toit ouvrant rigide construit en Amérique. Il n'y en a jamais existé d'autre de ce genre, ni avant, ni après. Même celle de 1958 est différente – Ford a bousillé cet incomparable pare-chocs et la grille de radiateur sans aucune raison. C'est un modèle unique. »

Avec fierté, Henry tapota le rétroviseur qui se détacha et tomba par terre. « Bon dieu ! » Il le ramassa et enfila les vis dans les trous corrodés.

« Elle est un peu déglinguée, mais regarde ça. » Il ouvrit la portière du conducteur, tira sur un levier et le coffre s'ouvrit en basculant vers l'arrière, au-dessus du pare-chocs. Henry tira sur le capot d'abord d'un air dégagé, puis avec effort, grognant et calant ses pieds dans le gravier. Il fit le tour de la voiture pour débloquer les fermetures. Le toit en tôle se sépara de la carrosserie, se replia mais se coinça à mi-chemin du coffre. « C'est censé être électrique sauf qu'il n'y a plus de batterie », lança Henry par-dessus son épaule. Il prit un marteau sur la banquette arrière avec lequel il tapa, sans pitié, sur une charnière. Le toit tomba dans le coffre, en émettant un grincement métallique si sonore qu'il réduisit provisoirement les oiseaux de nuit au silence. Fermant le coffre, Henry se retourna vers Edgar, triomphant et hors d'haleine.

« Tu comprends maintenant pourquoi je ne peux pas vendre cette voiture. Elle a un tel potentiel. Un type m'a proposé de l'acheter pour les pièces l'été dernier, mais je n'ai pu supporter qu'on la démantèle. J'ai beau l'avoir expliqué à Belva, ça ne l'a pas impressionnée le moins du monde. Elle trouve que c'est une horreur – je reconnais que c'est vrai, pour l'instant. Par contre, on ne peut pas dire qu'elle soit banale, hein ? »

Henry, qui s'était laissé emporter en parlant de sa Skyliner, s'interrompit : « Enfin, bref.... »

Tu as raison, elle n'est pas banale, signa Edgar.

Henry le scruta et comprit l'essentiel.

« Tu crois ? »

Edgar acquiesça.

« Je n'en sais plus rien, poursuivit Henry. Dès que je baisse la garde, j'oublie. Je replonge dans la banalité sans même m'en rendre compte. »

Il retourna s'installer dans sa chaise longue. Puis, de conserve, ils contemplèrent la Skyliner.

« J'ai failli t'emmener au poste de police ce soir, Nat, déclara soudain Henry. Il vaut mieux que tu le saches. »

Un sourire aux lèvres, Edgar secoua la tête.

Ce n'est pas vrai.

« Oh que si ! À un moment, j'ai pensé : Je n'ai qu'à prendre la prochaine à gauche et nous serons devant le poste de police d'Ashland. »

Le hangar n'est pas vidé.

« Ouaip, il t'a sauvé. Cette fois. N'empêche, je te conseille de trouver un moyen de retarder l'échéance. »

Edgar attrapa le journal car ils avaient atteint les limites d'Henry en matière de compréhension du langage des signes.

Tu n'aurais pas pu nous obliger à entrer, on se serait échappé, écrivit-il.

« Comment aurais-tu fait avec Amadou ? »

Edgar ne savait pas quoi répondre. Il ne serait jamais monté en voiture avec Henry s'il ne lui avait pas fait confiance. Il lui arrivait de mieux comprendre Henry que ce dernier se comprenait lui-même. En effet, celui-ci ne se percevait pas, quelle que fût sa banalité, comme un homme fiable – or c'était clair comme de l'eau de roche.

*

Le dimanche, ils travaillèrent ensemble dans le hangar, s'attaquant aux objets qu'on ne pouvait déplacer qu'à deux, comme la lessiveuse ou le vieux poêle. Henry brancha un tuyau au robinet extérieur de la maison et alluma un feu dans l'incinérateur. Ils y jetèrent les vieux journaux, des piquets de clôture – les barbelés rougeoyèrent –, et des chaises cassées. À la hache, Henry fendit en deux l'axe de la charrette à foin et balança le tout, y compris la quincaillerie. Une gerbe de braises incandescentes s'éleva dans les airs. La journée était déjà bien avancée quand le feu se calma. Ils s'assirent sur une marche en mangeant des chips, les yeux rivés sur les vestiges des détritus.

« Il y a une remorque qui pourrait servir à trimbaler tout ça à la déchetterie, indiqua Henry. Peut-être, le week-end prochain. »

Ta voiture n'a pas de crochet, écrivit Edgar sur le journal. Avant de le passer à Henry, il compléta le quatorze vertical des mots croisés : un mot de dix lettres pour *un mouvement court reliant les deux principales parties d'une composition*. La deuxième lettre était un N et la dernière un O.

Henry lut le mot qu'Edgar venait d'inscrire : *intermezzo*. Il lui lança un regard en coin.

« Tu as déjà songé à faire des concours ? »

Edgar secoua la tête.

« Eh bien, tu devrais. Des crochets, ça se loue. »

Amadou clopina vers eux. Henry ne se faisait pas prier longtemps pour distribuer des friandises et, dès qu'Amadou se mit à croquer une chips, Sahib vint quémander sa part. Edgar finit par y mettre le holà. Un lien se tissait entre Henry, Sahib et Amadou. Seule Essai restait à l'écart. Non qu'Henry lui déplût, c'était son caractère. Avec elle, plus qu'avec aucun autre chien, la confiance se méritait.

*

La semaine suivante, Edgar gratta la peinture écaillée des murs de la remise et calfata les trous. Henry avait acheté du rouge pour l'extérieur, l'intérieur serait blanchi à la chaux. Badigeonner était un travail solitaire. Maintenant que le hangar était vide, le vieil homme ne se manifestait plus. Il faisait chaud dans la journée, d'énormes nuages envahissaient le ciel. Chaque fin d'après-midi, la berline d'Henry remontait l'allée. Il en sortait, s'accroupissait, laissait les chiens lui lécher le visage, puis allait inspecter les travaux d'Edgar. Lorsque celui-ci eut fini de repeindre l'extérieur, il fit observer : « C'est vraiment une belle couleur, mais la maison paraît terne du coup. »

À la tombée de la nuit, ils partaient faire des tours en voiture, Henry accélérait dans les virages tandis que les troncs d'arbre défilaient et que les chiens glissaient sur la banquette arrière. En rentrant, Henry prenait une bière et tournait autour de la Skyliner. Souvent, il s'asseyait derrière le volant et Amadou s'installait à côté de lui.

À un moment donné, entre les mots croisés, les disques rapportés de la bibliothèque et les bières, Henry suggéra à Edgar de lui apprendre à communiquer avec les chiens. Ils sortirent après le dîner. Edgar commença par lui enseigner quelques signes, puis il fit une démonstration simple avec Essai : le rapport guidé. Il posa deux bâtons par terre et demanda à Essai d'aller vers eux, il s'agissait d'une variante de l'exercice du regard partagé. Quand Essai atteignit la cible, elle se tourna vers Edgar qui fixa le bâton de gauche. Elle le ramassa et le lui rapporta en remuant la queue. Edgar prit le bâton et passa une main sur la joue de la chienne. Après une seconde démonstration avec Sahib, ce fut au tour d'Henry qui décida de travailler avec Amadou. C'était un bon choix car sa blessure ainsi qu'une convalescence prolongée lui avaient inculqué une dose de patience supplémentaire extrêmement utile pour les débuts d'Henry, qui se révéla nul. Le chien persévéra comme si Henry représentait un défi personnel au point qu'il en oublia de boiter sur quelques mètres.

Le signe d'Henry, plus qu'approximatif, n'était ni un rappel ni une libération ni un ordre de s'éloigner, Amadou perçut cependant l'idée générale et se dirigea vers les bâtons. Même s'il ne fallait aucune qualité particulière pour l'étape suivante, Henry réussit à embrouiller le chien qui ne ramassa aucune des deux cibles mais attendit patiemment. Puis, sans raison apparente, Henry réitéra l'ordre de libération. Amadou baissa les oreilles. Henry s'approcha de lui. Comme il s'apprêtait, en désespoir de cause, à fourrer le bâton dans la gueule du chien, Edgar intervint, signa l'ordre correctement et fixa le bâton de droite. Amadou s'en empara sur-le-champ.

Edgar fit mine de planter ses deux doigts dans les yeux d'Henry.

Observe la cible, ils savent faire la différence.

« OK, OK. » Henry reprit le bâton, oublia de gratifier le chien et le reposa à terre. Edgar ne releva pas ce manquement à l'étiquette. Chacun reprit son poste. Quand Henry recommença à signer une libération au lieu d'un aller, Edgar lui attrapa les mains et les fit bouger jusqu'à ce que l'ordre soit correct. Henry rougit, puis répéta correctement son geste. Sans aucune hésitation, Amadou traversa la pelouse en boitillant, regarda Henry et lui rapporta la cible.

C'est à ce moment précis qu'Henry comprit la différence entre donner un ordre à Amadou et travailler avec lui. Lorsque Henry avait formé le signe de l'éloignement, il avait regardé le chien, non ses mains. Quand Amadou s'était retourné, il s'était fié à lui, sûr qu'il déchiffrerait son expression. De même qu'Edgar autrefois, Henry comprit une multitude de choses. Edgar pensa aux lettres entre Brooks et son grand-père, aux discussions sans fin sur la différence entre les chiens de compagnie et ceux de travail. Son grand-père soutenait qu'il n'y avait pas de différence et Brooks, à court d'arguments, refusait de poursuivre le débat. Il pensa à sa mère qui, dans un passé lointain, lui avait demandé : « Que vendons-nous, si ce n'est des chiens ? »

Henry Lamb rayonnait. Jusqu'à présent, Edgar ne l'avait jamais vu esquisser un sourire dépourvu d'une sorte de fatalisme signifiant qu'il se doutait qu'il serait tôt ou tard le dindon de la farce. Et bien qu'Edgar fût toujours aussi incapable de la formuler, il eut la certitude d'avoir enfin trouvé la réponse à la question de sa mère.

*

« De toute façon, où allais-tu ? » demanda Henry ce soir-là alors qu'ils étaient assis à la table de cuisine. « Je ne veux pas être indiscret, tu n'es pas obligé de m'expliquer quoi que soit. »

Ça va, signa Edgar. Il griffonna la *Colonie Starchild* sur une feuille qu'il tendit à Henry. En fait, avant que les mots n'apparaissent sur le papier, il n'était pas sûr de sa réponse – elle ne coulait pas de source à tout le moins. Ne s'était-il pourtant pas toujours dirigé vers le nord-ouest, en vue de dépasser la pointe du lac Supérieur puis d'entamer la longue marche le long de la rive qui l'amènerait discrètement vers la frontière canadienne ? Et de là, trouver l'endroit d'une manière ou d'une autre ? Tel avait été son plan. Alexandra Honeywell avait déclaré avoir besoin de gens qui ne rechignaient pas au travail. C'était exactement ce qu'il voulait. Voilà leur destination.

Henry siffla. « L'endroit dont on parle dans les journaux – Alexandra je-ne-sais-quoi, près de Thunder Bay ? »

Edgar acquiesça.

« Tu connais quelqu'un là-bas ? »

Non.

« Quelqu'un est prévenu de ton arrivée ? »

Non.

Henry secoua la tête. « C'est à environ quatre cents kilomètres d'ici. Tu comptais faire toute la route à pied ? »

Edgar haussa les épaules.

« J'imagine que tu en es capable mais la nourriture ? »

Au souvenir du pillage de la cuisine d'Henry, Edgar racla le sol de ses pieds.

« Est-ce qu'Amadou peut faire le voyage avec son pied ? »

C'était bien là le problème. La patte d'Amadou avait beau ne plus être bandée, il boitait bas certains matins. Edgar ignorait quand il serait guéri, s'il le serait un jour.

Il haussa les épaules. Il n'y avait pas de réponse. Il fallait tenter le coup.

*

Le vendredi suivant Henry arriva avec une remorque accrochée derrière sa voiture. Il sortit, s'accroupit, sourit à

Edgar et laissa les chiens le fêter. D'un geste, il désigna la remorque où se trouvaient quatre pneus gonflés.

« J'ai fait rechaper les pneus de la Skyliner. Demain, elle roulera pour la première fois depuis … heu … quinze ans. » Il prit un sac sur le siège du passager. « Poulet et salade de pommes de terre, annonça-t-il. Banal ou pas banal ? »

Banal mais excellent, signa Edgar.

Ils allumèrent le barbecue, y déposèrent le poulet, s'assirent sur les chaises longues et regardèrent le bric-à-brac.

« Je m'étais presque habitué à ces vieilleries, dit Henry. Garer la Skyliner sous le hangar : banal ou pas banal ? »

Pas banal, signa Edgar.

« C'était un petit coup de sonde. » Sur ces mots, Henry se plongea dans ses mots croisés.

« Mot de six lettres dont la définition est *médaille sans revers*. Ça commence par un Q. »

Edgar le regarda.

Je ne sais pas.

« Je t'ai eu, ça y est ! s'exclama Henry. Je rigole, ça commence par un I. » Il tendit le journal à Edgar.

Incuse inscrivit Edgar, qui lui rendit le journal.

« Nom de Dieu ! s'exclama Henry. C'est terrifiant. »

*

Le lendemain, ils soulevèrent la Skyliner pour monter les pneus et firent disparaître les parpaings.

« Ouf, dit Henry. Bon sang ! Une minute. » Il s'engouffra dans la grange, en ressortit avec un marteau et replia une fois de plus le toit de la voiture dans le coffre. Puis ils firent monter les trois chiens sur le siège avant. Ils mirent une bonne heure pour arriver, à force de manœuvres, à placer la voiture devant l'entrée du hangar. Les chiens avaient abandonné le navire depuis longtemps.

« Revenez, s'était écrié Henry en les voyant s'éloigner. C'est un honneur ! »

Ils poussèrent la Skyliner dans la remise. Henry courut se placer à l'avant pour éviter qu'elle ne heurte le mur du fond puisque les freins étaient morts. « Attention, dit-il.

Encore … un tout petit… peu… » Enfin, la voiture fut à l'inté-rieur. Ils fermèrent les portes désormais rouge vif et Henry fit basculer le loquet.

Il alla chercher une bière et marcha dans le tas de fer-railles. « Quel dommage, s'exclama-t-il devant un lavabo de porcelaine brisé. Imagine ce qu'il a pu arriver à ce truclà », murmura-t-il.

Il se dirigea vers la véranda où il s'assit : « Je ne peux pas faire ça. »

Quoi ?

« Jeter tout ça. C'était là avant moi. » Il but une longue gorgée de bière puis leva la bouteille dans la lumière. « Remettre tout ça sous le hangar : banal ou pas banal ? »

Edgar le dévisagea.

Je ne sais pas.

Henry prit la décision.

Ils travaillèrent comme des fous. Il était impossible de tout remettre mais ils raccrochèrent aux murs les enjoliveurs et les vieux outils. Ils trouvèrent de la place entre les che-vrons pour y caler les plaques de contreplaqué récupérables. Edgar rentra le vieil évier cassé puis le pressoir à pommes et posa deux des étais dans un coin. À la fin, le grand pare-chocs de la Skyliner se reflétait dans le miroir qui ornait le mur du fond, et deux des roues du chariot l'encadraient comme deux couronnes de bois gris. Le hangar était plein à craquer. Si la Skyliner pouvait encore sortir, il ne restait que quelques centimètres de chaque côté.

« Voilà, se réjouit Henry en reculant pour avoir une vue d'ensemble de leur travail. C'est mieux comme ça. »

Effectivement, pensa Edgar. Il observa les chiens flairer les roues du chariot tandis qu'Henry reculait la remorque jusqu'aux graviers. Ils y chargèrent le vieux poêle, l'arbre à transmission et la lessiveuse.

« Que dirais-tu de fêter cela par une petite balade ? » sug-géra Henry.

Edgar secoua la tête. Pas en plein jour.

« Allez, détends-toi. Rien de grave ne peut arriver. »

La proposition lui parut soudain raisonnable peut-être parce que c'était Henry Lamb qui lui demandait de se déri-der.

D'accord, signa-t-il.

Ils décrochèrent la remorque, s'entassèrent dans la voiture et roulèrent dans les nappes de chaleur s'élevant du bitume. Non sans une certaine audace, Henry les emmena au centre d'Ashland. Edgar avait beau ne pas être complètement insouciant, il ne s'était cependant pas senti aussi léger depuis une éternité. Comme ils retournaient vers l'autoroute, le feu du passage à niveau se mit à clignoter et les barrières s'abaissèrent. Henry arrêta la voiture. Edgar, lui, eut une décharge d'adrénaline. Il se recroquevilla pour qu'on ne le voie pas des autres véhicules. Il n'y a pas de danger, se rassura-t-il. Un homme qui trimbale trois chiens dans sa voiture n'a rien d'extraordinaire. Le train passa lentement. Les feux clignotèrent, les cloches sonnèrent. Edgar releva la tête pour tenter d'apercevoir le fourgon de queue, puis osa jeter un coup d'œil alentour.

Une jeune femme était assise dans la voiture à côté d'eux.

Tapotant le bras d'Henry, Edgar la lui montra du doigt.

« Bon Dieu de bois, s'exclama-t-il. C'est Belva. Sois naturel. »

Edgar n'était pas certain de comprendre ce qu'il entendait par là. Il était naturel, les chiens aussi. En revanche, Henry ne l'était plus du tout. Assis droit comme un I, il sifflotait et pianotait sur le volant comme si la radio diffusait du rock et non des prévisions météorologiques : « Passages nuageux aujourd'hui, annonçait le présentateur. Gros risque d'orages pour demain. » Un temps de moisson, songea Edgar.

La jeune femme avait dû remarquer Henry. En effet, lorsque Edgar leva la tête pour lancer un nouveau coup d'œil, elle regardait droit devant elle. Le train continuait de rouler, un wagon après l'autre. On avait tout le temps de lire les chiffres et les lettres inscrits sur les côtés. La jeune femme finit par baisser sa vitre : « Henry ! » cria-t-elle.

Celui-ci tourna la tête vers elle sans cesser de siffloter.

« Belva, vociféra-t-il.

— J'avais l'intention de t'appeler.

— Vraiment ? » Henry fit un clin d'œil à Edgar. « J'imagine que tu as vu les tournesols.

— Quoi ?

— Les tournesols ! J'imagine que tu as vu les tournesols !

— Lesquels ?

— Oh, laisse tomber.

— Je déménage, brailla-t-elle derechef.

— Quoi ?

— Je déménage. Je m'installe à Madison.

— Pourquoi ça ?

— Qu'est-ce que font ces chiens avec toi ? demanda-t-elle au lieu de répondre à sa question.

— Oh, je ne sais pas », répondit Henry, sans conviction. Donnant un coup-de-poing au changement de vitesses, il regarda Edgar tapi sous les fenêtres.

Banal, signa ce dernier.

« D'accord, grommela Henry avant de se retourner vers Belva. J'ai décidé de prendre un chien... euh ... trois chiens.

— Ouah ! s'exclama-t-elle. Ils sont vraiment beaux. »

Très banal, insista Edgar, roulant des yeux.

« En fait, ils appartiennent à mon neveu, corrigea-t-il. Je les garde, c'est tout. »

Elle éclata de rire. « Voyons, tu n'en as pas, Henry, tu es fils unique. »

Accablé, Henry reprit : « Qu'est-ce que tu dis ? Non, non, pas "neveu", Nathoo. Ils appartiennent à mon ami Nathoo. Dis bonjour, Nathoo. » Il fit signe à Edgar de se redresser.

Le garçon secoua la tête.

« Allez, siffla-t-il. Aide-moi sur ce coup-là. »

Non.

« À qui parles-tu ? cria Belva.

— À personne... aux chiens. Pourquoi vas-tu t'installer à Madison ? »

Un long silence tomba au cours duquel Edgar entendit le cliquetis des crochets entre les wagons ainsi que celui des barrières du passage à niveau et même les radios des voitures autour d'eux. Les chiens regardaient par la fenêtre, haletant joyeusement. Belva intéressait manifestement Sahib, qui tendit la tête par la vitre côté conducteur pour mieux la voir.

« Eh bien, finit-elle par répondre. Parce que Joe déménage.

— Joe?

— Mon fiancé.

— Ah. Ah bon.

— Tu savais que j'étais fiancée, n'est-ce pas?

— Oui, évidemment!

— C'est paru dans le journal!

— Ouaip, c'est là que je l'ai vu! Je parie que c'est un abruti.

— Quoi?

— J'ai dit que je parie que tu vas adorer Madison.

— Vraiment, Henry. Qui est dans la voiture avec toi? »

Henry regarda Edgar. Des gouttes de sueur perlaient sur son front.

« Allez, supplia-t-il, pour cette fois seulement. »

Le fourgon de queue passa. Alors, Edgar décida de prendre le risque pour cette fois – les barrières se levaient déjà, ils allaient démarrer. C'était idiot de se planquer de la sorte.

Il se redressa.

Il salua Belva.

Et c'est à cet instant qu'il aperçut la voiture de police dans le rétroviseur.

Glen Papineau

Glen Papineau supposait qu'il était en deuil. Ce mot, il l'avait déjà utilisé et croyait en comprendre le sens. C'était faux. Le deuil semblait une formalité, une étape qu'on était censé franchir – porter un costume sombre et se rendre aux obsèques – or le véritable deuil ne s'arrêtait pas le lendemain de l'enterrement, ni la semaine suivante, ni même le mois suivant. Son père était mort presque deux mois auparavant et Glen avait parfois l'impression qu'on venait de le prévenir.

Il appelait cela l'état diurne et l'état nocturne. L'état diurne l'envahissait en général avant le déjeuner, une chape léthargique qui s'abattait sur lui au point que le sang battait à ses tempes. Il se traînait au boulot comme s'il s'épuisait dans une tempête. Tout prenait un temps fou et était rempli de détails laborieux, que Glen avait en horreur. C'était un homme d'action – il suffisait de regarder ses mains pour le savoir. Un homme avec des mains pareilles pouvait faire certaines choses mais d'autres ne seraient jamais dans ses cordes. Ainsi, il n'aurait jamais pu être pianiste ni chirurgien vétérinaire. Non qu'il aurait souhaité l'être, mais ses mains qu'il regardait beaucoup ces derniers temps lui confirmaient qu'elles n'étaient pas faites pour un travail minutieux.

Si l'état diurne était désagréable, le nocturne était un véritable enfer – un marteau de forgeron s'abattait sur son âme, comme si on lui murmurait un épouvantable secret à l'oreille : l'inéluctabilité de la mort, son absence de sens. Une vérité qui le privait de sommeil. Il restait assis à regarder la télévision et, quand la solitude lui pesait trop, il allait dans les bars – les gens étaient compréhensifs si peu reluisant que ce soit pour un représentant des forces de l'ordre de boire en public. Certains lui payaient même une bière et lui racontaient des histoires sur son père.

Parfois, il se résignait. Après tout, son père vieillissait, Glen s'était imaginé sa mort plus d'une fois, quelque chose de lent et long – une bataille contre un cancer, un imperceptible déclin. En revanche, il n'avait pas prévu qu'il serait fauché si brutalement. Un jour, son père, un homme encore vigoureux de soixante-dix-sept ans, dirigeait sa clinique, flirtait avec les boulangères, papotait avec le premier quidam disposé à prêter l'oreille à ses dernières vacances d'hiver en Floride, le lendemain, il gisait au pied de l'escalier du chenil des Sawtelle.

En tant que fils unique, Glen s'était chargé des obsèques. Le testament détaillé précisait que son père voulait être enterré aux côtés de sa femme à Park City. Au magasin, comme son père surnommait la clinique vétérinaire, Glen avait rangé le bureau, les livres et les vestes pendues aux crochets, dans des cartons. Jeannie avait appelé tous les clients, les orientant vers le Dr Howe à Ashland. Le testament spécifiait aussi de contacter l'école vétérinaire de Madison et de vendre le cabinet *in toto* plutôt qu'aux enchères, mais une clientèle de campagne n'intéressait apparemment pas grand monde si bien que Glen n'avait reçu aucune proposition valable. Le magasin était désormais plongé dans l'obscurité et le silence, la pharmacie était fermée à clef et tout était recouvert de grandes housses en plastique comme dans une morgue. Une véritable incitation au cambriolage, pensait Glen. On avait d'ailleurs lancé une pierre dans l'une des fenêtres à l'arrière du bâtiment. Rien n'avait disparu.

Le jour succédait à la nuit, indéfiniment, et Glen, qui buvait un peu plus qu'avant, estimait tenir le coup à défaut d'aller bien. Jusqu'à un coup de fil de Claude. Ce dernier souhaitait lui parler. Glen proposa de passer chez les Sawtelle mais Claude préféra le Kettle, un bar au sud de la ville. La télévision diffusait un match des Brewers[1] quand Glen entra.

---

1. Équipe de base-ball de Milwaukee.

Claude lui fit un signe du bout du bar. Glen s'assit à côté de lui et Adam, le barman, lui tendit une Leinenkugel[1].

Ils regardèrent le match en parlant de son père. Claude se souvenait des visites qu'il faisait au chenil au temps de son enfance. Claude ne tarit pas d'éloges sur son père, qu'il considérait comme un oncle, ce qui représentait beaucoup à ses yeux car ils étaient peu dans la famille Sawtelle.

Ce fut bien plus tard qu'ils abordèrent le sujet dont Claude voulait l'entretenir, l'incompétence du Dr Howe. Aussi, tant qu'ils ne trouveraient pas d'autre vétérinaire, avait-il l'intention d'assurer lui-même la médecine de base – l'administration de vermifuges aux chiots, le traitement des mastites, etc. Étant donné son expérience de médecin dans la marine, il en connaissait un rayon en matière de médicaments. Glen était au courant d'un accord entre les Sawtelle et son père, qui ne pouvait passer chez eux cinq jours sur sept pour de simples prescriptions de pénicilline. Ils avaient donc installé une armoire à pharmacie dans la grange pour les médicaments que son père tenait habituellement sous clef à la clinique. Alors Claude se demandait si Glen accepterait de lui vendre certains des remèdes qui restaient au magasin, d'autant que personne ne se bousculait pour le reprendre.

Ils en étaient à quatre ou cinq bières – une quantité presque négligeable pour un homme de la corpulence de Glen, qui en avait toutefois bu deux autres avant de venir. Ils regardèrent les Brewers jouer. Adam jura contre le poste de télévision, comme à son habitude.

« Tu sais ce qui me vient à l'esprit quand je pense à ton père ? demanda Claude. Le massacre des canards à la sauce brûlante. »

Glen laissa échapper un petit rire. « Ouaip. La première pluie et la bande de canards qui cancanaient dans le magasin, tu te souviens ? »

Il avait huit ans quand les services de voirie étaient intervenus pour repaver la grand-rue et installer des lampadaires, le premier progrès significatif qu'avait connu Mellen depuis

---

1. Marque de bière du Wisconsin.

sa descente vers l'oubli après son apogée datant de l'époque de Truman. Les rues étaient en si piteux état qu'un des jeux des gamins consistait à circuler à bicyclette sans passer par un nid-de-poule. Ce n'était pas facile, voire impossible à certains endroits.

Mais au lieu du revêtement habituel à base de goudron et de gravillons, les ouvriers avaient utilisé une nouvelle formule, une sorte de colle noire et fumante qui durcissait comme du pudding. Ils l'avaient appelée sauce brûlante sans doute parce qu'on la déversait d'un énorme chaudron monté sur roues, qui avait répandu une odeur pestilentielle pendant les trois semaines de travaux. Un prix dérisoire à payer au demeurant car la grand-rue de Mellen était devenue un impeccable ruban noir.

Les choses marchèrent à merveille jusqu'à la première averse. Un soir, des canards survolèrent la grand-rue, à la recherche d'un lieu où se poser sur la Bad River. Les nouveaux lampadaires qui éclairaient la sauce brûlante, luisante de pluie, donnaient sûrement à la chaussée l'aspect d'un ruisseau tranquille et poissonneux, plus attrayant que la Bad River. Du coup, les deux premiers canards y amerrirent en cancanant comme des fous. Le choc leur brisa le cou. Avec leurs petites cervelles d'oiseaux, ceux qui les suivaient ne pouvaient comprendre pourquoi leurs deux congénères avaient l'air si bizarre sur l'eau, en dessous d'eux. Depuis, on ne faisait plus allusion à l'épisode autrement que comme « le massacre des canards à la sauce brûlante ».

Si les plus chanceux des oiseaux roulèrent cul par-dessus tête, secouèrent le bec et repartirent, six se retrouvèrent dans l'assiette de spectateurs astucieux. Quant aux autres, ils souffraient de toutes sortes de maux. Le restaurant se vida et il y eut un étrange rassemblement d'éclopés. Certains mettaient les canards étourdis et boitillants dans des cartons, d'autres les attrapaient avec des couvertures ou les forçaient à monter dans leur voiture à coups de pied. Et une caravane s'était formée, en route pour la clinique du père de Glen.

« Ils étaient tellement à la ramasse qu'ils suivaient papa partout », se rappela Glen.

Claude avait oublié certains détails, mais la bière aidant, il passa du sourire au fou rire à l'évocation des réminiscences de Glen.

« Ouaip, enchaîna-t-il. Ce que je me rappelle le mieux, c'est que ton père a installé les volatiles sur le bureau de la standardiste et qu'il parlait aux gens comme si de rien n'était. "Quel canard ?" disait-il. J'étais écroulé de rire. »

Glen s'en souvenait aussi. À l'époque, il considérait Claude, qui faisait des petits boulots au magasin comme un personnage extraordinaire – un genre de héros, en fait. Athlétique – d'ailleurs il se défendait encore pour … voyons, quarante ans ? Par-dessus le marché, il avait toujours une petite amie alors que Glen avait compris, dès l'âge de huit ans, que ce ne serait pas pareil pour lui.

« Je t'ai déjà raconté le coup du restaurant ? demanda Glen.

— C'est quoi cette histoire ?

— Un jour, il avait retiré les dernières éclisses et il savait que les canards étaient prêts à faire n'importe quoi pour lui, il en a fourré un dans une vieille sacoche. Puis nous sommes allés déjeuner au restaurant. Il a déposé le sac sur la banquette. Le canard n'a pas pipé un mot. Papa a commandé le premier et, pendant que la serveuse s'occupait de moi, il a ouvert la sacoche et le canard a sorti la tête.

— Non ! s'exclama Claude, rigolard.

— À peine ai-je eu terminé qu'il a lancé : "Et sa commande tu ne la prends pas ? " Découvrant le canard, la fille s'est mise à brailler.

— Non ?

— Si ! Elle a laissé tomber son carnet de commandes. Devine ce qu'a fait le canard ?

— Quoi ?

— Il a sauté par terre et l'a poursuivie en cancanant jusque dans la cuisine. Elle a braillé tout du long. »

Tordu de rire, Claude s'agrippait au bar de peur de tomber de son tabouret.

« Papa, lui, vociférait que son copain voulait des éperlans.

— Oh, Dieu !

— Il a dit que le canard devait déjeuner avant qu'il ne le remette dans le sac, que même les canards avaient droit à un repas correct, surtout à Mellen.

— Arrête. Je t'en prie, arrête », supplia Claude, les joues ruisselantes de larmes.

Ça plaisait à Glen de faire rire Claude ainsi. Il avait beau n'avoir pas vraiment compris le comique de l'histoire, son pote était tellement plié en deux qu'il ne put s'empêcher de se joindre à lui. Enfin, Claude essuya ses larmes et commanda une nouvelle tournée. Ils trinquèrent.

« À Page.

— À papa.

— Qu'est-ce qui est arrivé aux canards ?

— Je ne sais pas, avoua Glen. Ils n'ont jamais été capables de voler à nouveau, papa a dû les donner à un fermier des environs de Prentice. »

Ils regardèrent encore un peu le match, puis Glen acheta un pack de six bières et ils partirent pour la clinique. Claude le suivit dans son Impala. Une fois devant le bâtiment, Glen se dirigea vers la porte de côté et sortit un trousseau de clefs, qu'il essaya tour à tour, les mains tremblantes à cause de l'alcool. Il finit par trouver la bonne. À l'intérieur, il appuya sur un interrupteur et les néons projetèrent une phosphorescence surnaturelle. La pharmacie consistait en un placard bien rangé, à côté du bureau. Glen l'ouvrit et recula d'un pas.

« Qu'est-ce que tu veux ? »

Claude s'avança pour examiner les flacons et fioles des étagères, s'arrêtant deux ou trois fois pour lire plus attentivement une étiquette, comme s'il faisait du lèche-vitrines au lieu de chercher de la pénicilline. En fin de compte, il sortit trois récipients. « Ça », il en tendit un à Glen, « ça, et ça ». Il s'écarta tandis que Glen refermait la porte. « Si tu sais où se trouve le carnet de factures, je vais y noter ce que je prends, ajouta-t-il.

— Ce n'est pas la peine, ça coûterait plus cher d'en informer l'avocat que de te les donner.

— Eh bien, merci. Je me débrouillerai pour te dédommager.

— Laisse tomber, répondit Glen, agitant une de ses paluches. Oublie ça. »

Après avoir refermé le magasin à clef, ils se dirigèrent vers leurs voitures. Glen se pencha sur la banquette arrière pour attraper deux bières qu'ils burent en contemplant le ciel étoilé. Le silence devint pesant. Glen savait que Claude avait autre chose en tête que les médicaments. En fait, il avait beaucoup vu Trudy et Claude ces deux derniers mois. Le soir du décès de son père, Edgar s'était enfui avec deux ou trois chiens. Le pauvre gamin n'avait pas supporté d'assister à la mort de deux hommes dans la même pièce. Ils avaient d'abord cru qu'il se cachait dans les bois. Puis ils avaient espéré le retrouver en train de faire de l'auto-stop – suivant l'exemple de la majorité des jeunes qui fuguent. Tous les matins, la police diffusait une liste de fugueurs arrêtés, mais aucun ne correspondait à Edgar. Glen avait évidemment fouillé la vigne autour de Mellen et Walt Graves, qui distribuait le courrier, n'avait pas manqué d'en parler à tous ceux qu'il rencontrait. Au central téléphonique, il avait suggéré aux opérateurs de passer un coup de fil anonyme s'ils entendaient quoi que soit d'intéressant sur une ligne. Quant aux gardes forestiers, ils avaient fait quelque temps des recherches en avion. Mais Edgar n'était, au bout du compte, qu'un fugueur parmi d'autres, et il n'y avait pas grand-chose à faire sinon attendre qu'il se pointe pour le ramener chez lui.

Glen finit par prendre la parole : « Tu sais que si j'apprenais quoi ce soit, j'appellerais dans la seconde. »

Claude continua à siroter sa bière, l'air songeur.

« La plupart des fugueurs – en tout cas ceux qui ne cherchent pas à se sortir d'un mauvais pas – rentrent chez eux avant l'arrivée des grands froids. Soit on le ramassera, soit il rentrera.

— Ouaip », acquiesça Claude, qui ajouta après un long silence : « Entre toi et moi, je ne suis pas sûr que ce serait une bonne chose. Ce n'est peut-être pas plus mal qu'il ait fugué. Tu n'imagines pas ce qu'il a fait endurer à Trudy ces neuf derniers mois. Il y a chez lui quelque chose de… violent.

— C'est l'âge. Sans compter que la mort de Gar doit l'avoir sacrément secoué. Quand je l'ai interrogé, il n'arrivait plus à se rappeler grand-chose. »

Voilà qui retint l'attention de Claude. « Trudy m'en a touché un mot. De toute façon, comment ça s'est passé ? Est-ce qu'il s'est souvenu en détail des événements de la journée, ou était-ce le trou noir ?

— Oh, il s'est rappelé plein de trucs. Ce qu'il avait fait avec les chiens, ce qu'il avait pris pour son petit déjeuner. Mais plus on se rapprochait du moment où il avait découvert Gar, plus c'était vague.

— Hm, hm, fit Claude, scrutant Glen. J'ai toujours trouvé bizarre la façon dont il... l'avait découvert. Je n'ai pas voulu poser des questions à Trudy là-dessus, histoire de la ménager. Serais-tu en train de me dire qu'il n'a rien entendu du tout ? Les appels au secours de son père, les aboiements des chiens, que sais-je ?

— Du moins pas quand je l'ai interrogé. C'était le lendemain. Théoriquement, j'aurais dû le faire aussitôt mais, au moment où je l'ai suggéré, papa s'est mis en rogne. Il était persuadé que ça pouvait attendre et je me rendais bien compte que le gamin était anéanti. » Glen haussa les épaules et avala une autre gorgée de bière. « Ce serait peut-être différent maintenant. Les souvenirs reviennent au bout d'un certain temps.

— Je n'en doute pas. N'empêche, comment être sûr de leur exactitude si plusieurs mois se sont écoulés depuis les faits ? »

Glen réfléchit à la violence d'Edgar que Claude venait d'évoquer.

« À en croire la rumeur, toi aussi tu étais violent. C'est peut-être un trait de famille ?

— En effet. Moi aussi, j'en ai fait de belles mais pas au même âge. Ce n'est pas ce que je reproche à Edgar, il y a quelque chose d'autre, de différent....

— Comment ça ?

— Je me suis rebellé comme la plupart des garçons – je voulais faire bouger les choses, j'étais persuadé que c'était indispensable. Je ne voulais de mal à personne. Edgar, lui... je ne sais pas. Il ne se contrôle pas toujours. »

Claude se tut comme s'il cherchait ses mots. Il but une goulée de bière.

« Je ne sais pas comment t'annoncer ça, c'est pas mon fort les cachotteries.

— M'annoncer quoi?

— C'est au sujet de ton père.

— Quoi, mon père? Tu vas me dire que c'était un chahuteur lui aussi? » L'idée fit rigoler Glen. S'il n'avait pas été vétérinaire, son père aurait sans doute été enseignant – proviseur plus vraisemblablement. Ça lui plaisait d'être une figure d'autorité, d'être un détenteur de savoir.

« Non, rien de tel, protesta Claude. Il faut que tu comprennes que tout ce que je vais te dire est de l'ordre de la supputation – je n'étais pas là quand c'est arrivé, d'accord? J'étais dans la maison. La seule chose que j'ai vue – de mes propres yeux – quand je suis entré dans la grande, c'est Page gisant par terre. »

Malgré la douceur de la nuit d'été, Glen frissonna.

« Voilà, Trudy m'a confié que Page n'a pas simplement trébuché. Apparemment, il est tombé dans l'escalier parce qu'Edgar le poursuivait. »

Il y eut un long silence au cours duquel le sang se mit à battre dans les oreilles de Glen.

« Il le poursuivait.

— Ouais.

— Pour lui taper dessus?

— Exactement.

— Pourquoi aurait-il fait une chose pareille?

— C'est ce que nous ne comprenons pas. Après la mort de Gar, Edgar n'a plus ouvert le bec. Et quand il a décidé de se fermer comme une huître, il n'y a plus rien à en tirer. Ce soir-là, nous discutions avec un éleveur intéressé par la création d'une filiale du chenil. Il avait de bonnes idées pour aborder les gens de Carruthers[1]. Ça a beaucoup perturbé Edgar. Il a ouvert en grand la porte du grenier, puis il a traîné Trudy et l'a pratiquement jetée dehors. Qui sait ce qui serait arrivé s'il ne s'était pas retenu. En plus, ça ne lui plaisait pas trop que je passe autant de temps chez eux, ce

---

1. Entreprise de l'Oregon spécialisée dans l'équipement de l'industrie agro-alimentaire.

que je peux comprendre. À dire vrai, il dormait dans le grenier presque tous les soirs comme s'il s'y sentait plus chez lui qu'à la maison.

— Pour l'amour du ciel, Claude ! l'interrompit Glen.

— Écoute, j'en sais rien. Trudy s'est peut-être trompée. D'autant que ce n'est pas mon rôle de te raconter tout ça. J'ai eu beau retourner la situation dans tous les sens, quelle que soit la façon dont on l'analyse, c'était bizarre comme accident. Achète le *Milwaukee Journal* demain et lis la rubrique nécrologique, je te parie cinquante dollars que tu y trouveras au moins une victime d'un accident bizarre. Tu te souviens du jour où Odin Kunkler est tombé de son pommier en essayant de chasser un porc-épic d'une branche ? Il aurait pu se rompre le cou au lieu de se casser les deux bras. Qui peut faire la différence ? Même si Trudy a raison, Edgar n'a pas touché ton père. Il lui a simplement couru après, et Page est tombé.

— Ça n'en reste pas moins un homicide involontaire, objecta Glen.

— Sans compter...

— Que quoi ?

— Eh bien, j'ignore si tu étais vraiment proche de ton père. Certains se réjouissent de la disparition de leur vieux.

— Oh, bon sang ! Putain de bordel de merde, Claude ! On a eu des mots comme tout le monde, mais c'était mon père. » Glen dévisagea Claude pour voir s'il s'agissait d'une provocation. Non, il avait l'air sincère et même étonné par la violence de sa réaction.

« Ce n'est pas toujours le cas. Entre père et fils, je veux dire. Je n'en étais pas sûr.

— Tu l'es maintenant.

— Mon intention n'était pas de te blesser, d'accord ? Je tiens à être honnête, voilà tout. À mon avis, il faut jouer cartes sur table. Tu pourrais nous poursuivre en justice : ton père était chez nous, il est tombé dans notre escalier peu importe que ce soit parce qu'Edgar lui a fait peur ou non. Il suffirait à un bon avocat de plaider que nous n'avons pas fait ce qu'il fallait, que la rampe n'était pas conforme ou dieu sait quoi. Même si la rampe existe bel et bien...

— Ne sois pas ridicule.

— N'empêche, j'ai appris que dans ce genre de situation, où rien n'est blanc ou noir, c'est à nous de décider ce qui est juste. Il ne s'agit pas de tribunaux mais des gens impliqués. Tu es libre de faire appel à la justice. De faire fermer le chenil, ce qui signerait la fin des chiens Sawtelle. La décision te revient, et c'est normal. Bien sûr, je ne parle pas au nom de Trudy, qui dépend énormément des chiens, surtout depuis la fuite d'Edgar; je dois me battre avec elle chaque fois qu'il faut en placer un.

— Tu sais très bien que je ne souhaite rien de tel.

— Vraiment? Attends un peu. Tu vas peut-être te réveiller demain découragé et déprimé. Ça se passe comme ça d'habitude. Tu ne seras pas en colère, pas encore, à plat simplement, comme si le vent ne gonflait plus tes voiles. Mais après-demain ou après-après-demain, tu vas peut-être te réveiller, te lever machinalement et t'habiller pour aller chez ton père et ne te rendre compte qu'il est parti pour toujours qu'une fois dans la rue. C'est là que ça te tombera dessus. C'est à ce moment-là que la moindre vétille te mettra en rogne. Alors évite de parler maintenant du genre de justice que tu souhaites, Glen. C'est une promesse impossible à tenir.

— Je peux au moins t'assurer que je ne compte pas vous poursuivre, Trudy et toi, pour ce qu'Edgar a fait.

— Et pourquoi ça? Il est mineur. Trudy est sa mère. Je suis son oncle. Trudy l'a élevé. Elle a sûrement fait quelque chose de travers pour qu'il pourchasse Page.

— Non, non, ce n'est pas comme ça que marche. Encore que... je n'en sais rien après tout. Regarde-moi – au mieux, j'étais un drôle de zigoto. Papa a fait ce qu'il a pu. Il ne s'est pas privé de me donner des conseils ou de me dire ... pourquoi j'aurais dû ... »

Glen s'aperçut qu'il pleurait. Aussi gênant que ce soit, il était incapable de refouler ses larmes, et il comprit que son deuil n'était pas terminé – en réalité, il venait sans doute de le commencer. Autrement, il ne sangloterait pas dans sa bière.

« Souviens-toi, j'étais un sacré bon à rien, enchaîna Glen lorsqu'il eut recouvré ses esprits. Tu ne sais sans doute pas ce que c'est que d'avoir conscience de ce qu'il ne faut pas faire et de te regarder en train de le faire, comme si tu ne contrôlais rien. Moi si. Mon père m'a soutenu un nombre incalculable de fois alors que j'étais sûr qu'on me flanquerait en maison de redressement. »

Claude hocha la tête et but une gorgée de bière.

« C'est le comble de l'ironie que je me retrouve dans la police, tu ne trouves pas ?

— Ça te va bien. Tu fais du bon boulot.

— Merci, répondit Glen. J'essaie. » Il avait envie d'ajouter autre chose, une mise au point supplémentaire mais, à force d'écluser des bières, ça lui était sorti de l'esprit. D'autant que Claude compliquait tellement tout que sa tête aurait tourné même s'il avait été sobre.

« Voilà ce que je pense », finit par dire Claude. Glen le sentit encore plus ennuyé par cette histoire qu'il ne l'était. « Le pouvoir est entre tes mains. L'un et l'autre, nous le savons, inutile de prétendre le contraire ni d'imaginer en ce moment précis ce que tu comptes en faire. Le jour où tu seras en colère approche, ce jour-là, appelle-moi pour qu'on en discute autour d'une bière. À défaut d'autre chose, je te dois au moins ça – t'écouter. »

Glen regarda Claude. Il semblait aussi au bord des larmes.

« Dans le passé, les vieux avaient toutes les réponses, reprit Claude. Ton père, le mien.

— C'est vrai.

— Maintenant, c'est à nous de les trouver.

— Ils n'ont pas encore tous passé l'arme à gauche.

— Non. La plupart tout de même.

— Ida Paine a toujours bon pied bon œil. »

Claude frissonna. « Ida Paine a toujours été là. Elle le sera encore longtemps après notre disparition.

— La semaine dernière, je suis allé dans sa boutique. Elle donne plus la chair de poule que jamais.

— Elle te l'a dit ? » demanda Claude sans que Glen ait besoin d'explication. « T'a-t-elle regardé au travers de ces lunettes en cul de bouteilles de Coca en te le demandant ?

— Oh, oui. "Ce sera tout ?" » croassa Claude, imitant plutôt bien la voix rauque d'Ida. "Autre chose ?"

— Aucun n'éclata de rire malgré le comique de la sempiternelle question. On ne se moquait pas d'Ida Paine.

Claude se redressa et s'approcha de l'Impala.

« N'oublie pas ce que je t'ai dit. »

Il lui adressa un salut d'ivrogne. « OK. Bien reçu. Pas de problème. Terminé. »

Et Claude s'éloigna, les feux arrière de sa voiture s'amenuisèrent tandis qu'il atteignait le sommet de la côte au sud de la ville. Glen n'avait pas envie de partir tout de suite. Il s'appuya au coffre, tituba dans le clair de lune tout en regardant le magasin de son père qui s'y profilait. C'était une belle nuit d'été, les grenouilles coassaient, le ciel était constellé d'étoiles et de galaxies. Après s'être assuré que personne ne le verrait sombrer dans la sensiblerie, Glen Papineau leva sa bouteille de Leiney vers le firmament et fondit en larmes.

« À toi, papa, murmura-t-il. À toi. »

Le vent

Un regard dans le rétroviseur de la voiture d'Henry avait suffi à Edgar pour prendre conscience que leur halte touchait à sa fin. Dès que le train fut passé et que la voiture de police se fut engouffrée dans une rue adjacente, Edgar sauta sur la banquette arrière et maintint Amadou et Sahib couchés pour la fin du trajet, espérant qu'Essai, à l'avant, passerait inaperçue. Il n'aurait jamais dû accepter une balade en plein jour. Si l'officier de police les avait regardés plus longtemps, s'il avait été un peu moins distrait ou s'il s'était souvenu du bulletin d'alerte concernant un fugueur avec trois chiens, les gyrophares de sa voiture se seraient mis à tournoyer et tout aurait été terminé.

Au moment où ils s'engagèrent dans l'allée, Edgar avait déjà résolu de partir sur-le-champ. Henry essaya de temporiser. Il déploya une carte pour calculer la distance entre Lute et Thunder Bay, plus de quatre cents kilomètres. Il insista sur l'impossibilité pour Amadou de faire le trajet avec une patte à moitié guérie. « En outre, le nombre de kilomètres, c'est uniquement si tu prends le chemin le plus direct jusqu'au lac Supérieur. Comment comptes-tu t'y prendre si tu as tellement la trouille d'être repéré ? »

Je ne sais pas. On trouvera un moyen, écrivit Edgar.

« Écoute, reprit Henry. Si tu es vraiment décidé, laisse-moi vous conduire jusqu'à la frontière. Je connais les petites routes du coin, il est facile d'éviter les nationales. Je peux même contourner le Lac Supérieur. Après, c'est tout droit sur l'autoroute de la rive nord. »

Montre-moi la carte, signa Edgar.

Il suivit le tracé du doigt. De toute façon il n'avait pas le choix. Henry pouvait leur faire faire un bond de plusieurs semaines en une journée. À la frontière, ils trouveraient un passage et continueraient à pied. Ça leur prendrait cinq jours de marche, estimèrent-ils, dix s'il devait porter Amadou. En vérité, Starchild ne serait accessible que s'il acceptait la proposition d'Henry.

D'accord. À condition de partir demain, signa Edgar.

*

Cette nuit-là, il attendit qu'Henry s'endorme pour aller dans la remise. Il se faufila entre le pare-chocs de la Skyliner et le mur, s'installa sur le siège du conducteur et posa ses paumes sur le volant cannelé. Dans le noir, il distinguait à peine ses mains.

Vous êtes là ? demanda-t-il en langage des signes.

Il attendit. Rien ne vint troubler le silence. Au bout d'un long moment, il décida que cela n'en valait pas la peine et s'apprêta à rentrer à la maison. Puis il se ravisa – qui ne risque rien n'a rien – et agita ses mains dans l'obscurité.

Avez-vous remarqué ça chez moi, c'est plutôt inhabituel, non ?

*

Le lendemain matin, Edgar calma les chiens en les faisant travailler dans la cour – rapport, rappel, aux pieds. Ils avaient habité si longtemps chez Henry qu'ils avaient pris un peu de distance par rapport à lui. À présent qu'ils reprenaient la route, il fallait qu'ils obéissent au doigt et à l'œil. Henry prétendit être malade, toussant dans le téléphone lorsqu'il appela son bureau, un grand sourire aux lèvres à l'intention d'Edgar. Ils partirent après 10 heures, lorsque Henry estima que la circulation serait moins dense. Amadou était assis à l'avant, Edgar à l'arrière avec Essai et Sahib. Il s'efforçait de ne pas céder à la panique. Dès qu'ils croisaient une voiture, il ordonnait aux chiens de se coucher et les recouvrait des couvertures qu'il avait emportées. Henry, silencieux, le bras sur le dossier du siège avant, posait une main sur l'épaule d'Amadou.

Au bout d'une heure, ils passèrent à l'ouest de Brule. Henry traversa la Nationale deux. Il avait en tête un endroit où s'arrêter pour que les chiens se dégourdissent les pattes – une petite crique découverte avec Belva quand ils exploraient le littoral.

Continue, ils n'en ont pas besoin, signa Edgar.

« Tu te fous de moi ? rétorqua Henry. Ces chiens sont des machines à pisser. Je n'ai aucune envie d'être obligé de nettoyer de fond en comble mes sièges en vinyle. »

Ayant apparemment deviné qu'une occasion se présentait, Essai fixa Edgar en respirant fébrilement.

Arrête. Tu vas nous attirer des ennuis, la sermonna-t-il.

Quand ils avaient quitté la petite vallée d'Henry, le soleil brillait entre des nuages épars mais, à l'approche du lac Supérieur, les nuages se massèrent en un front orageux. Le temps qu'Henry arrive à l'endroit prévu et coupe le contact, le soleil s'était éclipsé.

Henry descendit de la voiture. Edgar resta à l'intérieur, à l'affût des voitures.

« Détends-toi, lui dit Henry, toquant à la vitre. Tu n'as pas envie de voir le lac ? Regarde autour de toi, il n'y a pas un chat. »

Bien qu'Henry eût raison, l'idée d'être dehors avec les trois chiens le rendait nerveux tant il était persuadé avoir dilapidé le lot de chance qui lui était imparti. D'un autre côté, le temps devenait menaçant, aussi n'allaient-ils certainement pas s'attarder. Enfin, ce serait plus compliqué de lâcher les chiens sous la pluie.

« Tu vois bien, il n'y a personne à des kilomètres à la ronde, ajouta Henry. Ça va te plaire. Suis-moi. »

Il les pilota à travers des bosquets de pins et d'érables, sur un sentier à peine visible. Une mousse visqueuse gainait les arbres. Les rafales qui commençaient à balayer le sous-bois rendaient d'autant plus dangereuse la progression sur le sol glissant. L'air était imprégné de l'odeur du lac. Avant même d'apercevoir l'eau, Edgar entendit le clapotis des vagues sur le rivage.

Ils débouchèrent dans une petite crique isolée à peine plus grande que la cour d'Henry. Au fond, se dressait une paroi rocheuse de six ou neuf mètres de haut, striée de saillies et grêlée d'anfractuosités créées par l'érosion, certaines si énormes qu'on aurait dit des grottes. Une colonie d'oiseaux marins criait et battait des ailes, à proximité du sommet d'où dépassait un entrelacs d'herbes et de racine.

Edgar comprit immédiatement pourquoi Henry aimait ce coin. Par beau temps, il devait être merveilleusement reclus – un lieu où Edgar aurait pu se détendre et contempler l'eau calme à perte de vue sans craindre de se faire repérer. Sur la côte, on ne distinguait que des arbres perchés sur des falaises rocheuses. Aucune maison, aucune route, même pas un bateau.

Comme Edgar et Henry arrivaient au bout du chemin, les chiens bondirent sur la plage jonchée de bouts de bois. Au loin, sous l'orage, l'eau sombre était agitée de remous. Un éclair zigzagua entre le ciel et le lac.

Amadou leva la patte sur l'un des plus gros morceaux de bois, Henry lança un regard à Edgar. Le chien avait beau se borner à marquer le territoire, pour Henry c'était la preuve que les animaux avaient besoin d'une pause.

« Je te l'avais dit. Ne le prends pas mal. Il suffit de savoir lire en eux, fit-il observer avec fausse modestie. Si tu étais resté plus longtemps, je t'aurais appris à déceler ce genre de choses. Les gens croient qu'il faut un don particulier, mais je leur ... »

Puis, bouche bée, il désigna un endroit du lac où se préparait quelque chose. Le temps qu'ils arrivent à la plage, le front orageux avait baissé, s'était assombri et commençait à s'enrouler sur lui-même. Une sorte de gerbe de vapeur jaillit de l'eau, disparut puis se reforma.

« Une tornade, précisa-t-il. Une trombe marine, plutôt. Nom de Dieu, regarde ça. »

Edgar tourna la tête et fut aussitôt hypnotisé par le phénomène. Tout en aspirant l'eau du lac, l'entonnoir se résorbait de bas en haut, translucide d'abord, puis blanc et enfin gris. Deux autres entonnoirs apparurent derrière le premier, colonnes duveteuses qui tombaient des nuages. Un roulement de tambour leur parvint. Le poil hérissé, les chiens levèrent les yeux.

« Ce n'est pas bon du tout, s'inquiéta Henry. Je n'aime pas ça. »

On avait l'impression que les trois entonnoirs étaient à la fois immobiles et animés d'un mouvement précipité. Sans songer à fuir ou à s'abriter, Edgar statufié se contentait d'observer le spectacle. Le plus lointain semblait n'être qu'un fil se torsadant au-dessus de l'eau. Le plus proche, à deux kilomètres de la rive, avait forci en un tourbillon dont le bas s'amenuisait pour ne devenir qu'un point à la surface du lac. Ils se déplaçaient tous les trois vers l'est et, s'ils continuaient ainsi, ils épargneraient la crique. De peu. L'orage qui avait tordu les planches du toit de leur grange avait-il engendré le même genre d'entonnoirs, se demanda Edgar.

Henry ne partageait en rien la fascination d'Edgar. Il se dirigea vers le sentier escarpé menant à la forêt, courut quelques foulées, glissa, se releva et fit demi-tour.

« Oh, non. Il faut trouver un abri. Il n'est pas question d'être en voiture s'ils s'approchent ! s'exclama-t-il. On conseille de se cacher, si possible, dans un tunnel. » Il examina les environs et la paroi rocheuse derrière eux. « Montons dans une de ces grottes. Nous n'avons pas le temps de chercher autre chose. »

La trombe marine du milieu s'éleva au-dessus du lac. Quand elle retomba, elle était si proche qu'elle leur fit l'effet de cogner l'eau. Quelques instants plus tôt, elle paraissait inerte dans son énormité. Plus compacte à présent, elle paraissait tourbillonner sur elle-même à une vitesse folle, avec un bruit assourdissant.

« Nat ? Nat ? répéta Henry. Tu m'écoutes ? On doit se mettre à l'abri. Maintenant ! »

À contrecœur, Edgar sortit de sa torpeur contemplative. Alors qu'il appelait les chiens en tapant dans ses mains, la première bourrasque lui fouetta le dos. Il chancela et faillit tomber en avant. Henry l'attendait devant la paroi rocheuse.

« Là et là, hurla Henry au-dessus du vacarme. On doit se séparer. Il n'y a rien d'assez grand pour nous tous. »

Il avait repéré deux cavités, chacune à un peu plus d'un mètre du sol – alcôves creusées dans le rocher par des milliers d'années de vagues. Aucune n'était très profonde, un mètre vingt, un mètre cinquante, au maximum. Il en existait d'autres plus profondes, mais elles étaient soit trop basses, soit inaccessibles.

Edgar adressa à Henry un signe de tête avant de foncer, Sahib sur ses talons. Essai et Amadou restèrent dans l'expectative. Une douzaine de mètres séparait les deux alcôves. Celle de gauche, la plus grande, était aussi la plus haute et la plus difficile d'accès. Edgar la choisit pour lui et deux chiens.

Il ordonna à Amadou de rejoindre Henry, puis se tourna vers Sahib.

Monte.

Le chien l'observa un instant se demandant s'il l'avait bien compris.

Oui, signa Edgar. Monte!

Sahib prit son élan et sauta sur la corniche. Dès qu'il eut atterri, Edgar se tourna vers Essai qui reculait vers le lac.

Viens. Monte!

Essai s'ébroua et battit de nouveau en retraite. Edgar courut vers elle.

Ce n'est pas le moment de jouer, signa-t-il. Allez, viens.

Passant les mains sous son ventre, il la força à avancer. Elle se tordit pour prendre ses bras dans sa gueule, se dégagea et bondit sur la corniche près de Sahib. Assis côte à côte, les deux chiens le regardèrent. La voûte de la cavité était noire de suie – on avait dû y faire du feu. Le sol, balayé par le vent et l'eau, se trouvait au niveau des yeux d'Edgar. Il recula sans quitter les chiens du regard, puis se tourna vers Henry et Amadou, toujours dans le sable.

« Il ne veut pas me laisser le porter, expliqua Henry. Il ne veut pas sauter non plus, or c'est le seul moyen. » Effectivement, la paroi n'offrait aucune aspérité qui aurait permis à Amadou de grimper.

Edgar les rejoignit et prit la tête du chien entre ses mains.

Il va falloir essayer.

Tandis qu'Henry se hissait péniblement sur la corniche, Edgar obligea Amadou à reculer de quelques pas. Puis il s'élança et frappa le rocher.

« Allez Amadou, viens ! s'écria Henry. Qu'on ne se fasse pas tous tuer. »

Immobile tout d'abord, langue pendante, Amadou jeta un coup d'œil par-dessus son épaule aux trois entonnoirs mugissants du lac. À présent, le bruit les encerclait car il se répercutait sur la paroi. À deux reprises, encouragé par Edgar et Henry et les aboiements des autres chiens, Amadou boita vers le rocher mais, faute d'élan, il échoua. Les oreilles aplaties, il fixa Edgar.

Alors Essai et Sahib sautèrent et se précipitèrent vers eux. Au moment où elle passa devant lui, Edgar attrapa Essai par le cou. Sahib, lui, continua à courir et rejoignit Amadou. Ils se touchèrent du nez puis, sans hésiter, Sahib fonça vers le rocher. Amadou ne bougea pas. Sahib revint vers lui, aboya, lui donna un coup de museau. Cette fois, ils repartirent ensemble, Amadou boitant bas.

Une fois devant la paroi, Amadou bondit bizarrement, jappa en s'élevant du sol et pédala dans le vide. Il atterrit lourdement, les pattes arrière à la limite du rebord, et se débattit en projetant du sable, mais Henry le retint par les pattes avant et le tira. Sahib s'était élancé en même temps que lui, or il n'y avait pas de place pour trois. Il redescendit aussitôt.

Le grondement du lac pénétrait Edgar par tous les pores de la peau. Il poussa Essai et Sahib à rejoindre l'autre cavité où ils sautèrent sans hésiter. Et Edgar les suivit.

« Nat ? » hurla Henry. Edgar sortit la tête. Henry était à genoux au bord de la cavité, les mains en porte-voix. « L'eau du lac va monter. Reste dans la grotte. » Il n'y avait rien à ajouter. De toute façon, Edgar n'aurait rien entendu à cause du vent.

La brèche où ils se trouvaient, basse et peu profonde, se rétrécissait en une cavité à forme d'œuf. Edgar, qui espérait bloquer l'ouverture avec son corps, comprit que ce serait impossible ; au mieux, il en boucherait la moitié. Il se déplaça, se râpant le crâne au plafond noir de suie, et se retourna pour faire face au lac. Après avoir coincé Sahib entre ses jambes, il ordonna à Essai de se coucher – à sa grande surprise, elle obtempéra et il la prit dans ses bras. S'ils paniquaient, il pourrait les maintenir en place, suffisamment longtemps. Le temps qu'ils se calment.

Ils attendirent ainsi, entassés au fond de ce trou, les yeux rivés sur le lac. Deux des trombes, désormais très proches, grondaient sur tous les tons tandis qu'elles se frayaient un passage dans l'atmosphère. La plus proche se profilait à cinq cents mètres, tel un filin tombé des nuages dans un ballon de vapeur. Un lambeau de nuage tourna autour, puis disparut. Des paquets d'eau qu'on aurait dits crachés par le lac vers la terre s'abattaient sur les rochers.

Voilà qui rappela à Edgar la façon dont son père contemplait le ciel du seuil de la grange pendant les orages. Comme il s'efforçait d'attirer les chiens au fond de la grotte, il se demanda si son père aurait fait pareil.

Conformément aux prédictions d'Henry, l'eau monta. Les vagues submergeaient l'endroit d'où ils avaient aperçu les trombes pour la première fois. Le vent s'engouffra dans les narines et la bouche d'Edgar, lui gonfla les joues et tenta de soulever ses paupières. Ils étaient bombardés de sable et de galets. Il crut que le vacarme et le vent effraieraient les chiens, ce ne fut pas le cas – ils l'avaient laissé les immobiliser, en revanche ils ne s'étaient pas roulés sur le dos en quête de réconfort. Un bout de bois gris roula sur la plage, soudain réveillé, fuyant pour sauver sa peau. Les chiens le suivirent des yeux.

La trombe la plus petite glissa devant eux, rasant la surface du lac de sa corolle aqueuse comme une rose à l'envers. Attiré par un arbre proche de la berge, un rai de lumière zigzagua. Le fracas qui suivit, davantage de l'ordre d'une déflagration que d'un coup de tonnerre, fut immédiatement dominé par les hurlements du vent. Quand Edgar jeta à nouveau un regard au lac, il ne vit que la dernière trombe, si trapue et noire qu'elle donnait l'impression de chercher à réunir le ciel et la terre.

Le phénomène qui se produisit alors dura une dizaine de secondes. La trombe qui venait de passer devant eux réapparut et prit la même trajectoire, se tordant comme un tentacule, avant d'être aspirée par la grosse. Elles se séparèrent un instant, puis s'enroulèrent l'une à l'autre, la plus petite forma une spirale autour de la plus grosse jusqu'à ce qu'elle soit engloutie. Ou presque. Un serpentin se détacha, fouetta le lac, y plongea à moitié et finit par s'évaporer. Au même moment, la grosse vira du gris au blanc spectral, tournoya faiblement au-dessus de la crique et battit en retraite après un ultime bond en avant.

Incroyable, pensa Edgar, ballotté par le vent. C'est tout bonnement incroyable.

Ce n'était cependant pas la première fois qu'il était témoin de phénomènes extraordinaires, se rappela-t-il. Et il les avait fuis.

Essai choisit cet instant pour s'échapper. Edgar la tenait fermement entre ses bras et, en un clin d'œil, elle se glissa aussi facilement que si elle avait eu le corps enduit de graisse. Elle fonça dans la crique, ralentie par le vent. Sahib aboya et gratta le rocher. Edgar le serra plus étroitement en le muselant d'une main. En un éclair, il comprit que Sahib n'avait pas l'intention de suivre Essai – il était étranger à la vision ou à la pulsion qui l'avait poussée à se précipiter à la rencontre de la colonne qui rugissait depuis le lac. Il essayait simplement de rappeler Essai.

La trombe blanche s'approcha de la rive, à environ deux cents mètres maintenant, peut-être moins – la distance qui séparait la maison des Sawtelle du milieu du champ du bas –, et s'arrêta presque, oscillant au-dessus du lac. Essai lui fit face, aboyant et grognant, la queue baissée comme un cimeterre. Lorsqu'elle se tourna sur le côté, le vent souleva ses pattes arrière : elle roula deux fois comme un tonneau avant de se relever et défier à nouveau les éléments, attentive à ne pas lâcher prise cette fois.

Quelque chose s'écrasa sur la plage. Une gerbe de sang rosit l'air – un énorme poisson non identifié dont les entrailles se répandirent sur les galets de la crique.

Essai s'efforçait d'avancer à présent. Chaque fois qu'elle levait une patte, son corps vacillait sous les bourrasques qui finirent par la plaquer au sol. Elle ne bougea plus, les oreilles rabattues sur son crâne, le museau plissé, les pattes de devant étendues, hiératique. Le mugissement du vent l'avait dépouillée jusqu'au tréfonds de son être – c'était autant de la folie que la vérité, du moins était-ce l'impression d'Edgar. Ses poils se hérissaient dès que les rafales faiblissaient, puis elles la fouettaient avec un regain de vigueur. Les arbres au bord de l'eau tournoyaient, ployaient, se redressaient, cependant que leurs branches se brisaient, émettant un bruit de coup de fusil.

Je devrais y aller, songea Edgar. Elle va se faire tuer. Mais Sahib s'échappera.

Il avait le temps de réfléchir, d'évaluer la perte de l'un par rapport à celle de l'autre et il prit conscience qu'il n'était pas en mesure de décider. Elle avait fait ce choix, pensa-t-il – ce qui correspondait au souhait de son grand-père, qui n'avait cessé de l'évoquer dans ses lettres. En fin de compte, Edgar resta dans son repaire où le vent les bombardait de pierres. Renforçant sa prise sur Sahib, il regarda entre ses doigts Essai, qui, repoussée vers les arbres, s'aplatissait et battait en retraite, secouant la gueule sans qu'aucun son leur parvienne.

À ce moment précis, Edgar pensa : c'est voué à l'échec. Je n'irai jamais assez loin. J'aurais mieux fait de ne jamais partir.

Un changement se produisit sur le lac. La trombe cala, s'amenuisa, blanchit de plus en plus avant de s'élever au-dessus de l'eau. La vapeur accumulée à sa base tomba dans le lac comme si un charme était rompu. Son extrémité se tortilla, on eût dit un serpent suspendu aux nuages. Le vent faiblit et le fracas s'atténua. Les aboiements d'Essai arrivèrent jusqu'à eux, à peine audibles. Sahib fut le premier à lui répondre, puis Edgar entendit Amadou l'imiter dans l'autre cavité.

La colonne se déplaçait, sinistre, prête à s'écraser sur la berge cette fois. Contre toute attente, elle remonta dans les nuages et disparut comme si elle poursuivait un persécuteur. Une gerbe d'eau fuligineuse jaillit presque au niveau de la paroi rocheuse puis retomba, drainant la moitié de celle qui avait inondé la crique. Le fracas de train de marchandises s'évanouit ; le vent souffla et se calma. Il ne resta que le clapotis des vagues se brisant sur le rivage.

Dès qu'Edgar relâcha son emprise, Sahib sauta de la corniche et se précipita vers Essai. L'air triomphant, elle trottinait devant l'eau qui refluait. Après l'avoir accompagnée sur quelques mètres, Sahib bondit vers les rochers où Amadou et Henry étaient blottis l'un contre l'autre et fit les cent pas, trépignant d'impatience.

Ce ne fut pas facile de descendre Amadou. Le rocher mouillé était glissant et il refusa qu'on le porte. Henry le prit dans ses bras. Il dérapa et réussit de justesse à garder sa prise mais se râpa le dos à la paroi. Il posa sur le sable Amadou, qui alla en boitillant flairer le poisson drossé par le vent. Des gouttes de pluie – de la vraie pluie, non les embruns du lac – se mirent à tomber. Un énorme amas de bois flottait sur le lac comme autant de vestiges d'une épave de bateau qu'on aurait dragué du fond.

Ils retrouvèrent la voiture d'Henry couverte de feuilles vertes. La vitre côté passager était striée d'une longue fêlure. Ils firent entrer les chiens à l'intérieur. Une fois qu'ils furent installés dans le véhicule, ils passèrent un long moment à respirer et écouter la pluie tambouriner sur le toit.

« Ce chien ne tourne pas rond, finit par dire Henry. Ce n'était vraiment raisonnable de faire ça. »

Edgar eut beau acquiescer, il s'interrogeait : qu'en savons-nous ? Il ferma les yeux. L'image d'Ida Paine se penchant vers lui par-dessus son comptoir, s'imposa à lui. « Si tu pars, avait-elle murmuré, ne reviens jamais, sous aucun prétexte. Ne change pas d'avis d'où que souffle le vent. Le vent ne signifie rien. »

Le vent ne signifie rien, se répéta-t-il.

Il prit le papier et le crayon sur le siège.

Faisons demi-tour, écrivit-il.

« Voilà qui est mieux », se réjouit Henry. Il mit le contact et s'engagea sur la route qui menait chez lui. « Au moins, un de vous pense correctement. »

Le visage tourné vers la pluie et les arbres qui défilaient, Edgar eut un sourire amer. Si Henry s'était douté de l'autre possibilité, elle ne lui aurait pas plu.

Henry laissa la radio éteinte pendant le trajet de retour. Il conduisit sans proférer une parole sinon à un moment où, secouant la tête, il grommela de but en blanc : « Nom de Dieu, tout un vendredi. »

*

Il faisait une chaleur étouffante le lendemain après-midi quand Henry roula sur le chemin forestier près du lac Scotia, où Edgar et les chiens avaient erré le 4 juillet. Les arbres et leur frondaison dissimulaient l'eau. À travers la vitre, tout lui paraissait inconnu. Ils dépassèrent l'allée avant qu'Edgar n'aperçoive le petit chalet rouge, fermé pour la saison.

Stop, signa-t-il. C'était là.

« Tu es sûr ? »

Edgar regarda une nouvelle fois et acquiesça. Il reconnaissait la porte d'entrée et la fenêtre par laquelle il s'était faufilé. Le goût de la barre chocolatée qu'il y avait volée lui revint en mémoire. Elle avait fondu dans la poche arrière de son pantalon alors qu'il pressait du beurre entre ses doigts pour nourrir les chiens.

Henry engagea la berline dans l'allée envahie de mauvaises herbes et coupa le contact. « Je vais te le répéter une dernière fois, insista-t-il. Je peux t'emmener là où tu veux. Ça m'est égal. »

Non merci, signa Edgar.

Il savait qu'Henry attendait qu'il développe mais ce qu'il cherchait au bord de ce lac – qui il espérait trouver, ce qu'il espérait de cette rencontre – exigeait qu'il se déplace à pied. Il n'avait pas les mots pour expliquer ses espoirs, tout comme sa mère n'en avait pas eu pour définir la valeur de leurs chiens. Ils sortirent de la voiture. Edgar récupéra la canne à pêche et la musette dans le coffre. Il passa la lanière de la musette en bandoulière. Après avoir flairé à satiété les environs, les chiens revinrent près de la voiture, Amadou boitillait en tête, suivi de Sahib et d'Essai. Edgar s'agenouilla devant Amadou et lui caressa le museau. Pour la dernière fois, il leva son pied blessé et effleura la cicatrice du coussinet. Il guetta un mouvement de recul mais le chien se contenta de le scruter. Bien qu'il n'y ait plus la moindre tuméfaction, le second orteil était toujours dressé. Il reposa la patte d'Amadou, qui la lui redonna immédiatement.

Reste, signa-t-il, par habitude. Aussitôt, il eut envie de se rétracter car ce n'était pas ce qu'il avait voulu dire. Il commença à se relever puis changea d'avis.

Surveille Henry. Il n'y connaît pas encore grand-chose.

Alors il se mit debout et tendit une main. Henry la serra.

« Il te suffit de revenir et de demander, dit celui-ci. En attendant, je m'occuperai bien de lui.

Non. Il t'appartient. Il t'a choisi.

C'était la vérité. Edgar le voyait à la façon dont Amadou, assis les yeux brillants et la langue pendante, s'appuyait légèrement contre la jambe d'Henry. Il l'avait remarqué dans la voiture, au retour du lac Supérieur, et plus tard dans la soirée, chez Henry. Il avait l'impression qu'Amadou continuait à bondir pour rejoindre Henry sur la corniche et qu'il continuerait, d'une certaine façon, à le faire pour le restant de ses jours.

Edgar se retourna et s'engagea dans l'allée du cabanon avec Sahib et Essai. Il s'autorisa un seul regard en arrière. Debout devant la voiture, Henry et Amadou les regardaient s'éloigner. Quand ils arrivèrent au lac, Sahib remarqua l'absence d'Amadou. Il lança un coup d'œil à Edgar, puis fit demi-tour et trottina jusqu'à la voiture. À mi-chemin, il s'arrêta. Edgar tapa sur sa cuisse, Sahib s'approcha de lui, jeta un regard vers Henry et Amadou, gémit et s'assit.

Edgar le fixa avant d'aller s'agenouiller devant lui.

Tu dois être sûr de toi, signa-t-il.

Sahib le dévisagea en haletant, puis posa les yeux sur Essai. Au bout d'un long moment, Sahib se leva et ils se traînèrent tous les deux jusqu'à la voiture. Le chien franchit les derniers mètres en bondissant et sauta sur la banquette arrière pour rejoindre Amadou.

« Ce n'est pas à cause de moi, n'est-ce pas ? demanda Henry. Il refuse d'abandonner Amadou. »

En effet.

« Tu crois que je peux m'en sortir avec les deux ? »

Edgar fit signe que oui.

« Alors c'est d'accord. Bon dieu, plus que d'accord même. »

Edgar observa longuement les deux chiens afin de les graver dans son esprit. Essai apparut. Sahib se précipita à sa rencontre. Ils tournèrent autour l'un de l'autre comme s'ils ne se voyaient plus depuis des lustres, puis Sahib posa sa tête sur le cou d'Essai.

Edgar pivota sur les talons et remonta l'allée. Il ne fit aucun rappel ni ne donna aucun ordre. Se retourner était au-dessus de ses forces. Il n'avait pas conscience des broussailles qui lui griffaient la figure tant il lui semblait que sa tête allait éclater. Il eut beau serrer les paupières, cela ne suffit pas à refouler ses larmes. Essai surgit enfin et s'élança dans les sous-bois.

Les ordres, c'est terminé, pensa-t-il. Essai, qui savait aussi bien que lui où ils étaient, pouvait courir tout son saoul.

Ils entendirent la voiture d'Henry démarrer derrière eux. Malgré lui, Edgar écouta le crissement des pneus sur la route jusqu'au moment où il ne perçut plus que les bruits de la forêt.

Le retour

Ils passèrent leur première nuit sur la langue de terre où ils avaient regardé les fusées du feu d'artifice se consumer dans leur reflet et où les hurlements des chiens avaient incité un nouveau spectateur à s'annoncer. Le lendemain, ils contournèrent le lac. Des zones ombragées débouchaient sur de vastes étendues de massettes et de nénuphars. Des grenouilles léopard bondissaient dans l'eau à chacun de leurs pas. Il y avait beaucoup de poissons, peu de campeurs. Il n'était plus question de forcer les cabanes qui, fermées pour la saison, avaient les fenêtres condamnées avec du contreplaqué. Henry lui avait fourni des allumettes, des hameçons et donné un canif au manche noueux incrusté d'ivoire.

Les trois nuits suivantes, ils campèrent chaque fois un peu plus profondément dans les collines au nord du lac Scotia. Essai s'habitua à sa vie solitaire bien plus vite qu'Edgar ne l'aurait imaginé. Le soir, pour combattre la fraîcheur, ils dormaient lovés l'un contre l'autre. Elle comprit qu'ils attendaient quelque chose ou quelqu'un. Parfois, elle se levait et marchait le nez à terre, à la recherche de l'odeur de ses deux frères absents. Les journées raccourcissaient. Le crépuscule d'août commençait vers 19 heures, la nuit tombait une heure après.

Il était tard le quatrième soir, le feu n'était plus qu'un petit tas de braises, lorsque deux yeux brillèrent dans les broussailles. Étant donné la fugacité de leur apparition, qu'ils reflé-

taient du rouge si la flamme était rouge ou du jaune si elle
était jaune, il ne pouvait s'agir d'un chevreuil ni d'un raton
laveur dont les yeux réagissaient différemment à la lumière.
Leur propriétaire s'était approché sous le vent, une habitude
prise après des années d'errance dans la forêt, se dit Edgar.
Il posa un bras sur le dos d'Essai. Il avait gardé un morceau
de poisson qu'il lança de l'autre côté des braises.

Surgissant de l'obscurité, Forte s'approcha pour le
flairer. À sa vue, Essai se crispa mais, d'une pression de la
main, Edgar lui demanda de rester. Ce n'était pas un ordre.
Il sentait ne plus avoir le droit de lui en donner car il était
en disgrâce depuis longtemps, ce qu'il avait compris récemment. Les couleurs du chien errant correspondaient à celles
dont Edgar se souvenait, noir et fauve sur le dos, blond sur
le large poitrail. Une de ses oreilles déchiquetées pendait,
séquelle d'une vieille bagarre, et il avait forci.

Essai grogna un avertissement. Forte battit en retraite
dans les ténèbres. Edgar alimenta le feu très avant dans la
nuit, penché sur les brandons comme un vieillard ratatiné,
exténué, alors qu'ils n'avaient à peu près rien fait de la journée. Le lendemain matin, Essai avait disparu. Elle revint
vers midi, haletante et couverte de bourres. Ils se gorgèrent
des nombreux poissons qu'Edgar avait déjà eu le temps de
pêcher et qu'il mit à griller sur des bouts de bois. Quand
Essai détourna la tête, il la força à manger davantage : il fallait qu'elle soit repue. Il pêcha d'autres poissons qu'il fit cuire
tout en pensant à Henry, assis à la table de bridge derrière
la maison en train de préparer des saucisses tandis que les
chiens et lui l'observaient de leur cachette, près des tournesols.

Le bleu du soir se reflétait dans l'eau. Voile de cirrus
percé d'étoiles. Forte réapparut tard dans la soirée. Cette
fois Essai s'approcha, lui flaira les flancs et il patienta, sans
bouger. Ensuite, ce fut au tour d'Essai de passer l'examen.
Au départ de Forte, il ne subsistait rien du tas de poissons
qu'Edgar avait mis de côté.

*

Il se remit à pêcher dès son réveil le lendemain matin.
Les bois résonnaient de miaulements. Dès qu'il eut cuit
les poissons, ils les mangèrent. Il fourra les restes dans la
musette et ils partirent, abandonnant la canne à pêche. Il
était facile de se déplacer désormais. Pourquoi avaient-ils
mis tellement de temps à franchir une si petite distance à
l'aller? En une seule journée, ils firent un quart du trajet
de retour. De temps à autre, Edgar laissait tomber un bout
de poisson, autant de signes de leur passage. Il se demandait s'il reconnaîtrait le chemin qu'ils avaient emprunté des
semaines auparavant. Ce fut le cas.

Essai eut beau disparaître une heure voire plus, il continua d'avancer. Puis les fougères bruissèrent et, bondissant
dans une clairière, elle se précipita sur lui. En fin d'après-
midi, ils arrivèrent à proximité d'un lac familier et il alluma
un feu. Il s'endormit devant les braises agonisantes comme
s'il les échangeait contre des rêves.

Il n'eut la certitude que Forte les suivait, conformément
à l'espoir qu'il nourrissait, que le deuxième soir. Ils avaient
marché toute la journée en grignotant des miettes de poissons, une pour lui, une pour Essai, une jetée par terre.
Essai cherchait des œufs de tortue mais la saison était finie.
Il restait quelques misérables myrtilles desséchées sur certains buissons. Au milieu de la journée, ils firent une halte
au bord d'un lac. Edgar se déshabilla, entra dans l'eau où
il s'attarda le temps de se rafraîchir et calmer ses piqûres
de moustiques. Une aigrette blanche s'envola des roseaux.
Après avoir plané, elle se posa à une distance raisonnable
de la rive et manifesta, par des cris, son mécontentement
de voir Edgar effrayer les poissons. Elle se trompait. Il se
contenta de faire réchauffer ceux de sa musette, il n'en pouvait plus d'en manger.

Il posa le reste de leurs provisions près des flammes.
Mauvaise idée, songea-t-il. La sacoche suintait le gras de
poisson. Tous les ours de la région devaient désormais savoir
où ils étaient, dans ce cas Forte aussi. Il avait raison sur
ce point. À son réveil le lendemain matin, le chien errant
redressa son museau, l'observant par-dessus les cendres
rougeoyantes. Edgar ne bougea pas. Essai, elle, contourna

le feu pour rejoindre Forte, le sentir, puis les deux chiens s'approchèrent d'Edgar. Forte tendit le cou pour le flairer, les pattes tremblantes. Alors il caressa Essai sous le menton avant d'effleurer Forte.

Dès qu'Edgar se mit debout, Forte recula, l'air cocasse à cause de son oreille abîmée, et méfiant. Edgar lui tourna le dos pour ranger ses affaires. Lorsqu'il leva les yeux, Forte avait disparu. Essai également.

*

À présent, Almondine occupait les pensées d'Edgar, qui avait le sentiment – cela faisait deux mois qu'il ne l'avait pas vue – d'être amputé d'une partie essentielle de son être. Dans un jour ou deux, ils seraient enfin réunis. Peut-être aurait-elle oublié ses forfaits qu'il souhaitait, plus que tout au monde, expier. Les événements survenus depuis son départ le ramenaient à elle. D'autres rêvent de trouver leur âme sœur, eux, ils avaient été quasiment conçus en même temps, ils avaient grandi ensemble et, aussi étrange que cela puisse paraître, elle était son double. À ce titre, il était possible de supporter beaucoup de choses. Edgar n'oubliait pas qu'elle était vieille ni qu'il avait gâché une partie du temps qui leur était imparti à errer à l'aveuglette dans les bois, désorienté, sans vraiment savoir quoi faire. Faute d'une intervention plus qu'étrange, il ne l'aurait peut-être jamais revue. Il lui faudrait sans doute attendre le soir de sa vie pour se rendre compte à quel point sa fuite l'avait mutilé, à quel point la séparation d'avec Almondine l'avait amoindri.

S'il était parti en pleine confusion, son retour lui éclaircissait les idées. Une grande partie de ce qui lui semblait obscur devenait évident. Alors qu'il s'éloignait de la crique au bord du lac, le désir de rentrer chez lui s'était imposé. Amadou et Sahib ne s'étaient pas trompés, loin de là, car Henry avait beau être un homme tourmenté par le doute et l'angoisse, sa loyauté était indéniable. Que se serait-il passé si Amadou s'était blessé deux kilomètres plus loin ? L'univers était, en grande partie, régi par le hasard. En quittant Henry un jour plus tôt, ils seraient peut-être arrivés au Canada ou même à la colonie Starchild. Au fond, la vie n'était qu'un fourmillement d'incidents tapi dans un arbre, comme un essaim de frelons, prêt à fondre sur le moindre être vivant et à le dévorer. On nageait dans un océan de hasards et de coïncidences. On s'accrochait au moindre imprévu heureux – laissant dériver le reste. On rencontrait un homme bon à qui confier un chien. On regardait autour de soi et on découvrait qu'un animal extraordinaire vous regardait. Certains événements étaient des certitudes – ceux du passé – en revanche l'avenir était imprévisible. Sauf pour Ida Payne. Pour les autres, l'avenir n'avait rien d'un allié. La seule monnaie d'échange d'un être humain, c'était sa vie. Du moins, était-ce ce qu'Edgar ressentait. Il pouvait s'égarer dans la colonie Starchild ou troquer ce qu'il possédait pour quelque chose qu'il croyait aimer. Ce trésor si rare. Dans les deux cas, sa vie s'écoulerait.

Tel était son état d'esprit, lorsqu'il déboucha sur une clairière marécageuse où Essai sautillait, virevoltait et mordillait Forte qui la suivait, soudain aussi maladroit qu'un chiot. Au bout du compte, l'ineptie et la gaucherie du chien déclenchèrent une bagarre, une mascarade en réalité. Essai eut tôt fait de rejoindre Edgar, ignorant le rustre.

Ils dormirent loin de l'eau ou d'un point de repère qui lui soit familier. Edgar se réchauffa au feu qu'il avait allumé et qu'il laissa se consumer. Forte les observait de loin, lové sous un jeune noisetier. Ce soir-là, Edgar franchit le cercle lumineux pour s'asseoir près de lui et enlever les bourres de ses poils. À la fin, il caressa le garrot du chien qui flaira son poignet. Les nuits dans le jardin où Forte, argenté par le clair de lune, qui tremblait sous sa main, lui revinrent en mémoire. Puis il retourna à sa place. Avant de sombrer dans le sommeil, il se réjouit de ne pas avoir mangé de poisson, quelle que fût sa faim.

Le lendemain matin, ils prirent la direction de l'est, des silhouettes se suivant à la trace qui retournaient aux sources. Essai et Forte disparurent. La chienne finit par revenir, le museau ensanglanté. Après avoir touché ses gencives, son cou et ses pattes, Edgar s'aperçut que ce n'était pas son sang. Quant à Forte, il resta invisible.

Ils débouchèrent dans la clairière aux arbres brûlés où ils avaient passé la première nuit de la fugue, où les hiboux s'étaient retournés pour les regarder. Edgar se mit à courir. Le sumac s'était empourpré là où il s'était dressé semblable à un parasol vert. Il baissa la tête, Essai se trouvait près de lui.

L'ancien sentier d'élagage apparut. Ils arrivèrent à la clôture plantée au milieu du ruisseau. Il n'en subsistait qu'un filet où le piquet qu'il avait arraché était resté, de travers, dans la vase. Il entra dans l'eau et souleva le barbelé. Essai se faufila en dessous sans ralentir pour ainsi dire et elle patienta de l'autre côté, s'ébrouant inutilement. L'eau du ruisseau coulait sur le sable et les pierres. Il attendit Forte. Au bout d'un moment, il estima que le chien trouverait son chemin s'il se décidait à venir. Il poussa le piquet, enjamba les fils et pénétra dans leur propriété sans se soucier de le remettre en place.

Almondine

Quand elle ne dormait pas, elle attendait le retour du sommeil, allongée à l'ombre. La léthargie remettait tout en place, comme autrefois, lorsqu'ils formaient un tout et qu'il courait à ses côtés, rose, court sur pattes et gauche. Les poutres de la maison respiraient pour eux alors et le sable n'avait pas encore grippé ses articulations. Il était inutile de le chercher car dans ses rêves, il était toujours là. Il agitait un bouquet de bleuets pour qu'elle le sente ou déterrait des trucs bizarres qu'il lui fallait extraire de ses poings fermés de crainte que ce ne soit dangereux. Dans le monde réel en revanche, il n'existait qu'une quête sans fin.

Elle avait toujours retrouvé ce qu'on lui demandait. En vérité, un seul être avait eu de l'importance. À présent, il était vraiment perdu, parti dans un autre monde, un pays qu'elle ne connaissait pas, d'où il ne reviendrait peut-être jamais. Le placard était aussi déconcerté qu'elle et le lit gardait le silence sur la question. Se serait-il envolé ? Aurait-il percé ce mystère ? La fenêtre n'était pas trop étroite pour qu'il s'y glisse. En dormant sur son lit, elle serait la première à le voir rentrer. Malgré sa vieillesse, elle avait encore des questions à lui poser, des choses à lui montrer. Elle s'inquiétait pour lui. Elle avait besoin de le trouver, intact ou transformé, de le savoir en bon état, de goûter le sel de son cou.

Au cours de sa vie, elle avait appris que le temps existait à l'intérieur de soi. On est le temps, on respire le temps. Jeune, sans comprendre pourquoi, une faim insatiable la tenaillait

pour en avoir toujours plus. Désormais, elle portait une cacophonie de temps qui, depuis peu, étouffait le monde. Le pommier restait un endroit agréable sous lequel s'étendre. Les
pivoines aussi, pour leur parfum. Quand elle se promenait
dans les bois – rarement maintenant – elle avançait dans le
sentier de façon à permettre au garçon lové en elle de courir devant elle. Il était parfois difficile de préférer le temps
extérieur au temps intérieur. Bien sûr, il y avait encore du
travail. Les petits de la grange savaient si peu de chose, elle
en avait éduqué tant d'autres avant eux. Il lui paraissait souvent vain d'essayer, pourtant elle s'exécutait quand on le lui
demandait.

Elle déclinait. La ferme dansait autour d'elle. Les pommiers se chamaillaient avec le vent, les branches enlacées se
liguaient contre lui, les merles, les moineaux, les mésanges
et les chouettes encerclaient leurs cimes. Le jardin revendi-
quait son odeur de verdure précoce, sa capacité à inventer
un chevreuil à moins que ce ne fût l'inverse, lui semblait-il
maintenant. La grange projetait son ombre trapue dans la
cour, la tenait doucement par des poignets sombres, la laissait virevolter et s'étirer sur la terre dans le crépuscule, mais
jamais s'échapper. Quand elle fermait les yeux, tout tournait
plus vite autour d'elle. Les nuages cavalaient dans le ciel
sous lequel elle était allongée, et dans le passage de l'ombre
à la lumière, la maison murmurait des secrets au camion,
le voyageur, celui qui prêtait l'oreille avant que l'empirisme
ne le force à repartir, les yeux écarquillés pour tester ces
drôles d'idées auprès de ses congénères. L'érable, qui bran-
dissait une supplique à la lumière, n'obtenait que des guêpes
– flammes éclatantes – en guise de réponse. Aux aguets près
de la route, la boîte aux lettres ne cessait de capturer un
homme et de le relâcher.

Inconsciente de cet environnement la femme évoluait,
initiant une fois de plus les chiots à ce qu'elle leur avait
sûrement déjà enseigné – chiots inconséquents dotés d'un
tel pouvoir qu'ils les contraignaient tous à s'arrêter pour
les regarder. Almondine les observait puis, d'une manière
ou d'une autre, le garçon se retrouvait à côté d'elle, le bras
sur son garrot. Les chiots avaient si peu de temps intérieur

qu'ils ne tenaient pratiquement pas au sol. Sans doute avait-ce été la même chose pour elle. Et elle tournait la tête, découvrant qu'Edgar avait de nouveau disparu. Avait-il vraiment été là ?

La réponse acquérait une importance croissante à mesure que sa force pour le chercher diminuait. Ils s'étaient formés l'un l'autre à la chaleur d'un soleil plus brillant dont la lumière avait lentement quitté le monde. Les pins qui surplombaient le jardin le savaient. Elle était la seule à avoir remarqué qu'ils avaient étouffé un soir à cause d'une brume marine qui avait dérivé dans la cour. Elle les avait veillés trois jours durant. Les écureuils qui ne respectaient rien avaient pillé leurs cadavres. Les nuits devenaient plus obscures, les étoiles plus distraites. Elle dormait au pied de son lit parce que c'était là qu'il reviendrait s'il revenait. Il l'avait roulée – il s'était caché si astucieusement ! Quelles retrouvailles quand il sortirait de sa cachette, comme ils riraient, quel bonheur ce serait ! Il lui dévoilerait le plus grand tour de passe-passe, grâce auquel il n'avait cessé de l'observer pendant qu'elle le cherchait ! Tout le temps ! L'idée était si renversante qu'elle se redressa, haletante, et secoua la tête. Tant d'endroits méritaient d'être à nouveau explorés. Mais ils étaient tous vides.

Puis, un jour, elle parvint à une décision. Elle se leva du coin du salon où elle dormait. Dans la cuisine, elle posa son long museau si doux sur la cuisse de la femme et tenta de faire comprendre qu'elle allait chercher ailleurs. La femme la caressa distraitement, une main familière le long de ses flancs et derrière les oreilles. Almondine lui en fut reconnaissante. La porte n'était pas verrouillée. Elle avait encore la force de l'ouvrir. Elle monta la pente du verger entre les arbres et se posta sous celui du haut.

Peut-être voyageait-il. Elle aussi désormais.

Elle entendit le voyageur approcher à une grande distance. D'aussi loin qu'elle s'en souvînt, des congénères du camion étaient passés devant sa cour, des échangeurs de l'empirique, du factuel, du mathématique – un nombre incommensurable de commerçants. Longitudes et azimuts. Sécantes et triangulations. Dans sa jeunesse, elle les considérait comme des intrus mais avait appris à les ignorer, consciente de l'absurdité de son inquiétude. Ils étaient bienveillants, ils se déplaçaient à vive allure pour des raisons qui leur étaient propres. Ils avaient beau être bruyants, gros et stupides, ils voyaient le monde.

Il arriva par le versant le plus éloigné de la colline, son nuage de poussière emplissant l'air entre les arbres. Elle aperçut le reflet de son capot. Elle n'eut pas peur. Il fallait innover. Elle gardait en elle l'image du premier matin où il était réveillé dans les bras de sa mère endormie. À l'époque, elle croyait que ce qui venait de commencer ne finirait jamais. Sa disparition durait cependant depuis trop de temps pour que les choses soient en ordre. Rien de nouveau à son sujet dans le jardin. Ni dans la maison. L'oubli s'incrustait peu à peu, elle le sentait et il était impossible de tenir ainsi, scindé de son essence pendant si longtemps.

Ce genre de situation impliquait toujours une quête.

Le voyageur était presque arrivé. Si celui-là ne savait rien, elle demanderait au suivant, ou à celui d'après. L'un d'entre eux saurait. Elle avait posé sa question au camion, dont le silence avait révélé l'ignorance. Il ne l'avait pas transporté récemment même s'il l'avait fait à de nombreuses reprises auparavant. Jusqu'à ce matin, elle n'avait jamais pensé poser la question à d'autres voyageurs. L'idée lui était venue sous la forme d'un murmure.

Elle s'avança sur le gravier tranchant et rouge de la route, sans être vraiment là tant elle était abîmée dans sa contemplation intérieure. Le moment où il était tombé d'un pommier dont elle venait de s'éloigner. Le bruit sourd de son dos qui avait heurté le sol. Le moment, en hiver, où il l'avait recouverte de neige jusqu'à ce que le monde soit devenu blanc et qu'elle avait creusé à la recherche de sa main gantée. D'innombrables matins passés à le regarder cligner des yeux au réveil étaient gravés en elle. Par-dessus tout, elle se rappelait le langage qu'ils avaient inventé, grâce auquel l'essentiel pouvait s'exprimer. Elle ne savait pas comment interroger le voyageur ni la forme que prendrait la réponse de celui-ci. Mais il était presque à son niveau à présent, furieux et pressé, et elle ne tarderait pas à la connaître. Un nuage de poussière comme celui d'un orage le poursuivait dans la descente.

En travers sur le gravier, elle tourna la tête et posa sa question.

Elle demanda s'il avait vu son garçon. Son essence. Son âme.

Si le voyageur la comprit, cela ne fut pas visible.

CINQUIÈME PARTIE

Poison

Edgar

Ils marchèrent dans l'ombre des arbres qui s'étirait sur le champ ouest. Devant eux, le flanc rouge de la grange rutilait sous les feux du coucher du soleil. Deux biches franchirent la clôture du côté nord – chacune en deux bonds nonchalants, n'atterrissant qu'au bout d'un long moment – et elles disparurent dans les coudriers et les sumacs. L'air était calme et chaud, l'herbe sèche râpait les jambes d'Edgar. Le champ était parsemé de quelques plants de maïs sauvage aux feuilles rongées jusqu'à la tige, et la chaleur avait desséché les lobélies. La végétation avait un aspect tellement friable qu'on l'aurait cru enveloppée dans des feuilles pour tabac à rouler.

Au moment où Edgar arriva au tas de pierres, Essai avait déjà traversé la cour, déclenchant une frénésie parmi les chiens du chenil. Il se jucha sur une pierre pour écouter. Malgré son appréhension aussi forte que sa nostalgie, les aboiements l'enchantèrent autant qu'une berceuse aurait enchanté un vieillard. Un par un, il les nomma après avoir détecté leur voix. De son poste d'observation, il ne distinguait que le toit sombre de la maison, dominant le jardin. Il guetta l'apparition de la silhouette d'un être humain, mais ne vit qu'Essai, qui, le corps au ras du sol, fonçait sur la pelouse dans un nouveau tour du propriétaire.

Il franchit les derniers mètres. La maison était plongée dans le noir, l'Impala, garée sur l'herbe. Dans le potager, il aperçut la parcelle verte des concombres, les potirons et, au fond, à l'orée du bois, une demi-douzaine de tournesols qui inclinaient la tête sur l'ensemble. Il regarda par les fenêtres du salon dans l'espoir de repérer Almondine tout en sachant que, si elle avait été là, elle se serait déjà ruée hors de la maison.

Lorsqu'il entra dans la grange, les chiens s'agrippèrent au grillage de leurs portes et l'accueillirent dans un concert de grognements et de hurlements. Il passa de box en box, les laissa sauter et lui attraper sa chemise, rit de leurs courses folles, révérences enjouées et tourbillons. Il garda Grimace, Pinson, Opale et Ombre pour la fin. Il s'agenouilla et articula leurs noms à leurs oreilles tandis qu'ils le débarbouillaient à grands coups de langue. Une fois les chiens calmés, il trouva une boîte de café et versa une dose de croquettes pour Essai. Elle commença par chipoter, puis dévora comme si elle redécouvrait la nourriture.

Deux chiots lui firent la fête dans la nursery – deux seulement, sur la portée de huit née avant son départ. Sevrés, gras à souhait, ils se dandinaient en remuant la queue. Il s'accroupit pour leur gratter le menton.

Comment vous a-t-on appelés ? Où sont les autres ?

Il alla dans l'atelier. Il inspecta les meubles de classement ainsi que les livres posés dessus. Le *Nouveau Dictionnaire encyclopédique Webster de la langue anglaise* lui parut bien léger. Une odeur de poussière se dégageait de ses pages. Adossé au mur, il pensa à son grand-père, aux lettres de Brooks et à Hachiko. Dans le méli-mélo de la correspondance, il trouva la lettre de Tokyo et en sortit la photo froissée qu'il y avait cachée. Il la glissa dans sa poche.

Il ferma le chenil et se dirigea vers la maison. La clef de la porte de la cuisine était accrochée à un clou dans le sous-sol. Il prit dans le réfrigérateur des aliments qu'il avala en le laissant ouvert. Du pain et du fromage. Du poulet à même la carcasse. Il déambula ensuite dans la maison, en piochant dans un pot de cinq litres de glace à la vanille qu'il coinçait sous un bras. La pendule de la cuisine, le fourneau, la veilleuse. Dans le crépuscule, les meubles du salon avaient l'aspect d'ogres endormis. Les vêtements suspendus dans le placard de sa mère. Il monta et s'assit sur son lit. Un nuage de poussière s'éleva dans l'air. Le parquet était jonché de mouches mortes, coques desséchées, bleu et vert, aux ailes de cellophane. Il n'avait pas prévu qu'ils seraient sortis, ni imaginé saluer la maison avant sa mère ni, surtout, avant Almondine. En revanche, il s'était imaginé dormir dans son lit, ce qui lui paraissait plus que difficile maintenant qu'il l'avait sous les yeux.

Il rangea la glace dans le congélateur et jeta la cuiller dans l'évier. Essai gratta à la porte de la véranda. Il lui ouvrit, la laissant faire sa propre inspection des lieux. Au retour de la chienne, il était assis à la place de son père, à la table de la cuisine. Il attendit longtemps sans pouvoir s'empêcher de penser à ce qui allait se passer. En fin de compte, il décida de se laver. Dans la salle de bains, il découvrit le savon vert en forme de tortue sur le rebord de la fenêtre, achevé et parfait, à part une patte arrière ratatinée.

Il retourna dans la cuisine, trouva un bout de papier et un crayon, appuya la mine sur le papier, puis s'arrêta pour regarder dehors. Une brise nocturne entrait par les fenêtres, aussi chaude que l'haleine d'un animal, elle agitait les rideaux. Les pommes mûres se balançaient sur les branches. Cette fois, il écrivit : *Tu n'étais pas là, j'ai mangé. Je reviendrai demain.* Sur ce, il prit la photo de Claude et Forte qu'il posa près de son petit mot.

Il donna à Essai le choix entre rester ou le suivre. Sa curiosité satisfaite, elle descendit tranquillement l'escalier de la véranda. Après avoir fourré la clef dans sa poche, il se demanda où dormir. Il faisait tellement chaud que le grenier serait étouffant. Il trouva des sacs de toile empilés dans la laiterie et ils prirent la direction du champ. La nuit était d'encre, mais la faible lumière de la cour projetait son ombre devant lui. Quand il fut arrivé près du rocher de la baleine, il secoua les sacs et les étendit par terre. Essai tournicota, afin de résoudre la sempiternelle énigme du coucher et finit par s'allonger, le dos contre lui, le museau sur ses pattes avant. La voie lactée étendit son drap au-dessus de leur tête. Il se concentra sur la lueur projetée par le lampadaire qui oscillait dans le foin tout en respirant les odeurs de pollen et de putréfaction qui imprégnaient la nuit.

Ils dormaient depuis un certain temps quand le camion aborda le sommet de la colline. La lune s'était levée. Autour d'eux, le champ était diapré d'argent et d'une blancheur de cristaux de sel. Il s'assit et observa le véhicule qui recula puis s'arrêta devant la véranda tandis que les chiens aboyaient un accueil effréné. Essai se redressa en gémissant. Edgar posa une main sur sa hanche. Elle lui donna un coup de museau avant de regarder à son tour.

Les silhouettes de sa mère et de son oncle surgirent du camion. Claude souleva le hayon et sortit deux sacs de provisions. Trudy calma les chiens. La porte de la véranda grinça, puis claqua. La lumière de la cuisine éclaira faiblement les fenêtres du salon. Claude fit encore deux allers et retours entre la maison et le camion. Au dernier trajet, il parcourut la cour du regard, puis ferma le coffre, rentra et éteignit.

Assis sous le ciel et les étoiles, Edgar guetta Almondine. Il avait vainement attendu qu'elle saute de l'arrière du camion. Elle me manque tellement, se dit-il. Il ferma les yeux pour se repasser la scène. Si elle avait été là, elle l'aurait immédiatement repéré. Accablé, envahi par l'impression d'être rejeté, il était déchiré entre le désir d'en avoir terminé avec cette partie de sa vie et celui qu'elle ne cessât jamais, conscient que tout ce qui arriverait désormais ne ferait que réduire le passé jusqu'à ce qu'il ne soit plus qu'un souvenir, une histoire révolue, un rêve dont ne subsiste qu'une vague réminiscence.

Si elle n'était pas à la maison, c'est qu'elle avait dû les accompagner en ville. C'était l'un ou l'autre. L'un ou l'autre.

Il regarda le bosquet de bouleaux isolé au milieu du champ. C'était la mi-août et quand il se leva, les fléoles des prés lui arrivaient presque à la taille. Il courut, battant leurs têtes de ses mains ouvertes. Les troncs des bouleaux s'inclinèrent cependant que leurs feuilles, presque blanches, frissonnaient. Puis il se retrouva dans le grand cercle d'herbe fauchée au pied des arbres. À côté de la croix blanche du bébé mort-né et de celle, récente, de son père, il y avait un rectangle de terre noire, fraîchement retournée, sans aucun nom.

Il en eut le souffle coupé. Il s'effondra comme une marionnette dont on aurait coupé les fils. Le front contre le sol, il sentit l'odeur de fer et de glaise lui emplir les narines. Il ramassa des poignées de terre qu'il laissa filer entre ses doigts. Ses souvenirs, son passé, surgirent comme un raz de marée prêt à l'engloutir. Les images d'Almondine. Elle aimait le beurre de cacahuètes mais pas les cacahuètes ; elle préférait les haricots de lima au maïs et détestait les petits pois. Par-dessus tout, elle adorait le miel et le léchait sur les doigts ou les lèvres d'Edgar, s'en barbouillait le museau. Elle aimait attraper des choses qu'il tenait, le laisser les récupérer. Si elle appuyait sa gueule au creux de ses mains, elle baissait la tête jusqu'au sol, pour maintenir le contact ainsi. S'il la caressait avec la paume ou du bout des doigts, la sensation était très différente. S'il posait une main sur son flanc quand elle dormait, elle n'ouvrait pas un œil, elle comprenait et sa respiration se modifiait.

Il se souvint d'une période de leur petite enfance à tous les deux, où Almondine était tellement turbulente qu'il la considérait plutôt comme un cheval sauvage que comme un chien, où elle traversait la cour plus rapidement qu'une hirondelle pour le rattraper dans ce même champ. Il aimait s'échapper furtivement – la lancer à sa poursuite, la regarder filer. Quand elle le retrouvait, ils tournaient et couraient jusqu'à des framboisiers, un coin qui lui plaisait parce qu'il était assez petit pour s'y déplacer sans se faire mal. Cette fois-là, quelque chose les attendait : un animal qu'il n'avait jamais vu auparavant, avec une tête large, un nez pointu et des griffes noires et lisses. Ils le surprirent et il leur fit face avec une toux rauque, sifflant, grattant le sol. Il avait sans doute pris leur poursuite pour une charge à son encontre. De la terre jaillit derrière lui. Edgar tenta de reculer mais il bondit en avant d'une distance équivalente et le fixa de ses yeux noirs comme des billes comme s'il voyait un monstre. Il haleta, se retourna, tenta de mordre ses pattes arrière, puis refit volte-face, les mâchoires couvertes d'une écume grise.

Il ne sut jamais combien de temps Almondine resta à côté de lui, paralysé par l'animal qui avançait en grognant chaque fois qu'il reculait d'un pas. Elle se glissa entre eux, lui bouchant la vue, et le poussa si fort de la hanche qu'il faillit tomber. Au lieu de se précipiter, d'user d'un stratagème, de se livrer à une danse de politesse ou autre chose d'intelligent, elle se contentait de s'interposer. L'instant d'après, elle se retourna pour lui lécher la figure et ce qu'il comprit de son attitude le stupéfia. Si elle bougeait, elle l'exposait – ce qu'elle refusait. En fait, elle lui demandait de partir, lui expliquait qu'il pouvait la sauver et non le contraire. Elle ne se risquerait pas à combattre la bête. Elle ne partirait qu'à condition qu'il s'éloigne de telle sorte que la bête ne le pourchasse pas. Elle la quitta des yeux juste le temps de lui faire bien comprendre son message.

Comme il reculait, il l'observa longuement. Quand il arriva à la grange, elle prit son élan, sauta et se matérialisa à côté de lui. Le lendemain, ils avaient vu la carcasse de la bête au bord de la route, infestée de mouches.

Encore Almondine, en train de jouer avec lui dans son lit à barreaux ou de danser pour lui.

Il pensa à son père, debout au seuil de la grange, contemplant le ciel à l'approche d'un orage et à sa mère qui criait : « Gar, rentre, pour l'amour du ciel. » C'était ainsi, parfois. On faisait face et on attendait la suite. Peu importait la peur. Ce n'était pas une question de se montrer plus malin que les autres. Lorsque Almondine était espiègle, c'était en toute connaissance de cause, une provocation du même ordre que devant la bête enragée. Loin d'être une pensée morbide, c'était le monde tel qu'il était. Parfois on regardait l'ennemi droit dans les yeux et il s'en allait, parfois c'était le contraire. Essai aurait pu être happée par la tornade du lac, mais ce n'avait pas été le cas ; il n'y avait rien d'extraordinaire là-dedans, sinon sa certitude d'avoir éloigné l'ennemi.

Il projeta de rentrer le lendemain matin sans savoir comment cela se passerait. C'était Claude qui avait trouvé son mot, non sa mère. Si elle l'avait lu, elle se serait précipitée dehors en l'appelant. Or personne n'était sorti en courant de la maison, plongée dans l'obscurité.

Il contempla le jardin, la main sur le dos d'Essai qui l'imita. Vidé, il comprit qu'il ne dormirait plus de la nuit. Le halo de la lumière de la cour qui brillait en haut du mât, au-dessus du verger, enveloppait la maison; au-delà en revanche, c'était le règne des ténèbres. Au bout d'un moment, Claude descendit et s'avança dans l'allée. Dans la grange, un rai de lumière apparut sous les portes du fond, disparaissant quelques minutes après. Claude revint vers la maison et remonta l'escalier. L'ombre l'engloutit.

Trudy

Dans son lit, à moitié endormie, Trudy pensait aux
chiens – elle avait perçu une note d'excitation singulière dans
leurs voix lorsqu'elle était descendue du camion. Ce n'était
pas de la frénésie mais ça s'en approchait suffisamment pour
qu'elle balaie la cour du regard. Elle n'avait rien remarqué
de ce qui les inquiétait d'habitude – ni chevreuil, ni ragon-
din aux yeux rouges dans un pommier. En fait, ils s'étaient
aussitôt calmés. Elle en avait conclu que c'était à cause de
leur arrivée tardive ou de la pleine lune. À présent toutefois,
la nervosité qu'elle avait perçue dans leurs aboiements la
turlupinait. Et peut-être Claude aussi, car il se redressa et
commença à s'habiller dans le clair de lune qui entrait à flots
par la fenêtre.

« Je vais jeter un coup d'œil aux chiots, chuchota-t-il.

— Je t'accompagne.

— Non. Dors. Je reviens tout de suite. »

Le gond de la porte de la véranda grinça, et elle se retrouva
seule. Claude ne s'était pas levé uniquement pour les chiens,
se doutait-elle. Pour une raison difficile à comprendre, il
était gêné par ses insomnies, réticent au point de rester muet
lorsqu'elle lui demandait le matin depuis combien de temps
il était réveillé. Au début, quand elle ne le trouvait pas à côté
d'elle, elle sortait à pas de loup de la chambre pour le regarder arpenter la cour, les mains dans les poches, la tête basse,
jusqu'à ce que le rythme régulier de ses pas résolve ce qui
le tracassait. Il était surtout tourmenté les soirs où il pleu-

vait. Il s'asseyait dans la véranda et taillait une savonnette de la pointe de son canif, faisant apparaître une chose ou une autre, une sculpture qu'il n'en finissait pas de réduire au point qu'elle disparaissait complètement. La quantité de copeaux qu'elle retrouvait dans la poubelle évoquait avec éloquence le nombre d'heures qu'il avait passées dans le noir.

Trudy avait ses propres raisons de vouloir sortir. Ç'aurait été l'occasion, si différée qu'elle soit, de se tenir derrière le silo – son signal nocturne pour indiquer à Edgar qu'il pouvait revenir sans crainte. Mais il était tard et il faisait nuit noire quand ils avaient garé le camion et porté les provisions à l'intérieur. Malgré tout, qu'elle ait trouvé un prétexte ou non, elle aurait pu essayer.

Ce code convenu entre Edgar et elle dans le grenier, au cours de la nuit du drame, elle n'y avait pas fait allusion à Claude, le laissant croire, de même qu'à Glen et à tout le monde, qu'Edgar s'était enfui, pris de panique à la vue de Page gisant si près de l'endroit où Gar était mort. Pourquoi l'avait-elle passé sous silence alors qu'elle avait tant parlé du reste à Claude, elle n'aurait su l'expliquer. Sans doute parce qu'elle croyait que ce serait provisoire. Le lendemain soir, elle avait marché dans les hautes herbes et était restée face au soleil couchant, espérant voir Edgar surgir des bois comme Gar était apparu entre les peupliers, si longtemps auparavant. De crainte que Claude ne l'assaille de questions, elle avait fini par rentrer, sans tenir compte de la petite voix qui lui soufflait qu'Edgar la regardait, tapi quelque part, mais qu'il avait décidé de ne pas la croire.

Cela avait été la même chose le lendemain soir. Et tous les autres soirs.

Qu'est-ce qui lui avait pris de pousser Edgar à partir? Elle avait beau avoir compris presque aussitôt que c'était inutile et stupide, il avait déjà disparu. Une erreur qu'elle expiait en se postant tous les soirs derrière le silo malgré l'absence de réconfort qu'elle y puisait. Sa seule consolation, c'était de n'avoir pas vu revenir les chiens qui l'avaient suivi, la preuve qu'ils étaient toujours quelque part. Et qu'il était en sécurité. À cette idée, elle inspira par saccades : le seul membre de sa famille qui lui restait se trouvait quelque part.

De temps à autre, Trudy ne pouvait pourtant s'empêcher d'imaginer qu'Edgar était revenu, un soir où elle n'avait trouvé aucune excuse pour sortir. Alors, perdant tout espoir, il était parti pour de bon. Dans ces moments-là, ce qui lui venait à l'esprit c'était une image de graine noire, qui devenue une plante grimpante avait des ramifications et des feuilles d'une absolue noirceur – l'image remontait aux jours lointains qui avaient suivis sa dernière fausse-couche.

(Il faisait chaud. Ses pensées dérivèrent comme si elle était à bord d'un avion qui tournait en rond, entre rêve éveillé et sommeil. Elle s'y abandonna, passagère lucide de son esprit.)

Gar et elle étaient tellement sûrs que la grossesse se déroulait normalement. Après, un vide s'était creusé en elle, un noyau à vif, incendié par le soleil – une atrocité qui susurrait qu'il serait facile de tomber dans l'escalier ou de trouver un coin tranquille pour entrer dans la rivière. Se nourrir équivalait à se remplir la bouche de sable. Dormir, une asphyxie. Le soulagement ne provenait que du repli sur elle-même. C'était de la complaisance, c'était se vautrer dans l'apitoiement sur soi, bien sûr, mais le temps passait ainsi dans une contraction lénifiante. Quand elle ouvrait les yeux, c'était le matin. Gar lui tendait une tasse de café. À son départ, elle baissait les paupières et c'était un nouveau matin, une journée s'était écoulée.

Elle avait beau penser que chaque heure vécue de la sorte l'empoisonnait, la sensation irrésistible, envoûtante, était tissée d'angoisse et de désir. Elle avait fini par se secouer à cause d'une inquiétude égoïste – une retraite dans ce noyau noir ne lui procurerait aucune paix si elle affaiblissait son mari. Elle s'était forcée à sortir de son lit et descendre. Gar en avait presque eu le vertige. Il l'avait laissée seule dans la véranda et était retourné bercer le chiot sauvage, si transi qu'il respirait à peine, noir, gris et marron, qui, les yeux brillants, grattait ses paumes de ses pattes. Ce fut la première chose à l'émouvoir – la première chose tangible – depuis la fausse-couche. Dès qu'elle l'avait touché, elle avait compris qu'il ne survivrait pas tout en ayant la certitude qu'ils devaient essayer.

Elle avait tenu à ce que le chiot décide de vivre ou de mourir dans le berceau, prêt depuis des semaines. Ainsi, ces préparatifs auraient un sens. Quand Almondine l'avait réveillée au cœur de la nuit, elle s'était penchée au-dessus des barreaux pour prendre le chiot et le porter jusqu'au fauteuil à bascule où elle l'avait lové dans les plis de son peignoir. Elle s'était balancée sans le quitter des yeux. Le chiot avait-il, lui aussi, un noyau noir? Il n'était pas blessé. Pouvait-il simplement décider de vivre? Et s'il voulait mourir, pourquoi luttait-il à ce point? D'un doigt, elle avait effleuré ses côtes et les poils en épi de son ventre. Au fond, ils avaient scellé un genre de pacte, comment? Trudy n'en savait rien sinon qu'il existait. Puis le chiot avait fermé les yeux et exhalé un dernier et infinitésimal soupir.

C'était une chose de vivre dans un monde où la mort se profilait dans le lointain, une autre de la tenir dans ses mains, ce qui était arrivé deux fois en un mois à Trudy. Cette nuit-là, elle crut avoir conclu un marché avec la mort : elle pouvait rester à condition d'autoriser la faucheuse à rester aussi. En choisissant la vie, elle épousait la contradiction. La nuit s'était écoulée. Quand Gar les avait retrouvés le lendemain matin, une vague de chagrin avait déferlé en elle puis reflué tandis que le nœud noir se résorbait dans son sillage, réduit à un grain.

Ensuite, elle avait consacré sa vie aux autres, si peu nombreux qu'ils soient – Gar, Almondine, les chiens, leur dressage. Elle avait enfoui cette particule desséchée au tréfonds de son être et l'avait ignorée, l'immergeant dans un travail forcé. Les années avaient passé. Edgar était né, un mystère insondable pour eux tous, semblait-il, sauf pour les chiens. Trudy pensait rarement à cette nuit-là. Elle avait fini par croire que la part d'ombre l'avait quittée et qu'elle risquait de la convoquer si elle tentait de s'en souvenir.

Elle se trompait. Après l'enterrement de Gar, au paroxysme de la pneumonie, le grain minuscule était réapparu dans son sommeil. Sa cosse s'était fendue et un fil, aussi délicat que de la soie, germait. S'il avait disparu dès le lendemain matin à la manière d'un animal ombrageux, ses délires les plus profonds s'étaient manifestés, ceux où elle exhortait la vrille à sortir. Celle-ci lui enserrait les hanches, la taille, la poitrine, s'emmêlait à ses cheveux, maillait son visage jusqu'à ce que la moindre parcelle de son corps soit recouverte de son noir velouté. Une consolation dans un premier temps. Puis, un matin, elle avait découvert que les vrilles s'étaient transformées en cage. Elle s'était affolée avant de se rappeler le mode d'emploi. Puis, après une profonde inspiration, elle avait fait face.

Ensuite, elle avait pris des décisions, peut-être de mauvaises. Elle s'était persuadée que le ressentiment d'Edgar envers Claude s'estomperait. À présent, elle se demandait s'il n'avait pas joué un rôle dans l'éloignement de son fils : une idée qu'elle était incapable d'affronter de même que celle d'une disparition définitive d'Edgar. Il n'était possible de les envisager qu'à la périphérie de son cerveau. Telles étaient les contradictions avec lesquelles elle avait appris à vivre. En juillet, Claude avait trouvé à placer deux chiens de la portée d'Edgar – Opale et Ombre, qu'Edgar appelait les jumelles – mais au dernier moment, Trudy avait rechigné. En vérité, la moindre altération des signes d'existence de son fils la rendait hystérique. La vente des chiens avait été annulée et, pour calmer les esprits, elle avait accepté de laisser partir deux chiots à la place. Ils ne l'avaient jamais fait auparavant.

(Claude était de retour dans la chambre. Il s'assit sur le bord du lit et déboutonna sa chemise. Elle se retourna en soupirant.)

Après sa pneumonie, elle s'était forcée, pendant des semaines, à aller au chenil en feignant d'être guérie. Enfin pas exactement – elle allait mieux physiquement. En revanche, une fois Edgar monté dans le bus de l'école, le silence de la grange était insupportable et c'était encore pire si elle passait un morceau de musique. Malgré le réconfort que lui apportait Almondine, couchée en boule non loin d'elle, l'appel de son lit était si puissant, la pesanteur de son fardeau était telle que, la plupart du temps, elle retournait se coucher, épuisée, au milieu de la matinée.

Un jour, peu après midi, l'Impala de Claude s'était engagée dans l'allée. De la véranda, Trudy l'avait observé ouvrir les portes et entrer dans la grange. Après l'avoir attendu dans le salon, elle était allée le rejoindre. Il pesait un chiot et griffonnait des notes. Il l'avait regardée mais ne lui avait pas adressé la parole. La première semaine s'était écoulée sans échange verbal entre eux, hormis quelques questions à propos de problèmes immédiats. La présence de Claude ne faisait pas plaisir à Trudy, qui ne parvenait pas à le dissimuler. Elle ne pouvait se résoudre à lui demander de partir, tant elle avait besoin d'aide. Tous les jours, avant le retour d'Edgar, Claude prenait le large, ne la gratifiant parfois que d'un vague « r'voir ». À deux reprises, elle ne s'était même pas aperçue de son départ.

Ce samedi-là, elle fut soulagée de son absence. Au milieu de l'après-midi du dimanche, elle se surprit pourtant à le guetter par la fenêtre. L'Impala réapparut le lundi en fin de matinée. Trudy, couchée, fut incapable de se lever. Puis la colère monta en elle. Qu'est-ce qu'il voulait ? Silencieux ou non, Claude continuait à venir pour une raison précise. Or elle avait besoin de solitude. Elle consacrait le peu d'énergie qu'elle arrivait à rassembler, au chenil et à Edgar. D'un pas raide, elle entra dans la grange. Claude était à genoux dans l'infirmerie. Il avait ouvert tous les placards et tiroirs. Des flacons, des ciseaux, des paquets de gaze et des bouteilles de Phisohex et de Bétadine l'entouraient. Au lieu de lui demander de partir comme elle en avait l'intention, elle balbutia :

« Dis-moi simplement s'il te manque ? »

Claude se leva, la regarda et passa sa langue sur ses lèvres. La respiration qu'il prit fut tellement profonde que ses épaules se soulevèrent.

« Non. » Après un instant d'hésitation, il ajouta : « Par contre, je me souviens parfaitement de lui. »

Trudy s'attendait à un mensonge facile. En fait, elle l'espérait parce que ça lui aurait facilité la tâche, mais il s'était exprimé comme s'il lui offrait une sorte de cadeau. Une réparation. Dans le silence qui suivit, elle crut même qu'il allait s'excuser de sa réponse, une hypocrisie de plus, mais il se tut. Son attitude et son regard indiquaient qu'il était prêt à s'en aller si elle le souhaitait. En tout cas, il n'essayait pas de s'imposer. Ses visites avaient manifestement des raisons qui lui étaient propres, peut-être pour apaiser des souvenirs ou émotions liés à Gar. À moins qu'il ne fasse amende honorable de ne pas pleurer la mort de son frère.

« Si tu continues à aller et venir de la sorte, tu pourrais au moins me demander ce qu'il y a à faire, dit-elle.

— Quoi, alors ? »

La première chose qui lui vint à l'esprit, ce fut le chaos qui régnait dans l'infirmerie. Il fallait la récurer de fond en comble, trier les médicaments, jeter ceux qui étaient périmés. Comme par hasard, ils se trouvaient dans cette pièce et c'était exactement la tâche à laquelle Claude s'était attelé.

« Un des pneus d'Alice a crevé cet hiver, commença-t-elle.

— D'accord. Quoi d'autre ?

— Rien. Tout.

— Laisse tomber les boxes le matin, je les nettoierai à mon arrivée », proposa-t-il.

C'est ainsi que les choses se passèrent : à un moment d'extrême vulnérabilité, Trudy se représenta Claude comme une possibilité d'ancrage, un moyen de cesser de dévaler la pente, ce qu'elle ne parvenait pas à faire toute seule. Elle lui demanda de lui raconter un souvenir de Gar.

« Qu'est-ce que tu veux savoir ?

— N'importe quoi. La première chose qui te passe par la tête. Ton plus ancien souvenir. »

Il cligna des yeux et se détourna.

« Ça risque de te déplaire. Je ne connaissais pas le même Gar que toi.

— Aucune importance », insista-t-elle, pensant par-devers elle : Heureusement. Sinon, nous serions perdus.

« Je me rappelle une tempête de neige, commença-t-il. Le début d'un blizzard – le premier de ma vie. Je ne devais pas avoir plus de trois ans parce que ce fut un choc de voir autant de neige tomber. Par la fenêtre du salon, nous regardions la cour et les champs. Et tout fut enseveli – d'abord les arbres en bas du champ, puis celui-ci et, enfin, la grange. Il me semblait que le monde était changé à jamais. J'étais tellement excité que je mourais d'envie de sortir. Je me souviens que je voulais savoir combien de flocons je pouvais attraper dans une main. Était-il possible d'en suivre un du regard jusqu'à ce qu'il s'écrase par terre ? Je n'avais de cesse d'en goûter un. Je ne comprenais pas qu'il faisait glacial ni pourquoi Gar m'empêchait de sortir. Sauf que, maintenant que j'y pense, il se moquait du froid. Ce qui l'intéressait, c'était que personne...

— ... ne fasse de traces dans la neige », murmura-t-elle.
L'air surpris, Claude hocha la tête.

« Absolument. Il me promit que nous serions sidérés si nous attendions notre réveil, le lendemain. Le camion aurait disparu. La grange serait un igloo. À condition de ne pas piétiner la neige quand elle tombait. Mais je me cramponnais à l'idée qu'il se passait quelque chose d'extraordinaire – qu'une espèce de force avait été libérée et que tout serait redevenu normal le matin – et je me suis mis à courir. L'instant d'après, dressé entre la porte de la cuisine et moi, il m'a repoussé en hurlant. »

Tout à fait, avait pensé Trudy, au souvenir du nombre d'orages pendant lesquels Gar contemplait le ciel de la grange. Un nœud s'était desserré à l'intérieur d'elle-même. Claude n'avait pas connu un homme différent, il avait connu un Gar plus jeune. Et Trudy avait ri. Cela avait été incroyable, elle avait ri. Plus tard, elle avait pleuré bien sûr, comme un être à qui l'on applique enfin un onguent sur une brûlure. Et miraculeusement, cette nuit-là, elle s'était reposée pour la première fois depuis la mort de Gar.

Le lendemain, elle avait appelé Claude de la véranda et lui avait servi un café. Elle lui avait demandé s'ils étaient finalement sortis sous la neige, ou s'ils avaient attendu le lendemain matin. Elle eut le sentiment de s'avancer en terrain miné et qu'il lui suffirait de trop tirer sur la ficelle – ce qu'elle mourait d'envie de faire – pour que Claude se taise. Et ce fut le début d'un jeu de séduction. Sexuel. Il le désirait davantage que Trudy, qui n'était toutefois pas contre. Il ne s'agissait pas d'un échange au sens strict. Parfois, lorsqu'elle était à court de questions, c'était elle qui emmenait Claude dans la chambre. Si la reconnaissance était toujours un élément de l'acte sexuel, l'égoïsme existait aussi. Et elle dormait la nuit. Comme une bienheureuse.

Plus les souvenirs de Claude la délivraient de ses obsessions, plus ils s'imposaient à l'esprit de ce dernier. En écoutant ses histoires, Trudy fut enfin capable de dire adieu – adieu au jeune Gar, à l'adolescent, à celui qu'elle n'avait pas connu, qu'elle avait espéré, en un sens, connaître. Claude parlait de son grand frère avec lucidité et sans émotion. Elle apprit ce que ne pouvait savoir qu'un frère, plus jeune *a fortiori*, qui avait grandi à l'ombre de Gar, l'avait étudié, imité, vénéré et s'était atrocement battu avec lui.

Comment en rendre compte à Edgar ? Comment lui faire comprendre qu'elle avait besoin de Claude parce qu'il connaissait Gar et qu'il n'était pas dévasté par sa mort ? Comme lui dire que c'était au moment où Gar lui manquait le plus qu'elle en parlait à Claude, qui lui racontait des histoires et, l'espace d'un instant, elle était sûre, vraiment sûre, que Gar avait existé. Comment lui expliquer qu'elle n'arrivait à se lever le matin qu'à condition d'avoir la possibilité de toucher à nouveau son père ?

*

Lentement, elle apprit à connaître Claude. Le boute-en-train. Il prenait souvent un malin plaisir à distraire les chiens quand elle les faisait travailler. Un jour, où elle corrigeait des rappels, il traversa la cour portant un carton rempli d'écureuils – ce dont elle ne se doutait pas encore. Lorsque les chiens furent à mi-distance d'elle, il ouvrit le couvercle d'un coup sec : trois petits suisses rayés détalèrent sur la pelouse. Les chiens virevoltèrent et se lancèrent à leur poursuite.

« D'accord, avait-elle dit en riant. Comment t'y prendrais-tu, toi ?

— Ah. Vieux secret chinois », souffla-t-il avec un accent mandarin.

Le don de Claude – si on pouvait l'appeler ainsi – était d'autant plus époustouflant qu'il ne se donnait aucun mal. Il semblait au courant de tous les loisirs du coin. Spontanément, les gens lui parlaient non seulement des fêtes, petites ou grandes, mais de tout – le projet du vieux bonhomme du magasin d'aliments pour animaux de goûter le nouveau pain de viande du restaurant, les matchs de base-ball, les bagarres de rue. Ce soir-là, ils étaient partis faire des courses à l'épicerie de Park City et s'étaient retrouvés, contre toute attente, à une réception de mariage, dans le jardin de l'ami du cousin d'un homme que Claude avait rencontré au Hollow. Rien que pour une heure, avait-il promis – ils étaient rentrés vers minuit. Trudy, orpheline, était passée entre les mains d'une demi-douzaine de familles avant l'âge de douze ans. Elle pouvait s'accrocher farouchement à son autonomie, mais comment ne pas tomber sous le charme d'une bande d'inconnus qui les accueillait – des gens parmi lesquels elle avait vécu toutes ces années sans jamais les rencontrer. Comment était-ce possible?

Ce n'était pas une bonne idée de comparer Claude et Gar, elle en avait conscience. Dans ce domaine, ils étaient à l'opposé l'un de l'autre. Gar préférait la rigueur passionnelle à toute effervescence, fût-elle réjouissante. Il adorait les registres d'élevage, les tiroirs débordants de fiches signalétiques, de photographies, de notes, de pedigrees, en témoignaient. Il croyait à l'influence de l'élevage avec autant de ferveur qu'elle croyait au dressage – à son sens, on pouvait tirer profit du moindre trait de caractère d'un chien pour un travail utile. Il ne s'agissait pas de changer un caractère, mais de l'adapter, et au final, de le faire évoluer. Ce que les gens ne comprenaient pas. Pour la plupart, sauf ceux qu'y avaient consacré beaucoup de temps et d'énergie, dresser un chien, c'était soit lui imposer sa volonté, soit avoir des dons exceptionnels. Deux idées aussi fausses l'une que l'autre. Le véritable dressage impliquait l'observation, l'écoute et la canalisation de l'exubérance d'un chien non son éradication. S'il était impossible de transformer une rivière en océan, on pouvait lui tracer un nouveau chenal à emprunter. Gar et elle n'avaient jamais réussi à se mettre d'accord sur le sujet. Gar prétendait que les succès du dressage prouvaient que ses registres, correctement interprétés, rapprochaient chaque nouvelle génération de l'idéal, quand bien même la définition de celui-ci lui échappait. Trudy, elle, savait mieux que quiconque que le dressage était devenu de plus en plus difficile avec les années.

Claude ne prêtait qu'une attention limitée à ces dossiers. Ils n'étaient pour lui qu'un moyen d'arriver à ses fins. Il cherchait plutôt à retenir l'intérêt des gens de Carruthers après l'échec de l'accord pour la création d'une filiale du chenil avec Benson, l'homme du Texas, qui en avait assez vu le soir de la fuite d'Edgar pour être plus inquiet qu'enthousiaste.

Les diversions ne devaient sans doute rien au hasard. Dès qu'elle broyait du noir, Claude bondissait presque pour la distraire avec des choses simples. Du vin, de la musique. Un film à Ashland. Un tour en voiture sur des routes secondaires à travers des clairières boisées. Une promenade à pied près des chutes, là où les eaux de la Bad River dégringolent des gorges de granit en rugissant. Elle avait cédé à cette dernière proposition plus d'une fois. Il sortait une flasque de whisky sur la passerelle au-dessus de l'abîme gris et ils regardaient l'eau brandir son poing puis retomber. Après avoir bu plusieurs rasades, il murmurait : *Et dans la danse de ses rocs, soudain et sans cesse, elle projetait par moments la rivière sacrée. Sur deux lieues de méandres, dans un dédale de forêts et de vallons, courait la rivière sacrée, pour atteindre ces cavernes que l'homme ne peut mesurer, et se jeter tumultueusement dans un océan privé de vie*[1].

Il avait installé le vieux tourne-disque de l'atelier dans la maison. Il aimait tous les genres : Big Band, Elvis, les Rolling Stones. Seule, la musique classique l'ennuyait avec sa rigueur aseptisée. Il aimait particulièrement les voix – les voix qui pleurent, qui supplient ou qui rient – et préférait de loin les grands chanteurs, qu'ils expriment une mélancolie débordante ou une indifférence maussade. Il aimait Frank Sinatra pour sa puissance animale, Eydie Gormé pour son intelligence impassible, *Blame It on the Bossa Nova* le mettait dans un état ridicule. Mais il avait une tendresse particulière pour les crooners – Perry Como ou Mer Tormé, que Trudy méprisait. Chaque fois que Claude faisait tomber le diamant sur un disque de Mel Tormé, il annonçait à mi-voix, *It's the Velvet Frog!* et, les yeux écarquillés, il regardait Trudy

---

1. Extrait du poème de Samuel Taylor Coleridge : *Kubla Kahn. Voix d'outre-Manche cent poésies en langue anglaise, de Sidney à Causley.*

comme s'ils étaient coincés dans une scène de film d'horreur – l'obligeant à rire précisément parce qu'elle résistait. Elle avait beau en être agacée, elle finissait par en redemander, comme une petite fille qui applaudit et supplie le magicien de sortir une nouvelle colombe de sa manche. À ceci près, qu'avec Claude, la colombe semblait cachée à l'intérieur d'elle-même.

(Elle était dans cet état de semi-conscience où les idées surgissent puis dérivent comme la banquise. Claude était étendu dans son dos, solide, lourd, chaud. Elle était rassurée qu'il ait fait un tour au chenil. Les premières nouvelles à donner à Edgar seraient celles à propos d'Almondine; il y serait tellement vulnérable. Il fallait appeler Glen Papineau demain. Sauf que s'il y avait eu du nouveau, il serait venu le leur annoncer en personne. Elle devait se méfier. Chaque fois qu'elle posait la question, elle risquait de renforcer les soupçons de Glen sur le rôle d'Edgar dans l'accident de Page.)

Edgar

Il s'assit près de la tombe d'Almondine. Il regarda la maison et la grange démesurée, se demandant si tout ce qui se passait était le fruit de son imagination. Il était sûr du contraire. De même, cette nuit-là, sous la pluie, il avait fait la distinction entre ce qui était réel et ce qui ne l'était pas. Il pensa à la première nuit que Claude avait passée chez eux, à la façon dont il s'était faufilé avec Almondine dans la grange. À leur découverte de Claude endormi, ou presque, dans le grenier, les yeux rivés sur les poutres.

« C'est exactement comme dans mes souvenirs, avait-il dit. Ton père et moi connaissions les moindres recoins. On cachait des cigarettes ici, et même de l'alcool. Le vieux savait que c'était quelque part mais il était trop fier pour chercher. »

Une fois, ils avaient percé un mur de la maison et découvert des écrits de Schultz cachés à l'intérieur. Une autre, Edgar s'était rendu compte qu'une des lattes du plancher du grenier s'était soulevée. En dessous, il y avait assez de place pour y cacher un paquet de cigarettes ou une bouteille de whisky. Il n'y avait trouvé que des toiles d'araignées et un bouchon qui n'avait pas retenu son attention, à l'époque.

Un bouchon.

On avait caché une bouteille dans cet endroit.

« Ma grand-mère est comme moi. Tu veux savoir ce qu'elle dit, ma grand-mère ? »

Avait-il regardé sous cette planche depuis la première conversation, plutôt bizarre, avec Claude?

« Tu crois que tu pourrais trouver cette bouteille? Tu dois la chercher. Tant que tu ne l'auras pas trouvée, tu ne pourras pas rentrer. Voilà ce qui est écrit. »

La lune s'était levée tard, son halo ternissait les étoiles à sa proximité. Il ne voyait plus Essai, partie explorer le champ baigné par le clair de lune. Il se mit en route. Deux chiens aboyèrent lorsqu'il approcha du chenil. Dans la mesure où il ne durait pas, le bruit ne l'inquiéta pas. Il ressentit même une sorte de sombre excitation à l'idée que ce n'était ni un chevreuil vadrouillant dans le verger ni un hibou plongeant sur un lapin dans les hautes herbes qui les avait alertés cette nuit.

Il ouvrit les portes à l'arrière du chenil. Un rectangle de clair de lune où son ombre se découpait s'étira dans le couloir. Avant sa fuite, il pouvait entrer dans la grange au cœur de la nuit sans que les chiens bronchent. À présent, ils étaient au bord de l'hystérie. Il s'approcha à tâtons de l'infirmerie, sentit ses iris rétrécir quand il alluma la lumière. Il longea les boxes, s'agenouilla devant chaque chien, les toucha, et leur fit signe de se taire. Dès qu'ils furent calmés, il trouva une lampe torche dans l'atelier et éteignit l'infirmerie. Il s'arrêta au seuil pour chercher Essai. Ne la voyant pas apparaître, il ferma.

Dans le noir, il entendit un bourdonnement électromagnétique. Il balaya le couloir du faisceau de sa lampe et aperçut un téléphone fixé à l'un des poteaux. Ils avaient ajouté un poste dans la grange mais l'interférence entre les lignes était toujours la même. Il porta le combiné à son oreille. Sous la tonalité, il capta une conversation entre un homme et une femme aux voix étranges.

Il alla dans l'atelier et grimpa l'escalier, se forçant à passer devant l'endroit où le Dr Papineau était tombé. Le grenier retenait toujours la chaleur de la journée. Au fond, des bottes de paille étaient empilées jusqu'à la charpente. Dans d'autres circonstances, l'odeur l'aurait enchanté. Elle lui rappelait le temps qu'il y avait passé à faire rouler les chiots dans l'arène de fortune constituée par des ballots, à leur apprendre à s'asseoir pour les brosser ou leur couper les griffes, ou à feuilleter les pages du dictionnaire à la recherche de noms.

Il commença à chercher près de la porte du vestibule, décrivant des arcs lumineux avec sa lampe. Il poussa la paille du pied jusqu'à ce qu'il trouve, près du coin le plus éloigné, la latte du plancher qu'il avait en tête. L'un des bords avait été fendu par un tournevis ou un couteau. Il s'accroupit, ouvrit le canif d'Henry et enfonça la lame dans la fente avant de remarquer les clous plantés de chaque côté et les marques de coups de marteau dans le bois. Il dénicha une pince-monseigneur dans l'atelier. La latte se souleva de quelques millimètres, le bois céda et il put arracher les clous.

Sous la planche, les quelques centimètres d'espace libre correspondaient bien à ses souvenirs. Le bouchon et les toiles d'araignées avaient disparu en revanche, et il remarqua une autre différence : des traces du ciseau avec lequel on avait élargi la cavité initiale d'un centimètre et quelque de chaque côté. Contrairement à celles de la première, aux parois lisses et angles droits, les nouvelles entailles semblaient le résultat de coups de dents dans le bois. Il restait quelques copeaux couleur d'ambre sur la vieille poutre.

Edgar tenta de se rappeler l'aspect de la bouteille qu'Ida Paine et lui avaient serrée à tour de rôle. Le bouchon, une bulle de verre brut. Le ruban couvert de lettres indéchiffrables. Le contenu huileux. Il regarda sa paume avant de la frotter sur les traces de ciseau, intéressé par la sensation qu'elles y imprimèrent. Il braqua sa lampe sur le mur jaune de ballots empilés en quinconce. Des brins de paille flottaient dans la lumière. Il repoussa la paille près de l'entrée avec le balai de la grange, dont il se servit ensuite pour tapoter le plancher. Il aurait beau chercher jusqu'à l'aube, il ne trouverait pas les douzaines de cachettes dont Claude avait parlé.

Les chiens des enclos de derrière aboyèrent. Entre-bâillant la porte, Edgar aperçut Essai en bas. Il dévala l'escalier, ouvrit les portes du fond et tapa dans les mains jusqu'à ce qu'elle sorte de l'ombre. Il l'emmena au box de Pinson et Grimace. Il n'eut pas le temps de signer un ordre qu'elle était déjà entrée et tous les trois s'installèrent dans la paille.

Dans l'infirmerie, il rinça une boîte de café, jeta les saletés dans le trou d'écoulement, la remplit d'eau, but une gorgée et remonta au grenier en l'emportant. Il recala la planche sans les clous et s'assura que la paille n'ait pas l'air d'avoir été balayée. Les piles de la lampe faiblissaient. Il l'éteignit, la secoua, attendit puis repoussa le bouton. Le filament jaunit avant de redevenir d'un brun orangé – ce qui lui suffit pour escalader le mur de paille. En haut, il coinça la lampe dans l'angle d'un chevron et se débattit avec les bottes pour s'aménager une place où il se cala. Il éteignit la lampe. Dans le noir, la chaleur des combles se figea autour de lui. C'était un effort de respirer.

Le temps s'écoula. Puis les hirondelles s'égosillèrent dans leurs nids sous les corniches tandis que les premières cigales entonnaient leurs complaintes. Au loin, la porte de la véranda grinça. Deux chiens aboyèrent. Il y eut un cliquetis : on ouvrait la grange. La voix de Claude résonna dans le chenil. Combien de temps lui faudrait-il pour découvrir Essai ? Quand la lumière filtra à travers les fentes sous l'avant-toit, Edgar porta la boîte de café à sa bouche. L'eau avait un goût de fer, de poussière, de sang. Il finit par sombrer dans un sommeil hanté. Le moindre bruit le réveillait en sursaut. La paille le recouvrait comme de la cendre et chaque mouvement générait une nouvelle égratignure ou morsure. Il dérivait entre conscience et inconscience ne sachant que faire, sinon attendre.

Glen Papineau

Cela ne s'était pas passé exactement comme Claude l'avait prédit, mais l'idée avait germé une fois la graine plantée. Et Glen pensait sans arrêt à Edgar Sawtelle.

Claude avait craint qu'il ne leur intente un procès, or c'était la dernière chose qu'il avait en tête. En fait, ces derniers mois, Claude s'était révélé un type vraiment sympathique, un bon ami. Ce serait moche de les traîner en justice. Ils étaient presque aussi dévastés que lui par la mort de son père et, en plus, ils avaient la fugue d'un adolescent à gérer. Tout le mal qu'on aurait pu leur souhaiter était déjà arrivé, et pire encore.

Non, ce qui le tracassait c'était la perspective du retour d'Edgar. Si, un matin, à son arrivée au bureau, il trouvait un avis au sujet du gamin, appellerait-il les Sawtelle immédiatement, ou commencerait-il par vérifier l'information ? Ce qui lui semblait une réaction normale – vérifier avant de leur donner espoir. Bien sûr, ça dépendrait du lieu où Edgar apparaîtrait. Beaucoup de fugueurs restaient incroyablement près de chez eux, soit Ashland, Superieur, Eau Claire, ou une des petites villes parmi la douzaine qui se situaient au milieu – un trajet facile pour aller le chercher. Glen s'imaginait même aller aussi loin que Madison, bien qu'Edgar puisse se trouver bien au-delà, en Californie par exemple.

N'empêche... s'il était dans les parages ? Si l'agent qui l'appellerait était comme lui policier dans une petite ville. Glen n'aurait qu'à se pointer et dire : « Ouaip, c'est lui. » Ce serait la meilleure façon d'agir – identifier le gamin en personne avant d'appeler, éviter toute confusion et fausse alerte à Trudy. Ils discuteraient un moment, signeraient la fin de détention et, ensuite, il se retrouverait seul avec Edgar dans la voiture de police. Bien entendu, il ramènerait Edgar chez lui sain et sauf, rien ne lui interdirait pourtant de s'arrêter pour lui poser quelques questions, discuter avec lui de l'accident du grenier, découvrir ce qui s'était passé.

Pour Glen, il était évident que la conversation ait lieu dans la voiture, c'était là qu'il réfléchissait le mieux, derrière son volant, en regardant défiler les arbres, les champs et les maisons. Il aimait laisser son esprit divaguer. Ce qui l'irritait vraiment, c'était que les autres officiers de police – un terme qu'il utilisait avec un brin de réserve car il impliquait une certaine dignité et un sens de l'honneur dont tous n'étaient pas pourvus – se moquaient de lui. Un surnom le poursuivait depuis l'enfance. Bœuf. Il le haïssait. Après avoir décroché son diplôme de fin d'études secondaires du lycée de Mellen, il croyait en être débarrassé. Peine perdue. Les stagiaires de l'académie de Madison l'avaient découvert. Son allure ne l'aidait pas. Il suffisait qu'on lui lance un coup d'œil pour penser : « C'est sûrement celui qu'on appelle Bœuf », en le formulant presque tout haut. Puis quelqu'un l'avait vu dans son uniforme et ça avait scellé son destin, cette relation ténue mais inoubliable avec Paul Bunyan[1], ou plutôt sa bête de somme : Bébé le Bœuf Bleu.

Le surnom ne le gênait pas autant que sa connotation de maladresse ou de bêtise. La plupart des gens ne voyaient que ce qu'ils voulaient bien voir : les petits maigrichons leur semblaient intelligents, les grands stupides. Même les officiers de police, formés à dépasser les apparences, tombaient dans le panneau. Dès que Bébé le Bœuf Bleu se pointait, ils lui accolaient le qualificatif de crétin si bien que la moindre erreur devenait emblématique.

L'interrogatoire du garçon, par exemple. Au cours d'une réunion à Ashland, il avait laissé échapper que Trudy avait

---

1. Personnage de bûcheron légendaire américain.

traduit les réponses d'Edgar au lieu de laisser le garçon les écrire. Et tout le monde de s'esclaffer : c'est du Bœuf Papineau tout craché, il n'en rate pas une. Ils n'avaient pas compris que son père avait passé la nuit chez les Sawtelle et que, ce matin-là, il était venu le voir au bureau avant eux, pour lui dire sans ambages de faire vite : Trudy et son fils, en loques, tenaient à peine debout. C'était vain de forcer Edgar à revivre l'expérience et ça risquait de causer des dégâts. Alors Glen le lui avait promis.

Qui plus est, la nuit précédente, la chaudière était tombée en panne et il avait consacré une grande partie de la matinée à essayer de la convaincre de se remettre en route. Sans doute n'était-il pas aussi prêt qu'il l'aurait souhaité au moment de l'interrogatoire. Annie avait beau avoir tapé et imprimé le compte rendu pour qu'ils le signent, cela n'avait pas empêché ces imbéciles d'Ashland de rejouer la scène : l'un posait des questions, l'autre agitait les bras en guise de réponses, un troisième vomissait des explications grotesques. C'en était arrivé à un tel point que, chaque fois qu'il posait une question, ils se lançaient dans une parodie de signes tandis qu'un petit malin se penchait et murmurait : « Il dit que c'est pas lui qui l'a fait. » Ils en hurlaient de rire : quel crétin, ce Bébé le Bœuf Bleu.

Si bien que l'idée d'interroger à nouveau Edgar lui remontait le moral, pas de la meilleure des façons cela dit. Quand il patrouillait sans grand-chose d'autre en tête, il se voyait regarder dans le rétroviseur Edgar assis sur la banquette arrière, à qui il demandait : « Merde, qu'est-ce qui s'est passé dans le grenier, Edgar ? Il s'agit de mon père, j'ai le droit de savoir. Raconte-le-moi, c'est la seule chose qui m'intéresse. »

Puis, dans son imagination, Edgar faisait quelque chose qu'il n'avait jamais fait auparavant : il répondait tout haut.

« Je suis désolé », disait-il. Simplement cela, « Je suis désolé ».

Dans la tête de Glen, Edgar avait la voix rauque d'un vieillard puisqu'elle n'avait jamais servi. Le côté gratifiant, c'était qu'Edgar avait adressé ses premières paroles à Glen parce qu'il avait conscience de son rôle dans la mort du vétérinaire, quand bien même il ne l'aurait pas provoquée. C'était la preuve d'un véritable remords.

Une fois mis au point, le scénario se grava dans la tête de Glen qui se le repassait partout. Tantôt ils étaient seuls sur une petite route de campagne, sans ferme ni voiture à des kilomètres à la ronde, tantôt il venait de se garer devant la mairie – une scène du genre « ta dernière chance avant qu'on entre », tantôt ils étaient coincés dans un embouteillage à Ashland. Où que ce soit cependant, Glen regardait toujours dans son rétroviseur pour poser sa question et Edgar formulait toujours sa réponse.

Glen s'était même mis à réciter son rôle tout haut en conduisant.

« Bon Dieu, Edgar, que s'est-il passé là-haut ? Je te le demande parce que je suis son fils et que j'ai le droit de savoir. »

La première fois, il avait rougi tant ça lui avait semblé idiot. Il n'avait pu s'empêcher de jeter un coup d'œil à la radio pour vérifier si, par hasard, le bouton de transmission n'avait pas été enclenché (il n'avait aucun mal à imaginer la scène rejouée dans le vestiaire d'Ashland). Mais tout était en ordre, son intimité n'était pas troublée. Et quel défoulement ! Il recommença. Il alla même jusqu'à feindre d'enclencher le micro de la radio pour poser sa question, ses yeux incandescents rivés sur le rétro. Il essaya plusieurs tons, insistant parfois plus sur le mot « fils », parfois sur « savoir ». Il finit par choisir la version où il accentuait les deux, « fils » davantage malgré tout, pour bien lui faire comprendre qu'il parlait en tant que membre de la famille, non en tant qu'officier de police.

C'était très satisfaisant.

L'absence de réponse l'était moins.

Cela dura deux semaines. Puis, comme un homme au sortir d'un rêve, il comprit que cela devenait une obsession bizarre et qu'il devait s'arrêter. C'était du même ordre que d'autres activités qu'il connaissait bien : elles étaient interdites quel que soit le plaisir qu'elles procuraient. On n'avait besoin de personne pour savoir qu'elles étaient malsaines.

En guise de purge, Glen avait décidé de parler à Claude, qui était venu chez lui cette fois. Ils avaient discuté dans le salon, jusqu'au petit matin. Après une quantité suffisante de bières (laquelle avait fini par correspondre à un pack de douze à mesure que l'été s'écoulait ; il ne fréquentait plus ni le Kettle ni le Hollow et allait s'approvisionner à Ashland), il avait bafouillé les grandes lignes de son scénario.

Il avait eu raison de se confier à Claude. Celui-ci lui fit deux remarques. Tout d'abord, il commençait à douter du retour d'Edgar. S'il était parti si longtemps – presque deux mois – c'est qu'il n'avait sûrement pas l'intention de revenir. Il pouvait déjà être arrivé au Canada, au Mexique ou à l'un des océans. Ensuite c'était le plus important, il jugeait la réaction de Glen parfaitement raisonnable. Après tout, est-ce qu'il souhaitait causer du tort à Edgar ? En aucun cas. Il voulait simplement lui poser une question, pas vrai ? N'avaient-ils pas tous les deux perdu leur père cette année ? Edgar n'aurait-il pas envie de poser la même question si quelqu'un savait ce qui était arrivé à son père ? De toute évidence. En considérant la situation sous cet angle, Edgar n'aurait aucune raison de reprocher à Glen la moindre petite question si on renversait les rôles. Plus ils parlaient, plus Glen avait l'impression que Claude ne voyait aucune objection à ce qu'il emmenât le garçon faire un tour avant de le ramener à la maison. Pour peu que ce fût possible, ce qui risquait d'être le cas : si Edgar voulait revenir, il le ferait sans doute sous escorte policière.

Il pouvait rentrer en stop, suggéra Glen.

Ils trouveraient un moyen, glissa Claude. Il appellerait Glen pour le prévenir du retour d'Edgar. Cet été, ils avaient fait installer le téléphone dans la grange – il sortirait sous un prétexte quelconque et décrocherait le combiné. Glen n'aurait qu'à se pointer un soir où Trudy serait sortie. Claude ferait semblant de ne rien voir. D'accord, ce n'était pas l'idéal. Mieux valait que Glen pose la question à Edgar avant qu'il ne rentre. (En effet, pensait Glen, que se passerait-il si la réponse d'Edgar n'était pas seulement « je suis désolé ? » Ils devraient alors continuer jusqu'à la prison d'Ashland, et passer par cette funeste machine à broyer qu'est la cour de justice pour mineurs qui, par ailleurs, lui permettrait d'avoir un casier vierge à dix-huit ans, quoi qu'il advienne. Ce que certaines personnes estimaient plutôt injuste.)

La logistique tracassait Glen. Comment convaincre le garçon de monter dans sa voiture s'il était déjà chez lui ? Il se doutait bien qu'il ne suffirait pas de le persuader d'aller faire un tour. Il se débattait probablement comme un forcené, et une bagarre avec un gamin ne figurait pas dans son scénario. Ce que ces imbéciles d'Ashland ne comprenaient pas, c'était que Bœuf préférait le tact à la force. Même à l'époque où il pratiquait la lutte avec des Béhémoth[1] de cent cinquante kilos dont les mains s'accrochaient à son cou, la subtilité l'avait toujours emporté sur la force brute. Grâce à sa finesse, il avait immobilisé plus d'un gars. Un talent qu'il n'avait pas perdu. Il s'en était encore servi l'autre jour, celui où Mack Holgren, qui battait une fois de plus sa femme, avait décidé de s'en prendre à Glen.

Dans l'esprit de Glen, si Edgar était prêt à lui parler – à parler tout court – cela venait du fait qu'ils se trouvaient en voiture, le signe qu'il devait s'expliquer s'il voulait rentrer chez lui. Bien sûr, Glen se garderait d'y faire allusion ; voilà pourquoi il s'agissait de subtilité.

Mais si le garçon était déjà chez lui...

Comme Glen ressassait le problème tout haut, Claude eut un vilain petit sourire et lui tendit une bière fraîche. Un geste qui mit Glen à l'aise, car s'il y avait une chose que Claude Sawtelle comprenait, c'était le sens du mot camaraderie. Claude se cala dans son fauteuil et but une rasade de bière avant de lancer :

« T'ai-je déjà raconté le coup du Prestone ? »

*

La nuit où Claude l'appela, il se contenta de lui dire qu'Edgar avait laissé un mot sur la table de la cuisine. Il ne savait pas si le gamin avait volé une voiture ou quoi. Plus vraisemblablement, il était rentré en stop et se cachait dans

---

1. Le Béhémoth est présenté dans le Livre de Job comme la Bête, la force animale que l'homme ne peut domestiquer.

les bois. D'après ce qu'il avait écrit, il reviendrait le lende-main, alors Glen devait rappliquer s'il voulait lui poser cette question dont ils avaient parlée.

Et voilà, l'heure avait sonné. Il avait passé d'innom-brables moments à imaginer Edgar à l'arrière de la voiture. En plein jour. Dans la campagne. En ville. Eh bien, apparem-ment, ce serait dans la campagne, au cœur de la nuit.

Enfin, s'il se décidait. À présent qu'il était confronté à la situation, Glen n'était plus certain que ce soit une bonne idée. Claude devina son état d'esprit.

« Ça semble plutôt idiot maintenant, non ?

— Ouaip, reconnut Glen. Farfelu, pour le moins.

— Si tu renonces, personne ne t'en voudra. Tu es le seul à devoir vivre avec, quoi que tu fasses. Et puis, j'ai réfléchi, je ne vois pas comment ça pourrait marcher s'il est rentré. Tu ne connais pas Trudy quand elle s'énerve...

— ... Oh, si.

— Alors tu te doutes des conséquences. Quand on en parlait, ça semblait facile que tu te pointes et l'embarques, mais ça me paraît manquer de réalisme. Enfin, si tu veux tenter ta chance, c'est maintenant. »

Glen lui donna de nouveau raison.

« Alors. Qu'en penses-tu ? » demanda Claude.

Glen resta longtemps silencieux. « A-t-il précisé où il allait ?

— Non. Seulement, *Tu n'étais pas là, j'ai mangé. Je revien-drai demain.* J'ai le mot sous les yeux.

— Qu'as-tu dit à Trudy ?

— À ton avis ?

— Oh. Eh bien, j'imagine qu'un petit tour dans les envi-rons ne fera pas mal. »

Claude raccrocha. Le combiné à la main, Glen écouta la tonalité. Il repensa au coup du Prestone que Claude lui avait raconté et dont il n'avait jamais entendu parler. Il est vrai que c'était presque de l'éther pur. Glen savait où en trou-ver un stock. Un sourire se dessina sur ses lèvres car ça lui plaisait de prendre une petite longueur d'avance sur Claude. À un moment donné, Glen avait acheté une vieille flasque à whisky, d'une bonne taille, pourvue d'un bouchon qu'on tirait. La fourrant dans sa poche, il sortit.

Il gara sa voiture dans l'herbe derrière le magasin, déverrouilla la porte latérale et passa à côté des meubles recouverts de housses et des tables d'examen. Il ouvrit le placard à pharmacie. Il n'avait pas à fouiller. En imagination, il avait déjà localisé ce qu'il cherchait sur la dernière étagère du haut : trois flacons en métal, les uns à côté des autres, chacun surmonté d'un gros bouchon en forme de champignon. Les étiquettes étaient imprimées en beige et marron :

Ether Squibb[1]
Pour Anesthésie U.S.P.
125 ml.
POISON

En dessous, figurait l'inscription, en grosses lettres vertes, *Protection cuivre*! Glen fut surpris que Claude n'ait fait aucun commentaire sur ces petits flacons le soir où il avait examiné la pharmacie. Leur singularité sautait aux yeux, or peu de chose échappait à Claude. Certes, il n'était pas fils de vétérinaire, il ne s'était peut-être pas rendu compte de ce qu'il voyait.

Glen prit un flacon, quelques autres bricoles et emporta le tout dehors, refermant la porte. C'était un produit puissant - on n'avait pas intérêt à y toucher à l'intérieur à moins d'avoir un bon système de ventilation, sinon ça risquait de vous expédier dans l'au-delà. Il sortit la flasque de whiskey de sa poche arrière, retira le bouchon, puis perça celui de l'éther en forme de champignon avec sa clef de voiture. Il transvasa dans la flasque, goutte à goutte, le liquide aussi clair que de l'eau. Il eut beau élargir le trou, cela lui prit un bon moment, faute d'entonnoir.

N'ayant pas l'imbécillité de croire que la flasque ne laisserait pas échapper de vapeurs, il eut recours à un truc que lui avait appris son père. Il avait attrapé un gant chirurgical dans le magasin. Il l'étira sur le goulot de la flasque, enfonça le bouchon tout en serrant le gant au maximum. Ensuite, il enleva ce qui débordait du bouchon jusqu'à ce qu'il ne reste qu'une corolle de caoutchouc.

---

1. Squibb : nom du laboratoire pharmaceutique.

Il agita la flasque sous son nez. L'avantage de l'éther, c'était qu'on sentait aussitôt la moindre fuite mais son joint en latex fonctionnait à la perfection. Seul lui parvint un effluve, infime, résidu d'une goutte qui s'évaporait rapidement au contact du métal tiède. Une odeur de pétrole fleuri lui chatouilla les sinus. Après avoir balancé le flacon d'éther dans les bois, il tint à deux doigts la flasque et la posa sur le siège avant, côté passager.

*

Glen connaissait par cœur les routes secondaires. S'il restait attentif, il n'était pas impossible qu'il voie le gamin marcher sur le bas-côté ou couper à travers champs. Il pourrait aussi patrouiller autour de la maison, à la recherche de véhicules garés de manière suspecte. À défaut d'être des gamins du lycée en train de se bécoter, ce serait peut-être Edgar endormi dans une voiture volée.

Il s'approcha tout d'abord par le sud mais il ne croisa ni Edgar marchant le long de la route, ni voiture garée sur l'une des douzaines de petites aires de stationnement que les chasseurs utilisaient. Au sommet de la colline proche de chez les Sawtelle, Glen opéra un demi-tour en trois fois, retourna vers la nationale et revint, cette fois par le nord. Il ne vit que le camion de Jasper Dillon près du vieux cimetière de Mellen, où il était en rade depuis une quinzaine de jours.

Il s'arrêta et inspecta la benne poussiéreuse du camion avec sa lampe torche, au cas où Edgar s'y serait réfugié pour la nuit. Il n'y trouva qu'une vieille caisse à outils huileuse et deux paquets de Marlboro écrasés. Il remonta dans sa voiture. Il arriva à la hauteur de la cour des Sawtelle, suffisamment près pour apercevoir la lumière au-dessus de leur verger. Il se gara à environ cinquante mètres en retrait de l'endroit où les bois se clairsemaient, empocha la flasque avec deux chiffons et une lampe torche, puis se mit en route.

Restant à l'écart de l'allée de gravier, il longea le jardin. Un chien y courait, tournant autour de la grange en silence.

Il bifurqua avant de se faire repérer et coupa par la clôture au nord de la maison. Une fois au fond du jardin, il trouva un petit passage dans les bois. À découvert, la lune éclairait suffisamment, en revanche il dut allumer sa lampe dans la forêt et balayer l'enchevêtrement de feuillages sombres pour se diriger.

Au bout de trente mètres, Glen comprit que c'était inutile. Si Edgar se terrait dans les bois, il ne l'approcherait jamais avec une lampe torche à moins qu'il ne dorme devant d'un feu. Mais pourquoi ferait-il une chose pareille s'il projetait un retour pour le lendemain ? Pourquoi ne pas rentrer tout simplement et s'épargner cette peine ? À supposer qu'il soit dans les bois, la propriété des Sawtelle faisait quoi, trente-cinq, quarante hectares ? Une semaine de recherches en plein jour ne garantissait pas à Glen qu'il le trouverait.

Glen rebroussa chemin. Quand il eut regagné la route, il s'arrêta pour regarder la maison. Soit il est dans cette grange, soit il est à des kilomètres d'ici, pensa-t-il. Il était impossible d'entrer dans la grange sans que les chiens fassent un vacarme de tous les diables. C'était foutu.

Il s'approcha de sa voiture, faisant crisser le gravier. Une petite voix lui recommandait de ne pas rouler devant la maison des Sawtelle qu'il avait pris soin d'éviter jusque-là. Tous feux éteints, il opéra donc un nouveau demi-tour en trois fois et prit la direction de Mellen. Peut-être patrouillerait-il sur quelques routes secondaires sur le chemin du retour.

La lune brillait. Les broussailles ployaient vers la route, vertes et envoûtantes tandis qu'elles défilaient sous les phares ; des paires d'yeux rouges apparaissaient dans les feuillages, à une fréquence suffisante pour rompre la monotonie et le maintenir en état d'alerte. Il ne se rendit compte qu'il avait haleté que lorsqu'il respira plus facilement. Il s'obligea à pousser de profonds soupirs.

Il arriva sur le bitume. La voiture prit assez de vitesse pour aplanir les nids-de-poule et fendre la nuit. Des lambeaux de brouillard dérivaient paresseusement au-dessus de la route, se condensant sur le pare-brise comme l'écriture d'un rêve ; il les laissait s'accumuler avant de les effacer d'un coup d'essuie-glaces. Cela le détendait. Au bout d'un moment, il ne put s'empêcher de lancer un coup d'œil dans son rétroviseur.

Avec un grand sérieux, presque timidement, Glen s'autorisa à poser sa question tout haut, une dernière fois.

Edgar

De sa cachette haut perchée dans le grenier, il entendit les bruits du chenil. Le soleil d'août tapait sur le toit de la grange et l'atmosphère sous les combles le faisait dégouliner de sueur. Pour passer le temps, il compta les clous plantés dans les nouvelles planches du toit et se rappela l'époque où, au contraire, il comptait les trous. La lumière filtrait par l'embrasure de la porte du grenier, emplissant l'espace d'une aube permanente. En milieu de matinée, sa mère, qui avait déjà fait travailler les chiens âgés de six mois et ceux d'un an, revenait aux chiots. Quand Edgar fermait les yeux, il l'entendait les encourager d'une voix douce et monocorde, il la voyait travailler les petits en laisse, demander de retrouver un objet aux autres, tester toujours, mettre à l'épreuve, demander ce que cela signifiait ou non de rester, de regarder, de revenir, de suivre. Il sombra dans un demi-sommeil bercé par ces bruits comme s'il avait lui-même grandi pour envelopper le grenier, la grange et la cour. Claude rentra en claquant la porte. Les sonneries des téléphones résonnèrent en bas et dans la cuisine. Les geais se chamaillaient pour des pommes mûres. Une voiture tourna au ralenti sur la route, les graviers crissèrent sous ses pneus quand elle passa devant le rideau d'arbres du jardin.

Vers midi, il entendit des bruits de pas sur les marches du grenier. Il ne se réveilla complètement qu'au moment où la porte du palier s'ouvrit. Il se tassa dans sa cachette, le visage trempé de sueur. Il y eut un long silence. Puis la porte se referma et il y eut un martèlement dans l'escalier. En bas, les portes coulissantes claquèrent pour empêcher les chiens de sortir tandis que Claude nettoyait les boxes. Edgar s'assit et but dans la boîte de café, résistant à l'envie de se verser l'eau sur la figure. Au bout d'un moment, il rampa jusqu'à l'angle où les planches du toit rejoignaient les murs, se mit à genoux et libéra un jet d'urine qu'il regarda disparaître dans la paille.

Quand la chaleur et le confinement devinrent insupportables, il descendit la montagne de bottes de paille, traversant des strates d'air de plus en plus frais, les jambes flageolantes à force d'avoir été ankylosée et tant il craignait de faire du bruit. En arrivant au sol, il s'écroula sur un ballot. Il sentit la chaleur à laquelle il venait d'échapper dans les poutres qui le dominaient, on aurait dit une énorme bête piégée, en train de le guetter. Il emplit ses poumons d'air frais et respirable, laissa son sang se refroidir et la sueur sécher sur sa peau. En moins d'une minute, il fut convaincu d'avoir trahi sa présence et que Claude, debout en dessous, écoutait et observait le plafond.

Jusqu'au coucher du soleil, s'encouragea-t-il.

Après s'être essuyé le visage avec sa manche, il regrimpa dans la fournaise.

*

La porte du vestibule s'ouvrit dans l'après-midi et Claude entra dans l'espace à l'avant du grenier.

« Edgar ? appela-t-il doucement. Edgar ? »

Ce dernier se recroquevilla dans son trou, retenant son souffle. Quand les battements de ses tempes devinrent intolérables, il se permit une exhalaison si faible qu'il crut étouffer. Il y eut un bruit de pas dans la paille. La montagne de ballots fut secouée de tremblements. Quelque chose de lourd heurta le sol. Les ballots vibrèrent à nouveau, et il y eut un autre bruit sourd. Un instant, Edgar fut persuadé que Claude s'était attaqué au monolithe de paille pour l'attraper.

Les coups et les vibrations continuèrent à un rythme régulier. Malgré le peu d'espace entre la paille et la charpente, Edgar parvint à ramper. Claude travaillait du côté du mur ouest, sa tête à environ un mètre cinquante, un mètre quatre-vingts au-dessous de lui. Les mains protégées par des gants de travail, il tirait sur les bottes pour les sortir les unes après les autres, puis les laissait tomber. Ce n'était pas facile – elles étaient empilées en quinconce pour éviter que les colonnes ne s'effondrent d'un coup. Il avait déjà creusé une cavité semi-circulaire, plus large à la base qu'au sommet, et sa chemise était assombrie de sueur jusqu'au milieu du dos. Quand il eut retiré trente ou quarante bottes, il s'arrêta, ôta ses gants, ramassa un marteau par terre et s'agenouilla dans l'espace qu'il avait créé, en partie dérobé à la vue d'Edgar. Il y eut ensuite le grincement d'un clou qu'on arrache d'un bois sec et le claquement d'une planche. Claude se pencha en arrière et se frotta les mains comme s'il réfléchissait. Puis, il remit ses gants.

L'idée de balancer une botte traversa la tête d'Edgar. Vingt ou vingt-cinq kilos de paille pressée, jetés de cette hauteur pourraient assommer Claude. Mais après ? Il ne resterait pas par terre. D'autant qu'il lançait déjà des regards inquiets au vestibule. Coincé comme l'était Edgar, il n'aurait pas le temps d'extraire un ballot et de le balancer avant que son oncle ne lève la tête.

À ce moment-là, Claude recula et posa quelque chose de petit et luisant sur le plancher. Une bouteille, une vieille bouteille pourvue d'un bouchon rond en verre, au col entouré d'un ruban couvert d'inscriptions noires. Claude la regarda, aussi fasciné qu'Edgar. Il la mit ensuite contre le mur de la grange et la recouvrit de paille. Il commença à remettre les bottes en place. Edgar rentra dans sa cachette. Peu de temps après, il y eut un bruit de pas, le claquement de la porte du vestibule, un autre bruit de pas dans l'escalier. Il guetta le crissement des chaussures de Claude dans l'allée mais n'entendit que la voix de sa mère, en train d'encourager les chiots dans la cour. Il avança sur les coudes. Claude n'avait pas pris la peine de replacer les bottes du haut laissant des saillies sur la paroi qui formaient un parfait escalier jaune. Edgar ne voyait plus que des planches là où Claude avait provisoirement caché la bouteille, sous la paille.

La boîte de café coincée entre ses dents, il descendit, le corps luisant de sueur. Il retira les ballots que Claude avait déplacés. La planche était fendue là où les clous avaient été retirés. Il enfonça la lame du couteau d'Henry dans une fente et la souleva. Il ne savait à quoi s'attendre. Le trou était aussi vide et sec que celui qu'il avait découvert la veille, bien qu'un peu plus profond. La bouteille que Claude avait récupérée – la bouteille qui n'était ni le fruit de son imagination ni de celle d'Ida Paine – pouvait tout à fait y tenir.

Elle existait. Il l'avait vue à la lumière du jour, si brièvement que ce fût.

Il s'avança jusqu'au mur de devant, entrouvrit la porte extérieure, appuya un œil sur la fente et fut ébloui par l'éclat de la mi-journée. L'air frais lui caressa le visage. Malgré la chaleur du soleil d'août, l'atmosphère le rafraîchit après ce qu'il avait enduré sous les combles. La porte de chargement était fixée du côté le plus proche de la maison, il ne voyait que le champ du bas où des sauterelles bondissaient comme des pétards allumés par les rayons du soleil.

Il entendit les pas de Claude sur le gravier. Le camion démarra, longea la grange au ralenti, avant de s'arrêter. La mère d'Edgar appela les chiots. Il pensa qu'elle ne voulait pas les laisser trop longtemps dehors par cette chaleur. Il écouta encore, puis se dirigea vers l'escalier.

Trudy

Trudy s'agenouilla à l'ombre de la grange et rappela les chiots, les cajolant pour qu'ils s'avancent dans le couloir. Ils avaient beau être déjà trop grands pour dormir dans la maternité, c'était tout de même mieux de les y laisser pendant les grosses chaleurs d'août. À quatre mois, ils avaient encore du mal à réguler la température de leur corps et ils n'avaient pas toujours le bon sens de se mettre à l'abri du soleil. Sans ouverture sur l'extérieur, les boxes de maternité restaient la partie la plus fraîche du chenil.

Elle fermait leur porte quand elle sentit des bras l'enlacer. Elle poussa un petit cri avant qu'une main ne la bâillonne tandis que l'autre s'agitait, épelant à la vitesse de l'éclair.

Tais-toi. Le langage des signes uniquement, d'accord ?

Elle hocha la tête. Il la lâcha et recula. Elle se retourna pour le regarder. Edgar.

Devant elle, un doigt sur les lèvres, les pommettes saillantes et la ligne de sa mâchoire inférieure tellement marquée qu'on eût dit qu'il n'était qu'os et tendons. Ses cheveux emmêlés, roussis par le soleil, lui tombaient sur le front. Ses vêtements chiffonnés empestaient comme s'il n'était pas sorti de la grange depuis des lustres. Ses yeux, d'une clarté saisissante, presque surnaturelle, qui contrastaient avec son visage crasseux zébré de sueur, la fixaient. Sa vue imposa silence à toute forme de pensée, générant avec retard des émotions distinctes et identifiables, comme si son esprit s'accommodait trop lentement à l'éclat d'une lumière vive : le soulagement intense de savoir son fils sain et sauf, la fureur contre sa longue absence punitive, la stupéfaction devant son apparence, preuve d'une longue équipée semée d'embûches.

Où est Claude? signa-t-il.

Il vidange le camion. Où étais-tu? Est-ce que tu vas bien?

Il tendit le bras et ferma la porte

J'ai failli ne pas rentrer.

Pourquoi? Je t'ai fait le signal dès le lendemain matin. Je leur ai dit que tu t'étais enfui parce que tu étais bouleversé par ce qui était arrivé à ton père.

Ils m'ont cherché

Évidemment. Tu étais un fugueur. Mais tout va bien maintenant. Je leur ai dit que c'était un accident. C'était un accident, rectifia-t-elle.

Tu as trouvé mon mot?

Quel mot?

Tu n'étais pas là quand je suis venu hier soir et j'ai laissé un mot sur la table.

Il n'y avait rien.

Alors Claude l'a trouvé.

Elle mit une minute à comprendre le sens de sa phrase.

Il faut que tu fasses quelque chose pour moi, signa-t-il.

Rentre à la maison. Ne pars plus.

Si tu le fais, je te le promets. J'ai besoin d'une nuit ici, seul. À la nuit tombée, je te demande d'empêcher Claude de quitter la maison, quoi qu'il arrive.

Pourquoi?

Parce qu'il cache quelque chose.

Claude?

Oui.

Qu'est-ce qu'il pourrait cacher?

Il la dévisagea comme s'il essayait de deviner quelque chose.

Quoi? Qu'est-ce que c'est?

Tu l'as vu?

Claude?

Non. Sous la pluie, tu l'as vu?

Elle cligna des yeux, ne comprenant pas de quoi parlait Edgar. Elle secoua la tête. Pendant tout ce temps, elle s'était imaginé que tout irait bien à son retour. Au lieu de quoi, Almondine était morte et Edgar allait manifestement mal. Très mal, même. Il était affamé et affolé.

Viens à la maison.

Je ne veux pas qu'il sache que j'étais là.

Tu as dit qu'il le savait déjà.

Oui, mais il ne sait pas que je suis ici, dans la grange.

D'accord.

Ne pleure pas. Respire.

OK.

Tu ne dois rien dire. Sinon, je repartirais. Je te le jure. Je ne reviendrai jamais. Tu ne me verras plus jamais.

Non, non, je t'en prie, signa-t-elle.

Tu sais que j'en suis capable.

Oui.

Tu te débrouilleras pour qu'il ne sorte pas à la nuit tombée?

Je pourrais dire que j'ai envie de sortir. Nous pourrions aller en ville.

Non. Garde-le à la maison.

Et si je n'y arrive pas?

Il le faut. Allume la lumière de la véranda si tu n'y arrives pas. Allume-la si je ne dois pas m'approcher.

D'accord.

Quand j'aurai réglé le problème, je reviendrai pour de bon, je te le promets.

D'accord.

Ils entendirent soudain la portière du camion claquer et les pas de Claude dans le couloir. Entrant dans le box le plus proche, Edgar se plaqua au mur. Les chiots couinèrent.

« Tout va bien là-dedans? cria Claude

— Tu parles », répondit Trudy, d'un ton le plus enjoué possible en reprenant son souffle. « J'essaie d'apprendre à ces petits sauvages de rester assis pendant que je les brosse.

— Besoin d'aide?

— Non. Je t'appellerai si nécessaire.

— D'accord. Dans une vingtaine de minutes, j'aurai terminé la vidange du camion », répliqua Claude.

Edgar se faufila hors du box.

Je reviendrai ce soir, signa-t-il. N'oublie pas, je resterai caché jusqu'à demain si la véranda est allumée.

Edgar. Je dois t'annoncer une nouvelle. Une triste nouvelle.

Je sais. Je suis allé près du bosquet de bouleaux hier soir.

Je suis tellement désolée, Edgar.

Il se frotta les yeux puis la bouscula pour aller jeter un coup d'œil dans le couloir.

J'ai mis Essai avec Pinson et Grimace.

Quoi?

Elle est dans le box de Pinson et Grimace. Claude a dû la trouver ce matin quand il les a nourris.

Non. Il me l'aurait dit.

Il espère que je vais repartir.

Avant qu'elle n'ait la possibilité de lui poser d'autres questions, il sortit en courant par les portes du fond. Trudy le suivit et, restant sur le seuil, elle l'observa tandis qu'il coupait à travers champs et disparaissait dans les fourrés sans ralentir. Quand elle rentra, elle s'arrêta devant l'un des enclos et frappa sur le chambranle de la porte. Pinson et Grimace poussèrent le battant, Essai sur les talons. Les chiens aussi avaient regardé partir Edgar.

Edgar

Il arriva au ruisseau. Ôtant sa chemise pour la tremper dans l'eau fraîche, il essuya la sueur et les brins de paille collés à sa peau. Il faisait chaud, très chaud, l'air était poisseux, et il attendit que les gouttes d'eau s'évaporent. Ensuite, il s'avança vers le vieux chêne à l'agonie situé à la limite de leur propriété dans l'espoir d'y trouver Forte. L'arbre se dressait, noir et dépouillé hormis sur les branches du haut. Comme il s'adossait à ses racines noueuses, il comprit les raisons pour lesquelles il avait attiré le chien errant : de là où il était assis, Edgar avait une vue dégagée sur les deux côtés du sentier. Ni le ruisseau, ni la route n'étaient visibles, en revanche un être humain le serait d'où qu'il vienne et le tronc était assez large pour qu'on puisse se cacher derrière. De toute façon, il ne pensait pas que Claude le chercherait ici plutôt qu'ailleurs. N'ayant jamais accompagné son père et lui à l'époque où ils se promenaient le long de la clôture, il ignorait ce que représentait cet arbre pour eux.

Étendu sur le dos, il observa la mosaïque de ciel entre les branches nues. Les images du Dr Papineau, se tordant et mourant au pied de l'escalier du grenier, défilaient en permanence dans sa tête. Il avait beau juger excessifs ses regrets de la chute et de la mort du vétérinaire après tout ce qui était arrivé, il n'en avait pas moins très envie de parler à Glen Papineau. Il serait incapable de rester s'il ne le faisait pas. Cependant, les mots pour exprimer ce qu'il ressentait lui manquaient. Le remords ? Non, c'était trop simple. L'affliction correspondait mieux, mais elle était mâtinée de colère et il ne connaissait pas de terme pour cette émotion. De toute façon, ce n'était pas ça non plus.

Il pensa à ce qu'il avait dit à sa mère et à ce qu'il avait passé sous silence. Pour s'assurer qu'elle croie qu'il s'enfuirait de nouveau si elle ne l'aidait pas, il s'était gardé de formuler ce qu'elle souhaitait tant entendre – son immense joie de la revoir. Avec la distance, ses souvenirs d'elle étaient devenus abstraits; les traits de son visage, son parfum, son aura charismatique. Le désir l'avait tenaillé de lui raconter ce qu'il avait appris au cours de sa fuite avec les chiens, à force de travailler, de vivre avec eux jour et nuit, de lui parler d'Henry Lamb, d'Amadou et de Sahib, des tournesols, du feu d'artifice, du vieux bonhomme qui discutait au fond du hangar d'Henry. La tentation de rentrer à la maison avec elle avait été si puissante qu'il avait dû prendre ses jambes à son cou avant que le poids de son sentiment de solitude n'ait raison de sa résolution.

Et le sentiment de solitude jouait un grand rôle : la proximité du foyer familial et la disparition d'Almondine l'avaient plongé dans un désespoir jamais éprouvé auparavant. L'échange de lettres entre Brooks et son grand-père lui revint à l'esprit, avec ces débats sur les chiens et leur devenir, la certitude de Brooks sur la nécessité d'imaginer un moyen pour que les hommes s'adaptent aux chiens plutôt que l'inverse.

Fatigué par sa nuit agitée dans la chaleur, il ne resta pas longtemps éveillé malgré la lumière de l'après-midi, malgré le bavardage des écureuils. Tandis qu'il réfléchissait sur Brooks et les chiens, l'épuisement et le chagrin le précipitèrent dans l'inconscience. Un nuage masqua le soleil brûlant l'espace d'un instant, au cours duquel les cigales cessèrent leurs stridulations qui ne tardèrent pas à résonner à nouveau.

Un bruit dans les sous-bois, le long du ruisseau, le réveilla. Avant qu'il n'ait eu le temps de bouger Essai surgit dans la clairière, se précipita sur lui, haletante, et le flaira avec frénésie. On lui avait mis un collier dont un bout, près de la boucle, était rafistolé avec du chatterton.

Il fit asseoir Essai, enleva son collier et décolla l'adhésif. Il découvrit la photo pliée en trois, celle qu'il avait laissée sur la table de la cuisine avec son mot, celle où Claude tenait Forte dans ses bras. À l'intérieur, il y avait trois billets de cent dollars, un de vingt, un de dix.

Et les clefs de l'Impala.

Glen Papineau

Le coup de fil de Claude en fin d'après-midi mit Glen mal à l'aise. C'était gênant d'avoir ce genre de conversations au bureau, il n'eut cependant pas le temps d'élever une objection. Claude était manifestement si pressé que ça ne durerait que quelques secondes.

« Que s'est-il passé hier soir ?

— Rien. Il n'y avait aucune voiture garée près de chez vous. La cour était déserte. J'ai marché un moment le long de la clôture, peine perdue.

— Il ne s'est pas pointé ici.

— Je parie qu'il est dans la grange, Claude. Ne m'as-tu pas dit qu'il dormait dans le grenier avant sa fugue ?

— Peut-être la nuit dernière, plus maintenant. Dans la journée, c'est une fournaise là-haut.

— Tu crois qu'il va revenir ?

— Ouais.

— Dans la grange ou à la maison ?

— Je ne sais pas. J'ai l'impression qu'il a l'intention de s'enfuir avec l'Impala. Je viens de m'apercevoir que le double des clefs a disparu. »

Voilà qui fit réfléchir Glen. Cela faciliterait les choses. Il pourrait le poursuivre avec sa voiture de police, prétendre avoir reconnu le véhicule mais pas le conducteur.

« D'accord, je reviens ce soir.

— Attends qu'il fasse nuit. Je m'arrangerai pour qu'on reste à la maison, quitte à essayer de convaincre Trudy d'aller à Ashland. De toute façon, si tu vois de la lumière dans la grange, ce sera Edgar.

— Et s'il rentre à la maison?

— J'allumerai la lampe de la véranda. Si tu la vois éclairée, oublie. On cherchera autre chose.

— Si la véranda est éclairée, c'est qu'Edgar est à l'intérieur?

— Exact. Si tu penses qu'il est dans la grange, passe par le champ sud et entre par l'arrière. Les chiens te verront moins. »

La conversation se termina sur ces mots. À 17 heures, Glen rentra chez lui. Il avait fait étouffant dans la journée et le fond de l'air n'était pas tellement plus frais dans la soirée. C'était difficile à supporter pour un type de sa corpulence. Il s'assit dans sa cuisine, but une bière puis une deuxième. Il contempla la flasque de whisky au milieu de la table. Il avait vidé l'éther sur la pelouse à son retour la veille au soir – c'était dangereux de laisser traîner ce produit, hautement inflammable, surtout dans un contenant aussi peu hermétique. Une tache brune en forme de haricot apparaissait déjà à l'endroit où il l'avait renversé.

Le soleil était presque couché quand il retourna au magasin. Il s'empara d'un nouveau flacon d'éther, sans prendre la peine de l'ouvrir cette fois. Après l'avoir posé sur le siège de la voiture, il partit pour Town Line Road. Il se gara dans les hautes herbes sur le versant le plus éloigné de la colline dominant la maison Sawtelle. Il empocha les chiffons et la flasque, prit le reste de son attirail – un ouvre-boîtes et un pack de six où il avait rangé le flacon d'éther – puis monta la pente de la route. Un remblai naturel se dressait au sommet de la colline, en face de la propriété. Il y grimpa péniblement à travers les rochers et s'installa là où la vue donnait sur la maison et l'énorme vieille grange.

Le paysage était magnifique. À la vue de la cour et du moutonnement des collines à l'ouest, Glen pensa qu'il avait eu une riche idée, celui qui avait décidé de construire une ferme à cet endroit, blottie dans un vallon, protégée des vents, pourtant bordée par deux grands champs. Le camion et l'Impala étaient tous deux garés dans la cour. La véranda était éteinte, Edgar ne se trouvait donc pas à l'intérieur. C'était comme d'être en planque d'être assis de la sorte. Il n'en avait jamais fait – à vrai dire, ce n'était pas vraiment nécessaire dans les environs de Mellen. L'idée le stimula. Il décapsula une bière Liney tandis que le crépuscule s'épaississait à l'ouest et que les étoiles se portaient volontaires dans le firmament.

Il observa le champ un long moment sans y distinguer quoi que ce soit sinon la nature. Il se répéta la façon dont il poserait sa question à Edgar, sur son désir de la formuler en tant que fils unique de son père, non comme représentant de la loi. Derrière lui, la lune s'était levée, lui permettant de voir frissonner les feuilles des érables, une mince langue de terre boisée, s'étirant vers l'endroit où Gar était enterré, un îlot de bouleaux au milieu d'un océan chatoyant de foin.

Il réfléchit à ce qui allait se passer. Une fois qu'Edgar serait groggy, il le porterait dans sa voiture. Le garçon ne pesait sûrement pas plus de soixante kilos. Un poids aussi léger n'empêcherait pas Glen de courir à travers champs. Quand Edgar reviendrait à lui, ils rouleraient sur une route secondaire.

Il discerna une silhouette grise qui avançait lentement dans le foin, à mi-chemin entre la route et la forêt. Un chien l'accompagnait. Ils s'arrêtèrent dans les bouleaux. Glen attrapa le flacon d'éther, descendit du talus et traversa la route, sans quitter des yeux les ombres. Malgré sa certitude quant à leur identité, il devait agir avec prudence. Il attendit de voir si la véranda s'allumait ou si l'Impala démarrait. La silhouette disparut dans le noir, derrière la grange. Il y eut des aboiements, très brefs, puis le silence.

Glen voulut prendre la flasque de whisky dans sa poche arrière et ne se souvint qu'à ce moment-là qu'il l'avait posée sur le remblai. Le flacon d'éther était trop gros pour tenir dans sa poche. Il regarda la bière qu'il tenait à la main. Il la finit d'un trait, perça le bouchon en forme de champignon et transvasa le contenu. Des traînées du produit volatil coulèrent le long du flacon, se répandirent sur ses doigts en vagues argentées avant de s'évaporer. Puis, il enfonça un chiffon dans la bouteille et la secoua sous son nez. Aucun picotement. Si un peu d'éther s'échappait, ce n'était pas grave. Il en fallait bien plus pour venir à bout de Bœuf Papineau. De temps à autre, rarement certes, sa taille jouait en sa faveur.

Glen fourra la bouteille dans sa poche arrière et consulta sa montre.

Si cette véranda ne s'éclaire pas dans les cinq minutes, c'est qu'Edgar Sawtelle va faire un tour en voiture, se dit-il.

Edgar

Ils arrivèrent par la clôture sud et traversèrent le terrain irrégulier du champ. Pour une fois, Essai était contente de rester près de lui. Le foin sec lui piquait les jambes. Un engoulevent siffla dans les bois. Au loin, un autre lui répondit tristement. Ils s'arrêtèrent dans les bouleaux pour scruter la cour. Le camion était garé près de la laiterie, l'Impala près de la véranda. Le lampadaire de la cour projetait une lueur jaune sur l'obélisque trapu de la grange, les doubles portes de l'arrière étaient dans l'ombre. Aucun rai de lumière ne filtrait et, surtout, la véranda était éteinte. Ainsi, Claude était bien à la maison.

Devant la grange, il attendit avant d'ouvrir les portes. L'odeur musquée des chiens accentuée par l'enfermement et la chaleur régnait à l'intérieur. Deux chiens aboyèrent en guise de bienvenue mais, avant qu'ils ne puissent continuer, Edgar et Essai étaient entrés. Il alluma les lampes du couloir et alla calmer les chiens. Il finit par l'enclos de Pinson et Amadou, qu'il entrebâilla pour qu'Essai les rejoigne. Elle donna quelques coups de nez à ses frères, puis se retourna. Edgar s'accroupit derrière la porte.

C'est la dernière fois, signa-t-il. Il n'y en a plus pour longtemps.

Il alla chercher un seau dans l'atelier. Il le retourna pour monter dessus et dévissa toutes les ampoules, sauf la plus proche du fond, se léchant les doigts pour éviter les brûlures. Il avait pris cette habitude du temps où il dormait sur son lit de paille. En même temps, il réfléchit à ses recherches. Il était inutile d'explorer le grenier. Claude n'estimait pas la bouteille en sécurité là-haut et il ne l'y avait sûrement pas remise. Par conséquent, elle devait se trouver soit dans l'atelier, soit dans l'infirmerie, ou encore sous une planche descellée. À moins qu'il ne l'ait cachée dans l'Impala, ce qui paraissait plutôt improbable. D'autre part, il ne pensait pas qu'elle puisse être dans la maison parce qu'il avait vu Claude se frotter les mains et enfiler ses gants avant de la prendre la bouteille – il ne l'aurait pas gardée près de lui sauf en cas de force majeure. Enfin, il était certain que Claude ne l'avait pas jetée. Il aurait pu le faire des mois auparavant mais il la manipulait avec une sorte de fascination mêlée de peur.

Edgar commença par l'infirmerie où une demi-douzaine de placards ripolinés blancs était fixée au mur du fond. Il n'y avait des médicaments que dans deux d'entre eux, les autres contenaient des piles de serviettes, une balance et un tas de trucs qui servaient rarement. Il fouilla chaque placard. Il soulevait les objets et les replaçait avant de passer au suivant. Malgré son envie de se dépêcher, il s'obligea à aller lentement, à tout scruter afin de ne pas être forcé de vérifier une seconde fois. Quand il en eut terminé, il passa aux tiroirs sous le comptoir et découvrit au fur et à mesure qu'il lui suffisait de passer la main sans rien déplacer afin de s'assurer de n'avoir rien laissé échapper d'aussi gros qu'une bouteille.

Ses recherches ne donnèrent rien. À présent, il lui fallait une lampe pour examiner les cachettes et sous les planches descellées. Tandis qu'il se rendait dans l'atelier, il se rappela qu'il avait laissé la lampe dans le grenier. Il gravit les marches et, à l'aveuglette, la montagne de bottes. Le filament rougit lorsqu'il poussa le bouton, puis s'éteignit. Il trouva des piles neuves dans un tiroir du meuble, au fond de l'atelier.

Comment atteindre les planches entre les poutres du plafond ? C'était un problème à résoudre. Les tapoter pour vérifier si elles branlaient ? Aller chercher l'escabeau dans la laiterie ou utiliser un manche de râteau ? Distraitement, il remarqua que ses allées et venues excitaient les chiens dressés devant leurs portes. Ils restaient cependant silencieux comme il le leur avait demandé. Après tout, ce n'était pas inhabituel qu'il travaille tard dans la grange, ils se calmeraient.

Perdu dans ses pensées, il tourna pour entrer dans l'infirmerie. Il eut juste le temps de sentir une odeur. Du coin de l'œil, il entrevit une silhouette sur le côté avant que la grange ne se mette à tournoyer. Une main énorme, de la taille d'un steak, appuya un chiffon humide sur son visage : ses yeux s'embuèrent sur-le-champ. Il suffoqua puis, malgré lui, inhala. Il eut la sensation qu'on lui plongeait la tête dans des fleurs en décomposition.

L'odeur était caractéristique.

Du Prestone. De l'éther.

La lampe se fracassa par terre. Il enfonça ses dix doigts dans la main qui lui couvrait la figure, mais le bras et le poignet qui la plaquaient étaient tellement épais, tellement musclés qu'il ne la déplaça pas, serait-ce d'un millimètre. Son propriétaire n'essaya pas de bouger, il se borna à maintenir le chiffon sur le visage d'Edgar, qui se débattait.

« Attends, dit l'homme. Cela ne prendra qu'une minute. »

Il ne fut pas surpris de reconnaître la voix de Glen Papineau. Ses mains ressemblaient à de véritables battoirs. Renonçant à enlever le chiffon, Edgar lança ses poings en arrière, en pure perte. Glen lui entoura le torse du bras et le bloqua. Il tenait, dans l'autre main, une bouteille qu'il bouchait avec un pouce.

Edgar retint son souffle, compta ses battements de cœur.

« Plus tu attends, plus tu en respireras », fit observer Glen en resserrant la pression sur son visage. Il avait raison de toute évidence. Au bout d'un moment – d'une incroyable brièveté – Edgar suffoqua et inspira une nouvelle bouffée du produit nauséabond. Et à cause de la brûlure qui incendiait ses poumons, il recommença.

Le silence régna. Ils restèrent immobiles, Edgar n'entendant que sa propre respiration. Il s'assoupit – exactement de la manière qu'il imaginait, enfant, que les gens le feraient en regardant la montre à gousset qu'il avait reçue pour Noël. Contrairement à la montre, c'était efficace, et ce grâce au rythme de son souffle non aux oscillations de la chaîne. En proie à l'indifférence, avec même la sensation de se noyer, il s'écroula dans les fleurs. Il flotta au-dessus de son corps, d'abord à quelques centimètres. L'odeur d'éther s'estompa lentement. Au bout d'un moment, il ne flotta pas plus loin.

Les murs de la pièce vacillèrent. Il sentit ses pieds traîner sur le sol. Glen s'arrêta à la porte de l'infirmerie, se baissa pour mieux resserrer son emprise sur Edgar. Ils s'avançaient dans le couloir. Edgar réintégra son enveloppe charnelle. Un de ses bras se libéra, pendouillant mollement.

Quand ils arrivèrent aux portes de l'arrière du chenil, toujours fermées, Glen l'étendit sur le ciment. Le bout de tissu disparut provisoirement de son visage, remplacé par la main qui tenait la bouteille de bière que Glen inclina sur le chiffon, après avoir enlevé son pouce.

Edgar avait du mal à diriger son regard, il était même incapable de se focaliser sur quoi que ce soit. Il leva les yeux des mains de Glen, l'un décida de se fermer tandis que l'autre distinguait un tas de sacs plats, marron, autant de bosses floues. Le chiffon se plaqua de nouveau sur sa figure.

Prêt à se redresser, Glen le tint plus fermement. Les bosses se muèrent en sacs de chaux empilés près des portes du fond. La boîte de café vide, qui servait d'épandeur, dépassait de celui du dessus.

Glen souleva Edgar, dont les côtes lui donnèrent l'impression de se replier. Il vit sa main se tendre. Il effleura le rebord de la boîte de café, déchiqueté par l'ouvre-boîtes, ne sentant dans sa paume que de la poudre aussi sèche que la poussière de lune. Sa tentative avait échoué. Quand il réussit à fixer son regard toutefois, la boîte était coincée entre ses doigts, sa main devait avoir corrigé le tir toute seule.

Glen tendait le bras vers les loquets. De toutes ses forces, Edgar serra la boîte, lourde comme une enclume bien qu'elle ne fût qu'à moitié pleine. Il ne réussit à effectuer qu'un infime mouvement spasmodique puis sa main retomba et la boîte de café valdingua.

Une épaisse couche de chaux lui recouvrit la tête, tomba sur ses épaules. S'il n'avait pas oublié de fermer les yeux, sa bouche était restée ouverte à cause de l'effort et des vapeurs d'éther. Une pâte infecte enduisit sur-le-champ sa langue ; comme il ne put s'empêcher de déglutir, sa bouche s'enflamma à lui donner des haut-le-cœur.

Glen, lui, toussa. Il lâcha Edgar qui plana. Il comprit l'importance de rassembler ses pieds sous lui mais la grange tournoyait comme une toupie autour de lui, le sol se rapprochant à toute vitesse : le feu d'artifice du lac Scotia éclata de nouveau derrière ses paupières closes.

*

Il se réveilla nauséeux. La voix de Glen Papineau lui parvint :

« Edgar ? Edgar, tu es là ? » s'inquiéta ce dernier, qui marmonna dans sa barbe, « Nom de Dieu ! » Puis il y eut un bruit de chute.

Avec précaution, Edgar passa ses doigts sur ses paupières. Il lui fallut toute sa concentration pour enlever la chaux qui gainait ses cils. Il entrouvrit un œil le temps d'apercevoir un rai de lumière, l'autre, les cligna et les baissa vers le sol en ciment. Un nuage de poussière de chaux tourbillonnait dans l'air, s'infiltrant partout. Glen était tombé. Étendu sur le côté, ses cheveux bouclés grisâtres, il avait le visage enduit de poudre, contracté par la douleur.

« Nom de Dieu ! » répéta Glen. Il appuya les doigts sur ses yeux. Les tendons de son cou saillaient et il tapa le sol du pied – encore un bruit. Puis il se frappa le visage, paumes ouvertes, comme pour éteindre un incendie qui s'y serait allumé. Il se maîtrisa au prix d'un gros effort qui l'essouffla.

« Edgar, tu es là ? répéta-t-il, d'une voix rauque mais étrangement calme. Peux-tu m'apporter de l'eau ? Je voulais simplement te poser une question. Je n'avais pas l'intention de te faire de mal, je te le jure. Là, il me faut de l'eau pour mes yeux. Nom de Dieu, Edgar ? »

Edgar était ailleurs, comme s'il regardait par le mauvais côté d'une paire de jumelles. Quand il tenta de lever la tête, la douleur fut instantanée. La nausée lui succéda. Une lourde odeur d'éther régnait, presqu'aussi forte que lorsqu'il avait le chiffon sur la figure. Il découvrit les bris de la bouteille, entourés de flaques argentées. Des vapeurs de Prestone miroitaient dans l'air.

Edgar s'agenouilla. Les portes du fond étaient proches de lui. Incapable de se redresser, il se traîna vers elles et parvint à glisser les doigts dans la gâche métallique de la serrure. Lorsque la partie gauche s'ouvrit, il tituba dans la nuit à sa suite.

Du plat de la main, il martela la porte.

Glen tourna la tête vers le bruit et se mit à quatre pattes.

« Oh Dieu, oh Dieu, oh Dieu », murmura-t-il. Il rampa, s'arrêtant pour s'essuyer le visage et les yeux. Edgar tambourina de nouveau à la porte. Glen avança, s'arrêta une seconde fois pour se frapper les yeux. Après avoir poussé un cri aussi perçant qu'incongru, il écrasa son visage sur le sol, pleurant de plus en plus fort à mesure de sa progression.

« Dieu que ça brûle ! Donnez-moi n'importe quoi, s'il vous plaît ! N'importe quoi. »

Edgar lâcha la porte. Sa tentative de reculer se solda par une chute dans les mauvaises herbes. La masse sombre de la grange le dominait, un gigantesque andain se découpant sur le ciel étoilé. Il s'assit et secoua la tête. La douleur faillit provoquer un nouvel évanouissement. L'air frais de la nuit estompait les effets de l'éther et il réussit à diriger son regard. Dans une minute, il parviendrait à se mettre debout.

Dans leurs boxes, les chiens avaient les yeux rivés sur Glen Papineau en train de ramper dans le couloir. C'était la dernière chose qu'Edgar souhaitait, il fallait qu'ils sortent de la grange et s'éloignent des vapeurs d'éther. Une fois sur le seuil, Glen chercha à tâtons une prise en bas de la porte et se hissa à la verticale, tournant la tête de tous côtés. Alors qu'il essayait d'ouvrir les yeux, son corps fut secoué de spasmes. Poussant un nouveau gémissement, il se précipita dehors d'un pas chancelant.

Le vœu d'Edgar fut exaucé car les chiens se ruèrent vers les passages de leurs enclos extérieurs. Il les regarda plonger entre les rideaux de toile et disparaître. Ensuite, il ne resta plus dans la grange que les vapeurs d'éther qui s'élevaient vers l'unique ampoule.

*

Une fois dehors, les chiens aboyèrent. Glen décrivit un large cercle dans le champ sud et apparut dans la lumière de la cour comme un acteur entre en scène : énorme, le cou épais, la tête et les épaules saupoudrées de blanc et striées de larmes, une main plaquée sur son visage comme pour arracher un masque, l'autre moulinant devant lui. Il s'avança à l'aveuglette jusqu'à Alice garée près de la grange. De ses doigts gourds, il toucha le radiateur et effleura les rebords de la grille, l'arbre de direction à la peinture écaillée. S'effondrant sur les genoux, il appuya son front sur les pneus avant.

« Oh, mon Dieu, pleura-t-il, je n'arrive pas à voir où je suis. Est-ce une lumière ? On m'entend ? Claude ! Claude ! Mes yeux ne s'ouvrent pas ! S'il vous plaît, s'il vous plaît, de l'eau pour mes yeux ! »

Edgar entendit alors la voix de sa mère, qui criait depuis la véranda à l'arrière de la maison.

« Glen ? Glen ! Qu'est-ce que tu fais ? »

Edgar jeta un coup d'œil dans la grange. Tous les boxes de devant étaient vides, mais certains chiens des enclos du fond, qui, à défaut de distinguer Glen ou sa mère, les entendaient, étaient rentrés. Edgar se mit debout et testa son équilibre. Sa mère traversait la cour au pas de charge.

Il tituba dans la pente derrière la grange, frappant dans ses mains le plus fort possible. Une fois devant les portes des enclos, il tapa à mains nues les poteaux et le grillage afin d'attirer les chiens dehors. Ils sortirent un par un.

Il longeait la rangée pour les immobiliser quand une lumière bleutée étincela au fond. L'espace d'un instant les bouleaux furent nimbés d'une clarté glaciale, leurs ombres s'étirant sur les vagues formées par le foin du champ derrière eux. Edgar sentit ensuite une pression sur ses tympans qui se transforma en bruit, comme si on s'était saisi du ciel par les coins et qu'on le secouait.

Trudy

Couchée, elle guettait les pas d'Edgar dans la véranda. Elle ne comprenait pas ce qu'il cherchait dans la grange et s'en moquait. Elle était prête à se plier à tous ses caprices pourvu qu'il rentre à la maison. Il faisait nuit depuis longtemps, il aurait bientôt fini. Elle repensa à sa maigreur, à son expression lorsqu'elle avait évoqué Almondine.

Les chiens aboyèrent. Puis, au beau milieu du vacarme, elle entendit un homme qui gémissait. Elle s'assit dans son lit, toute droite.

« Qu'est-ce que c'est ? demanda-t-elle. Qui est-ce ? »

Trudy croyait Claude endormi, mais il s'était redressé d'un coup dès qu'il avait entendu les chiens, comme s'il avait été piqué. Il semblait tout fait réveillé. Derrière la perplexité qui s'affichait sur son visage, une expression naturelle, il y avait de l'inquiétude.

« Ne te lève pas, lui enjoignit-il. Je vais voir. » Il enfila ses vêtements. » La voix de l'homme retentit à nouveau, elle provenait de la cour arrière. Trudy n'arrivait pas à saisir les mots mais ils exprimaient indéniablement de la douleur et de l'effroi.

« On dirait Glen, fit-elle observer.

— Nom de Dieu ! Des braillements d'ivrogne. Il n'y va pas de main morte en ce moment. La semaine dernière, je l'ai croisé fin saoul avant le coucher du soleil. J'ai beau lui avoir proposé de passer s'il avait besoin de parler, je n'imaginais pas qu'il déboulerait au beau milieu de la nuit. »

Trudy s'habilla rapidement et courut dans la véranda. Du pas de la porte, Claude scrutait la cour. Le camion était toujours garé à la place où il l'avait laissé cet après-midi, derrière le crochet d'attelage du tracteur. Les chiens, qui arpentaient leurs enclos de long en large, aboyaient, le regard tourné vers le champ sud. D'abord, Trudy ne remarqua rien d'anormal. Puis l'image devint nette : c'était Glen. Agenouillé devant le tracteur, la tête sur les pneus, on aurait dit qu'il priait.

Claude paraissait cloué sur place. Trudy le bouscula et courut sur la pelouse. Glen sanglotait. Ses cheveux, son visage et ses épaules étaient couverts de poussière blanche. Derrière lui, une lumière vacillante striait l'ombre de la grange où se tenait Edgar. Au moment où leurs regards se croisèrent, il fit demi-tour et se fondit dans l'obscurité. Trudy s'arrêta net, déchirée entre son désir de s'occuper d'Edgar et celui d'empêcher Claude de le voir. La possibilité que son fils puisse reprendre la fuite l'obsédait. Le rapprochement entre la présence de Glen et celle d'Edgar ne s'imposait pas encore à Trudy qui ne se souciait que de détourner les regards de Glen et de Claude du côté de la maison.

« Glen, que se passe-t-il ?

— Trudy. Je t'en prie. Va chercher de l'eau, répondit Glen. Je dois me rincer les yeux. »

Sa voix tremblait. Tantôt il s'agrippait à l'avant du tracteur, tantôt il se couvrait le visage des mains comme si une volonté farouche l'empêchait de se toucher les yeux. Il respirait en serrant les dents. Des traces de larmes zébraient la poudre blanche de ses joues. Claude s'agenouilla à côté de lui :

« Allez mon vieux, on t'isole pour cette nuit. » Mettant son épaule sous le gros bras de Glen, il s'apprêtait à l'aider à se relever quand Trudy intervint.

« Non. Attends. »

Claude la regarda, le visage empreint d'un étonnement étudié. Elle passa un doigt sur la joue de Glen qu'elle porta ensuite à ses lèvres. Elle n'eut aucun doute en reconnaissant le goût crayeux de la chaux.

« Qu'est-ce que tu faisais là ? lança-t-elle à Glen

— Tu lui demanderas une fois qu'on l'aura ramené à la maison, coupa Claude, c'est de la chaux.

— Je sais. Il va d'abord m'expliquer ce qu'il faisait dans la grange. »

Elle hurlait presque.

« Je voulais seulement lui poser une question, geignit Glen. Dis-le-lui, Claude ! Rien qu'une question. »

Elle se tourna vers Claude. Il haussa les épaules comme s'il s'agissait de divagations d'ivrogne.

« Menteur », l'accusa-t-elle.

Puis, sans en avoir vraiment eu l'intention, elle entortilla ses doigts dans les boucles de Glen, lui releva la tête et lui flanqua une gifle retentissante. Le policier chancela. Au lieu de s'effondrer toutefois, il pleurnicha en se frottant les yeux.

« Attends ici jusqu'à ce que je sois sûre que mon fils aille bien », lui ordonna-t-elle.

Elle retira sa main des cheveux de Glen. Les chiens des enclos de devant, collés au grillage, aboyaient et couinaient, s'efforçant d'apercevoir ce qu'il se passait. Trudy entendit des raclements et des claquements. On ouvrait les portes des boxes. Elle ne s'était avancée que de quelques pas en direction du bruit quand la première bulle de gaz azur surgit de l'embrasure des portes arrière. S'élevant lentement, elle passa du bleu au jaune, éclaira un instant le champ puis se résorba du bas vers le haut, à mi-hauteur des avant-toits. Il y eut ensuite le souffle d'une combustion de vapeurs, le bruit d'une allumette jetée dans un barbecue arrosé d'allume-feu. Une seconde éruption incandescente jaillit du même endroit, plus orange que la précédente, se consumant avant d'avoir pris son essor. Dans l'air calme de la nuit, un filet de fumée filtra par le haut des portes ouvertes, longea le revêtement rouge du bâtiment et s'accumula sous les gouttières. Avec une horrible rapidité, il s'élargit en un ruban gris qui flotta devant l'entrée.

En proie à une confusion extrême, Trudy s'arrêta. Incapable de trancher quant aux priorités, elle tourna en rond. Une explosion s'était produite dans la grange. Pourquoi ? Ils ne stockaient aucun produit inflammable à l'intérieur. Glen y était entré. Il était couvert de chaux. Avait-il eu l'intention de mettre le feu au bâtiment ? L'avait-il arrosé d'essence ? Pourquoi ? Claude et Glen se dirigeaient vers la maison, l'énorme bras du second entourait les épaules du premier. Claude n'avait-il rien entendu ? Il parlait à Glen d'un ton pressant, mais Trudy n'arrivait pas à distinguer ce qu'il disait. Puis Glen trébucha, tomba, entraînant Claude dans sa chute.

Trudy ne fut rassurée sur le compte d'Edgar que lorsqu'elle vit débouler Opale de l'arrière de la grange : il était en train de libérer les chiens. Elle courut le long des enclos de devant pour faire pareil, frappa dans les mains en criant : « Dehors ! Allez ! Dehors ! » À la fin, une vingtaine de chiens étaient libres. Douze ou quatorze autres contournaient la grange par l'arrière. Des groupes se formaient, se mêlaient les uns aux autres, se scindaient tandis qu'ils se précipitaient derrière la grange, dans la cour, tournaient autour de la maison et du jardin. Claude avait relevé Glen, et les deux hommes se frayèrent un chemin parmi les chiens.

« Va chercher ! » braillait Claude à l'intention des chiens. « Allez, allez, viens », disait-il à Glen.

— Appelle les pompiers, lui cria Trudy. Il a mis le feu à la grange ! »

Claude la fixa l'espace d'un moment avant de hocher la tête et de repartir, Glen appuyé sur lui. Ils clopinèrent jusqu'à la véranda. Dès qu'il eut aidé le policier à s'asseoir, Claude se précipita à l'intérieur.

Deux chiens grondèrent, prêts à se battre. Trudy se rua sur le plus proche qu'elle tira par la queue, criant à l'autre, « Va ! Laisse ! Va chercher ! » Elle lâcha la queue du chien, le contourna puis le secoua par la peau du cou. Quand elle releva la tête, elle en vit deux autres galoper dans le verger, près de la route. « Vous deux, appela-t-elle. Venez ! » Ils décrivirent une boucle et commencèrent à se diriger vers elle mais, en cours de route, ils rejoignirent l'un des groupes de la cour. Elle les rappela méthodiquement un par un et leur ordonna de se coucher non sans guetter par-dessus son épaule l'arrivée d'Edgar. À chaque coup d'œil, elle remarquait que de plus en plus de fumée s'échappait de la grange.

Étant donné le chaos, le nombre de chiens qui lui obéirent l'étonna, même s'ils semblaient tous prêts à bondir dès qu'elle aurait le dos tourné. Le cou tendu, ils regardaient les autres foncer dans le champ, tourner autour de la maison et grimper au galop l'escalier de la véranda où Glen Papineau était assis, la tête entre les mains.

Edgar

Quatorze enclos dépassaient dans l'ombre étirée de la grange. Edgar avança d'un pas chancelant, débloqua chaque loquet en bois et ouvrit les portes en grand sans attendre que les chiens sortent. La rémanence de l'explosion lumineuse virevolta dans l'air devant lui tel un serpent violet. Quand il ouvrit le dernier enclos près du silo, les chiens l'encerclèrent dans la nuit, piaffant et bondissant d'impatience. Il entendit la voix de Glen Papineau résonner dans la cour. Opale et Ombre s'arrêtèrent, la tête penchée, se frayèrent un chemin au pas de charge dans la meute et disparurent derrière le silo ventru.

Oui, signa-t-il aux autres. Il leur tapota le flanc pour les inciter à décamper. Va! Va chercher! Ils lui mordillèrent les mains avant de détaler tour à tour vers le silo. Seule, Essai resta assise dans l'herbe. Elle donnait des coups de museau sur les poils pelucheux derrière sa cuisse. Il s'agenouilla près d'elle, repoussa son nez et passa la main sur le poil roussi. Cassant comme du verre. Il y avait une autre tache sur sa queue. L'explosion avait dû l'atteindre avant qu'elle ne sorte, en déduisit-il, mais le rideau de toile avait étouffé le feu. Essai repoussa sa main avec impatience, se mordilla la patte et éternua pour chasser l'odeur de ses narines. Elle se redressa et s'ébroua.

Edgar désigna le silo. Toi aussi. Va chercher.

Après lui avoir lancé un dernier regard, elle s'élança dans la faible lumière, ombre se découpant sur l'ombre, créature bondissante, oreilles pointées, yeux écarquillés, mâchoire entrouverte, pour la première fois semblable à un loup, pensa Edgar.

Il courut à l'arrière de la grange. Un ruban de fumée rampa devant le linteau au-dessus des doubles portes et s'éleva vers le ciel. Combien de temps avait-il fallu pour libérer les chiens ? Une minute ? Deux ? Comment était-il possible qu'autant de fumée s'échappe de la grange ? De son poste d'observation, il voyait Glen assis sur les marches de la véranda, le visage enfoui dans ses mains. Des chiens l'entouraient, formant un demi-cercle. Trudy en maintenait une douzaine couchés bien que frémissants, et le double continuait à courir, à traverser le verger en groupe, à se disperser, à se rejoindre en un ballet chaotique. Il vit sa mère en arrêter un en l'appelant par son nom, marcher vers lui et le forcer à se coucher à deux mains. Puis remarquant les regards des chiens, elle se retourna. Et un échange en langage de signes commença entre eux.

Les chiots sont avec toi ?

Est-ce que tu vas bien ?

Non.

Oui.

Je vais les chercher.

Avant qu'elle n'ait le temps de signer autre chose, il franchit les doubles portes. Il faisait une chaleur inquiétante. La lueur de l'ampoule qu'il avait laissée dans sa douille vacilla et la fumée flotta devant elle, s'éleva en volutes jusqu'au plafond, s'échappa dans la nuit. L'air était saturé d'odeurs de noyer blanc et de paille brûlée. Edgar s'approcha de ce qui restait du chiffon imbibé d'éther de Glen, un tas de cendres frangées d'orange. De la paille brûlait encore dans deux boxes, flammèches éparses et jaunes. Il ouvrit les portes, piétina la paille et, lorsque les braises furent éteintes, parcourut le lieu du regard. À certains endroits, les planches des murs avaient brûlé. Les poutres des enclos avaient noirci. Il trouva de la paille à moitié consumée dans trois autres boxes, qu'il écrasa. Au-dessus, rien n'embrasait les lourds sommiers noirs de suie. La fumée était cependant toujours aussi dense. Un échange de cris entre Claude et sa mère lui parvint de l'extérieur. Il courut dans le couloir à la recherche de la source de la fumée mais il ne repéra qu'une faible lueur orange entre deux planches du plafond. L'instant d'après, elle n'existait plus.

Il entendit des couinements stridents en provenance de la maternité. Les murs épais avaient beau n'avoir laissé passer qu'un filet de fumée, les deux chiots étaient paniqués, à la limite de l'hystérie. Dès qu'il eut ouvert leur porte, ils détalèrent, tournèrent dans le couloir, leur arrière-train dérapant sous eux, et disparurent. Il les suivit. Même si l'effet de l'éther s'était dissipé, il avait des élancements dans la tête. Une fois dehors, il emplit ses poumons d'air pur et toucha la bosse qu'il s'était faite lorsque sa tête avait heurté le sol. Ce qu'il ressentit n'était pas de la douleur, plutôt la main noire de l'inconscience qui lui frôlait les yeux. Ses genoux flageolèrent, il s'empressa d'enlever ses doigts.

La fumée qui se déversait par l'embrasure des portes avait doublé et noirci. Il rejoignit sa mère parmi les chiens. Les deux bébés jappaient et piétinaient à ses pieds. Elle posa ses mains sur ses épaules, puis lui effleura les joues.

« Ça va ? »

Il hocha la tête.

« Tous les chiens sont sortis ? »

Oui.

« Alors ne t'approche plus de la grange, elle va brûler. »

Non. J'ai éteint toutes les flammes que j'aie pu trouver. Tu as appelé les pompiers ?

« On n'arrive pas à avoir de ligne. »

Quoi ?

« Quand ils ont installé le second poste dans la grange, ils ont acheminé la ligne là-bas en premier. Claude vient d'essayer le téléphone de la maison. Les fils doivent avoir brûlé, à moins qu'il n'y ait eu un court-circuit. »

Non. Non. Non. Il y a toujours de la lumière dans la grange. Le téléphone doit fonctionner.

« Edgar, écoute-moi. Il n'est pas question que qui que ce soit entre cette grange. Regarde la fumée. Regarde-la. Il n'y a plus de grange. »

Un simple coup d'œil suffit à lui donner raison. La fumée avait commencé à filtrer des avant-toits et s'élevait en assombrissant les étoiles de filets d'ébène. À ce spectacle, Edgar ploya comme sous un énorme poids. Il savait à quel point le bois était sec et cassant. Il avait sans doute éteint toutes les flammes qu'il avait repérées, quelque chose n'en couvait pas moins dans les murs et le plafond. Même s'ils réussissaient à joindre les pompiers volontaires de Mellen, ils mettraient un certain temps à arriver. Une demi-heure peut-être. À ce moment-là, la grange serait en feu.

Soudain, l'image de son père gisant dans l'atelier s'imposa à lui. La neige qui s'approchait de son corps. Son refus de le regarder. De respirer. « Ces archives sont tout, avait-il déclaré un jour. Sans ces dossiers, nous ne saurions pas ce que signifie un chien. »

Quand Edgar se retourna, sa mère regardait la maison. Glen était affalé dans l'escalier de la véranda, le visage enfoui dans une serviette. Debout à côté de lui, Claude lui parlait à voix basse, d'un ton pressant, et essayait de retirer la serviette pour lui rincer les yeux avec l'eau d'une cuvette.

« Qu'est-ce qui a pris à Glen ? lança Trudy. Qu'il aille au diable. »

Il avait de l'éther. Je l'ai fait tomber de sa main.

« Qu'est-ce qu'il faisait avec de l'éther ? »

Il en avait dans une bouteille. Il m'a collé un chiffon imbibé sur la figure.

Elle regarda la poudre grise dont les cheveux et les vêtements d'Edgar étaient couverts.

« Tu lui as jeté de la chaux ? »

Oui.

« L'éclair provenait des vapeurs d'éther ? »

Oui. Je crois que la chaleur de l'ampoule les a enflammées.

« Qu'est-ce qu'il avait l'intention de faire ? »

Aucune idée.

Elle secouait la tête. « Tout cela n'a aucun sens. Comment pouvait-il savoir que tu … »

Laissant sa phrase en suspens, elle eut l'air de remarquer pour la première fois que Glen Papineau n'était pas en uniforme. Il portait un jean et une chemise à carreaux à manches courtes, où la chaux formait une bavette. Claude était parvenu à le convaincre de poser la serviette. Ils le virent écarter les paupières de Glen et faire couler de l'eau sur la large figure. Dès que le liquide pénétra dans ses yeux, Glen se cambra. Du revers de la main, il repoussa Claude et se recroquevilla à nouveau.

« Comment était-il au courant ? » demanda Trudy qui inspira faiblement. Le visage ruisselant de larmes, les poings sur les hanches, elle s'approcha de la véranda d'abord lentement, puis plus vite et, enfin, au pas de course tandis qu'elle hurlait la même question.

*

Edgar s'obligea à se détourner de la maison et des chiens, bien vivants, à ses pieds. Ils pouvaient se prendre en charge quelques minutes, le temps de mettre son plan à exécution. Il courut à l'avant de la grange, dégagea la lourde barre de fer et fit coulisser les portes. Une vague de fumée l'engloutit, entraînant dans son sillage l'odeur de paille et de bois brûlés. La fumée se stabilisa à un mètre cinquante au-dessus du sol.

S'il restait en dessous du plafond de fumée, il pourrait facilement atteindre la porte de l'atelier. Les classeurs seraient impossibles à déplacer, mais pas les dossiers individuels. Les plus récents, ceux qui avaient le plus de valeur, remontaient sur cinq générations. Combien de temps parviendrait-il à rester ? Combien de dossiers par trajet ? Ils auraient beau être tous mélangés, ils auraient le temps de les trier plus tard. Il se permit un coup d'œil du côté de la véranda. Sa mère se tenait en face de Glen et Claude.

« Comment étais-tu au courant, Glen ? criait-elle. Dis-moi comment tu as appris qu'Edgar était là. »

Claude, qui était debout à côté de Glen sur les marches, se pencha pour dire quelque chose.

« Ferme-la, Claude. Ferme-la. Je veux l'entendre de la bouche de Glen. »

Mais Glen, silencieux, se balançait d'avant en arrière sans cesser de se frotter le visage de la serviette. Trudy s'agenouilla, prit sa grosse tête entre ses mains et l'attira brusquement à elle.

Si Edgar regardait ne serait-ce qu'une seconde de plus, il foncerait vers la maison, vers Claude, et il n'y aurait plus aucun espoir. Il aspira le plus d'air possible et, avant que le doute ne l'envahisse, entra en courant dans la grange qui se consumait.

*

Une fumée brûlante tournoya sur son dos. Au fond du couloir, la lueur de l'unique ampoule vacillait entre les volutes. En marchant normalement, il ne lui aurait fallu que quelques secondes pour franchir la distance qui le séparait de l'atelier, mais penché en avant, à l'affût des flammes, cela lui prit beaucoup plus de temps. Il toucha la poignée de la porte pour tester la température. Ce n'était pas plus chaud que le reste. Il ouvrit la porte en grand. L'obscurité aspira la fumée qui demeura ensuite au même niveau que dans le couloir.

Ses yeux le piquèrent. Des larmes coulèrent sur ses joues. Il pénétra à l'intérieur, appuya sur l'interrupteur et le plafonnier s'alluma. Il poussa un petit soupir de soulagement. Il connaissait si bien la pièce qu'il aurait pu y évoluer dans des ténèbres absolues, en revanche il aurait été incapable de localiser au toucher les dossiers visés, et il n'avait pas le temps de chercher une lampe torche.

Il ouvrit le tiroir du haut du meuble à classeurs situé le plus à droite. Une énorme liasse apparut. Les onglets qui dépassaient des chemises cartonnées formaient une longue bosse irrégulière au milieu ; un nom inscrit au crayon figurait sur chacun : Coton, Vesta, Hoop, Frog. Il plongea ses mains dans le tas, en prit maladroitement une partie et, ce faisant, éparpilla des notes, photos et trombones qu'il abandonna. Il se précipita dans le couloir. Les papiers pesaient des tonnes, ils glissaient dans ses bras. Il se retrouva dans la cour, au grand air. Au bout de la pelouse, il laissa tomber les documents.

À cet instant, Edgar fut en proie à une émotion inédite, impossible, déplacée. De la griserie. Comme si d'une manière ou d'une autre il était revenu au moment où son père gisait dans l'atelier et avait trouvé le moyen de le sauver. L'émotion se dissipa aussi rapidement qu'elle l'avait envahie. Aussitôt, quelque chose en lui la réclama. Il repartit en courant dans la grange, chassa la fumée avec insouciance et embarqua un nouveau paquet de dossiers avec tous les papiers et photos qu'ils contenaient. Il était presque arrivé à la sortie quand le sol en ciment se souleva sous ses pieds; il le vit s'incliner vers lui mais, faute de temps pour recouvrer l'équilibre, il se cogna l'épaule aux charnières de la porte de droite et tomba, serrant les papiers contre sa poitrine.

Le choc le ramena à la raison. Il resta un moment étendu moitié à l'intérieur, moitié à l'extérieur de la grange. Après quelques bouffées d'air frais, il se releva et chancela dans l'herbe. Une fois au niveau des dossiers déjà récupérés, il laissa les papiers s'éparpiller par terre.

« Souviens-toi de moi. »

La voix de sa mère dans le lointain.

« Edgar! Ne t'approche pas de là! »

Elle se tenait près de la véranda. Glen lui entourait le poignet d'une de ses mains gigantesques, fétu de paille dans un étau. Edgar la regarda en secouant la tête, il n'avait pas le temps de discuter. Elle ne pouvait ressentir ni entendre les mêmes choses que lui, elle n'en comprendrait pas la pertinence. Il n'y avait pas de mots pour définir l'émotion qui l'avait submergé.

Sa mère aurait couru pour l'arrêter, mais elle n'arrivait pas à se libérer de la poigne de Glen. Virevoltant, elle le gifla de sa main libre. Il bondit sur ses pieds. Il avait beau être désorienté, souffrir le martyre, il évitait ses coups en tournant la tête. Les jambes écartées et fléchies, il en balança soudain une, en un mouvement fluide, sous celles de Trudy et la plia en deux dans ses bras. Ils basculèrent dans l'herbe. À la fin de la lutte, Glen avait coincé les jambes de Trudy dans les siennes.

« Que se passe-t-il? » demanda-t-il. Sa voix trahissait douleur et peur, en revanche pas le moindre effort physique, comme si ses réflexes de lutteur s'étaient réveillés pour le protéger. « Pourquoi personne ne m'aide? geignit-il. Personne ne comprend que je ne voie plus rien? »

Edgar reprit son souffle et repartit. Sa dernière image fut celle des silhouettes emmêlées de Glen et de sa mère, en train de se débattre dans les bras du policier. Sans oublier Claude qui, planté dans l'escalier de la véranda, les dominait.

*

Il avança à quatre pattes dans le couloir, veillant à rester sous les strates de fumée et retenir sa respiration le plus longtemps possible. Il put récupérer le reliquat du premier tiroir mais il était beaucoup plus difficile de rester baissé les bras chargés. Ses yeux ruisselaient si bien que la lumière de l'atelier devint une masse informe, jaune et grise. Il ne fallait pas qu'il avale de l'air, sa chute provoquée par son étourdissement lors de son dernier passage était un avertissement suffisant. Même ainsi, il sentit la fumée brûler ses voies respiratoires et ses poumons. Il ressortit, jeta les papiers et tomba à genoux. Un être normal aurait sûrement toussé, alors qu'il n'éprouvait qu'un étrange vertige. Se penchant, il se força à évacuer la fumée emmagasinée en lui.

Edgar leva les yeux et découvrit Essai devant lui. La queue et les oreilles dressées, les yeux rieurs et brillants, elle était aux aguets. Cette expression, elle l'avait eue le jour où elle s'était pavanée dans la crique, après la tornade. Elle était manifestement décidée à le suivre dans la grange. Il la saisit par la peau du cou prêt à la secouer pour l'obliger à se coucher, lui faire peur, puis il se ravisa. Les ordres, c'était terminé. Il passa sa main sous son ventre pour attirer son attention.

Va-t'en, signa-t-il, avec le plus de conviction possible. Je sais que tu comprends. Je sais que c'est ton choix, mais va-t'en s'il te plaît !

Essai recula d'un pas, les yeux rivés sur lui. Elle se tourna du côté des autres chiens en train de folâtrer sous les pommiers. Après quoi, elle refit face à Edgar, renâcla, et soutint son regard.

Oui, signa-t-il. Oui.

D'un bond, elle s'approcha d'Edgar, lui lécha la figure et s'élança pour retrouver la meute des chiens, qui couraient tous partout à présent, même ceux que Trudy avait immobilisés. Si forte que fût l'envie d'Edgar de savoir si Essai l'avait compris, il n'en saurait jamais rien, à moins d'abandonner ses dossiers et de la poursuivre.

Il retourna dans la grange. Il s'était engagé dans le couloir enfumé quand il pensa à ce qu'il pourrait trouver dans la laiterie. Il ressortit, longea la façade de la grange et ouvrit la porte de la laiterie.

Dès qu'il verrait une flamme, il s'arrêterait, se promit-il.

Claude

Qu'elle brûle, pensa Claude.

Debout au pied de l'escalier de la véranda, il regardait la catastrophe en train de se produire tout en se demandant quoi faire. Ce n'était pas une catastrophe que la grange soit réduite en cendres. Sûrement pas. Après tout elle était assurée et les chiens étaient tous dehors, sains et saufs, même si, pour le moment, ils galopaient dans tous les sens. Au pire, la perte de la grange entraînerait quelques mois de désagréments – il faudrait mettre les chiens en pension quelque part, mais ce ne serait pas sorcier de trouver des familles d'accueil provisoire – et ils auraient un nouveau bâtiment plus moderne et plus pratique avant les premières neiges. L'état de Glen n'était pas non plus catastrophique, même si la chaux avait déjà fait d'horribles dégâts avant qu'on ne puisse lui rincer les yeux. Claude avait cependant du mal à avoir de la peine pour lui. Le type avait utilisé assez de Prestone pour lancer une fusée, ce qui n'était pas du tout ce qu'il lui avait suggéré.

Non, la catastrophe, c'était les allers et retours d'Edgar, qui s'obstinait à récupérer ces dossiers dans les meubles de l'atelier tandis que la fumée s'échappait des avant-toits. Il était même allé chercher la brouette dans la laiterie et il la poussait déjà vers les portes ouvertes de la grange, sous les yeux de Claude.

Pour couronner le tout, voilà que Glen avait coincé Trudy dans une sorte de prise de catch. D'un instant à l'autre

Claude allait devoir intervenir pour que Glen la relâche mais il ne savait encore de quelle façon. L'homme avait enroulé ses énormes jambes autour de Trudy, un enlacement qui lui rappela curieusement le temple d'Angkor où les racines des arbres broyaient lentement les vieilles pierres. À en juger par son attitude, Glen ne relâcherait probablement pas sa prise tant qu'il était conscient. Pourtant, Claude n'avait pas envie de s'en mêler à moins d'avoir la certitude que rien ne pouvait être tenté pour sauver la grange. Il fallait que ce soit une cause perdue. D'où son mensonge à Trudy à propos du téléphone. De toute façon, il ne marchait sûrement plus à présent.

La fumée qui s'échappait du bâtiment avait quelque chose de fascinant; du noir sur du noir, qui effaçait tellement d'étoiles. Cela lui rappela la taille démesurée de cette vieille grange qui l'avait sidéré la première fois qu'il était revenu. Puis, assez rapidement, il l'avait trouvée banale, comme à l'époque de son enfance où, par rapport à elle, les autres granges semblaient minuscules. Le volume de fumée qui s'évacuait par le toit remettait les choses en place et il s'émerveilla de l'homme qui l'avait construite – quels avaient été ses objectifs pour en construire une pareille?

Mieux vaut l'observer attentivement, songea Claude. Il regarda la fumée filtrer par les fentes autour de la porte extérieure du grenier à foin – celle qu'Edgar avait ouverte en grand la nuit où il avait poussé Papineau dans l'escalier, par laquelle ils avaient hissé six remorques de bottes de paille deux semaines plus tôt, au cours d'une longue journée de chaleur et d'efforts. C'était bizarre, cette fumée qui surgissait, se tordait sur elle-même, en silence et sans aucune flamme. Claude en savait assez long sur les incendies pour comprendre que c'était une phase, que le feu ou ce qui ne tarderait pas à le devenir, couvait le long des poutres et peut-être aussi dans la paille, explorait tous les passages secrets et voies d'accès à la recherche d'énergie et d'oxygène. Il leva à nouveau les yeux vers le ciel. Dans la lueur de la lune montante, il n'y avait pas un seul nuage.

Edgar surgit du rideau de fumée, poussant une brouette pleine de papiers, et Claude frissonna. Trudy, qui se débattait en vain, se mit à crier à Edgar de rester éloigné de la grange. Ce dernier ne courait cependant aucun danger dans l'immédiat. L'atelier se trouvait à quelques pas des portes et, à moins que la structure entière ne s'embrase d'un coup, il y avait peu de chance qu'il reste coincé à l'intérieur. Jusque-là, en apparence en tout cas, Edgar avait raison de sauver les fichiers. Ça servirait par la suite. Rien d'impératif, mais ce serait utile de les avoir.

Le problème, c'était la bouteille. En réalité, Claude avait perdu son sang-froid – il savait qu'elle était bien cachée dans le grenier. Pourtant quand il avait entrevu la possibilité qu'Edgar aille fouiner là-haut, il avait paniqué et l'avait récupérée. Le comportement bizarre du garçon au cours de la soirée avec Benson avait convaincu Claude qu'il l'avait déjà trouvée une fois. Il aurait dû la vider dans le ruisseau dès le lendemain matin – il avait tant de fois rêvé de le faire – sans jamais résoudre la question de ce qu'il se passerait une fois le produit dans l'eau. Se dissiperait-il à jamais ? Se frayerait-il un chemin souterrain jusqu'à la maison, au puits, à lui ? Et surtout – il était difficile de l'admettre – quand le contenu de cette bouteille aurait disparu, ce serait pour de bon. La posséder le rassurait, comme un compte en banque bien garni rassurait certains ou un revolver dans la boîte à gants de la voiture. Au fil du temps, c'était presque devenu une compagne. « J'existe pour quelque chose. » Quand il s'écoutait, il éprouvait euphorie et dégoût de lui-même. Mais, à condition d'être prudent, la bouteille serait incinérée, et avec elle, sa part d'ombre.

À condition d'être prudent. Il avait commis une erreur. Il avait sorti la bouteille du grenier et s'était rendu compte qu'il existait bien peu d'autres cachettes fiables. Il n'avait pas eu le temps de réfléchir. Trudy aurait pu entrer à tout moment, et qu'aurait-il répondu si elle avait demandé ce qu'il faisait avec une bouteille entourée d'un ruban couvert d'inscriptions en hangeul, contenant un liquide très semblable au venin le plus pur ? Hors de question de la cacher dans la maison : la proximité d'un tel poison le terrorisait, c'est tout juste s'il parvenait à le prendre avec des gants de travail. Après Gar, il s'était douché à en vider le chauffe-eau de son petit appartement de location, et attendu qu'il se remplisse pour le vider une seconde fois.

En fait, il y avait peu de possibilités. L'infirmerie ? À bannir, Trudy s'y rendait de temps à autre : il suffisait qu'elle ouvre un tiroir pour la découvrir, se pose des questions, dévisse le bouchon, sente le liquide … Il ne restait que l'atelier que Trudy se contentait de traverser pour aller au grenier. À un moment, il avait pensé à la mettre en évidence sur une étagère comme quelque chose d'anodin. Au sein d'un tel bric-à-brac, une bouteille de plus ou de moins ne se remarquerait pas sauf qu'elle aurait sauté aux yeux de quiconque l'aurait cherchée. Alors, l'enveloppant dans un chiffon graisseux, il l'avait cachée sous une liasse de vieilles lettres au fond du dernier tiroir du meuble à classeurs le plus vieux. Personne ne s'en préoccupait à part Edgar, qui ne pouvait s'intéresser à du courrier datant d'une lointaine époque. C'était une bonne cachette, il en était certain. Pourtant, une fois le flacon bien caché un nouveau problème avait surgi. Alors, il avait pris une seringue à l'infirmerie et l'avait glissée à côté de la bouteille.

Toujours planté sur l'escalier de la véranda, Claude observait la scène qui se déroulait sous ses yeux. Une des jambes de Glen était enroulée autour des hanches de Trudy et ils avaient tous les deux basculé, allongés face à la grange. Claude distinguait à peine Trudy derrière le large dos de Glen. Il soupira, descendit la volée de marches, s'avança dans l'herbe. Trudy ne se débattait plus, on l'aurait dit ensorcelée. « Non, non, pas maintenant », murmurait-elle en regardant Edgar courir hors de la grange et pousser un nouveau paquet de dossiers chargé dans la brouette. Les chiens vadrouillaient dans tous les sens. Deux d'entre eux se ruèrent sur Trudy et Glen, les flairèrent et s'éloignèrent. Claude s'agenouilla derrière Glen, dont il essaya de desserrer la poigne.

« Ça suffit, Glen, dit-il, étonné du calme de sa voix. Lâche Trudy. On ne pourra pas t'aider tant que tu ne l'auras pas lâchée. »

Si Glen ne réagit pas, Trudy se remit à le frapper. En vain, malgré sa souplesse et sa vigueur. Glen l'écrasa. Les épaules contractées, il resserra l'étau de ses bras jusqu'à ce qu'elle cesse. Elle tendit le cou pour regarder Claude. Elle pleurait.

« Arrête Edgar, je t'en prie, Claude. Empêche-le d'entrer là-dedans. »

Claude se contenta de hocher la tête. Il n'y avait rien à répondre. Le cerveau en ébullition, il traversa la cour. Il détestait prendre des décisions de cette façon ; il avait besoin de temps pour réfléchir, mais il lui était difficile de s'asseoir pour cogiter. En effet, il pouvait arrêter Edgar, l'assommer et le plaquer au sol comme Glen le faisait avec Trudy, jusqu'à ce que l'incendie ait pris une telle ampleur que l'accès de la grange serait interdit à tout le monde. Pour Trudy, il sauve-rait ainsi Edgar de la folie et, à l'intérieur, la bouteille et son contenu seraient engloutis par les flammes.

Il faudrait ensuite justifier la conduite de Glen. Il était aveugle. Qu'il ait gardé un semblant de conscience malgré la douleur qui le rendait à moitié fou prouvait sa force. La cécité le terrasserait plus tard – Claude n'en doutait pas étant donné la teneur de leurs conversations récentes. À ce moment-là, Claude insisterait sur le fait que Glen, dans son chagrin, avait essayé de se consoler de la mort de Page d'une façon, somme toute innocente, et avait dérapé. Trudy le croirait. Après tout, Glen avait tenté de kidnapper Edgar. Et si ça ne l'accablait pas assez, son bizarre recours à une prise de lutte contre Trudy, après qu'elle l'eut frappé, ses geignements, son refus de la lâcher, seraient des preuves éloquentes.

Il restait Edgar. Le garçon (c'était difficile de le consi-dérer comme tel à cause de ses cheveux gris de chaux, de sa taille, de sa maigreur) risquait de le contredire malgré la disparition des pièces à conviction. Mais Claude pourrait aussi l'interroger. Que s'était-il réellement passé avec Page dans le grenier ? Avec un peu de chance, ils retrouveraient la clef de l'Impala et les quelques centaines de dollars dans la poche d'Edgar. Qui s'étonnerait qu'un fugueur s'apprête à voler une voiture ?

Ça pouvait marcher, se persuada Claude. Il n'avait qu'à arrêter Edgar – lui sauver la vie, du point de vue de Trudy – et attendre. Ensuite, ils seraient tous soulagés et prêts à un nouveau départ. Le feu et le nouveau bâtiment changeraient tout. Ce serait un nouveau départ.

Comme Claude s'avançait vers la grange, absorbé dans ses pensées, il sentit un coup sur sa cuisse. Il baissa les yeux. Essai se dressait devant lui. Elle avait appuyé le museau au-dessus du genou de Claude, dont le cœur s'emballa car il crut, l'espace d'une fraction de seconde, qu'elle tenait une seringue dans la gueule. En fait, le numéro d'Edgar dans le chenil lui avait brouillé la vue. La chienne ne tenait rien entre ses dents, elle lui faisait face, le regard décidé, la gueule entrouverte, les yeux brillants et malicieux comme si, depuis le soir de la petite comédie, elle guettait sa réaction. Le garçon était-il tenace au point d'être revenu pour la remettre en scène ?

Aussitôt, Claude ne fut plus sûr de rien. Il n'avait pas les idées claires. Ça ne pouvait pas marcher. Du moins tant qu'un regard de chien suffisait à ce que ses mains tremblent, à ce que le sang lui martèle le crâne. Il se dupait. Toute sa vie, il lui faudrait affronter Gar de cette façon.

Non, pas Gar... Edgar.

Pourquoi les avait-il confondus ? En posant les yeux sur le garçon, il eut sa réponse : Edgar, le visage dépouillé de toute douceur, éclairé de profil par le lampadaire de la cour, les cheveux gris de chaux, ressemblait incroyablement à son père. Les bras chargés de dossiers, il se déplaçait avec le même pas claudiquant que Gar, lorsque celui-ci sortait les chiots de la maternité. Parce que, certains soirs, si le bruit d'un insecte se cognant à la vitre le réveillait en sursaut, Claude avait une décharge d'adrénaline et son cœur battait tellement fort qu'il devait marcher pour se calmer et était incapable de se recoucher. Mieux valait attendre un sommeil incertain, assis face à la nuit. Ainsi, l'expression d'Essai lui rappelait le matin où, relevant la tête de l'évier, il avait découvert Edgar, derrière la fenêtre, perché dans le pommier. Et il avait fini par se détourner.

Quand Claude baissa de nouveau les yeux, la chienne avait rejoint un des groupes qui gambadaient dans la cour. Il s'approcha des doubles portes et se pencha pour entrer. L'air, respirable au niveau de la ceinture, lui piqua cependant le nez et les yeux. Il ne voyait qu'à quelques centimètres devant lui. Sur le pas de la porte de l'atelier, il repéra la brouette, en travers au milieu de la pièce, et Edgar, qui, après avoir ouvert le premier tiroir du meuble, se redressa le temps d'en vider le contenu et se baissa de nouveau.

Edgar aperçut Claude au seuil de la pièce. Ils se regardèrent. Puis Edgar attrapa d'autres dossiers. Les tiroirs des meubles les plus proches de la porte étaient vides – Edgar avait commencé par les dossiers les plus récents et continué par les plus vieux, voilà pourquoi il n'était pas encore tombé sur la bouteille.

Passant devant lui, Claude se dirigea vers le dernier meuble dont il ouvrit le premier tiroir. À tour de bras, il balança des dossiers dans la brouette si rapidement qu'elle ne tarda pas à déborder, ou presque. Edgar s'était attelé au dernier tiroir du meuble adjacent. Des papiers tombèrent et s'éparpillèrent près de la brouette. Enfin, il s'en empara et disparut dans la fumée.

Edgar

Il se serait giflé pour n'avoir pas pensé plus tôt à la brouette. À présent, il était possible de tout récupérer, la totalité des archives, et de les sauver du feu. S'activant comme un forcené, il avait déjà vidé un meuble dans le berceau de métal. La fumée dans l'atelier était épaisse et âcre, il se laissa tomber à genoux pour respirer l'air frais au ras du sol.

Il se redressa et plongea les mains dans un tiroir pour en ressortir une liasse qu'il lança. Son esprit fonctionnait à merveille, son soulagement le plongeait dans l'euphorie car il avait le sentiment de relever un nouveau défi comme à l'époque où il observait les pommiers en hiver, et il travaillait d'arrache-pied. Quelles que soient les protestations de son côté ordonné contre la barbarie de sa mise à sac du classement impeccable de tant de générations, il était incapable de s'arrêter. Il avait eu l'intention de tout balancer dans ce dernier chargement mais les papiers commençaient déjà à passer par-dessus bord. S'il en rajoutait, ils glisseraient et se volatiliseraient à jamais dans la fumée.

Il avait jeté un coup d'œil à la porte quand Claude était apparu, accroupi, les yeux plissés. Son visage affichait une parfaite indifférence, plutôt un mélange d'expressions fugaces, inachevées et sans rapport avec la suivante. Quelqu'un qui l'observerait d'un autre point de vue, songea Edgar, y lirait de l'inquiétude, de l'appréhension, de la peur, du désir, du dégoût. Pour Edgar cependant, il en résultait quelque chose d'incompréhensible, d'indéchiffrable, qui n'engageait à rien ni n'ajoutait quoi que soit. Comme toujours dans le cas de Claude. Mais Edgar n'avait rien oublié. Ni ce qu'il avait vu dans le grenier ni le flot de souvenirs qui l'avait traversé sous la pluie. Et il était revenu sans autre projet que de dire et répéter ce qu'il savait être la vérité, quand bien même il n'en avait aucune preuve.

Puis, avant qu'il ne puisse esquisser le moindre geste, Claude était passé devant lui, avait ouvert le premier tiroir du dernier meuble et s'était mis à jeter des tonnes de paperasses dans la brouette. Il n'avait rien dit ni croisé le regard d'Edgar. Dès que ce dernier eut compris ce que son oncle faisait, il retourna à ses dossiers et ils travaillèrent de conserve. La brouette déborda rapidement. L'heure n'était pas aux explications d'autant que les mots faisaient défaut. Edgar sortit en courant avec la brouette. C'était difficile de se pencher pour respirer de l'air pur et il lui fallut s'arrêter à deux reprises pour stabiliser le monceau de papiers.

Une fois dehors, il tomba à genoux, s'obligeant à tousser. Cette fois, la quinte lui déchira la gorge. Il se releva, renversa la brouette et regarda les papiers s'éparpiller, des feuilles blanches et ivoire. Les écrits qu'elles contenaient rappelaient toutes les langues du monde, certaines très anciennes, d'autres restant à inventer. Il était entouré de photos, de pedigrees, de fiches signalétiques et de mémos. L'histoire de quarante générations. Cinquante.

Il regarda la maison. Sa mère était étendue, emprisonnée dans les bras de Glen. Dès qu'elle le vit, elle cessa de lutter et tourna son visage vers lui.

« Laisse tomber, Edgar! Laisse tomber! »

Je ne peux pas, signa-t-il. Pas encore.

Il regagna le brasier. Les cris de sa mère mêlés aux gémissements de Glen formaient un duo déconcertant. Le ruban de fumée s'était épaissi en masse opaque, en provenance du haut de la grange. La paille du grenier avait-elle pris feu? Pas la moindre petite flammèche en vue malgré les panaches de fumée qui déferlaient de la ligne du toit.

Il comprit le sens d'un retour dans l'atelier. Il était sûr que Claude n'était pas venu l'aider. Chaque dossier sauvegardé reconstituait pourtant une parcelle de l'univers qu'il avait cru à jamais perdu. Il vivait depuis si longtemps séparé de son père, clivé de lui-même et maintenant d'Almondine. Pour lui, son entreprise n'était pas une question de sagesse ou de bêtise, de courage ou de témérité, de discernement ou d'ignorance. Il ne pouvait simplement plus se scinder comme il l'avait fait ; choisir entre plusieurs impératifs. La résurrection ou la vengeance. La lutte ou le renoncement.

Il restait deux meubles bourrés de dossiers à l'intérieur, sans compter les lettres de Brooks, le registre des portées, le *Nouveau Dictionnaire encyclopédique Webster de la langue anglaise*, l'essai d'Alexander McQueen sur le sens de l'attribution d'un nom et d'innombrables pages de notes, autant de traces de l'existence de tous les chiens qu'Edgar avait connus. Il poussa la brouette et, au pas de charge, il franchit les portes de la grange pour la dernière fois. En allant vite, ça ne lui prendrait que trois minutes. Au cas où il lui en faudrait davantage, il avait une idée sur la façon de dissiper la fumée le temps de sortir tout le reste.

Une idée qui avait germé longtemps auparavant, dans un rêve.

Claude

Dès qu'Edgar eut disparu par la porte de l'atelier, Claude ouvrit brutalement le tiroir du bas et chercha le baluchon de vieux chiffons enfouis sous la liasse de lettres et de coupures de journaux. La seringue, emballée dans le tissu graisseux, se détacha et glissa dans le tiroir. Il fouilla à l'aveuglette dans la pagaille avant de mettre la main sur le réservoir en plastique. Il piétina les photos et pedigrees qui, éparpillés sur le sol, dessinaient une histoire sans queue ni tête du chenil. Quand il arriva devant l'établi, il tourna le dos à la pièce et s'agenouilla.

La main enveloppée dans le chiffon, il prit la bouteille, enleva le bouchon et prit soin de la poser dans le coin le plus éloigné de lui. Il ôta le capuchon de l'aiguille. Quelles que soient ses précautions, il agissait dans l'urgence si bien qu'il enfonça, accidentellement, la pointe dans la chair de sa paume droite. Il n'avait même pas ressenti la piqûre qu'il s'était empressé de retirer sa main. Le point était si infime qu'aucune goutte de sang ne perla, mais un minuscule ménisque rouge colorait le bout de l'aiguille.

Il s'approcha de la bouteille où un filet irisé était apparu dans le col, sur le rebord duquel il coinça l'aiguille. À la vue du fluide filant si volontiers dans la mince artère d'acier, il eut la chair de poule. Une goutte lui suffisait, mais un demi-centilitre entra dans le réservoir avant qu'il n'ait eu le temps d'appuyer son pouce sur le piston. Même comme ça, la pression insistante lui fit l'effet d'une créature sauvage bondissant de sa cage. Non sans effort, il repoussa le liquide, à part une fraction, dans la bouteille. Quand il éloigna la seringue, un filament argenté vacilla dans l'air. Il appuya la pointe de l'aiguille sur le verre, la tourna puis la retira, laissant une goutte d'huile transparente trembler, se déformer puis glisser dans le col incurvé de la bouteille qu'il abandonna sans la reboucher. Après avoir jeté le chiffon, il tint la seringue à bout de bras et attendit.

Les meubles se dressaient en face de lui, flous et lointains à travers l'épaisse fumée. Il n'était pas sûr qu'Edgar revienne. De toute façon, si la situation dégénérait, il pourrait toujours balancer la seringue et se ruer hors de la grange en quelques secondes. Au fond, le feu ne se propageait pas aussi vite qu'il l'aurait imaginé. Regardant l'ampoule qui brillait au plafond, il se demanda dans combien de temps l'isolation des fils fondrait. La fumée véhiculait une horrible odeur de chair brûlée. Un nid de souris, pensa-t-il, ou un oiseau asphyxié dans la gouttière. Tant de fumée, et toujours pas le moindre bruit, pas la moindre flamme. Les pleurs et les cris de Trudy lui parvenaient de l'extérieur.

Edgar apparut. Il était tellement courbé sur la brouette vide que les patins frottaient contre le ciment. Il la poussa dans l'espace situé sous l'escalier, s'agenouilla, ouvrit le dernier tiroir du plus vieux meuble – exactement là où la bouteille avait été cachée – et commença à en extraire les lettres et les papiers. Claude se leva. La façon dont le vieil herboriste avait utilisé le bambou aiguisé et ses mains secouées de spasmes après coup lui revinrent en mémoire. Cette réaction lui semblait bien légère à présent, tant il prenait conscience de l'incroyable mécanisme de nerfs, de muscles et de ligaments qui animait ses doigts. La seringue trembla dans sa main. Il encercla son poignet de sa main libre jusqu'au moment où il sentit ses os se toucher.

Il traversa l'atelier.

L'acte ne prit qu'un instant.

Ensuite, il recula, tendant une main derrière lui pour fermer la porte de l'atelier. Soudain, ses dents claquèrent et il contracta ses mâchoires avec une telle force qu'un grognement lui échappa. Ressaisis-toi, s'adjura-t-il. Il ne restait plus qu'à garder Edgar dans la pièce et laisser le temps d'œuvrer. Mais son cœur cognait dans sa cage thoracique tandis que le sang qui courait dans ses veines lui paraissait aussi lourd que du mercure. Il s'adossa à la porte et se laissa glisser sur le sol, remarquant pour la première fois qu'il avait gardé la seringue dans la main. Dans un geste convulsif, il la jeta au loin. Comme la dernière fois, avec Gar.

À la façon dont Edgar continuait à jeter les dossiers dans la brouette, on aurait dit que rien ne s'était passé. Puis, soudain, il s'assit sur les talons et regarda de tous côtés comme alerté par un bruit. Il se tourna vers Claude, mais son regard ne s'attarda pas. Il se releva et traversa l'atelier, passant la main sur les étagères situées sous l'escalier, et fouilla dans le coin où les outils à long manche étaient rangés.

Quand il se retourna, Edgar tenait une fourche.

Oh, mon Dieu ! pensa Claude.

Pourtant Edgar ne le regardait pas. Il s'avança jusqu'au milieu de la pièce, se baissant pour garder sa tête hors de l'épaisse fumée. Il s'accroupit pour essuyer ses larmes et se balança légèrement, les yeux rivés sur un point près du plafonnier.

Puis, Edgar se redressa et brandit la fourche dans la fumée.

Edgar

Il crut tout d'abord que quelque chose lui était tombé dessus et avait froissé un nerf, comme lorsqu'on se cognait le coude. Rien de plus qu'un coup de froid dans le cou. Il eut le temps d'atteindre le tiroir, d'attraper une nouvelle liasse de lettres et de papiers, et de les jeter dans la brouette, puis une onde glacée se répandit dans son dos, ses membres avant de se lover dans son entrejambe, ses genoux, ses avant-bras et ses paumes. Une sensation d'une indicible étrangeté. Il toucha sa nuque. Il se retourna. Rien n'était tombé. Claude avait fermé la porte de l'atelier, en bas de laquelle il était assis, l'air effrayé, haletant.

Soudain, sans raison apparente, la fumée tripla d'épaisseur à rendre les murs de la pièce à peine visibles. La lumière du plafonnier vira à l'orange, cristal barbouillé de fumée. Sûr qu'il devait tousser, il se pencha, appuya ses coudes sur ses genoux. Sans grand résultat. Il fallait dissiper la fumée, il s'asphyxiait. Il se fraya un chemin jusqu'aux outils dans le coin de la pièce. Râteaux, houes, n'importe quoi ferait l'affaire. Il attrapa une fourche.

Il pivota. La pièce tournait autour de lui. Il pensa à l'éther car il était en proie à la même sensation de détachement que lorsque Glen avait plaqué le chiffon sur la figure – une sensation d'avoir quitté son corps et de se regarder de l'extérieur. Il y avait cependant une différence. Cette sorte de fourmillement qui se propageait en lui. L'idée que quelque chose lui était tombé dessus ne le quittait pas. Il toucha sa tête. Il ne découvrit pas la moindre trace de sang sur ses doigts.

Il revint au centre de la pièce en essayant de garder son équilibre. La fumée dérobait le plafond à sa vue. À chaque respiration, il avait l'impression qu'on lui écorchait les poumons. Il se concentra. Voyons, où se trouvait la trappe à foin par rapport au plafonnier ? Il chancela deux fois sur le côté et dut regarder ses pieds pour ne pas tomber.

De guerre lasse, il prit un risque. Il brandit la fourche, dont les dents heurtèrent le bois. Il poussa mais il rencontra une forte résistance. Il tira sur la fourche qui se détacha et la lança à trente centimètres plus loin sur la droite. Cette fois, quelque chose céda. La trappe se souleva légèrement avant de retomber de travers dans l'encoche. Il changea de position, donna un dernier coup : la trappe s'ouvrit et coulissa sur le sol du grenier. Au-dessus de lui.

La fourche retomba avec fracas. Il se retrouva allongé sur le dos sans souvenir de sa chute. Au sol, l'air était d'une merveilleuse pureté. La fumée tourbillonna autour du trou, en flux et reflux, on l'aurait dit animée d'une vie propre. Les choses s'étaient déroulées comme il l'espérait, comme dans le rêve qu'il avait eu le lendemain de l'apparition de son père sous la pluie. La vision l'emplit à la fois de joie et de tristesse. La fumée s'élevait, s'étirait au bord de la trappe, s'engouffrait dans le vide. Il ne distinguait rien du grenier – ni bottes de paille, ni poutres, ni outils, ni ampoules dans la charpente – rien sinon une myriade de strates grises en plein essor. Au lieu de flammes, il ne voyait que la course fluide de la fumée.

Il avait prévu de faire quelque chose après avoir sorti la dernière brouette de la grange, quelque chose d'important. Il n'en voulait pas à Glen Papineau, qui tenait simplement à lui poser une question. Mais Edgar aussi avait quelque chose à dire à Glen et, fermant les yeux, il imagina Glen devant lui, il s'imagina en train de prononcer les mots pour que Glen les entende.

Je suis désolé. Edgar se concentra avec toute la puissance de son esprit. Je suis désolé pour ton père.

Il sentit quelque chose céder en lui. Des barrières tombaient. Allongé, il regardait la fumée ramper le long du plafond. Au bout d'un moment, Almondine surgit d'une cachette près des meubles. Elle avança vers lui, le regarda et lui lécha le visage.

Lève-toi, dit-elle. Dépêche-toi. Elle haletait. Ses oreilles dressées étaient très droites comme lorsqu'elle était agitée, en revanche, ses mouvements étaient calmes et mesurés. Il n'était pas surpris d'entendre sa voix qui ressemblait à celle qu'il entendait depuis toujours dans sa tête.

Je croyais que je n'allais jamais te revoir, signa-t-il.

Tu étais perdu.

Oui. Perdu.

Ce n'était pas la peine de revenir, je t'aurais retrouvé.

Si, il le fallait. J'ai compris certaines choses pendant que j'étais parti.

Et tu devais rentrer.

Oui.

Qu'as-tu compris?

Ce que mon grand-père faisait. Pourquoi les gens veulent des chiens Sawtelle. Qui devrait en posséder. Ce qui va arriver.

Tu savais tout cela depuis le début.

Non. Pas comme ça.

Ils continuèrent à se regarder un long moment.

Tant de choses se sont passées, signa-t-il.

Oui.

Assieds-toi près de moi. Je voudrais te parler de quelqu'un. Il s'appelle Henry.

Lève-toi, insista-t-elle. Viens dehors.

Je lui ai dit que je m'appelais Nathoo.

À ces mots, il eut un petit rire sûr qu'elle comprendrait.

Le prénom humain de Mowgli.

Oui.

Est-ce que c'était mieux?

Il réfléchit à sa question.

Au début, oui. Après cela n'avait plus d'importance. J'aurais aimé le lui dire mais je n'en ai jamais eu l'occasion.

Almondine le scruta, le front plissé, les yeux semblables à du bois de cerisier poli. C'est alors qu'une idée nouvelle s'imposa à Edgar : Nathoo était son nom, et il ne l'était pas. Même Edgar n'était pas son véritable nom – celui qu'Almondine lui avait attribué dans un lointain passé, bien avant qu'il apprenne à transformer les idées en souvenirs. Quoi que ce nom puisse être, il ne pouvait s'exprimer dans la langue des êtres humains et ne pouvait exister ailleurs que dans les courbes et angles de la tête d'Almondine, dans la lueur de ses yeux, dans la forme de son museau lorsqu'elle le regardait.

Sahib et Amadou sont restés avec Henry.

Oui.

Je n'aurais jamais dû me détourner de toi quand je t'ai vue avec Claude ce jour-là. Je ne sais pas ce qui m'a pris.

Tu étais perdu.

Oui.

Lève-toi, répéta-t-elle une dernière fois.

Viens. Allonge-toi près de moi.

Almondine s'installa et colla son poitrail contre lui. Sa tête était tout proche de la sienne et, comme lui, elle fixa le plafond.

Il ferma les yeux puis les rouvrit, craignant qu'Almondine ne soit partie. Il n'y avait pas de raison de s'inquiéter. Ils étaient étendus sur le sol. Ils contemplaient la fumée du plafond, qui prenait l'aspect d'une rivière, ample et placide, qui ne s'arrêtait pas de couler, ne prenant sa source nulle part, ne se jetant nulle part. Ils étaient tous les deux étendus au bord de cette rivière qui affluait comme le ruisseau en crue. Peut-être qu'une clôture l'avait autrefois séparée en eux. Plus maintenant.

Une silhouette apparut sur la berge d'en face. Malgré la distance, on la reconnaissait – il s'agissait de quelqu'un qu'il mourait d'envie de voir depuis la nuit où les chiens avaient hurlé sous la pluie et où le monde avait basculé dans l'horreur. Cette nuit-là, il avait voulu dire quelque chose, quelque chose de primordial, lui semblait-il à présent. Mais il s'était défilé au dernier moment, et la chance s'était envolée, et il avait été damné.

Il passa ses doigts dans les poils d'Almondine, à la base de son cou. Elle respirait. Il ferma les yeux, combien de temps ?

Il ne le savait pas. Il les rouvrit : l'homme avait traversé la rivière pour les rejoindre. À moins que ce ne soit eux qui l'aient traversée ? Il n'en était pas sûr. De toute façon, cela le combla de joie. Pour la première fois de sa vie, il sentit qu'il possédait une voix, dont il pouvait se servir pour formuler ce qu'il désirait formuler depuis si longtemps. L'homme était tout près. Il était inutile de crier les mots. Il lui suffisait de les murmurer.

Il sourit.

« Je t'aime », dit Edgar Sawtelle.

Claude

Adossé à la porte de l'atelier, il attendait sans quitter des yeux Edgar étendu devant lui. Une volute de fumée s'engouffra dans le rectangle noir au-dessus de leurs têtes. À un moment donné, abominable, il avait cru que ça ne marchait pas. Il s'était trompé. Au lieu de se jeter sur Claude, le garçon s'était servi de la fourche pour ouvrir la trappe à foin. Après sa chute, il était resté étendu à regarder le grenier et avait bougé les mains, exécutant une volée de signes que Claude n'espéra même pas déchiffrer. Cela avait duré longtemps. Puis, comme si Edgar avait pris une décision, il avait posé une main sur sa poitrine, posé l'autre sur sa jambe. Depuis, il ne bougeait plus.

Claude se rappela la ruelle détrempée de Pusan – ce qu'il avait ressenti en regardant le vieil homme piquer le bout de son bambou aiguisé dans le garrot du chien infirme – un geste très doux – le chien s'était arrêté de laper le bol de soupe, avait levé les yeux et s'était écroulé. En une seconde. Apparemment, le contenu de la bouteille n'agissait jamais deux fois de la même façon. Peut-être qu'avec le temps, il avait perdu de son pouvoir, ou que chaque personne réagissait différemment. Il aurait aimé demander au vieil homme de lui expliquer. La bouteille était de l'autre côté de la pièce, au pied de l'établi. Il lutta contre son désir de revisser le bouchon de verre – la sceller à nouveau, au moins pendant qu'il était confiné dans la même pièce qu'elle. Sa terreur de s'approcher du produit l'en empêcha. S'il touchait encore une fois cette bouteille, il n'était pas certain qu'il la laisserait derrière lui.

Fallait-il porter le corps d'Edgar dehors? Il n'aurait qu'à le balancer sur ses épaules à la manière des pompiers et arriver en chancelant dans la cour. Ce serait mieux pour Trudy, pensa-t-il, il aurait fait ce qu'elle lui avait demandé. Il pourrait aussi lui dire que le gamin avait erré dans la grange enfumée, et qu'il avait dû renoncer à le chercher d'autant plus qu'il était persuadé qu'Edgar était sorti par les portes du fond. C'était mieux – à condition que ses recherches paraissent avoir duré très longtemps – aussi longtemps qu'il était humainement possible de le faire. À en être dangereux. Il s'obligea à rester assis encore une minute. Il se concentra pour mettre un terme au tremblement de ses genoux. Cela ne lui coûtait rien d'attendre, un peu de fumée à avaler, et le spectacle du garçon étendu devant lui. Claude ne parvenait pas à fixer son regard sur Edgar sans qu'une secousse surgisse du fond de ses entrailles. C'était ridicule. Le garçon avait surtout l'air serein.

Il y eut un bruit dans le grenier. Un grognement qui se transforma en hurlement strident comme si on sciait du métal. Claude leva la tête. La fumée restait la même. Aucune flamme ne rougeoyait dans l'ouverture de la trappe. Il lui parut néanmoins dangereux de s'attarder une seconde de plus. Le gamin avait vu juste – l'ouverture de la trappe avait dissipé une bonne partie de la fumée de l'atelier. En revanche – Claude s'en rendait compte maintenant – c'était une très mauvaise idée pour d'autres raisons. Plus il y pensait, moins il désirait rester dans le bâtiment. Il était encerclé par de la fumée noire qui s'infiltrait sous la porte.

Il eut le vertige quand il se leva. Il veilla à éviter le corps du garçon. Les mains sur les genoux, il chercha un peu d'air pur. Puis, il tourna la poignée. Ce fut comme s'il avait rompu un barrage. La fumée âcre se déversa et lui brûla la gorge, le forçant à reculer dans le coin. Il s'agenouilla pour tousser. Quand il releva la tête, la fumée se ruait vers la trappe. Elle ne s'élevait pas, elle se ruait. Pour la première fois, il vit l'embrasement du grenier, derrière ce rideau gris.

Et ça flamboyait.

Il se précipita dans le couloir, les mains au sol. L'atmosphère se déchaînait autour de lui. Alors qu'il se trouvait devant les doubles portes, prêt à sortir, quelque chose l'arrêta. Il frotta ses yeux larmoyants du dos de la main. Une silhouette humaine se profilait à l'endroit précis où la fumée s'élevait vers la lampe fixée au-dessus des portes. Claude la regarda, elle disparut. Il ferma les yeux. Quand il les rouvrit, la silhouette était revenue. La fumée ne l'engloutissait pas, elle la constituait. À travers elle, Claude aperçut les papiers qu'Edgar avait récupérés et éparpillés sur la pelouse.

Glen. Ce fut sa première idée. Mais il entendait sa voix dans la cour. Il lança un autre coup d'œil et reconnut la silhouette de son frère.

C'était de l'hypoxie, une hallucination, les effets de la fumée – ce qui arrivait aux plongeurs en manque d'oxygène. Il s'agenouilla et appuya son front sur le sol en ciment pour aspirer de l'air. Quand il se releva, la dernière ampoule du couloir s'éteignit. Dehors, la lampe diffusait assez de lumière pour que Claude distingue Gar. Il n'y avait pas l'ombre d'un doute.

Puis ce fut le règne de l'obscurité. Après s'être avancé, au prix d'un gros effort, de quelques pas, il pivota pour faire face à la grange. À l'autre bout du couloir, il y avait deux portes. Il lui suffisait de parcourir toute la longueur du chenil pour se retrouver dans l'air pur de la nuit estivale – un trajet de quelques secondes s'il se dépêchait.

Il naviguait dans l'obscurité, essayant de visualiser la succession des boxes de chaque côté, le long couloir rectiligne, la porte de la maternité, les sommiers du grenier au-dessus de lui. Il ne se mit à courir qu'après avoir entendu un grincement dans les poutres au-dessus de lui, une sorte de torsion, le signe que toute la structure était prête à s'effondrer. C'était impossible, il avait à peine vu une flamme.

Il leva la tête vers le bruit. Deux fines raies orange apparaissaient dans une brèche de la fumée. La chaleur sur son visage.

Il n'avait avancé que d'un pas ou deux, en pleine déroute, qu'une lumière d'une blancheur éblouissante s'épanouit puis se dissipa devant lui. Il se retrouva assis sur le ciment. La douleur n'éclata qu'au bout d'un moment et il se rendit compte qu'il venait de heurter un des poteaux du couloir. Il tendit la main, le sentit, chaud et couvert de suie, sans pour autant le voir. Sa gorge le brûlait comme s'il avait avalé de l'acide. Quand il se remit debout, il fut pris d'une quinte de toux qui faillit le catapulter à nouveau sur le sol.

La collision l'avait désorienté. D'abord, il ne sut vers où il se dirigeait. Dominant le fracas des poutres, il crut entendre appeler son nom.

« Qu'est-ce que c'était ? hurla-t-il. Qui est là ? »

Il n'y eut aucune réponse – sinon sa voix assourdie par la fumée. Il poussa un autre cri. L'écho l'orienta. Il distingua un vague rectangle de lumière sur sa gauche. Une ouverture, devant ou derrière ? Il partit à l'opposé, les mains tendues, avançant le plus droit possible.

Du bout des doigts, il toucha du bois, une charnière, le grillage d'une porte de box. Il recula, prit à droite. Il n'avait qu'à suivre le couloir pour arriver aux portes du fond. Cela aurait dû être simple. Il fit un nouveau pas dans l'obscurité. Chaque fois, ses mains retrouvaient le grillage au lieu d'un espace libre. Le couloir semblait virer à gauche, mais si Claude tournait à gauche, il virait à droite, comme si le bruit dans ses oreilles ne provenait pas des cassures du bois en train de brûler mais de l'agonie des énormes poutres qui se tordaient.

Enfin, un vent souffla. La fumée qu'il entraîna lui effleura le visage comme une banderole de soie chaude. Il avait désormais une raison de paniquer mais, contre toute attente, la sensation était tellement délicieuse qu'il eut l'impression de l'attendre depuis toujours. Il s'arrêta. Il n'y eut plus d'autre son que le mugissement du vent. Les yeux clos dans les ténèbres, il s'offrit à la caresse de la fumée. Puis il enlaça ses doigts au grillage brûlant qu'il savait trouver à cet endroit précis.

Trudy

Le temps s'écoula, interminable, sans que Claude, ni Edgar n'apparaissent à l'entrée de la grange. Trudy appela à en avoir la gorge à vif, à ne plus émettre qu'une plainte stridente, tandis que son corps se tordait dans la cage des bras de Glen. Enfin, elle cessa de crier. Ce n'était pas Glen qui la retenait, pensa-t-elle, c'était la sombre plante grimpante, qui désormais épaisse et vigoureuse enfonçait ses racines dans la terre pour la plaquer au sol, puis les déployait dans tous les sens afin que ses vrilles s'emparent du temps, lequel, toile de fond se déroulant lentement, devint prisonnier à son tour. Et la plante s'étirait sur cette toile, s'étalait avec indolence sous une immense avant-scène, tandis que divers mécanismes et instruments inconnus étaient éparpillés en arrière-plan.

Trudy fut soudain incapable de détourner le regard de ces choses qu'elle s'était acharnée à éviter. Quand elle eut détaillé le tableau suffisamment longtemps pour que plus rien ne lui échappe, la plante relâcha son emprise sur le temps qui, de nouveau autour de ses fuseaux, avança, et Trudy se retrouva allongée par terre. On tourna sa tête avec une infinie lenteur jusqu'à ce que la lumière du monde réel se reflète dans le blanc vitreux de son œil.

Devant elle, des flammes dévoraient le long toit de la grange – il ne s'agissait pas des flammèches orange qui avaient orné les gouttières de leurs motifs affreux, mais d'un incendie, un feu vivant qui fusait, disparaissait, explosait comme dans un effort désespéré pour s'emparer de la nuit et l'attirer à l'intérieur. Une boule de feu, virevoltant dans une colonne de fumée, s'éleva au-dessus du toit, rose écarlate qui s'épanouit avant de se volatiliser. Un grognement sourd et prolongé se fit entendre à l'intérieur du mammouth. La poutre centrale s'affaissa. La fumée frissonna, battit en retraite dans la grange comme si la structure avait inspiré sa première bouffée. Et l'enfer commença. Les flammes remplacèrent la masse de fumée à une incroyable rapidité. Le brasier brûla le visage de Trudy. Les lueurs qu'il projeta peignirent en rouge les champs et les bois alentours.

Comme la chaleur les enveloppait, Glen Papineau lâcha Trudy, se leva et se frappa le visage, la poitrine, les cheveux – un nuage de chaux plana autour de lui.

« Suis-je en train de griller ? s'écria-t-il. Oh ! Mon Dieu ! Ai-je pris feu ? »

Mais Trudy, immobile, ne répondit pas. Elle n'était pas là. Elle ne savait pas qu'elle était libre. Glen Papineau s'éloigna d'un pas chancelant, s'orientant en fonction de la chaleur. Trudy ne quittait pas des yeux les portes ouvertes de la grange d'où s'échappaient les flammes, tels des membres incandescents.

Glen Papineau fonça dans la cour, taureau aveugle, qui trébuchait, tombait, se relevait, sans cesser de brailler : « Qu'est-ce qui s'est passé ? Qu'est-ce qui s'est passé ? Pour l'amour du ciel, qu'est-ce qui s'est passé ? »

Les Chiens Sawtelle

Ils avaient évalué leur existence à l'aune de la créature silencieuse, tournée vers l'intérieur, du garçon aux cheveux bruns et aux yeux couleur de ciel, qui passait une main douce sur leurs flancs, leurs pattes, leur garrot, leur museau. Un garçon qu'ils observaient depuis leur naissance, qui surgissait tous les matins pour leur apporter l'eau et la nourriture, et tous les après-midi, une brosse à la main, qui leur donnait des noms trouvés dans les livres. Ils l'avaient éduqué tout en le regardant. Ils avaient appris en écoutant Almondine. Ils avaient beau en avoir rarement vu, ils comprirent ce que signifiait l'incendie. Ils contemplèrent l'essor des flammes dans le ciel nocturne, le jaillissement des étincelles qui s'éloignaient de plus en plus de la charpente, le vol des chauves-souris qui s'élevaient en spirales dans la fumée puis plongeaient, et ils surent qu'ils n'avaient plus de foyer.

Ils tournèrent autour du feu au point de faire bramer leur poitrail et pendre leur langue. Des braises tombèrent sur le monceau de papiers récupérés par le garçon, dont certains se racornirent avant de s'embraser. Grâce au vent, les flammes sautèrent dans les arbres fruitiers jusqu'à ce qu'il ne reste plus que la maison, le vieux pommier dont les branches en caressaient les murs, le jeune érable pour lui résister. Des rayons rouges transperçaient les arbres. Dans le champ sud, les bouleaux et les croix blanches brillaient comme des rubis. Projetées depuis le sommet de la colline, les ombres des chiens noircirent la forêt. Le toit de la grange vomit de grandes plaques de papier goudronné et toute la structure devint transparente, même la charpente. Le grillage des boxes fusionna en flaques et s'évapora. Le toit du camion en fibres de verre craquela et s'effondra en projetant un nuage jaune nacré. Les fils tendus entre la grange et la maison rampaient, en dégageant de la fumée, sur le sol. Au bout d'un moment, les pneus du camion gonflèrent puis explosèrent avec un bruit de coup de feu, et le camion inclina son côté sous le vent vers les flammes, faute d'instinct de survie. Très loin, au-delà de la limite de leur univers, des nuages d'orage rougeoyèrent en réponse à l'appel du feu, mais s'ils arrivaient, ils n'auraient qu'une inspection des débris carbonisés à proposer.

La femme était étendue dans l'herbe flétrie par la chaleur entre la maison et l'incendie, sourde à leurs appels, sourde aux pleurs de l'aveugle penché sur elle, inconsciente et inanimée, comme si elle avait quitté son corps et l'avait abandonné sur les rives du monde. Certains comprirent que son temps intérieur s'était évaporé sous la chaleur du feu, peut-être renaîtrait-elle sous la forme d'un cygne ou d'une colombe.

La température monta. Elle les entraîna d'abord près de la maison, puis dans le jardin derrière l'érable. L'écho du feu se répercuta entre le verger, à présent incandescent, et les pierres craquelées des fondations de la grange. Les réactions des chiens n'étaient pas semblables. Certains luttaient, d'autres tremblaient de peur, ou déambulaient bêtement autour du spectacle et harcelaient l'aveugle qui traînait la femme sur la pelouse. Ils étaient pour tous des témoins, dressés à l'observation, à qui leur mère – et même le garçon – avait appris à se servir de leurs yeux, à attendre un geste qui donne un sens à cet univers qui en était dépourvu. Parmi eux, les deux chiots couinaient et se blottissaient contre qui les acceptait. D'une manière ou d'une autre, ils s'éloignaient tous du feu. Certains tournèrent la tête vers la nuit. D'autres se couchèrent face aux flammes, la tête posée sur leurs pattes de devant, comme des sphinx dans le coucher de soleil.

Essai descendit le champ au galop, suivie de quelques autres – ses frères et sœurs et les deux chiots qui, perdus, avançaient lentement. Une fois parvenue au tas de pierres, Elle attendit qu'ils se soient tous arrêtés avant de prendre la direction de la cour, grognant contre tous ceux qui cherchaient à lui emboîter le pas. Après avoir tergiversé, ils patientèrent. Elle réapparut, accompagnée d'une demi-douzaine de chiens. Les autres avaient refusé de quitter l'auréole de chaleur. Elle fendit la meute, longea la clôture du champ, le dos rougi par l'éclat de l'incendie. Ils arrivèrent au vieux sentier d'élagage et, sans hésitation, elle passa devant les bouleaux, sortit du champ par le coin sud-ouest, coupant à travers la forêt. Dans les bois, ils ralentirent la cadence et les chiens se dispersèrent tout en restant dans son sillage.

Ils franchirent clôtures après clôtures. Certains chiens renoncèrent par lassitude ou découragement, mais elle ne s'arrêta pas et ne rebroussa pas chemin. Ils suivraient ou pas, elle s'était contentée de leur donner le choix. À leur passage, des oiseaux de nuit se récrièrent. Un couple de chevreuils bondit. Elle guidait les chiens, vérifiant la direction, si évidente pourtant que certains la devançaient. Puis, s'apercevant tout à coup qu'elle avait perdu les chiots, elle s'arrêta et fit demi-tour. Elle les retrouva pelotonnés l'un contre l'autre près d'un arbre mort, couinant et tremblant sous le clair de lune. Elle baissa la tête. Ils la léchèrent, remuant la queue dans les fougères. En retour, elle leur mordilla le cou puis leur donna des coups de nez sur les flancs, les pattes et le ventre. Elle se remit en route. Rassurés, ils la suivirent.

La nuit s'écoula dans la forêt qui s'étirait. Ils traversèrent les marais et les ruisseaux jusqu'à ce que la voûte sombre du firmament cède la place à un orange profond, ce qu'ils avaient abandonné embrasait le ciel. Essai sortit des bois. Devant elle, un champ en friche depuis de nombreuses saisons, où se dressaient quelques pins de Virginie, descendait en pente douce. L'herbe humide ployait dans le matin calme. Derrière elle, Essai perçut le cri rauque d'un peuple dispersé qui émergeait des taillis. Quand le soleil apparut au-dessus des cimes, tout s'illumina sous ses yeux.

À l'ouest, de l'autre côté du champ, Forte longeait la lisière de la forêt, sa silhouette se détachant par moments de la nappe de brume accrochée à la terre. À l'est, là où le champ touchait à sa fin, quelques lumières scintillaient parmi les arbres et, ici et là, le toit incliné d'une maison. Essai entendait la terre respirer autour d'elle. N'était-ce le clocher blanc qui pointait au-dessus des arbres ou les phares qui tremblaient sur l'asphalte au loin, elle aurait contemplé une scène de la naissance du monde. Une sorte de poème ou de chant résonna à ses oreilles. Forte était là. Le village était là. Un par un, les chiens Sawtelle sortirent de leur abri entre les arbres et trottèrent le long de la lisière de la forêt jusqu'à ce qu'ils soient tous réunis : Pinson, Opale, Ombre, Grimace et les deux chiots sans nom ainsi que tous ceux qui avaient suivi dans la nuit. Ils calquèrent leurs regards sur celui d'Essai qui le dirigeait vers le champ, l'est d'abord, l'ouest ensuite, puis ils se massèrent autour d'elle, lui léchèrent le museau, lui communiquèrent leurs désirs. Et ils attendirent.

Essai s'avança dans l'herbe. Elle marqua une pause, une patte relevée sur son poitrail, le nez dressé pour humer l'air, embrassant l'ensemble. L'espace d'un moment, à mesure que la lumière du matin s'intensifiait, tout sembla immobile dans le champ. Elle lança un ultime regard en arrière, sur la forêt et le chemin qu'ils avaient pris. Une fois sûre qu'ils étaient tous là et qu'aucun autre ne viendrait plus, elle fit son choix et entama la traversée.

Cet ouvrage a été composé par Asiatype

Impression réalisée par
CPI BRODARD ET TAUPIN
La Flèche
en mas 2009

Imprimé en France
Dépôt légal : mars 2009
N° d'édition : 01 – N° d'impression : 51805